17세기 경상도 義城, 충절을 실천한 선비의 시문집

역주 譯註 호계선생유집 虎溪先生遺集

역주자 신해진(申海鎭)

경북 의성 출생
고려대학교 국어국문학과 및 동대학원 석·박사과정 졸업(문학박사)
현재 전남대학교 인문대학 국어국문학과 교수

저역서 『증보 해동이적』(공역, 경인문화사, 2011)
　　　『역주 난적휘찬』(역락, 2010)
　　　『역주 퇴재선생실기』(역락, 2009)
　　　『역주 회당선생문집』(역락, 2009)
　　　『역주 성은선생일고』(역락, 2009)
　　　『역주 창의록』(역락, 2009)
이외 다수의 저역서와 논문

역주 譯註 호계선생유집 虎溪先生遺集

초판 인쇄　2011년 4월 12일
초판 발행　2011년 4월 21일
원저자　신적도
역주자　신해진
펴낸이　이대현
편 집　권분옥·이소희·박선주
펴낸곳　도서출판 역락
주 소　서울 서초구 반포4동 577-25 문창빌딩 2층
전 화　02-3409-2060(편집부), 2058(영업부)
팩 스　02-3409-2059
등 록　1999년 4월 19일 제303-2002-000014호
이메일　youkrack@hanmail.net

정 가　60,000원
ISBN　978-89-5556-917-9 93810

17세기 경상도 義城, 충절을 실천한 선비의 시문집

역주 譯註 호계선생유집 虎溪先生遺集

申適道 원저
申海鎭 역주

역락

선조에 좋은 것이 있는데 알지 못하면 밝지 못한 것이요,
알면서도 후세에 드러내어 전하지 못하면 어질지 못한 것이다.
先祖, 有善而弗知, 不明也 ; 知而弗傳, 不仁也.

나는 누구인가? 끊임없이 되뇌지만, 현대문명이 가져다 준 물질적 삶과 세속적 욕망만을 좇으려다 지쳐버린 자신을 발견할 뿐이다. 조금이라도 더 좋아 보이는 타자의 삶을 끊임없는 욕망의 시선으로 동경하다가, 끝내 이를 수 없음을 알게 되면서 좌절하거나 타협하고 마는 것이 우리네 숙명일러라. 자신도 모르게 주류적 삶으로 오인한 것과 간단없이 비교하며 그곳으로의 진입을 시도하다 정신적 공허함을 느끼며 탈진의 상태로 주저앉는 것이다. 그 아류의 삶을 본원의 삶으로 착각하여 본원적 삶을 망각하고 있으니, 아마도 이는 뿌리의 허약함에 기인하는 것이 아닐런가.

나를 나이게 만든 근원, 곧 그것은 뿌리일 터이다. 나의 세대가 새로운 세대에게 물려줄 수 있는 값진 것 가운데 하나는 조상들의 지혜를 바로 알리는 것일 게다. 조상의 발자취를 제대로 알지 못하는 것을 부끄러워해야 함에도, 그것을 알자고 하면 시대에 뒤떨어진 사람으로 취급한다. 이런 세태에서는 공자가 말한 '온고지신(溫故知新)'의 참된 의미를 들먹일 필요조차 느끼지 않는다. 그러한 무지는 참으로 우리를 슬프게 하는 것 가운데 정점이라 할 수 있다. 누가 무어라 하든, 나이게 만든 연원에 대한 일련의 작업들이 나 자신에게 부끄럽지 않을 수만 있다면 다행이겠다. 뿌리 깊은 나무는 바람에 흔들리지 않으리라.

2008년부터 시작하여 지금까지 3년간, 조금도 쉼이 없이 네 분의 직계

선조가 남기신 글을 6권의 책으로 역주하였다. 숭조(崇祖)를 위한 일련의 역주 작업은 이제 중간 매듭을 짓는 것으로 일단락된다. 휴식을 위한 숨고르기가 끝나면 방계 선조께서 남기신 글들을 다시 역주할 생각이다. 이에, 내 직계 선조들의 발자취를 간략하게 소개한다. 그러나 조금은 장광설이 될 터, 독자들의 양해를 바랄 뿐이다.

20대조 퇴재공(退齋公) 신우(申祐)는 전라도 안렴사(按廉使)를 지냈고 태조 이성계의 형조판서 제의를 뿌리치고 은둔했으며, 부친상 때 3년간 여묘살이 했던 곳에 쌍죽이 돋았다는 일화를 지닌 인물이다. 정려(旌閭)가 내려졌고, '절의와 효성'으로 의성의 '속수서원'과 개성의 '두문동서원'에 봉안되었으며, 또한 《동국신속삼강행실도》에 수록되어 있다. 그리고 김성미(金成美)와 강거의(康居義)를 사위로, 길재(吉再)를 조카사위로, 이맹전(李孟專)을 외손서로 인연을 맺었고, 이에 비롯된 먼 외손들은 바로 '병호논쟁'을 종식시킨 정경세(鄭經世), 《선산지》를 간행한 최현(崔晛) 등이다. 따라서 상주와 선산 일대가 강직한 절의 정신을 지니고 사림의 고장으로 잡는 데 수좌 역할을 한 것으로 보인다. 이러한 행적은 300여 년이 지난 뒤에 영남 사림의 거목 정경세가 묘표(墓表)를 지음으로써 알려졌다.

14대조 회당공(悔堂公) 신원록(申元祿, 1516~1576)은 주세붕(周世鵬)·이황(李滉)·조식(曺植)의 문인이다. 그는 11세 때 수백 리 길인 팔공산(八公山)에 가서 직접 약초를 캐는 등 부친의 병을 8년간 간호했을 뿐만 아니라, 60세 고령의 나이로 모친의 병을 손수 간호했던 인물이다. 특히, 아이들처럼 색동옷을 입고 모친을 기쁘게 해드렸고, 피부가 썩어 문드러질까 직접 껴안고서 모셨으며, 대변을 맛보고 돌아가실 줄 알고 통곡하다가 막상 돌아가시고 나자 여막에서 죽음을 맞이했다. 이러한 '효성'은 그의 형인 정은공(靜隱公) 신원복(申元福)이 <효우록>을 작성함으로써 알려졌다. 그리하여 1615년 정려가 내려졌고 《속삼강행실》에 실렸으며 호조참의(戶曹參議)에 추증되었을 뿐만 아니라, 1685년 의성의 '장대서원'에 봉안되었다. 그리고 주세붕의 소수서원을 본받아 의성 지방에서 최초의 사액서원인 '장천서원 (지금의 빙계서원 전신)'을 14년 만인 1569년에 세우고, 빈민 구제소인 진휼 장 및 유생들의 학문연구소인 업유재 등을 세웠다. 따라서 그는 의성을 문 향(文鄕)으로서 발전하는 데 이바지를 했다. 공의 먼 외손이 바로 이상정(李象靖)이다. 1988년엔 벽사 이우성 박사가 <회당 아주 신원록 선생 사적비 문>을 찬한 바 있다.

　13대조 성은공(城隱公) 신흘(申仡, 1550~1614)은 꼿꼿하고 올곧은 선비의 삶을 사셨을 것으로 짐작되나, 남기신 문필이 다 거두어지지 않아서 그 전 모를 제대로 파악하기가 힘들다. 모부인과 같은 해에 태어나서 같은 해에 돌아가신 분으로 "살아서도 동실, 죽어서도 동혈"의 삶을 사셨고, 세 아들 모두가 진사시에 합격하였다. 또 부친상을 당하여 '영모(永慕)'라는 편액을 달고 종신토록 묘를 보살폈으며, 임진왜란 동안 모친상을 당했으나 상례 (喪禮)에 조금도 어긋남이 없었다. 전란 때 형 흥계공(興溪公) 신심(申伈)과 의병을 일으켰으며, 다른 의병장들에게 '연합전선'을 펼치자는 서신을 보 냈는데, 그 문건은 조경남(趙慶男)의 ≪난중잡록(亂中雜錄)≫에 수록되어 있 기도 하다. 이외에도 이언적(李彦迪)과 이황(李滉)을 변무하기 위한 상소를 올리기도 했다. 이처럼 그가 부모님께 효도하고 형님을 공경하며 나라에 충의한 것이 알려져 1629년 좌승지(左承旨)에 추증되었다. ≪역주 성은선생 일고≫가 2010년에 '문화관광부 우수학술도서'로 선정되어 각지의 도서관 으로 보내지는 영광을 누렸다. 이보다도 공께서 1603년 발간한 ≪난적휘 찬(亂蹟彙撰)≫을 발굴한 것이 나에게는 더 큰 보람이 있다. 임진왜란과 관 련된 기록물들을 보면, 왜군의 포로로 있으면서 기록한 것을 제외하고는 대부분 관군이나 의병으로 참전하면서 겪은 기록이다. 그러나 임진왜란 당시 경상도 사적을 엄정하게 조사 기록한 ≪난적휘찬≫은 당시의 기록물 들을 서로 견주고 견문한 바를 꽤 이른 시기에 기록한 역사적 사료라는 점에서 값진 것이라 하겠다.

12대조 호계공(虎溪公) 신적도(申適道, 1574~1663)는 나의 파조(派祖)이시다. 고려 말 불사이군(不事二君)의 절의를 지켜 영남으로 남하한 퇴재의 후손이며, 주세붕의 문인으로서 최초의 사액서원인 장천서원을 세우는 등 의성을 문향으로 일으키고 후학을 교육한 회당의 손자이며, 여헌 장현광과 낙재 서사원 등과 교유한 의성 향촌의 학자로서 영가교수(永嘉敎授)를 지낸 성은의 아들이다. 그는 가학을 전수받고, 한강(寒岡) 정구(鄭逑)와 여헌(旅軒) 장현광(張顯光)의 문하에 들어가 수학하였으며, 또한 선조의 유업을 이어 후학을 교육했던 분으로 의성의 '단구서원'에 배향되어 있다. 벼슬하지 않은 처사로서 정묘호란 당시 경상좌도 호소사였던 장현광의 천거로, 병자호란 때는 의성 유생들의 추대로 두 번 다 의병을 일으키고 또한 두 번 다 척화소(斥和疏)를 올렸다. 바로 이 당시 의병장으로서의 체험 및 여러 정황이 구체적으로 기록된 《창의록》을 나는 2009년 1월에 《역주 창의록》으로 간행한 바 있다. 결국 자신의 뜻을 이루지 못하고 굴욕적인 강화를 맺게 되자, 그는 경북 의성 학산(鶴山)의 미곡(薇谷)에 채미헌(採薇軒)을 짓고 은둔하였다. 그 누가 낭중지추(囊中之錐)라 했던가. 200여 년이 지나고서도 끝내 이러한 족적이 알려져 1867년 이조참의(吏曹參議)로 추증되었다. 생존 당시 우리나라 선비들이 가지고 있던 의리와 도리에 대한 확고한 신념을 행동으로 보여준 것이 당대 사람들에 의해 '지상선(地上仙)'으로까지 추앙되어 존경을 받았던 어른이다. 1980년엔 나손 이가원 박사가 <채미헌 유적비명>을 찬한 바 있다.

무엇보다도 동생의 제문(祭文)에서 호계공이 보여준 내면적 고통은 오히려 나로 하여금 많은 것을 생각게 하고 깨닫게 했다. 일련의 역주작업이 호계공으로부터 시작되어 호계공으로 일단락되는 소이연인지도 모르겠다. 아무튼 이 네 분의 발자취를 따라 웃고 울고 분노하고 슬퍼했던 나로서는 이제 그분들의 족적이 영남사림의 형성 과정, 안동문화권의 지성사, 의성의 향촌사, 향촌 지역의 선비상, 왜란과 호란 및 그 의병 활동 등 다양한 방면의 연구에 이바지되며, 아울러 가풍의 형성 및 그 실천 과정도 살펴지기를 희망한다. 역사는 장강(長江)의 본류뿐만 아니라 실개천과 샛강까지도 함께 관심을 가질 때에 비로소 그 풍성함만 아니라 엄밀함과 정치함을 획득할 수 있을 것이다. 역주작업이 거칠기가 그지없어 숭조라는 미명 하에 선조들께 무례를 범한 것 같으나, 대방가의 질정을 청한다.

나는 이 선조들께 존경과 경외의 마음을 잔으로 담아 올리며 복배하고, 또한 나의 몸을 낳으시고 혼을 길러주신 할아버지, 양부모, 친부모께는 아직도 절절한 마음으로 잊지 않고 있음을 고하며, 아내와 두 아들에게도 사랑이 담뿍 담긴 마음을 전하고 또 전한다. 발간 일자를 4월로 한 것은 외람되지만 할아버지를 전후로 하여 두 자제분(양아버지, 친아버지)이 돌아가신 것을 추모하기 위함이다. 이로써 양어머니와의 약속을 지킬 수 있게 되어 무척이나 다행스럽다. 친어머니께는 아린 마음으로 이 책을 헌정한다. 언뜻 스쳐간 삶 속에 어찌 이다지도 그리운 이가 많은가.

원래 6권 3책으로 되어 있었지만 3권과 4권에 묶인 ≪창의록≫은 이미 발간되었으므로, 이 책은 나머지 부분을 역주한 것이며 필요하다고 생각되는 부분에 사진 등 새로이 참고자료를 보충하였다.

천학비재의 내가 선조에 대해 평을 한다는 것이 못내 송구스러웠는데, 마침 호계 선조에 대한 최근 논문이 있어 이 책에 수록하려는 나의 청을 크나큰 호의로 허락해 주신 장숙필 선생님께 진심으로 감사드린다. 또한 더할 나위 없는 도움을 주신 분들이 많으나 지면 관계상 일일이 열거하지 않은 채 단지 감사함을 표한다. 끝으로 편집을 맡아 수고해 주신 역락 가족들의 노고에 심심한 감사를 드리고, 특히 일련의 역주서를 간행해주신 이대현 사장에게는 마음에서 우러나는 감사를 드리는 바이다.

2011년 4월

빛고을 용봉골에서 신해진 謹識

차 례

원문과 주석

[卷 1]

일러두기

이 책은 다음과 같은 요령으로 엮었다.

1. 역문은 직역을 원칙으로 하되, 가급적 원전의 뜻을 해치지 않는 범위 내에서 호흡을 간결히 하고, 더러는 의역을 통해 자연스럽게 풀고자 했다.

2. 원문은 저본을 충실히 옮기는 것을 위주로 하였으나, 활자로 옮길 수 없는 古體字는 今體字로 바꾸었다.

3. 원문표기는 띄어쓰기를 하고 句讀를 달되, 그 구두에는 쉼표(,), 마침표(.), 느낌표(!), 의문표(?), 홑따옴표(‘ ’), 겹따옴표(“ ”), 가운데점(·) 등을 사용했다.

4. 주석은 원문에 번호를 붙이고 하단에 각주함을 원칙으로 했다. 독자들이 사전을 찾지 않고도 읽을 수 있도록 비교적 상세한 註를 달았다.

5. 주석 작업을 하면서 많은 문헌과 자료들을 참고하였으나 지면관계상 일일이 밝히지 않음을 양해바라며, 관계된 기관과 여러분들께 진심으로 감사드린다.

6. 이 책에 사용한 주요 부호는 다음과 같다.

    1) (　) : 同音同義 한자를 표기함.

    2) [　] : 異音同義, 出典, 교정 등을 표기함.

    3) “ 　 ” : 직접적인 대화를 나타냄.

    4) ‘ 　 ’ : 간단한 인용이나 재인용, 또는 강조나 간접화법을 나타냄.

    5) < 　 > : 편명, 작품명, 누락 부분의 보충 등을 나타냄.

    6) 「 　 」 : 시, 제문, 서간, 관문, 논문명 등을 나타냄.

    7) ≪ 　 ≫ : 문집, 작품집 등을 나타냄.

    8) 『 　 』 : 단행본, 논문집 등을 나타냄.

번 역

虎溪先生遺集

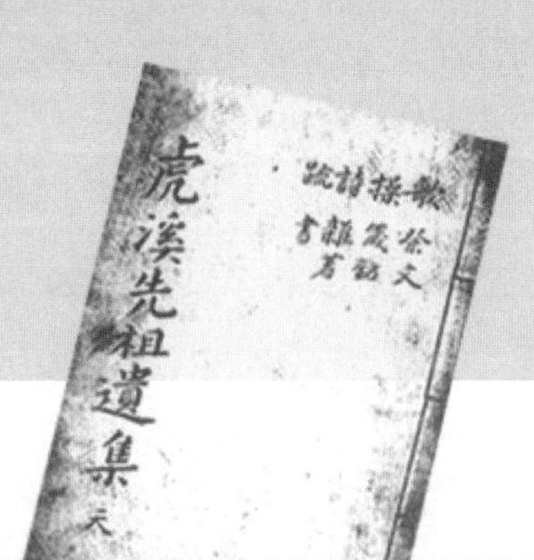

호계선생유집 서/虎溪先生遺集 序

　《존주록(尊周錄)》은 우리나라에 있어서 《춘추(春秋)》와 같은 역사서이다. 충의(忠義)와 명절(名節)은 당시보다 더 성대한 적이 없었으니, 그것을 배양한 여택(餘澤)으로 훌륭한 인물들이 나온 시기였기 때문이리라. 난리를 평정하고 치욕을 씻어 대의(大義)를 천하에 펼쳤어야 마땅한데도, 끝내 타고난 명운이 거꾸러짐은 어째서인가? 포위된 남한성 안에서 상소를 올리며 배를 가르고 의리에 의거하여 화친(和親)의 글을 찢어버린 것은 오히려 그 뜻을 조금이라도 펼친 것이라 할 만하다. 그러나 성 밖에 있다가 나라를 구하기 위해 고난을 무릅쓰고 곧장 의병(義兵)에 뛰어들었지만 갑자기 화친이 성립되었다는 말을 듣게 되어서, 큰일을 할 수 있는 재주도 펼쳐볼 처지조차 만나지 못하고, 목숨을 바치려던 뜻도 기꺼이 죽을 곳조차 얻지 못하여, 뜻있는 선비들이 더욱 통분해 마지않는 바가 된 경우에 있어서는 호계(虎溪)선생 신공(申公) 같은 인물이 바로 그런 분이다.

　공은 어려서부터 지조와 절개가 있어서 만오(晩悟)·난재(懶齋) 두 아우와 함께 일찍이 한강(寒岡) 정구(鄭逑)와 여헌(旅軒) 장현광(張顯光) 두 선생의 문하에 들어가 성리의 학문을 배우니, 사문(師門)의 추앙이 중했고 기대가 컸다. 정묘호란(丁卯胡亂) 때 공은 비분강개하며 말하기를, “내 비록 벼슬하지 않은 사람이나 지금 나랏일이 매우 급박하다. 위태로운 나라를 구하러 나아가는 일은 늦출 수가 없다.” 하고, 곧 의병을 일으켜 통솔하여 오랑캐의 포위를 뚫고 임금과 나라를 지킬 방책으로 삼았다. 때맞춰 강화가 되는 바람에 의병을 해산하게 되어 적을 무찌르고자 하는 뜻을 이루지 못하자, 마침내 피눈물로써 상소하여 '화의(和議)는 믿을 수 없는 것이요, 나라를 방비함은 소홀히 할 수 없는 것임'을 간곡히 간하였다.

병자년에 오랑캐가 다시 침략했을 때, 공은 찰방(察訪)과 참봉(參奉) 등의 벼슬을 지냈던 터였고, 유생들의 추대에 따라 의리상 마땅히 달려 나갔으니, 더욱이 정묘호란 때와 견줄 바가 아니었다. 의병장으로서 단에 올라 군사들의 의분을 고취하고 밤낮없이 내달렸으나, 남한성에 도달하기도 전에 성이 함락되었다는 말을 듣게 되어 그의 지혜와 용기를 펼칠 수가 없었다. 다시 한 번 상소를 올려서 나라를 그르친 것을 바로 간하고, 뜻을 같이한 동지들과 통곡하다가 고향으로 돌아왔다. 이로부터 다시는 세상에 나설 뜻을 가지지 아니하고 채미정(採薇亭)에서 여생을 보냈다. 상하가 뒤바뀌었으니 시절은 어찌할 수 없겠지마는, ≪춘추≫는 읽을 만한 여지가 그래도 남아 있었다.

시종 변함없이 이룩한 행적은 이와 같이 훌륭하였는데, 밖으로부터 답습하여 취한 것이 아니었다. 평소에 잘 수양한 데서 말미암은 것이었으니, 읽는 것은 시서(詩書)요 강학하는 것은 의리(義理)이었다. 이를 말씀으로 나타내면 격렬하였고 군영(軍營)에 행하면 엄정하였으니, 어찌 학문하는 가운데 터득한 것이 아니겠는가? 지금 공의 유집(遺集)을 살펴보건대, 자유자재로 전개한 논설은 모두 정자(程子)와 주자(朱子) 이래로 서로 전수한 요지이요, 잠명(箴銘)에 경계한 말씀과 ≪중용(中庸)≫·≪대학(大學)≫에 배열한 도설(圖說) 같은 예는 깨우쳐줌이 더욱 절실하니, 회당(悔堂)선생 가학의 전승, 사우(師友)들과 강론한 공부 등을 대개 알 수 있었다. 그리고 육도삼략(六韜三略)이나 임기응변하는 병법(兵法)이라 하여 하나도 대략적으로 언급하지 않았다. 그리하여 자손을 앞에 두고 말씀하신 바는 단지 효제(孝悌)와 예악(禮樂)이었지만, 노(魯)나라가 위난에 처하여 전쟁에 나설 선비를 모집한 일도 그 가르침에 덧붙였다. 세상이 태평하면 도를 강론하고 시절이 위태로우면 무공(武功)을 떨치는 것인데, 이는 본래 한가지 일이다. 때문에 군

자는 전쟁에 참여하는 것도 위기지학(爲己之學)을 하는 것이라 일컬으니, 의
병장의 맹단(盟壇)은 반드시 공에게 돌아감이 마땅할러라.

공의 후손 돈식(敦植) 군이 서문을 청하니, 가만히 생각하건대 나라에서
이미 공에게 추증(追贈)을 베풀었고, 사림 또한 제사를 올렸으며, 문호들이
추켜올려 공의 위대한 절의가 이미 많이 현양되었는지라, 보잘것없는 식
견으로 어찌 감히 공의 큰 자취를 드러낼 수 있으랴만 삼가 간략하게 서
술하노라.

　　　계축년(1913) 중양절에 후학 완산(完山) 류필영(柳必永) 삼가 쓰다.

권 1

채미가/採薇歌

명나라 주처럼 높였거늘　　　　　　　　大明宗周兮
홀연히 쇠미해지고,　　　　　　　　　　忽焉微矣
오랑캐가 중화를 차지하나　　　　　　　以胡易華兮
그릇됨을 알지도 못하니,　　　　　　　不知非矣
저 학산에 올라가서　　　　　　　　　　登彼鶴山兮
고사리나 캐리로다.　　　　　　　　　　採其薇矣

학산구조 / 鶴山九操

학산이 우뚝이 솟았나니	鶴山嵯峨兮
해동의 웅대한 진산이라.	雄鎭海東
하늘과 땅, 중간이 비었으니	天地中虛兮
푸르른 산기운은 하늘 떠받치고,	翠嵐撑穹
요순시절의 옛 기강은	唐虞舊物兮
만고토록 똑같도다.	萬古攸同
학산이 우뚝이 솟았나니	鶴山嵯峨兮
위로는 북극성이 있어라.	其上北辰
여러 봉우리들 우뚝우뚝	羣峯矗矗兮
밤낮으로 알현하는 듯,	日夜朝旻
북쪽 향함을 잊지 않고	不忘向北兮
언제나 첩첩이 싸여 있도다.	終古嶙峋
학산이 우뚝이 솟았나니	鶴山嵯峨兮
하늘을 가린 숲이 울창하여라.	穹林鬱蒼
봄기운이 가득 어리니	春意氤氳兮
천지 만물마다 향기를 머금고,	物物含香
천만 가지 붉은 꽃	萬紫千紅兮

그 빛깔이 대명이도다.　　　　　　　　　　　大明其光

학산이 우뚝이 솟았나니　　　　　　　　　　鶴山嵯峨兮
해와 달이 밝고 환하여라.　　　　　　　　　　日月宣朗
음이 되기도 양이 되기도 하니　　　　　　　一陰一陽兮
임금의 상이요, 신하의 상이라.　　　　　　君象臣象
밤낮으로 번갈아 밝으니　　　　　　　　　　晝夜代明兮
영원토록 맑고 상쾌하리로다.　　　　　　　永世淸爽

학산이 우뚝이 솟았나니　　　　　　　　　　鶴山嵯峨兮
누가 지금 주인 행세하는가.　　　　　　　　疇今爲主
아침 안개와 저녁 구름은　　　　　　　　　　朝霞暮雲兮
걷혔다가 우주에 드리우곤 하나,　　　　　捲舒窮宇
푸르른 절벽에 흰 바위는　　　　　　　　　　蒼崖白石兮
부질없이 예나 지금이나 그대로다.　　　空留今古

학산이 우뚝이 솟았나니　　　　　　　　　　鶴山嵯峨兮
가파른 바위 드높아라.　　　　　　　　　　　巉巖岦嶤
소나무 잣나무가 우뚝 서서　　　　　　　　松柏特立兮
겨울이 되어서도 시들지 않으니,　　　　歲寒後彫
엄숙하고 꿋꿋한 그 기상　　　　　　　　　烈烈其氣兮
가을하늘과 높이를 다투도다.　　　　　　與秋爭高

학산이 우뚝이 솟았나니　　　　　　　　　　鶴山嵯峨兮
부주산*과 이웃하여라.　　　　　　　　　　　不周與隣
저 숭정시대의 옛날 풍치　　　　　　　　　崇禎古色兮

오랑캐 비린내에 물들지 않고,　　　　　　　不染腥塵

훌쩍 세상 밖 우주로 벗어나니　　　　　　超然宇宙兮

그 영험 몹시도 신묘하도다.　　　　　　　其靈孔神

학산이 우뚝이 솟았나니　　　　　　　　　鶴山嵯峨兮

중국을 우러러 이고 있어라.　　　　　　　仰戴天朝

은택을 베풀어 길러주신 것이　　　　　　涵養雨露兮

어느덧 이백년이나 지났고,　　　　　　　二百年遙

저 옛날 임진년을 생각노니　　　　　　　念古執徐兮

어찌해야 은덕을 갚을 수 있을꼬.　　　　崇報何聊

학산이 우뚝이 솟았나니　　　　　　　　　鶴山嵯峨兮

아래로는 미곡이 있어라.　　　　　　　　其下薇谷

깊고도 또 으슥하니　　　　　　　　　　　窈而且邃兮

그 누가 곱게 보랴만,　　　　　　　　　　其誰媚獨

나는 고사리를 캐며　　　　　　　　　　　爰採我薇兮

길이 은둔하기를 맹서하도다.　　　　　　永矢初服

　* 부주산(不周山) : 중국의 곤륜산(崑崙山) 서북쪽에 있는 명산 이름.

호계정사/虎溪精舍

비봉산 남으로 뻗어 호계 시내 에워싸니	鳳峀南奔繞虎湄
구름 짙고 연기 자욱하여 내 살기 마땅토다.	雲深烟鎖我居宜
그 사이 즐길 것은 무엇이 있겠는가만	這間所樂惟何事
만권이나 되는 읽다만 책, 몇 이랑의 밭이로다.	萬卷殘書數頃畸

한가로이 지내며/閒居

의성의 동쪽 언저리에 집을 처음 짓고　　　　　　　韶州東畔屋初成
조촐한 선비 한평생을 지내노라니,　　　　　　　　澹泊衿裾任一生
국화 심고 매화 옮김이 진정 살아온 방편이었고　　種菊移梅眞活計
나무를 하고 고기 낚는 것이 즐거이 하던 바라.　　樵山漁水好經營
때맞춰 맑은 바람 밝은 달은 찾아온 흥취로고　　　有期風月閒來趣
수많은 시와 글은 늙어갈수록 마음뿐이러니,　　　無限詩書老去情
밭고랑마다 작은 정성인들 줄곧 게으르지 아니코　畝畝微忱終不倦
요순의 태평한 세상이 영원하길 바라노라.　　　　唐虞永世祝昇平

진보 동생과 김응조가 갈산에서 찾아와 절구 한 수 읊는데 말이 몹시 슬퍼서 마침내 눈물 섞어 차운하다 / 晉甫[悅道]弟與金孝徵[應祖] 自葛山來到 吟成一絶 語極悲愴 遂和淚以次

어리석고 미련한 우리 형제들	冥頑惟我弟兄身
점괴*의 거상(居喪)은 애통이 더욱 북받치거늘,	苫土餘生痛轉新
머리 허연 형제가 서로 이별하는 설움	白首鶺原相別恨
견디지 못해 두 줄기 눈물 흠뻑 옷깃을 적셨어라.	不堪雙淚滿衣巾

　* 점괴(苫塊) : 거적으로 자리를 삼고 흙덩이로 베개를 삼는다는 뜻으로, 거상(居喪)하는 예를 말함.

형보와 진보 두 동생이 '세밑에 어찌하여 우리 집 굴뚝은 검은가' 시구로써 운을 나누어 회포를 읊은 시의 운치가 범상치 않고 찬란하여 볼 만한지라, 나만 한 마디 말을 하지 않을 수 없어서 마침내 졸렬한 시를 지어 보이다(1619)

/亨甫[達道]晉甫二弟　以歲晚何以黔吾突　分韻詠懷　詞致不凡

爛然可觀　余獨不可無一語　遂構拙以示(己未)

언제나 가소로운 것은 태부 가의(賈誼)가	長笑賈太傅
밝은 시대에 홀로 눈물 흘린 것이고,	明時獨流涕
마을과 이웃에 싸우는 자가 있는데도	鄕隣有鬪者
지혜로운 자가 문을 닫아거는 것이니,	智者戶可閉
군자는 큰 근심거리로 평생 염려해야지	君子憂終身
몸 밖의 일을 어찌 꾀할 수 있으랴.	身外那可計
장부가 평생 동안 품을 뜻은	丈夫平生志
본래 벼슬살이 하는 데 있지 않고,	本不在玉桂
다만 성인의 장수를 빌어서	只祝聖人壽
일만 팔천 세를 누리는 것이라.	一萬八千歲
명나라의 거룩한 천자께서	太平聖天子
한번 진노하여 변경을 평정코자 하시도다.	一怒懷拓遠
군대의 우두머리 장수될 사람이 누구더냐	中權者誰子

너희들 마음을 내 헤아릴 수 있나니,　　汝心余可忖
사람을 얻는데 이와 같은 사람이 있다면　　得人有如此
어찌 흉노의 반란을 근심하랴.　　豈憂凶奴反
슬프고 슬프다 양호(楊鎬) 노야는　　哀哀楊老爺
한번 가면 끝내 다시 돌아오지 않으리니,　　一去終不返
아득히 저 한나라 주창(周昌) 어사를 생각노라면　　緬憶周御史
세상에 늦게 태어난 것이 한스러워라.　　却恨生也晩

위풍당당한 김응하(金應河) 장군　　桓桓金將軍
손에는 쇠창을 쥐고,　　手中持金戈
호령하니 찬바람 일어나서　　喑噁朔風起
머나먼 천리 되놈 땅의 모래를 날려버렸네.　　千里飛胡沙
하늘이 순조롭게 도와주지 않았어도　　皇天不助順
죽지 않았음은 황하와 같이 명백하거늘,　　不死有如河
아, 저 입이 닳도록 말 많은 무리들은　　噫彼剌口輩
사람을 책망함이 어찌 그리도 가혹하단 말인가.　　責人何大苛
우리나라가 만약 그대들이 아니었으면　　吾東倘微爾
그 강상의·도리를 어이했으랴.　　其奈綱常何

묘당엔 어진 재상들이 있고　　廟堂有賢相
조정의 반열엔 모두가 군자이라서,　　鵷列皆君子
논의가 어찌 그리도 공정하여　　論議何太正
계책이 남의 의표를 뛰어넘었던가.　　謨畫出人意
겸손하고 공손한 이 초가집에 사나　　謙恭下白屋
호걸들은 시끄럽게 들고 일어나서,　　豪傑紛然起
궁궐이 시끄럽도록 글로 아뢰니　　天墀鬧章奏

일일이 누가 지시하여 시켰는가.   ——誰指使

부귀야 너희들 하기에 달렸지만   富貴任汝爲

나라는 장차 어찌해야 할꼬.   邦國將何以

고운님이 낙수(洛水) 가에 계시니   美人在洛厓

물을 바라보고 초가집 지었지만,   臨水開茅簷

가려고 하나 길이 막혀 멀기만 하니   欲徃路阻長

나의 두 눈동자에 눈물이 맺혀지네.   使我雙眸霑

이윤(伊尹)이 신야에서 마음을 돌리지 않았으면   莘野未幡然

누가 매실과 소금 같은 유능한 신하를 다시 두랴.   誰復調梅鹽

흉측한 바람이 천지를 뒤흔들고   凶飆攪宇宙

참담하게도 추위가 살을 에지만,   慘怛寒氣嚴

때가 만일 다시 한 번 온다면   時乎倘一來

따사로운 은혜에 백성이 젖으리라.   陽澤蘇黎黔

장차 신선이 사는 현포를 노닐 것이라 하면   謂將遊玄圃

이 뜻은 어찌 그리도 어리석으냐고 할 것이고,   此志一何愚

장차 하늘의 뜬구름을 도려낼 것이라 하면   謂將抉浮雲

이 계획은 또 어찌 그리도 우활하냐고 할 것이나,   此計又何迂

우활함과 어리석음이 서로 함께해야   迂與愚相幷

애통하게도 돗자리 위의 보물과 같은 유자가 되네.   慟作席珍儒

귀밑머리가 놀랍게도 반백이 되고   兩鬢驚半白

어느새 한 늙은이가 되었으니,   居然一老夫

진실로 운명이 다한 것이나   信乎命之窮

뉘라서 저 원안(袁安)처럼 눈 속에 누운 나를 알랴.   誰識臥雪吾

백성들의 갈증을 촉촉이 적시고　　　　　　　民生膏澤渴
부역은 어느 때나 그칠 것인가.　　　　　　　賦役何時歇
해마다 하늘이 재앙을 내리고　　　　　　　　頻年天降灾
백성들 일찍 죽는 사람이 많건만,　　　　　　赤子多夭折
구중궁궐은 어찌 그리도 아득하며　　　　　　九閽何茫茫
탄식소리에 애가 찢어지는 듯하네.　　　　　　歎息腸內裂
임금님 마구에는 살찐 말이 있으니　　　　　　天廐有肥馬
뉘라서 길가의 해골을 가련타 하랴만,　　　　　孰憐路傍骨
내 만언소(萬言疏)를 아뢰고자 하니　　　　　　我欲奏萬言
조심스러우나 외람되이 당돌하도다.　　　　　　踽踽畏唐突

무흘에서 달밤에 우연히 읊다 / 武屹月夜偶吟

산 쌓기를 한 삼태기 모자라는 데서 내가 그만두고　　未成吾止譬爲山
스승을 찾아뵈니 게으르지 말라는 훈계로다.　　立雪函筵戒十寒
멀리 생각노라면, 공자의 문하 안회(顔回)는　　遙憶聖門顔氏子
스승의 덕을 흠모하였으니 깊이 탄식하노라.　　仰鑽瞻忽發深歎

여헌 선생을 입암재로 찾아뵈어 계사 강론을 듣고 느낀 바가 있어서/拜旅軒先生于巖齋 因講繫辭有感

주역의 이치는 본디 깨닫기가 어려우나	易理元來見得艱
옥산* 선생은 심오한 이치를 깨치셨도다.	玉山夫子啓玄關
알겠노라, 고원한 경지 구하는 것은 합당치가 않고	從知不合求高遠
다만 우리 사람들의 일상생활 중에 있을 뿐임을.	只在吾人日用間

  * 옥산(玉山) : 여헌 장현광이 스스로 사용한 자호이다.

이석담과 작별하며 지어준 시 / 贈別李石潭[潤雨]

함께 어울린 40년을 돌이켜 생각하니	回憶追從四十春
젊어서부터 나눈 우정이 늘그막에 새로운데,	早年交道暮年新
오늘 헤어지며 서로 바로잡아주는 뜻	解携今日相規意
사문의 자상한 가르침에 어긋남이 없네.	無負師門教誨諄

회재선생집을 읽고 느낀 바가 있어서

/讀晦齋先生集有感

주희 선생의 비결을 회재 선생이 계승하여 紫陽單訣紫溪承

유가의 학문이 우리나라에서 다시 욱일승천하네. 正學吾東復日昇

<일강십목소(一綱十目疏)> <정부서계십조(政府書啓十條)>엔 충직한 말이 드러나고 十疏條中忠讜著

<진수팔규(進修八規)>엔 덕업의 요체가 반듯하네. 八規修上道猷凝

정심함에 더욱 투철하여 참 근원을 깨쳤고 精深已透眞源得

오묘한 깨달음을 통해 태극을 징험하였네. 竗悟惟從太極徵

생전에 남긴 글을 손 씻고 읽으면 공사(公私)가 어찌 그리도 맑은가, 盥讀遺文私豈淑

옷깃을 여미어도 미칠 수가 없으니 감회가 더하네. 摳衣不及感懷增

도산서원에 가서 선생문집을 강론하다
/謁陶山院 仍講先生集

천고에 빛날 성현의 가르침이 바다처럼 넓으니	海涵千古聖賢規
연원을 거슬러 올라갈수록 물이 고여 있을 뿐이라.	歷溯淵源渟潴之
돌아보건대 내가 늦게 태어나 교화됨이 뒤졌으니	顧余生晩陶鎔後
당년에 교화의 비를 흠뻑 젖지 못했음을 한하노라.	恨未當年化雨滋

세심정을 노래하다/詠洗心亭

조촐한 정자에 오르니 속된 마음 씻어지고　　　　　登臨瀟灑滌塵心
벌린 암혈의 차가운 바람은 내 옷깃을 서늘케 하네.　呀穴氷風爽我衿
무더운 여름날이면 유람하는 이로 줄을 잇지만　　　夏日炎天遊賞續
근원지에서 솟는 샘물을 찾는 이가 몇이나 되던고.　源頭活潑幾人尋

이소를 읽고/讀離騷

굴원은 곧은 충정이 빛나는 일월과 다투었으나	屈子貞忠日月爭
매미가 허물 벗듯이 훌훌히 속세를 떠나버렸네.	飄然蟬蛻出塵坑
풍아의 문체가 아니라 남방 초나라의 가락인데	非風非雅楚南調
나랏일 근심하고 임금을 생각한 정성 단 하나일레라.	憂國憂君一箇誠

밤에 감흥시를 외다 / 夜誦感興詩

내 나이 육십에 한 일이 없어 탄식하고 　行年耳順歎無爲
밤 깊도록 속절없이 감흥시를 읊조렸네. 　遙夜謾吟感興詩
영고성쇠 하는 자연의 이치가 오묘함을 살폈으니 　探索消長天理妙
늙어서도 배우기를 때때로 함이 마땅하리로다. 　端宜炳燭趁時時

오랑캐가 침범했다는 소식을 듣고/聞虜兵犯境

강포한 오랑캐 세력을 잡더니 중화 어지럽히고	强虜秉勢亂中華
지금처럼 조선까지 침범할 줄 어찌 생각했으랴.	豈意如今左海加
참다운 임금의 빛나는 기강 여전히 그대로 있으니	眞主皇綱猶有在
하늘도 교만한 오랑캐를 물리칠 날 멀지 않으리라.	天驕豕突不能退

병자년 12월 강화도가 함락되어 빈궁, 숙의, 원손, 두 대군, 부마, 공주 등이 적들에게 쫓기어 넘어지고 혹은 붙잡히기도 하고 강에 빠지기도 했다는 말을 듣고 비분을 이기지 못하다

丙子十二月　賊陷江都　嬪宮淑儀元孫二大君駙馬公主　并入逼逐顚越
或被搶掠投江云　不勝悲憤

강화도가 머무를 곳을 끝내 잃고 말아　　　天府沁都失所留

넘실대던 기나긴 강은 흐르질 못하고　　　長江蕩潏莫能流

몽진한 어가가 있는 높은 성이 위급하니　　蠻輿播越危城岌

난리에 앞장선 군사들 어찌 잠시인들 쉬리오.　赴亂諸軍詎少休

이 난리가 정강의 난이 아니라면　　　莫是靖康難

어이하여 그리 강화도를 잃는단 말인가.　胡然天府失

빈궁도 놀라서 엎어지고　　　嬪宮驚顚倒

대군도 굴러 떨어졌어라.　　　大君亦隕越

길을 막도록 죽이기를 참혹하게 자행하고　攔道屠戮肆

문을 메우도록 화살과 포탄이 날아드니,　塡門矢砲突

행궁이 불길에 온통 휩싸였고　　　行宮燎火色

들판은 시신으로 피바다로다.　　　郊原僵尸血

피난처 벼락치듯 소란하고　　　潛窟霹靂喧

누린내 피비린내 가득하니,　　　滿城腥羶挈

마치도 정강의 난과 방불하여　　　忽如五胡擾

황제들 북으로 끌려간 듯 참담한데,　　　　慘憺二帝北

오랑캐는 이다지도 악하던가　　　　綠眼如斯否

하인까지도 이제 다시 가두도다.　　　　靑衣今再縶

임금이 갑자기 피란하시자　　　　至尊遽蒙塵

신민이 모조리 결딴났으니,　　　　臣民當魚肉

어느 때나 밝은 운세를 떨치고　　　　何時明運振

저 북쪽 오랑캐 모조리 없앨런고.　　　　殄滅北種孼

오랑캐 운명 오래 지탱치 못하고　　　　胡命未應久

임금의 기강 해처럼 밝으리니,　　　　皇綱昭如日

미천한 신하 행재소를 바라보며　　　　微臣望行在

오랑캐 사로잡을 날만 기다리노라.　　　　謾指擒胡月

오로지 임금의 곤욕을 생각노니　　　　篤懷主辱憂

서천 향해 통곡하며 눈물 뿌리도다.　　　　淚灑西向哭

임금은 도성을 떠나 남한산성으로 향하면서
날을 걸러 거친 밥을 먹고 며칠 밤을 자지
못하며, 뒤따르던 대신들은 추위와 굶주림으로
고생한다고 하니, 이러한 시기에 신하된 자의
도리는 군사를 거느리고 난적 속으로 뛰어들어
위험한 고비를 면하게 하고 순절하는 것이니,
의병을 모아 양식을 싣고 곧바로 행재소로
달려가다/上出都城向南漢　倂日糲飯　屢夜不寢　羣僚近侍
或至凍餒云　及此時　臣子分義　固勒兵投亂　脫危殉節　故遂科旅輸糧
直赴行在

떨치고 일어난 몸, 몇 사람만이라도 함께	奮身願與二三子
궁성을 바라보며 힘차게 달려가기를 바라나,	瞻望王居勇赴之
소량의 쌀을 어찌 임금께 보낼 수 있는 것이며	些米何能需御供
외로운 군사론 궁성 돕기에 합당치 못하리라.	孤軍不合補京師
다만 나라 걱정 임금 사랑의 충정을 품으니	祇將憂愛彜衷秉
함께 나라의 위기를 구하려는 생각뿐인데,	欲效艱危共濟思
눈길에 살에는 추위인들 내 어찌 꺼릴 것인가	踏雪衝寒吾豈憚
궁성에 다다를 날만 기다리며 나아가리로다.	指期趁到九重墀

의병을 일으켜 서쪽으로 가는 도중에 구술하다 / 倡義西赴途中口占

한밤중 박차고 일어나 칼날 같은 마음 품고	中宵蹴起劒心盟
의를 따라서 서행에 올라 한번 죽음 각오하나,	仗義西行一死輕
나고 자란 이 나라의 은혜가 두터우니	生長靑邱恩渥裏
이 몸이 어떻게 태평성대 위해 보답할꼬.	此身何以答昇平

광릉의 성에서 제공(정온·조경·김상헌)에게 읊어 보이다/廣陵城吟示同義諸公[鄭桐溪薀 · 趙龍洲絅 · 金淸陰尙憲]

화의를 배척함이 정녕 당당한 일이거늘	斥和認是堂堂事
어찌 이와 같이 화의로 그르친단 말인가.	胡爾講和相反之
진실로 오랑캐 겁주고 화란 제거하려 왔건만	寔出怵夷抒禍耳
괴로운 심정은 가의(賈誼)가 알아도 같을지라.	倒懸賈喩先符之

삼학사(홍익한 · 오달제 · 윤집)를 송별하며
/送別三學士[洪翼漢 · 吳達濟 · 尹集]

대의를 우리나라에서 지닌 이 그 몇이나 될꼬?　　大義東方有幾人

이번 걸음은 바로 노중련의 나루터에 빠져 죽음이라.　今行直蹈魯連津

시퍼런 강물에 눈물 뿌리며 서로 헤어지고 나서　　灑淚蒼江分手去

서녘 하늘에 해가 지니 마음이 더욱 슬퍼지네.　　西天落日倍傷神

김엽이 쌍령에서 전사한 소식을 듣고

聞金爗至雙嶺敗沒

서쪽에서 날아든 소식에 놀라 내 넋을 잃었지만	西來消息膽魂驚
세 사람의 곧은 충절은 죽었어도 영화로워라.	三子貞忠死亦榮
광주에서 임금이 굴복한 일 차마 말하랴만	忍說廣陵城下事
억제할 수 없는 슬픈 눈물이 절로 갓끈 적시네.	不堪哀淚自沾纓

오랑캐가 물러간 후에 한양의 벗들이 작은 주연을 차려놓고 초청하자 시를 지어 사양하다/賊退後 洛中諸友有小集請邀 遂詩以謝

나라를 근심하고 시대를 아파하여 눈물 절로 흐르니	憂國傷時淚自然
한밤중에도 홀로 서서 용천검을 어루만지노라.	中宵獨立拊龍泉
한양에 오랑캐의 비린 먼지 그쳤다 말하지 말지니	莫言河洛腥塵息
들판에 버려진 전사자의 해골을 어찌 차마 볼꼬.	忍見郊原戰骨捐
궁궐에서 쓸개를 걸어놓고 복수할 날 계획하나	紫闕方懸越膽日
청성에선 송나라 황제들이 울던 때가 있었노라.	靑城正泣宋皇年
한 하늘을 원수와 함께 이고 있음이 부끄럽거늘	一天已愧讎同戴
신하된 자들이 어찌 풍악에 마음을 빼앗기리오.	臣子何心醉管絃

백헌 이경석 상공에게 화답하다 / 和李白軒相公[景奭]

파란곡절 벼슬길 어찌 구차히 용납하랴	宦海桑瀾豈苟容
태평성대 홀연히 사라졌거늘 뉘 다시금 받들랴.	農虞忽沒更誰宗
저 임진년 크게 입은 그 은혜 갚긴 어려우니	執徐洪造恩難報
고향산천 은둔함이 내 본래의 타성에 맞도다.	隱約鄕山愜素慵

귀향/還鄕

어쩌다가 임금 은혜 두터이 입었던가,	誤被天恩重
되레 신하의 분수 소략했음이 부끄러워라.	還慚臣分疎
고향의 봄은 이미 저물었지만,	故園春已晚
어찌 주저할 필요가 있을런가.	何用更躊躇

삼탄에 이르러 느낀 바가 있어서 / 到三灘有感

임금의 은혜 헛되이 저버렸으나 바다같이 깊으니	聖恩虛負海量深
하늘 우러르고 땅을 굽어보아도 내 마음 부끄럽네.	俯仰乾坤愧我心
저 멀리 고향마을, 내 기꺼이 은둔할 곳	望裏家鄉嘉遯處
명나라의 해와 달이 동산에 비추어 주소서.	皇明日月照園林

돌아가신 회당 할아버지가 효행으로써 추증되자 감동하여 짓다 / 王考悔堂府君以孝學旌贈遂感吟

효의 근원이 도의 근원 깊은데서 나오니	孝源由出道源深
이에 내려진 임금의 은혜 하해처럼 깊은데,	有隈恩波河海深
공자 문하의 증삼과 민자건이 뛰어난 효이나	聖門惟獨曾閔孝
그들과 함께 나셨더라도 뛰어남이 깊으리로다.	若使生幷特許深

채미헌에서 우연히 짓다 / 採薇軒偶題

띠풀 정자가 자리잡은 깊은 골짜기에 돋은 고사리   茅亭深處谷薇新
뜯고 뜯어도 참된 도를 함양하기에 넘쳐나라.   採採饒吾養道眞
상상컨대 백이숙제의 맑은 덕이 죽지 않았으니   想像夷齊風不死
수양산 빛은 은나라의 봄을 지키고 있으리라.   首陽山色保殷春

지재에서 소감을 쓰다/智齋志感

지난해 선조 유업을 잇고자 제사지내며 가호를 빌고	昔年肯搆護麗牲
이슬 서리 차가운 날씨에도 지극 정성을 다했도다.	霜露寒天格至誠
노나라 방읍(防邑)은 일찍이 공자의 한탄*을 일으켰고,	魯防曾興尼聖歎
한천정사(寒泉精舍)는 주자가 어머니 그리는 정 넘치네.	寒泉逾見晦翁情
고향의 무덤에 대한 느낌이 바뀌어서	推移桑梓邱原感
삼나무며 소나무가 둘러싼 묏자리를 우러러 절하네.	瞻拜杉松宅兆縈
가학(家學)을 이어받아 가르침을 욕되게 하지 않고	承襲弓箕无忝訓
조석으로 학문에 힘써서 집안의 명성을 드날리리라.	孳孳昕夕倡家聲

* 子曰 : "莫我知也夫." 子貢曰 : "何爲基莫知子也?" 子曰 : "不怨天 不尤人, 下學而上達, 知我者, 基天乎."(공자께서 "나를 알아주는 이가 없구나!" 하고 한탄하셨다. 자공이 "어찌 선생님을 알아주지 않는다 하십니까?" 하고 말하니, 공자께서 "하늘도 원망하지 않고 사람도 원망하지 않느니라. 낮은 것부터 배워 높은 것에까지 이르렀으니, 이런 나를 알아주는 이는 오직 하늘뿐인가 하노라!" 하셨다.)

송은 김광수의 만년송을 읊다/詠金松隱[光粹]萬年松

덕을 가꾸고자 소나무 심은 것을 훗날 보았을 때	種德栽松驗後時
초연히 홀로 날씨가 추워도 의젓한 자태로다.	超然惟獨歲寒姿
서린 기운이 무성하니 용이 꿈틀꿈틀하듯 하고	蟠勢鬱蒼龍屈曲
날개깃이 새하얀 학이 높게 낮게 어지러이 나네.	羽儀潔白鶴差池
더위가 오면 서늘한 기운이 더욱 감돌고	炎到淸陰陰厚庇
바람이 불면 청아한 소리가 더욱 기이하네.	風噓雅韻韻逾奇
인물도 똑같이 그렇게 무성함을 대우하나니	人物同然看茂盛
대대로 자손들은 미리 먼저 알지라.	孫枝世世預先知

● 만년송(천연기념물 107호). 경북 의성군 점곡면 사촌리

권수경의 자락당에 차운하다 / 次權子正[守經]自樂堂韻

시냇물 가 자락당에는	自樂堂臨澗水中
한가히 신선 늙은이가 쓰러져 누웠으니,	蕭然頹臥一僊翁
정신은 세상 밖을 노니니 기심(機心) 잊은 백로이로고	神遊物外忘機鷺
생각은 속세 인연 끊으니 날랜 날개 지닌 붕새이로다.	念絶塵間逸翮鴻
취한 뒤에 쓴 시라도 조화를 얻었고	醉後題詩探造化
한가하니 붓을 휘두르면 맑고도 의기에 찬 말이니,	閒來揮筆起晴虹
이곳에 참다운 정취가 많음을 알고부터는	從知此地多眞趣
그대에게 고인의 풍도가 있음이 부러워라.	堪羨吾君有古風

또 권수경의 천운대에 차운하다 / 又次子正天雲臺韻

누대를 세우느라 몇 해나 지났던가	臺榭經營閱幾秋
올라보니 마치 단구를 오른 듯해라.	登臨怳若上丹邱
하늘이 뜻이 있어서 텅 빈 것이 아니나	天非有意恒寥廓
구름은 무심히도 이리저리 마음대로 오가누나.	雲自無心任去留
밤마다 맑고 밝은 달이 비추고	每夜澄光明月暎
푸르른 온산에 한가한 그림자가 아른거리네.	滿山閒影翠嵐浮
시냇가 정자는 세상 먼지 하나 말끔히 없애버리니	溪堂淨盡無塵累
응당 인간세상 별천지임을 알리로다.	也識人間別一區

서애 선생에 대한 만시/西厓先生輓

하남의 선생께서 병이 나서	河南夫子痛
큰 집의 마룻대와 들보가 꺾이니,	大厦棟樑摧
나라는 시초와 거북의 점괘를 잃었고	邦失蓍龜策
영남은 영도자 재목이 사라졌네.	嶠空領袖材
높은 공훈을 남기고 비바람 치는 날	巋勳風雨際
유도(儒道)의 해와 별 같은 분이 돌아가니,	吾道日星廻
천하사람 모두 복이 없는 격이고	天下俱無福
백순*만이 슬프지 않는 것이랴.	伯淳不獨哀

 * 백순 : 송나라 정호(程顥)의 자. 당시 재상 부필(富弼)이 정호의 죽음에 대해 "백순이
  복이 없는 것은 천하 사람이 복이 없는 것"이라 했다.

한강 선생에 대한 만시/寒岡先生輓

운이 때마침 문명세상을 만나니 　　　　　　運値文明會

세상에 드문 거유(巨儒)가 나셨네. 　　　　　眞儒間世出

퇴계선생의 마음을 적통으로 잇고 　　　　嫡傳陶老心

주자서(朱子書)를 깨우쳐 이해하셨네. 　　悟解晦庵帙

나라가 태평성대를 누리어 　　　　　　　邦國賴昇平

사림들 모두가 나아가서 질정 받았네. 　衿紳咸就質

무흘정사가 있던 산이 무너졌다 하니 　云頹山武屹

텅 빈 하늘을 비추는 달빛이 처량하구나. 　虛暎凄涼月

여헌 선생에 대한 만시 / 旅軒先生輓

천둥치고 소나기 내리는 저녁 선생님께서 돌아가시니 　雷雨山崩夕
경건하고 정성스레 말없이 깊이깊이 기도할 뿐이라. 　虔誠默禱深
임금께 아뢰시니 요순의 치도(治道)로고 　陳君堯舜道
사욕을 이기시니 공자와 안자의 마음이로세. 　克己孔顔心
조정에 나아가시니 기둥으로 떠받치고 　擎柱巖廊寄
고을의 원님 되시니 백성을 잘 다스렸네. 　彈琴縣府臨
제삿밥 받는 꿈을 얼핏 꾸고 깨셨으니 　奠楹俄夢罷
비통하게도 우리 사림들은 이제 누구를 우러르랴. 　安仰慟吾林

우복 정경세에 대한 만시/輓鄭愚伏[經世]

속수서원에 영령 모시는 의론을 제일 먼저 세우고	涑水安靈首立論
사포리의 선조 무덤길에 묘표의 말씀을 꾸몄으니,	蛇山隧道賁敭言
돌이켜 보노라면 구천의 감격 더욱 깊어지고	偏深追憶重泉感
단지 10년 종유한 은혜 때문만은 아니로세.	不但從遊十載恩
경술년 탄핵*을 상소하여 그 계략을 완전 평정하고	箚盡庚彈謨克定
정묘호란 때 의병을 모집하여 의를 더욱 높였으나,	諭招丁潰義逾尊
도남서원의 풍경은 참담하게도 빛이 없으니	道南景物慘無色
어느 곳에서 살아계신 모습을 다시 볼 것인가.	何處更看彷彿存

 * 정경세는 경술년(1610) 이언적·이황을 문묘에서 퇴출하려던 정인홍을 탄핵하다가
 한 달을 구금당하기도 했고, 이로 인해 끝내 1611년 8월 정인홍으로부터 탄핵되어
 해직된 후 무고하게 세 차례나 옥고를 치른 것을 일컫는다. 또한 그는 정묘호란 때
 장현광과 함께 경상도 호소사(號召使)였다.

인재 최현 어른에 대한 만시 / 輓訒齋崔公[晛]

선친께서는 어른과 가장 가까운 교분을 나누셨고　　　先君摯誼最於公
의성고을에서 임진왜란을 같이 겪으셨도다.　　　城谷當年患亂同
계포(季布)와 같은 양초의 명성*을 떨쳐 급제했고,　　　梁楚聲名仙籍選
요순(堯舜)과 같은 뜻으로 조정의 정치 융성케 했네.　　　唐虞志業廟謨隆
해마다 불운을 겪으시니 어찌 차마 말할 것이며　　　頻年荐厄言堪忍
영원히 잠든 영혼이 되시매 울기를 그칠 수가 없네.　　　厚夜幽魂慟不窮
곡진한 가르침이 아, 이제는 끝나고 말았으니　　　倦誨諄諄嗟已矣
이승의 어느 곳에서 고상한 풍도를 흠모할꼬.　　　此生何處挹高風

　* 양초의 명성 : 조비(曹丕)가 계포에게 "초나라 사람들의 말에 황금 백근을 얻는 것이
　계포의 한 번 승낙을 얻는 것만 못하다고 하니, 족하는 어떻게 양초(梁楚) 지역에서
　이런 명성을 얻었는가?" 말한 고사.

오봉 신지제 집안 어른에 대한 만시

/輓梧峯宗丈[之悌]

너그럽고 후하게 타고난 바탕에 성품이 천진하였고	寬厚天資稟自眞
일찍이 갑과로 급제하니 조복(朝服)이 의젓하였네.	早登科甲儼垂紳
사간원과 사헌부에서 위세가 늠름하였고	乘驄柏府威聲凜
고을 원으로 선정(善政)을 하니 교화가 새로웠다네.	製錦桐鄕惠化新
조상의 드높은 효성과 우애를 이어받아 빛냈고	孝友傳家光祖烈
겸양, 공손, 자기 단속은 고을과 이웃의 본보기였네.	謙恭律己範鄕隣
천상으로 돌아가는 상여를 차마 볼 수 있으랴만	忍看仙馭歸天上
각별히 은혜를 입었으니 눈물로 수건을 적시도다.	偏荷恩憐淚滿巾

경정 이민성에 대한 만시 2수 / 輓李敬亭[民成]二首

금학산(金鶴山)의 정기를 타고난 인걸이요	金嶽鍾人傑
아스라이 드날린 한 시대의 명유(名儒)로니,	嵬敭一代名
빙산사에 머물면서 문장을 읊으며 익혔고	氷山留暢詠
호당과 옥당에 들어 청직(淸職)만 지냈도다.	湖玉選要淸
사주(社酒)* 때엔 자주 술잔을 서로 권하며	社酒頻相酢
호롱불 밝은 빛을 그 얼마나 짝했던가,	籬燈幾伴明
문장을 주관하는 규성이 하룻밤 사이에 지니	奎星沈一夜
사무치는 그리움이야 저녁노을과 나란하네.	精與落霞幷

내가 같은 고을에 산 것이 얼마나 다행인지	吾生何幸忝同鄕
매번 고상한 풍도를 흠모함이 온 세상 진동했네.	每挹高風動八荒
문명은 이백(李白) 한유(韓愈)와 나란히 달렸고	文與李韓名幷駕
한강과 여헌 문하에 종유하여 도학이 더욱 빛났네.	遊於寒旅道彌光
세상이 바로 의지할 만한 유림의 종장은	人間政倚儒林匠
옥황상제의 뜻 어김을 어찌 알았으랴만,	天上那知帝意傷
만류해도 듣지 않고 상여가 훌쩍 떠나가니	仙馭飄然留不得
만사를 지어 오늘 눈물을 펑펑 쏟노라.	題詩此日淚滂滂

* 사주 : 봄과 가을의 사일(社日)에 모여서 술을 마시고 놂. 사일은 입춘이나 입추 뒤 각각 다섯째의 무일(戊日)을 일컫는데, 입춘 뒤를 춘사(春社)라 입추 뒤를 추사(秋社)라 하며, 춘사에는 곡식이 잘 자라기를 빌고 추사에는 곡식의 수확에 감사한다.

하음 신집에 대한 만시/輓申河陰[楫]

경술에 통달하여 일찍이 용 잡을 만한 재주 지녔고	學通經術早屠龍
벼슬살이에 청렴하여 끼닛거리가 자주 떨어졌도다.	官得廉名石屢空
못난 자를 징계하니 어진 자들이 즐거워하였고	惡者猶懲賢者悅
지금 사람과 살면서 옛 사람의 풍도가 있도다.	今人與處古人風
고어*가 처음 귀향했을 때 기쁨 어찌 끝이 있을까만	皋魚初返懽何極
공리*가 먼저 죽었을 때 애통함 끝이 없었으리라.	孔鯉先亡痛不窮
노친을 봉양하는 정성 끝내 마치지 못하였으니	養老寸誠終未遂
원통한 혼백이야 응당 저승에서도 슬퍼하리로다.	冤魂應愴九原中

* 고어 : 춘추시대 사람으로 모친상을 당하여 통곡하면서 "나무가 조용해지려 하나 바람이 그치지 않고, 자식이 봉양하려 하나 어버이가 계시지 않는다. 지나가면 돌이킬 수 없는 것이 세월이고, 돌아가면 따를 수 없는 것이 어버이이다."고 길가는 공자(孔子)에게 말했다. 공자가 제자들에게 이를 전하자, 감동하여 고향에 돌아가 어버이를 봉양하는 제자가 13인이나 되었다고 한다.

* 공리 : 공자의 아들로 공자보다 먼저 죽은 인물.

자암 이민환에 대한 만시/輓李紫巖[民寏]

금학산의 웅건한 기운이 우뚝하니	山雄金鶴氣崢嶸
모아서 그대와 같은 세상 드문 영걸을 얻었네.	鍾得如君間世英
한 시대의 훌륭한 명성을 한림원에서 드날렸고	一代芳名超翰苑
팔순을 바라본 원로의 덕망은 선경에 들 만했네.	八旬耆德列蓬瀛
시골에 머물 때는 아름다운 규약인 향약을 지었고	居鄕懿範藍田約
포로로 있을 때는 외로운 충성을 북해에서 떨쳤네.	離國孤忠北海聲
선대의 교분과 혼인한 도리가 중하기는 하나	先契又兼姻誼重
오늘 무덤에서 어떻게 곡하고 있단 말가.	那堪今日哭佳城

호양 권익창에 대한 만시 / 輓權湖陽[益昌]

멀리는 어진 풍속이 있는 마을을 택하여	遠惟擇處仁
친인척을 맺고 정담 나누기를 바랐었네.	良晤托親姻
오묘한 경지로 들어가는 관문 탐색하느라	妙奧探關鑰
쉬지 않고 공부하니 훌륭한 자질을 품었어라.	藏修抱席珍
경전을 읽으며 대의를 찾다가	劬經尋大義
자연의 조화에 따라 원래의 몸으로 돌아갔네.	乘化返元眞
하늘이 사문을 버리려 데리고 가버렸으니	天喪斯文盡
후생이 따라 배울 수 있는 사람이 누구이랴.	有誰範後人

완해군 최산휘에 대한 만시/輓崔完海[山輝]

그대 멀리 떠났다는 소식을 들으니 마음이 슬프고　　聞君長逝我心恫
선대 때부터 맺어온 사이라 마치 꿈만 같도다.　　連世懽情似夢中
여러 고을을 다스린 명성은 저 한(漢)나라 장창(張敞)과 조광한(趙廣漢)을
짝했고　　　　　　　　　　　　　數郡治聲張趙侶
반평생 맑은 절개는 저 백이(伯夷)와 유하혜(柳下惠)의 풍모였도다.
　　　　　　　　　　　　　　半生淸節惠夷風

옥대를 땅속 깊숙이 묻으려니 가련하기만 하거니와　　堪憐玉帶埋深壤
붉은 만장이 멀리 하늘에 펄럭이는 것을 차마 보랴.　　忍見丹旌拂遠空
이 구천 길에서 제일 한없이 애통한 것은　　最是九泉無限痛
어머니의 봉양을 다 마치지 못한 것이로다.　　北堂榮養未能終

좌랑 김회에 대한 만시/輓金佐郎[淮]

광려산에서 절굿공이를 갈던 일*이 언제였던고	匡廬磨杵昔何年
장원 급제한 영예로운 이름의 청아한 선비였네.	嵬榜榮名折桂蓮
붕새가 하늘의 물결을 치며 막 변화하듯	鵬擊天潢纔變化
천리마가 청운의 길에 오르자마자 험난하였네.	驥騰雲路遽迍邅
평생에 사업이 빈한했다 한들 무슨 상관 있으랴만	平生事業貧何害
만년에 묻혀 지내다가 병드니 가련하구나.	暮歲沈淪病可憐
백발 늙은이들의 상종은 앞으로 틀렸으니	白首相從今已矣
산 남쪽에서 밤 피리 부면 달빛만 휘영청 하리라.	山陽夜笛月空懸

* 광려마저(匡廬磨杵) : 당나라 시인 이백(李白)이 젊은 시절 광려산에 들어가 공부하다가 싫증이 나서 내려오는데, 길에서 어떤 노파가 쇠로 된 절구공이를 숫돌에 갈아 바늘 만드는 모습을 보고, 자신의 경솔함을 뉘우쳐 다시 돌아간 고사.

4촌 동생 지도에 대한 만시/輓從弟汝遠[志道]

효성과 우애는 가문의 명성을 이었고	孝友家聲繼
어질고 온화한 성품은 뭇사람이 추앙했네.	溫良衆所推
젊었을 적엔 붉은 봉황*을 기약하고	早年期紫鳳
늙었을 때엔 누런 거북*을 꿈꾸었네.	晩歲夢黃龜
운명이런가, 몸엔 그리도 병이 많았고	命矣身多病
안타까워라, 약으로 고치지를 못했네.	嗟哉藥未醫
백발의 늙은이가 오늘 애통해하는 것은	白頭今日痛
다시는 어진 모습을 볼 수가 없음이로다.	無復見仁資

* 자봉(紫鳳) : 높은 벼슬. 임금의 조서(詔書)인 '자고(紫誥)'를 물고 오는 봉황이라는 말에서 유래한다.
* 황구(黃龜) : 불로장생(不老長生). 기황지술(岐黃之術)은 '불로장생술(不老長生術)'이란 말인데, 황제(黃帝)와 기백(岐伯)은 둘 다 의술의 시조이다. 상구(床龜)는 '옛날 남방의 한 노인이 자기 침상을 거북이로 받쳐 놓고 20여 년을 지내다가 죽었으나, 그때까지도 거북이가 죽지 않고 아직 살아 있었다.'는 고사에서 나오는 말로, 거북도 양생법을 수련하여 곤경에 처한 채 오래도록 살았음을 의미한다.

화의 파하기를 청하는 상소(정묘)/請罷和議疏[丁卯]

신(臣)이 듣건대, 군신 사이에 마땅히 지켜야 할 큰 도리는 하늘과 땅의 떳떳한 법도이고 만고에 변함이 없어야 한다고 하옵니다. 우리나라는 명나라에 대해 이미 조종조(祖宗朝)가 200년 동안이나 신하의 나라로서 섬기면서 충의(忠義)를 다했습니다. 그리고 우리 주상전하에 이르러서 문무겸전(文武兼全)한 덕성과 충효의 지행(至行)으로 위로는 조종(祖宗)이 전수한 뜻을 이어받으시고, 아래로는 신하와 백성이 의지하고 우러르는 마음을 헤아리시니, 나라가 잘 다스려질 것이었사옵니다. 편안해도 위태한 것을 잊지 않고 다스려져도 망할 염려를 잊지 않는 것이 안위(安危)의 일치이온지라, 평탄한 때나 험난한 때가 결코 별개가 아닌 것이기 때문이옵니다.

어찌하여 국가가 불행하고 천지신명이 보살피지 않아서, 저 바다 건너 죽일 종자와 서편 하늘 아래 사람이 아닌 털북숭이 오랑캐들이 예의의 우리나라를 더럽힌단 말입니까. 적은 병사로 많은 오랑캐를 대적하지 못하고 조정이 대응하는 조처를 잘못하니, 궁궐은 고립된 채로 남겨두고 임금과 신하는 서로 탄식하게 되었사옵니다. 그래도 우리 전하께서는 마음이 시종 한결같아 해와 달처럼 밝게 빛나시고, 여러 달 동안의 고생에도 금석(金石) 같은 마음을 바꾸지 않으셨던 것은 차라리 뗏목을 타고 바다에 몸을 던져 죽을지언정 오랑캐에게 치욕을 당하지 않고자 함이었을 것이옵니다.

대체로 천하의 대의(大義)는 유지하지 않을 수 없는 것이고, 만고의 강상(綱常 : 삼강오륜)은 진작하지 않을 수 없는 것이옵니다. 그런데 요즈음 일종의 망령된 의론이 조정에서 나왔는데, 소위 나라를 위해 강화한다는 말입니다. 먼저 그 뜻은 평소에 매우 신임 받던 이들의 입에서 나온 것이온데, 임금의 덕을 그릇되게 하여 허둥거리게 해놓고도 그들 스스로는 당연한 것으로 여기고, 후세의 기롱과 냉소를 불러놓고도 부끄러워할 줄 모르옵니다. 오호라! 이러한데도 나라를 보존하려 든다면 조종의 신령께서 어찌 마음이 편안하다고 하겠으며, 또 이러한데도 백성들을 보전하려 든다면 신하들의 마음인들 어찌 즐겁겠다고 하겠나이까? 오호라! 이런 일을 차마 할 수 있다면, 무슨 일을 차마 할 수 없겠나이까?

　신(臣)이 가만히 생각하건댄 오늘날의 화의는 도리어 후일 화란(禍亂)의 근본이 될 것이옵니다. 저 견양(犬羊)과 같은 오랑캐들의 무례한 버릇과 탐학하기가 그지없는 성질이 이랬다저랬다 일정하지 않아 잔인함이 더욱 심할 것이니, 이처럼 화의를 한 것이 과연 종묘사직을 위하여 온당한 처사를 행한 것이라 하겠으며, 또 나라를 위하여 태평성대를 연 것이라 하겠나이까? 신(臣)같이 어리석은 사람은 평소 좋은 방책을 내는데 게을렀고 단지 옛 사람의 가르침만을 따랐으니, 스스로를 돌아보건대 성상(聖上)의 뜻을 감동시켜 세상의 도의를 만회하기에는 부족하나이다. 그러나 백대 먼 훗날에 춘추가 다시 지어져야 한다면, 신(臣)은 필삭(筆削)을 어떻게 하는 것이 마땅한지 알지 못하겠사옵니다. 대명(大明) 중화(中華)의 천자를 존숭해야 할 것이오니, 바라옵건대 조속히 화친하자는 의론을 파하고 대의(大義)를 펴야 할 것이옵니다.

척화를 청하는 상소(병자)/請斥和疏[丙子]

천지(天地)가 닫힌다 하더라도 무너지기가 어려울 것은 강상(綱常)이요, 해와 달이 제 빛을 잃는다 하더라도 어둡지가 않을 것은 의리(義理)이옵니다. 돌아보면 우리나라는 단군(檀君)이 왕업을 일으킨 나라였고, 기자(箕子) 성인이 유업을 남긴 옛터였사옵니다. 삼가 생각건대, 우리 태조대왕(太祖大王)께서 일어나시어 삼천리강산을 통할(統轄)하시고 억만년의 서업(緒業)을 남기셨습니다. 우리 주상전하에 이르러서는 총명하고 예지로운 자질과 문무(文武)를 겸비한 덕으로써 어렵고도 힘든 보위에 오르시고 밝은 등불과 같은 교화를 골고루 베푸시어 넘쳐 나옵니다. 존양(存養)하고 성찰(省察)하는 공부는 중화위육(中和位育 : 조화로운 삶을 통하여 모든 일이 제대로 되어 감을 이르는 말)의 공을 이룰 수 있을 것이고, 덕화(德化)의 성대함은 아마도 요순(堯舜)의 태평한 세상을 보게 될 것이었사옵니다.

어찌하여 저 벌레 같은 흉악한 오랑캐가 대진(大鎭 : 변방에 있는 큰 鎭堡)을 잇따라 함락시키고는 내지(內地)까지 졸지에 육박해 들어온단 말입니까. 저 쥐처럼 도둑질하고 개처럼 훔쳐 먹던 무리들이 문득 큰 멧돼지와 뱀처럼 탐욕을 부리며 난폭하게 들이닥치니, 도성(都城)이 요동치고 조정의 계획도 엉망진창이 되어, 종묘사직이 먼 바다 외딴섬에 의탁해 있고 어가(御駕)가 몽진한 성(城)도 위태롭사옵니다. 이때야말로 바로 충신열사(忠臣烈士)가 나라를 위해 목숨을 내던질 때이고, 용감한 자든 어진 자든 적개심을 가지고 국난에 달려가야 할 때이옵니다.

신(臣)은 다행히 성은(聖恩)을 입었사오나 보답하려 해도 길이 없었사옵니다. 그래서 개와 말이 주인을 사모한 정도의 구구한 충성이지만, 물고기나 곰발바닥이냐 하면 곰발바닥을 선택하듯 감히 의로운 죽음을 선택했사옵니다. 처음에는 정묘년(1627) 봄에 창의(倡義)하였었고 다음으로 병자년(1636) 겨울에 의병을 규합했사온데, 이 두 차례에 걸쳐서 임금과 국가를 위하려 했던 방책[勤王之策]은 한 번도 조그마한 공조차 이루지 못했으니, 시종 나라를 저버린 죄가 어찌 천지 사이에 용납되겠사옵니까? 군대가 쌍령(雙嶺)에서 무너졌어도 살아남은 병사들은 사람이고서 꼭 지켜야 할 도리로 직접 도성에 들어갔사옵니다. 그러나 그 전쟁터를 어찌할 도리가 없어 임금께서 당한 수치와 욕됨을 말끔히 설욕하지 못했으니 불충함이 크옵고, 오랑캐 놈들이 횡행하고 있으니 용기 없음이 극심함을 차마 보게 되었사옵니다.

삼가 듣건대, 나라를 그르칠 의론이 가장 가까운 사람에게서 일어났으나, 화란(禍亂)을 자초하는 기롱이란 것은 시귀(蓍龜 : 蓍草와 거북)점에 나타난다 하옵니다. 무릇 우리 전하의 신하와 백성이 된 자 가운데 머리를 하늘로 두고 발로 땅을 걸으며 둥근 갓을 쓰고 모난 옷깃을 한 사람이면 어찌 이 의론을 차마 듣겠으며 어찌 이 일을 차마 보겠나이까? 지금 보건댄 국서(國書)가 누차에 걸쳐 내려졌는데도, 어찌하여 협박이 더욱 거세어져서 따르기 어려운 청(請)이 답지하고, 두서없는 말이 날마다 나온단 말입니까? 이는 강포한 자에게 약함을 보여 이익을 쫓다가 도리어 해가 닥친 것이옵니다. 필경은 그 요구가 그침이 없을 것임은 뜻있는 선비를 기다리지 않아도 알 수 있는 것이니, 그렇다면 어찌하여 기둥이 타는 줄도 모르고 즐기다가, 배꼽을 물려고 하나 입이 닿지 않아서 후회를 해도 소용이 없는 경우에 이르겠사옵니까?

예로부터 제왕가(帝王家)의 흥망성쇠는 실로 하늘에 관계되는 것이옵니다. 그런데 동중서가 이르길, "크게 무도(無道)한 세상이 아니면, 하늘은 모두 붙잡아 주어 안전하게 하려 한다."고 하였습니다. 지금 우리 전하께서는 인자하다는 명성이 널리 퍼져 그 지극한 덕성이 하늘에까지 들렸사오니, 하늘은 반드시 우리나라를 붙잡아 주고 저 무리들을 무찔러 없애버려서 종묘사직을 태산같이 안정된 곳에 두고 백성들을 큰 치화(治化 : 어진 정치로 백성들을 다스려 인도함)가 있는 세상으로 이끌어줄 것입니다. 그럼에도 한두 신하의 말을 잘못 들으시고 이러한 하늘의 뜻을 어기고자 하신다면, 신은 그것에 대하여 민망스럽게 여기는 바이옵니다. 만일 저 무리들의 그지없는 탐학한 욕심과 이랬다저랬다 일정하지 않은 성질을 그대로 놓아둔다면, 우리나라는 죄다 오랑캐의 땅이 되고 말 것이고, 뭇 사람들도 아마 오랑캐의 무리로 변하고 말 것이기 때문이옵니다. 이와 같이 되고서 종묘사직을 보존하려 한다면 조종의 신령께서 어찌 그 악덕을 싫어하지 않겠으며, 이와 같이 되고서 백성들을 편안토록 한다면 백성들의 마음이 어찌 옷깃을 좌로 여미는 오랑캐 풍속을 좋아할 리가 있겠습니까? 더군다나 우리나라는 명나라와 의리로는 군신이되 은혜로는 부자와 같사옵니다. 그런데 화의(和議)가 한번 맺어지게 되면, 저들은 필경 방자하게도 황제라 칭할 것이고, 전하로 하여금 명나라를 받들지 못하게 하면서 신하라 일컫고 조공(朝貢)을 바치도록 협박할 것입니다. 그와 같이 된다면, 장차 이를 어찌 하시겠사옵니까? 신(臣)은 비록 저 제(齊)나라 노중련(魯仲連)처럼 바다에 빠져 죽고자 한 높은 절개가 없사옵니다만, 전하께서는 반드시 제나라 위왕(威王)이 주(周)나라를 조회한 대의(大義)를 지키시옵소서. 그런 연후에라야 강상이 힘입어서 무너지지 아니하고, 의리가 분명해져서 없어지지 아니하여, 《춘추(春秋)》에도 부끄러울 것이 없을 것이고 만세토록 할 말이 있을 것이옵니다.

전 시대의 본보기가 멀리 떨어져 있지 아니하고 바로 저 임진년(1592)에 있사옵니다. 당시에 함부로 날뛴 오랑캐는 오늘날보다 만 배나 더하여 팔도(八道)가 짓밟혔는데, 어버이와 자식을 잃지 않은 사람이 없을 지경이었사옵니다. 이때에 군신상하(君臣上下)가 죽겠다는 마음만 가졌고 살겠다는 생각은 조금도 두지 않자, 하늘이 우리에게 앙화를 내린 데 대해 뉘우치고 추악한 오랑캐들을 자취조차 없도록 물리쳤습니다. 그것이 오늘에까지 이어지게 되어서 대의를 천하에 펼치고 미개한 만이(蠻夷)에게 큰 소리를 칠 수 있었던 것은 바로 이 때문이었습니다.

지금, 금나라 오랑캐의 세력은 지난날과 비교한다면 강약이 다르고 또 우리나라의 군신상하는 지난날 군신상하의 명문집안 후예들이니, 지난날 군신상하의 마음으로 자기 마음을 삼아서 변함없이 죽기로 작정한다면, 오랑캐들이 침범한 것을 어찌 근심할 것이며, 하찮고 추악한 오랑캐 따위들을 어찌 쓸어 없애버리지 못할까 근심할 것이겠사옵니까? 난리를 평정하고 우리나라를 깨끗하게 하여서 선대왕(先大王)의 빛나는 영광을 빛나게 한다면 더욱 광채가 나는 것이옵니다. 삼가 바라건대, 전하께서는 신(臣)이 탕왕(湯王)의 도끼를 든 죄를 용서하시고 충심으로 아뢰는 말씀을 살피시어 속히 화의(和議)를 파하시고 기강(紀綱)을 바로잡으시옵소서. 신(臣)은 황공하고 또 황공하옵니다.

세 열사의 절의를 포상토록 청하는 상소

/三烈士[金燁 · 金煜 · 金燦]褒烈上言

　　나라를 위해 기꺼이 목숨을 바치는 것은 신하의 큰 절개요, 그 충의를 표창하고 벼슬을 내리는 것은 나라의 훌륭한 법이옵니다. 세상이 어지러운 때를 당하면 신하된 자가 의리는 생선을 버리고 곰발바닥 취하듯 하고 목숨은 기러기 털보다 가볍게 여겨서, 일시적으로 강상(綱常)을 부지하여 만세토록 풍교(風敎)를 수립하는 것이야 어느 시대엔들 없었겠사옵니까? 그렇지만 천지가 다하고 만세에 뻗치도록 한 집안에 세 사람이 있다는 것은 들어본 적이 없사옵니다. 신이 사는 고을의 김엽(金燁)은 무술을 배워서 무과(武科)에 급제하였는데, 김진고(金振古)의 장남이옵니다. 김엽은 그의 동생 김욱(金煜), 김찬(金燦)과 함께 나란히 무과에 급제했는데, 두 동생들에게 이르기를, "우리는 나라의 두터운 은혜를 받았으니 어찌해야 변변하지 못한 충성이라도 다하겠느냐?"고 했사옵니다.

　　지난 정묘호란 때에 신(臣)이 의병을 일으켰사온데, 김엽 3형제가 휘하에 들어와서 문경(聞慶)의 조령(鳥嶺) 밑에 이르렀으나 나라가 이미 강화(講和)했다는 소식을 듣고 통곡하며 고향으로 돌아왔지만 나랏일을 말할 때면 울분을 이기지 못했사옵니다. 병자호란이 일어났을 때에 신(臣)이 정묘호란 때의 울분을 씻고자 사람들을 불러 모으니, 김엽도 역시 자원하여 국가의 환란을 함께 구하려 했사옵니다. 하여 신(臣)이 관군의 도총(都總)에 추천했사온데, 김엽과 그의 동생 김욱, 김찬은 호군(護軍)에 임명되어 행군하였사옵니다. 경기도 광주(廣州) 쌍령(雙嶺)에 이르자, 오랑캐 군사들이 갑자기 밀어닥쳐 포성이 우레같이 들렸고, 쏘는 화살이 비오듯 쏟아졌습니다. 김엽과 두 아우는 칼날을 무릅쓰고 죽기를 다투어 오랑캐의 모가지 수십 개를 베고, 또 오랑캐 기병의 말까지 빼앗아 이 기세를 타고 돌진하였으나 말이 그만 오랑캐 진영으로 훌쩍 뛰어들어 가버렸습니다. 김엽은 그 기세가 꺾였음을 헤아리고 두 아우에게 말하기를, "우리 평생 나라 있는 것만 알고 집이 있는 것을 알지 못했으며, 임금이 있는 것만 알고 자기 몸이 있는 것은 알지 못했다. 지금이 바로 그렇게 할 때이다."고 하니, 세 사람 모두가 오랑캐를 꾸짖으며 굴복하지 않다가 해를 입었사옵니다.

아! 위대하고 장렬하도다. 김엽의 굳센 넋은 골짜기에 버려지고 거두어지지 못했지만 거친 산중의 여우와 살쾡이들이 장사지내었고, 충성스런 넋은 나부껴 흩어지고 위안을 받지 못했지만 고목(古木) 위의 까막까치들이 애도하였습니다. 그 열렬한 기백과 늠름한 기상은 쌍령 골짜기에 죽지 아니하고, 그 충성의 곧음은 송백이 되고 절의의 굳셈은 바위가 되어 남아 있사옵니다. 만일 세상의 신하된 자들이 그 아래를 지나게 된다면 모두 전란을 당하여 구차히 죽음을 면하려는 마음이 생기지 않을 것이니, 이 사람 때문이 아니겠사옵니까?

신(臣)이 지난날 남한산성이 포위되었을 때 상소한 후에 즉시 아뢰고자 하였나이다. 그러나 삼가 생각건대, 전하께서는 조용하고 한가한 때를 기다리셔서 반드시 충성을 드러내고 전공(戰功)을 보답하는 날이 있을 것이라 여겼던 까닭에 고향으로 돌아와서 은혜로운 유시(諭示)가 장차 내려오리라 기다렸사옵니다. 전하께서 충성을 포창하고 전공을 보답하는 것이 산 사람이든 죽은 이든 두루 미치기를 삼가 생각하다가, 빛나는 저 김엽의 외로운 충성과 아름다운 절개를 신은 끝내 전하께 아뢰지 못하고 있었사옵니다. 이제 두루 찾고 널리 채집하라는 어명이 내려졌는데도, 김엽의 충성스러운 혼과 굳센 얼이 민멸되어 전해지지 않으면 천추의 뜻있는 선비들의 가슴에 한이 될까 염려되옵니다. 그래서 신(臣)이 감히 김엽 3형제의 전말을 아뢰고자 계품(啓稟)하는 것이옵는 바, 삼가 바라는 것은 어지신

하늘이 큰 비를 내리듯 큰 은전(恩典)을 베푸는 것이 백골에도 고루 미쳐 지하에 있는 꽃다운 영혼을 위로하고 후세의 신하들을 권장하는 것이옵 니다.

한강 정구 선생께 올리다 / 上寒岡鄭先生

옥산(玉山 : 장현광의 자호) 편에 5월 20일 보내주신 편지를 받으니, 이미 은혜롭게도 진심을 다하여 은근하고도 진지하게 말씀을 주셨고, 또 게다가 조목조목 사리에 맞으셨사옵니다. 저 적도(適道)는 어찌하여 이러한 영광을 얻을 수 있었는지 알지 못합니다만, 진실로 감사하고 진실로 송구하옵니다. 그리하여 봄과 여름철 이후로 건강이 언제나 두루 좋으심을 알고 구구한 제 마음도 삼가 위안이 되었사옵니다.

저는 원래 자질이 형편없어 스스로 끝내 큰 학문을 궁구하기에 부족한 것을 알았으나, 제때에 비가 내리면 초목이 자라지 않은 것이 없듯이 어리석고 노둔한 저를 오히려 또한 참여시켜 의리의 분변, 명분과 실질의 구분 등을 듣게 하여, 우리가 할 일에도 안과 밖 또는 크고 작은 것의 구별이 있음을 거칠게나마 엿볼 수 있었으니, 이렇게 된 것은 십여 년간 일깨워주시고 꾸짖어주신 가르침이 아닌 것이 없었사옵니다. 그런데 보는 것이 분명하지가 않고 체득하는 것이 절실하지가 않아서 위로는 가르쳐주신 지극한 뜻을 저버릴까, 아래로는 친하게 지냈던 벗들을 만나지 못할까 늘 걱정하였사옵니다. 그간 살아온 것을 되돌아보니, 다만 부끄럽고 두려운 마음 간절할 뿐이옵니다.

≪주자서절요(朱子書節要)≫는 퇴도(退陶) 이황 선생이 일생 동안 공부할 자료로 삼으신 것이지만, 편질(編帙)을 정밀하게 골라 뽑고 절차(節次)를 분명하게 하여 배우는 자가 공부하기에 실로 방대한 양의 ≪주자대전(朱子大

숲)≫보다 쉽게 하시고, 이를 별도의 한 부(部)로 만들지 않을 수 없었으니 후세에 전하고자 함이었사옵니다. 대개는 도산(陶山)에 머무시면서 평일에 단지 자신이 공부하는 방편으로 삼기 위한 것이었사옵니다. 그리고 10책으로 가려서 뽑을 당시에 간행하는 논의가 그보다 먼저 문하에서 나왔지만, 간행한 후에야 퇴계 선생이 손수 쓴 서문(序文)이 또 건연(巾衍 : 책을 넣어두는 상자)에서 발견되었으니, 당시 선생께서 저지하고자 하신 것도 또한 지극한 훈계이었사옵니다. 더군다나 자양(紫陽 : 朱子)의 학문이 백세토록 퇴계를 기다리고 나서야 바름을 얻게 된 것은 사문(斯文)에 크게 관계되는 것이니, 지난날 무흘정사(武屹精舍)에서 강구하여 정한 말씀은 완전히 정정당당하였사옵니다. 도를 지켜야 하는 지경엔 어느 누구도 그 일을 신속히 실행에 옮겨 정성을 쏟지 않으니 참으로 슬프고 탄식함이 지극하온데, 근래에 몇몇 선비친구들과 개탄한 것이 있어서 감히 이와 같이 우러러 아뢰나이다. 오직 몸 건강하시기를 바라나이다.

한강 선생께 올리다 / 上寒岡先生

한 번 스승 곁을 떠난 뒤로 한 해가 어느덧 흘러갔사옵니다. 선생님의 덕을 흠모하는 마음이 보잘것없고 별 대수롭지 않았더라도 어찌 감히 깨지 않고 사수동(泗水洞)에서 깊이 잘 수가 있었겠습니까? 봄바람이 불어오는데 그 동안 어떻게 지내셨는지 알지 못하옵니다. 이 따뜻한 봄철을 맞이하여 몸은 늘 건강하시고 복 많이 받으셨사옵니까?

지난번 ≪오선생예설(五先生禮說)≫은 절충한 가르침이 아닌 것이 없었사옵니다. 혹시나 한가로워지셔서 기록하고 한데 모아 책으로 펴내시면, 어찌 단지 예학(禮學)만 완비되겠사옵니까? 실로 사문(斯文)의 크나큰 은혜일 것이옵니다.

저 적도(適道)는 게을렀지만 문하에 발을 붙이게 되었을 때, 늘 세속에 대한 생각을 떨쳐버리고 안으로 향하는 공부에 전념하여 혹시 잠깐이라도 소홀함이 없고자 하였사옵니다. 선생님 곁을 멀리 떠나올 때, 그것은 진실로 밤낮으로 바라는 것이었사옵니다. 그러나 여러 해 전부터 우환에 시달리고 태만함에 빠져 문하에 죄를 지은 것이 깊고도 중하옵니다. 삼가 바라건대, 가벼이 사람을 끊어버리지 않는 뜻으로 때마침 준엄한 가르침을 주시고 지난날의 잘못을 덮어주시기를 두 손을 모으고 공경히 기다리나이다. 끝으로 신의 가호가 있으시기를 바라나이다.

여헌 장현광 선생께 올리다 / 上旅軒張先生

지난번 찾아 뵈옵고는 실로 덕을 흠모하는 마음이 우러났으나, 마침 조금 바쁜 일로 말미암아 의심나는 것을 아뢰고 깨우쳐주시는 말씀을 듣지 못한 채 돌아왔으니, 마음으로 한스럽게 우러러보는 것이 갈수록 더욱 깊어지나이다. 삼가 바라건대, 요즘 화창한 봄 날씨에 선생님께서 더욱 강건하시옵소서. 저 적도(適道)는 두문불출하며 어버이를 받들고 난 겨를에 간간이 공부하는데 힘쓰게 되는지라, 해이하고 게으른 습관은 예전 그대로 얽매여 있사옵니다. 고요히 일념으로 공부한 때는 항시 적고, 어두워 미혹되고 어지러워 흔들리게 되는 때는 항시 많아, 끝내 실질적인 공부에 마음을 머무를 수가 없어서 늘 절실히 길게 탄식하옵니다. 만약 이와 같이 하는 일을 그만두지 않는다면 문하에 누가 되지 않을까 늘 두렵거니와, 죄스럽고 송구스럽기는 더욱 어찌해야 하겠사옵니까? 지극히 다행스러운 것은 비루하다고 버리지 않고 그 배우고자 하는 정성을 불쌍히 여겨 시종 가르침을 내려주시는 것이니, 대군자(大君子)께서 사람을 가르치는 도리가 어찌 훌륭하지 않겠습니까? 조만간에 직접 찾아뵈려 하니, 다시 뵈올 때까지 몸 건강하시기를 바라나이다.

여헌 선생께 올리다 / 上旅軒先生

나랏일은 어찌 차마 말할 수 있겠사옵니까? 오랑캐의 화(禍)가 어느 시대인들 없었겠사옵니까만, 지금처럼 함부로 날뛴 적은 있지 않았습니다. 근래에 듣건대 집사(執事 : 상대를 높여 일컫는 말)께서 경상도를 담당하는 직책을 맡으셨다고 하니, 마음으로 생각하기를 나라가 적임자를 얻게 되어서 장차 흉악한 오랑캐를 쓸어버리고 종묘사직을 보존하여 저 같은 사람은 다시 태평시대의 백성이 되리라고 여겼사옵니다. 뜻밖에 저 적도(適道)를 의성(義城) 고을의 의병장으로 추천했다 하시니, 스스로 생각건대 하찮은 사람이 외람되게도 감당할 수 없는 책임을 맡게 된 것은 평소에 스승 및 벗들과 서로 좇아 지낼 때 자기를 속이고 남을 속인 적이 있어서 그런 것이었사옵니다. 그윽이 염려되옵기는 이 때문에 대군자(大君子 : 장현광 지칭)와 지인들에게 누를 끼칠 것이 명백함에도 의당 면직을 청할 겨를이 없었던 것이옵니다. 또한 지난날 아버지와 스승의 가르침이 오직 충과 효이었습니다. 그러므로 평소 책략에 몽매하면서도 문득 뭇 사람 앞에 맹세를 하고 위태로운 나라를 구하러 나아가고자 하옵니다. 승패 여부는 하늘에 맡긴다 할지라도 군사를 모으고 군량을 모으는 것이 가닥을 잡기가 가장 어려운 것이옵니다. 삼가 원하는 것은 사안에 따라 지휘하여 스스로 갈팡질팡하지 않게 해주시는 것이옵고, 그에 따라 나라의 기대에 보답할 수 있기를 천만 번 바라나이다.

우복 정경세께 보내다/與鄭愚伏

나라가 불행하게도 금나라 오랑캐가 국경에 들이닥치자 조정이 마련한 대책은 엉망진창입니다. 우리나라 사람이면 어느 누구인들 분통이 터지지 않겠습니까? 뜻밖에도 외람되이 의병을 통솔하는 직임을 맡기시니, 과분하다는 근심이 먹고 자는 사이에도 풀리지 않고 있사오나, 이처럼 위급하고 어려운 때를 당하여 중대한 직임을 맡겠습니다. 집사(執事 : 상대방을 높여 일컫는 말)께서 평소에 저 적도(適道)를 어떠한 인물로 보셨습니까? 저는 책략에 완전히 몽매할 뿐만 아니라 충성도 순국하기에는 부족하고 용기도 적을 방어하기에는 부족하며, 믿음도 사람을 감복시키기에는 부족하고 위엄도 오랑캐를 떨게 하기에는 부족하오나, 충성스런 울분이 들끓어 의리만큼은 감히 남에게 사양할 수가 없습니다. 바야흐로 대책을 세워 처리하려고 하나 군사 모으기도 어렵고 군량은 훨씬 더 어려우니, 국가가 비록 풍전등화의 급박한 상황에 처해 있을지라도 정한 날짜에 출정할 수가 없사와 한탄스럽게도 제 힘으로는 책임을 감당할 수 없음을 더욱 느낍니다. 나라의 급박한 상황과 여러 고을의 동정 등을 지금부터는 공문을 끊이지 않고 보내어 다 알 수 있도록 해주기를 엎드려 바라나이다.

우복 정경세께 보내다/與鄭愚伏

　　현인(賢人)을 존숭하는 서원의 배향(配享)에 있어 반드시 동쪽을 우선해야 하는 것은 그 뜻이 어디에 근거한 것이오니까? 태학(太學)의 의범(儀範)은 과연 중국의 옛날 제도이오니까? 아니면 우리나라가 강구하여 정한 것이오니까? 나라와 민간에서 거행하는 제사 의식도 모두 서쪽을 위로 삼고, 향음례(鄕飮禮)와 향사례(鄕射禮)도 또한 서쪽을 높이는데, 이 서원에서만 동쪽을 취하는 것은 동쪽을 양(陽)이 생겨나는 방위로 여기기 때문이고, 문명(文明)이 반드시 동쪽에서 시작했기 때문이오니까? 그 설명을 듣고서 남들이 말하는 의혹을 풀고자 합니다.

　　저의 선조 안렴공(按廉公 : 申祐)은 고려 때 이름난 신하였습니다. 은거하여 벼슬하지 않으시고, 여러 번 불러도 나아가지 않으셨습니다. 충성과 효성을 모두 겸비하시어 백세토록 찬란히 빛이 나셨으니, 단밀현(丹密縣) 읍지(邑誌)의 인물편(人物篇) 첫 머리에 실려 있습니다. 지금 속수서원(涑水書院)의 경현사(景賢祠)에 현인을 제향(祭享)하는 논의는 존좌(尊座 : 보지 못한 상대방을 높이는 말)에서 시작되었고, 온 고을의 사람들이 모두 그것을 기쁘게 따랐습니다. 공론대로 다하여 인멸되지 않도록 하겠습니다. 일이 만약 잘되어서 좋은 날을 가려 그대로 거행한다면, 저같이 후손의 반열에 있는 자는 지쳐 쓰러지는 한이 있더라도 빨리 달려가겠습니다. 묘소는 단밀(丹密) 땅에 있으나 묘의(墓儀 : 묘 앞에 세우는 석물 일체)를 아직까지 제대로 갖추지 못했습니다. 바야흐로 비석을 세우고자 하는데 묘표를 짓는 책임은 마땅히 집사(執事 : 상대방을 높여 일컫는 말)께 돌아갈 것이니, 먼 외손의 지위에 있음에야 어쩌겠습니까? 이에, 둘째 동생 달도(達道)로 하여금 댁으로 찾아가 청(請)을 드리게 했습니다. 삼가 바라건대, 한 편의 글을 갖추어 기술하여서 백세(百世)의 신필(信筆 : 사실을 정확하게 기술한 문장)로 삼게 함이 어떠하나이까? 오직 시절에 따라 더욱 몸을 보중하시기를 빕니다.

창석 이준께 보내다 / 與李蒼石[埈]

나라에서 어찌할 바를 알지 못하는 때에 이르러 우리들 모두가 나라를 위해 보답하려는 입장에 있으니, 가까운 시일 안에 직접 뵙고 말씀을 나누고 싶은 마음이 더욱 간절합니다. 듣건대, 조정이 집사(執事 : 상대방을 높여 일컫는 말)를 경상도 관향사(管餉使)로 임명하고 영남을 둘러보게 했다는데, 아주 뛰어난 방책으로 다시는 집사 같은 분이 없을 것이오며, 나라가 공덕을 기릴 수 있게 되기를 간절히 바라옵니다. 천만뜻밖에도 두 호소사(號召使 : 장현광과 정경세)께서 저 적도(適道)를 여러 고을의 의병장 직임을 맡기셨습니다. 스스로를 돌아보건대, 평소에 어리석고 게을렀으니 스승과 벗들 사이에서 무슨 볼만한 뛰어남이 있었겠으며, 나라의 안위가 매인 이러한 때에 이처럼 과분한 책임을 맡게 되자 미리부터 절박하게 더할 수 없는 탄식을 할 뿐입니다. 관향사의 관문(關文 : 공문서)을 읽으니, 명을 받들고자 고심하신 것을 상상할 수 있었습니다. 나라를 위해 고심한 정성의 만분의 일이라도 다하고자 하신다면, 예로부터 군대 행정에 있어서 긴급한 것은 군량(軍糧)이옵니다. ≪시경(詩經)≫에서 "마른 곡식을 따로 마련하여 자루와 전대에 넣어 놓고서야 비로소 길을 떠나기 시작하였네."라고 이르지 않았습니까? 만약 군량이 계속 운수(運輸)되지 않아서 병사들에게 굶주린 기색이 있다면 옛날 이름난 장수였을지라도 일마다 처리할 수가 없을 것이니, 이것이야말로 두려워할 만한 것이 아니겠습니까? 또한 본진(本陣)이 경유하는 해당고을은 관곡(官穀)을 내고, 그 고을지역 안의 요호(饒戶)들에게는 관군(官軍)의 군수물자를 충당하게 해야 합니다. 오직 병사를 모집하는 것만이 어려운 것이 아니라 군량을 거두는 것이 더욱 어려운 것이오니, 이를 장차 어찌해야 하겠습니까? 적의 세력이 너무나 치성하니 오래도록 지체하게 될 것인데, 또 미리 추측해서는 아니 되겠지만 만약 미리 아무런 대비함이 없이 곧장 출전시킨다면, 이것은 병사들을 몰아서 적에게 갖다 바치는 것과 무엇이 다르겠습니까? 지금 관항(管餉 : 군량미를 맡아 관리하는 곳)에 단단히 명령을 내리시어 군량이 떨어졌더라도 강제로 의량(義糧)을 거두지 못하도록 하고, 곳간을 기울여 재물을 털어야 하는 뜻을 고을의 사람들에게 알아듣도록 타이르게 하여, 됫박 양식일망정 모아서 합치면 비록 넉넉하지 않을지라도 준비할 수 있을 것입니다. 임금께서 위급함이 바야흐로 조석에 달려 있사옵니다. 그러므로 군사를 더 이상 지체할 수가 없사와 며칠 후에 출발할 계획이옵니다. 오직 바라는 것은 집사께서 이미 그 벼슬에 계시니 심사숙고하여 널리 구제하시고, 본진이 지나가는 해당고을의 주민들이 군수를 협조하도록 조처해주셔서 어렵고도 힘든 나랏일을 처리할 수 있으면 매우 다행이겠습니다.

백헌 이경석에게 보내다 / 與李白軒[景奭]

삼가 서늘한 가을 날씨에 몸 건강하기를 바라네. 적도(適道)는 특별히 넘치는 도움을 입고도 사직서나 근근이 보존하고 있네만, 피폐한 지역을 졸렬한 솜씨로는 대책을 세울 길이 없으니, 머리만 하얗게 되어 형편없는 늙은이가 자못 가련하기만 하다네. 끝으로 더욱 귀하게 되시어 조정과 백성들의 기대에 부응해 주기를 비네.

동계 정온에게 답하다 / 答鄭桐溪[蘊]

수계(搜溪)에서의 젊었을 적 즐거움이 아직도 마음속에 생생한데, 어느새 수염과 머리털이 희끗희끗하옵니다. 더군다나 두문불출한데다 몇 년 사이에 질병이 드는 바람에 인사를 차리려고 해도 한 번 떨치고 일어나 다시 찾아갈 수가 없었습니다. 지난날 보내온 서찰에서 말한 것처럼 '내가 병이 들어 형을 찾을 수가 없고, 형도 병이 들어 나를 찾을 수가 없다.'고 한 것은 바로 이를 두고 한 말입니다. 비록 지금은 천지가 이미 어두워진 때이기는 하지만 뭇 사람들이 의지하는 분이오니, 바라건대 몸과 마음이 손상되지 않고 늘 건강하시와 실로 오래오래 사시기를 축원하나이다.

저는 남쪽으로 귀향한 이래로 미산(薇山) 깊은 골짜기에다 조그만 집을 지었는데, 그곳의 산 이름을 본떠서 정자 이름을 짓고 나의 생을 마치려고 합니다. 그런데 아직도 귀에 들려와서 서북 소식을 들을 때면 사람으로 하여금 분한 마음을 절로 격발케 합니다. 당시에 한 마음으로 함께 맹세했던 사람들과 같은 날에 죽지 못하고, 마치 전횡도*에 홀로 살아서 서있는 나무 같은 것이 한스러울 뿐입니다. 가만히 생각건대, 집사(執事 : 상대를 일컬음)께서는 이보다 몇 배나 더할 것입니다. 그렇지만 가호가 있으시고 기력이 왕성하시기를 삼가 기원하나이다.

* 전횡도(田橫島) : 제왕(齊王) 전횡(田橫)이 부하 5백 명을 거느리고 섬으로 들어간 후에 한(漢)나라 고조(高祖) 유방(劉邦)이 불렀으나 끝내 신하되기를 거부하고 자결하자, 한고조가 그 섬을 '전횡도'라 했다는 고사가 있다.

수암 류진에게 보내다 / 與柳修巖[袗]

늘 합석하면 차분한 토론을 할 수가 없었는데, 어느새 탁 트여 이러한 좋은 일에 뜻을 두었네그려. 나는 궁벽한 마을에 칩거해 있으면서 단지 서쪽만을 간절히 바라보며 크게 한숨을 지었을 뿐이로다. 그대의 공부한 것을 보노라니 한 것과 아니한 것의 무상함이 이와 같거늘, 어찌 감히 우둔하고 누추한 나의 자질이 조금이라도 변했기를 바라겠는가. 근래에 ≪대학(大學)≫의 두어 조목(條目)에서 본문 3장구(章句)를 보게 되었는데, 주석 풀이를 살펴보니 그 요지를 대강만 안 것 같네그려. 곁에서 제대로 도와주지도 못하고 강론(講論)하여 변질(辨質)해주지도 못했으나, 참으로 믿을 수 없는 곳이 있기 때문에 별록(別錄)을 우러러 더럽히나니, 혹시라도 비루하지 않다면 재량하여 바로잡아주게나.

김수인에게 보내다/與金君愼[守訒]

  서울에서 서로 헤어지면서 마침내 나란하던 말고삐를 놓쳐버리고는 지금까지도 대단히 섭섭하옵니다. 풍상(風霜 : 겪은 세상의 어려움과 고생)을 겪은 끝에 지내시는 것이 어떠한지 삼가 문안하옵니다. 적도(適道)는 돌아오던 긴긴 길에 온갖 고생을 겪으며 근근이 돌아와 살고 있으나, 적막하고 곤궁한 집에서 누구와 더불어 회포를 논하겠습니까? 요즘 형님 생각이 다시 더한층 나나, 형님의 날개 꺾인 모습은 사람으로 하여금 개탄하게 합니다. 하늘이 장차 부리고자 그 공부를 더욱 빛나게 하고 크게 함이니, 후일을 기다리시죠? 적도 같은 사람이 그럭저럭 지내며 헛되이 마냥 세월만 보내다가 남쪽 고향으로 내려온 지도 오래잖아 다시 서울 가기를 도모하면, 남의 고생을 스스로 알지 못한다고 할 것이옵니다. 마침 효백(孝伯 : 金奉祖의 자)이 가는 길에 몇 자 써서 부치옵니다.

김치관에게 보내다/與金而栗[致寬]

가을이 어느새 다하는 즈음, 지내시는 것이 어떠한지 삼가 문안하옵니다. 가까이 살지만 만나지 못하니 우러러 생각는 마음은 더욱 간절합니다. 적도(適道)는 갈수록 쇠약해지는데다 병이 깊어지니 정신과 기력이 마치 해가 서산에 걸린 것 같사와, 한 번 가서 회포를 풀고자 하나 병을 털고 일어날 계책이 없어서 오늘에 이르고야 말았습니다. 그간의 사정을 형이 어찌 알겠습니까? 얼마 전에 조정에서 보내온 제 동생의 서찰을 보았더니, 여러 고을의 재해를 입은 곳에는 감동창미(甘同倉米)를 가져다 쓸 수 있게 돌려주는 큰 처분이 내려지도록 이미 감정(減定)하기로 했다고 하옵니다. 참으로 물고기가 수레바퀴 자국의 고인 물에 모여 있는 것 같은 굶주린 백성들이 조금은 소생할 희망이 있을 듯하옵니다. 매우 다행스럽고 너무나 다행스럽습니다. 우리 둘이 각자 늙고 병든 몸을 이끌고 직접 얼굴을 보는 것도 기약할 수 없으니 크게 탄식하나 어찌겠습니까.

업유재 회원에게 보내다/與業儒齋會中

살면서 한 우물을 썼을지라도, 다만 두문불출하고 세상을 등진 것으로 말미암아 잠시라도 산 밖으로 나간 적이 없었던 까닭에 서로 만나 뵈올 길이 없었고, 저 ≪시경(詩經)≫<웅치(雄雉)>의 '스스로 길을 막았다[自眙伊阻]'는 시름은 늙을수록 절실했습니다. 이번 정월 초하루에 즈음하여 여러 분께서는 편안히 지내시고 기력 왕성하십시오. 나 적도(適道)는 갈수록 쇠약해지는데다 병이 깊어지고 있으니 참으로 괴롭고 슬프옵니다.

아, 우리 할아버지께서는 순흥(順興)에 계셨던 신재(愼齋) 주세붕(周世鵬) 선생을 찾아뵈셨습니다. 주 선생은 백운서원(白雲書院)과 업유재(業儒齋)를 창건하시고 어진 이를 높이고 선비를 기르는 곳으로 삼으셔서, 사문(斯文)을 처음으로 일으켰고 후학들에게 은혜를 끼쳐주셨습니다. 그래서 원근을 막론하고 유생들은 옷깃을 여미며 흠모하지 않은 이가 없었습니다. 우리 할아버지께서는 백운동에서 돌아오신 뒤, 우리 고을에 선비들이 학문을 닦고 귀의할 만한 곳이 없음을 개탄하셨습니다. 그리고는 마침내 온 고을의 동지들과 함께 먼저 장천원(長川院)을 세우고 이어서 업유재를 지으셨습니다. 그 규모와 절도는 하나같이 주 선생이 게시한 대로 따랐는데, 그 게시(揭示)는 주희(朱熹) 선생이 백록동(白鹿洞)에 남기신 규례(規例)를 모방한 것이었습니다. 그 이후로 문소(聞韶 : 의성의 옛 명칭) 지역이 집집마다 글 읽는 소리가 있고 선비들은 예법을 지킬 줄 알게 되어 추로(鄒魯 : 공자와 맹자의 고향으로 예절을 알고 학문이 왕성한 곳을 일컬음)에 부끄럽지 않다는 칭송을 들었으니, 실로 백세토록 폐하기가 어려운 아름다운 모범이었습니다.

근래에 전란을 겪은 뒤라서 운영 경비가 바닥났을 뿐만 아니라 강규(講規 : 선비들이 모여서 공부하는 규정)도 해이해졌습니다. 우리 고향의 후생들은 이전 시기의 돌아가신 고을어른들께서 후예들을 위해 세운 은택을 제대로 아는 자가 거의 드물 것입니다. 이것이 어찌 오늘날 우리들의 책임이 아니겠습니까? 나 적도는 세상을 등진 지 오래였으니, 마땅히 입을 다물고 절대로 분수 밖의 일에 대해 간섭하지 않아야 합니다만, 어리석은 충심이 너무나 간곡하여 후생들을 장려하고 인도할 방법에 대해 스스로 그만두지 못한 까닭에 겨우 정신을 붙잡고서 군자들이 모두 모인 좌석을 우러러 더럽히고 있습니다. 사람을 보고 말을 버리지 않는다 하였으니 다시 강규를 손질하기 바랍니다. 먼저 상읍례(相揖禮 : 유생들이 서로 마주보며 읍하고 예를 올림)를 행하고 다음으로 성리서(性理書)를 강하여 지난날 업유재를 창설했던 본심을 저버리지만 않는다면 다행이고 다행이겠습니다.

첫째 아들 집에게 부치다/寄伯兒㙉

※『역주 창의록』(역락, 2009)의 68면에 의하면, 이 편지는 1637년 1월 4일에 쓴 것이다.

　의병을 이끌고 길에 오른 지도 어느덧 10여 일이 지났고, 집과 고향의 소식이나 편지가 요즘 막힌 지도 며칠이 되었구나. 비록 태평시절일지라도 잊기가 어렵거니와, 더구나 나라의 안위가 매인 때임에랴. 오직 너의 모자와 형제들은 문중의 여러 집안과 함께 나라가 결딴나려 하는 때에 행여 동요됨이 없기를 바란다.

　일편단심으로 애타게 임금님을 연모하는 것은 어찌 잠깐인들 조금이라도 해이할 수 있겠느냐. 이에 아비는 쓸모없는 늙은이이지만 나라의 은혜에 보답할 날을 당해 이미 의병장이 되고나니, 죽기로 맹세하고 서쪽으로 달려가는 것 외에는 달리 특별한 도리가 없었다. 그런데 도중에 서쪽 소식을 듣건대, 일종의 망령된 의론인 화의가 조정에서 일어났다고 하니, 이 일을 장차 어찌해야 좋으냐. 바다를 뒤엎고 강을 기울이는 세력이 아닐 것인데, 반드시 국론을 회복하고 강상을 부식할 수 없는 좋지 못한 때에 태어났다고 해도 어찌 이처럼 심하단 말이냐. 또한 여러 도에서 달려온 근왕병(勤王兵)들이 비록 퇴각할지라도 나는 마땅히 전진하고자 하나, 옛 사람들이 병사를 부리는 요체에 따르면 군량(軍糧)보다 앞서는 것이 없다. 만약 앞에도 믿고 의지할 수 있는 군량이 없고, 뒤에도 계속해서 보내는 군수물자가 없으면 전쟁은 이길 수가 없느니라. 너는 마땅히 날마다 모량소(募糧所)를 독려하되, 군량이 끊어지는 일이 없도록 하기를 모름지기 바란다.

셋째 아들 채에게 부치다 / 寄叔兒琛

네가 집을 떠난 지 벌써 여러 달이 지났구나. 내 마음에 애틋한 정이 있어 잊으려 해도 잊을 수가 없구나. 지난번 가는 도중에 아무 탈 없이 태학(太學)에 도착했느냐? 싸늘한 등불만이 반기는 객지 생활에 어찌 어렵고 힘든 것이 없으랴만, 태학의 좋은 다른 벗들은 각기 모두 평온하게 지내지? 그렇지 않더냐? 네게 달려가고픈 생각이야 그치질 않는다만, 시골집 식구들은 네가 떠나기 전의 모습 그대로 잘 지내고 있으며, 대단한 걱정거리도 없으니 염려하지 않아도 된다. 무릇 학교를 세우고 선비를 기르는 그 규모가 이미 예전에 이루어졌고, 선비들은 이로써 인재로 길러지며 나라는 그로 말미암아 인재를 얻게 되느니라. 근래에 와서 태학의 재실(齋室)에 있는 유생들 가운데 전철(前轍)을 따르지 않고 무리를 지어서 종일토록 하는 말이 도의(道義)에는 아예 미치지도 않는 자가 많다고 하는구나. 너는 모름지기 이를 거울로 삼아 경계하고 부디 매우 힘쓸지니라. 의관을 바르게 하고 책상에 엄숙히 단정하게 앉아서 날마다 사서(四書)를 읽고, 틈틈이 정주서(程朱書) 및 퇴계서(退溪書)의 글이 지닌 깊은 뜻을 연구하여, 성스러운 조정이 선비를 기르는 본심에 어긋남이 없게 하고, 영남의 선비가 실질에 힘쓰는 오랜 규범에도 저버림이 없도록 하여라. 네가 평소 이러한 도리를 알지 못하는 것은 아닐 것이다. 분잡하고 번화한 곳에 빠져서 기상이 쇠미해지는 중이라면 지조를 바꾸지 않은 자가 드무니, 반드시 살펴 삼가고 살펴 삼가서 기대하는 바에 부응하도록 해라.

막내아들 첨에게 부치다/寄季兒玷

집을 떠난 지가 몇 달이 지났거늘 가는 편지도 오는 편지도 모두 끊어져 마음이 몹시 울적하구나. 그 사이에 집에는 특별히 큰 걱정거리가 없었는지 알지 못하겠구나. 너희 형제가 공부를 완전히 그만두지는 않았는지 모르겠다만, 항시 마음속에 남아 있어 잊을 수가 없구나. 너는 본시 성정이 게으르고 기개가 약하니, 글을 읽는 경우에 비록 남이 하나를 하면 나는 백을 한다는 공력을 기울였을지라도 허물로 여기지 말고 병이 생길 때까지 힘써야 하느니라. 지금 네가 읽어야 할 책은 자사(子思) 성인의 ≪중용(中庸)≫이니라. 이 책은 글의 뜻을 깨닫기가 쉽지 않은 것이 많겠지만, 마음을 가라앉히고 깊이 생각하는 가운데 스스로 깨닫거나[潛心默會] 익숙토록 보고 깊이 탐구하면[熟玩深究] 저절로 깨닫게 되는 오묘함이 있을 것이니라. 그러니 힘쓰고 힘써라.

권 2

성설/性說

*역주자 주 : 이 글은 신적도가 ≪맹자(孟子)≫<고자장구(告子章句) 상>을 근거하여 쓴 것이다.

성(性)이란 것은 사람의 마음에 갖추어져 있는 바의 천리(天理)이다. 그 성에는 본연(本然)과 기질(氣質) 둘이 있지만, 본연지성(本然之性)이 기질 가운데 시로 떨어져 있고, 본연지성은 인(仁)·의(義)·예(禮)·지(智)가 바로 그것이다. 기질지성(氣質之性)은 성이 기질을 따라 차이가 생기게 되는 것이 바로 그것이다. 그러므로 성현들이 성을 논한 것에 본연만을 오로지 지적한 것이 있고, 기질을 겸하여 말한 것이 있으니, 공자(孔子)가 "성은 서로 가깝다.(性相近)"고 한 것은 기질을 겸하여 말한 것이고, 맹자(孟子)가 "성은 본래 선하다.(性本善)"고 한 것은 본연만을 오로지 지적한 것이다. 그 후에 순자(荀子)가 '본성은 악하다.(性惡)'고 한 것, 양자(楊子 : 楊朱)가 '본성은 선과 악이 뒤섞여 있다.(性善惡混)'고 한 것, 한유(韓愈)가 '본성에는 상중하의 세 등급이 있다.(性有三品)'고 한 것 등은 단지 기(氣)일변만을 말하였을 뿐이다. 소동파(蘇東坡)가 '본성에는 아직 선과 악이 있지 않다.(性未有善惡)'고 한 것, 호굉(胡宏)이 '본성에는 선과 악이 없다.(性無善惡)'고 한 것 등은 모호하고 분명하지가 않다. 장횡거(張橫渠)가 "형체를 이룬 뒤에 기질지성이 있게 되니 본래의 선(善)으로 돌아가면 천지지성(天地之性)이 있게 된다."고 하였고, 정자(程子)가 "성을 논하면서 기를 논하지 않으면 갖추어지지 않고, 기를 논하면서 성을 논하지 않으면 분명하지가 않다."고 하였으니, 두 사람이 성을 논한 것은 명백하여 쉽게 깨달을 수 있다.

그러나 후세의 학자들은 도리어 본연과 기질을 곧 두 개의 대등한 성으로 나누어서 보니, 이것이 어찌 성을 제대로 알 것이겠는가? 선대의 유학자가 물로써 성을 비유한 것이 많다. 물의 성질은 돌 사이에 흐르면 맑고 진흙에 부딪치면 탁하게 되지만, 그 물의 근원을 따져보면 어찌 한쪽이 맑고 다른 한쪽이 탁해 있다가 그런 것이겠는가? 지금 물로써 성을 살펴보면 (성이 본래 선한 것임을) 알 수 있을 것이다. 사람의 본성에 선한 것과 악한 것이 있고(有善有惡), 밝은 것과 어두운 것이 있으며(有明有昏), 굳센 것과 부드러운 것이 있는 것(有剛有柔)은 대개 사람이 태어남에 하늘은 비록 똑같이 그 이치를 부여했다고 할지라도 그 부여받을 때에 가지런하지 않고 서로 차이가 있었기 때문이다. 맑고 탁한 것(淸濁), 순수하고 잡스런 것(粹駁), 치우치고 바른 것(偏正), 통하고 막히는 것(通塞) 등의 기(氣)가 그 만나는 시기에 따라서 부여받은 것이 가지런하지 않았던 것이다. 그렇지만 근본[大本]은 하나이므로 그 노력을 백 배 기울이면 악을 선으로, 어두운 것을 밝은 것으로, 굳센 것을 부드러운 것으로 만들 수 있다. 이것을 둘로 하면 옳지 않다고 하는 것은 바로 이 때문이라 하겠다.

심설/心說

　마음이라는 것은 성(性)과 지각(知覺)을 합해서 심(心)이라는 이름이 있게 되었는데, 이(理)와 기(氣)의 합체(合體)로서 고요함과 느낌(寂感)을 구비하여 동(動)과 정(靜)을 겸하고 체(體)와 용(用)을 다 갖추었으니, 한 몸의 주인이 되어 온갖 이치를 묘용(妙用)하고 모든 일에 응하는 것이다. 그렇지만 이것이 모습이나 그림자가 없고 일정한 방향이나 장소가 없으니 장차 어떻게 지정하여 말할 수 있겠는가? 대저 마음은 항상 작용을 멈추지 않는 활물(活物)이다. 고요히 움직이지 않고 있을 때와 가슴속에 수렴하고 있는 사이만큼은 고요하고 평정하기(湛虛平正)가 맑은 거울과 고요한 물 같지만, 마음이 느끼어 마침내 통하게 되어서는 혹 우리의 몸 밖으로 달려 나가 치달리고 날아오르는 것이 날뛰는 한마(悍馬)와 끊임없이 물을 퍼 올리는 수차(水車) 같다. 그래서 수작하고 형편에 응할 때면 천리(天理)와 인욕(人欲)의 분별(分別), 기뻐하고 성내거나 슬퍼하고 즐거워하는 것[喜怒哀樂]의 발현(發現), 인의예지(仁義禮智)의 단서(端緒), 이목구비(耳目口鼻)의 욕망(欲望) 등이 모두 이 마음으로 말미암아 나오는 것이다. 그러므로 ≪서경(書經)≫<요전(堯傳)>에서 순(舜)임금이 우왕(禹王)에게 선위(禪位)하면서 "진실로 그 중도를 잡아라.(允執厥中)"고 한 것, 공자(孔子)가 "잡으면 존재하고 놓으면 없어진다.(操則存, 舍則亡.)"고 한 것, 맹자(孟子)가 "그 놓아 흐트러진 마음을 거둔다.(求放心)"고 한 것, 정자(程子)가 "마음을 잡아 보존하는 요령이 있다.(操之有要)"고 한 것, 호안국(胡安國)이 "항상 붙잡아서 지킬 수 있다.(能常操而有)"고 한 것, 주자(朱子)가 "반드시 이를 살펴야 한다.(必察乎此)"고 한 것 등 천고의 성현들이 마음을 논한 것이 모두 이와 같으니, 그 마음을 다하고자 하는 후학들은 어찌 모습이나 그림자가 없는 마음을 잠시 잠깐 사이에 마음대로 더듬어 찾아낼 수 있겠는가? 마음의 성질은 단지 한 몸의 주인이나 주재(主宰)하는 것은 나에게 달려 있으니, 자신이 주장하여 드러내면 곧 있고, 주장하여 드러내지 않으면 곧 사라져버리는 것이다. 그러므로 자신이 항상 이 마음을 관할할 수 있은 연후에 비로소 마음이 몸을 주재할 수 있으니 성(性)을 체(體)로 삼고 정(情)을 용(用)으로 삼아 동정(動靜)간에 빈틈이 없게 하면 마음이 있지 않은 곳이 없을 것이다.

정과 의에 대한 변별/情意辨

정(情)과 의(意)는 어떻게 분별하겠는가? 정과 의에 대한 분계(分界)는 섞여 있는 것도 아니고 또 멀리 떨어진 것도 아니다. 주자(朱子)가 말하기를 "정(情)이란 촉발되어 나온 그대로의 것이며, 의(意)란 그렇게 하려고 주장하는 것이다. 예컨대 어떤 사물을 아끼는 것은 바로 정(情)이고, 그 사물을 아끼는 까닭은 의(意)이다. 정(情)이란 배나 수레와 같고, 의(意)란 사람이 그 배와 수레를 부리는 것과 같다."고 했으며, 또 말하기를 "정(情)이란 어떤 행위를 할 수 있는 것이고, 의(意)란 온갖 방법을 통해 그 행위가 실현되도록 하는 것이다. 그러므로 의(意)란 이 정(情)이 생기고 난 뒤에 작용한다."고 했다. 북계(北溪) 진순(陳淳)이 말하기를 "정(情)이라는 것은 본성이 움직이는 것이고, 의(意)라는 것은 마음에서 나오는 것이다. 정(情)이란 마음이 이면에서 자연스럽게 발동하여 그 모습이 바뀌어[改頭換面] 나오는 것이고, 의(意)란 마음 위에서 한 가닥의 생각을 일으켜 이리저리 헤아리며 그처럼 하려고 운용하고자 하는 것이다."고 했으며, 또 말하기를 "정(情)이란 전체적인 면에서 논한 것이고, 의(意)란 한 가닥의 생각이 일어나는 면에서 말한 것이다."고 했다. 이 몇 가지의 설을 종합해 보면 정(情)과 의는 일찍이 떨어진 적이 없고 또한 찬연하여 서로 문란하지 않았으니, 정(情)이 앞서고 의(意)가 뒤가 되어 서로 심성(心性)의 용(用)이 되는 것은 의심할 여지없이 명백하리로다.

지와 의에 대한 변별/志意辨

지(志)와 의(意)는 모두 마음이 움직인 것이지만 그것에는 경중과 선후가 있다. 이에 대한 선대 유학자들의 논변이 분명하고 절실하다. 북계(北溪) 진순(陳淳)이 말하기를 "어떤 사람에게 기뻐해야 하고 성내야 할지를 헤아리는 것은 의(意)이고, 기뻐하거나 성내야 하는 사람에게 마음이 향하는 것은 지(志)이다."고 했다. 장횡거(張橫渠)가 말하기를 "지(志)는 공변되고 의(意)는 사사로우며, 지는 강인하고 의는 부드러우며, 지는 양이고 의는 음이다."고 했다. 주자가 말하기를 "지(志)는 마음이 가는 바가 어떤 대상을 향해 곧게 가는 것이고, 의(意)는 또한 이 지(志)가 대상을 향해 갈 때 경영하고 왕래하는 것이니, 의는 지의 다리가 되는 격이다. 무릇 꾸려나가고[營爲] 도모하고 계탁하고[謀度] 왕래하는 것은 모두 의(意)이다."고 했으며, 또 말하기를 "지(志)는 공공연히 그렇게 되도록 주장하는 것이고, 의(意)는 사사로이 비밀리에 간간이 발하는 것이다. 지는 드러내놓고 치는 것[伐]과 같고, 의는 몰래 치는 것[侵]과 같다."고 했다. 이 몇 가지의 설을 마음속 깊이 인정한다면 무릇 사람의 마음은 대상을 향해 곧바로 가는 것이 지(志)요, 도모하고 계탁하고 왕래하는 것이 의(意)이니, 배우는 자들은 지와 의에 대한 분계(分界)는 이로부터 분별할 수 있으리로다.

심 · 성 · 정 · 지 · 의에 대한 변별/心性情志意辨

심(心), 성(性), 정(情), 지(志), 의(意) 이 다섯 가지가 사람의 몸에 갖추어져 있어 서로 기다려 체(體)와 용(用)이 되므로 다섯 가지의 맥락과 분계(分界)를 밝게 변별할 수 없으면 그 선후의 차례를 알기가 어렵다. 주자가 말하기를, "성(性)이란 곧 천리(天理)인데 만물은 그것을 부여받아 타고나니 하나의 이치라도 갖추지 않은 것이 없다. 마음[心]이란 한 몸을 주재(主宰)하는 것이고, 의(意)는 마음이 발현한 것이고, 정(情)은 마음이 움직이는 것이고, 지(志)는 마음이 가는 것이다."고 했다. 북계(北溪) 진순(陳淳)이 말하기를 "내면에서 주재하는 것이 심(心)이며, 마음이 움직여 기뻐하거나 성내는 것이 정(情)이며, 마음의 이면에서 마음이 움직여 바깥으로 나오는 것이 성(性)이며, 어떤 사람에게 기뻐해야 하고 성내야 할지를 계탁(計度)하는 것이 의(意)이며, 기뻐하거나 성내야 하는 사람에게 마음이 향하는 것이 지(志)이다."고 했다.

어리석은 내가 두 분의 말씀을 살펴보니, 심(心), 성(性), 정(情), 지(志), 의(意) 이 다섯 가지의 선후가 비록 엇섞은 듯 놓여있을지라도 그 글의 기세와 힘을 살피고 그 깊은 뜻을 구명하면 다섯 가지의 맥락을 변별할 수 있다. 이제 이 다섯 가지를 사람이 길을 가는 것으로 비유하면, 길이 성(性)이고 사람이 심(心)이며, 발을 움직여 길을 가고자 하는 것이 정(情)이고 발을 움직여 길에 임하는 것이 지(志)이며, 길에 임하여 오늘 몇 리나 갈 것인지 헤아리는 것이 의(意)이다. 또한 물이 그릇에 담긴 것으로 비유하면, 물이 성(性)이고 그릇이 심(心)이며, 물이 흘러나오는 것이 정(情)이고 흘러나와 땅에 쏟아지는 것이 지(志)이며, 땅에 쏟아져 혹 동으로 흘러가고 혹 서로 흘러가는 것이 의(意)이다. 이와 같이 보면 다섯 가지의 맥락과 분계를 변별하고 선후의 차례를 알 수 있을 것이다.

인의예지설/仁義禮智說

인간은 하늘과 땅 사이인 세상에서 인(仁)·의(義)·예(禮)·지(智)의 성을 타고났다. 그 근본을 추구하고 근원을 궁구하면 태극(太極)이 동(動)하고 정(靜)하여서 음(陰)과 양(陽)이 되고, 음과 양이 서로 변했다 합하면서 오행(五行)이 되어, 태극이 이기(二氣 : 음양)와 오행으로 변화하여 만물을 생성하는 것이다. 만물 가운데 오직 인간만이 그 빼어난 것을 얻어 가장 신령스러우며, 인간이 가장 신령하게 된 까닭은 하늘이 부여하고 인간이 받을 즈음에 인의예지의 성을 얻었기 때문일 뿐이다. 맹자(孟子)가 말하기를 "불쌍히 여기는 마음이 어짊의 시작이고[惻隱之心, 仁之端也], 부끄러워할 줄 아는 마음이 의로움의 시작이고[羞惡之心, 義之端也], 겸양하는 마음이 예절의 시작이고[辭讓之心, 禮之端也], 옳고 그름을 가리는 마음이 지혜로움의 시작이다[是非之心, 智之端也]."고 했다. 주자(朱子)가 "인(仁)은 온화하고 자애한[溫和慈愛] 도리이고, 의(義)는 결단하고 제어하는[斷制裁割] 도리이고, 예(禮)는 공경하고 절도를 지키는[恭敬撙節] 도리이고, 지(智)는 옳고 그름을 분별하는[分別是非] 도리이다." 했고, 또 말하기를 "인(仁)은 마음의 덕이요, 사랑의 이치이다[心之德, 愛之理]. 의(義)는 마음의 법도요, 일의 마땅함이다[心之制, 事之宜]. 예는 천리를 알맞게 하는 법도요, 인사를 헤아리는 법칙이다[天理之節文, 人事之儀則]."고 했으나, 지(智)에 대해서만은 분명한 해석이 있지 않았다. 그래서 호운봉(胡雲峯)이 주자의 뜻을 취하여 보충하기를 "지(智)는 심의 신명[心之神明]이니 뭇 이치를 묘용(妙用)하여 만물을 주재하는 것이다." 하였고, 번역(番易) 심귀보(沈貴寶)가 "지(智)는 천리가 움직이거나 고요한 기틀을 포

함하는 것이요[涵天理動靜之機], 인간사에 관한 시비의 거울을 갖춘 것이다
[具人事是非之鑑]."고 했다.

　여러 선현들의 말씀을 궁구하면, 서로 뒤섞여 있고 분리되지 않은 하나
의 성(性) 가운데에 네 가지가 번듯하게 각기 다른 면모와 같지 않은 맥락
이 있다. 인성(人性)의 인의예지는 사덕(四德)에 있어서 원형이정(元亨利貞)이
되고, 사시(四時)에 있어서 춘하추동(春夏秋冬)이 되고, 사행(四行)에 있어서
수화금목(水火金木)이 되고, 사방(四方)에 있어서 동서남북(東西南北)이 되고,
사장(四臟)에 있어서 간심폐신(肝心肺腎)이 된다. 이기(二氣)에 있어서는 인예
(仁禮)가 양(陽)의 시종(始終)이 되고, 의지(義智)가 음(陰)의 시종이 된다. 그러
나 인의예지는 본래 일리(一理) 중에서 분별한 것이다. 그러므로 공자(孔子)
가 인(仁)만 말씀하셨어도 나머지 의예지(義禮智)가 그 속에 들어있고, 정자
(程子)가 "한편으로 치우쳐 말하면(偏言) (인은 오상의) 하나이지만, 전체를
통틀어 말하면(專言) 네 가지(義, 禮, 智, 信)를 다 포함하고 있다." 하였다. 이
로 미루어 보건대, 네 가지는 체(體)와 용(用)의 묘함에 대해 편언하기도 전
언하기도 해야 함을 알아야 할 것이다.

무극이태극설/無極而太極說

　‘무극이태극(無極而太極)’은 ‘이(而)’ 글자가 곧 즉(卽)자의 뜻이니 무극이 곧 태극임을 이른다. 다만 하나의 진실한 이(理)인 것이다. 무릇 태극이란 두 글자는 공자(孔子)가 비로소 끄집어내어 천지만물의 중심과 근원을 밝힌 것이나, 간혹 사람들이 그것을 형상(形狀)이 있는 것처럼 간주하였다. 그러므로 주자(周子 : 주돈이)가 무극(無極)이란 두 글자를 그 위에 더하고 중간에 ‘이(而)’ 글자를 덧붙였으니, 어떤 상이 없는 가운데 이(理)가 있음을 밝힌 것이다. 그 이(理)는 소리도 없고 냄새도 없으며, 볼 수도 없고 들을 수도 없으니, 진실로 더듬어 찾아내기도 어렵고 또 형용하기도 어렵다. 그러나 무극태극은 천지만물이 있기 전부터 있었고, 그 묘용(妙用)은 점차 천지만물이 생긴 뒤에도 행해진다. 무극태극은 천지만물 가운데에서 끊임없이 순환하는데 빈틈없이 꼭 들어맞아 앞으로 거슬러 찾아보아도 그 처음이 보이지 않고 뒤로 당겨보아도 그 끝이 보이지 않으니, 오랜 옛날부터 지금까지 또 지금부터 먼 훗날 동안 어느 한 곳도 흠결이 없을 것이다. 그러므로 우러러보면, 일월성신(日月星辰)이 매달 주기적으로 운행하고 춘하추동(春夏秋冬)이 차례대로 유행(流行)하는 데 있어 이 이(理)가 아닌 것이 없다. 굽어보면, 산과 언덕 및 강과 바다 등 크고 작든 솟고 흘러가는데, 날짐승과 들짐승 및 풀과 나무 등 크고 작든 움직이고 심어지는데 또한 이 이(理)가 아닌 것이 없다. 사람에게 있어서는 군신, 부자, 형제, 부부 등이 말하건 침묵하건 움직이건 멈춰있건 살아가는 순간순간 매사에 대처할 때면 어느 하나라도 이 이(理)가 아닌 것이 없다. 이 때문에 하늘과 땅과 사람에

게 속하는 것들이 어느 하나라도 태극을 벗어나 스스로 사물을 이루는 것
은 없는 것이다. 무릇 사물에는 시종일관 소멸하거나 생장하는(消長), 차고
기울거나 열리고 닫히는(虛盈闔闢), 쇠하고 성하거나 드러나고 숨는(衰盛顯
微), 오고 가거나 굽고 펴는(往來屈伸) 이(理)가 있지 않음이 없다. 그리고 소
멸하는 중에도 생장하는 리가 있고 생장하는 중에도 소멸하는 리가 있으
며, 기우는 중에도 차는 리가 있고 차는 중에도 기우는 리가 있다. 열고 닫
히는 중에도, 쇠하고 성하는 중에도, 드러나고 숨는 중에도, 오고 가는 중
에도, 굽고 펴는 중에도 모두 리가 있지 않음이 없다. 대저 천지 사이에 있
는 온갖 사물이 애초부터 어찌 본디 있으면서 모양새가 있었겠는가? 본디
없으면서 모양새가 있게 된 것이다. 그러므로 어떤 상이 없는 중에서 그렇
게 되는 까닭[所以然之故]과 당연한 법칙[所當然之則]이 갖추어진 것을 억지
로 명명하여 '리(理)'라고 한 것이다. 그 리(理)가 지극히 중정하고[至中至正]
지극히 정밀하고 순수하고[至精至純] 지극히 신묘한[至神至妙] 것을 또 억지
명명하여 '극(極)'이라고 한 것이다. 그런데 만약 단지 '무극(無極)'이라고만
하면 공적(空寂)에 빠져들까 두렵고, 또 단지 '태극(太極)'이라고만 하면 마
치 어떤 형상이 있는 것처럼 여길까 두려운 것이다. 그리하여 '무극'과 '태
극'을 병칭하고 그 중간에 '이(而)'자를 둔 것이다. 그런 후에 '무극'이 공
적이 되지 않고 '태극'이 형상이 있는 것으로 돌아가지 않으니, 앞뒤의
'극'자는 같은 '극'이 되고, 없으면서 없는 것이 아니고[無非無], 처음이면
서 처음인 것이 아니어서[太不太] 온갖 조화의 근본과 오도(吾道)의 본체가
될 수 있는 것이다. 비록 그러하나 주자(周子)가 아니었으면 누가 능히 깊
고 신비한 것을 분명하게 드러내어 천하 사람들로 하여금 만세토록 천지
만물의 대전(大全)을 알게 하였으랴.

음양설/陰陽說

지극한 것이 음양의 이치이다. 음양이라는 것은 리(理)에 근본하여 기(氣)가 된 것인데, 변화하고 합쳐서 오행(五行)이 생기니 오행은 또 나뉘어 음과 양에 속하는 것이다. 음양이 변화하고 합쳐서 오행의 차례가 생기니 수화목금토(水火木金土)인데, 수목(水木)은 양이고 화금(火金)은 음이다. 오행이 스스로 상생하는 차례는 목화토금수(木火土金水)인데, 목화(木火)는 양이고 금수(金水)는 음이다. 대체로 양에도 태(太)와 소(少)가 있고 음에도 태와 소가 있다. 양에 있어서 체(體)는 강하고 용(用)은 부드러우며 음에 있어서 체는 부드럽고 용은 강하므로, 양기(陽氣)는 온화하여서 만물이 싹트게 하고 음기(陰氣)는 매우 추워서 만물이 시들고 움츠리게 한다. 대대(對待)를 말하면 이기(二氣)이고, 유행(流行)을 말하면 일기(一氣)이다. 그 기는 하늘과 땅과 사람에게 흩어져 있으니, 하늘의 사덕(四德)은 원형이정(元亨利貞)으로 원형(元亨)은 양이요 이정(利貞)은 음이고, 땅의 사방(四方)은 동서남북으로 동남은 양이요 서북은 음이며, 사람의 사단(四端)은 인의예지(仁義禮智)으로 인예(仁禮)는 양이요 의지(義智)는 음이다. 또 하늘의 일월성신(日月星辰)·한서주야(寒暑晝夜)·세월일시(歲月日時), 땅의 비잠동식(飛潛動植 : 새와 물고기 동물 식물)·홍섬고하(洪纖高下 : 크고 작음, 높고 낮음)·청황백흑(靑黃白黑), 사람의 기혈장부(氣血臟腑 : 기혈과 오장육부)·모발근골(毛髮筋骨 : 모발과 근육 골격)·동정어묵(動靜語默 : 움직임과 멈춤, 말함과 침묵함) 등은 각기 나뉘어 음과 양에 속해 있다. 양 가운데도 또 음과 양이 있고, 음 가운데도 또 음과 양이 있으니, 모든 사물에는 제각기 전후좌우(前後左右)·상하두미(上下頭尾)

가 있지 않은 것이 없게 된 까닭이다. 또 하늘에도 땅에도 사람에게도 제각기 대소방원(大小方圓)·경중청탁(輕重淸濁)이 있는데, 크고 둥글고 가볍고 맑은 것[大也圓也輕也淸也]은 양이 되며, 작고 모나고 무겁고 흐린 것[小也方也重也濁也]은 음이 된다. 한 번 정하여 바꿀 수 없는 음양도 있고, 때에 따라 바꾸기가 쉬운 음양도 있으므로, 비록 귀신일지라도 음양의 가운데서 달아날 수가 없고, 더할 수 없이 지극히 크거나 작은 만물도 어느 하나 음양에서 벗어나지 못하니, 음양은 어느 하나의 사물이라도 남기지 않는다. 하늘과 땅이 있고 또 사람과 만물이 있고 난 뒤부터 음과 양의 두 기(氣)는 끊임없이 순환하고 끝없이 움직이거나 멈추니, 오르다가 내리고 다시 내리다가 오르고, 굽히다가 펴고 다시 펴다가 굽히고, 통하다가 변하고 다시 변하다가 통하고, 쇠하다가 생장하고 다시 생장하다가 쇠하여 천지만물의 종시(終始)가 되는 것이로다.

용학도 후지/庸學圖後識

위 ≪중용(中庸)≫과 ≪대학(大學)≫의 두 도해(圖解)는 학자들이 쉽게 깨 닫도록 그려서 보인 것이다. 대개 ≪중용≫과 ≪대학≫은 규모가 같지 않 으니, ≪대학≫은 강(綱)과 목(目)이 서로 이어지고 경(經)과 전(傳)은 밝게 정리되어 있어 그래도 스스로 탐구해 나갈 수가 있는 반면, ≪중용≫은 하 학(下學 : 인간사)을 설명한 부분이 적고 상달(上達 : 천리)을 말한 부분이 많 아서 더욱 보고 터득하기가 어렵다. 세상의 교화가 쇠하면서부터는 단지 장구(章句)만을 숭상하고 심오한 이치를 살피지 않으니 어찌 이 책이 장래 에 인증(印證 : 확증)을 얻을 수 있으랴.

이제 이 두 도해는 진실로 어리석은 자가 흉내 낼 수 있는 도해와 같은 것이 아니다. 그런데 나를 따르는 자가 독서하는 법을 잘 알지 못하여 흐 리멍덩하게 간과하고 우물우물 분명하지 못하게 이야기하는 것을 민망하 게 여겼다. 그래서 마침내 두 책의 본문과 장구(章句)를 끄집어내고, 소주 (小註)의 긴요한 어구와 요점이 되는 글자 사이에 선대 유학자들의 요긴한 말을 붙여 장구를 따라 도해를 그렸는데, 본문은 큰 글씨로 쓰고 장구와 소주는 가는 글씨로 써서 편리한 대로 도해가 완성된 것이다. 먼저 우측을 거슬러 보고 그 다음으로 좌측을 내리 보면 그 예(例)를 세운 본뜻을 알 것 이다. 다만 안목을 갖춘 자의 비웃음거리가 될 줄 알지만, 초학자가 간혹 취할 만한 점이 있을 것이다. 도해를 자세히 보고 본전(本傳)의 글을 취하 여 보면, 뼈대를 찾고 등급을 살펴서 덕에 들어가고 도에 들어가는 방편에 는 적은 도움이나마 없지 않을 것이로다.

집안을 경계하는 다섯 조목/家戒五條

첫째, 몸을 닦는 법

몸을 닦는 요추(要樞)는 마음을 세우는 데 달려있다. 마음을 세우는 요추
는 정성과 공경함에 달려 있으니, 정성과 공경함으로써 보고 듣고 말하고
행동하는 이 네 가지를 다스리는데 잠시라도 쉴 사이 없이 한다면 자연히
몸이 닦여서 펴지고 편안해진다. 만약 방자하고 방탕하면 보고 듣고 말하
고 행동하는 것에 유혹되어 점차로 자신이 빠지는 지경에 이르게 된다. 그
러므로 모두가 다 자신의 몸 닦는 것을 근본으로 삼아야 한다.

둘째, 집을 다스리는 법

집을 다스리는 요추는 윤기(倫紀)를 바로잡는 데 달려있다. 인륜과 기강
을 바로잡는다는 것은 무엇을 말함인가. 아버지는 아버지 노릇 하고 자식
은 자식 노릇 하며, 형은 형 노릇 하고 아우는 아우 노릇 하며, 남편은 남
편 노릇 하고 아내는 아내 노릇 하며 각자 자기의 도리를 다하면 윤기의
질서가 정제되고 화평함이 저절로 되어 가도(家道)가 이루어진다. 만약 부
자간에 은혜를 상하고 형제간에 화목을 잃고 부부간에 반목을 하면 떳떳
한 윤기가 바르지 못하여 집안의 법도가 날로 어그러진다. 그러므로 ≪시
경(詩經)≫에서 "처자(妻子)와 좋아하고 화합함이 거문고와 비파 타는 것과
같으며, 형제가 한마음이 되어 화락하고 또 즐거워라." 말했도다.

셋째, 농사에 힘쓰는 법

농사에 힘쓰는 요추는 있는 힘을 다하는 데 달려있다. 농사는 천하의 근
본이다. 농사를 지을 때는 반드시 밭을 깊이 갈고 김을 잘 매어야 하는데

부지런히 있는 힘을 다하면 바야흐로 가을이 되어 추수하는 날에 위로는 조상을 받들고 어버이를 섬길 수 있으며 아래로는 처자식을 보살피고 기를 수 있을 것이다. 만약에 있는 힘을 다하지 않으면 비록 심는 때가 같고 비와 이슬의 혜택이 같을지라도, 농사가 어찌 다른 사람과 같을 수가 있겠는가. 비록 풍년이 들어도, 힘을 다하지 않은 자는 배고파 우는 것에서 면치 못할 것이다. 그러므로 저 주공(周公)이 "먼저 농사일의 어려움을 알고 나서 안일해라."고 말씀하셨도다.

넷째, 글을 읽는 법

글을 읽는 요추는 다잡지 아니하고 풀어놓은 마음을 거두어들이는 데 달려있다. 책상 앞에 바르게 앉아서 낮은 소리로 낭랑히 읽되, 마음과 입을 함께 구절구절에 모아야 한다. 입에서 술술 나오지 않을 때는 구두(句讀)를 세심하게 살피고, 이미 입에서 술술 나온 뒤에는 글의 뜻을 세심하게 살펴야 한다. 오늘 이와 같이 하고 내일도 또한 이와 같이 하면, 자연히 글의 뜻을 꿰뚫고 마음을 개발(開發)하게 될 것이다. 만약 마음으로는 큰 기러기와 고니가 날아오면 잡을 것을 생각하면서 입으로는 한갓 글을 읽기만 하면, 글은 글이고 나는 나일뿐이니 비록 죽을 때까지 글을 읽은들 무슨 이익이 있겠는가. 그러므로 저 주자(朱子)가 "글을 읽는 법은 먼저 그 마음을 바르게 해야 한다."고 말씀하셨도다.

다섯째, 벗하는 법

벗하는 요추는 자기보다 나은 사람을 고르는 데 달려있다. 자기보다 낫다고 하는 것은 성취한 덕업(德業)과 고명한 견문이 나보다 나은 사람이다. 나보다 나은 사람은 날마다 함께 지내며 강론하고 익히면 나의 덕업과 견문이 자연히 점차로 진전이 있어 이름난 사람이 될 것이다. 만일 자기보다 못한 사람을 벗하면 덕업이 날로 퇴보하고 견문이 날로 고루해져 끝내는 시골의 평범한 사람에 면치 못할 것이다. 그러므로 저 증자(曾子)가 "벗을 통해서 자신의 인덕(仁德)을 키운다."고 말씀하셨도다.

채미헌기/採薇軒記

소주(韶州 : 의성의 옛 명칭)의 동쪽에 솥재[鼎嶺]가 있으니, 곧 청부산(靑鳧山)과 보현산(普賢山)의 산기슭이다. 굽이굽이 북쪽으로 달리다가 중간쯤에서 두 줄기로 나뉘는데, 한 줄기는 서북쪽으로 뻗어 수봉산(睡鳳山)이 되었고, 또 한 줄기는 곧장 북쪽으로 뻗어 험준한 황학산(黃鶴山)이 되었다. 물은 솥재에서 흘러내려 시내[溪]를 이루니, 어떤 물줄기는 북쪽에서 서쪽으로 굽어 흐르고 어떤 물줄기는 서쪽에서 동쪽으로 굽어 흐르는데, 이따금 소용돌이를 이루다가 북쪽으로 백리(百里)쯤 지나 영호(暎湖)에서 합류한다. 미곡(薇谷)은 위로 솥재와 10리쯤 떨어져 있고 아래로 학산(鶴山)과 몇 리쯤 떨어져 있는데, 맑은 시냇가의 흰 돌은 풍진 세상과 멀리 떨어진 선경이라 참으로 은자(隱者)가 거닐 만한 곳이다.

지난날 임진왜란 때 돌아가신 아버님과 백부님께서 의병을 일으켜 국난에 나아가셨다. 나는 당시 19살 나이로 식구들을 데리고 미곡의 하성동(下城洞)에 들어간 적이 있었기 때문에 산천의 평탄하고 험준함과 토속(土俗)의 풍성하고 검약함을 익히 알아서 이곳에다 집 한 채를 지으려 생각했으나 그 뜻을 이루지 못했었다.

그 후 정묘년(丁卯年 : 1627)에 금나라 오랑캐가 국경을 침범하였을 때, 종묘사직이 몽진(蒙塵)하고 임금의 수레가 파천(播遷)하게 되었다. 의리상 산골짜기에 도망하여 숨어 있을 수는 없어서 의병을 규합하여 서쪽으로 달려가기로 작정할 즈음에 여헌(旅軒) 장현광(張顯光)·우복(愚伏) 정경세(鄭經世) 두 어른이 재촉하기도 하여 더욱 물러나 웅크리고 있을 수가 없었다.

마침내 의병들에게 맹서하고 조령(鳥嶺)을 넘으니, 조정이 이미 화의(和議)를 맺고 말았다. 비록 구구한 충분(忠憤)일망정 있었으나 이를 펼만한 여지가 없었던 것이다. 곧장 혼자서 말을 타고 궐하(闕下)에 달려가 존주양이(尊周攘夷)의 대의를 부르짖고는 통곡하며 고향으로 돌아와 하늘의 뜻이 돌아오기를 기다렸다.

10년이 지난 병자년(丙子年 : 1636)에 금나라 오랑캐가 다시 국경을 침범하였다. 나는 정묘년의 분심(憤心)을 펴고자 가장 먼저 의병을 일으키고 내달려 광릉(廣陵)에 이르렀다. 하지만 조정은 경솔하게 진군(進軍)하지 말라는 유시(諭示)를 자주 내렸고, 군사들은 이미 쌍령(雙嶺)에서 무너졌는지라, 마침내 단신(單身)으로 남한산성에 나아가 강화(講和)의 그릇됨을 상소(上疏)로 아뢰었다. 산성에서 거의 한 달이 가깝도록 머물며 갓과 옷이 거꾸로 되고 천지가 닫히는 꼴을 차마 보고는 가만히 생각건대, 두 차례 국난에 달려갔으면서도 도리어 의병의 명성을 보람되게 하지 못한 것이 부끄러울 뿐인지라, 한양의 군자들과 이별하고 눈물을 뿌리며 고향으로 돌아왔다.

그 후 은둔할 곳을 두루 찾았는데 진실로 미곡만한 곳이 없었다. 그리하여 몇 칸 띠집을 지어 이곳에서 늙을 계획을 하고 지명(地名)을 따서 그 집에다 '채미(採薇)'라 편액하고는 마침내 벽에다 몇 마디를 써 본 것이다.

숭정(崇禎) 무인년(1638) 8월 16일 짓다.

채미헌 상량문/採薇軒上梁文

위대한 명나라의 일월이 어두움 속에 묻히고 불행하게도 아주 어려운 시기에 태어났으나, 작은 우리나라의 강산은 그래도 남아 있어 은둔할 만한 곳에 초옥(草屋)을 지었다. 백이숙제(伯夷叔齊)가 고사리를 캔 것은 바로 내 마음일러라.

다행히 나는 안렴사(按廉使)를 지낸 선조(先祖 : 申祐)의 효행으로 쌍죽(雙竹)이 돋아난 가문에서 생장하였고, 대강이나마 두 동생 만오(晩悟) 달도(達道)와 난재(懶齋) 열도(悅道) 등 3형제가 집에서 공부하였다. 일찍이 스승을 따르면서 어느 한쪽으로 치우침이 없는 중도(中道)를 조금 분별할 줄 알았다. 의리의 천성으로 만년에 벼슬자리에 나아갔고, 자못 임금을 향할 줄 알게 한 것은 충성하고 경애하는 마음이었다.

오호라! 국가의 문명이 마침내 금나라 오랑캐에게 짓밟히게 되니, 정묘년(1627) 음력 2월에 의병을 일으켜 개와 말이 주인을 사모한 정도의 구구한 충성일망정 다하고자 하였고, 병자년(1636) 추운 겨울에 군사를 이끌고 물고기냐 곰발바닥이냐 하면 곰발바닥을 선택하듯 다시 의로운 죽음을 바치고자 하였다. 삼군(三軍)이 밤중에 달려갔으니 어찌 조(趙)나라 수도 한단(邯鄲)의 위급함을 구했던 것이 없을 수 있으랴만, 쌍령(雙嶺)의 눈길에서 아득하니 자신의 고통을 감내한 원안(袁安)의 애달픈 눈물이 저절로 흘러내렸다.

일설에 의하면 강화(講和)가 만세의 온당한 처사라고 하니, 임금의 덕을 그릇되게 하여 종묘사직을 위태롭게 하고도 스스로는 다행으로 여기는 것이고, 신하의 나라로서 명나라를 섬기는 일을 능멸했으면서도 부끄러움을 알지 못하는 것이었다. 비록 한 장의 상소라 하더라도 감히 아뢰었지만 한스럽게도 정성이 하늘을 감동시키기에는 부족했고, 조각배와 같은 힘으로 항의했지만 역시 그 힘으로 조정의 공론(公論)을 바로잡아 회복하기에는 어려웠다. 저 푸른 하늘은 어찌하랴, 진실로 만사가 끝났도다. 동해에 빠지고자 하니 진(秦)나라가 천하를 차지하지 못하도록 물리친 노중련(魯仲連)이 그윽이 그리웠고, 저 서산(西山)에 오르니 주(周)나라 곡식을 먹지 않았던 은(殷)나라 성인(聖人) 백이숙제가 다시 우러렀다.

이로 인하여 여생을 은거하기로 생각하고, 이에 두어 칸의 초옥을 짓기로 했다. 어느 해 어느 달 어느 날 무슨 시는 특별히 숭정(崇禎)의 연호를 쓰고, 이곳에 처하고 이곳에 살고 이곳에 잠자고 이곳에 휴식하며 임진왜란 때 우리나라를 구해준 명나라 신종(神宗)의 옛 은혜를 생각하자면, 어느 곳이 초옥 짓기에 맞을까 살펴보니 오직 고요한 미곡(薇谷)이 가장 합당하였다.

만물이 바야흐로 화창한 때를 맞춰서 봄에 동편에다 건립하고, 채미헌(採薇軒) 세 글자를 크게 쓴 대문을 활짝 열어젖히니 명나라가 뭇별들이 북극성에게 향하는 자리에 있도다. 천기(天氣)의 봄을 좇아서 지세(地勢)의 자연을 펼쳤다. 동쪽 울타리에 국화가 피니 아득히 도연명(陶淵明) 선생의 정절(貞節)을 우러르고, 세 갈래 길에 푸르른 대나무가 돋으니 저 전한(前漢) 장원경(蔣元卿)의 은거지에 비해 어떠한가. 신농(神農)과 우순(虞舜)과 하우(夏禹)와 같은 태평성대가 이제는 사라졌으니 내 인간세상의 어느 곳으로 돌아갈까만, 아침에 도를 들으면 저녁에 죽어도 괜찮다고 했으니 여기서 공자(孔子)의 《춘추(春秋)》를 강론하련다. 이에 이어서 노래 부르고자 하니 부르는 것을 허락한다면 감히 '어기영차' 노래를 부르겠노라.

들보 저 동쪽에 떡을 던지노라.   抛梁東

동녘에 아침 해가 뜨니 해바라기가 붉어지네.	扶桑朝日向葵紅
의성은 산수가 그윽한 곳이니	韶州山水幽閒處
초목들도 여생을 이곳에서 보내도다.	草木餘年送此中
들보 저 서쪽에 떡을 던지노라.	抛梁西
의성 고을은 가을소식을 맑은 시내소리가 전하네.	城谷秋聲報玉溪
신종(神宗) 황제 그 은혜, 비와 이슬로 남아 있으니	萬曆皇恩餘雨露
고사리는 봄기운을 머금고 무성히 푸르도다.	薇含春意綠萋萋
들보 저 남쪽에 떡을 던지노라.	抛梁南
초방 유동은 푸른 안개가 떨어지네.	草坊柳洞滴青嵐
연꽃은 진흙에서 자라지만 더러워지지 않고	荷花不染淤泥濁
생생한 물이 흘러들어오는 근원엔 의담이 있도다.	活水源頭有義潭
들보 저 북쪽에 떡을 던지노라.	抛梁北
남한산 저 멀리 하늘가엔 구름이 드리우네.	南漢山遙雲際色
한밤중에 서성이며 사무치는 생각에 잠기는데	中夜徘徊所思長
푸르디푸른 하늘의 뭇별들은 북극성을 향하도다.	衆星蒼蒼拱宸極
들보 저 위쪽에 떡을 던지노라.	抛梁上
구도를 따라 돌고 돈 해와 달이 밝기도 하네.	九道輪回日月朗
어찌해야 황제의 삼엄한 형벌을 빌려서	那借皇靈斧鉞嚴
중원에 가득한 요기를 쓸어 없애버릴꼬.	掃除赤縣祲氛漲
들보 저 아래쪽에 떡을 던지노라.	抛梁下
사람 모습에 짐승의 마음인 자가 얼마나 되랴.	人面獸心幾多者
소소하신 상제께서 아래를 살피시고 계시니	上帝昭昭有下鑒
짐짓 우리로 하여금 풍속 교화를 격려케 하도다.	故敎吾輩勵風化

삼가 바라건대, 대들보를 올린 다음에는 천신께서 낮에 도우시고 지신
께서 밤에 보호하소서. 골짜기의 숲들이 명년엔 혜택을 베풀지 않은 것이

없게 하시고, 처마기둥 서까래 초석 등은 모두가 하늘을 떠받치는 기둥이
있었던 부주산(不周山)의 고상한 풍치이게 하소서. 나라를 걱정하고 임금을
사랑함은 본래 하늘로부터 타고난 것이니 잃지 않게 하시고, 명분을 돌아
보고 의리를 생각함이 이곳에서 이루어질 수 있도록 바라나이다. 이 초옥
에서 공부하여 만고토록 강상을 부지하게 하소서.

채미헌 : 경상북도 의성군 옥산면 금학리 301

존양잠/存養箴

이미 앞서 한 생각은 지나가고	已過前念
아직 뒤에 할 일이 오지 않은 때,	未來後事
아주 짧은 순간에는 끊어지기 쉬우나	易間須臾
아무리 다급한 때라도 감히 소홀하랴.	敢忽造次
보이지 않을 때도 들리지 않을 때에도	不覩不聞
치우치지도 않고 기울지도 않아	無偏無倚
천리가 언제나 보존되도록	天理常存
여기에서 함양하여야 하리로다.	涵養乎此

성찰잠/省察箴

일이 바야흐로 이르면　　　　　　　　　　　事之方來
생각도 바야흐로 싹트는 법,　　　　　　　　念之方萌
마침내 그 고요함을 통하나　　　　　　　　　遂通其寂
욕심이 그 뜻을 바꾸네.　　　　　　　　　　欲動其情
드러나고 숨는 사이에도 틈이 없거늘　　　　隱顯無間
선과 악이 나뉘는 기미가 있으니,　　　　　　善惡分幾
이때에 더욱 삼감을 가하여　　　　　　　　　尤加謹此
그 기미를 자세히 살펴야 하리라.　　　　　　精察其微

동벽명/東壁銘

대개 일원으로부터	蓋自一元
비로소 음양으로 갈라지고,	肇判二氣
오행이 상생하여	五行相生
만물이 여러 종류로 나뉘네.	萬物分彙
그 종류가 각기 형상을 이루는데	類各成形
사람이 가장 으뜸으로 꼽히는 것은,	人最爲首
사단을 똑같이 부여받고	四端均賦
칠정을 모두 갖추었기 때문이네.	七情俱有
천리를 성인은 온전히 보존하고	天理聖全
인욕을 어리석은 자는 뒤섞였지만,	人欲愚糅
이 터럭만큼의 차이가	毫釐之差
천리까지나 어긋나네.	千里之謬
티끌이 맑은 거울을 더럽히고	塵汚明鏡
흙탕물이 지수를 더럽히지만,	泥濁止水
외부 사물이 비록 끌어당기더라도	外物雖引
본체가 어찌 없어지랴.	本體豈靡
그 사단을 드러내어 마침내 밝히면	因發遂明
그 실마리를 미루어나갈 수 있으니,	其端可推
한순간도 어찌 소홀할 것이며	一息豈忽
백배 더욱 더 성실해야 하느니.	百倍尤彌

마음과 몸을 함께 닦고   交修內外
보이든 보이지 아니하든 틈이 없게   無間顯微
그치지 아니하고 공부하면   作之不已
성현을 바랄 수 있으리라.   聖賢可希

서벽명/西壁銘

삼극이 이미 서 있음은	三極旣立
뭇 성인들 서로 주고받은 것이네.	千聖授受
팔괘(八卦)를 그린 이는 복희씨(伏羲氏)이고	畵八羲皇
정밀하고 전일(專一)한 이는 요임금 순임금이네.	精一勛華
하나라 우왕은 공경히 이어받고	夏禹祗承
은나라 탕왕은 성덕과 공경이 날로 진전되네.	殷湯聖躋
이 마음은 문왕과 무왕을 거쳐	以是文武
주공과 소공에게 이어졌네.	接夫周召
후학을 일깨운 이는 공자이고	詔後宣尼
종통(宗統)을 얻은 이는 증자이네.	得宗曾子
다시 전해진 이는 자사(子思)이고	再傳思聖
이미 통달한 이는 맹자(孟子)이네.	旣通孟軻
닥치는 대로 가혹했던 분서갱유	胡烈秦火
곧 문란했던 한나라의 정치.	乃雜漢治
이치는 극에 달하면 되돌려지는 법이니	理極必反
뒤섞인 혼돈이 거듭 열렸네.	渾淪重開
태극도설(太極圖說)을 세운 주돈이(周敦頤)	建圖茂叔
호학론(好學論)의 정이(程頤),	好學程氏
정완(訂頑 : 西銘)의 장횡거(張橫渠)	訂頑橫渠
황극경세(皇極經世)의 소옹(邵雍).	皇極堯夫

이들을 이연평(李延平)이 계승하여 펼쳤고   延平繼開

이를 주자(朱子)가 집대성하여   紫陽集大

사도를 강구하여 밝힘으로써   講明斯道

천년토록 환하게 하였네.   煥然千載

퇴재 선조 속수서원에 배향할 때의 제묘문
/退齋先祖院享時祭墓文

거룩도다, 우리 선조이시여!	猗歟府君
고려 말에 걸출한 인물이셨도다.	挺生麗末
산악의 정기를 받아 영매(英邁)한 자질을 지니셨고	嶽降之英
빙옥 같은 고결한 정신을 품으셨도다.	氷玉之潔
가정교육을 받으며 스스로 체득하신	得自家庭
바르고 곧은 절조로	正直之節
조정에서 우뚝하니	立朝崢嶸
관료들이 부끄러워 움츠러들고 무서워 떨었다.	僚宋震縮
전라도 안렴사로서 강직하고 명석하여	湖節剛明
탐관오리들이 숨죽이도록 하고,	贓汚屛息

저 ≪시경(詩經)≫의 <비풍(匪風)>과 <하천(下泉)>처럼 쇠퇴해 가는 나라를 걱정하였으나 　　匪風洌泉

운명이 다함을 어찌할 도리가 없었어라.	莫奈運訖
스스로 의리에 편안하게 하여	自靖以獻

선왕에게 뜻을 바치니 끝내 조선조의 신복(臣僕)이 되지 않으셨고,

　　志遂罔僕

오로지 함께 고향으로 돌아와	惠以携歸
기꺼이 절의의 발자취를 밟으셨도다.	甘心蹈迹
지극한 효성이 하늘을 감동시켜서	至孝格天

피눈물을 흘린 곳에 대나무가 돋아나니,　　　　　血淚化竹

돌에다 몇 글자를 새겨서　　　　　鐫石數字

만세토록 닳지 않도록 했고,　　　　　萬世不泐

그 마을에다 정문(旌門)을 세워 표창하여　　　　　表飾門閭

사람들의 이목을 혁혁히 비추게 했어라.　　　　　赫赫耳目

세속을 떠난 은거와 준엄한 행동은　　　　　高蹈危行

마땅히 제향을 받을 만하여　　　　　宜享芬苾

고을의 후학들이 의견 일치로　　　　　鄕後詢同

사당을 세워 제사를 올리기로 했나이다.　　　　　建祠躋餟

사당에 제사 올리는 옛 뜻을 받들어　　　　　祭社古義

오늘이 있기를 기다려서　　　　　有待今日

후손들은 깊이 감사하옵고　　　　　雲仍感戴

삼가 경건히 영령께 아뢰나이다.　　　　　虔告冥漠

한강 선생 제문/祭寒岡先生文

거룩도다, 선생이시여 　　　　猗歟先生

도와 덕이 온전하게 구비되었네. 　　道全德備

유림의 종장(宗匠)이시니 　　　爲世儒宗

사류들이 존경하고 본받았도다. 　　矜式士類

수사언인록(洙四言仁錄)을 엮으시니 　言仁之輯

배우는 자들이 지침서로 삼았네. 　　指南學者

나를 예로써 가르쳐주시어 　　　敎我以禮

곧은길을 실천할 수 있도록 하였도다. 　俾有蹈據

힘써 도맥을 부식(扶植)하여 　　　力扶道脉

선비들의 나아갈 바를 바르게 하였네. 　以正士趨

성군(聖君)의 시대를 만나 　　　遭遇聖明

요순 같은 임금이 되도록 몸 바쳤도다. 　致君唐虞

미쳐 다 펼쳐보지 못했으나 　　　未克展布

배운 바를 저버리지 않으셨네. 　　不負所學

처신을 하는 방도와 　　　　　行己之方

거취를 하는 절도는, 　　　　　出處之節

덕을 아는 분으로서 　　　　　惟知德者

마땅히 드러난 바가 있었도다. 　　爲有所發

아무 것도 모르고 하는 쓸데없는 말은 　如容瞀贅

어리석거나 분수에 넘치는 것이로다. 　非愚則僭

돌아보건대 어리석은 저는　　　　　　　　　　顧惟顓蒙
참으로 간절히 애도하나이다.　　　　　　　　　寔切悼念
태산이 무너졌나이다　　　　　　　　　　　　　泰山頹矣
대들보가 부러졌나이다.　　　　　　　　　　　樑木摧矣
조정도 슬퍼하고 백성도 가슴아파하는　　　　　公哀私痛
마음이 어찌 다함이 있으리까.　　　　　　　　曷有其已

여헌 선생 제문/祭旅軒先生文

주공(周公)과 공자의 바른 실마리이며	姬孔正緒
정주학(程朱學)의 참된 근원이며,	洛建眞源
천리(天理)와 인도(人道)의 학문이며	天人之學
성명의 본원(本原)에 대해,	性命之原
아는 것과 행하는 것이 함께 나아가	明誠互進
덕을 밝히고 백성을 새롭게 하셨도다.	體用俱存
정밀하고 전일(專一)하게 더욱 연구하고	精一盆究
나이와 덕과 지위를 겸하니 더욱 존경받았네.	達三愈尊
단단한 쇠 같은 기질 순수하시고	堅金之粹
좋은 옥처럼 온유하시어,	良玉之溫
바람이 화창하고 햇볕이 따뜻하듯 하니	風和日暖
세상에서 추종하는 으뜸이어라.	天地流元
복희씨(伏羲氏) ≪주역≫의 심오한 뜻을	義繇奧旨
자기 말을 외우듯이 하셔서,	如誦己言
포정(庖丁)이 자유자재로 쇠고기 바르듯	如丁解牛
편작(扁鵲)이 담장 너머에 있는 사람을 환히 보듯,	如扁見垣
심원한 슬기로움을 발휘하여	淵深發輝
뭇 어리석은 자들을 손바닥 보듯 하셨도다.	指掌羣昏
명철한 임금께서 자주 의지하고	明后屢倚
남다른 은전을 빈번이 내리셨지만,	異數頻煩

스스로 물러나 은거할 뜻을 품고 　　　　卷懷高蹈
초야에 파묻혀서 행실을 닦고자, 　　　　賁趾丘園
벼슬생활을 뜬구름 같이 보고 　　　　浮雲爵祿
산림(山林)에서 살 생각을 하셨도다. 　　　　志在林樊
말로써 임금을 섬겼으니 　　　　言以事君
상소(上疏)로 극론하였네. 　　　　奏疏極論
마음속으로 모든 것을 포괄하여 　　　　心中包括
조용한 가운데 세월을 보내시니, 　　　　靜裏乾坤
나이가 많을수록 덕도 더욱 높아 　　　　齒隆德邵
깊은 경지가 더욱 독실했네. 　　　　造詣彌惇
다정하고 친절히 가르치고 타일러 　　　　諄諄誨誘
사방에서 선생님께 모여드는지라, 　　　　輻湊屛軒
못난 나도 존경하고 본받았으니 　　　　駑劣矜式
향기를 끼쳐주시어 은혜를 입었도다. 　　　　餘馥荷恩
용도 없어지고 호랑이도 멀리 가니 　　　　龍亡虎逝
혜초가 꺾여 세상사 변하였고, 　　　　蕙摧桑麷
온 세상의 사표를 잃었으니 　　　　蓍龜策秘
선비들이 울음소리를 삼키네. 　　　　縫掖聲吞
문 앞에 당도하여 통곡노니 　　　　臨門一慟
나라가 잊기 어려운 분이어라. 　　　　爲國難諼

경정 이민성 제문(빙계서원 유생을 대신하여 짓다)
/祭李敬亭文[代氷溪儒生作]

영령이시여,	惟靈
풍도가 맑고 시원스럽고	風度爽雅
덕스러운 도량이 깊고 넓으며,	德宇淵廓
맑은 행실은 짝할 자가 드물고	淸修寡侶
중후한 성품에 소탈하기까지 했도다.	簡重多質
일찍이 과거에 장원급제했으면서	早擢嵬科
만년에도 글공부를 멈추지 않았고,	晚不輟學
힘써서 마음속에 쌓인 것을	力旣中積
사(詞)는 곧 겉으로 드러냈도다.	詞乃外發
용이 거대한 바다에서 노닐고	龍戲巨壑
봉황이 광막한 들판에서 나래를 치듯 하여,	鳳翥廣漠
문장은 뛰어나서 전형(銓衡)을 맡을 만했으나	文優典衡
벼슬은 덕에 미치지 못했도다.	位不滿德
영달을 좇고자 모난 것을 깎고서	趨榮斲方
남의 물건을 마구 빼앗는 이가 많았지만,	世多乾沒
공만은 꼿꼿하게 서서	公立脊梁
결코 회피하거나 굽히지 않았도다.	確不回屈
심성을 수양하는 산수 생활로	養性林泉
여생을 즐겼지만,	以樂餘日
처신함에는 진솔하였고	處己眞率

일을 맡으면 치밀하였도다.	裁事密勿
우리 빙계서원(氷溪書院)은	況我書院
공이 있는 힘을 다한 곳으로,	公所致力
오랜 폐단을 제거하고	規剗宿弊
게으른 습관을 뽑고자 하였도다.	策拔惰習
고을이 힘입어 선하게 되었고	鄉賴變善
선비가 귀의하여 학업을 물었건만,	士依問業
하늘은 어찌 혹독하게도	天胡降酷
우리 곁에서 빼앗음이 그리 빠른가.	奪吾何速
길 지나가는 사람도 눈물 흘리거늘	行路尚淚
하물며 타이르고 이끌어 주심에랴,	矧在誘掖
표주박에 한 잔 술을 따르나니	山瓢一酌
우리들의 마음을 거두어주소서.	衆悰莫逆

하음 신즙 제문 / 祭申河陰文

오호라!	於乎
하늘이 공을 낳음은	天之生公
장차 세상에 큰일을 이루게 한 것이었거늘,	若將有爲於世
하늘이 공을 빼앗음은	天之奪公
어찌 이다지도 빠르단 말인가.	何速之至此
재주는 때에 펼치지 못하고	才不展時
벼슬도 덕에 미치지 못하니,	位不滿德
나라가 장차 병들게 되었고	邦其殄瘁
백성도 또한 복이 없게 되었도다.	民亦無祿
시운인가 아니면 천명이런가,	時耶命耶
하늘을 믿지 못할 것이로다.	天不可諶
나 같이 우둔한 사람도	如我疎愚
뜻이 맞으면 쇠라도 자를 수 있다 하여,	志契斷金
자주 누추한 곳을 몸소 찾아와서	屢枉高駕
친절하게 간절한 책선(責善)을 해줌이 얼마였던가.	幾荷偲切
이제는 모두 끝난 것이런가	今其已矣
더는 공의 모습을 볼 수가 없건만,	儀形永隔
병들어 상여를 따르지 못하니	病未執紼
정리로도 의리로도 모두 저버렸네.	情義俱闕
술 한 잔, 닭 한 마리의 변변찮은 제수로	單杯隻雞

애오라지 길가에서 제사하노니,   聊奠路左
영령이여 만약에 있다면   不昧者存
내 마음 알아주기를 바라노라.   庶幾顧我

아우 신달도 제문/祭仲弟修撰文

슬프고 슬프도다! 나의 동생이 나를 버리고 먼저 떠나가니, 인정 많은 얼굴, 굳세고 점잖은 모습, 바르고 곧은 기상, 의기에 찬 말 등을 나는 다시금 들을 수도 볼 수도 없으리로다. 지난날 우리 형제가 하늘로부터 죄를 얻어 갑인년(1614)에 어머니가 먼저 돌아가시고 아버지가 나중에 돌아가시어 거듭 상을 당하니, 계시지 않은 부모님 생각했던 마음을 어찌 이루다 말할 수 있으랴. 의지할 곳이 없게 된 여생은 형체가 하나이어서 그림자도 하나이듯 외로웠는지라, 백발이 되도록 서로 의지하며 살기로 하였다.

그런데 우리 3형제는 어찌하여 뜻밖의 재앙이 거듭 닥쳐서 상사(喪事)가 꼬리에 꼬리를 문단 말인가. 계수(季嫂 : 신열도의 부인, 학봉 김성일의 손녀)의 상, 정 서방(鄭書房 : 둘째사위 鄭復亨)의 죽음, 누이(任乃重에게 시집감)의 죽음 등 모두가 작년(1630) 한 해 동안에 있었는데, 금년에 들어서 또 군(君)의 상(喪)을 당하여 곡을 해야 하다니, 슬프도다. 나는 나이가 많은 것도 아닌데 1,2년 사이에 아우, 누이, 계수, 사위가 세상을 떠나니, 이 세상에서 이 것이 내가 가슴을 치며 길게 탄식하고 하늘을 향해 울부짖으며 통곡하는 까닭이로다.

오호라! 금년(1631) 음력 2월에 내가 영동(嶺東 : 상운도 찰방의 부임지)으로 부터 돌아와 조상의 무덤을 찾아뵙고 나서, 형제들이 오랫동안 헤어졌다 가 한 자리에 둘러앉았으니 그 즐거움이 어떠했으랴. 그렇지만 군(君)이 병 들어 누웠는데 얼굴빛이 파리하고 몸이 몹시 야위어 전날과 달랐는지라, 베개를 나란히 베며 이불을 함께 덮고서 그간 막히고 쌓인 회포를 풀지 못했도다. 그렇더라도 타고난 체질이 강건하여 반드시 백 살은 살 줄 알고 애초엔 걱정도 하지 않았다. 아아, 끝내 이로써 그리도 갑작스레 불미스러운 일에 이른단 말인가. 임금으로부터 부르는 명이 있어 병을 무릅쓰고 조정에 나아가느라 치달리며 가는 길에서 병세가 점점 심해져 그런 것이었는가. 하늘이시여, 하늘이시여! 우리 집에 무슨 재앙이 쌓여서 나의 어진 아우를 빼앗음이 그리도 빠른지 알 수가 없나이다.

오호라! 군(君)은 부모께 효도하고자 하는 정성, 임금께 충성하고자 하는 절개를 지녔어라. 먼저, 집에서 부모님의 뜻을 받들어 어김이 없었고 곁에서 어떤 일도 마다않아, 자식 된 직분으로 마땅히 할 일을 다 하였다. 다음으로, 임금을 섬기는데 있어서 제 몸을 돌보지 않고 부지런히 곧은 말과 바른 의론으로 지존(至尊)인 임금을 감격케 하고 간사한 무리들을 떨게 하여 이름이 조정에 드날렸을 뿐만 아니라 아울러 조상의 덕까지 드날렸도다. 이야말로 효의 지극함이요, 충의 훌륭함일러라. 아아, 내 동생의 강건, 내 동생의 충효가 어찌 그리 벼슬은 덕에 미치지 못하며, 나이는 80에도 이르지 못한단 말인가. 이른바 하늘이라는 것은 참으로 드러내 밝히기 어려운 것이요, 이치라는 것도 미루어 짐작할 수가 없는 것이로다.

오호라! 군(君)은 나보다 두 살이 적었으면서도 부모의 슬하를 떠난 뒤로 먹을 때면 함께 먹고, 입을 때면 번갈아 입고, 배울 때면 책상을 나란히 했고, 나갈 때면 수레를 나란히 했으니, 형제가 서로 우애하는 즐거움이 나팔 불면 저를 불어 화답하는 정도로 그쳤겠는가. 이제는 다 틀렸도다. 백발에 지기(知己)를 잃었으니, 애달프고 애달픈 이 인생은 뉘에게 의탁하며 누구를 의지해야 하나. 이제 나도 체력이 날로 더욱 쇠약해지고 의지와 원기가 날마다 쇠미해지며 좌우의 치아가 모두 흔들거리다가 떨어져 빠졌으니 어찌 오래 살기를 바라겠는가. 그렇지만 장차 벼슬을 버리고 남쪽으로 고향에 돌아와 호계(虎溪) 가에서 마음 놓고 다시 형제들끼리 천륜의 즐거운 일을 펴려고 생각했건만, 내 아우가 갑자기 나를 버리고 죽을 줄을 그 누가 알았겠는가. 진실로 이 같을 줄 알았으면, 어찌 하루일망정 서로 떨어져서 이 한없는 비통함을 품으랴. 한 사람은 하늘의 남쪽에 있고 다른 한 사람은 땅의 동쪽에 있었는지라, 병들었어도 나는 그 아픔을 나누지 못했고, 죽었어도 나는 그 날짜를 알지 못했다. 이미 손을 잡아 영결(永訣)하지 못했고, 또한 관(棺)에 기대어 슬픔을 다하지 못했으니, 산사람과 죽은 사람 사이에 생긴 이 한(恨)을 어찌해야 하리오.

오호라! 생각건대 군(君)은 이제 영원히 가면 다시 올 기약이 없으니 무덤에 기대어 한 번 통곡하는 것이 나의 지극한 소원이로다. 그러나 겨울이 되면서부터 묵은 병이 다시 도졌고 또한 직책에 얽매여 하늘 남쪽에 있는지라 떨치고 날아갈 도리가 없으니, 하늘을 향해 울부짖는 비통함이 어찌 다함이 있으랴. 천리 먼 이곳에서 글을 보내어 지극한 애통함을 부치노니, 영혼은 아는가 모르는가. 아아, 내 마음 슬프고 슬프도다.

권 5
부록(附錄)

아버님의 이름은 적도(適道), 자는 사립(士立), 스스로 호계(虎溪)를 호로 하였다. 성은 신씨(申氏)였는데, 시조(始祖) 장절공(壯節公) 신숭겸(申崇謙)으로부터, 이름은 익휴(益休)이고 금자광록대부(金紫光祿大夫)를 지낸 12대 아주군(鵝洲君)에 이르러서 공훈으로 봉해져 평산(平山)으로부터 분관(分貫)되었다.

이에서 시작하여 4대가 되는 판도판서(版圖判書)가 계셨으니, 이름은 윤유(允濡)이고 청렴과 정직은 송(宋)나라의 당개(唐介)에 비유되었으며 시호(諡號)는 정숙(貞肅)으로 ≪동사(東史 : 미상)≫에 실려 있다. 그 아들이 안렴사(按廉使)였는데, 이름은 우(祐)이고 호는 퇴재(退齋)이다. 고려가 국운이 다하여 망하자 야은(冶隱) 길재(吉再)를 데리고 남쪽으로 은둔했다. 아버지 상을 당하여 피눈물을 흘린 곳에 쌍죽(雙竹)이 돋아나는 기이한 일이 있자, 조정이 정려(旌閭)를 내렸다. 문장공(文莊公) 정경세(鄭經世)가 퇴재 선생의 묘표(墓表)를 썼으며, 퇴재 선생은 속수서원(涑水書院)에 배향되었다.

그 아들 광부(光富)는 우리 조선조에서 벼슬을 했는데, 청요직(淸要職)을 두루 거치며 직간을 한 까닭에 관작이 깎이어 부령(府令)이었다. 그 아들 사렴(士廉)은 언양 현감(彦陽縣監)을 지냈는데, 저 한(漢)나라의 선정을 베푼 공수(龔遂)와 황패(黃覇)라고 일컬어졌다. 그 아들 석명(錫命)은 사마시(司馬試)에 합격하고 시(詩)로써 명성이 자자했는데, 호계공과는 5대조로 비로소 의성(義城) 원흥동(元興洞)으로 이주하였다.

고조부 준정(俊禎)은 훈도(訓導)였다. 증조부 수(壽)는 경기전 참봉(慶基殿參

奉)에 제수되었으나 나아가지 않았고, 신재(愼齋) 주세붕(周世鵬)이 그의 묘지(墓誌)를 썼다. 조부의 이름은 원록(元祿), 호는 회당(悔堂)인데 장수(長水)·삼가(三嘉 : 현 陜川)·청도(淸道) 세 개 마을의 교관을 지냈다. 도산(陶山) 이황(李滉)의 문하에 들어가 가장 긴요한 가르침[旨訣]을 득문하였고, 효성과 학행으로 인하여 호조참의(戶曹參議)에 추증되고 정문(旌門)이 내려졌으며, ≪삼강행실도(三綱行實圖)≫에 수록되었고 장대서원(藏待書院)에 배향되었다. 부친의 이름은 흘(仡), 호는 성은(城隱)인데 영가교수(永嘉敎授)를 지냈고, 회재(晦齋) 이언적(李彥迪)과 퇴계(退溪) 이황(李滉) 두 분이 무고당한 것에 대한 분별을 청하는 상소를 올렸으며, 좌승지(左承旨)에 추증되었다. 모친 순천박씨(順天朴氏)는 부위(副尉) 윤(倫)의 따님이요, 이조참판(吏曹參判) 안명(安命)의 현손녀이다.

아버님은 만력(萬曆) 갑술년(1574) 12월 29일 향교(鄕校) 앞에 있는 도암리(陶巖里) 집에서 태어났다. 타고난 성품이 순수하고 아름다웠으며, 총명함이 남달리 뛰어났다. 사물을 접촉할 때면 환히 통하여 깨닫지 못하는 것이 없었다. 어버이를 섬김에 오직 부모의 뜻을 받들어 순종하는 데에만 힘썼으니, 형편없는 일일지언정 부모를 위해서 하는 것이라면 부끄럽게 여기지 않았다. 낮이면 사냥을 해서 찬거리를 마련하고 밤이면 불을 직접 때어서 방구들을 따뜻하게 했으니, 무릇 부모의 마음을 편안하게 하는 것이라면 무엇이든지 극진히 하지 않음이 없었다.

아버님의 6촌 형님 정봉공(鼎峯公) 신홍도(申弘道)는 학문과 두터운 인망이 있었다. 아버님이 배우기 시작하면서부터 나아가 질정(質定)을 받는데 게으름이 전혀 없으니, 정봉공은 "우리 가문을 크게 빛낼 사람이 반드시 이 동생이로다."고 감탄한 적이 있다. 난처한 일이 생길 때마다 아버님과 의논하여 처리했으니, 귀하게 여기는 것이 이와 같았다.

아버님은 평소에 기개와 지조가 있었다. 임진왜란을 당하여 활과 말을 익히도록 권하는 이가 있자, 아버님은 웃으며 "사군자(士君子)로서의 분수로 일삼아야 할 것은 성현의 글에서 깨닫는 것이거늘 하필이면 병가(兵家)를 억지로 배워서 힘쓴 이후라야 나랏일을 잘 다스릴 수 있으리오?"라고 말씀하셨다. 이때 승지공(承旨公 : 할아버지 신흘이 좌승지에 추증된 것을 일컬음) 두 형제께서 근왕(勤王)의 의병을 일으켰다. 아버님은 승지공의 명을 받들어 가솔들을 이끌고 성곡(城谷)의 깊숙한 곳으로 피난했는데, 안으로는 방비하는 것이 주도면밀하고 밖으로는 왜적이 들어오지 못하게 하니, 가까운 부근에 사는 사람들이 대부분 덕을 보았다. 인재공(訒齋公) 최현(崔晛)도 역시 달려와서 함께 피난했다.

아버님은 전란을 겪은 뒤 과거공부보다는 오히려 위기지학(爲己之學)에 뜻을 두어, 한강(寒岡) 정구(鄭逑) 선생에게 나아가 연원(淵源)이 있는 학문을 득문했다. 여헌(旅軒) 장현광(張顯光) 선생이 의성현(義城縣)에 부임했을 때, 매월 초하루에 실시하는 강의 자리에 경전을 들고 가서 어려운 것을 물으니 여러 번 칭찬을 받았다. 두 동생 만오(晚悟), 난재(懶齋)와 함께 단칸방에 고요히 앉아서 마음을 다하여 경전을 읽고 연구했으니, 날마다 교대로 공격하며 서로 연마케 하는 효험이 있었다. 을사년(1605) 향시(鄕試)에 장원으로 급제했을 때, 서애(西厓) 류성룡(柳成龍) 선생이 그 시권(試卷)을 보고는 "의리가 명백하고, 과거시험에 쓰이는 말투가 아니로다." 하였다. 병오년(1606)에는 막내 동생 난재와 더불어 사마시(司馬試)에 급제하여 성균관(成均館)에 출입하니, 선비의 무리가 두터이 추앙하였다.

할머님께서 일찍이 기이한 질병에 걸리시자, 아버님은 밤낮으로 근심하느라 경황이 없어서 옷의 띠를 제대로 풀지도 않고 눈을 붙이지도 않은 것이 여러 해였다. 이때에 이르러 의가서(醫家書)를 모아서 보고는 병의 증상에 맞게 약을 쓰니 마침내 효험이 있었다. 이를 본 사람들은 기이하게 여겼다. 갑인년(1614)에 거듭된 부모의 상을 당하자 너무나 슬퍼한 나머지 거의 목숨을 잃을 지경이었다. 장례하는 의식과 절차는 여헌 선생에게 여쭈어서 행하니, 터럭만치의 여한이 없도록 하였다. 장사를 지내고는 묘 옆에 여막을 짓고 3년을 보냈다.

경신년(1620) 인목대비(仁穆大妃)를 서궁(西宮)에 유폐시킨 패륜에 가담한 관찰사 정조(鄭造)가 고을을 순행하기 위해 빙계서원(水溪書院)에 왔다가 서명하고 갔다. 마침 빙계서원의 원장을 맡고 있던 아버님은 여러 유생들에게 "저 인륜을 무시한 난신적자(亂臣賊子)를 어찌 사림의 반열에 잠시라도 끼워둘 수 있단 말이냐." 하고는 곧장 칼로 그 이름을 깎아내자, 좌우에 있던 사람들은 모두 놀라서 얼굴빛이 달라졌다. 얼마 되지 않아서 간사한 소인의 무리들이 정조에게 아부하기 위해 그 상황을 고해 바쳤다. 정조가 크게 노하여 불꽃같은 노기가 하늘까지 치솟으니, 어떤 화가 장차 닥칠지 헤아릴 수가 없었다. 유생들 모두는 술렁술렁하더니 도망쳐 숨어버렸다. 그러나 아버님은 홀로 얼어붙은 듯 움직이지 않고 조용히 심리(審理)를 받으러 나아가서 하신 말씀이 엄정한데다 조리가 있으니, 정조는 해칠 수가 없었다.

정묘년(1627)에 심양의 오랑캐가 갑자기 쳐들어왔다. 여헌 선생이 호소사(號召使)로서 아버님을 의성현 의병장으로 천거하였다. 아버님은 떨치고 일어나서 "임금이 몽진한데다 나랏일이 참으로 위급하니, 어찌 신하된 자로서 풀 속을 헤매며 구차히 살기를 도모할 때이랴?" 하고는, 동지들과 함께 의병을 규합하고 서면으로 호소사에게 알린 뒤 전진하는 계획을 세웠다. 그러나 얼마 뒤에 나라가 이미 강화(講和)되었다는 소식을 듣고서 그간 모았던 군량미를 한양의 관서에 실어 보낸 뒤, 대궐로 찾아가 상소문을 올렸는데 곡진한 글이 수천 자에 달했으니 쇠약해지고 어지러운 나라를 부흥시킬 대책이 아닌 것이 없었다. 인조(仁祖)께서 가상히 여기시어 너그러운 비답(批答)을 내리시고 특별히 상운도 찰방(祥雲道察訪)을 제수하셨으니, 대체로 특별한 은전이었다. 상운도는 병화(兵火)를 여러 번 겪었는지라 관아든 민간이든 가릴 것 없이 결딴나있었다. 아버님이 부임하여 밤낮으로 경영하는데, 무릇 백성들이 불편해하는 일을 없애고 원하는 일을 시행하니 몇 년이 되지 않아 말이 살찌고 백성들이 생기가 돌자, 병을 핑계하고 곧바로 돌아왔다. 상운도 백성들은 거사비(去思碑)를 세워 사모의 뜻을 붙였다. 임신년(1632) 재상(宰相)의 천거로 인해 제릉(齊陵 : 태조비 한씨의 무덤) 참봉에 제수하였으나 부임하지 않았고, 조금 있다가 또 건원릉(健元陵 : 태조의 무덤) 참봉에 제수하였으나 사은숙배(謝恩肅拜)하고 물러났다.

병자년(1636) 오랑캐 군대가 다시 쳐들어와 곧장 도성(都城)까지 바싹 쳐내려왔다. 의성현의 유생들이 평소에 아버님을 존경하여서 다시 의병장으로 추대하였다. 아버님은 정묘년의 울분을 풀기로 생각하고 눈물을 훔치면서 의병장이 되어, 바로 그날 의병군을 이끌고 행재소(行在所)로 달려갔다. 경기도 광주(廣州)에 도달했을 때, 나라는 이미 남한산성을 내려와 항복하는 치욕이 있었으니, 아버님은 즉시 상소하여 나라를 그르치는 화의(和議)를 배척해야 함을 아뢰었다. 이때 막내동생 난재공이 행재소에서 왕을 호종(扈從)하고 있었는데, 아버님의 상소를 보고나서 서로 붙들고 통곡하였다. 청음(淸陰) 김상헌(金尙憲)과 동계(桐溪) 정온(鄭蘊) 등 여러 어른들은 모두 평소에 잘 아는 사이였는데, 역시 그 상소의 말을 칭송하였다. 귀향하려 했을 때, 백헌(白軒) 이경석(李景奭)과 사서(沙西) 전식(全湜) 두 분이 벼슬자리에 나아가기를 바라면서 힘써 만류했다. 아버님이 탄식하기를, "천지가 닫히고 갓과 옷이 거꾸로 된 세상이거늘, 이때가 어찌 백발성성한 사람으로 벼슬자리에 나아갈 때이리오." 하였고, 또 시 한 수를 읊기를, "어쩌다가 임금 은혜 두터이 입었던가, 되레 신하의 분수를 소략했음이 부끄러워라. 고향의 봄은 이미 저물었건만, 어찌 주저할 필요가 있을런가." 하였다. 귀향하자마자 두어 칸의 초옥을 미곡(薇谷) 아래에 짓고 채미헌(採薇軒)이라 편액하고는, 두문불출하며 세상일은 일체 끊고 날마다 경서(經書)와 사기(史記)로써 스스로 즐겼으니, 유유히 홀로 터득하는 취향이 있었던 것이다. 계묘년(1663) 7월 1일 병으로 정침(正寢)에서 운명하시니, 향년 90세였다.

오호라! 아버님은 근신하여 스스로 지키는데 경(敬)을 위주로 하시어 위엄은 두려워할 만하고 덕행은 존경할 만했다. 또한 조이기만 하고 늦추지 않거나 풀어 놓기만 하고 조이지 않거나 한 적이 없으셨다. 사람을 대할 때는 널리 뭇 사람을 사랑하되 어진 사람과 친하게 지내셨으며, 고을에 계실 때는 자신을 낮추어 몸가짐을 단속했지 안다고 함부로 나서지 않으셨다. 이 때문에 나이 많은 사람이든 적은 사람이든 모두 기쁜 마음으로 대하였다. 평상시에 너그럽다기보다는 비교적 엄하여 자제들이 곁에서 모실 적엔 담소를 하더라도 감히 속된 말로 할 수가 없었다. 옷차림이 바르지 않으면 단단히 타일러서 바르게 하였고, 걸음걸이가 단정하지 못하면 꾸짖어서 절도 있게 걷도록 하였다. 또한 반드시 가르칠 때면 의리에 입각하여 하고 훈육할 때면 덕을 깨달아 따르도록 하였다. 비록 어린아이일지라도 감히 면전에서 농지거리를 하지 못했고, 청소하고 응대하는 예절을 가르치는데 다정히 하나 노복(奴僕)들이 감히 쳐다보지 못하고 숨을 죽였으니, 집안이 엄숙하였다. 후생(後生) 가운데 학문을 물으러 오는 이가 있으면 먼저 효제(孝悌 : 부모에 대한 효도와 형제에 대한 우애)와 충신(忠信 : 충성과 신의)을 여러 번 되풀이하여 타일렀고, 여러 친족들 가운데 찾아와서 뵙는 자가 있으면 조상들의 아름다운 행실을 따르고 받들도록 타일렀다. 항상 옷깃을 여미고 단정히 앉아서 종일토록 책상을 마주하다가 생각에 맞는 곳이라도 있으면 기뻐하며 밥 먹기를 잊으셨다. 심지어 성현들의 절실하고 요긴한 말은 자식들로 하여금 외우게 하였다. 또 성리학의 여러 설에 따라 ≪중용(中庸)≫과 ≪대학(大學)≫에 관한 두 도해(圖解)를 만들고는 열람하게 하면서 "너희들이 대수롭지 않게 보아 넘기면, 그것은 아둔하면서도 배우려 하지 않는 하등인(下等人)이 되는 까닭이로다." 말씀하셨고, 또 ≪소학(小學)≫ 암송하기를 권하면서 "세상 사람들은 어려서부터 교만해지고 나태해져 질서가 무너지고 말았으니, 자라서는 그것을 변화시키기가 어려워 효제를 행하는 자가 드물게 있을 것이니라. 너희들은 이 점을 생각하도록 하라."고 말씀하셨다.

아버님은 기력이 강건하시어 80세 이전까지 제사에 참여하지 않은 적이 없었고, 조상이 그 자리에 있을 때와 마찬가지로 들이는 정성을 다하셨다. 비록 나이가 많고 기력이 쇠해진 이후에도 어버이 기일이 되기만 하면 반드시 소찬(素饌)을 올리셨는데, 자식들이 그만두시기를 간청해도 끝내 듣지 않으셨다. 평생 동안 청렴하고 검소함으로 스스로 지켰는데, 조촐한 음식조차도 자주 걸렀으면서도 먹고살아가는 데에 급급한 적이 없으셨다. 심지어 형제가 재산을 나누어 따로 살게 되었을 때, 노약자 노비와 거친 논밭, 기울어진 농막을 반드시 스스로 취하셨다. 굶주림과 추위에 시달리는 친척은 반드시 정성을 다하여 구휼하시고, 재앙과 고통에 빠져 있는 사람은 있는 힘을 다하여 구제하셨다. 염병과 홍역으로 죽은 친족이 있으면 사람들은 모두 두려워하고 꺼리나 아버님은 몸소 장례를 치르고 시체를 짚으로 싸서 가매장해주고 나오셨다. 종족간의 화목과 형제간의 우애를 실천하신 것이 대부분 이와 같았다. 아버님은 일찍이 도를 구하려는 뜻이 있었는데 함께 교유한 분들이 모두 당대의 명사들이었으니, 인재공 최현은 아버님의 뜻이 조금 이루어진 것에 편안하지 못하다고 늘 말했으며, 우복 선생 정경세는 역시 아버님의 타고난 재질이 고매함을 마음 속 깊이 인정했으며, 창석 이준·동계 정온·사서 전식 등 여러 어른들은 모두 도의지교(道義之交)를 맺은 분들이다. 일찍이 한강 정구와 여헌 장현광의 문하에서 자기의 일로 절실하게 여기는 가르침[切己之誨]을 깊이 터득하셨으나, 부모님께서 거듭 돌아가셔서 들보가 꺾이는 바람에 학업을 완전히 끝내지 못한 것을 늘 애통하게 여기셨다.

어머님 파평 윤씨(坡平尹氏)는 집의(執義) 사철(師哲)의 현손녀요, 첨정(僉正) 순(淳)의 따님이신데, 아름다운 성품을 타고나시어 효도를 다하여 시부모를 섬기시고 정성을 다하여 제사를 받드시니, 종족들은 그 인자함을 칭송하고 마을 사람들은 그 신의에 감복하였다. 갑술년(1574) 12월 8일에 태어나시어 경자년(1660) 1월 13일에 돌아가셨다. 처음에는 학묘현(鶴卯峴)에 장사

지냈다가 아버님께서 돌아가신 후에 의성현 서쪽 안평(安平) 응봉(鷹峯) 가운데 묘향(卯向)의 언덕에 합장했다.

4남 2녀를 두었다. 아들로는 첫째가 집(㙉)으로 종사랑(從仕郎)을 지냈고, 둘째가 균(均)으로 선무랑(宣務郎)을 지냈고, 셋째가 채(埰)로 진사를 지냈고, 넷째가 점(坫)으로 선교랑(宣教郎)을 지냈다. 딸로는 첫째가 김상각(金尙珏)에게, 둘째가 현감(縣監) 정복형(鄭復亨)에게 시집갔다. 집(㙉)은 판관(判官) 박몽거(朴夢琚)의 딸에게 장가들었으나 아들이 없어 경석(慶錫)으로 대를 이었다. 균(均)은 문소(聞韶) 김치홍(金致弘)의 딸에게 장가들어서 2남2녀를 두었는데, 큰 아들 경석은 형님 집(㙉)에게 양자로 보냈고 작은 아들은 이석(爾錫)이며, 딸들은 이일오(李一珸)와 여함화(呂咸和)에게 각각 시집갔다. 채(埰)는 영가(永嘉) 권익창(權益昌)의 딸에게 장가들어서 2남2녀를 두었는데, 아들로는 우석(禹錫)과 문석(文錫)이고, 딸들은 금문조(琴文操)와 박문흥(朴文興)에게 각각 시집갔다. 점(坫)은 좌랑(佐郎) 김회(金澮)의 딸에게 장가들어서 2남4녀를 두었는데, 장남 창석(昌錫)은 부사정(副司正)을 지냈고 차남 현석(玄錫)은 급제하였다. 김상각은 두 아들 순좌(舜佐)와 석좌(碩佐)를 두었다. 내외손(內外孫)의 자손들은 총 50여 인이 되었다.

오호라! 아버님이 이 못난 자식의 곁을 떠나가신 지가 이미 4년이나 되었다. 시골에서 잔명을 이어가고 있는 이 몸이 아버님의 지극한 행실과 아름다운 자취가 민멸될까 몹시 두려워하여, 대략이나마 세계(世系) 및 평소에 힘써 행하여 이루신 것들 서술하였으니, 대강이라도 기록하는 군자들이 살피고 검토할 자료가 되기를 바라노라.

못난 아들 채가 피눈물 흘리며 삼가 쓰다.

행장/行狀

선생의 이름은 적도(適道), 자는 사립(士立), 호는 호계(虎溪), 성씨는 신씨(申氏)인데, 그 선조는 아주인(鵝洲人)이다. 고려 때에 판도판서(版圖判書) 윤유(允濡)가 있었으니, 깨끗한 명성과 곧은 절조로 이름을 당대에 드날렸다. 그 아들 우(祐)는 안렴사(按廉使)를 지냈고, 3년 동안 여묘살이 한 곳에 쌍죽(雙竹)이 돋는 기이한 일이 있어서 정려(旌閭)가 내려졌다. 4대(代)가 지난 뒤 준정(俊禎)은 교수(敎授)를 지냈는데, 호계공에게는 고조부이다. 증조부 수(壽)는 침랑(寢郎)에 제수되었으나 나아가지 않았다. 조부 원록(元祿)은 호가 회당(悔堂)인데, 일찍이 퇴계(退溪) 이황(李滉)과 신재(愼齋) 주세붕(周世鵬) 두 선생의 문하에서 수학하여 연원지학(淵源之學)을 득문하였고, 또한 효행으로써 정문(旌門)이 내려졌으며, 호조참의(戶曹參議)에 추증되고 장대서원(藏待書院)에 배향되었다. 부친 흘(仡)은 호가 성은(城隱)이고, 사림들로부터 매우 두터운 신망을 받았으며, 좌승지(左承旨)에 추증되었다. 모친 순천(順天) 박씨(朴氏)는 부위(副尉) 윤(倫)의 따님으로 참판(參判) 안명(安命)의 현손녀이다.

만력(萬曆) 갑술년(1574) 12월 29일 의성현(義城縣) 도암리(陶巖里) 집에서 태어났다. 타고난 성품이 순수하고 아름다웠으며, 재주가 총명하였다. 남달리 어릴 때부터 이미 부딪치는 사물에 대해 깨닫는 것이 많았다. 장성해서는 한강(寒岡) 정구(鄭逑) 선생에게 나아가 배웠는데, 절실히 받아들이니 견문이 날마다 더해졌다. 그리고 여헌(旅軒) 장현광(張顯光) 선생의 문하에도 나아가 어렵고 의심스러운 것을 궁리하거나 질문하니 여러 차례 격려하는 칭찬을 받았다.

을사년(1605) 향시(鄕試)에 장원으로 급제했을 때, 서애(西厓) 류성룡(柳成龍)이 그의 시권(試卷)을 보고는 감탄하여 "의리가 조목조목 트였으니 세상의 속된 유학자가 가히 미칠 수 없는 바이다."고 했으며, 우복(愚伏) 정경세(鄭經世) 선생도 또한 "신적도는 견문과 학식이 곧바르고 명백하여 우리 고을의 본보기가 될 만하다."고 했다. 병오년(1606)에 막내동생 난재공(懶齋公) 열도(悅道)와 함께 성균관(成均館) 생원이 되자, 명성과 칭찬이 자자하였다.

갑인년(1614)에 거듭된 부모의 상을 당하자 너무나 슬퍼한 나머지 몸을 거의 지탱하지 못할 정도였다. 빈장(殯葬)하는 의식과 절차는 반드시 여헌 선생에게 여쭈어서 행하였는데, 터럭만치의 여한도 없도록 하였다. 장사를 지내고는 묘 옆에 여막을 짓고 3년을 보냈다.

경신년(1620), 인목대비(仁穆大妃)를 서궁에 유폐시킨 패륜에 가담한 적신(賊臣) 정조(鄭造)가 관찰사로서 빙계서원(氷溪書院)을 찾았다가 심원록(尋院錄)에 이름을 쓰고 갔다. 호계공은 즉시 여러 유생들을 거느리고 가 정조의 이름을 파서 없애버리고는 "저 인륜을 무시한 난신적자(亂臣賊子)를 어찌 사림의 반열에 잠시라도 끼워 둘 수 있단 말이냐." 하였다. 그 말을 들은 사람들은 가슴 후련하게 여겼으면서도 안색을 변하지 않는 자가 없었다.

정묘년(1627)에 금나라 오랑캐가 쳐들어왔다는 소식을 듣고 호계공은 분연히 "임금이 몽진한데다 나랏일이 참으로 위급하니, 지금은 신하된 자로서 풀 속을 헤매며 구차히 살기를 도모할 때가 아니로다." 하였다. 멀고 가깝고를 망라한 모든 동지들과 함께 의병을 규합하고 군량을 거두어 밤낮을 달려갔으나, 오랑캐는 이미 물러가버렸다. 그래서 대궐에 가서 상소문을 올렸는데 곡진한 글이 수천 자에 달했다. 하지만 인조(仁祖)께서 너그러운 비답(批答)을 내리시고 특별히 상운도 찰방(祥雲道察訪)에 제수하였다. 병화(兵火)를 여러 번 겪은 뒤인지라 관아든 민간이든 가릴 것 없이 물자가 텅 비어 벌거벗은 형편이 몹시 심하니, 호계공은 피폐한 백성들을 어루만져주는 것이 골고루 미치지 못할까 두려워할 정도였다. 그리하여 상운도 백성들은 다시 살려준 은혜에 매우 감사해하면서 거사비(去思碑)까지 세우는 데에 이르렀다고 한다. 임신년(1632), 제릉(齊陵 : 태조비 한씨의 무덤) 참봉에 제수하였고, 조금 있다가 또 건원릉(健元陵 : 태조의 무덤) 참봉에 제수하였으나, 모두 사은숙배(謝恩肅拜)하고 물러났다.

병자년(1636)에 금나라 오랑캐가 다시 쳐들어왔다. 호계공은 통분을 이기지 못하여 뜻과 용기가 굳센 사람들을 불러 모으고는 죽음을 무릅쓴 의병 활동 계획을 세웠다. 그러나 이내 쌍령(雙嶺)이 이미 무너졌고 화의(和議)가 이루어졌다는 소식을 듣고 곧바로 행재소(行在所)로 달려가서 피눈물을 뿌리며 상소하여 화의가 나라를 팔아먹는 죄임을 간곡히 간하였다. 청음(淸陰) 김상헌(金尙憲), 동계(桐溪) 정온(鄭蘊), 용주(龍洲) 조경(趙絅)을 마주하여 통곡한 후에 시 한 수를 읊었으니, "화의를 배척함이 정녕 당당한 일이거늘, 어찌 이와 같이 화의로 그르친단 말인가. 진실로 오랑캐 접주고 화란 제거하려 왔건만, 괴로운 심정은 가의(賈誼)가 알아도 같을지라."이다. 그리고 귀향하려 하면서 또 시 한 수를 읊었으니, "어쩌다가 임금 은혜 두터이 입었던가, 되레 신하의 분수를 소략했음이 부끄러워라. 고향의 봄은 이미 저물었건만, 어찌 주저할 필요가 있을런가."인데, 한양의 선비들이 이 시를 구전하였다.

이때 재상(宰相) 이경석(李景奭)이 일찍이 차대(箚對)하는 날에 특별히 아뢰기를 "신적도는 진실로 나라를 맡길 만한 충성스럽고 어진 신하이오라, 발탁하는 은전을 베풀어주심이 마땅하옵니다." 하니, 임금이 윤허하였다. 호계공이 탄식하기를, "천지가 닫히고 갓과 옷이 거꾸로 된 세상이거늘, 이때가 어찌 백발성성한 사람으로 벼슬자리에 나아갈 때이리오." 하였다.

그 이후로 호계공은 이 세상에 대한 생각을 다시는 하지 않고 두어 칸의 초옥을 학산(鶴山)의 미곡(薇谷)에 지어서 '채미헌(採薇軒)'이라 하고는, 두문불출하고 단정히 앉아서 날마다 ≪춘추≫를 읽으며 슬프게 탄식하는 뜻을 붙이니, 당시 사람들은 그를 "소주(韶州 : 의성의 옛 이름) 고을의 대명일월(大明日月)이라." 일컬었다고 한다.

계묘년(1663) 7월 1일 정침(正寢)에서 병으로 죽으니, 향년 90세였다. 같은 해 12월 20일 안평면(安平面) 응봉(鷹峯) 가운데 태방(兌方)을 등진 유좌(酉坐)의 언덕에 장례하니, 참석한 사람이 수백 명이었다. 부인 파평 윤씨(坡平尹氏)는 첨정(僉正) 순(淳)의 따님이요, 참판(參判) 희(希)의 증손녀인데, 부인으로서 지켜야 할 덕에 어긋나는 법이 없었으며 호계공보다 먼저 돌아가시어 계현(鷄峴)에 장사지내졌다가 나중에 옮겨져 합장했다. 4남 2녀를 낳았는데, 아들로서 집(塪)은 장사랑(將仕郎)을 지냈고, 균(均)은 선무랑(宣務郎)을 지냈고, 채(埰)는 진사를 지냈고, 점(坫)은 선교랑(宣教郎)을 지냈으며, 딸로서 큰 딸은 사인(士人) 김상각(金尙珏)에게 작은 딸은 현감(縣監) 정복형(鄭復亨)에게 시집갔다. 집(塪)은 경석(慶錫)으로 대를 이었다. 균(均)은 두 아들을 두었는데, 큰 아들 경석은 형님 집(塪)에게 양자로 보냈고 작은 아들은 이석(爾錫)이다. 채(埰)는 두 아들 우석(禹錫)과 문석(文錫)을 두었다. 점(坫)은 두 아들 창석(昌錫)과 현석(玄錫)을 두었다. 김상각은 두 아들 순좌(舜佐)와 석좌(碩佐)를 두었다. 내외손(內外孫)의 자손들은 총 50여 인이 되었다.

오호라! 호계 선생은 총명함이 남달랐던 재질로 집안 대대로 이어지는 가학(家學)을 이어받아 충효를 기본으로 삼고 경의(敬義)를 법도로 삼아 쉬지 않고 힘써 배우는데, 터득하지 못하면 그대로 두지 않는 마음을 늘 가지고 있었다. 사문(師門)에 나아가서는 성현의 가장 긴요한 가르침[旨訣]을 강론하고 밝히는 데에 더욱 힘썼는데, ≪중용(中庸)≫과 ≪대학(大學)≫ 두 경전을 취하여 장구(章句)마다 도(圖)를 그려 배우는 이들의 지침이 되게 하였다. 날마다 만오(晩悟)와 난재(懶齋) 두 동생과 함께 나팔 불면 저를 불어 화답하듯 화목하여 서로 즐거워하였다. 또 창석(蒼石) 이준(李埈), 동계(桐溪) 정온(鄭蘊), 용주(龍洲) 조경(趙絅), 사서(沙西) 전식(全湜), 학사(鶴沙) 김응조(金應祖), 수암(修巖) 류진(柳袗) 등과도 도의지교(道義之交)를 맺어 만년에 이르기까지 막역하였다.

일찍이 빙계(氷溪) 계곡의 수석(水石)을 좋아하여 온 고을의 동지들과 더불어 장천원우(長川院宇)를 옮겨서 책을 읽고 학문하는 곳으로 삼고자 했는데, 강학 과정을 엄격히 수립하여 간절하게 학교를 일으키고 영재를 기르는 것을 힘썼으니, 대개 그 규모와 절목들은 모두 조부 회당(悔堂) 선생이 만들어 놓은 것에서 나온 것이었다. 어버이를 섬김에 그 효를 지극히 하였고, 형제들과 화목함에 그 즐거움을 다하였다. 사람으로서 떳떳하게 지켜야 할 도리[彝倫]를 돈독함이 이와 같았기 때문에 그것을 임금에게 옮겨감도 또한 그러하였다.

정묘년과 병자년의 호란을 당하여 강병(强兵)을 거느리고도 앉아서 관망만 하는 자들이 서로 둘러싸고 있었다. 그러나 호계공은 일개 국자감(國子監) 유생으로서 수하에 아무 군사도 없었으면서도 비분강개하여 눈물을 뿌리고 분연히 충의를 먼저 일으키고는 달리는 말처럼 죽을 곳에 뛰어들었으나 시운이 이미 다하고 말아 국론은 마침내 정해졌다. 비록 오랑캐를 무찌르거나 오랑캐의 목을 매단 공은 없었을지라도 두 차례의 상소를 통해 조금도 숨김없이 과감하게 직언한 것은 당시 나라를 그르친 신하로 하여금 한 번 보면 간담을 서늘케 하기에 족했다. 그가 대의를 천하에 펴서 충정을 만세토록 힘차게 일으키고자 한 것이니, 과연 어떠한가. 이처럼 그가 보인 충의의 절개, 적개심에 불타는 용기는 매우 급작스럽게 그저 당장에 취할 수 있는 것이 아니라 평소에 학문한 가운데서 나오지 않은 것이 없으니, 여기에서 조부 회당 어른의 훌륭한 가학(家學), 한강 정구와 여헌 장현광의 바르게 교화하고 인도한 것임은 자연 속일 수 없는 것이다. 아! 위대하다.

어떤 사람은 선생이 세상에 크게 드러나지 못한 것을 한스럽게 여기나, 드러나는 것과 드러나지 못하는 것은 하늘의 일이지 우리가 해줄 수 있는 일이 아니다. 호계 선생의 크나큰 절개[大節]는 오래 되어도 없어지지 않았으니, 1856년 의성 고을의 사람들이 사당을 세워 배향한 것이고, 금상(今

上 : 高宗) 정묘년(1867)에 이르러 암행어사가 포상하도록 상주하여 특별히 선생께 이조참의(吏曹參議) 벼슬이 추증된 것이다. 어찌 이른바 한 때 굽히고 만세토록 편 것이 아니랴.

나 김도화(金道和)는 이웃 고을의 후생으로서 일찍이 호계공의 풍도를 듣고 개연히 말채찍을 잡는 천한 일이라도 하기를 바란 지가 오래였다. 그런데 어느 날 호계공의 후손 상하(相夏) 등이 호계공의 셋째 아들 인재공(忍齋公 : 申琛)께서 지으신 <유사(遺事)>를 가지고 찾아와서 나에게 행장을 지어주기를 부탁하였다. 돌아보건대, 나는 필력이 시들고 말이 가벼운데다 지금 또 노망기까지 들었으니 어찌 사건을 제대로 배열하고 말을 붙일 수 있으랴만, 자애로운 후손들의 간청에 부응코자 한다. 대개 두어 번 거듭 사양했으나 그 청이 더욱 정성스러우니 끝내 사양할 수가 없었다. 또한 예전에 우러러보았던 정성을 보아서도 역시 가히 그만둘 수가 없었다. 이에 병을 앓고 있는 겨를에 <유사>를 취하여 대략 잘못된 곳을 고치고 아울러 감회를 서술한 것이 이와 같으니, 기록하는 군자들은 옳고 그름을 가려 결정해주기를 바랄 뿐이노라.

후학 의금부도사 문소(聞韶) 김도화 삼가 행장을 짓다.

묘표/墓表

　선생의 이름은 적도(適道), 자는 사립(士立), 호는 호계(虎溪)이다. 아주(鵝洲)의 신씨(申氏)는 그 연원이 매우 멀다. 고려의 말기에 윤유(允濡)가 있었으니 판도판서(版圖判書)이었다. 그 아들이 이름은 우(祐)로, 안렴사(按廉使)를 지냈다. 고려가 망하여 고향에 돌아가서 은거하고 있을 때, 부친상을 당하여 여묘살이를 했는데 그곳에 쌍죽(雙竹)이 돋는 기이한 일이 있자, 조정은 정려(旌閭)를 세우도록 하여 포상하고, 제향(祭享)은 사림이 제물을 갖추어 지냈다.

　증조부 수(壽)는 여러 차례 능서직(陵署職)에 제수되었으나 나아가지 않았다. 조부 원록(元祿)은 호가 회당(悔堂)이다. 신재(愼齋) 주세붕(周世鵬)과 퇴도(退陶) 이황(李滉)의 문하에서 수학하였다. 효행으로 정문(旌門)이 내려지고, 호조참의(戶曹參議)에 추증되고, 장대서원(藏待書院)에 배향되었다. 부친 흘(仡)은 회재(晦齋) 이언적(李彦迪)과 퇴계(退溪) 이황, 두 분이 무고당한 것에 항의하는 상소를 하였다. 좌승지(左承旨)에 추증되었다. 모친 숙부인(淑夫人) 순천 박씨(順天朴氏)는 부위(副尉) 윤(倫)의 따님이요, 참판(參判) 안명(安命)의 현손녀이다.

　만력(萬曆) 갑술년(1574)에 태어난 공은 타고난 성품이 순수하고 아름다웠으며 총명함이 남달리 뛰어났다. 가르쳐 인도하기도 전에 이미 환히 깨달았다. 어버이를 효로써 섬기니, 받들어 모시는 것과 관계되는 것이면 정성을 다하지 않음이 없었다. 장성해서는 한강(寒岡) 정구(鄭逑)와 여헌(旅軒) 장현광(張顯光)의 문하에 들어가 가르침을 청했다. 일찍이 향시(鄕試)에 장원

급제했는데, 서애(西厓) 류성룡(柳成龍) 선생이 그 시권(試卷)을 보고는 '의리의 문장'이라고 칭찬하였다. 병오년(1606) 막내 동생 난재공(懶齋公)과 함께 성균관 생원이 되어 성균관에 수학하며 이름을 알렸다. 그러나 돌연 혼조(昏朝 : 光海朝)를 만나자 마침내 시골구석으로 물러났지만 날마다 두 동생과 함께 공부하기를 그치지 않았다. 갑인년(1614) 모친과 부친의 거듭된 상을 만났음에도 여묘살이를 하면서 그 예를 다하였다. 일찍이 빙계서원(氷溪書院) 원장이었을 때 정조(鄭造)의 이름을 파 없애버렸다.

정묘년(1627) 금(金)나라 사람들이 국경을 침입하였다. 맨 먼저 의병을 일으켰고, 대궐에 가서 상소문을 아뢰었다. 이에 인조(仁祖)께서 가상히 여기시어 우관(郵官 : 祥雲道 察訪)에 제수하였고, 역도(驛道)의 백성들이 거사비(去思碑)를 세워 은혜를 칭송하였다. 그 뒤에 재상(宰相)의 천거로 인해 제릉(齊陵)과 건원릉(健元陵)의 참봉에 연달아 제수되었다. 병자년(1636)의 호란 때, 의병장으로서 눈물을 뿌리며 의병들 앞에서 맹서하고는 밤낮을 달려 행재소(行在所)에 갔다. 화의(和議)를 배척하는 상소를 아뢰고, 주위에 있던 여러 현인(賢人)들과 부둥켜안고 통곡하다가 귀향했다. 참판(參判) 전식(全湜)과 백헌(白軒) 이경석(李景奭)이 벼슬자리에 나아가기를 권하자, 공은 "지금 임금이 치욕을 당하셨으니 신하는 죽어야 할 때이다. 편안히 벼슬자리에 나아가는 것은 나의 뜻이 아니다." 하고는 끝내 귀향했던 것이다. 그리고 미곡(薇谷)에 초옥을 짓고는 마음가는대로 노니니, 사람들은 '지상선(地上仙)'이라 일컬었다고 한다.

계묘년(1663) 7월 1일 정침(正寢)에서 운명하였으니, 향년 90세였다. 부인 영인(令人) 파평 윤씨(坡平尹氏)는 첨정(僉正) 순(淳)의 따님으로 공과는 동갑이시다. 공보다 먼저 3년 전에 죽었으니, 곧 경자년(1660) 1월 13일이다.

4남2녀를 두었다. 첫째 집(㙉)은 종사랑(從仕郎)을 지냈고 둘째 균(均)은 선무랑(宣務郎)을 지냈으며, 셋째 채(埰)는 진사(進士)였고 넷째 점(坫)은 선교랑(宣教郎)을 지냈다. 첫째 딸은 김상각(金尙珏)에게, 둘째 딸은 현감(縣監) 정복형(鄭復亨)에게 시집갔다. 집(墤)은 경석(慶錫)으로 대를 이었다. 균(均)은 두 아들을 두었으니, 경석(慶錫)과 이석(爾錫)이다. 채(琛)도 두 아들을 두었으니, 우석(禹錫)과 문석(文錫)이다. 점(坫)도 역시 두 아들을 두었으니, 창석(昌錫)과 현석(玄錫)이다. 내외의 증손들이 모두 약간 명에 이른다. 하늘이 보답해 준 것이 바로 여기에 있는 것이로다.

나 만조(萬朝)는 학식이 얕기 때문에 어찌 공의 덕을 널리 알리는 문장을 지을 수 있으랴만, 추앙하는 마음만으로 감히 짓고 쓰노라.

후학 가선대부(嘉善大夫) 경상도관찰사 풍산(豊山) 홍만조(洪萬朝) 찬하다.

● 신적도 묘소 : 의성군 안평면 창길2리 매봉산

묘표 후지/墓表後識

　위 묘표(墓表)는 만퇴공(晚退公) 홍만조(洪萬朝)가 지은 것이다. 지금 200년 후인 철종(哲宗) 병진년(1856)에 사림들이 단구(丹邱)에 공을 배향하는 서원을 세웠다. 금상(今上 : 고종) 정묘년(1867)에 어사(御史) 박선수(朴瑄壽)의 계(啓)로 인하여, 공에게 통정대부(通政大夫) 이조참의(吏曹參議)에 추증되었다. 그 계문(啓文)에 '도학이 고명하고 충절이 남달리 뛰어나다.'고 하였지만, 이것은 비석을 세운 뒤의 일이라 묘표에는 보이지 않는 것이다. 그래서 후손 상헌(相憲)씨가 못난 나에게 묘표 후지를 부탁하였다. 선생의 올바른 학문과 탁월한 행실은 본 묘표에 있도다.

　신축년(1901) 음력 5월 전(前) 의금부도사 전의(全義) 이종기(李種杞)

삼가 쓰다.

묘갈명(병서)/墓碣銘[幷序]

소주(韶州 : 의성의 옛 명칭)현의 서쪽, 안평방(安平坊) 응봉(鷹峯)에 있는 태향(兌向)을 등진 봉분(封墳)은 학문과 덕행이 높은 은사(隱士)이자 대명(大明)의 충의지사(忠義之士)였고 이조참의에 추증된 호계(虎溪) 신(申) 선생의 산소이다. 선생의 이름은 적도(適道), 자는 사립(士立)이다. 그의 선조는 아주인(鵝洲人)이다. 고려 때 판도판서(版圖判書)였던 윤유(允濡)는 청렴과 강직으로 이름났다. 그 아들 우(祐)는 안렴사(按廉使)를 지냈고, 부친상을 당하여 여묘살이를 한 곳에 쌍죽(雙竹)이 돋는 기이한 일이 있어서 정려(旌閭)가 내려졌다. 4대가 지난 뒤인 준정(俊禎)은 교수를 지냈고, 공에게는 고조부가 된다. 증조부의 이름은 수(壽)이고 참봉을 지냈다. 조부의 이름은 원록(元祿)이고 호는 회당(悔堂)이다. 신재 주세붕 선생께 경의를 표하는 글을 가지고 뵈오며 가르침을 구한 뒤에, 퇴계 이황의 문하에서 수학하여 성리학을 득문하였다. 또한 효행과 학문으로 정문(旌門)이 내려졌고, 호조참의에 추증되었으며, 장대서원(藏待書院)에 배향되었다. 부친의 이름은 흘(仡)이고 호는 성은(城隱)이다. 사람들이 우러르고 따르는 매우 두터운 덕망이 있었고, 좌승지에 추증되었다. 모친 순천 박씨(順天朴氏)는 부위(副尉) 윤(倫)의 따님이다.

만력 갑술년(1574) 12월 29일에 공은 도암리(陶巖里) 집에서 태어났다. 순수하고 아름다운 성품은 사람들은 환히 비추었고, 총명함은 남달리 매우 뛰어났다. 어려서부터 사물을 접촉할 때면 환히 깨닫는 슬기로움이 있었다. 부모를 섬김에 있는 힘을 다하되, 가난하다고 하여 부모님의 뜻을 받들어 봉양하는 것에 조금도 게으르지 않았다. 6촌 형님 정봉공(鼎峯公 : 신홍도)에게 나아가 배우면서 의심나거나 어려운 것을 물었고, 서로를 의지하는 것이 매우 절실하여 정봉공이 늘 말하기를, "우리 가문을 크게 빛낼 사람은 반드시 이 동생이로다."고 하였다. 임진왜란을 당했을 때 활과 말을 익히도록 권하는 이가 있자, 공은 "문(文)를 섬기는 중에도 또한 무(武)가 갖추어지거늘, 하필이면 병가(兵家)의 기무(機務)이어야만 나라를 구할 방책이리오."라고 말했다. 이때 공의 부친은 근왕(勤王)의 의병을 일으켰다. 공은 부친의 명을 받들어 가솔들을 이끌고 산으로 피난해서 미리 방비하는 것이 몹시 엄했던 탓에 가까이 있었던 사람들도 살아났다. 난리가 끝난 뒤에는 한강 정구, 여헌 장현광 두 선생의 가르침을 받았는데, 강론을 마음으로 익히니 격려하는 칭찬의 말씀을 많이 들었다. 을사년(1605) 향시(鄕試)에 장원급제했을 때, 서애 류성룡 선생이 그의 답안지를 보시고 "의리가 명백하고, 과거시험에 쓰는 말투가 아니로다." 하였다. 다음해 막내 동생 난재공(懶齋公) 열도(悅道)와 함께 성균관 생원이 되니, 명성과 칭찬이 자자했다. 모친께서 일찍이 기이한 병에 걸리자 의술(醫術)을 섭렵하니 신통한 효험을 많이 보았다. 갑인년(1614) 모친상과 부친상을 거듭 겪게 되니, 너무나 슬퍼한 나머지 몸을 거의 지탱하지 못할 지경이었다. 장례하는 의식과 절차는 반드시 장현광 선생에게 여쭙고 행하였다. 장사를 지내고는 묘 옆에 여막을 짓고 3년을 보냈다. 경신년(1620) 저 인목대비를 서궁에 유폐시킨 패륜에 가담한 경상도관찰사 정조(鄭造)가 빙계서원의 심원록(尋院錄)에 이름을 쓰고 갔다. 공이 그 이름을 삭제하면서 말하기를, "저 인륜을 무시한 난신적자(亂臣賊子)를 어찌 잠시라도 유림들의 문건에 올릴 수 있단 말이냐?"고 하였다. 이를 안 사람들은 모두 염려하고 두려워하였지만, 정조는 끝내 해칠 수가 없었다. 정묘년(1627) 금(金)나라 오랑캐가 쳐들어왔다. 공은 분연히 떨치고 일어나 말하기를, "임금이 몽진하셨으니 신하된 자로서 구차히 살려고 할 때가 아니로다." 하고는 의병을 이끌고 밤낮으로 달려갔으나 오랑캐는 이미 물러간 뒤였다. 그래서 대궐로 찾아가 수천 자에 달하는 상소를 아뢰니, 인조(仁祖)께서는 너그러운 비답(批答)을 내리시고 특별히 상운도(祥雲道) 찰방(察訪)을 제수하셨는데, 상운도는 여러 차례 병화(兵火)를 겪어서 관아고 민간이고 모두 결딴나있었다. 공은 부임하여 백성들을 어루만지고, 틀어지거나 잘못된 것을 바로잡는데 한결같은 마음으로 보살피고 다스리니, 백성들이 비석을 세워 칭송하였다. 임신년(1632) 제릉(齊陵) 참봉에 제수되었고, 조금 있다가 또 건원릉(健元陵) 참봉에 제수되었으나 모두 사은숙배하고 물러났다. 병자년(1636) 금나라 사람들이 다시 쳐들어왔다. 공은 정묘년의 울분을 풀고자 하여 지혜와 용기가 있는 사람들을 불러 모으고는 죽음을 무릅쓴 의병 활동 계획을 세웠다. 그러나 이내 쌍령(雙嶺)이 이미 무너졌고 화의(和議)가 이루어졌다는 소식을 듣고, 곧장 행재소(行在所)로 달려가 눈물을 뿌리며 상소를 올려서 나라를 팔아먹은 사람들을 극력 배척해야함을 아뢰었다. 청음 김상헌, 동계 정온, 용주 조경 등 여러 동지들과 마주하여 통곡한 후에 시 한 수를 읊었으니, "어쩌다가 임금 은혜 두터이 입었던가, 되레 신하의 분수를 소략했음이 부끄러워라. 고향의 봄은 이미 저물었건만, 어찌 주저할 필요가 있을런가." 하였다. 이때 재상(宰相) 이경석(李景奭)이 특별히 임금께 아뢰기를, "신적도는 진실로 나라를 맡길 만한 충성스럽고 어진 신하이오라, 발탁하는 은전을 베풀어주심이 마땅하옵니다." 하니, 임금이 윤허하였다. 공이 듣고서 탄식하기를, "천지가 닫히고 갓과 옷이 거꾸로 된 세상이거늘, 이때가 어찌 백발성성한 사람으로 벼슬자리에 나아갈 때이리오." 하였다. 그 이후로 세상과는 완전히 등졌다. 두어 칸 초옥을 학산(鶴山) 미곡(薇谷)에 짓고 '채미헌(採薇軒)'이라 하였다. 두문불출하고 단정히 앉아서 날마다 ≪춘추≫를 읽었다. 이때 사람들은 '소주(韶州 : 의성의 옛 명칭) 고을의 대명일월(大明日月)'이라 일컬었다. 계묘년(1663) 7월 1일이 타고난 명이었나니, 향년 90세였다.

오호라! 선생은 남다른 총명한 재질을 타고났고, 대대로 이어지는 전통 있는 가문에 태어났도다. 익힌 바는 시서(詩書)요, 행한 바는 효도와 우애일러라. 머리 숙여 부지런히 한 것은 오직 회당(悔堂) 조부의 사업을 본받는 것이었도다. 그리고 서로를 알아준 천륜(天倫)이 있었으니 만오(晩悟)와 난재(懶齋) 두 아우이었고, 가르침을 청한 대방가(大方家)가 있었으니 한강과 여헌 두 선생이었다. 형제가 서로 화목하여 긴요한 가르침을 서로 강론하였는데, ≪중용≫과 ≪대학≫의 장구(章句)에 따라 도(圖)를 그려서 공경과 의리를 함께 견지하는 공부가 날로 현저했도다. 마음속으로 깊이 궁구하여 마음이 편안해진 뒤에는, 천성이 산수를 매우 좋아했는지라 그 뛰어난 곳을 학문 닦는 곳으로 삼았다. 그래서 온 고을의 동지들과 더불어 장천원우(長川院宇)를 빙계(氷溪)로 옮겨서 영재들을 교육할 곳으로 여겼다. 정묘년과 병자년의 호란을 당하자 즉시 서생들을 이끌고 맨손으로 적진에 달려갔다. 일찍이 병마와 군사가 있는 거진(巨鎭)의 사령관이었더라도 따를 수가 없는 것이었다. 그러나 시운이 이미 막히고 국론이 끝내 바르지 않았다. 비록 난을 당하여 치욕을 씻은 공은 드러내지 못했을지라도 두 차례 올린 상소를 살펴보면, 그의 격한 충직과 비분강개는 어찌 단지 당시 나라를 그르친 신하들의 간담만 떨어지게 했었으랴. 선생이 효심을 충성으로 발전시켜 나간 것은 평소에 마음을 함양하였다가 대의를 밝혀 펴려고 한 것이니, 이것은 속일 수 없는 것이다. 유림들이 서원을 세워 제향하고, 조정이 표창하여 이조참의에 추증한 것은 유학의 도리를 빛내서 천년토록 민멸되지 않도록 하기에 족하다.

부인 파평 윤씨(坡平尹氏)는 첨정(僉正) 순(淳)의 따님으로 배우자로서의 덕에 어긋남이 없었다. 공보다 먼저 돌아가시어 계현(鷄峴)에 장사지내졌다가 나중에 옮겨져 합장했다. 4남 2녀를 낳았다. 아들로서 첫째 집(壤)은 종사랑(從仕郎)을 지냈고, 둘째 균(均)은 선무랑(宣務郎)을 지냈으며, 셋째 채(採)는 진사(進士)였고, 넷째 점(坫)은 선교랑(宣教郎)을 지냈다. 첫째 딸은 사인(士人) 김상각(金尙珏)에게, 둘째 딸은 현감(縣監) 정복형(鄭復亨)에게 시집갔다. 집(壤)은 경석(慶錫)으로 대를 이었다. 균(均)은 아들 경석을 집(壤)의 후사를 잇게 하고, 이석(爾錫)이 있다. 채(琛)는 아들 우석(禹錫)과 문석(文錫)이 있다. 점(坫)은 아들 창석(昌錫)과 현석(玄錫)이 있다. 김상각은 아들 순좌(舜佐)와 석좌(碩佐)가 있다. 내외의 증손들이 모두 약간 명에 이른다.

어느 날 공의 후손 돈식(敦植) 군이 척암(拓庵) 김도화(金道和) 씨가 지은 행장을 가지고 와서 나 중철(中轍)에게 비명을 부탁하였다. 보잘것없는 내가 식견이 얕으니 어찌 감히 이 부탁을 감당하랴만, 이미 10대(代) 이전의 후의(厚意 : 성은공 신흘이 이황의 무고에 대한 분별을 청하는 상소를 올린 것을 일컫는 듯.)가 있는데다 또한 생각건대 척암은 우리들이 일찍부터 우러른 신필가(信筆家 : 사실에 정확한 문장을 쓰는 사람)이시니, 행장에 대해 두말을 할 수가 없었다. 그래서 삼가 위와 같이 기록하고, 이어서 명(銘)을 지었다. 그 명은 이러하다.

<table>
<tr><td>대대로 이어온 전통 있는 가학에</td><td>淵源家學</td></tr>
<tr><td>스승에게 가르침을 받았거늘,</td><td>旨訣師承</td></tr>
<tr><td>음사(蔭仕)라도 어찌 그리 늦었던고</td><td>蔭途奚遲</td></tr>
<tr><td>이제사 임금의 찬란한 교지 받드노라.</td><td>誥煌迺陞</td></tr>
<tr><td>채미정 하늘엔</td><td>採薇亭上</td></tr>
<tr><td>해와 달이 변함없나니,</td><td>依舊日月</td></tr>
<tr><td>내 여기에 그 대요(大要)만 적노라</td><td>我撮其大</td></tr>
<tr><td>저 숭정에 대한 높은 절개를.</td><td>崇禎高節</td></tr>
<tr><td>그 복 후손에게 미쳐</td><td>委祉在後</td></tr>
<tr><td>가지 잎새가 무성하나,</td><td>柯葉茂榮</td></tr>
<tr><td>크게 드날리지 못할 때에</td><td>於不丕顯</td></tr>
<tr><td>이 묘갈명이 징험되길 바라노라.</td><td>庶徵斯銘</td></tr>
</table>

후학 전 혜릉(惠陵) 참봉 진성(眞城) 이중철(李中轍) 삼가 짓다.

문소읍지/聞韶邑誌

　　신적도(申適道)는 효자 원록(元祿)의 손자이다. 선조 39년(1606) 진사시에 급제했으며, 한강(寒岡) 정구(鄭逑)와 여헌(旅軒) 장현광(張顯光)의 문하를 좇아 수학하여서 연원지학(淵源之學)을 득문했다. 정묘호란 때는 의병을 일으켰으나 강화(講和)한 소식을 듣고 대궐로 달려가 충정의 상소문을 올렸는데, 이 때문에 특별히 우관(郵官 : 祥雲都 찰방)에 제수되었다. 임신년(1632)에 재상(宰相)의 천거로 인하여 건원릉(健元陵) 참봉(參奉)에 임명되었다. 병자년(1636)에는 눈물을 뿌리면서 의병들 앞에 맹서하고 곧장 행재소(行在所)로 달려갔으나, 또 화의(和議)한 것을 듣고 격렬히 배척한 뒤 하직하고 미곡(薇谷)으로 귀향했다. 채미헌(採薇軒)을 짓고 그곳에서 여생을 마쳤다.

단구서원 상량문/丹邱書院上樑文

고을에서 제사 드리는 것은 옛 사람들이 그 은덕을 성대히 보답하는 의식을 중히 여기는 것이고, 서원에서 제사 지내는 것은 후학들이 존경하고 사모하는 뜻을 붙이는 것이다. 어찌 단지 깊은 학덕만을 떠받들 뿐이랴, 도리어 장차 유림에 사표가 되리로다.

삼가 생각건대, 호계(虎溪) 선생은 퇴재(退齋)와 회당(悔堂)의 후예로서 오직 효도가 모든 행실의 근원이었고, 의리와 학문의 재능은 유현(儒賢)들에 의해 장려하는 바가 되었도다. 사문(師門)에 나아가서는 사랑과 존경으로 추앙하여 한강(寒岡) 정구(鄭逑)와 여헌(旅軒) 장현광(張顯光)을 받들었고, 벼슬길은 사양하려는 뜻을 가지고서 사서(沙西) 전식(全湜)과 백헌(白軒) 이경석(李景奭)에게 응대했도다. 밤새워 왕을 위해 힘을 다한 충성은 오늘날에도 흠앙(欽仰)하고, 빙산(氷山)에 불과한 정조(鄭造)의 이름을 칼로 깎아낸 곧은 기개는 천추에 빛나리로다. 사리를 분명히 알고 마음에 거짓됨이 없이 의리를 축적한 공부는 평소에 고치실과 쇠털처럼 많은 학설들을 서로 갈고 익힌 것이요, 명(明)나라를 높이고 오랑캐인 청(淸)을 배척하여 청과 화친하자는 논의를 물리쳐야 한다고 올린 장주(章奏 : 상소문)는 경황이 없었을 때에 의리를 분별해야함을 가장 먼저 주장한 것일러라. 아흔 살이 되어 임천(林泉)에 은둔하던 이는 평지에서 신선(神仙)이 되었고, 제릉(齊陵)과 건원릉(健元陵) 참봉(參奉)도 아귀다툼의 이 세상에 뜬구름으로 부쳤도다.

거룩도다, 난재(懶齋) 선생은 학문에 힘쓰는 선비였고 재주와 도덕을 겸비하였어라. 통달하고 온화함은 태어날 때부터 남달리 타고난 자질이었고,

경학(經學)과 문장은 일가(一家)를 성취한 업적이로다. 한강 정구를 배알하고 여헌 장현광의 가르침을 받아 사문(斯文)의 고제(高弟)가 되었으며, 우복(愚伏) 정경세(鄭經世)를 찾아 경의를 표하고 수암(修巖) 류진(柳袗)과는 서로 도와서 덕을 닦으니 사문의 도리를 다하였네. 명성을 드날린 초년에 도성을 떠나 강화(江華)로 피란하는 어가(御駕)를 호종하였고, 배를 타고 남경(南京)으로 조공하러 갈 때 충직한 절개를 비로소 드러내었도다. 책상에서 직무를 수행하면서도 주자(朱子)의 글 읽기를 그치지 않았고, 병풍은 문순공(文純公) 이황(李滉)이 선조(宣祖)에게 올린 성학십도(聖學十圖)로 만들었도다. 무인년(戊寅年 : 1638) 응지소(應旨疏)를 통해 천하에 대의(大義)를 펼치니, 산성의 수축을 주장한 상소(上疏 : 창석 이준의 <논수성급수덕지요소(論守城及修德之要疏)>) 이후에 제일의 의론(議論)이라 하였도다. 향약의 네 조목을 바닷가 울진(蔚珍)에 시행하여 이웃 고을의 온갖 일도 보고 감동받을 만했고, 대대로 교분을 이어온 벗으로부터 배척을 당해도 태연하였으니 죽도록 마음과 힘을 다한 후에는 그만이었기 때문이었으리라. 이것이야말로 모두 본연의 주고받음이니 어찌 진퇴출처에 적절하지 않았으랴.

인재(忍齋) 선생은 《소학(小學)》을 자신의 집안에 관한 책이라 하고, 집안에 관한 책이라 했으니 읽는 데 조금이라도 게을리 하였으랴. 젊은 나이에 성인의 가르침(이황의 《성학십도(聖學十圖)》을 가리킴)을 유차(類次)에 따라 하나하나 설명하여 올렸고, 유사한 것(<태학명(太學銘)>을 일컬음)이 성균관의 벽에 걸렸으니 대개 장차 가슴에 새겨야할 명(銘)이었도다. 숭모하는 사람에게 직접 배우지 못하고 그 사람의 도(道)나 학문을 본받아 닦는 사숙(私淑)에 관한 설(說)도 있으며, 학문을 논한 것에 대한 도(圖)도 있도다. 잠시이지만 <십도십목(十圖十目)>을 지은 장인 호양(湖陽) 권익창(權益昌)에게서 아마도 틀림없이 서애(西厓) 류성룡(柳成龍)과 학봉(鶴峯) 김성일(金誠一)의 비결(秘訣)을 들었으며, 수암(修巖) 류진(柳袗)·목재(木齋) 홍여하(洪汝河)와 학문을 묻거나 바로잡는데 나아간 것도 바로 여기에 있었을 것이로다. 세 사람의 아무개라고 칭해진 영남의 대유(大儒)요, 육행(六行)으로 천거되어 관학(館學)의 수석이라는 화려한 명예를 지녔도다. 설사 벼슬길에는 나아가지 않았다 할지라도 진실로 위기지학(爲己之學)에는 변함이 없었도다.

그윽이 생각건대, 단구(丹邱)의 좋은 경치는 소주(韶州 : 의성의 옛 명칭)의 제일가는 명승지일러라. 참으로 저 주자(朱子)가 중수한 백록동서원(白鹿洞書院)의 옛터와 같으니 맑고 서늘함이 그윽하며, 진실로 서생들이 고요히 생각을 모을 곳으로 합당하니 넓고 멀리 떨어진 한적한 곳이어라. 오직 이 곳에 이 세 어르신을 모시니 정녕 한 집안의 윤서(倫序)가 있게 되었는데, 예전에 이미 스승의 자리에 모셔야함이 마땅했거늘 그래도 아직까지 옷자락을 걷어들어야 할 스승의 옛 법도가 남아 있었도다. 그 인자함이 지극하니 집안에서 효도와 우애의 행실을 다하였고, 덕을 베풀며 살았는지라 마을에서는 충성과 신의를 신임하여 기쁜 마음으로 따랐도다. 이 진실한 덕은 내적으로 충만하고, 찬란한 덕화(德化)가 밖으로 빛났도다.

아, 우리 고을에 끼친 교화가 없어지지 아니하였으니 어느 누군들 칭송하지 않을 것이랴만, 지나온 자취가 있는 곳은 모두가 상상노니 감개(感慨)가 간절하도다. 사당을 세워 향사(享祀)를 거행하지 않는다면 어찌 영원토록 간절히 추모하는 생각을 할 수 있으랴. 이에 옛날 살던 곳에 한 구역의 터를 잡으니, 실로 구성산(九成山) 자락의 아름다운 곳을 얻었도다. 이 강산의 어우러진 모습은 마치 경치가 빛을 한층 발하는 듯하고, 하물며 지팡이 짚고 유람한 곳이라 인기척이 어제인 듯한데, 백년이나 사람으로서 해야할 일이 지체되었으니 오늘날에 와서 머지않아 사당이 세워지기를 바랐었노라. 한 곳을 우러러 바라보노니 높은 기둥이 우뚝하게 솟음을 보게 되는지라, 세 분의 어진 이들께 향기로운 제수를 올리노니 영원히 밝은 덕에서 우러나오는 향기로운 제사가 있을지어다. 어찌 우리가 스승을 높이려는 성의만 이루게 된 것뿐이겠는가, 후손들의 묵은 소원을 돌아보건대 이보다 더한 다행이 어디 있으리오. 이에, 좋은 날을 가려서 감히 대들보 올리는 노래 '어영차'를 부르겠도다.

들보 저 동쪽에 떡을 던지노라.	抛梁東
황봉(凰峯)의 아침 해가 맑은 하늘에 떠올랐네.	凰峯朝日上晴空
평소 예악을 주선하던 곳이라	平生禮樂周旋地
아직까지 남은 상서로운 빛살이 한 기운으로 통하네.	猶有祥輝一氣通
들보 저 서쪽에 떡을 던지노라.	抛梁西
봉산(鳳山)의 한 망아지가 저녁연기 속에 내려오네.	鳳山一秣夕烟低
작은 수레가 한가롭던 날을 생각노라니	小車想得從容日
물새와 들꽃을 모두 다 형언하고 난 뒤로다.	江鳥山花盡品題
들보 저 남쪽에 떡을 던지노라.	抛梁南
근원 있는 샘물이 용솟음치며 흐르다가 고였도다.	淵泉混混去成潭
오동나무 사이로 하늘에 걸린 달이 개였으니	梧桐天外月輪霽
물에 비친 달님은 맑기가 쪽같이 푸르네.	印作中心淨似藍
들보 저 북쪽에 떡을 던지노라.	抛梁北
옛터는 백년이 지났어도 사람들이 응당 알아보네.	遺墟百載人應識
소나무며 대는 골짜기에 찬바람이 부나	松篁一壑帶寒風
여전히 푸르러 세밑에도 자태 뽐내네.	依舊蒼蒼歲暮色
들보 저 위쪽에 떡을 던지노라.	抛梁上
하늘이 사문(斯文)을 버리려 한 적이 없네.	天爲斯文未嘗喪
바로 이 섭리는 예나 지금이나 다르지 않으니	直是性無今古殊
원래 다만 사람들이 능히 기르는데 달렸어라.	由來只在人能養
들보 저 아래쪽에 떡을 던지노라.	抛梁下
수많은 서책이 먼지 낀 서가에 가득하네.	洋洋黃卷盈塵架
성인의 언행이 이 책 속에 머물고 있으니	聖人言行此中留
읽어서 바야흐로 아는 데에 노력해야 하리라.	讀得方知有爲者

삼가 바라건대, 대들보를 올린 다음에는 그 모습이 변하지 아니하고 풍
경과 운치가 길이 보존되어지소서. 제례(祭禮)에 맞게 제사가 갖춰지니 충
만하여 옆에 계시는 듯한데, 남긴 가르침을 선비들이 익혀서 응당 많고도
많은 아름다운 재주를 가진 이들이 태어나게 하소서. 우뚝이 고을과 나라
의 밝은 빛이 되어 영원히 군자들께서 남기신 그 은택을 잇게 하소서.

계가(契家 : 사이가 돈독한 집안) 후학 풍산(豊山) 류주목(柳疇睦)

삼가 짓다.

● 단구서원 : 경상북도 의성군 봉양면 분토리 산 25-1

봉안문/奉安文

밝고 진실한 선생은	顯允先生
충성과 효성의 덕이 온전하였도다.	忠孝全德
한강(寒岡 : 정구), 여헌(旅軒 : 장현광)을 스승으로 모시고	雪立岡軒
동계(桐溪 : 정온), 석담(石潭 : 이윤우)을 벗으로 삼아서,	澤麗桐石
재주와 자질에 바탕을 두고	本之才資
학문의 조예까지 겸하였도다.	濟以學力
서애(西厓 : 류성룡) 선생의 정평에	厓老定評
의리는 명백하였고,	義理明白
우복(愚伏 : 정경세) 선생의 감식안에	愚翁鑑識
타고난 자질이 우뚝하였도다.	天分高卓
빙계서원에 남긴 간괴(奸魁)의 이름을 삭제했고	院削奸魁
스승에게 예를 갖추어 문난질의(問難質疑)를 했도다.	禮質函席
서쪽 오랑캐 후금(後金)이 쳐들어오자	西戎豕突
군량미를 모아서 다급하게 달려갔도다.	嬴粮赴急
찰방(察訪 : 상운도)을 제수 받고는	酬以一郵
결딴난 주민들을 소생케 하였도다.	蘇我蕩析
후금이 또 다시 쳐들어옴에 이르러	及夫再猘
의병장이 되어 충분(忠憤)의 눈물 뿌리자	元戎涕雪
의병의 깃발이 서쪽을 가리키며	義旗西指
남한산성에 우뚝하였도다.	南城崒崒

화의(和議)하자는 말이 요망하게도 싹트니　　　和言蘗芽

어찌 저들이 나라를 판단 말이냐며　　　奈彼賣國

만 마디의 극언하는 상소를 아뢰어　　　疏陳萬言

강상(綱常)의 윤리를 바로잡았도다.　　　綱常賴植

고향의 봄이 이미 저물었어도　　　故園春晩

시로써 피 토하듯 진정을 토로하고는　　　詩出腔血

벼슬길에 나가라는 권유를 사양하고 남으로 돌아와　　　謝事南還

산간의 초가집에서　　　山間草屋

경서(經書)와 사서(史書)로써 즐기며　　　娛以書史

몸가짐을 겸손히 하였도다.　　　持以謙牧

사람들은 지선(地仙)이라 일컬었고　　　人稱地仙

나라에 유일(遺逸)로 천거되었도다.　　　邦有遺逸

근원을 미루어 처음을 되돌아보매　　　推原反始

마땅히 제사 받을 자격 있으니,　　　宜享芬苾

오직 진번(陳蕃)과 서치(徐穉)만　　　惟陳徐氏

그들의 고사에 대해 써라 함이랴.　　　況有故寔

그럭저럭하다가 미처 시행할 겨를이 없어　　　因循未遑

어느덧 삼백 년이 지났으나　　　歲幾三百

이 보잘것없는 후생들은　　　藐玆後生

대대로 내려온 일을 이제 경영하노라.　　　積世營度

또한 난재(懶齋) 어른도　　　亦粤懶翁

형제로서 덕을 합하고,　　　同氣合德

이에 인재(忍齋) 어른에 미쳐서도　　　爰及忍爺

능히 가학(家學)을 이어서,　　　克紹家學

두 대에 걸친 풍격(風格)이　　　兩世風範

백 년 동안 한결같았으니,　　　百年如一

같은 사당에 합향(合享)하는 것이	合餟同堂
인정과 예의에 실로 마땅하도다.	情禮允叶
생각건대 이 단구서원은	念玆丹邱
산과 물이 아름답고 맑도다.	山水淸淑
세 분의 위패와 의자, 탁자는	三位倚卓
두어 칸을 단청하여서	數間丹艧
혹은 나란히 혹은 따로 놓는데	或聯或配
조상의 신주(神主)를 모시는 차례에 따랐도다.	從其昭穆
이에 성대한 제사를 거행하고자	爰擧縟儀
좋은 날을 가려서,	辰良日吉
제수를 정갈하게 차리고	樽俎潔淸
사림들이 경건히 재를 올리오니,	襟紳齊邀
이곳에 강림하시어	陟降在玆
우리에게 끝없는 은혜를 내려주소서.	惠我無極

후학 홍문관 교리 한산(韓山) 이돈우(李敦禹) 삼가 짓다.

상향축문/常享祝文

학문은 스승의 가르침을 전수받았고	學傳師訣
의리는 나라의 기강을 바로잡았도다.	義扶邦綱
훌륭한 가르침 사람들에게 남아 있어	餘敎在人
보답의 제사가 폐함 없이 영원하리로다.	報祀無彊

어사 박선수 계문(1866)/繡衣朴瑄壽啓文[丙寅]

저 옛날 인묘(仁廟 : 仁祖) 병자호란 때, 무릇 사람이고서 충의의 마음을 가진 자이면 의병을 일으켜 앞장서서 난리에 뛰어들거나, 직언의 상소를 하여 화의(和議)를 배척했사온데, 비록 한미한 집안의 사람이라 할지라도 모두 포상의 은전(恩典)을 입었나이다. 그런데 의성(義城) 찰방(察訪) 신적도(申適道)는 원래 강개지사(慷慨之士 : 세상의 옳지 못한 일에 대하여 의분을 느끼는 사람)로써 덕행이 고상한데다 성리학까지 강구(講究)하와 완연히 사림의 종장(宗匠)이었고, 정묘년과 병자년의 변란을 당해서는 분연히 앞장서서 두 차례나 의병을 일으켜 죽기를 각오하고 싸움터로 달려갔었지 결코 위급하고 어려운 때를 피하지 않았사오니, 대체로 평소에 지키던 지조가 확고했던 자이옵니다. 쌍령(雙嶺)에 이르자마자 화의가 이미 정해졌다는 소식을 듣고 마침내 직언의 상소를 하고는 고향으로 돌아가면서 임금이 직접 내린 벼슬을 사양하고 은거하여 교수(敎授)로써 일생을 마쳤사옵니다. 그가 남겨놓은 풍속과 정신은 아직도 온 고을 사람들이 사모하고 감동을 받는 것인 바, 보답하고 권면하는 정사(政事)에 있어서는 포상하는 은전을 베푸심이 부합하옵니다. 충의를 장려하여 풍속을 바로세우는 수단으로 삼으시는 것이 사리에 합당할 듯하오니, 해당 관청으로 하여금 처리하도록 하시옵소서.

승정원 초계/政院草啓

　도승지(都承旨) 조성하(趙性夏)가 글의 초안을 잡아 아뢰는 것은, 경상좌우도(慶尙左右道) 암행어사 박선수(朴瑄壽)가 올린 별단(別單 : 첨부한 문서)에서 의성(義城) 찰방(察訪) 신적도(申適道)의 도학(道學)과 충절(忠節)이 실로 한 시대의 아름다운 업적이라 하와, 그 별단에 의거하여 증직(贈職)하는 은전을 베푸시는 것이온데, 어떠하겠나이까?

이조 회계/吏曹回啓

이조판서(吏曹判書) 조석우(曺錫雨)는 아뢰옵나니, 경상좌우도 암행어사 박선수(朴瑄壽)가 올린 별단(別單 : 첨부문서)에 대한 의정부(議政府)의 초계(草啓)에서 의성 찰방 신적도는 도학이 고명하여 진실로 유생들의 종장(宗匠)이었고, 충절이 남달리 뛰어나 실로 나라가 숭상해야 한다고 하는 바, 특별히 증직하는 은전을 베푸심이 어떠하겠나이까? 전교하시기를, "윤허하노라." 하였다.

교지/敎旨

찰방 신적도에게 통정대부(通政大夫) 이조참의(吏曹參議)에 증직하노라. 도학이 고명하고 충절이 남달리 뛰어나다는 전지(傳旨)를 받든 것이노라.

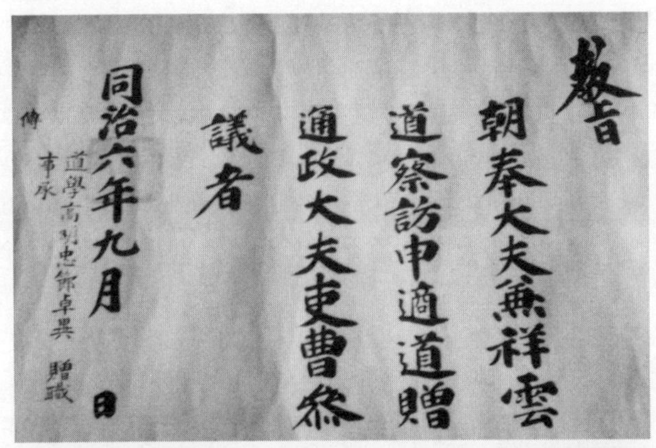

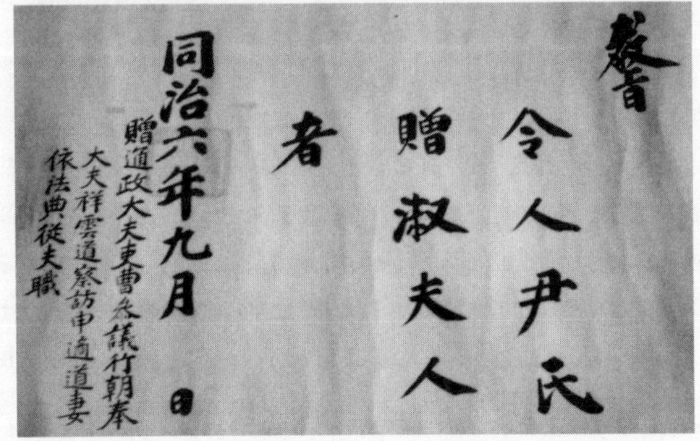

●동치 6년(1867) 9월에 내린 증직 교지

■참고 : 충신, 효자, 열녀에 대한 별단을 올리다.
　　―≪고종실록≫ 4년(1867) 12월 28일 2번째 기사

　경기 어사(京畿御使) 박재관(朴齊寬), 영남 어사(嶺南御使) 박선수(朴瑄壽)가 충신, 효자, 열녀에 대하여 별단(別單)을 올리니, 벼슬을 추증하거나 표창하는 문을 세워줄 것을 명하였다.

　【함안(咸安)의 고(故) 판관(判官) 조탄(趙坦), 의성(義城)의 고 찰방(察訪) 신적도(申適道)는 충절로, 진주(晉州)의 고 선비 최규환(崔奎煥), 상주(尙州)의 고 진사(進士) 김재현(金載顯), 안동(安東)의 고 선비 김동규(金東奎), 대구(大邱)의 고 선비 신덕우(申德佑)는 효행으로 모두 벼슬을 추증하였다. 안의(安義)의 고 지방 아전(衙前) 김득상(金得尙), 의성(義城)의 고 양인(良人) 김익성(金益聲), 문경(聞慶)의 고 양인 박일성(朴日晟), 영천(永川)의 고 양인 이개지(李開之)는 효자의 행실로, 예천(醴泉)의 고 양인 김복암(金福巖)의 아내 권씨(權氏), 경산(慶山)의 유학(幼學) 이석동(李錫東)의 아내 정씨(鄭氏), 영해(寧海)의 고 선비 남지환(南趾煥)의 아내 박씨(朴氏), 거제(巨濟)의 고 선비 강두황(姜斗璜)의 아내 구씨(具氏), 영양(英陽)의 고 선비 조병성(趙秉誠)의 아내 김씨(金氏), 동래(東萊)의 고 한량(閑良) 송방류(宋邦驑)의 아내 정씨(鄭氏), 금산(金山)의 고 양인 백수권(白守權)의 아내 임씨(林氏), 울산(蔚山)의 고 선비 안상훈(安尙勳)의 아내 서씨(徐氏), 성주(星州)의 고 선비 김주하(金柱廈)의 아내 권씨(權氏)는 열행(烈行)으로 모두 마을에 표창하는 문을 세워주며, 이천(利川)의 지평(持平) 벼슬을 추증한 홍병검(洪秉儉), 그의 아들인 동몽 교관(童蒙敎官)의 벼슬을 추증한 홍달섭(洪達燮)은 효행으로, 장단(長湍)의 고 학생 홍재관(洪在寬)의 아내 심씨(沈氏)는 열행으로 모두 마을에 표창하는 문을 세워주었다.】

　以京畿御史朴齊寬・嶺南御史朴瑄壽忠孝烈別單, 命施贈旌。【咸安故判官趙坦・義城故察訪申適道, 忠節 ; 晉州故士人崔奎煥・尙州故進士金載顯・安東故士人金東奎・大邱故士人申德佑, 孝行, 竝贈職。安義故鄕吏金得尙・義城故良人金益聲・聞慶故良人朴日晟・永川故良人李開之, 孝行 ; 醴泉故良人金福巖妻權氏・慶山幼學李錫東妻鄭氏・寧海故士人南趾煥妻朴氏・巨濟故士人姜斗璜妻具氏・英陽故士人趙秉誠妻金氏・東萊故閑良宋邦驑妻鄭氏・金山故良人白守權妻林氏・蔚山故士人安尙勳妻徐氏・星州故士人金柱廈妻權氏, 烈行, 竝旌閭。利川贈持平洪秉儉・其子贈童蒙敎官洪達燮, 孝行 ; 長湍故學生洪在寬妻沈氏烈行, 竝旌閭。】

― 국사편찬위원회 조선왕조실록 사이트에서

분황 고유문/焚黃告由文

이조판서 한계원

생각건대 공의 일평생은 　　　　　　　惟公終始
오로지 학문을 쌓고 또 쌓은 것이니, 　　惟學之積
높이 우러른 스승은 한강과 여헌이요 　　高山寒旅
서로 권면한 친구는 동계와 창석이라. 　　麗澤桐石
서애는 과거문장 아님을 기뻐했고 　　　　厓詡剔臼
우복은 본보기의 학식을 칭송하니, 　　　　愚誦占位
이에 일개 서원의 원장이면서도 　　　　　迺長一院
권세 있는 관찰사 이름을 파 없앴도다. 　　柄伯收刺
서쪽오랑캐 침입에 북쪽으로 내닫느라 　　西氛北赴
별빛 달빛 밤중에 옷소매 떨쳤도다. 　　　星月投袂
상운도 찰방에 잠시 등용되어 　　　　　　祥郵薄試
때를 벗기고 상처를 씻었도다. 　　　　　　垢櫛瘢洗
고립된 남한성에서의 한번 상소는 　　　　孤城一疏
만고토록 빛날 의리의 포폄이로니, 　　　　萬古陽秋
가의(賈誼)의 눈물이 낙숫물처럼 흘리고 　如懸賈涕
빠져죽지 못해 노중련(魯仲連)에 부끄럽다네. 不蹈連羞
고향의 봄은 이미 저물었지만 　　　　　　故園春晚
원래의 옷차림 가벼이 나부끼며, 　　　　　初服婆娑
서책을 깊이 탐구하고 널리 궁리하여 　　涵墳演典
나아가면 잠규로 그렇지 않으면 귀감으로 삼았네. 往箴來柯

타고난 기품, 효성, 우애   天挺孝友
이 세 가지가 일치되어,   三事一致
한 집안의 맏이와 셋째가   同門伯叔
동시대에 진실로 강기(綱紀)를 세웠도다.   幷世諶紀
답답하게도 그 빛이 묻힌 지   鬱鬱埋光
근 200년이나 되었음에도,   幾二百載
미덕의 복록이 나타나지 않아   靡積不發
이 채미헌이 숨겨져 있었도다.   有隱斯採
어사가 천거하는 계문(啓文)을 올리고   直指之剡
사림들이 존경하여 본보기로 삼으니,   士林之式
증직(贈職)을 휘황찬란케 함은   恩貤焜煌
이조참판의 직분이어라.   小宰之職
임금이 가리시고 재상들도 가려낸   穀撰卿掄
품계의 고명(誥命)이 저승을 빛내니,   幽賁品誥
자손에게는 영화요,   子孫之榮
덕 있는 자에겐 보답이로다.   有德之報

연증할 때의 고묘문/延贈時告墓文

후손 신상하

삼가 선조를 생각하옵건대	恭惟府君
우리 사림의 이름난 석학이요,	吾林名碩
충성은 밝은 해처럼 빛나고	炳日之忠
학문은 진적(眞的)한 연원을 이으셨네.	的源之學
구순 동안 바른 도를 책임지셨으니	九旬任道
두 번의 호란 때 화의로 나라를 버리자,	二亂委國
존주양이(尊周攘夷)의 한결같은 상소로	尊周一疏
만고토록 빛날 강기(綱紀)를 세우셨네.	萬古綱立
대의를 천하에 펴시고	大義之伸
세상의 풍교를 맑게 하시며,	世敎之淑
공론을 인멸되지 않도록 하느라	不泯公議
백년간 당시에 심히 노하셨도다.	百年斯爀
채미헌을 추천한 것이 실시되어	剡採旣實
조정의 중론이 하나로 모아지고,	廟論俱一
전교하기를 무슨 위계로 증직할꼬 하니	傳曰貤何
이조참의(吏曹參議)의 위계(位階)로다.	三銓之秩
나라가 숭상하고	邦國之尙
사문의 본보기가 되니,	斯文之式
돌아보매 번번하지 못한 후손들은	顧惟殘孫
은혜에 감격함이 한량없도다.	感恩無極

도 유생들이 가증을 청하는 상소/道儒生請加贈上言

삼가 아뢰옵니다. 신(臣) 등이 가만히 엎드려서 생각해 보니, 유도(儒道)를 숭상하고 정학(正學)을 밝히는 것은 천하를 다스리는 도리로서 누구보다도 먼저 해야 하는 것이고, 충절(忠節)을 장려하고 강상(綱常)을 세우는 것은 국가의 전례(典禮)에서 숭상하는 것이옵니다. 신 등이 사는 경상도 의성에는 충신으로 이조참의(吏曹參議)에 추증된 신적도가 있사온데, 고려조의 충신으로 안렴사(按廉使)를 지낸 신우(申祐)의 후손이요, 효성과 학행으로 호조참의(戶曹參議)에 추증된 신원록(申元祿)의 손자이옵니다. 일찍이 문목공(文穆公) 정구(鄭逑)와 문강공(文康公) 장현광(張顯光)의 문하에 들어가 수학했사옵니다. 스승의 문하에서 주고받은 것이 바르고, 가정에서 이어져온 충성과 효행을 배운 자이니, 실로 사림들이 모두 우러러 존경하옵는 분이옵니다. 인조(仁祖) 정묘년(1627)의 호란 때 삼궁(三宮 : 왕, 대비, 왕비)이 파천하고 임금님이 위험에 처하자, 적도는 앞장서서 의병을 일으켰사옵니다. 또 상소문을 싸가지고 대궐로 가서 화의(和議)를 주장하는 것은 나라를 그르치는 죄이라는 것과, 난을 평정하고 질서를 회복하는 방책 등을 두루 아뢰었사옵니다. 성상의 비답(批答)이 온화하고 참다우셔서 특별히 상운도(祥雲道) 찰방(察訪)을 제수하였사옵니다. 또 다른 벼슬에 제수되었지만 체직(遞職)을 청하는 상소를 올렸사옵니다. 병자년(1636)에 이르러 오랑캐가 다시 미친 개처럼 쳐들어온 변란 때 포위당한 남한산성의 형세가 위기일발이자, 또 눈물을 뿌리며 의병들 앞에서 맹서하고는 밤낮으로 달려가 남한산성에 도달했으나 당시의 상황은 이미 크게 변해 있었사옵니다. 이에 동지들과 마주하며 통곡하고는 "저 정묘년의 화의가 아직도 천하의 수치이거늘, 하물며 군신 사이에 지켜야 할 마땅한 도리[君臣大義]가 없어지고 온 세상의 도의 표본인 강상[天地綱常]이 땅에 떨어졌음에랴. 이것이 차마 할 일인가? 이것이 차마 할 일인가?" 말했사옵니다. 마침내 '군신대의'와 '천지강상' 등의 말로 직언의 상소를 올려 곧바로 화의를 배척하고 크게 그 잘못을 말했사옵니다. 또 홍익한(洪翼漢)의 상소한 말을 인용함으로써 후세의 간관(諫官)이 사표로 본받아야 할 것으로 삼게 했사옵니다. 대개 존주양이(尊周攘夷)의 대의, 임금의 그릇된 마음을 바로잡으려는 깊은 정성은 빛나고 밝으니 천하 후세에 할 말이 있을 것이옵니다. 그러나 어찌할 수 없이 그러한 것들을 만회할 수 없게 되자 이내 시를 지어 스스로 맹세하고는 모든 것을 사절하고 고향으로 돌아왔사옵니다. 초라한 초옥을 학산(鶴山)의 미곡(薇谷)에 짓고 '채미헌(採薇軒)'이라 하였사옵니다. 두문불출하고 은거하면서 날마다 시를 읊으며 스스로 마음을 달랬사옵니다. 문충공(文忠公) 이경석(李景奭)이 일찍이 임금님을 차대(箚對)한 날에 특별히 천거한 것으로 말미암아 임금께서 신적도를 부르는 명령이 여러 차례 내려졌으나 시골에서 나오지 않았고, 수직(壽職)이 이르러도 받지 않고 한가히 지냈사옵니다. 90년을 살면서 끝내 대명시절의 능서랑(陵署郞)이라는 미관말직만을 지내고 죽었사옵니다. 저 척화신(斥和臣) 정온(鄭蘊)이 일찍이 그를 두고 말하기를, "당시에 의리를 지킨 사람은 어찌 셀 수 있으랴만, 만년의 절조를 보존할 수 있었던 사람은 오직 신적도 뿐이로다."고 하였사옵니다. 신적도도 역시 스스로 말하기를, "요순(堯舜)이 위에 있어도 대의가 없으면 벼슬 않는 법이라. 그런데 지금은 천지가 닫히고 갓과 옷이 거꾸로 된 세상이로다." 하였사옵니다. 옛날의 군자이면 반드시 벼슬할 의리가 있을 수 없었을 것인 바, 그의 말은 의리의 올바름과 출처의 마땅함을 볼 수가 있사옵니다. 그래서 만세토록 신하된 자가 준칙(準則)으로 삼아야 하고 백세토록 사문(斯文)이 스승으로 받들어야 할 사람이오니, 이 사람에겐 마땅히 두터운 포상을 내리고 시호(諡號)를 내리는 은전(恩典)이 있었어야 하와, 200년이 지난 지금까지 신 등이 대궐을 바라보며 억울함을 품은 지가 오래였사옵니다. 지난 정묘년(1867) 암행어사 박선수(朴瑄壽)의 계문(啓文)을 깊이 헤아려 살피시고 성은(聖恩)이 넉넉하게 내려져 이조참의에 증직하시니 영광이 저승에까지 미쳤고, 유림들이 바라는 마음에 부응한 것이라고 할 수 있겠사오나, 곧은 충정과 큰 절개[貞忠大節]를 지녔고 참된 덕성과 올바른 학문[實德正學]을 쌓은 이를 포상하고 현양하는 데 있어서 3품에 그친다면, 유현(儒賢 : 유학에 정통하고 언행이 바른 사람)을 높이고 충의를 장려하는 지극한 뜻에 미진할까 염려되옵니다. 삼가 바라건대, 이 세상의 부모이신 성상께서는 고금에 드문 남달리 뛰어난 행적을 굽어 살피시고 많은 선비들이 일제히 호소하는 마음을 생각하시어 특별히 위계(位階)를 더 높여주옵소서. 세상의 교화를 살피고 풍속을 바로세우는 일을, 신 등은 황공하기가 그지없사오나 삼가 바라고 바라나이다.

사림 통문/士林通文

※ 역주자 주 : 단구서원(丹邱書院)에 신주(神主)를 모실 때 지은 통문으로 그 지은이는 김석유(金奭裕)이다.

삼가 고하노라. 우리 고향의 선배 호계(虎溪) 신적도(申適道)와 난재(懶齋) 신열도(申悅道) 형제와, 호계 선생의 아들 인재(忍齋) 신채(申埰) 등 2대에 걸친 세 현인(賢人)의 덕행, 학식, 풍도는 대개 또한 우리 영남 모두가 우러러 흠모하는 바라. 선생들은 상서로운 세상의 영웅호걸이 지닌 재주를 갖추고 나라의 밝고 밝은 운수를 타고 났는데, 일찍부터 도학이 있는 분과 가까이하여 학업 닦는 일에 매진(邁進)하였고, 서로 잇달아서 과거에 급제하여 명성이 빛나려니와 널리 퍼졌도다. 훌륭한 명성이 이미 널리 알려져 벼슬길이 창창하였다. 그렇게만 되었다면 벼슬과 학문 둘 다 서로 넉넉해졌을 것이니, 지위와 덕망이 모두 융숭해졌을 것이리로다.

그러나 끝내 병자년(1636)을 당하였도다. 천지가 꽉 막히고 온통 거꾸로 되는 변란에서 형제간에 나란히 충의를 떨치니, 명예와 충절이 한 집안에만 있는 것 같았도다. 가령, 호계 신적도 선생은 의병을 일으켰다가 상소하여 수치스런 화친(和親)을 통렬히 비판하였고, 의병들 앞에서 피눈물을 뿌리며 맹세하여 적개심을 고취시켰도다. 더군다나 그의 학문이 자세하고 깊이가 있음은 성리학(性理學)의 논변(論辨)을 설명하거나, ≪중용≫과 ≪대학≫을 장구(章句)에 따라 분류한 도해(圖解)에서 더욱더 드러났으니, 우뚝하고 장하도다! 난재 신열도 선생은 임금의 명령을 받들고 상국(上國 : 명나라)에 가서 전대(專對 : 외국에 사신으로 나가서 임기응변하며 독자적으로 외교의 현안을 처리함)를 잘 수행하여 두각을 드러냈고, 포위되어 고립된 남한성에서 화의(和議)의 잘못을 제일 먼저 말했도다. 대개 그 형제가 보인 충절의 올바른 연원은 한강 정구와 여헌 장현광의 가르침에서 나온 것이며, 도의(道義)로 맺은 소중한 친구는 같은 시기에 의리를 지킨 동계(桐溪) 정온(鄭蘊)과 용주(龍洲) 조경(趙綱) 등이다. 대개 이 같을지니 탁월하도다.

인재(忍齋) 신채(申埰) 선생에 이르러서는 가정에서 시(詩)와 예(禮)를 전수받고 선조의 아름다운 발자취를 본받으니, 당대에 명성이 자자했도다. 영남에 있어서 세 아무개[三某]라고 칭해졌고, 태학관(太學館)에서 육행(六行)이 갖추어졌다고 천거하였도다. 그리고 <성학십도(聖學十圖)>의 뜻을 풀이한 것 같은 경우는 임금이 칭찬하여 상을 준 바가 있었고, 한 부의 책문(策問)도 의리가 또렷이 빛남을 볼 수 있으니, 또한 어진 집안이라고 일컫지 않을 수 있으랴.

오호라! 충절이 한 집안에서 완전히 갖추어지고, 사행(事行 : 일종의 행실)이 두 대에 걸쳐 모두 현저한지라, 기풍을 세울 수도 있고 거룩한 덕에 대한 보답을 할 수도 있겠지만, 그래도 장차 백세토록 제사해야 할 것이로다. 그런데 고향의 후학들이 옛 어진 이들의 드높은 공적을 받들어 잇지 않아 좋은 명성과 향기가 남아 있는 고장에서 아직도 제사 한 번 드린 적이 없었으니, 참으로 이웃 대방가(大方家)들에게 버림받음을 면치 못하리라는 것을 잘 알고 있다.

이 덕 있는 집안에 남기신 법도가 아직도 지극히 효성스럽고 부지런하며 성실한 기풍이 남아 있는지라, 선생들의 후손은 재실(齋室)을 지어서 삼가 송(宋)나라 때 서정휴(徐廷休) 세 부자(父子)와 진성화(陳省華) 네 부자의 고사에 의거해 예(禮)대로 줄지어 배향하였다. 저희들이 삼가 생각건대, 당일 헌축(獻祝)하는 의식을 선생들의 본가(本家)가 직접 맡는 것은 옳지 않으니, 이에 회의하여서 통고하노라. 삼가 바라건대, 고을의 여러분은 멀리서 오셔서 참석하시어 향사(享祀)의 예절을 돈독히 해주면 다행이겠노라.

권 6
부록(附錄)

스승과 벗이 남긴 서찰/師友遺札

장현광

그대의 아들이 좌랑(佐郎)을 모시는 길에 와서 기쁜 편지를 전해주어 받아보니, 옛정이 다시 살아남을 말로 형용할 수가 없네. 삼가 살펴보건대, 형제들이 우애를 가지고 모여앉아서 공부하며 날마다 옛 성현들의 말씀을 깨닫는다고 하니, 그 경지는 듣건대 몹시 우러러 축하할 만하네. 나는 늙고 쇠약함이 이미 심하여 세상사를 일체 끊고 칩거할 뿐이니 이 심정을 편지에 이루 다 쓰지 못하네만, 임지로 돌아기를 바라네. 복 많이 받게나.

또/又

정온

수계(搜溪)에서 같이 고생을 하며 지냈던 것이 이미 40년이 지났으나, 우러러 그리워하는 마음은 밥 먹고 숨 쉬는 사이에도 해이해지지 않고 있나이다. 그러나 있는 곳이 너무나도 멀었을 때는 물고기와 새가 의지하지 못했고, 아주 가까이에 살게 되었을 때는 오히려 서로 찾지 못하니, 늘그막의 마음은 더욱 간절히 못내 가엾나이다. 형 쪽의 소식에 몸과 마음이 평안한 것을 알고는 몹시 기뻤나이다. 제가 젊었던 시절에는 재주가 남만 못하였고, 노년에 이르러서는 망령과 병이 함께 찾아드니 세상에서 벌어지는 모든 일에 대해서 일체 말을 하지 않았나이다. 그러니 어찌 백성들을 다스리는 것에 대해 말을 하겠나이까? 부임하여 아무리 오래되어도 식량거리에 대한 백성들의 원망을 해소하는데 스스로 남만 못함을 알고서 귀향하려는 계획을 이미 굳혔나이다. 그러나 나도 병이 들어 형을 찾을 수가 없고 형도 병이 들어 나를 찾을 수가 없는 것이 더욱 슬퍼할 만한 것이외다.

또/又

이준

나 준(埈)이 계(啓)를 올리면서, '우리 집안이 불행하여 어린 자식이 갑자기 일찍 죽어서 백발임에도 창(蒼 : 푸를 창)을 넣어 호를 삼았사온데 단지 가슴만 쳐대야 하는 슬픔이 있을 따름이옵니다.'고 하였나이다. 그런데 얼마 되지 않아서 형의 서찰을 받으니, 또한 '상사(喪事)가 꼬리에 꼬리를 문다.[喪患稠疊]'는 글귀가 있더이다. 모름지기 극락세계로 해탈하는 법을 배워 아비로서의 인자한 마음과 형으로서의 우애하는 마음을 뜬 구름, 흐르는 물처럼 여긴 연후에야 인간세상의 문에서 겪는 참혹한 고통 속에서도 편안한 휴식처가 있을 것이나이다. 얼굴을 맞대고 토론할 길이 없으니, 다만 가슴을 답답하게 했을 뿐이외다.

또/又

김응조

조카님의 편에 삼가 보내신 서찰을 받고서, 날씨가 일찍부터 더운데도 존귀하신 분의 기거가 평안하심과 형제간의 화락함이 넘침을 알았습니다. 바다와 산의 빼어난 풍광은 사람으로 하여금 목을 길게 빼도록 하고 흥겹도록 하니, 사람들은 곧장 옷소매를 떨치고 일어나려 합니다. 그런데 만약 억겁의 인연으로 꽁꽁 묶여 있어서 자유로울 수가 없으면 어찌해야 하겠나이까? 나랏일이 매우 염려되자 그런 세상을 등지고 피하려고만 꾀하는 것을 매우 원만하고 좋다고 여기니, 어찌 그리도 기이하단 말입니까? 흠모하는 제 마음은 작은 종이에 다 펴기가 어렵나이다.

또/又

정유숙

거리가 그다지 멀지 않은데 지금까지 3년이 지났으면서도 한 번 만날 기회가 없었사옵니다. 늙고 병든 데다 사람의 도리가 이 지경에 이르니, 서글픈 생각이 배나 더합니다. 오직 다행스러운 것은 때마침 어르신의 아드님과 만나서 서로 터놓고 대화를 나눈 것인데, 마치 어르신으로부터 직접 가르침을 받은 듯했습니다. 한 해가 저무는 이때에 건강은 더 좋아지셨사옵니까? 저는 길거리에서 지지리도 고생한데다 늙고 병든 것이 이미 몹시 심하여 막다른 곳에 이르렀으니 스스로 가엾어 한들 어쩌겠사옵니까. 지난번에 어르신이 먼 곳에서 저를 찾아와주시어 참으로 대단히 감사했사옵니다. 또 듣건대 경축하는 잔치를 베푸는데 이미 날짜를 정해 놓았다 하니, 만약 이로 인하여 문득 성대한 잔치에 참석할 수만 있다면 저의 바람일 뿐만 아니라 어르신과 함께 지낸 40년의 <정분에 좋을 것입니다.> 그런데 뜻을 이루지 못할 것 같으니, 한스러워함과 슬퍼함이 어찌 끝이 있겠사옵니까.

또/又

최현

천리 먼 이곳에서 꿈속에서나마 그리워한 끝에 길에서 정겨운 편지를 받았던 데다 사람을 시켜 안부까지 물어주니, 위로된 것이 어떠했으랴. 나는 용서하시는 어명을 특별히 받았고, 또 임금께서 더할 수 없는 은혜로 살아서 고향에 돌아가게 하시니, 감격하여 눈물을 흘리는 것 외에는 무어라 감사할 길이 없도다.

또/又

이경석

　몇 해 전에 한 번 뵈니 참으로 제가 소원하던 분이셨는지라, 귀인의 얼굴을 언제나 생각할 때면 부질없이 절로 서글피 탄식하노이다. 천리 먼 곳에서 손수 쓰신 서신이 갑자기 당도하니, 뜻밖에도 마치 마주하며 위로해주신 듯 가슴이 후련하나이다. 저는 근년에 발자취가 조정에 있지 않고 고향에 있을 때가 많았나이다. 게다가 눈병이 심하고 낫지를 않아서 편지로나마 안부조차 하지 못한 지도 오래되었는지라, 늘 한스럽게 생각하나이다.

또/又

이민구

한 해가 저물어가는 즈음, 정사(政事)를 보시는 근황이 좋아지셔서 우러르는 마음에 다소나마 위로가 되어주기를 멀리서 바라나이다. 아무개는 추위 속에 눈보라를 맞으며 멀리 부임해 가시어 다스리고 계시는 곳에 있는 자이온데, 그 자가 간절히 말하는 바를 굽어 살피시고 곡진히 용서하여 주시면 어떠하겠사옵니까? 이 사람의 일가붙이가 되옵니다. 후하게 대우해주시되, 제가 지껄인 것을 걱정할 필요가 없사옵니다. 그리고 호남의 풍속이 좋지 못하여 관의 위엄이 있지 않으면, 도리어 뜻밖의 곤란한 일이 생길 우려가 있습니다. 아무쪼록 형편에 따라 잘 처리해도 여전히 그대로 남아 있사옵니다. 호남(湖南)과 영동(嶺東)은 동떨어지게 서로 멀어서 만나 뵈올 길이 없사와 편지를 쓰느라 종이를 대하니 서글퍼서 이를 바를 모르겠사옵니다.

또/又

이경용

두 걸출한 형제분으로부터 가르침을 받은 것은, 저 이백(李白)이 만나는 것을 소원이라 했던 형주(荊州 : 韓荊州로 韓朝宗을 가리킴)를 만난 것처럼 영광스러웠사오며, 게다가 이웃에 살게 되어서 더욱 절절히 기쁘고 다행한 일이었사옵니다. 보내주신 편지를 받자오니, 감사하는 마음은 백배나 더하옵니다만, 비참하게도 동생분의 초상을 당했다는 소식을 듣고서는 애통하기가 그지없나이다. 저는 일단 관리가 되어 나가고는 부모의 일이 아니면 영남으로 넘어갈 수가 없사와, 마치 깊은 연못이나 골짜기에 떨어진 것만 같습니다. 허공에다 용서를 비는 글을 쓸 뿐, 어떻게 감사드릴 바가 없사옵니다.

또/又

이당규

※ 역주자 주 : 이 서신은 그 내용상으로 보나 나이로 보나, 호계공의 셋째 아들 인재(忍齋) 신채(申埰, 1610~1672)에게 보낸 것으로 판단되어 잘못 편집된 것 같다. 또한 ≪인재집≫을 보면 신채가 이당규(1625~1684)에게 보낸 편지가 있기도 하다.

존장(尊丈)께서 태학(太學)을 떠난 지 벌써 한 달이 지났사옵니다. 탈 말도 없고 부릴 사람도 없었는지라, 몸소 나아가지 못한데다 또한 사람을 보내 문안도 못하여 심상히 마냥 한스러웠습니다. 안부 묻는 편지를 받고서 존장의 여행하는 근황이 평안하심을 알고 십분 위로가 됩니다. 사흥(士興 : 金邦傑)과 공이(公耳 : 朴仁基)도 또 천연두 때문에 그저께 모두 태학을 떠났으니, 영남 친구들의 횡액(橫厄)이 아직도 없어지지 않고 있습니다. 남쪽으로 언제쯤 가십니까? 만일 사람과 말을 얻게 되면 근일에 마땅히 가서 뵙고 말씀드리겠습니다.

제문/祭文

정유숙

옛날 우리 조부님이 사상(泗上 : 대구시 칠곡군 사수동의 泗陽精舍)에서 도학(道學)을 주창하실 때, 한 시대의 성격이 호탕하고 인품이 뛰어나며 재능이 출중한 사람들이 모두 그 문하에 모여들었다. 그 당시에 우리 호계공 역시 이른 나이에 책 보따리를 지고 공부하러 와서 마음속으로 원대한 포부를 품었는데, 한 가지 기예(技藝)나 한 가지 행실만으로 이름나려 하지 아니하고 지향하는 것이 분명하니, 덕을 밝히고 백성을 새롭게 하는 학문이었다. 나아가고 물러나는 즈음에는 법도를 반드시 따랐고, 주자서(朱子書)는 털끝만 한 것까지도 해석할 수가 있었다. <의심나는 것이 있어 물으면> 아무런 거리낌 없이 반드시 양단(兩端)을 두들겨서라도 응대하는 예절이 조용하였고, 좋은 가르침을 들으면 곧바로 실행해서라도 전수해주는 가르침이 지극하였으니, 실로 스승의 자리에서 사랑과 존경을 받았고, 벗과 강학(講學)하는 자리에서도 추앙을 받았다. 대체로 그의 깊은 조예는 실로 독실한 공부에 말미암은 것이다. 태산(泰山)이 갑자기 무너지니 실추된 성현의 도가 아득해짐을 걱정하였으나, 저 한(漢)나라의 영광전(靈光殿)처럼 홀로 우뚝 남아 계셨도다. 늘 두렵고 조심하는 마음으로 살았고, 아흔이 되도록 자연을 즐기면서, 스스로 고상한 풍도를 흠모하여 한결같이 강상(綱常)의 밝음을 말하고 대의(大義)를 펴고자 하였으니, 남녘 선비들이 존경하고 흠앙하는 것이 이에 있지 않겠는가. 못난 내가 흠모한 것은 진실로 까닭이 있음이로다. 인연이 있어서 사랑하여 돌보아주기 위해 공은 멀리까지 자주 초라한 집에 찾아와 주셨도다. 간곡하게 경계해주신 뜻은 잊기가 어렵고, 보내주신 편지는 아직도 낡은 상자에 보관되어 있도다. 일찍이 저 공자의 제자인 안연(顏淵)과 민자건(閔子騫)의 안빈낙도(安貧樂道)를 백년토록 찾을 만한 것으로 여겼더니, 어찌 신선 악전(偓佺)의 장수(長壽)를 그리도 바삐 오늘에 와서 재촉할 줄을 생각이나 하였으랴. 사문이 쇠하고 도(道)가 비색(否塞 : 꽉 막힘)하니 철인(哲人)이 시들었도다. 가면 이을 수가 없고, 와도 열 수가 없으니, 내가 통곡한들 무엇 하랴.

또/又

박정설

우리 동방 문명(文明)의 운이 이곳에서 성하게 되었고, 우리 영남 도학자(道學者)들이 서로 뒤이어 나왔으니, 타고난 자질의 아름다움으로 말미암은 것이거나, 스승과 벗들의 바른 계통 때문일 것이로다. 아, 우리 선생이야말로 곧 그런 한 분이시도다. 오호라! 선생은 산과 바다의 맑은 정기가 모여서 금(金)과 옥(玉) 같은 자질이 빚어진 분이니, 이 아름다운 자질은 하늘로부터 부여받은 것이로다. 일찍이 한강(寒岡 : 정구) 선생의 문하에서 친히 가르침을 받았고 여헌(旅軒 : 장현광) 선생의 문하에서 질정(質正)을 받았으니, 이 또한 스승의 바른 연원(淵源)일러라. 아아, 세상에 덕행을 잘 말하는 자가 아니라면 선생의 거룩한 덕과 큰 업적을 진실로 감히 만에 하나도 드러내 보일 수가 없을 것이다. 그런데 단지 선생의 지내온 자취만을 드러내고자 하는 사람으로서 보건대, 두 번의 호란 때 모두 의병을 일으키고, 두 번의 상소를 통해 강상의 윤리를 바로잡은 것은 바른 학문에서 나온 것임을 이제야 알겠고, 진실로 타고난 탁월한 자질이 아니었으면 또한 어찌 이와 같이 할 수 있었으랴. 슬프고 슬프도다.

또/又

김상원

아아, 우리 선생님께서는	猗我先生
남녘에서 떨치고 일어나셨도다.	奮起南服
산악처럼 중후하시고	山岳之重
송백처럼 우뚝하셨도다.	松柏之特
애초부터 요순의 태평성대 뜻을 세우니	唐虞初志
옥은 궤 속에만 있어서는 아니 되었도다.	玉不可匵
나라의 동량이 될 만한 인물이시요	材可棟樑
화려한 보불(곤룡포)이 될 만한 문장일러라.	文可黼黻
운명이 하늘에 달렸음을 알고	知天有命
마침내 절개로 항의하셨도다.	遂乃抗節
도학자에게 나아가 자신을 바로잡으시니	就道而正
한강 정구와 여헌 장현광의 문하이로다.	于泗于洛
연원은 이미 분명하고	淵源旣的
실천마저 역시 돈독하셨도다.	踐履亦篤
처신하는 방도는	行己之方
한결같이 법도를 지키셨도다.	一遵繩墨
저 정묘년과 병자년에 이르러	及夫丁丙
임금님이 위급함에 처하자,	君父之急
우리에게 대의를 들어서	擧我大義
우리네 마음이 같은 자들을 타이르시며,	諭我同德

단 위에 올라 울먹이며 맹서하고   登壇誓泣

의병장 되어 눈물을 뿌리셨네.   一隊涕雪

우리를 하찮은 사람으로 여기지 않아   不我斗筲

장막(帳幕)에서 함께 계획을 세웠고,   贊劃帷幄

전속력으로 말을 달려 이르니   倍日馳赴

산에는 오랑캐의 창검으로 가득하였도다.   滿山胡戟

일이 이에 크게 어긋나서   事乃大謬

나라를 팔아먹는 화의(和議)가 나왔으나,   賣國之說

좋은 계책은 시행조차 못하니   良籌莫施

충성스런 울분이 끓지 않을 수 없었네.   忠憤莫洩

마침내 항의하는 상소를 하여   遂抗大疏

문장은 일월같이 빛났고,   有章日月

만고의 삼강오륜은   萬古綱常

백세토록 의혹됨이 없게 하셨도다.   百世無惑

이와 같이 하시고 고향에 돌아와서는   如是而還

미곡에다 초가집을 짓고,   薇洞茅屋

책상에는 시서요   案有詩書

산에는 고사리이러니,   山有薇蕨

내 캐서 내가 먹고   我採我茹

내 책을 내가 읽는 형국일러라.   我書我讀

집 밖을 나가지도 않으니 적막하고   杜門涔寂

한 곳의 산과 물도 맑기만 하여라.   一區泉石

사람들이 더욱 존경하고   輿望益尊

고을의 모범이 되셨도다.   鄉邦矜式

아흔이 되시도록 강녕하고   九旬康樂

명나라의 옛 책력만 펼치셨거늘,   皇明舊曆

어찌하여 세상을 떠난단 말인가   云胡不淑
사문의 큰 불행일러니,   斯文之厄
선비는 추향할 곳을 잃고   士失趣向
고을엔 큰 어른이 없어졌도다.   邦無大耆
오호라, 우리 고을은   於乎吾黨
어디로 가서 본받아야 하리오.   于何範則

만사/挽詞

김웅조

퇴재가 남긴 서업(緒業)을 회당이 전수하니	退齋遺緒悔堂傳
경사가 자자손손 이어지는데 어진이가 나왔도다.	餘慶承承世有賢
찰방(察訪)이 은자를 머무르게 할 수 없는 터에	郵館未容淹逸士
참봉(參奉)이 어찌 만년을 보내는데 합당하였으랴.	寢郎豈合送殘年
이미 영달(榮達)을 나비처럼 훨훨 날려 보내고	已將榮利輸蘧栩
모든 생애를 서책에 부치셨도다.	都把生涯付簡編
덕망 있는 노인 지금 어디에 계시는지	耆舊卽今誰復在
의성(義城) 고을을 돌아보며 눈물 쏟으리라.	仁鄕回首一潸然

또/又

이경석

상운도 가는 길이 꿈속이로고	夢裏祥雲路
인간 세상에 산 지 구십 년이로세.	人間九十年
뜰엔 두 그루의 옥 나무가 있고	庭存雙玉樹
집엔 한 세전지보(世傳之寶)가 있도다.	家有一靑氈
의를 앞세운 날 몸을 가벼이 여기더니	仗義輕身日
상소로 임금께 속마음을 털어놓았도다.	封章露膽天
부질없이 옛 정분을 가지고	空將舊情誼
눈물 떨구며 만장 한 편을 짓는다오.	沾灑寄哀篇

또/又

장응일

사문의 선배들이 모두 추앙했을 때	師門先進衆推時
그 당시 나만은 나이가 어렸을 때라.	當日惟吾年少時
성학의 참된 공부가 깊은 경지에 이르렀을 즈음	聖學眞工窺閫際
명나라에 대한 높은 절개가 직언의 상소로세.	皇明高節抗章時
온갖 풀이 제 각기 덕을 갖추기란 천고에 드문 일	百葉齒德稀千古
삼 형제 거룩한 덕의 광채가 동시에 성했도다.	三棣輝光盛一時
낙동강 찬 물결의 일렁임이 다하지 않았거늘	洛水寒波流不盡
소리 내어 오열하나 넋이 다 달아나도다.	聲聲嗚咽斷魂時

또/又

홍여하

어르신이 좋아하신 순일(純一)한 덕은	一德公攸好
인간이 누려야 할 오복의 마땅함일러라.	人間五福宜
복생*인들 어찌 장수함을 없앨 수 있었을 것이며	伏生那欠壽
연리*라도 도리어 능력이 비천함을 탄식하셨네.	謝椽却嗟卑
봉래산엔 난새 탄 선인이 떠나버리니	蓬島鸞驂去
무덤에는 가래나무가 슬퍼하네.	邱原梓樹悲
가엾구나, 불행히도 늦게 태어나	自憐生苦晩
어르신의 청수한 모습을 뵙지 못했음이여.	未忍紫芝眉

* 복생 : 진(秦)나라 때 박사. 그는 시황제(始皇帝)가 분서(焚書)를 단행하자 ≪상서(尙書)≫를 벽에 감추었다가 한(漢)나라가 세워지고 나서 벽속에서 책을 꺼냈다고 한다.
* 연리(椽吏) : 말단 벼슬아치.

또/又

신홍망

젊었을 땐 향시에 장원급제하고	靑春手採鳳池蓮
만년엔 찰방으로 해변을 다스렸네.	晩節郵驂騁海邊
밝은 시대의 한 번 벼슬길 꿈속만 같았고	一宦明時如夢寐
살아생전의 구순은 신선이 되어 사셨네.	九旬平日作神仙
누가 신령한 검이 깊은 못에 모인 것을 알 것이며	誰知靈劍重淵會
후손들이 백대 전해갈 것을 점칠 수 있었으랴.	可占雲仍百代傳
다만 아주 신문(鵝洲申門)의 큰 어른이 가셨으니	祇是鵝宗長老盡
나는 이 세상에 홀로 남아 망연하네.	孤生宇宙獨茫然

또/又

남해준

큰 효성으로 이름난 가정에 대현이 나왔으니	大孝家庭有大賢
황천이 효자를 뒤잇게 함은 이치상 당연한 것.	皇天錫類理當然
일찍이 국학에 나아가 멀리 이름을 드날렸으며	早遊國學聲聞遠
만년엔 상운도 찰방이 되어 은택만을 베풀었도다.	晚長郵亭施澤專
수를 90세까지 누린 것은 어짊을 알 수가 있고	壽享耄期仁可驗
학업하며 전형을 따른 것은 덕에 허물이 없음이라.	業遵型典德無愆
병중에도 눈물 흘리며 지금 만사를 지은 것은	病中垂淚今題挽
상여가는 길에 천한 일이라도 다시 할 수 없음이라.	安得藍輿更執鞭

또/又

김상원

우리나라 이름난 훌륭한 신하의 후예요	東國名臣後
남녘 고을의 효자 집안의 자손이시라.	南州孝子孫
젊었을 땐 시례의 가르침을 이었고	早承詩禮訓
만년에는 성스런 임금의 은혜를 입으셨도다.	晚被聖明恩
상운도 찰방으로서 어진 정사를 펼쳤고	郵館留仁政
산속에 묻히어 시끄러운 세상을 피하셨도다.	雲林避世喧
삶과 죽음이 오늘 나뉘니	存亡分此日
눈물을 흘리며 거친 무덤을 향하네.	垂淚向荒原

또/又

김상유

아주가(鵝洲家)에서 나시어 덕망이 일찍이 높았고	氏出鵝洲夙德升
남은 경사가 그치지 않고 잇따라 후손에게 넉넉하네.	蟬聯餘慶裕雲仍
충성은 나라 위해 죽었으니 사어(史魚)라 흠앙하였고	忠能殉國欽哉史
효성은 정문에 드러나니 증자(曾子)라 일컬었도다.	孝著旌門可也曾
번창한 아들과 손자들은 어질어 또 계승하고	有子有孫賢又繼
형에게 화목하고 아우에게 화목하니 모두들 칭송하네.	宜兄宜弟衆咸稱
옥정의 연꽃 뽑는 향시급제는 그리도 빨랐거늘	搴蓮玉井初何早
요궁의 계수 뽑는 문과급제는 끝내 이루지 못했네.	攀桂瑤宮竟未能
역마(驛馬)를 타고 다녔던 역로엔 동풍이 불어오고	乘馹東風吹驛路
제물(祭物)로 제사지내는 원릉엔 석양이 비치네*.	奉牲西日照園陵
가시밭길에 올랐을 땐 발붙일 만한 곳이 없었고	誤登枳路寧容足
고향산천에 돌아왔을 땐 팔꿈치 베고 누웠도다.	歸臥桑鄉任曲肱
90세까지 오래 사셨어도 누런 머리로 늙으셨다가	九十遐齡黃髮老
아득한 삼천세계로 흰 구름 타고 가시도다.	三千遙界白雲乘

* 원릉엔 석양이 비치네 : 제릉(齊陵)과 건원릉(健元陵) 참봉에 제수되었으나 나아가지 않은 사실을 표현한 것임.

또/又

남몽뢰

우리 고을에 또다시 어르신을 잃었다 하니	聞說吾鄕又失公
장수하거나 어진 이들 살던 곳 일시 텅 비었도다.	壽躋仁宅一時空
몇몇 후학들은 어디서 덕을 물을 수 있으랴	二三小子於何考
구십 년 세월에도 이에 이르러 막힐 줄이야.	九十光陰到此窮
대숲 사이의 집에는 어찌하여 밤에 달빛이 밝은고	篁館胡爲留夜月
채미헌 누정에서 다시는 봄바람 속에 있을 수 없네.	薇亭無復襲春風
몸은 바닷가에 매여 있어 분주히 다니기가 어려우니	身縻海徼難奔走
천리에서 만사 지어 부끄러이 한 조각 마음 바치네.	千里緘詞愧素衷

또/又

김종일

어려서부터 훌륭한 덕을 기려 우러러보았으나 景仰淸芬自幼年
산천이 막혀서 그지없이 늘 한하였어라. 悠悠長恨隔山川
별 하나가 지난밤 남극에 떨어지더니 一星昨夜沉南極
인간세상에서 지상선을 영원히 잃었도다. 永失人間地上仙

옛 문소국은 초혼가(招魂歌)를 즐겼거늘 聞韶古國樂魂招
구순의 영령은 높은 하늘로 올라가셨도다. 九耋英靈上九霄
삼 형제는 훌륭한 정치를 펼쳐 명성이 나란하고 三棣芳名聯製錦
두 아들은 효를 마쳤고 또 옥 같은 자질 품었도다. 雙蘭終孝又懷瑤
높디높은 남한성이 포위되니 의병군을 이끄셨고 危城岌業勤王隊
반곡 같은 깊디깊은 곳에서 멀리 세상을 피하셨네. 盤谷幽深遯世遙
언제 다시 담벼락에서 대의를 들을 수 있으랴 那復軒屛聆大義
섣달의 하늘에선 처량히도 눈이 펑펑 쏟아지네. 臘天凄色雪濂濂

또/又

박익

진사시에 이름 올린 것이 만력 연간이요	蓮榜題名萬曆年
의병장으로 거듭 맹세한 것이 대명시절이라.	義壇重誓大明天
북문에서 청운의 꿈을 영원히 접으셨고	北門永謝靑雲夢
남녘으로 돌아와서 대낮에 잠드는 것 달가워하셨네.	南岳還酣白日眠
효성과 우애의 집안임은 누구도 다른 말을 못하고	孝友傳家人不間
법도 있게 처신하여 스스로 허물이 없게 하셨도다.	規繩行已自無愆
만사를 지어 멀리서 부치려니 그지없이 한스럽고	題詞遠寄難堪恨
무덤 앞에 생풀로 조문하는 것조차 저버렸도다.	辜負生芻置墓前

또/又

김상기

계(啓) 한 폭이 전해오는지라 취하여 보니 啓幅傳來取見之
글에 ‘모월이 부모를 장례할 기한이라’ 일렀네. 辭云某月葬親期
고을의 어른은 곧 우리의 어른이시고 鄕中父老猶吾老
어른의 외손들은 또 제 동생의 아이들일러라. 公外孫兒又弟兒
검이 연평진(延平津)에 모이는 날이 응당 오늘이고 劍會延津應此日
학이 화표주(華表柱)에 돌아오는 날은 언제이런가. 鶴歸華表正何時
풍속이 각박해지고부터 보고 느낄 일이 없었거늘 從今薄俗無觀感
더 한층 상심되어 슬픔을 이길 수가 없도다. 一倍傷心不勝悲

또/又

김시침

북쪽 변방으로 달려가 뵙던 날이며	北塞趨省日
동쪽 상운도를 돌아다니고 찾아뵈올 때며,	東郵歷拜時
부평초처럼 떠다니면서 정성어린 가르침을 받았고	萍逢承眷誨
배를 타면서 사사로운 은혜를 받았었네.	津遣荷恩私
하늘엔 별빛이 어두워지고	天上星芒暗
세상엔 원로가 돌아가셨도다.	人間耆舊萎
평소에 경배하고 흠모했었으며	平生尊慕意
막내 아드님으로 인해 알았나이다.	惟有季哀知

또/又

홍인량

어르신 집안의 효성과 우애는 이미 정문이 내려졌고 公家孝友已㫌門

가풍과 명성을 잘 잇는 것은 형제에게 달렸어라. 善繼風聲在弟昆

진사시에 나란히 이름 올려 명성을 떨쳤으니 蓮榜題名聯有譽

대궐에서 어명을 받드는 것은 참으로 쉬운 일. 楓墀承命政無煩

잠사(蠶絲)와 우모(牛毛)에 이르기까지 강구하니 사람들 모두가 의논하고 蠶牛講究人咸質

웅호 같은 자질로 구원하느라 분주하니 많은 사람들이 존경하는 바라. 熊虎援奔衆所尊

이번 떠나심은 어찌 저승의 귀신이 되기 위함이랴 此去肯爲泉下鬼

뭇 신선들이 흰 구름 사이의 궐문(闕門)에서 응당 기다리고 있을러라. 列仙應待白雲闉

또/又

박정설

금란 같은 교분을 일찍 허여해주신 지극히 출중한 분 金蘭曾許白眉君
시례의 가풍은 예전부터 이름이 났던 바이라. 詩禮家風夙所聞
언제나 문림이 홍범에 대해 분변하기를 꾀했고 常擬文林承範采
종종 외손으로 인하여 안부를 물어주셨도다. 頻因宅相候寒溫
진퇴출처에 천명이 있음을 알고 몸 편히 숨었으며 行藏有命身還逸
장수하는 복이 무궁하여 덕망이 더욱 높았도다. 壽福無疆望益尊
다른 날에 보답을 바라는 것은 하늘이 살필지니 責報他時天可必
남은 경사가 가문에 가득하길 바라보리라. 佇看餘慶滿于門

또/又

심구

기자(箕子)가 주청한 오복 가운데 오래 사는 것이 으뜸이었나니

箕疇五福壽爲先

팔십도 오히려 많거늘 또 십년을 더 사셨도다. 八耋猶遲又十年

두 번이나 의병 앞에서 맹세하며 대의를 지킨 어른이요

再誓儒壇扶義老

만년엔 미곡에서 은둔하며 천진(天眞)을 기른 신선이라네.

晚歸薇谷養眞仙

구천에서 백발의 형제들이 만날 터에 重泉白髮鴒原會

좋은 세전지물(世傳之物)이 봉혈로 들어가네. 舊物靑氈鳳穴傳

어른처럼 덕을 쌓으면 다시는 유감이 없을 것인데 積德如公無復憾

갑자기 남극성이 가라앉아 버리니 놀라워라. 却驚南極晦星躔

　＊봉혈(鳳穴) : 시문에 능한 재사(才士)들이 모여 있는 곳.

또/又

박회무

이른 나이에 형제의 이름이 진사시에 올려졌고	早年蓮榜棣華名
출중한 재주와 기량이 성스런 임금을 만났도다.	材器虛違遇聖明
참된 깨달음은 스승으로부터 전수받은 것이었고	單詮函席傳衣鉢
충의는 위태로운 성에서 검과 깃발이 되었도다.	忠義危城仗纛旌
고향에서 소요하며 명나라 사모하는 곡조 읊조리고	枌社遙吟紅荳曲
채미헌에서 가파른 푸른 산과 마주하였도다.	薇亭直與碧山*嶸
내 쇠하여 구천으로 돌아가는 상여 줄을 잡지 못하고	吾衰未執歸泉紼
만사를 지으니 범거경(신적도를 가리킴)에게 몹시 부끄러워라.	

題挽深慚范巨卿

* 벽산(碧山) : 이백(李白)의 <산중문답(山中問答)> 시에 있는,
  "내게 무슨 맘으로 청산에 사느냐고 묻거늘,
  웃고 대답 안 하니 마음 절로 한가롭구나.
  복사꽃 그림자 물에 잠겨 아득히 흘러가니,
  여기는 별천지요 인간 세계가 아니라네.
  (問余何意棲碧山, 笑而不答心自閑.
  桃花流水杳然去, 別有天地非人間.)"
  시상의 이미지이다.

또/又

이이송

선친과 교분이 깊었고 또 동갑내기셨으며 　　契深先子又同庚
평소의 의리가 마치 형제분 같으셨도다. 　　義分平生若弟兄
어릴 적엔 성균관에서 이름이 비로소 대단하셨고 　　早歲庠宮名始大
중년에는 상운도 찰방이 영화롭지가 않으셨도다. 　　中年郵館宦非榮
대대로 시례를 일삼아 가문의 명성을 떨치셨고 　　箕裘詩禮家聲振
강릉(岡陵)처럼 오래 사시어 운수를 누리셨도다. 　　壽考岡陵命道亨
어버이를 여읜 이 몸은 늘 경배하고 흠앙하였거늘 　　孤露此生常景仰
오늘 유명을 달리하니 어찌 감당할 수 있으랴. 　　可堪今日隔幽明

또/又

김현문

남녘 지방엔 명승지가 많고	南土多名勝
산이 빼어나며 물 또한 맑아,	山奇水亦淸
빼어난 선풍도골(仙風道骨)을 잉태하여 낳으니	孕生仙骨聳
덕성(德星 : 德人)이 밝음을 앞 다투어 보도다.	爭覩德星明
시례의 가업(家業)을 능히 전하고	詩禮能傳業
학문에 꾸준히 힘씀이 어찌 이름을 위함이랴만,	藏修豈爲名
미관말직(微官末職)은 재주를 다 펼치지 못했고	微官才不展
덧없는 세상은 가는 길마다 험난했도다.	浮世路難行
명성과 영달은 본디 뜻한 바가 아니요	聞達元非意
고기 잡고 나무하는 것이야 모두 바라는 바이라,	漁樵共結盟
세상 욕심 잊으니 저 송나라 한음노인[杜淰]과 같고	機忘漢陰老
명망 두터우니 저 여남 허소(許劭)의 평과 같도다.	望重汝南評
바다를 건너서 어찌 불사약을 구했으랴	涉海寧求藥
마음을 맑혀 스스로 정기(精氣)를 단련한 것일러니,	淸心自鍊精
홍안(紅顔)임에도 백세가 다 되었고	朱顔近百歲
푸르른 뼈가 생기니 삼팽(三彭)이 없어졌도다.	綠髓去三彭
매미 허물 벗듯 풍진세상을 벗어나서	蟬蛻紅塵表
난여(鑾輿)가 저 신선들의 자부궁(紫府宮)을 지나니,	鑾駸紫府程
높은 그 연세는 지나간 역사에 드문 일이고	遐齡稀往牒
남은 경사는 아름다운 명성을 이어가리로다.	餘慶襲徽聲

생각건대 그 옛날 집에 머물게 하신 정은　　　　　　憶昔連家誼

하도 깊어서 다른 세상의 교분이었고,　　　　　　　交深兩世情

아아! 내가 일찍이 성균관에 들었을 때　　　　　　喟余曾入泮

아드님과 또한 같은 서재(書齋)에서 지냈도다.　　　　賢胤亦棲黌

책상을 마주하여 의지하며 갈고 닦았고　　　　　　對案資磨琢

마치 형제처럼 옷깃을 나란히 하였으며,　　　　　　聯衿若弟兄

기둥에 새긴 입신양명의 뜻을 매번 말했으니　　　　　每言題柱志

다만 부모 기쁘게 할 영화를 위해서였도다.　　　　　祇爲悅親榮

오랫동안 부모 떠나는 그리움이 간절한데도　　　　　久切遊方戀

아직 지극한 소원은 그대로 머물러 있으니,　　　　　猶稽至願成

옥은 비싼 값에 팔리기가 어려운 법　　　　　　　　玉難逢善價

하늘은 깊은 정성을 알아주지 않았도다.　　　　　　天未格深誠

한 치 풀과 같은 자식 마음은 봄날 햇볕 같은 어머니 마음에 모자라니

　　　　　　　　　　　　　　　　　　　　　　　　寸草春暉短

효도 못한 새끼 까마귀는 원통의 피눈물이 비꼈고,　　慈烏怨血橫

효성스런 마음은 부친의 장례 모시는 일을 당하여　　孝心當大事

예전의 널을 새 무덤에 넣어 묻는도다.　　　　　　舊櫬附新塋

구름과 나무 사이엔 산이 천 겹으로 막혀 있고　　　雲樹千山阻

살고 죽는 것이 한바탕의 꿈일러니,　　　　　　　存亡一夢驚

벼슬도 못한 사람이 흰 상여 줄을 잡고서　　　　　無田執素紼

남쪽을 바라보매 흐르는 눈물이 갓끈을 적시도다.　　南望涕沾纓

또/又

여효민

높은 인품, 주옥같은 글은 나의 혼매함을 씻어주었고   高標玉屑滌昏恢
아랑과 청담은 그 누가 감히 조롱하랴.   雅量淸談孰敢嘲
젊었을 적에 형산의 화씨벽과 같은 포부를 품었으나   早抱荊山和氏璧
늘그막에 와서 생활은 날마다 술 마시며 살았네.   晚來活計海棠巢
인간사 모든 것은 바람에 흩날리는 버들개지로고   萬事生涯風外絮
백 년 사는 신세는 바다의 물거품에 불과할러라.   百年身勢水中泡
은근한 정분은 과갈(瓜葛)과 같이 무겁고   殷勤誼重同瓜葛
혼인한 집안의 정은 교칠(漆膠)보다 더 깊어라.   姻婭情深比漆膠
후학인 나는 아무 연고도 없이 과분한 보살핌을 받아   小子無緣叨末眷
저승은 그 어디던가, 깊은 교분을 입었도다.   九原何處荷深交
병이 많은 늙은이라 몸은 가지 못하고   多病老人身不到
바람 향해 눈물 뿌리며 앞 들판을 바라보네.   向風揮淚望前郊

또/又

정유

어르신은 선천과 교분이 매우 두터우셨고	公與先君交契厚
미천한 이 몸은 모신 자리에서 말씀을 들었도다.	鯫生陪席聽論辭
임금께 올린 상소문에서의 충언은 숭상할 만하고	忠言可尙封章日
수난을 겪는 때에 달려간 의기는 보아야 하리로다.	義氣須看赴難時
편안히 누렸으니 구순은 어진 자가 장수함을 징험했고	安享九旬仁驗壽
편안히 돌아가시니 두 동생이 기다리는지라,	孝終雙玉蔭留枝
연평진(延平津)의 보검처럼 저승에서 다시 만나면	重泉更合延平劍
천년토록 정령들은 응당 함께 즐거워하리로다.	千載精靈應共嬉

추증의 은전을 축하하는 글/贈恩賀章

진산 강난형(참판)

퇴재 집안에는 쌍죽으로 인해 정려가 내렸고	退齋家裏㫌雙竹
이어나가야 할 효성과 우애가 전해져 오도다.	孝友相傳繼述之
대의로 일찍이 빙계서원의 원장을 맡았고	大義嘗任溪洞主
남모르는 충성으로 두 번이나 의병을 일으켰도다.	孤忠再倡廣陵師
두 현인의 문하에서 참된 도리를 찾았고	兩賢門屛尋眞訣
사서를 위한 단계로 ≪근사록≫을 강학했도다.	四子階梯講近思
죽은 뒤의 이름을 빛내는 은전이 또한 중하니	身後榮名恩亦重
제수하는 황마 조서(詔書)가 대궐에서 내리도다.	黃麻除旨降丹墀
대명의 일월은 의성(義城) 고을에 빛나고	大明日月韶州界
산의 고사리가 푸르디푸르니 홀로 캐도다.	山蕨靑靑獨採之
당시 세 학사를 헤어지고 떠나보낸 뒤로	送別當年三學士
찾을 길이 없으니 다시 어디로 갈 것인가.	相尋無路更何之

또/又

연성 이명적(판서)

놀라워라 허연 달무리가 성에 숨으며 검어졌고 　驚心暈月萆城黑
시운(時運)이 힘들고 어려우니 어떻게 해야 할꼬. 　天步艱難可奈之
선비의 옷가지가 적을 섬멸시키는 깃발로 변했고 　儒服變爲殲敵幟
고을 장정이 다퉈 충성을 다하는 병사로 일어났도다. 　鄕丁爭奮覲王師
저 안진경(顔眞卿)을 하북에서 어떤 사람인지 알았고 　眞卿河北知何狀
저 조적이 강 중류에서 다시 건너리라고 생각했으랴. 　祖狄江中克復思
나라를 지키는 충성이 학문의 힘에 말미암았으니 　衛國孤忠由學力
암자의 등불은 몇 번이나 궁궐을 비추었을꼬. 　庵燈幾許照龍墀

외론 성의 모든 것이 의로운 선비들의 눈물이련만 　萬事孤城烈士淚
무심히도 흘러가는 한강수는 어디로 가려는고. 　悠悠江漢欲何之
춘추의 의리는 명나라 멸망의 슬픈 감정일러니 　春秋是義風泉感
오직 맑은 시에다 그것을 한 번 붙였을 따름이라. 　惟有淸詩一寓之

또/又

진성 이휘승(승지)

저 형주(荊州)*가 포위된 뒤로 여러 사람 중에 으뜸이었나니

一自荊圍冠諸子

세찬 물결이 아무런 거침없이 동쪽으로 흐르고 있을 때,

橫流障去使東之

당당한 대의명분은 천부장이요 堂堂大義千夫長

늠름한 절개와 지조는 백대의 스승이로다. 凜凜高風百世師

밤새워 앞장서서 나아간 것은 오직 우리의 직분 星夜挺身惟我職

눈 오는 날 눈물 뿌린 것은 누구를 그렸던가. 雪天灑淚爲誰思

오래도록 남기신 향기 끝내 민멸되기 어렵나니 遺芬泛久終難泯

성대한 추증(追贈)의 은전(恩典)이 대궐에서 내리도다. 貤典煌煌降九墀

당시 남한산성의 일을 차마 말하랴 忍說當年南漢事

옛사람은 그곳에서 하기 어려운 말을 하였나니, 昔人於此所難之

척화 두 글자는 당당한 대의로고 斥和二句堂堂義

손을 씻고 읽으며 오늘 아침 절로 숙연해지네. 盥讀今朝自肅之

　* 형주(荊州) : 유비, 손권, 조조가 쟁취하고자 했던 곳. 여기서는 남한산성을 가리킨다.

또/又

인동 장석준(승지)

명성이 자자하여 남쪽 고을에서 우뚝하게 섰으며	藉甚南州立卓然
찰방 관직생활이 맑았고 산천의 자연에서 늙었도다.	一郵淸薄老林泉
춘추의 대의는 삼강오륜 속에 달렸는지라	春秋大義三綱在
나라 위해 바친 외론 마음은 칠 척의 몸 버렸도다.	家國孤心七尺捐
유도(儒道)가 끝내 어둡지 않았음을 비로소 알지니	方知吾道終難晦
이조판서(吏曹判書)의 추증을 축하할 해가 있으리로다.	相賀天官待有年
낙동강은 넘실넘실 다함이 없이 흐를 것이고	洛水洋洋流不盡
단구서원은 백대토록 현가(絃歌)가 들리리로다.	丹邱百禩聽歌絃

또/又

인동 장용규(승지)

황하 가운데 서 있는 돌산처럼 홀로 우뚝하였고	砥柱中流獨屹然
귀향하여 은둔한 호계는 산천의 자연을 즐겼도다.	虎溪歸臥樂林泉
산천의 바른 원기를 타고나 삼강을 바로 세우고	山河正氣三綱立
형제의 처음 먹은 신념은 목숨 바쳐 이루었도다.	兄弟初心一死捐
우리 선조가 연원 있는 학문으로 후손들 가르쳐서	吾祖淵源遺後裔
어진 임금이 다스리는 시대에 성은(聖恩)이 내리도다.	聖時恩渥値今年
빛나는 임금의 조서는 오히려 늦다고 하겠고	翩翩紫誥猶云晚
축하하는 술잔치에 남쪽고을 노랫소리가 진동하네.	賀酒城南動管絃

풍산 류진휘(판관)

또(병서)/又(幷序)

생각건대 우리 호계 선생은 기강(紀綱)을 바로잡고 화의(和議)를 물리친 정충(精忠 : 깨끗한 충성)과 탁절(卓節 : 우뚝한 절개)이 늠름하기가 찬 서릿발과 가을 햇빛 같았고, 지금까지 국승(國乘 : 나라의 역사)에 실려 있어 천고에 빛나니 어찌 위대하다 하지 않으랴. 오호라! 선생은 경세제민(經世濟民)의 그 재질과 의리지학(義理之學 : 도의를 규명하는 학문)을 지니고 태어났으나 세상에 크게 펴지 못하고 죽는 바람에 칭찬하여 높이 받드는 은전[褒崇之典]을 누리지 못했으니, 일이란 마치 기다림이 있는 것 같아서 흔히 있는 일이라지만 사림들이 개탄한 지가 오래되었도다. 다행히 문명이 처음 열리는 운수를 맞이하여 성스런 임금께서 즉위하시고 온갖 법도가 함께 새로워지니 양지든 음지든 골고루 넓고 큰 은택을 입었도다. 선생의 숨어 있던 거룩한 덕과 큰 업적이 어사의 계사(啓辭)에까지 올랐고, 이조참의(吏曹參議)의 위계가 임금으로부터 내려져서 영화가 무덤에까지 미치니 실로 세상에 보기 드문 성대한 은전(恩典)일러라. 내가 후생말학(後生末學)으로서 마침 태학(太學)에 가 공부할 때 선생의 정묘년과 병자년 사적(事蹟)을 보고서 읽는데 나도 모르게 무릎을 치고 탄식하였었다. 지금 술을 마시며 기뻐 축하하는 정으로 시집(詩集) 가운데 운(韻)자를 끄집어내어, 외람되이 망령되고 자격 없는 벼슬아치이지만, 경배하고 흠앙하는 뜻을 부치노라.

장릉*의 소나무 잣나무 완연히 푸르나	長陵松柏苑蒼然
당시를 돌이켜 생각노니 눈물이 샘솟듯 하네.	追憶當時淚瀉泉

영원토록 고결한 공의 충성은 죽지 않았으나　萬劫風塵忠不死
한 몸은 천지 사이에 의리와 함께 버려졌네.　一身天地義同捐
옛것을 새롭게 고쳐 임금이 왕위에 오를 즈음　鼎新運際橫庚日
품계를 올려주는 은전이 정묘년에 내려졌도다.　升秩恩深値卯年
단구서원 바라보며 가르침이 남아있음을 생각노니　瞻想丹邱遺敎在
철 따라 글 읽는 소리가 영원하리로다.　永令春夏誦而絃

　＊장릉(長陵) : 조선 인조(仁祖)와 원비 인열왕후(仁烈王后) 한씨를 합장한 무덤.

또/又

풍산 류지영(승지)

하늘과 땅 사이의 호연지기(浩然之氣)를 품부 받았고　天地之間賦浩然

선생의 도학은 마치 원천에 닿은 듯했도다.　先生道學達如泉

당시에 어진 신하 얻은 것을 이미 하례해야 했으나　當時已賀賢臣得

후세에 성스런 임금께서 끝내 저버리지 않으셨도다.　後世終非聖主捐

의병을 일으킴에 해바라기 정성이 오직 태양을 향하듯 했고

倡義葵忱惟向日

충성을 드러낸 것은 다행히 금년에 은전을 받았도다.　表忠荷典幸今年

영혼은 단구서원을 환히 비추어 보시고　靈魂不昧丹邱院

이 땅의 이름 의성(義城)이라 풍악소리를 들으소서.　地號聞韶聽管絃

또(병서)/又(幷序)

연성 이용기(현감)

선생은 명문가의 후예로서 학문에는 연원(淵源)이 있었고 뜻은 명나라 높이는데 간절했으며, 그 남달리 뛰어나고 지워지지 않을 족적이 역시 천고에 드리우기에 충분했도다. 그러나 끝내 학식은 높은데 지위가 낮은 것에 대한 유감이 없지 않았던 바, 임금[高宗]이 즉위하신 지 4년 가을에 이조(吏曹)의 아름다운 벼슬을 특별히 내리시니 성대한 은전(恩典)이었도다. 고명(誥命)을 받드는 날에는 전 영남의 인사들이 성균관의 서쪽에 모여서 잔치하였다. 선생의 문집 가운데 삼가 차운하여 축하의 마음을 쓰노라.

남쪽을 바라보매 의성은 더욱더 서글퍼지고	南望韶州倍愴然
대명(大明)의 일월은 옛 산천에 그대로이네.	皇明日月舊林泉
진회는 무슨 면목으로 하늘 아래 서 있고	秦檜面何天下立
노중련(魯仲連)은 동해에 몸을 버리려 했도다.	魯連身欲海東捐
병자년은 지금으로부터 300년 전이고	丙子於今三百載
황하는 한번 맑아지는데 천년을 기다리도다.	黃河之水一千年
조서(詔書)를 물고 상서로운 봉황이 날아오던 날	啣書瑞鳳飛來日
단풍지고 서풍 부는 시절에 음악소리 요란하도다.	紅樹西風鬧管絃

또/又

성산 이기상

한밤중에 칼 어루만지니 기운이 늠름했거늘	撫劍中宵氣凜然
호계는 돌아와서 산천을 좋아하고 누웠네.	虎溪歸臥好林泉
나라를 걱정하는 장한 마음은 고군으로 달려갔고	壯心憂國孤軍赴
관직에선 맑은 정치 펼치느라 적은 봉급마저 바쳤네.	淸政居官薄廩捐
명나라를 받들고 오랑캐 물리치는 대의를 밝혔고	尊攘華夷明大義
한강과 여헌의 문하에 종유한 것은 초년부터였네.	從遊寒旅自初年
남녘 고을의 유생들이 와서 서로 축하하는데	南州章甫來相賀
임금의 교지가 빛나고 풍악소리가 진동하도다.	恩誥煌煌動管絃

또/又

광릉 이이급

동남방의 빼어난 산천은 완연히 푸르고	東南秀氣菀蒼然
유도(儒道)의 참된 근원은 끊임없이 용출하는 샘이네.	吾道眞源混混泉
젊었을 적엔 스승을 좇아 공부하는데 본분을 다했고	早歲從師征邁篤
남한성이 위험에 처하자 죽음을 무릅쓰고 달려갔네.	孤城赴難死生捐
이조(吏曹)에서 비로소 3품으로 높이어 품계를 내리니	天官始降崇三品
공의(公議)가 마침내 백년 가리라는 것을 보았네.	公議終看待百年
내 말하노니 후손들은 선조의 아름다움을 소개하고	寄語雲仍紹世美
명망 높은 어른은 천고토록 풍악소리 누리소서.	龍門千古理餘絃

또/又

고성 이정덕

번성한 문벌 아주가문에 걸출한 분이 있어
이조(吏曹)에서 교지를 내리니 저승까지 빛났다네.
시류에 아랑곳 않고 절조 지킨 신하는 오직 옳은 것만 구했고
의로운 지사(志士)는 천금 같은 목숨 버리는 것도 아까워하지 않았네.
가르침을 받을 때 배운 학문을 벼슬살이에서 시행하였고
척화를 주장할 때 저 송(宋)나라 호전(胡銓)과 같은 명성을 세웠도다.
후손들이 10세까지 이어져 지극한 효성을 드러내니
의성(義城)으로 돌아가는 길에선 곧기가 활줄 같다고 말하도다.

華閥鵝洲有傑然　　天曹恩誥耀重泉
孤臣一介惟求是　　義士千金不惜捐
偃室學成承誨日　　澹庵名立斥和年
雲仍十世著誠孝　　歸路聞韶直似絃

또(병서)/又(幷序)

광산 김제인

예로부터 충신(忠臣)·의사(義士)가 적개심 불태운 것을 어찌 한정하겠는가. 그 충의가 학문을 통해서 벼슬에 나아가고 물러남에 넉넉한 자를 살펴보면 찾아보기가 힘들도다. 우리 고을의 호계 선생은 집안의 법도를 이어서 처신하는 방법을 체득했으니, 정묘년과 병자년의 호란을 당하여 두 번 다 의병을 일으키고 임금 위해 몸 바치기로 맹세했도다. 그렇지만 그 전공(戰功)을 이루지 못한 것은 하늘의 뜻이기는 하나, 천고토록 뜻있는 선비들이 눈물을 훔치기에 충분했도다. 그리고 그 진흙탕 길이 높은 벼슬자리임을 생각하고는 당세에 다시 뜻을 두지 않았으니, 이것은 어찌 충의가 학문을 통해서 그런 것이 아니었으랴. 수백 년 지나서 지금에 이르도록 꽃다운 향기가 몇 번이나 바뀌었던가. 아아, 우리 성스러운 조정이 특별히 추증하는 은전을 베푸시네. 오호라! 위대하도다. 어찌 선생의 지위만을 생각했으랴. 장차 인심을 착하게 하여 풍속을 바로잡는 것이 무궁무진하리로다. 이로 말미암아 서울에 있는 많은 선비들이 와서 기뻐하며 축하하였다. 삼가 본집(本集)에 차운하여 평소 경배하고 흠앙하던 뜻을 부치노라.

의리를 지키고 명나라 받든 것은 빛나고 빛나나	扶義尊周炳炳然
돌아와서 꼼짝 않고 산천에 은둔하였도다.	歸來堅臥老林泉
곧은 충정은 유래가 있으니 가정에서 볼 수 있고	貞忠有自家庭見
벼슬에는 마음이 없으니 끈과 사모를 버렸도다.	爵祿無心絨冕捐
성상께서 넓은 은택으로 참의(參議) 직첩을 내리시니	聖上洪恩僉議牒

인간 세상의 높은 절개가 크게 밝아진 해이로다. 人間高節大明年
채미헌(採薇軒)의 가르침 지금껏 아직도 남아 있으니 薇軒遺教今猶在
영원히 후학들이 글 읽는 소리 넘치리라. 永使諸生菀誦絃

또/又

하양 허원식

곧은 충정 드높은 절개는 해와 별처럼 밝게 빛났는데　貞忠卓節日星然
의로운 일에 나아감이 어찌 목마른 사람이 샘물 찾듯 했을꼬.

　　　　　　　　　　　　　　　　　　　　　　　　赴義何如渴赴泉

학문의 가르침을 사문으로부터 일찍이 받았고　　　衣鉢師門曾有受
대대로 이어온 선조의 가업 헛되이 버리지 않았도다.　箕裘先業不虛捐
삼군의 기개를 격려하여 왕을 위해 몸 바치려던 날　三軍激氣勤王日
상소를 하여 기강을 바로잡고 오랑캐를 배척하던 해.　一疏扶綱斥虜年
머리 돌려보노니 단구서원엔 본받을 이 계시고　　　回首丹邱矜式在
지금껏 가르침의 여운이 남아 글읽는 소리 들리도다.　至今餘韻聽歌絃

타고난 본성은 보통사람과 똑같은 바이나　　　　　凡人彛性所同然
매번 공의 시를 읽을 때마다 눈물이 샘솟듯 하네.　每讀公詩淚似泉
의리를 선택해야 할 때 높은 의리를 취했고　　　　熊掌辦時高義取
생명이 기러기 털처럼 가벼운 데선 그 몸을 버렸네.　鴻毛輕處此身捐
이조(吏曹)에서 추증하는 교지를 반포한 오늘　　　天官紫誥頒今日
향리의 서생들이 모여 옛일을 탄식하네.　　　　　鄕社靑衿拊昔年
천고토록 서산에서 의리와 짝하며 견디고　　　　千古西山堪與配
채미가 한 곡조만을 음악에 올려놓았었네.　　　　薇歌一曲被笙絃

또/又

화산 김용식

쌍죽 돋은 오래된 명문가에서 절의가 우뚝하니　挺竹古家節卓然

임금의 교지가 내려 은총이 무덤에까지 미치네.　九天恩誥及重泉

의리는 기강 바로잡는데 있음을 앞서서 주창했으니　義在扶綱先自倡

몸은 응당 칼날 무릅쓰며 버려야함을 문득 잊을 수 있었으랴.

　身當蹈刃頓忘捐

지금은 신씨의 명망이 남녘 고을에 아름답고　南州雅望今申氏

지난 병자년엔 북쪽 오랑캐에 대한 원수 사무쳤네.　北虜深讐舊丙年

아, 나 같은 후학 대부분은 우러러 흠모하니　嗟余後學多瞻慕

흡사 단구서원엔 글 읽는 소리가 들리는 듯하네.　宛若丹邱聽誦絃

또/又

기성 황건주

척화하고 명나라 세우는데 누가 그리할 수 있으랴	斥和扶明有孰然
호계는 비바람 맞으며 용천검을 호령했도다.	虎溪風雨吼龍泉
집안을 이을 군자로서 진실로 욕됨이 없었으며	克家君子誠無忝
나라를 위한 어진 신하로서 의리를 버리지 않았네.	爲國賢臣義不捐
도학은 높고 밝으니 백대의 스승이요	道學高明師百世
곧은 충정은 남다르니 천년의 기림이네.	貞忠卓異褒千年
추증의 은전 내려져 축하하는 이 남녘에 모이는 날	貤恩攢賀南歸日
쌍죽가(雙竹家) 채미헌에는 감격의 음악이 연주되네.	雙竹薇軒奏感絃

또/又

광산 김제원

하늘과 인간사 모두 망연하니 　天心人事兩茫然
대보단(大報壇) 앞에서 눈물이 샘솟듯 했네. 　大報壇前淚似泉
은혜가 막중하니 허리춤에 석 자 장검을 비켜 찼고 　恩重腰橫三尺去
시운이 위태로우니 한 터럭에 불과한 몸을 버렸네. 　時危身許一毛捐
황사 밭에 시들은 풀은 예전의 모습과 딴판이고 　黃沙白草非前日
푸른 물과 붉은 산은 늘그막을 보냈도다. 　碧水丹山送暮年
슬프게도 충성스런 혼령을 부를 수가 없는데 　怊悵忠魂招不得
머리 돌리니 끼쳐주신 음성 들림을 어찌 견디랴. 　更堪回首聽遺絃

전해오는 글을 다 읽기도 전에 눈물이 절로 흐르고 　未讀遺文涕自然
명나라의 일월이 저승에 빛나고 있네. 　皇明日月耀重泉
충신은 이미 죽었어도 혼령은 아직 남아있고 　忠臣已死魂猶在
지사야 목숨 가벼이 했어도 의리를 버릴 수 있었으랴. 　志士輕生義可捐
오랑캐 말이 바람 몰아치던 것이 엊그제 같은데 　胡馬嘶風如昨日
석기린(石麒麟)이 잡풀 속에 숨었던 해를 알지 못하네. 　石麟藏草不知年
조서(詔書)를 물고 봉황이 단산으로 날아가고 　鳳銜紫誥丹山去
성스러운 임금의 은총이 빛나니 풍악이 진동하네. 　聖主恩光動管絃

또/又

인동 장조원

단구서원의 소나무 잣나무 완연히 푸르고　　　　丹邱松柏菀蒼然

임금의 조서가 빛나고 빛나서 무덤을 빛내네.　　恩誥翩翩耀九泉

집안에 전해오는 충의의 서슬은 남아있으나　　傳家忠義神鋩在

대대로 이룩한 공명은 헌신짝처럼 버렸도다.　　奕世功名弊屣捐

남녘 고을에서는 모두 쌍죽의 명문가로 칭송했고　　南國皆稱雙竹宅

당시의 일을 아직도 기억하니 대명의 시대였도다.　　當時猶記大明年

천년토록 선생의 덕을 읊어 노래하리니　　千秋歌詠先生德

유수든 고산이든 거문고를 켜지 않아도 되리로다.　　流水高山不待絃

또/又

안동 김병려

충의는 진실로 도학으로 말미암아 그런 것이고	忠義亶由道學然
채미가를 몇 년이나 부르면서 산천에서 은둔하였던가.	薇歌幾載老林泉
시로 심양(瀋陽)의 적을 주벌할 때의 기세는 우뚝했고	詩誅瀋賊風稜卓
거사비(去思碑)가 세워진 상운도(祥雲道)에선 월급까지 바쳤도다.	
	碑立祥郵月廩捐
사문에서 배운 수준은 묘한 이치를 찾는 것이었고	地步師門尋妙域
이조참의(吏曹參議)로 품계가 오른 것은 금년이었네.	天官升秩在今年
후생이 그 당시의 가르침을 돌이켜 생각노니	後生追憶先時敎
봄에 글 외는 소리 낭랑하고 또 여름에도 넘치리라.	春誦洋洋又夏絃

또/又

광릉 이상선

명현이 벼슬하고 은둔하는 때가 있기도 하지만　　　　名賢顯晦有時然
휘황찬란한 교지가 구천에까지 미쳐 빛나네.　　　　丹誥煌煌賁九泉
은둔하고 효성을 다한 집안이라 남다른 곧은 절개를 이미 알진댄
　　　　薇竹已知孤節寓
목숨을 버리고 의리를 취해야 한다면 한 몸 버리는 것 아까워했으랴.
　　　　熊魚肯惜一身捐
한강과 여헌 문하의 고족제자(高足弟子)라 할 만하고　　寒旅門庭高足弟
숭정(崇禎)의 해와 달은 바로 대명의 시대이로다.　　崇禎日月大明年
남전산(藍田山)에 잠시 굽혔다한들 개탄할 것 무엇 있으랴
　　　　暫屈藍田何足慨
성스러운 스승이 무성(武城)에 거문고 소리를 허여했었네.
　　　　聖師曾許武城絃

또/又

한양 조석룡

선생은 세상을 살아가며 홀로 초연했고	先生處世獨超然
미곡은 맑은 바람이 부니 우리의 샘물이어라.	薇谷淸風寓我泉
한강과 여헌의 연원을 이어서 바른 도를 전했고	寒旅淵源傳道正
병자년 정묘년 충의 외치며 목숨 바치기로 맹세했네.	丙丁忠義誓身捐
은혜로이 어진 이를 존숭하는 작록이 오늘 내려졌고	崇賢恩爵逢今日
그 교지를 안은 후손들은 이때 감격스러워 했네.	抱稿雲孫感是年
유별나게 우리 집안에도 똑같은 절의가 있으니	別有吾家同節義
남기신 덕음(德音)은 천년토록 거문고와 어울리리라.	遺音千載和瑤絃

또/又

금성 정의원

의병은 당당한 기세로 엄숙했고	義旅堂堂氣肅然
호계는 당시 용천검을 호령했도다.	虎溪當日吼龍泉
근원이 깊으니 도맥을 이어 일찍이 가르침을 전했고	源深一脈曾傳妙
목숨이 천금같이 귀중해도 버리는 것 아끼지 않았네.	軀重千金不惜捐
나라가 허약하여 임진년 계사년 액운을 거듭 겪었고	邦瘁重遭辰巳厄
기강이 해이해져 병자년 정묘년 호란을 야기했네.	王綱獨植丙丁年
덕풍을 듣고서 후학들은 감흥이 많으니	聞風後學多興感
노래와 시를 봄가을에 부르고 읊조리라.	歌詠春秋管與絃

또/又

동종 후학 신치묵

효의 대나무, 충의 고사리가 모두 빛났으니	孝竹忠薇兩炳然
가문의 명성이 대대로 이어져 산천에 은둔했네.	家聲世襲老林泉
여러 번 포상 받은 절의에 부끄러움이 없어야할지니	屢蒙褒節宜無愧
두 번 거의(擧義)했을 때 목숨 바침을 안 아까워했네.	再擧忘躬不惜捐
우리나라 한쪽 귀퉁이에 있는 선비의 높은 의리는	左海一隅高士義
바로 춘왕 만력인 명나라 시대이었으리라.	春王萬曆大明年
도학이 빛나고 빛날수록 더욱 가상하게 여기고	彌章道學彌嘉尙
이조참의 추증한 은총 넘쳐나니 풍악에 올리리로다.	恩溢三銓被管絃

또/又

의령 남기수

충의가 당당하여 분연히 떨쳐 일어났고	忠義堂堂獨奮然
명나라의 해와 달이 산천에서 빛났네.	大明日月耀林泉
쌍죽 돋은 집안의 명성에 곧은 충절을 지켰고	抽竹家聲孤節守
고사리 캔 선조의 기풍에 한 몸뚱이를 버렸네.	採薇餘韻尺躬捐
교지를 물고 봉황이 단산으로 오기는 했으나	鳳詔含丹尙有日
서슬 퍼런 칼날을 무릅쓴 지 몇 해나 되었던가.	龍鋩蹈白幾回年
경배하고 흠모한 절개는 아직도 민멸되지 않았으니	景仰高風猶不泯
의성에선 오늘 밤에 거문고를 켜며 노래하리로다.	韶州今夕奏歌絃

또/又

야로 송태인

충의가 천년토록 환하게 밝으니	忠義千秋炳朗然
선생은 처사(處士)로 초야에서 일어나셨도다.	先生初服起林泉
척화를 상소하니 만주 오랑캐가 두려워했고	斥和章出瀋虜慴
찰방의 봉급 털며 선정을 베푸니 거사비 전해지네.	遺愛碑傳郵廩捐
대궐이 이조판서(吏曹判書)로 추증할 날이 있으리니	北闕天官貤有日
남녘 고을 선비들은 금년에 부응하기를 바라도다.	南州士望副今年
채미헌에서 다시 낭간 대나무를 마주하며	薇軒復對琅玕竹
단구서원을 우러르니 글 읽는 소리가 들리도다.	景仰丹邱聽誦絃

또/又

문소 김철수

병자년 어진 충신들은 늠름하였고	丙子忠賢凜凜然
호계 어른은 빼어나서 높은 기개를 떨쳤네.	虎翁挺出奮龍泉
한강과 여헌의 문하에서 배운 가르침 남아있고	寒旅門庭單訣在
은둔하며 대나무 같은 절개를 위해 한 몸 바쳤도다.	竹薇風節尺軀捐
성스런 시대에 교지가 내려져 향을 사르며	紫誥香烟今聖世
단구에서 제사 지내니 하늘의 해가 크게 밝아졌도다.	丹祠天日大明年
많고 많은 유생들이 우러르며 생각는 곳이니	莘莘衿佩羹墙地
새로 지은 시를 다투어 관현의 풍악에 올리네.	爭把新詩奏管絃

또/又

나주 정달교

만고토록 영원할 강상윤리를 위해 홀로 분연히	萬古綱常獨奮然
선생은 당시 초야에서 일어나셨도다.	先生當日起林泉
마음은 같은 하늘을 이고 있는 대궐에만 매달렸고	心懸象闕天同戴
몸은 의리로 죽을 각오하여 기러기 털같이 여겼네.	身似鴻毛義共捐
뻗은 대나무에 맑은 바람 부는 곳이 군자의 집이요	挺竹淸風君子宅
고사리 캐며 높은 절개 지키니 명나라의 시대로다.	采薇高節大明年
은혜롭게도 추증하니 향 연기 한 가닥이 피어오르고	香烟一縷貤恩誥
높은 벼슬아치들이 성황을 이루어 축하연이 빛났네.	卿月煌煌映管絃

또/又

문성 류명균

천고의 의로운 기상이 아직도 우뚝한지라　　千秋義氣尙嵬然
이조참의(吏曹參議)에 추증되니 구천이 빛나네.　　貤贈三銓耀九泉
한강과 여헌의 문하에서 연원 있는 바른 학문을 했고　　寒旅淵源尋正學
은둔하며 대나무 같은 절개를 헛되이 버리지 않았네.　　竹薇名節不虛捐
강산에 문운을 주관하는 규성이 되돌아오는 해일러니　　山河回運奎星歲
병자년에 천지 사이의 기강을 바로잡았었네.　　天地扶綱丙子年
향을 사르니 하늘의 은하수엔 고운 색 비치고　　香芯飜生霄漢色
조정이 특별히 예를 차리니 거문고소리 울려 퍼지네.　　聖朝優禮穆升絃

또/又

광릉 이이현

한밤중에 칼 짚고 서니 뜻이 아득하여	中宵倚劍意悠然
도성을 바라보매 눈물이 샘솟듯 하였네.	回首皇州淚下泉
백이숙제가 수양산에서 고사리 캔 곡절이 남아있고	殷聖西山餘曲在
노중련(魯仲連)이 동해에 목숨 버리렸던 것에 비겼네.	魯連東海擬身捐
유풍이 다시 진작되어 이조판서가 추증되는 날	儒風復振天官日
덕화의 햇살 다시 밝으리니 성스런 임금의 시대로다.	化旭重明聖主年
유교의 참된 연원은 다함이 없이 흘러가고	泗洛眞源流不盡
의성은 이로부터 끼쳐주신 가르침이 있으리로다.	聞韶自是有遺絃

또/又

문소 김도화

만일 당시의 성인들을 만난다면 若使當年遇聖人
춘추라는 글씨와 시를 특별히 쓰리로다. 春秋衮筆特書之
우리나라 의사(義士) 가운데 의성의 호계는 三韓義士韶州某
수양산의 백이숙제와 어깨를 겨룰 만하도다. 可與西山伯仲之

선생의 높은 의리는 열렬하기가 차디찬 서리 같아 先生高義烈霜然
우부룩하게 자란 쑥이 찬 하천에 잠김을 탄식하네. 歎息苞蕭浸下泉
한 자루 칼을 잡은 정신은 칼 갈기에 여념이 없고 隻劍精神磨欲盡
고을의 벼슬살이는 버려야만 할 것으로 여겼도다. 三刀宦業視如捐
태양이 골고루 비치는 데 깊은 골짜기를 가리지 않듯 太陽均照無幽壑
흘러넘치는 은택이 새로 내려지니 가장 길한 해이네. 渙霈新霑最吉年
경사를 기리고 축하하는 민심은 노래로 부족하여 華祝輿情歌未足
여러분들이 음악 연주하는 것을 어찌 못하게 하랴. 諸君何莫奏笙絃

또/又

후손 신돈식

몸은 동쪽 바다에 있으나 노중련(魯仲連)의 마음은　身居東海魯連心
진나라가 황제노릇을 하는 해엔 빠져 죽으려했네.　秦帝當年欲蹈之
한번 상소하여 늠름히 많은 군사의 사기 돋우었으니　一疏凜然休萬甲
저 송(宋)나라 호전(胡銓)*의 의리와 나란하리로다.　澹庵義理與幷之

퇴도(退陶) 이황(李滉)을 사숙하여 풍성함이 있었으니　私淑退陶有菀然
하도와 낙서의 연원은 샘 깊은 물이 용솟음치듯 했네.　淵源河洛混如泉
춘추의 대의에 따라 삼강오륜을 바로 세우고　春秋大義三綱立
비바람 몰아치던 포위된 성에서 한 목숨 바쳤네.　風雨孤城一命捐
어질고 덕 있는 이의 사우(祠宇)를 높인 것은 병자년을 추모함이요

　　　　　　　　　　　　　　　　賢德尊祠追丙歲

품계를 높여 추증한 성스러운 은전은 정묘년(1867)을 맞이해서라네.

　　　　　　　　　　　　　　　　聖恩崇秩値丁年

사림들이 경건히 재를 올리오니 후손들은 감격하고　衿紳齊邀雲仍感
빛나고 빛나는 단구서원엔 다투어 풍악소리가 울리네.　赫赫丹邱競管絃

　* 호전 : 송나라 고종 때, 금나라와의 화친을 진회(秦檜)가 주장하자, 이에 적극 반대한
　대표적 척화론자.

또/又

금주 허용

선생이 의를 앞세움은 그 옛날 오랑캐 때문만 그런 것이랴

先生仗義昔胡然

학문의 참된 연원이 용솟음치는 샘물 같아서이네.　爲學眞源有混泉

한 장의 상소로 기강을 세우며 일찍이 피눈물 흘리고 尺疏扶綱曾血瀝

한결같은 마음으로 보답코자 한 몸을 바치려했네.　一心圖報擬躬捐

채미가가 서글픈 것은 백이숙제도 마찬가지이고　薇歌惻惻同殷老

국화를 시제로 삼은 것*은 진(晉)나라 시대에 걸렸네. 菊史煌煌揭晉年

이조참의에 추증한 은전은 선생의 아름다운 덕을 포상한 것이니

三品追恩褒德美

풍시(風詩)와 지희시(志喜詩)를 번갈아 풍악소리에 올리네.

風詩志喜遞笙絃

* 국화를 시제로 삼은 것 : 송나라 주돈이(周敦頤)의 <애련설(愛蓮說)>에서 "진나라 도연명이 홀로 국화를 사랑했다. 국화는 꽃 가운데 은자라고 할 것이다."에서 나온 말로, '신적도의 은둔한 삶'을 나타낸다.

또/又

문소 김한주

충효 둘 다 온전함은 세상에 누가 그리할 수 있으랴　忠孝雙全世孰然

은전이 임금으로부터 내려오니 황천에까지 미치네.　　覃恩天降徹黃泉

귀향하여 지은 초옥은 삼생이 지나도록 남아 있으나　南還草屋三生在

서쪽을 향한 의병의 기치는 한 번 죽으매 버려졌네.　西指義旗一死捐

한강과 여헌의 문하에서 마음으로 깨치던 날에 도를 계승하고

　　　　　　　　　　　　　　　　　　　　寒旅心詮傳道日

서애와 우복으로부터 글 짓는 솜씨가 뛰어나다는 정평을 들었도다.

　　　　　　　　　　　　　　　　　　　　厓愚手筆定評年

간절히 우러르며 그리는 곳이 단구서원일러니　　羹墻寓慕丹邱地

많은 선비들이 당당하게 글 읽는 소리가 들리도다.　多士蹌蹌聽誦絃

후서/後敍

삼가 생각건대 우리 선조 호계부군(虎溪府君)께서는 마음에 간직하고 이치를 연구하는 학문, 기강을 바로잡고 화의를 배척하는 충성, 이것을 몸에 쌓아두면 덕행이 되고 밖으로 나타나면 훌륭한 일이 되었으니, 실로 백대토록 영원히 사라지지 않을 분이셨다. 지난 병진년(1856)에는 사림들이 높이 숭상하여 제향(祭享)을 받들어 올렸다. 저 정묘년(1867)에 이르러서는 조정에서 칭찬하고 장려하여 추증(追贈)을 했도다. 그래서 장차 부군의 학문과 충성은 유구하게 세상에 더욱 밝아질 것이로다.

가만히 생각해 보건대, 부군께서는 겸양하는 마음으로 살아서 저술하는 것을 기뻐하지 않았지만, 자손에게 전수해줄 가르침, 후학을 개발시키기 위한 말, 나라를 위해서 충성을 다한 행적 등은 응당 적지 않은 듯했으나 세대가 점점 멀어지면서 여러 차례 화란(禍亂)과 변고를 겪어 거의 다 없어졌으니, 어찌 밝지 못하고 어질지 못한 책임이 아니랴. 이에, 작은 상재[巾衍]에 간직된 묵은 책을 찾을 수가 있었는데, 책이 자못 흐트러져 있었을 뿐만 아니라 그 보존되어 있는 것조차 벌레들이 갉았고 좀먹어서 글자가 빠지고 글자 획도 모호했다. 그러므로 서로 비교하여 헤아려 살피면서 검증했었으니, <예설(禮說)>과 <강규(講規)> 같은 경우는 하나도 남아 있지 않아 알기 어려웠던 것이고, <용학의의(庸學疑義)>와 <심근주해(心近註解)>는 반쯤 타버리고 반쯤 남아 있어서 수리하여 보완할 수가 없었던 것이다. 근거할 만한 것이 있었던 것은 <심성정지의설(心性情志意說)>과 의진(義陣)에 관련된 크고 작은 글 몇 편이었다.

아! 부군께서 학문에 온 힘을 다 바쳐 공부하셨음은 <용학도화(庸學圖書)>에서 살필 수가 있었고, 기강을 바로잡은 대절(大節)은 정묘년과 병자년의 상소문에서 충분히 알 수가 있었으니, 저민 고기 한 점이라 할지라도 입에 넣어보면 온 솥 안의 국물 맛을 알 수 있는 것일진댄 또한 글이 많은 것만이 귀한 것이랴. 그리하여 만사(挽詞), 제문(祭文), 묘도문(墓道文), 봉안문(奉安文) 등을 부록으로 첨부하노니, 나중에 보는 분들이 용서해주시면 다행일러라.

　　　　신축년(1901) 3월 상순에 후손 신상헌(申相憲) 삼가 아뢰다.

발/跋

    호계공 신 선생은 약간의 시문(詩文)만 남아 있어서, 그 후손들이 200년 지난 뒤에 벌레들이 갉아먹고 남은 것에서 겨우겨우 거둬 모은 것을 장차 아무개가 인쇄한다고 하여, 또한 표범 가죽 가운데 무늬 하나 정도로만 여길 뿐이랴. 호계공은 일찍이 한강 정구와 여헌 장현광 두 선생에게서 가르침을 받아, 근본의 오묘함에 마음을 두어 깊이 생각하고, 마땅히 행해야 될 도리에 있는 힘을 쏟았으니, 찬찬하고 빈틈없는 유생(儒生)이셨다. 저 금(金)나라 오랑캐가 명나라를 침범했을 때, 초야에서 몸을 떨치고 일어나 시골 장정들을 두 번이나 불러 모아 규합하고 인솔하여 지휘했는데, 좌우를 살피면서 바람같이 달리고 벽력처럼 내달리며 머리를 북으로 향하고 적과 싸우다 죽으려는 뜻을 다하였다. 이에, 문무의 재주를 모두 갖추었고, 충의의 사무친 울분이 가슴속에 가득함을 알겠다.

    애석다! 조정의 책략이 화친을 맺는데 급급하여서 공과 같은 사람으로 하여금 한 개의 화살로 천산(天山)을 평정한 것과 같은 전공(戰功)을 거두지 못하게 한 것이로다. 병자년(1636)에 청나라를 섬김은 소중화(小中華)인 조선의 깊은 수치이었고, 이 세상의 일대 변고이었다. 이때를 당하여 여헌(旅軒) 선생은 입암산(立巖山)에 은거하고 있었으며, 동계(桐溪) 정온(鄭蘊) 선생은 어떤 마을에 물러나 살고 있었으니, 이 분들은 모두 명나라와 오랑캐가 '머리의 갓'과 '발의 신발' 같다고 환히 밝히고, 한 사람의 몸으로 막중한 대의(大義)와 강상(綱常)을 떠맡았던 것이다. 호계공은 산반(散班 : 품계만 있는 관원) 말직(末職)에 있었고, 하물며 종묘의 종틀이 옮겨 가지도 않았고 어가

(御駕)가 돌아왔었다. 비록 당대의 여러 대신들이나 뭇 관리들이 우연히 찾아온 영화(榮華)에 성하기도 하고 쇠하기도 했을망정, 생명을 바쳐야 할 반열에서 분주하여 또한 한 도(道)도 잃지 않았다. 그러나 이에 호계공은 이미 진심을 토로하는 소장(疏章)을 올렸고, 마침내 저 노중련(魯仲連)이 동해에 빠져죽으려 했던 절의를 뒤따라서 스스로 깊은 산 황량한 골짜기에 숨고는, 냇물을 마시고 나무 열매를 먹다가 한평생을 마쳤다. 마음과 행적으로 논하건대, 대체로 입암산과 어떤 마을에 있었던 두 선생과 함께 그것들이 일치가 되어 아무런 틈이 없었다. 어찌 그리도 훌륭한가! 가만히 생각해보건대, 배우는 자는 모름지기 먼저 천리와 인욕의 기미를 분석하고 살펴서 음양에 대한 경계 및 사람과 짐승 간의 경계를 지극히 엄밀하게 한 연후에야, 중화(中華)와 오랑캐의 큰 경계가 단 하루라도 섞이는 것이 불가하다는 것을 알리로다.

호계공이 남기신 글들을 지금에야 살펴보니, 심성(心性)에 관하여 쓴 여러 글들은 모두 태극(太極), 음양오행, 선악, 사정(邪正) 등의 분별에 대해 고집스럽게 주장한 것이었다. 이것은 호계공이 일생 동안 살아오면서 그런 것들을 취하여 성취해온 것임을 알 수 있다. 또 그의 출신가문을 논하건대, 회당(悔堂 : 신원록)은 그의 할아버지로 퇴도(退陶 : 이황)와 신재(愼齋 : 주세붕)의 문하에서 교화를 받았고, 유학의 가장 긴요한 가르침[旨訣]을 득문하였다. 성은(城隱 : 신흘)은 그의 아버지로 임진왜란 때 의병을 일으켜 국가의 어려움을 급하게 여겼고, 광해군(光海君) 때에 항의하는 상소문을 올려 회재(晦齋 : 이언적)와 퇴계(退溪 : 이황)에 대한 무고(誣告)를 따졌다. 따라서 그 연원이 바른 가학(家學)과 대를 이은 성대한 충의는 또한 그 근본한 바가 있음을 알았다.

호계공의 9세손 신돈식(申敦植) 군이 나를 찾아와 책의 맨 끝에 붙일 말을 써달라고 하였다. 나는 본래부터 글을 잘하지 못하는데다 병들고 늙어서 글을 써주는 일을 사양한 지 오래되었다. 아! 지금의 시대에 돌아볼 날이 언제일런가. 호계공의 발자취를 더듬나니 <채미가(採薇歌)>를 읽고 <학산구조(鶴山九操)>를 읊조리매, 처연하게도 저 ≪시경(詩經)≫의 <비풍(匪風)>과 <하천(下泉)>처럼 나라의 쇠망을 상심하는 마음이 있는지라, 사람으로 하여금 서둘러 죽여의(竹如意)를 찾아서 저 송(宋)나라 사고(謝翺)와 같이 조대(釣臺)의 바위를 쳐 부서지도록 하고 이어서 통곡하게 하였다. 이에 말이 없을 수가 없고, 말을 해도 또한 끝낼 수가 없을 것이로다. 호계공이 또 편찬한 <용학도(庸學圖)> 두 점과 <창의록(倡義錄)> 두 편이 함께 전하도다.

　　병진년(1916) 추석에 포산(苞山 : 현풍) 곽도(郭鋾)가 삼가 발문을 짓다.

또/又

우리나라는 신라와 고려 이래로, 도덕을 뜻에 두고 사람들의 마음을 맑히려는 것과, 절의를 갈고 힘써서 세상의 가르침을 받드는 것을 둘 다 능히 겸비한 이는 드무나, 고려 말에 가장 뚜렷이 두드러진 이는 포은(圃隱) 정몽주(鄭夢周)와 야은(冶隱) 길재(吉再) 두 선생일러라. 인조(仁祖)에 이르러 후금 오랑캐가 난을 일으켜 쳐들어왔을 때, 여헌(旅軒) 장현광(張顯光)과 동계(桐溪) 정온(鄭蘊)과 같은 두 선생은 도덕적으로 오랜 명망을 지닌 분[宿望]으로서 절의를 지키고 먼 시골에 은둔해 살면서 이미 사람들의 마음을 맑히고 세상의 가르침을 받들었으니, 먼 훗날에도 어찌 그리 바르단 말인가.

못난 나는 ≪호계선생유집(虎溪先生遺集)≫을 읽다가 <무극이태극설(無極而太極說)>, <음양설(陰陽說)>, <심성정지의변(心性情志意辨)>에 이르니, 멀리는 공자(孔子)와 정자(程子)에까지 거슬러 학문의 연원을 찾았고, 또한 주자(朱子)와 퇴도(退陶 : 이황)의 지결(旨訣 : 가장 긴요한 가르침)을 깊이 궁구하였는지라, ≪중용(中庸)≫에서 '덕성을 존숭하고 학문으로 말미암는다.(尊德性而道問學)'라고 말한 분이셨다. 변란을 맞이했을 때, 의병의 깃발을 치켜들고 서쪽을 향하는데 마치 갈대 잎과 같은 조각배로 바다를 맞서는 듯했고, 화친(和親)을 주장하는 요얼(妖孽)들을 곧바로 배척했으며, 적병을 정벌하여 물러나기를 바랐으니, 증자(曾子)가 '나라의 흥망이 달린 큰 고비에 임하여 그의 굳센 뜻을 빼앗을 수 없다.(臨大節而不可奪)'고 말한 분이셨다. 나라의 운수가 액운을 만나게 되어 상하가 뒤바뀌고 천지가 닫히고 말았을 때 재상(宰相 : 이경석을 가리킴.)의 벼슬자리 추천을 사양한 뒤, 미곡(薇谷)

에 자취를 감추어 저 백이숙제가 서산(西山)인 수양산(首陽山)에서 고사리 캐먹던 절의에 뜻을 부치고는 죽을 때까지 조금도 후회하지 않았다. ≪주역(周易)≫의 <고괘(蠱卦)·상구(上九)>에서 '왕과 제후를 섬기지 않는 것, 그 일이 고상하도다.(不事王侯, 高尙其事.)'고 한 것이 바로 호계 선생이셨다. 아, 포은과 야은 선생의 기풍(氣風)을 존숭했고, 여헌의 깊은 학문과 동계의 드높은 절의와 시대를 같이하며 서로 부합했도다.

오호라! 못난 나는 문장이 부족한데다 노망하여 어두운데 외람되게도 어찌하여 부처의 머리를 더럽혀 욕되게 하겠는가만, 먼 외손의 입장에서 는 간절히 추모하는 마음에 어쩔 수 없는 노릇일러니, 이에 몇 글자를 책 의 맨 끝에다 쓰노라.

무오년(1918) 황화절(黃花節 : 9월) 먼 외손이자 후학

통훈대부전행(通訓大夫前行) 홍문관부교리지제교(弘文館副校理知製教) 겸

경연시독관춘추관기주관(經筵侍讀官春秋館記注官) 겸 서학교수(西學教授)

여강(驪江) 이중구(李中久) 삼가 쓰다.

후서/後書

우리 할아버지(申冕九, 1782~1853)께서 만년에 못난 나(1839~1906)에게 개연히 말씀하셨다. "호계부군유집(虎溪府君遺集) 7책은 인재(忍齋) 부군께서 손수 정리하셨고, 인재집(忍齋集)은 또 지헌(芝軒 : 申禹錫, 1638~1695) 부군 형제(동생 : 申文錫, 1641~1685)께서 분류하고 모아 편찬하신 것이었다. 사림(士林)들이 마음을 합하여 간행하려 하였으나 갑술년(1814) 종가(宗家)에 실수로 불이 나서 부자 2대의 서적상자가 모두 잿더미 속에 들어가 버렸고, 지가(支家 : 종가에서 분가하여 나간 집)에 남아있던 나머지는 거의 액운이 미치지 않았지만 의욕이 꺾이어서 통분해 한들 무슨 소용이 있었으랴. 그 다음날, 향교 앞에 사는 승선공(承宣公 : 申冕周, 1768~1827, 만오파) 및 구미(龜尾)의 일가 신정주(申鼎周 1764~1827, 오봉파)가 함께 와 탄식하며 서러워하기를, '두 선생이 생전에 남기신 글[遺文]은 실로 경전(經傳)의 두 바퀴나 두 날개 같아서 폐할 수 없는 것이요, 후학들이 보고 살펴야 할 것이다. 반드시 민멸되지 않게 하는 것이 도리이다.'고 했다. 다행히 다시 마음을 다잡고 모은 것들로 완질본(完帙本)을 만들었다. 비록 이 일이 아니라도, 덕을 좋아한다는 말씀은 무릇 후손들을 위한 것이니 어찌 자나 깨나 감히 잊을 수 있었으랴. 그러나 중간에 사고가 생겨 10년이나 지연되기에 이르렀어도, 종질(宗侄 : 申寅協, 1805~1834)이 약관의 나이에 일가붙이 보천(輔天 : 申冕禹, 1786~1830, 난재파)과 함께 주위에서 글들을 거두어 모아 거칠게나마 두서(頭緖)를 잡은 것이다."

아, 아직까지 간행할 날짜를 정한 것은 아니지만, 이 선술(善述 : 선대의 일을 잘 계승하는 것)을 이어서 부질없이 계상(稽顙 : 용서를 빌 때 하는 절)을 하지 않을 수만 있다면, 겨우 숨이나 붙어 있는 목숨이 저승에 돌아가서 선조들을 뵙고 인사드리며 아뢸 말씀이 있을지니 다행스럽도다.

을사년(1905) 3월 하순 후손 신상하(申相夏) 삼가 쓰다.

후지/後識

아, 생각건대 우리 선조 부군께서는 일찍이 가정의 교훈을 받들어 대방
가(大方家)를 좇아서 위기지학(爲己之學)을 깊이 아셨고, 도산(陶山 : 이황)을
마음으로 본받아서 배워 가장 긴요한 가르침[旨訣]을 집대성하셨으니, 성
대히 세상 사람들에 의해 숭앙되었다. 저 정묘년과 병자년의 절의는 후세
에 빛나고 빛나니, 모두 학문을 스스로 깨우쳐 이를 실행한 것이다. 그러
하나 이에 대해서는 앞에서 기술이 이미 갖추어져 있으니 어찌 감히 췌언
(贅言 : 군더더기 말)을 더하랴. 가만히 생각하여 보건대, 간행하는 일은 선조
들께서 여러 차례 바랐으나 미처 이룰 겨를이 없었으니, 이와 같이 나아가
다 보면 그 일을 이루는데 기약할 수가 없게 된다. 이에 여러 일가들과 의
논하여 인쇄소에 속히 넘기기로 하였으므로, 대략 몇 글자를 쓰노라.

기미년(1919) 후손 신돈식(申敦植) 손을 씻고 삼가 아뢰다.

원문과 주석

虎溪先生遺集

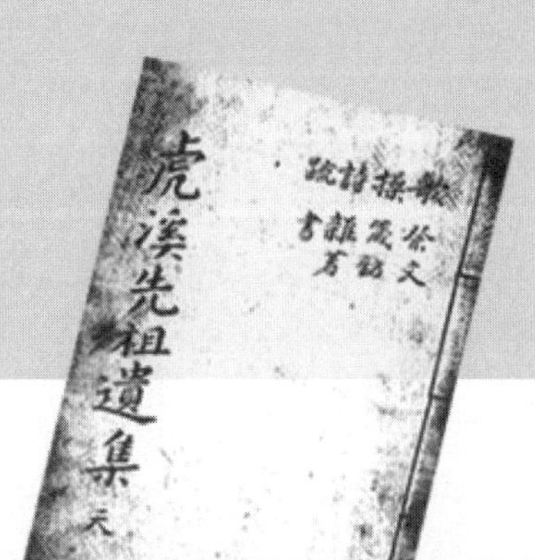

虎溪先生遺集序

≪尊周錄[1]≫, 吾東之魯史[2]也。忠義名節, 莫盛於當日, 培養之澤, 而鍾毓[3]之會耳。宜其勘亂刷恥[4], 伸大義於天下, 而竟爲氣數[5]所壓, 何哉? 圍城之中, 抗疏刎腹, 據義裂書, 猶可謂小伸其志。而至若在外勤王[6], 冒難直前[7], 遽聞媾成, 有爲之才未處可爲之勢, 必死之志未得可死之地, 尤爲志士之痛惋, 如虎溪[8]先生申公是也。

---

1) 尊周錄(존주록) : 정식 명칭은 ≪尊周彙編≫. 1595년 申忠一을 建州衛에 使者로 보낸 이후부터 정묘호란과 병자호란을 거쳐 정조가 죽을 때까지 對後金·對淸의 전란과 교섭사 및 이와 관련된 신하들의 사적을 모은 책이다. 1800년 正祖의 명에 따라 간행하였다. 한편, 肅宗 때의 학자 李泰壽가 1716년에 尊明攘夷의 사적을 간추린 책으로서 ≪존주록≫이 있기도 하다.
2) 魯史(노사) : 孔子가 지은 ≪春秋≫를 달리 이르는 말.
3) 鍾毓(종육) : 鍾靈毓秀. 좋은 환경에서 우수한 인물이 나옴.
4) 刷恥(쇄치) : 洗雪恥辱. 치욕을 씻음.
5) 氣數(기수) : 命運.
6) 勤王(근왕) : 임금이나 왕실을 위하여 충성을 다함.
7) 直前(직전) : 앞장서다는 뜻이나, 여기서는 의병에 뛰어들다는 의미.
8) 虎溪(호계) : 申適道(1574~1663)의 호. 본관은 鵝洲, 자는 士立. 향시에 장원 급제하였으나, 임진란을 겪은 뒤 과거보는 공부보다는 爲己之學에 뜻을 두어, 寒岡 鄭逑와 旅軒 張顯光의 문하에 출입하였으며, 향촌교화와 학문수양에 매진했다. 그러나 정묘호란이 일어나자 慶尙左道 號召使였던 장현광의 천거로 54세 때 의병장이 되어 분연히 몸을 떨쳐 일어나 우국충정을 펼쳤으나 강화가 체결되는 바람에 자신의 뜻을 이루지 못했다. 이에, 그는 和議論者를 공격하는 충정의 疏를 올렸는데, 仁祖가 매우 훌륭히 여겨 祥雲都察訪을 제수하였고, 선정을 하고 떠나자 去思碑가 세워졌다. 병자호란이 다시 일어나자, 의성 儒生들의 추대로 63세의 고령에도 불구하고 의병장이 되어 구국의 대열에 앞장을 섰으나, 이 역시 和親이 맺어지는 바람에 자신의 뜻을 이루지 못했다. 그는 귀향하여 採薇軒을 짓고 산림처사로서 은둔하며 여생을 보내다가 90세의 생을 마친 인물이다. 그 뒤 1867년(고종 4)에 이르러서야 그의 道學과 忠節을 기려서 吏曹參議가 추증되었다.

公少有志節, 與弟晚悟9)·懶齋10)二公, 早登寒旅11)二先生之門, 得聞性理之學。師門之推許重矣, 期擬遠矣。丁卯翟亂12), 公慨然曰:"吾雖韋布13), 時事孔棘14), 赴難15)未可緩也." 卽倡義勒兵16), 爲衝圍捍衛之計。值講和罷兵, 未逐敵愾之志, 遂瀝血封章17), 極言18)和議之不可恃, 備禦之不可疎。

及丙子再搶, 公有朝啣19), 義當奔赴, 尤非丁卯比也。誓衆登壇, 星夜疾馳, 未及南城, 旋聞下城, 智勇無所施矣。復抗一疏, 直斥誤國, 與同志諸公, 痛哭

---

9) 晚悟(만오) : 申達道(1576~1631)의 호. 본관은 鵝洲, 자가 亨甫. 月川 趙穆과 旅軒 張顯光의 문인이다. 1610년 사마시에 입격하였으나, 정계가 혼란하여 광해군 때는 벼슬에 나아가지 않았다. 1623년 명나라 熹宗의 등극을 기념하여 치러진 儒生庭試에 갑과로 장원급제하여, 文翰官을 거쳐 1627년 사간원 정언에 이어 곧 持平으로 승진하였다. 이해 6월 병조판서 李貴의 전횡을 배척하는 상소를 올려 이귀의 미움을 사서 부사직으로 전보되었다. 1627년 정묘호란 때 尹煌과 함께 斥和論을 적극적으로 주장하다가 파직되었다. 또 1629년 사헌부장령이 되었을 때, 內需司가 進上을 과다하게 강요하는 폐단을 없애라는 상소를 올렸다. 도승지에 추증되었고, 시문집에 ≪만오문집≫이 있다.

10) 懶齋(난재) : 申悅道(1589~1659)의 호. 본관은 鵝州, 자가 晉甫. 張顯光의 문인이다. 어려서부터 총명하여 10여 세에 經史에 통달하고 1624년 증광문과에 을과로 급제, 1606년에 사마시에 합격하여 진사가 되고, 1627년 정묘호란 때에 인조를 江華로 호종하였다. 이듬해 書狀官으로 명나라에 다녀온 후 1638년 蔚珍縣監, 1647년 司憲府掌令, 1648년 綾州牧使가 되었다. 저서에 ≪仙槎志≫, ≪聞韶志≫ 등이 있다.

11) 寒旅(한려) : 寒岡 鄭逑(1543~1620)와 旅軒 張顯光(1554~1637)을 가리킴. 정구의 본관은 淸州, 자는 道可, 호는 寒岡, 시호는 文穆. 吳健에게 수학하고 曹植·李滉에게 性理學을 배웠다. 白梅園을 세워 제자를 가르치는 데 힘썼고, 壬辰亂 때에는 義兵을 일으켜 싸우기도 했다. 문신 겸 학자로서, 경학을 비롯하여 산수부터 풍수에 이르기까지 정통하였고 특히 예학에 밝았으며 당대의 명문장가로서 글씨도 뛰어났다. ≪寒岡集≫이 있다. 한편, 장현광의 본관은 仁同, 자는 德晦, 호는 旅軒. 1595년 학행으로 천거되어 報恩縣監을 지내고, 여러 차례 관직에 임명되었으나, 벼슬에 뜻이 없어 모두 사퇴하고 학문 연구에만 전심하여 李滉의 문인들 사이에 확고한 권위를 인정받았다. 1636년 병자호란 때에는 각지에 격문을 보내어 근왕의 의병을 일으키고 군량의 조달에 나섰으며, 패전 후 동해안의 입암산에서 은거하였다. 영남의 많은 남인 학자들을 길러냈다.

12) 翟亂(적란) : 後金의 난. '翟'은 북방 이민족의 이름이다.
13) 韋布(위포) : 벼슬하지 않은 선비.
14) 孔棘(공극) : 매우 급박함.
15) 赴難(부난) : 위험에 처한 나라를 구하러 나감.
16) 勒兵(늑병) : 군대를 통솔함.
17) 封章(봉장) : 임금에게 글을 올리던 일.(上疏)
18) 極言(극언) : 있는 힘을 다해서 간절히 말함.
19) 朝啣(조함) : 朝衙. '啣'은 '衙'의 속자. 조정에서 근무하는 벼슬아치의 직함.

而歸。自是更無當世之念，而畢命於採薇亭中。冠屨倒置[20]，無奈時何，陽秋[21]可讀，尚有地矣。

終始樹立[22]，若是偉儁，而非從外襲取也。由克養有素，所讀者，詩書也，所講者，義理也。發之辭氣而激烈，行之營陣而嚴整，詎非學問中得來耶？今以遺集攷之，橫竪[23]論說，皆洛建[24]以來相傳之旨也。箴銘寓儆之辭，庸學排圖之例，尤爲警切。悔堂家學之傳，師友講討之益，槩可見矣。而韜略[25]奇正[26]，一不槩及。然有子所言，只是孝悌禮樂，而魯國之募戰士與焉。世平則講道，時危則奮武，自是一事。故君子謂甲兵爲爲己[27]，義將盟壇，宜其必歸於公也。

公之後孫敦植[28]甫[29]，謬責弁文[30]，而竊念朝家旣貤贈[31]之，士林又俎豆[32]

---

20) 冠屨倒置(관구도치) : 관과 신이 거꾸로 놓였다는 뜻으로, 상하가 뒤바뀜을 이르는 말.
21) 陽秋(양추) : 공자가 지은 ≪春秋≫를 이르는 말. 東晉 簡文帝 鄭后의 이름인 阿春을 휘하여 春을 陽으로 고쳤다.
22) 樹立(수립) : 계획 따위를 이룩하여 세우다는 뜻으로, 여기서는 한 사람의 행적을 의미.
23) 橫竪(횡수) : 자유자재로 논리를 전개함.
24) 洛建(낙건) : 程朱學을 말함. 程子는 洛陽에서 살고 朱子는 福建에서 살며 강학하였던 데서 연유한다.
25) 韜略(도략) : 太公望이 지은 ≪六韜≫와 黃石公이 지은 ≪三略≫을 아울러 이르는 말. 중국 병법의 고전이다.
26) 奇正(기정) : 그때그때의 형편에 따라 임시로 둘러대는 수단과 원칙적인 방법. 兵法에서 쓰는 용어로, 마주 진을 쳐서 싸움을 하는 것을 正이라고 하고, 매복하였다가 엄습하는 것을 奇라고 한다.
27) 爲己(위기) : 爲己之學. 남이 알아주기를 바라면서 공부하는 爲人之學에 상대되는 말로, 오직 자신의 덕성을 닦기 위해 공부하는 것을 말함. ≪論語≫<憲問篇>의 "옛날의 학자들은 자신을 위한 학문을 하였는데, 오늘날의 학자들은 남에게 보여 주기 위한 학문을 한다.(古之學者爲己, 今之學者爲人)"라는 말에서 나온다.
28) 敦植(돈식) : 申敦植(1848~1932). 자는 敬安, 호는 夢山. 家學의 庭訓을 입어 經史子集에 정통하였으며 일찍이 과거에 뜻을 끊고 爲己之學에 전념하였다. 일제치하에 대항 일체 행위를 거부하였고 飢寒의 救恤에 힘썼다.
29) 甫(보) : 남자미칭.
30) 弁文(변문) : 서문.
31) 貤贈(이증) : 관원이 자신과 아내가 받을 봉작을 조정에 요청하여 先祖에게 옮겨 내려주게 하던 일.
32) 俎豆(조두) : 제사 때 음식을 담는 그릇으로, '제향을 모신다'는 뜻.

之, 巨筆33)揄揚, 亦多大節已顯矣, 謏識34)安敢張大也? 謹略敍之。

昭陽赤奮若35) 黃花節36) 後學 完山 柳必永37) 謹敍.

---

33) 巨筆(거필) : 잘 지은 詩文이나 그런 글을 잘 짓는 사람.(文豪)
34) 謏識(소식) : 보잘것없는 식견.
35) 昭陽赤奮若(소양적분약) : 古甲子로 昭陽은 癸이고 赤奮若은 丑임. 癸丑年은 1913년이다.
36) 黃花節(황화절) : 重陽節.
37) 柳必永(유필영, 1841∼1924) : 본관은 全州, 자는 景達, 호는 西坡. 안동에서 세거하였다. 柳致明의 문인이고, 權璉夏·李晚慤·金興洛·金道和 등과 교유하였다. 후일 유치명에게 수학하고 돌아와서 朱書를 탐독하고는 학문의 심오한 경지를 터득하였다. 스승 유치명의 ≪定齋集≫ 원집과 속집을 편집하였다. 1919년 3월 일제의 조선 국권 침탈 과정을 폭로하면서 조선 독립의 정당성과 당위성을 호소하기 위해 金昌淑이 주도한 '파리장서의거'에 유림의 한 사람으로 서명하여 항일 의지를 확고히 밝혔다. 이 거사를 전후해서 남도에는 郭鍾錫이요, 북도에는 유필영이라 하여 '南郭北柳'라고 불렸다.

虎溪先祖遺集　卷之一

採薇歌[1]

大明宗周[2]兮,　　　忽焉微矣。

以胡易華兮,　　　不知非矣。

登彼鶴山[3]兮,　　　採其薇矣。

---

1) 採薇歌(채미가) : 周나라 武王이 殷나라를 멸망시키자, 伯夷와 叔齊가 주나라 곡식을 먹을 수 없다 하여 首陽山에 들어가서 고사리를 캐 먹다가 죽음에 임박하여 노래를 지어 부른 <採薇歌>를 활용하여 지은 시. "저 서산에 올라가서 고사리를 캐도다. 폭력으로 폭력과 바꾸면서 자기의 그릇됨을 모르도다. 신농과 우순과 하우가 이제는 없으니 나는 어디로 돌아갈거나.(登彼西山兮, 採其薇矣. 以暴易暴兮, 不知其非矣. 神農虞夏忽焉沒兮, 我安適歸矣.)"를 변용한 것이다.

2) 宗周(종주) : 周나라가 제후국의 宗主 역할을 한데서 제후국들이 周를 일컬은 명칭. 여기서는 '종주국'이라는 의미이다.

3) 鶴山(학산) : 경북 의성군 옥산면 금학동에 있는 산.

鶴山九操

鶴山嵯峨兮,　　　　雄鎭海東。

天地中虛兮,　　　　翠嵐撑穹。

唐虞[1]舊物兮,　　　萬古攸同。

鶴山嵯峨兮,　　　　其上北辰。

羣峯矗矗兮,　　　　日夜朝旻。

不忘向北兮,　　　　終古嶙峋。

鶴山嵯峨兮,　　　　穹林鬱蒼。

春意氤氳兮,　　　　物物含香。

萬紫千紅兮,　　　　大明其光。

鶴山嵯峨兮,　　　　日月宣朗。

一陰一陽兮,　　　　君象臣象。

晝夜代明兮,　　　　永世淸爽。

鶴山嵯峨兮,　　　　疇今爲主。

---

1) 唐虞(당우) : 陶唐氏와 有虞氏 즉 堯와 舜을 말함.

朝霞暮雲兮，　　　　　捲舒窮宇。

蒼崖白石兮，　　　　　空留今古。

鶴山嵯峨兮，　　　　　巉巖岧嶢。

松柏特立兮，　　　　　歲寒後彫。

烈烈其氣兮，　　　　　與秋爭高。

鶴山嵯峨兮，　　　　　不周[2]與隣。

崇禎古色兮，　　　　　不染腥塵。

超然宇宙兮，　　　　　其靈孔神。

鶴山嵯峨兮，　　　　　仰戴天朝。

涵養[3]雨露[4]兮，　　　　二百年遙。

念古執徐[5]兮，　　　　崇報何聊。

鶴山嵯峨兮，　　　　　其下薇谷。

窈而且邃兮，　　　　　其誰媚獨。

爰採我薇兮，　　　　　永矢初服[6]。

---

2) 不周(부주) : 不周山. 중국의 崑崙山 서북쪽에 있는 명산 이름이다.

3) 涵養(함양) : 도리가 마음속에 차차 길러짐. 학문과 마음을 흡족하게 수양함. 학문을 하는
　　데에 있어 물에 젖듯이 차츰차츰 공부가 양성되어 감을 말한다. ≪주자전서(朱子全書)≫
　　에, "평상시에도 반드시 공경하고 성실하여 함양하는 데에 바탕을 두어야만 바야흐로
　　이렇게 할 수 있다.(蓋必平日, 莊敬誠實, 涵養有素, 方能如此.)"라고 하였다.

4) 雨露(우로) : 雨露之澤. 자연의 혜택. 넓고 큰 은혜.

5) 執徐(집서) : 古甲子로, 辰에 해당.

6) 初服(초복) : 벼슬하기 이전에 입던 청결한 옷.

虎溪精舍

鳳岫[1]南奔繞虎湄，　　　　雲深烟鎖我居宜。

這間所樂惟何事，　　　　萬卷殘書數頃畦。

---

1) 鳳岫(봉수) : 飛鳳山. 경북 의성군에 있는 산. 팔공산맥에 딸린 산으로 높이가 672m이다.

閒居

韶州¹⁾東畔屋初成，　　　澹泊衿裾任一生。

種菊移梅眞活計，　　　樵山漁水好經營。

有期風月閒來趣，　　　無限詩書老去情。

孜孜微忱終不倦，　　　唐虞永世祝昇平。

---

1) 韶州(소주) : 경북 의성의 옛 명칭.

晉甫[1][悅道]弟與金孝徵[2][應祖] 自葛山[3]來到 吟成一絶 語極悲愴 遂和淚以次

冥頑惟我弟兄身,　　　艸土[4]餘生痛轉新。

白首鴒原[5]相別恨,　　　不堪雙淚滿衣巾。

---

1) 晉甫(진보) : 申悅道(1589~1659)의 자. 본관은 鵝州. 張顯光의 문인이다. 어려서부터 총명하여 10여 세에 經史에 통달하고 1624년 증광문과에 을과로 급제, 1606년에 사마시에 합격하여 진사가 되고, 1627년 정묘호란 때에 인조를 江華로 호종하였다. 이듬해 書狀官으로 명나라에 다녀온 후 1638년 蔚珍縣監, 1647년 司憲府掌令, 1648년 綾州牧使가 되었다. 저서에 ≪仙槎志≫, ≪聞韶志≫ 등이 있다.

2) 孝徵(효징) : 金應祖(1587~1667)의 자. 본관은 豊山, 호는 鶴沙·啞軒. 안동 출생으로 柳成龍에게 사사하였다. 1613년 생원이 되었으나 광해군의 난정을 보고 문과응시를 포기하고, 張賢光의 문하에서 학문연마에 힘썼다. 1623년 인조가 즉위하자 알성문과에 병과로 급제하여 병조정랑·선산부사를 지냈다. 1662년 大司諫에 임명되었으나 사양하고, 그 뒤 한성부우윤이 되었다. 안동의 勿溪書院과 영천의 義山書院에 배향되었다. 申仡의 셋째 아들 申悅道와는 동서지간이다.

3) 葛山(갈산) : 경북 영주시 장수면에 있는 동네 이름.

4) 艸土(초토) : 苫塊. 寢苫枕塊의 준말인데 거적으로 자리를 삼고 흙덩이로 베개를 삼는다는 뜻으로, 居喪하는 예를 말한다.

5) 鴒原(영원) : 형제간의 우애를 말하는데, 흔히 형제의 뜻으로 쓰임. ≪詩經≫<小雅·常棣>의 "물새가 언덕에 있으니, 형제가 위급함을 서로 구하네. 언제나 좋은 벗 있지만 길이 탄식만 할 뿐이네.(脊令在原, 兄弟急難. 每有良朋, 況也永歎.)"에서 나온 말이다. '脊令'은 곧 할미새로 '鶺鴒'과 같다.

亨甫[1][達道]晉甫二弟　以歲晚何以黔吾突[2]
分韻詠懷　詞致不凡　爛然可觀余獨不可無一語
遂構拙以示.(己未)

長笑賈太傅[3]	明時獨流涕。
鄕隣有鬪者[4]，	智者戶可閉。

---

1) 亨甫(형보) : 申達道(1576~1631)의 자. 본관은 鵝洲. 月川 趙穆과 旅軒 張顯光의 문인이다. 1610년 사마시에 입격하였으나, 정계가 혼란하여 광해군 때는 벼슬에 나아가지 않았다. 1623년 명나라 熹宗의 등극을 기념하여 치러진 儒生庭試에 갑과로 장원급제하여, 文翰官을 거쳐 1627년 사간원 정언에 이어 곧 持平으로 승진하였다. 이해 6월 병조판서 李貴의 전횡을 배척하는 상소를 올려 이귀의 미움을 사서 부사직으로 전보되었다. 1627년 정묘호란 때 尹煌과 함께 斥和論을 적극적으로 주장하다가 파직되었다. 또 1629년 사헌부장령이 되었을 때, 內需司가 進上을 과다하게 강요하는 폐단을 없애라는 상소를 올렸다. 도승지에 추증되었고, 시문집에 ≪만오문집≫이 있다.

2) 歲晚何以黔吾突(세만하이검오돌) : 蘇軾의 <次韻孔毅甫久旱已而甚雨三首>에 나오는 시구. 곧 '세밑인데도 어찌하여 우리 집 굴뚝은 검은가.'인데, 東漢 班固의 <答賓戲>에 "공자가 앉은 자리는 따스해질 틈이 없었고, 묵자의 집 굴뚝은 검어질 틈이 없었다.(孔席不暖, 墨突不黔.)"는 구절을 염두에 둔 표현이다. 춘추시대 墨翟이 도를 행하려고 사방을 바삐 분주하느라 집에 있는 때가 드물어서 굴뚝이 검어질 겨를이 없었고, 孔子가 도를 행하기에 급급하여 천하를 분주하느라 매양 이르는 곳마다 앉은 자리가 미처 다스워지기도 전에 또 다른 곳으로 가기에 급했기 때문이다.

3) 賈太傅(가태부) : 賈誼. 西漢의 문학가이자 정치가. 20세 때 文帝의 신임을 받아 博士가 되었다. 이듬해 太中大夫가 되어 개혁정치를 주장하다가 周勃 등 당시 고관들의 시기로 長沙王의 太傅로 좌천되었다. 이때 자신의 불우한 운명을 屈原에 비유하여 <鵩鳥賦>와 <弔屈原賦>를 지었다. 4년 뒤 복귀하여 梁會王(문제의 아들)의 太傅가 되었으나, 양회왕이 낙마하여 급서하자 이를 애도한 나머지 1년 후 33세의 젊은 나이로 죽었다.

4) 鄕隣有鬪者(향린유투자) : ≪孟子≫<離婁章句 下>의 "지금 가령 한 집안에서 사람이 싸우는 자가 있어 그 싸움을 말리려면 설령 머리털을 풀어 헤친 채로 갓끈만 매고 가서 말리더라도 괜찮겠거니와, 향린에 싸우는 자가 있을 경우 머리털을 풀어 헤친 채로 갓끈만 매고 가서 싸움을 말린다면 그것은 미혹된 행동이니, 비록 문을 닫고 모른 체하고 향린의 싸움에는 나가지 않아도 괜찮다.(今有同室之人鬪者, 救之, 雖被髮纓冠而救之可也, 鄕鄰有鬪者, 被髮纓冠而往救之則惑也, 雖閉戶可也.)"에서 나온 말. 亂世를 당해서 은거하는 사

君子憂終身[5],　　　　　　身外那可計。

丈夫平生志,　　　　　　本不在玉桂。

只祝聖人壽,　　　　　　一萬八千歲[6]。

太平聖天子,　　　　　　一怒[7]懷拓遠。

中權者[8]誰子,　　　　　汝心余可忖。

得人有如此,　　　　　　豈憂凶奴反。

哀哀楊老爺[9],　　　　　一去終不返。

緬憶周御史[10],　　　　　却恨生也晚。

桓桓金將軍[11],　　　　　手中持金戈。

람은 세상일에 급히 나설 필요가 없음을 의미한다.

5) 君子憂終身(군자우종신) : ≪孟子≫<離婁章句 下>의 "군자는 평생 염려해야 하는 큰 근심거리를 가져야지 하루아침에 생겼다가 사라지곤 하는 하찮은 걱정거리에 휩쓸려서는 아니된다.(君子有終身之憂, 無一朝之患.)"에서 나온 말.

6) 一萬八千歲(일만팔천세) : ≪十八史略≫<太古篇>의 "천황씨는 목덕으로써 왕이 되어 해를 섭제에서 일으키고 백성들은 자연히 교화되었는데 형제 12인이 각각 1만 8천 세를 누렸다.(天皇氏, 以木德王, 歲起攝提, 無爲而化, 兄弟十二人, 各一萬八千歲.)"라고 한 데서 보듯, 태고시대 전설적인 聖王인 천황씨는 형제 12인이 각각 1만 8천세씩 왕위를 누리었고, 지황씨 또한 형제 11인이 각각 1만 8천세씩 왕위를 누렸다는 데서 온 말.

7) 一怒(일노) : ≪孟子≫<梁惠王章句 下>에 周나라의 文王과 武王이 "한 번 크게 노하여 천하의 백성들을 안정시켰다.(一怒而安天下之民.)"라는 말을 염두에 둔 표현.

8) 中權者(중권자) : 군대의 主將.

9) 楊老爺(양노야) : 楊鎬. 1618년 후금의 누르하치(奴爾哈齊)가 '七大恨'을 내세우며 명나라의 邊境要地를 공격하여 점령하자, 명은 楊鎬를 遼東經略으로 삼아 10만 명의 원정군을 일으키고 조선에도 군대를 파견할 것을 요구하여 조선은 1619년 姜弘立 등이 이끄는 1만여 명의 군사를 파견했다.

10) 周御史(주어사) : 漢나라 御史大夫 周昌. 期期艾艾 고사의 주인공. 漢高祖가 만년에 太子를 폐하고 戚姬의 소생 如意로 새로운 태자를 세우려고 할 때, 본디 어눌하여 말을 잘 더듬던 周昌이 강력하게 간쟁하면서 말하기를, "신이 입으로 말은 잘 못하지만, 신은 기필코 기필코 그것이 불가한 일인 줄은 압니다. 폐하께서 아무리 태자를 폐하려 하시더라도 신은 기필코 기필코 조서를 받들지 않을 것입니다.(臣口不能言, 然臣期期知其不可. 陛下雖欲廢太子, 臣期期不奉詔.)"라고 하였다.

11) 金將軍(김장군) : 金應河(1580~1619). 본관은 安東. 자는 景義. 시호는 忠武. 1618년 建州

<table>
<tr><td>喑啞12)朔風起,</td><td>千里飛胡沙。</td></tr>
<tr><td>皇天不助順,</td><td>不死有如河13)。</td></tr>
<tr><td>噫彼剌口輩,</td><td>責人何大苛。</td></tr>
<tr><td>吾東倘微爾,</td><td>其奈綱常何。</td></tr>
<tr><td></td><td></td></tr>
<tr><td>廟堂14)有賢相,</td><td>鵷列15)皆君子。</td></tr>
<tr><td>論議何太正,</td><td>謨畫出人意。</td></tr>
<tr><td>謙恭下白屋16),</td><td>豪傑紛然起。</td></tr>
<tr><td>天墀鬧章奏17),</td><td>一一誰指使。</td></tr>
<tr><td>富貴任汝爲,</td><td>邦國將何以。</td></tr>
<tr><td></td><td></td></tr>
<tr><td>美人在洛厓,</td><td>臨水開茅簷。</td></tr>
<tr><td>欲徃路阻長,</td><td>使我雙眸霑。</td></tr>
<tr><td>莘野18)未幡然19),</td><td>誰復調梅鹽20)。</td></tr>
</table>

衛의 後金을 치기 위해 명나라에서 원병을 요청하자, 도원수 강홍립을 따라 左營將이 되어 출전했다. 명나라 劉綎이 군사 3만 명을 거느리고 富車에서 패하여 자결하자, 3천 명의 휘하군사로 수만 명의 후금군을 맞아 싸우다가 중과부적으로 패하고 그도 전사하였다. 1620년 명나라 神宗이 그 보답으로 遼東伯으로 追封하고, 처자에게는 銀을 하사하였다.

12) 喑啞(음아) : '喑噁'의 오기. 호령함.
13) 有如河(유여하) : ≪春秋左氏傳≫<文公 13년조>의 "진백은 '만약 그들이 약속을 저버린다고 해도 자네의 처자를 돌려보내지 않는다면 하신도 반드시 벌을 내릴 것이다.' 하였다.(秦伯曰 : '若背其言, 所不歸爾帑者, 有如河.')"에서 나온 말. 이는 황하와 같이 명백하다는 뜻이다.
14) 廟堂(묘당) : 의정부의 별칭.
15) 鵷列(원열) : 조정의 班列.
16) 謙恭下白屋(겸공하백옥) : 聶夷中이 지은 <君子行>의 "공로가 있어도 겸손해야 덕을 닦는 근본을 잡는 것이나. 자신을 나타내지 않음은 심히 유독 어렵도. 주공은 초가집에 살면서, 손님이 찾아오면 먹던 밥도 뱉느라 밥 먹을 시간도 없었다.(勞謙得其柄, 和光甚獨難, 周公下白屋, 吐哺不及餐.)"에서 나온 말.
17) 章奏(장주) : 글로 아룀.
18) 莘野(신야) : 有莘國의 들. 伊尹이 이곳에서 농사지으며 살다가 湯王이 세 차례 정중하게

凶飆攪宇宙[21]，　　　　　慘怛寒氣嚴。

時乎倘一來，　　　　　陽澤蘸黎黔[22]。

謂將遊玄圃[23]，　　　　　此志一何愚。

謂將抉浮雲，　　　　　此計又何迂。

迂與愚相幷，　　　　　慟作席珍儒[24]。

兩鬢驚半白，　　　　　居然一老夫。

信乎命之窮，　　　　　誰識臥雪[25]吾。

民生膏澤渴，　　　　　賦役何時歇。

頻年天降灾[26]，　　　　　赤子[27]多夭折。

초빙하자 세상에 나와 商나라를 일으켰다.

19) 幡然(번연) : 마음 돌리는 모양. 伊尹이 有莘지방의 들판에서 농경을 하고 있을 때 湯임금
   이 사람을 보내어 예물을 갖추어 초빙하자, 이윤이 '내 어찌 전답 가운데에 처하여 이대
   로 요순의 道를 즐기는 것만 하겠는가.' 하였는데, 탕 임금이 세 차례에 걸쳐 사람을 보
   내어 초빙하자, 이윽고 幡然히 일어나 말하기를 '내 어찌 이 군주로 하여금 堯舜과 같은
   군주를 만드는 것만 하며, 내 어찌 이 백성으로 하여금 요순의 백성이 되게 하는 것만
   할까 보냐.' 하였다는 데서 나온다.

20) 梅鹽(매염) : 매실과 소금이란 뜻이나, 강직한 성품의 신하를 비유할 때 쓰는 말. ≪書經≫
   <說命 下>에 의하면, 殷나라 高宗이 傅說을 재상으로 임명하면서 "내가 만일 화갱을 만
   들려 하거든 그대는 소금과 매실이 되어라.(若作和羹, 爾惟鹽梅.)"고 한 데서 온 말이다.

21) 凶飆攪宇宙(흉표교우주) : 韓愈의 <苦寒>시에 나오는 구절.

22) 黎黔(여검) : 백성.

23) 玄圃(현포) : 신선이 사는 곳. 崑崙山 꼭대기에 있다 한다.

24) 席珍儒(석진유) : ≪禮記≫<儒行>의 "유자는 석상의 진귀한 보배처럼 자신의 덕을 갈고
   닦으면서 임금이 불러주기를 기다린다.(儒有席上之珍以待聘.)"에서 나온 말. 재질이 아름
   답고 덕이 뛰어난 儒者를 가리킨다.

25) 臥雪(와설) : 後漢의 賢士 袁安이 한 길 높이로 폭설이 내린 날, 다른 사람들과는 달리 밖
   에 나가서 양식을 구하지도 않고 차라리 굶어 죽겠다면서 혼자 집에 누워 있었던 고사
   에서 나온 말.

26) 天降灾(천강재) : ≪書經≫<咸有一德>의 "길흉이 사람에게 어김없이 있는 것은 하늘이
   그 덕에 따라서 재앙과 상서를 내리기 때문입니다.(惟吉凶不僭在人, 惟天降災祥在德.)"에서
   나온 말.

27) 赤子(적자) : 발가벗은 어린아이. 왕이 백성을 갓난아이로 여기어 사랑한다는 뜻으로 백

九閽[28]何茫茫，　　　　　　歎息腸內裂[29]。

天廐有肥馬[30]，　　　　　　孰憐路傍骨。

我欲奏萬言，　　　　　　　蹐[31]畏唐突。

성을 일컫기도 한다.

28) 九閽(구혼) : 궁궐의 아홉 대문.

29) 歎息腸內裂(탄식장내렬) : 杜甫의 <自京赴奉先縣詠懷五百字>에서 "평생 백성들을 근심하
여, 탄식하니 애가 타는 듯.(窮年憂黎元, 歎息腸內熱.)" 구절을 변용한 말.

30) 廐有肥馬(구유비마) : ≪孟子≫<梁惠王章句 上>의 "포주에는 살진 고기가 있고 마구에는
살찐 말이 있는데, 백성은 주린 빛이 있고 들에는 굶어 죽는 사람이 있다.(庖有肥肉, 廐有
肥馬, 民有飢色, 野有餓莩.)"에서 나온 말.

31) 蹐(국척) : 跼天蹐地. 머리가 하늘에 부딪칠 것을 두려워하여 허리를 굽혀 걷고, 땅이
꺼질 것을 두려워하여 발로 긴다는 뜻.

武屹¹⁾ 月夜偶吟

未成吾止譬爲山²⁾,　　　　立雪³⁾函筵⁴⁾戒十寒⁵⁾。

遙憶聖門顔氏子⁶⁾,　　　　仰鑽瞻忽⁷⁾發深歎。

---

1) 武屹(무흘) : 경북 星州의 서쪽에 있는 修道山의 동쪽에는 샘물과 돌이 맑고 깨끗하며 마을과 멀리 떨어져 있었는지라, 궁벽하고 조용함을 좋아한 旅軒 張顯光이 작은 서재를 지어 책을 보관하고 놀며 휴식하는 장소로 삼은 곳을 이름.

2) 未成吾止譬爲山(미성오지비위산) : ≪論語≫<子罕篇>의 "학문을 비유컨대, 산을 쌓는 것과 같으니, 한 삼태기의 흙이 모자라는데 그만두었다 해도 내가 그만둔 것이다. 또 비유컨대, 평지에 한 삼태기의 흙을 부었다 하더라도 진전된 것인데, 그것도 내가 나서서 한 것이다.(子曰 : '譬如爲山, 未成一簣, 止吾止也. 譬如平地, 雖覆一簣, 進吾往也.)"에서 나온 말. 곧 전진과 후퇴는 모두 자기의 의식에 따른 행동이므로 자신이 책임져야 한다는 뜻이다.

3) 立雪(입설) : 스승으로 모심. 宋나라 游酢과 楊時가 처음 程頤를 찾아갔을 때 마침 정이가 눈을 감고 앉아 있으므로 두 사람은 인기척을 내지 않고 서서 기다렸는데, 정이가 눈을 떴을 때는 문밖에 내린 눈이 한 자가량이나 쌓여 있었다고 한 '程門立雪'이라는 유명한 고사에서 나온 말. 문하에서 가르침을 받는 것을 의미한다.

4) 函筵(함연) : 선생이 앉는 자리. 또는 函丈이라고도 하는데, 제자는 스승의 자리와 한 발[一丈]의 거리를 둔 것에서 유래한 말이다.

5) 十寒(십한) : 一曝十寒. ≪孟子≫<告子章句 上>의 "비록 천하에 쉽게 자라는 물건이 있으나 하루만 볕을 쬐고 열흘을 차게 한다면 능히 살 수 있는 것이 없다.(雖有天下易生之物也, 一日暴之, 十日寒之, 未有能生者也.)"에서 나온 말. 학문 같은 것을 닦는 데에 있어 힘쓸 때는 적고 게을리 할 때가 많다는 비유이다.

6) 顔氏子(안씨자) : 顔回. 孔子가 가장 신임하였던 제자. 공자보다 30세 적었으나 공자보다 먼저 죽었다. 학문과 덕이 특히 높아서, 공자도 그를 가리켜 학문을 좋아하는 사람이라고 칭송하였고, 또 가난한 생활을 이겨내고 道를 즐긴 것을 칭찬하였다.

7) 仰鑽瞻忽(앙찬첨홀) : 성인의 덕을 흠모함을 말함. ≪論語≫<子罕篇>에 의하면, 顔子가 일찍이 孔子의 무궁무진한 도를 깊이 감탄하여 말하기를 "우러러볼수록 더욱 높고 뚫을수록 더욱 견고하며, 바라봄에 앞에 있더니 홀연히 뒤에 있도다.……마치 우뚝 선 것이 있는 듯한지라, 비록 그것을 따르려고 하나 따를 방도가 없도다.(仰之彌高, 鑽之彌堅, 瞻之在前, 忽焉在後.……如有所立卓爾, 雖欲從之, 末由也已.)"고 한 데서 나온다.

拜旅軒[1]先生于巖齋 因講繫辭有感

易理元來見得艱，　　　　玉山[2]夫子啓玄關[3]。

從知不合求高遠，　　　　只在吾人日用間。

---

1) 旅軒(여헌) : 張顯光(1554~1637)의 호. 본관은 仁同, 자는 德晦. 1595년 학행으로 천거되어 報恩縣監을 지내고, 여러 차례 관직에 임명되었으나, 벼슬에 뜻이 없어 모두 사퇴하고 학문 연구에만 전심하여 李滉의 문인들 사이에 확고한 권위를 인정받았다. 1636년 병자호란 때에는 각지에 격문을 보내어 근왕의 의병을 일으키고 군량의 조달에 나섰으며, 패전 후 동해안의 입암산에서 은거하였다. 영남의 많은 남인 학자들을 길러냈다.
2) 玉山(옥산) : 奇大升의 ≪高峯集≫ 서문, 류성룡의 ≪西厓集≫ 발문 등에서 장현광이 스스로 사용한 자호.
3) 玄關(현관) : 현묘한 道의 문.

贈別李石潭[1][潤雨]

回憶追從[2]四十春，　　　早年交道暮年新。

解携今日相規意，　　　無負師門教誨諄。

---

1) 石潭(석담) : 李潤雨(1569~1634)의 호. 본관은 廣州, 자는 茂伯. 광해군 때 史官으로 鄭仁弘의 비위사실을 직필했다가 탄핵을 받아 사직했다. 輪城道察訪, 鏡城判官을 지내고, 大北의 전횡이 심해지자 사직했다. 인조반정 뒤 이조참의에 이르렀다.
2) 追從(추종) : 함께 어울려 다님.

讀晦齋[1]先生集有感

紫陽[2]單訣紫溪承,	正學[3]吾東復日昇[4]。
十疏條[5]中忠讜著,	八規修[6]上道猷凝。
精深已透眞源得,	玅悟惟從太極徵。
盥讀遺文私豈淑,	摳衣不及感懷增。

---

1) 晦齋(회재) : 李彦迪(1491~1553)의 호. 본관은 驪州, 자는 復古. 호는 紫溪翁도 있다. 원래 이름은 迪이었으나 중종의 명령으로 彦迪으로 고쳤다. 그는 朱熹의 主理論的 입장을 정통으로 하는 조선의 유학이 나아가야 할 방향을 제시함으로써 성리학의 정립에 선구적인 역할을 하였다. 27세 때 영남지방의 선배학자인 孫叔暾과 曺漢輔 사이에 벌어진 '無極太極' 논쟁에 참여하여, 주희의 입장인 主理的 관점에 입각하여 이들의 견해를 모두 비판하였다. 그의 氣보다 理를 중시하는 주리적 성리설은 李滉에게 계승되어 영남학파의 중요한 성리설이 되었으며, 조선 성리학의 한 특징을 이루었다.

2) 紫陽(자양) : 朱熹의 別號.

3) 正學(정학) : 儒家의 학문.

4) 日昇(일승) : 旭日昇天. 아침 해가 하늘에 떠오르는 그런 기세.

5) 十疏條(십소조) : <一綱十目疏>와 <政府書啓十條>를 일컬음. 이 상소문에서 회재가 주장한 것은 국왕의 마음을 '大公至正'하게 하여 천리를 실현할 주체로 확립할 것과 權奸과 戚臣들의 발호를 배제할 것을 주장하였다. 사림의 참여로 올바른 정치를 성취되어야 한다고 주장한 것이다.

6) 八規修(팔규수) : ≪進修八規≫를 일컬음. 그 여덟 조목은 도리를 밝히는 일, 큰 근본을 세우는 일, 天德을 몸받는 일, 전대의 성인을 법받는 일, 聰明의 범위를 넓히는 일, 仁政을 베푸는 일, 天心에 순용하는 일, 中和를 극진히 하는 일 등이다. 進修는 ≪周易≫<乾卦·文言>의 "군자가 덕을 발전시키고 학업을 닦는 것은, 장차 제때에 쓰이기 위함이다.(君子進德修業, 欲及時也.)"라는 말에서 취한 것이다.

謁陶山院 仍講先生集

海涵[1]千古聖賢規,　　　　歷溯淵源淳澔之。

顧余生晚陶鎔[2]後,　　　　恨未當年化雨[3]滋。

---

1) 海涵(해함) : 地負海涵. 학문이나 덕 등이 넓고 깊음을 비유하는 말.

2) 陶鎔(도용) : 점점 교화되어 감을 이르는 말.

3) 化雨(화우) : 사람의 교화를 때에 맞춰 내리는 비에 비유한 말. ≪孟子≫<盡心章句>에서 군자의 가르침 다섯 가지 중 첫째로 "때맞은 비에 화함 같다.(如時雨化之.)"고 한 데서 나온 말이다. 聖人이 질서정연하게 사람을 잘 인도하여 점차적으로 교육시키는 것을 의미한다.

詠洗心亭

登臨瀟灑滌塵心,　　　呀穴氷風爽我衿。
夏日炎天遊賞續,　　　源頭活潑[1]幾人尋。

---

1) 源頭活潑(원두활발) : 朱子의 〈觀書有感〉 시에 "반묘의 네모난 연못 한 거울처럼 열렸는데, 하늘빛과 구름 그림자가 함께 배회하네. 묻노니 저 어찌 이렇듯이 맑은가? 근원에 활수가 있기 때문이라네.(半畝方塘一鑑開, 天光雲影共徘徊. 問渠那得淸如許? 爲有源頭活水來.)"에서 나온 말. 원두는 물의 근원이고 활수는 맑고 싱그러운 물인 바, 원두활수는 맑은 심성을 비유한 것이다. 벼슬길에 나아가지 않고 자신의 심성을 수양하며 사는 사람이라는 뜻을 내포하고 있다.

讀離騷

屈子[1]貞忠日月爭,　　　飄然蟬蛻出塵坑[2]。

非風非雅[3]楚南調[4],　　　憂國憂君一箇誠。

---

1) 屈子(굴자) : 屈原. 전국시대의 楚나라 문학가이자 三閭大夫. 懷王의 신임이 두터웠는데, 간신의 참소를 당하여 疏遠되매 <離騷>를 지어 忠諫하였으나 용납되지 아니하자 끝내 汨羅水에 빠져 죽었다.
2) 塵坑(진갱) : 어수선한 세상.(俗世)
3) 非風非雅(비풍비아) : 風은 ≪詩經≫의 國風이니 豳風이니 하는 풍이고, 雅는 大雅이니 小雅니 하는 아이니, 非風非雅는 풍아의 文體가 아님을 말함. 國風은 민요, 雅는 공식 연회에서 쓰는 儀式歌인데, 풍아는 전하여 바르고 고상한 詩文의 비유로 쓰인다.
4) 楚南調(초남조) : 남방의 초나라 樂曲. 相和曲 일종으로 서로 그리워하는 애절한 심경을 노래하는 뜻이 주종을 이룬다.

夜誦感興詩

行年耳順歎無爲,　　　　　遙夜謾吟感興詩[1]。

探索消長天理玅,　　　　　端宜炳燭[2]趁時時。

---

1) 感興詩(감흥시) : 朱子의 <齋居感興詩>를 일컬음. 이 시는 陳子昂의 <感寓>가 仙佛에 自託하여 高致로 삼은 것을 못마땅하게 여기고 역대 道學의 근원과 心法의 精緻와 理學의 正脈을 서술한 시이다.

2) 炳燭(병촉) : 늙어서 배우기를 좋아함. ≪說苑≫<建本>의 "젊어서 배움을 좋아하는 것은 아침해가 떠오를 때의 밝은 빛과 같고, 나이들어 배움을 좋아하는 것은 한낮 중천에 뜬 햇빛과 같으며, 늙어서 배움을 좋아하는 것은 어둠에 촛불을 밝히는 것과 같다. 촛불을 밝히고 가는 길이 어찌 캄캄한 길을 가는 것과 같겠는가?(少而好學, 如日出之陽, 壯而好學, 如日中之光, 老而好學, 如炳燭之明. 炳燭之明, 孰與昧行乎?")에서 나온 말.

聞虜兵犯境

强虜乘勢亂中華,　　　　豈意如今左海[1]加。

眞主[2]皇綱猶有在,　　　　天驕豕突[3]不能遮。

---

1) 左海(좌해) : 조선을 말함.
2) 眞主(진주) : 天命을 받아 亂世를 평정한 어진 임금. 여기서는 仁祖를 가리킨다.
3) 豕突(시돌) : 산돼지처럼 앞뒤를 헤아림 없이 함부로 달려든다는 뜻으로, 오랑캐를 의미.

丙子十二月 賊陷江都
嬪宮淑儀元孫二大君[1]駙馬公主 幷入逼逐顚越
或被搶掠投江云 不勝悲憤

天府[2]沁都[3]失所留,	長江蕩潏莫能流。
鑾輿[4]播越危城岌,	赴亂諸軍詎少休。
莫是靖康難[5],	胡然天府失。
嬪宮驚顚倒,	大君亦隕越。
攔道屠戮肆,	塡門矢砲突。
行宮[6]燎火色,	郊原僵尸血。
潛窟霹靂喧,	滿城腥羶挈。
忽如五胡[7]擾,	慘惏二帝[8]北。
綠眼[9]如斯否,	靑衣[10]今再縶。

---

1) 二大君(이대군) : 鳳林大君과 麟坪大君을 가리킴.
2) 天府(천부) : 昇天府. 江華府의 옛 이름.
3) 沁都(심도) : 江華의 옛 이름.
4) 鑾輿(난여) : 임금이 거둥할 때 타고 다니던 가마.
5) 靖康難(정강난) : 1126년 宋나라 徽宗과 欽宗 부자를 비롯한 왕족과 귀족들이 金나라의 포로로 잡혀가는 참변. 이로 말미암아 북송은 멸망하고 말았다.
6) 行宮(행궁) : 임금이 나들이 때에 머물던 별궁.
7) 五胡(오호) : 晉나라 말엽에 중국의 북방으로부터 중국으로 이주해 온 다섯 종족, 즉 匈奴, 羯, 鮮卑, 氐, 羌을 가리키는데, 금나라를 세운 여진족이 원래 말갈족이었으므로 여기서는 금나라를 의미함.
8) 二帝(이제) : 靖康의 난 때 金나라에게 잡혀갔던 徽宗과 欽宗을 가리킴.
9) 綠眼(녹안) : 紫髥綠眼. 자줏빛 수염과 녹색의 눈. 오랑캐의 모습을 형용하는 말이다.
10) 靑衣(청의) : 천한 사람을 이르는 말. 예전에 천한 사람이 푸른 옷을 입었던 데서 유래한다.

至尊遠蒙塵，　　　臣民當魚肉[11]。

何時明運振，　　　殄滅北種孽。

胡命未應久，　　　皇綱昭如日。

微臣望行在[12]，　　謾指擒胡月。

篤懷主辱憂，　　　淚灑西向哭。

---

11) 魚肉(어육) : 짓밟고 으깨어 아주 결딴낸 상태를 비유적으로 이르는 말.
12) 行在(행재) : 行在所. 임금이 궁을 떠나 멀리 나들이할 때 머무르던 곳.

上出都城向南漢　倂日糯飯　屢夜不寢　羣僚近侍
或至凍餒云　及此時　臣子分義　固勒兵投亂
脫危殉節　故遂科旅輸糧　直赴行在

奮身願與二三子，　　　瞻望王居勇赴之。

些米何能需御供[1]，　　孤軍[2]不合補京師。

祗將憂愛[3]彛衷秉，　　欲效艱危共濟思。

踏雪衝寒吾豈憚，　　　指期趁到九重墀。

---

1) 御供(어공) : 임금에게 물건을 바치는 것.
2) 孤軍(고군) : 따로 떨어져 도움을 받지 못하게 된 군대.
3) 憂愛(우애) : 나라를 걱정하고 임금을 사랑함.

倡義西赴途中口占[1]

中宵蹴起劍心盟,　　　　仗義[2]西行一死輕。
生長靑邱恩渥裏,　　　　此身何以答昇平。

---

1) 口占(구점) : 초고도 없이 불러 받아쓰게 하는 것.
2) 仗義(장의) : 의리를 행동의 기본으로 삼음.

廣陵城吟示同義諸公[鄭桐溪[1]蘊 · 趙龍洲[2]絅 · 金淸陰[3]尙憲]

斥和認是堂堂事,　　　　胡爾講和相反之。

寔出恫夷抒禍耳,　　　　倒懸[4]賈[5]喻先符之。

---

1) 桐溪(동계) : 鄭蘊(1569~1641)의 호. 본관은 草溪, 자는 輝遠, 호는 鼓鼓子. 1614년 永昌大君의 처형이 부당함을 상소, 가해자인 강화부사 鄭沆의 참수를 주장하다가 제주도 大靜에서 10년간 유배생활을 하였다. 1623년 인조반정으로 석방되어 이조참의·대사간·경상도관찰사·부제학 등을 역임하고, 1636년 병자호란 때 이조참판으로서 金尙憲과 함께 斥和를 주장하다가 화의가 이루어지자 사직하고 덕유산에 들어가 은거하다가 5년 만에 죽었다.

2) 龍洲(용주) : 趙絅(1586~1669)의 호. 본관은 漢陽, 자는 日章. 1623년 인조반정 후 형조좌랑·木川縣監·正言·校理·이조정랑 등을 역임하고, 1636년 병자호란이 일어나자 斥和를 주장하였으며, 이듬해 執義로서 일본에 請兵하여 청군을 격퇴하자고 상소했으나 채택되지 않았다. 그 뒤 이조참의·대제학·형조판서·예조판서·이조판서를 거쳐 右參贊이 되었는데, 1650년 청나라 査問使가 와서 그를 斥和臣이라 하여 의주에 귀양을 보냈다.

3) 淸陰(청음) : 金尙憲(1570~1652)의 호. 본관은 安東, 자는 叔度. 1626년 명나라 장수 毛文龍의 무고를 해명하기 위해 正使 南以雄, 書狀官 金地粹 등과 함께 성절사겸사은사로 명나라에 다녀왔는데, 당시 사행 중의 견문을 기록한 ≪朝天錄≫이 전한다. 1636년에는 예조판서 재임 중 병자호란이 일어나자 주화론을 배척하고 끝까지 주전론을 펴다가 인조가 三田渡에서 청 태종에게 삼배구고두의 치욕을 당하자 항복문서를 찢어버리고 안동에서 은거하였다. 1639년에는 청나라가 명나라를 공격하기 위해 요구한 출병에 반대하는 상소를 올렸다가 청나라에 압송되어 6년 후 귀국하였다.

4) 倒懸(도현) : 거꾸로 매달려 있다는 뜻으로, 일들이 제대로 이루어지지 않았음을 의미. 여기서는 그런데서 빚어진 '괴로운 심정'을 나타낸다.

5) 賈(가) : 賈誼. 西漢의 문학가이자 정치가. 20세 때 文帝의 신임을 받아 博士가 되었다. 이듬해 太中大夫가 되어 개혁정치를 주장하다가 周勃 등 당시 고관들의 시기로 長沙王의 太傅로 좌천되었다. 이때 자신의 불우한 운명을 屈原에 비유하여 <鵩鳥賦>와 <弔屈原賦>를 지었다. 4년 뒤 복귀하여 梁會王(문제의 아들)의 太傅가 되었으나, 양회왕이 낙마하여 급서하자 이를 애도한 나머지 1년 후 33세의 젊은 나이로 죽었다.

送別三學士[洪翼漢[1] · 吳達濟[2] · 尹集[3]]

大義東方有幾人，　　　今行直蹈魯連[4]津。

灑淚蒼江分手去，　　　西天落日倍傷神。

---

1) 洪翼漢(홍익한, 1586~1637) : 본관은 南陽, 자는 伯升, 호는 花浦·雲翁. 병자호란이 일어나자 崔鳴吉 등의 和議論을 극구 반대하고 斥和論을 폈으나, 남한산성에서 왕이 화의하니 吳達濟·尹集과 함께 瀋陽에 잡혀가 끝내 굽히지 않고 죽음을 당해 적들이 감탄하여 '三韓三斗'의 碑를 세웠다.

2) 吳達濟(오달제, 1609~1637) : 본관은 海州, 자는 季輝, 호는 秋潭. 병자호란이 일어나자 남한산성에 들어가 청나라와의 和議를 극력 반대하였다. 그러나 청군에 항복하게 되자 스스로 척화론자로 나서 敵陣에 송치되었다. 적장 龍骨大의 심문에 굴하지 않고, 瀋陽으로 이송되어 모진 협박과 유혹에 굴하지 않자, 결국 심양성 서문 밖에서 尹集·洪翼漢과 함께 처형당했다.

3) 尹集(윤집, 1606~1637) : 본관은 南原, 자는 成伯, 호는 林溪·高山. 병자호란이 일어나 왕이 남한산성으로 피하고 산성이 포위되어 정세가 불리해지자 崔鳴吉 등이 화의를 주장하였으나 吳達濟 등과 함께 이를 극렬히 반대하는 상소를 올렸다. 결국 화의가 이루어지자 吳達濟, 洪翼漢과 함께 척화론자로 청나라에 잡혀가 갖은 고문을 받았지만 끝내 굴하지 않았고, 결국 瀋陽 西門 밖에서 사형되었다.

4) 魯連(노련) : 魯仲連. 전국시대 齊나라의 높은 節義를 가진 隱士. 그는 新垣衍에게 "秦나라가 천하의 제왕으로 군림하게 되면 나는 동해에 빠져 죽을지언정 그 백성이 되지 않겠다.(秦卽爲帝, 則魯連有蹈東海而死耳.)"고 한 바 있다.

聞金燁¹⁾至雙嶺²⁾敗沒

西來消息膽魂驚，　　　三子貞忠死亦榮。

忍說廣陵³⁾城下事，　　　不堪哀淚自沾纓。

---

1) 金燁(김엽, 1586~1637) : 본관은 義城, 자는 明甫, 호는 松菴. 金振古의 4남 중 장남으로, 동생 金煜・金燦・金煥이 있다. 1620년 동생 김욱・김찬과 함께 무과에 급제하였다. 정묘호란이 일어나자 의병장 虎溪 申適道를 따라 의병을 일으켜 경상북도 聞慶의 鳥嶺에 이르렀으나, 이미 청나라와 화친했다는 소식을 듣고 해산했다. 병자호란이 일어나자 두 동생 김욱과 김찬에게, "비록 집안에 연로한 부친이 계시나 막내 동생 김환이 있으니 걱정 없이 나라를 위해 싸워야 한다."고 하며, 의병을 일으켰다. 경기도 廣州 雙嶺으로 달려가 미쳐 진영도 꾸리기 전에 청나라 군대가 들이닥쳐 싸우게 되었음에도 흔들리지 않고 나아가 싸우며 전과를 올렸으나, 이듬해인 1637년 1월 두 동생과 함께 청나라 군대에 굽히지 않고 싸우다 전사했다. 그와 그의 두 동생의 장렬한 전사소식을 들은 정부는 이들에게 主簿로 追贈했으며 다음해 燁에게는 訓鍊院僉正으로 加贈했다. 그리고 아버지 振古에게는 滿浦使의 벼슬을 내렸다. 이 3형제와 관련 자료를 엮은 ≪三忠實紀≫가 전하나 刊年과 編者를 알지 못한다.
2) 雙嶺(쌍령) : 경기도 廣州에 있는 고개 이름.
3) 廣陵(광릉) : 경기도 廣州.

賊退後 洛中諸友有小集請邀 遂詩以謝

憂國傷時淚自然,　　　中宵獨立拊龍泉[1]。

莫言河洛[2]腥塵息,　　　忍見郊原戰骨捐。

紫闕方懸越膽[3]日,　　　青城[4]正泣宋皇年。

一天已愧讎同戴,　　　臣子何心醉管絃。

---

1) 龍泉(용천) : 龍泉劍. 중국 고대의 명검.

2) 河洛(하락) : 黃河와 洛水를 가리킨 것으로 즉 北宋의 도읍지 汴京. 金나라 장수가 송나라 임금 徽宗과 欽宗을 사로잡은 것을 염두에 둔 것으로, 여기서는 漢陽을 지칭한다.

3) 越膽(월담) : 臥薪嘗膽의 고사. 원수를 갚음. 춘추시대 때 越나라 句踐이 會稽山에서 吳나라 夫差에게 대패하고 곁에다 쓸개를 놔두고 앉으나 서나 그 쓸개의 맛을 보며 회계의 치욕을 잊지 않았다는 고사이다.

4) 靑城(청성) : 중국 河南省 開封縣에 있는 지명. 宋나라 때에 하늘을 제사하는 齋宮이 있었던 곳이다. 徽宗과 欽宗 두 황제가 이곳에서 金나라의 黏沒喝에게 사로잡혀서 끌려가 흑룡강 주위에 있는 五國城에 갇혀 있다가 죽었으니, 이를 '靖康의 난'이라 한다. 아이러니 하게도 금나라 末帝 역시 이곳에서 元나라 군대의 포로가 되었다.

和李白軒¹⁾相公[景奭]

宦海桑瀾²⁾豈苟容, 　　　農虞³⁾忽沒更誰宗。

執徐⁴⁾洪造⁵⁾恩難報, 　　　隱約鄕山愜素慵。

---

1) 白軒(백헌) : 李景奭(1595~1671)의 호. 본관은 全州, 자는 尙輔. 그는 宋時烈·宋浚吉 등 산림의 학자들을 대거 천거하여 요직에 오르도록 도와주었으나 훗날 그가 천거한 송시열과 정적이 되어 老少分黨이 이루어지면서 소론의 비조가 되었으며, 조선 중기 정묘호란, 병자호란 등 안팎으로 얽힌 난국을 적절하게 주관하였던 名相으로 꼽힌다. 병자호란을 수습하는 과정에서 지은 三田渡碑文에 대해 당시 송시열을 중심으로 한 노론에서는 청나라에 아첨한 행동이라고 비난하는 등, 특히 사후에 심한 논란거리가 되었다. 그도 그의 형에게 문자 배운 것을 한탄하였다고 한다.
2) 桑瀾(상란) : 파란을 겪는 것을 일컬음.
3) 農虞(농우) : 周나라 武王이 殷나라를 멸망시키자, 伯夷·叔齊가 주나라의 곡식을 먹을 수 없다 하여 首陽山에 들어가서 고사리를 캐 먹다가 죽음에 임박하여 노래를 지어 부른 <採薇歌>의 "저 서산에 올라 고사리를 캐도다. 폭력으로 폭력과 바꾸면서 자기의 그릇됨을 알지 못하누나. 神農과 虞舜·夏禹가 이제는 없으니 나는 어디로 돌아갈거나.(登彼西山兮, 採其薇矣. 以暴易暴兮, 不知其非矣. 神農虞夏忽焉沒兮, 我安適歸矣.)"에서 나오는 구절. 禪讓을 하여 태평성대를 이룬 것을 일컫는다.
4) 執徐(집서) : 太歲가 辰인 해. 여기서는 임진년을 일컫는다.
5) 洪造(홍조) : 넓히고 크게 만들어 줌.

還鄕

誤被天恩[1]重,　　　　　還慚臣分[2]疎。

故園[3]春已晚,　　　　　何用更躑躅。

---

1) 天恩(천은) : 임금의 은혜.
2) 臣分(신분) : 신하의 분수나 도리.
3) 故園(고원) : 고향.

到三灘¹⁾有感

聖恩²⁾虛負海量深,　　　俯仰乾坤愧我心。

望裏家鄉嘉遯處,　　　皇明³⁾日月照園林。

---

1) 三灘(삼탄) : 尙州牧에서 동쪽으로 세 강이 만나는 三灘津을 일컬음. 이곳에는 自天臺가 있는데, 蔡得沂(1605~1646)가 병자호란 이후 이 대의 아래 舞雲亭을 세웠고 石面에 "大明天地崇楨日月"이라는 8자를 새겼다고 한다. 채득기는 1636년 천문을 관측하여 병자호란을 예측, 독서에만 전념하였다. 병자호란 뒤 瀋陽에 볼모로 가는 왕자들을 호종하라는 왕명을 받들지 않아 3년간 유배생활을 한 뒤 다시 불려 선양에 갔다. 이때 호란의 치욕을 씻으려는 鳳林大君[孝宗]에게 太公의 병법을 진하고 그와 함께 돌아왔다.

2) 聖恩(성은) : 임금의 은혜.

3) 皇明(황명) : 명나라를 높여 일컫는 말.

王考悔堂[1]府君以孝學旌贈 遂感吟

孝源由出道源深,　　　　　有隕恩波[2]河海深。

聖門[3]惟獨曾閔[4]孝,　　　　若使生幷特許深。

---

1) 悔堂(회당) : 申元祿(1516~1576)의 호. 경북 義城 출신이며, 退溪・周世鵬의 門人이다. 11 살 때 아버지가 병이 들자 八公山 수백 리 길을 걸어 약초를 찾아나서는 등 8년 동안 간호하였으며, 뒷날 長水・三嘉(현 陜川)・淸道 등지에서 學官이 되어 연로한 부모를 봉양하였다. 이러한 그의 효행을 표창하기 위해 旌閭가 세워졌다. 모친상을 당했을 때는 하루에 세 번씩 성묘를 하였다고 한다. 戶曹參議가 추증되었고, 의성의 藏待書院에 배향되었다.
2) 恩波(은파) : 임금의 은혜를 물결에 비유하여 한 말.
3) 聖門(공문) : 공자의 문하.
4) 曾閔(증민) : 효행이 뛰어난, 공자의 제자 曾參과 閔子騫.

採薇軒偶題

茅亭[1]深處谷薇新,　　採採饒吾養道眞。

想像夷齊風[2]不死,　　首陽山色保殷春。

---

1) 茅亭(모정) : 지붕을 띠로 덮은 정자.
2) 夷齊風(이제풍) : 殷나라가 망하자 의롭지 않은 周나라의 곡식을 먹지 않겠다고 수양산에 들어가 고사리를 캐먹다가 굶어죽었다는 伯夷와 叔齊의 매섭도록 맑고 높은 절개나 덕을 일컬음. 風은 淸風이다.

智齋志感

昔年肯搆¹⁾護麗牲²⁾,　　　　霜露寒天格至誠。

魯防³⁾曾興尼聖歎⁴⁾,　　　　寒泉⁵⁾逾見晦翁⁶⁾情。

推移桑梓⁷⁾邱原⁸⁾感,　　　　瞻拜杉松宅兆⁹⁾縈。

---

1) 肯搆(긍구) : 肯堂肯構. 선조의 遺業을 이어 다시 건물을 세운 것을 말함. ≪書經≫＜大誥＞의 "아버지가 집을 지으려고 이미 모든 방법을 강구해 놓았는데도 아들이 집터를 제대로 닦으려고 하지 않는다면, 나아가 집을 얽어 만들 수가 있겠는가.(若考作室, 旣底法, 厥子乃不肯堂, 矧肯構.)"라는 말에서 나온 것이다.

2) 麗牲(이생) : 옛날에 제사를 지낼 때 犧牲으로 쓰는 짐승을, 사당이나 묘소 앞에 세워놓은 돌에 붙잡아 매는 것. ≪禮記≫＜祭義＞의 "종묘에 제사하는 날, 임금이 희생으로 바칠 소를 끌고 가면 세자가 이를 돕고 경대부는 차례대로 따른다. 종묘의 문에 들어가서 비석에 희생을 잡아맨다.(祭之日, 君牽牲, 穆答君, 卿大夫序從. 旣入廟門, 麗於碑.)"에서 나온다. 전하여 碑石을 뜻하는 말로도 쓰인다.

3) 魯防(노방) : 노나라 防邑. 防山은 曲阜의 영내에 있는데, 공자의 부모를 합장한 묘소가 있는 곳이다. 또한 공자의 증조부 防叔이 宋나라의 권신에게 쫓기어 魯나라에 피신하여 살게 되었는데, 노나라 防邑의 大夫를 지내서 방숙이라 했다.

4) 尼聖歎(이성탄) : ≪論語≫＜憲問篇＞의 "공자께서 '나를 알아주는 이가 없구나!' 하고 한탄하셨다. 자공이 '어찌 선생님을 알아주지 않는다 하십니까?' 하고 말하니, 공자께서 '하늘도 원망하지 않고 사람도 원망하지 않느니라. 낮은 것부터 배워 높은 것에까지 이르렀으니, 이런 나를 알아주는 이는 오직 하늘뿐인가 하노라!' 하셨다.(子曰 : '莫我知也夫.' 子貢曰 : '何爲基莫知子也?' 子曰 : '不怨天 不尤人, 下學而上達, 知我者, 基天乎.')" 구절을 일컫는 듯. 尼聖은 공자를 그의 자가 仲尼이라서 일컫는 말이다.

5) 寒泉(한천) : 寒泉精舍. 朱熹가 돌아가신 어머니의 묘소 가까이에 세운 정사. 한천은 ≪詩經≫＜凱風＞에 나오는 말인데, 자식이 어버이를 잘못 섬긴 것을 자책하는 의미가 있다. ≪朱子年譜≫에 의하면, 경인년(1110) 1월에 모친 祝孺人을 建陽縣 뒷산 天湖의 양지에 장사 지내고 그곳을 寒泉塢라고 명명했다고 한다. 46세 때 이곳에서 呂祖謙과 함께 40일간 기거하며 ≪近思錄≫을 편찬한 것으로 유명하다.

6) 晦翁(회옹) : 朱熹를 일컬음.

7) 桑梓(상재) : 뽕나무와 가래나무. 부모가 살던 고향을 뜻한다. ≪詩經≫＜小雅・小弁＞의 "어버이가 심어 놓으신 뽕나무와 가래나무도, 반드시 공경해야 하는 법이다. 그런데 하

承襲弓箕[10]无忝訓,　　　　孳孳[11]昕夕倡家聲。

물며 우러러 뵐 분으로는 아버지 말고 다른 사람이 없으며, 의지할 분으로는 어머니 말고 다른 사람이 없는 데야 더 말해 무엇 하겠는가.(維桑與梓, 必恭敬止. 靡瞻匪父, 靡依匪母.)"에서 나온 말이다.

8) 邱原(구원) : 무덤.

9) 宅兆(택조) : 묏자리.

10) 弓箕(궁기) : 조상의 世業을 계승함을 일컬음. ≪禮記≫<學記>의 "활을 잘 다루는 자의 아들은 키를 잘 만들게 되고 쇠를 잘 불리는 자의 아들은 갖옷을 잘 만들게 된다.(良弓之子, 善爲箕, 良冶之子, 善爲裘.)"에서 나온 말이다.

11) 孳孳(자자) : 힘쓰고 힘씀. ≪禮記≫<表記>의 "전심하여 날마다 힘쓰고 힘쓰다가 죽은 뒤에야 그만둔다.(俛焉日有孳孳, 斃而后已.)"에서 나온다.

詠金松隱[1] [光粹] 萬年松

種德栽松驗後時，　　　　超然惟獨歲寒姿[2]。

蟠勢鬱蒼龍屈曲，　　　　羽儀潔白鶴差池[3]。

炎到淸陰陰厚庇，　　　　風噓雅韻韻逾奇。

人物同然看茂盛，　　　　孫枝世世預先知。

---

1) 松隱(송은) : 金光粹(1468~1563)의 호. 본관은 安東, 자는 國華. 1501년 진사에 합격하였으나 더 이상 과거를 볼 뜻이 없어 고향인 의성의 북촌에 머물면서 시가를 읊조리며 청빈하게 지냈으며, 효성과 우애가 지극하여 부근의 사람들로부터 존경을 받았다. 죽은 뒤 大谷山에 장사지냈는데, 그 뒤 외손인 柳成龍이 왕의 명을 받아 제사지내고 묘를 살펴보았다. 의성의 藏待書院에 배향되었다.

2) 歲寒姿(세한자) : 곤궁한 처지나 亂世에도 지조를 잃지 않는 君子의 자태를 비유하는 말. ≪論語≫〈子罕篇〉의 "날씨가 추워진 뒤에야 송백이 시들지 않음을 알 수 있다.(歲寒然後, 知松柏之後凋也.)"에서 나온 말이다.

3) 差池(차지) : 고르지 아니하여 차이가 남.

次權子正[1] [守經] 自樂堂韻

自樂堂臨澗水中,　　蕭然頹臥一儵翁。

神遊[2]物外忘機[3]鷺,　　念絶塵間逸翮鴻。

醉後題詩探造化,　　閒來揮筆起晴虹[4]。

從知此地多眞趣,　　堪羨吾君有古風。

---

1) 子正(자정) : 權守經(1584~1659)의 자. 본관은 安東, 호는 自樂堂·思齋堂. 鄭逑의 문인으로 義城에 거주하며 학문에 힘썼다. 37세에 齊陵參奉을 제수받았으나 사양했고, 정묘호란이 발발하자 張顯光의 천거로 義城義兵將兼左道義兵都有司로 활약하였으며, 병자호란 때 역시 의병을 일으켜 활약하였다.

2) 神遊(신유) : 心神만이 먼 곳을 향해 노니는 것을 이름.

3) 機(기) : 機心. 자기의 사적인 목적을 이루기 위하여 교묘하게 꾀하는 마음.

4) 晴虹(청홍) : 맑고도 義氣에 찬 말이 가득 채워져 있음을 일컫는 말. ≪史記≫<鄒陽列傳>의 註에 의하면, 전국시대의 荊軻가 燕나라 태자 丹의 의기에 감동되어 秦始皇을 죽이기 위해 비분강개한 어조로 易水寒風의 시를 읊고 刺客으로 떠날 때, 하늘도 감동하여 흰 무지개가 해 주위에 가로 비껴 걸려 있었다(荊軻爲燕太子謀刺秦王, 白虹貫日.)는 고사가 전한다.

■참고 : 〈題自樂堂〉, 權守經, ≪自樂堂先生遺集≫권1.

青山盤礴大村中,　　　　天秘多年爲此翁。

茅棟三間輕厦屋,　　　　功名千里等冥鴻。

閒心淨似源頭水,　　　　氣岸雄如雨後虹。

與衆休言惟是樂,　　　　園林獨襲古人風。

■참고 : ≪自樂堂先生遺集≫(권1) 소재　申適道의　시

自樂堂臨磵水中,　　　　頹然高臥一仙翁。

身安物外忘機鷺,　　　　念絶塵間逸翮鴻。

詩泣鬼神窮造化,　　　　筆驚風雨起靑虹。

從知此地多眞趣,　　　　堪羨吾君有古風。

又次子正天雲臺韻

臺榭[1]經營閱幾秋,　　登臨怳若上丹邱。

天非有意恒寥廓,　　雲自無心任去留。

每夜澄光明月暎,　　滿山閒影翠嵐浮。

溪堂淨盡無塵累,　　也識人間別一區。

▌참고 : 〈築天雲臺用秋字韻以述閒居之意〉, 權守經
　　　　 ─ ≪自樂堂先生遺集≫ 권1

無主江山閱幾秋,　　經營今日築林邱。

終宵天影團團倒,　　五彩雲光爛爛留。

林靄霏微朝復夕,　　汀鳧咿軋沒還浮。

閒來弄玩無邊趣,　　始覺鳶魚着此區。

---

1) 臺榭(대사) : 누대와 정자.

西厓[1] 先生輓

河南夫子[2]痛,	大厦棟樑摧。
邦失蓍龜[3]策,	嶠[4]空領袖材。
虺蜮風雨際,	吾道日星廻。
天下俱無福,	伯淳[5]不獨哀。

---

1) 西厓(서애) : 柳成龍(1542~1607)의 호. 본관은 豊山, 자는 而見. 李滉의 제자이다. 1566년 별시문과에 병과로 급제하였다. 1569년 聖節使 서장관으로 명나라에 다녀왔다. 1583년 부제학이 되어 <備邊五策>을 지어 올렸으며, 1589년에는 왕명으로 <孝經大義跋>을 지어 올리기도 하였다. 왜란이 있을 것을 대비해 형조정랑 權慄과 정읍현감 李舜臣을 각각 의주목사와 전라도좌수사에 천거하고 1592년 4월 판윤 申砬과 軍事에 대하여 논의하여 일본침입에 대한 대비책을 강구하였다. 4월 13일 왜적의 내침이 있자 도체찰사로 군무를 총괄하고, 영의정이 되어 왕을 扈從하였다. 1593년 명나라 장수 이여송과 힘을 합해 평양성을 수복하고 4도의 도체찰사가 되어 군사를 총지휘하여, 이여송이 碧蹄館에서 대패하여 西路로 퇴각하자 권율 등으로 하여금 파주산성을 방어케 하였다. 1604년 扈聖功臣 2등에 책록되고 다시 豊山府院君에 봉해졌다. 영남유생의 추앙을 받았다.

2) 河南夫子(하남부자) : 程顥를 이르나, 여기서는 류성룡을 빗댄 것임. 정호는 明道先生이라 부르는데, 洛陽 사람으로 낙양은 하남에 있기 때문에 하남부자라 부른다. 도와 덕이 매우 높았으나 몹시 가난하게 살다가 죽었다.

3) 蓍龜(시귀) : 점칠 때 쓰는 蓍草와 거북. ≪周易≫<繫辭傳>의 "숨겨진 것을 찾고 심원한 것을 끌어내어 천하의 길흉을 정하고 천하의 힘써야 할 일을 이루는 것은 시초와 거북보다 더 큰 것이 없다.(探賾索隱, 鉤深致遠, 以定天下之吉凶, 成天下之亹亹者, 莫大乎蓍龜.)"고 한 말에서 나온 것으로, 믿고서 의지할 수 있는 '나라의 元老'를 일컫는다.

4) 嶠(교) : 嶠南. 嶺南을 말한다.

5) 伯淳(백순) : 宋나라 程顥의 자. 정호가 세상을 떠나자 당시의 재상인 富弼이 그의 죽음을 애통해하며 "백순이 복이 없는 것은 천하 사람이 복이 없는 것이다.(伯淳無福, 天下之人也無福.)"고 했다 한다. 여기서는 서애를 정호에 견주어 그의 죽음을 애석해하는 뜻으로 쓰였다.

寒岡[1]先生輓

運値文明會，　　　　眞儒間世出。

嫡傳陶老[2]心，　　　　悟解晦庵[3]帙。

邦國賴昇平，　　　　衿紳咸就質。

云頹山武屹[4]，　　　　虛暎凄凉月。

---

1) 寒岡(한강)：鄭逑(1543~1620)의 호. 본관은 淸州, 자는 道可, 시호는 文穆. 吳健에게 수학하고 曹植・李滉에게 性理學을 배웠다. 白梅園을 세워 제자를 가르치는 데 힘썼고, 壬辰亂 때에는 義兵을 일으켜 싸우기도 했다. 문신 겸 학자로서, 경학을 비롯하여 산수부터 풍수에 이르기까지 정통하였고 특히 예학에 밝았으며 당대의 명문장가로서 글씨도 뛰어났다. ≪寒岡集≫이 있다.

2) 陶老(도로)：退溪 李滉.

3) 晦庵(회암)：朱熹의 호.

4) 武屹(무흘)：武屹精舍. 경북 星州의 서쪽 修道山에 있던 寒岡 鄭逑의 서재.

旅軒[1]先生輓

雷雨山崩[2]夕,　　　虔誠默禱深。

陳君堯舜道,　　　克己孔顏[3]心。

擎柱巖廊[4]寄,　　　彈琴[5]縣府臨。

奠楹[6]俄夢罷,　　　安仰慟吾林。

---

1) 旅軒(여헌) : 張顯光(1554~1637)의 호. 본관은 仁同, 자는 德晦. 1595년 학행으로 천거되어 報恩縣監을 지내고, 여러 차례 관직에 임명되었으나, 벼슬에 뜻이 없어 모두 사퇴하고 학문 연구에만 전심하여 李滉의 문인들 사이에 확고한 권위를 인정받았다. 1636년 병자호란 때에는 각지에 격문을 보내어 근왕의 의병을 일으키고 군량의 조달에 나섰으며, 패전 후 동해안의 입암산에서 은거하였다. 영남의 많은 남인 학자들을 길러냈다.

2) 山崩(산붕) : 스승의 죽음을 일컫는 말. ≪晉書≫<顧愷之列傳>에서 고개지가 스승 桓溫이 죽었을 때 “산이 무너지고 바다가 마르니, 물고기와 새들 어디에 의지할꼬(山崩溟海竭, 魚鳥將何依.)”라고 애도한 데서 나온 말이다.

3) 孔顏(공안) : 孔子와 顏淵.

4) 巖廊(암랑) : 議政府.

5) 彈琴(탄금) : 善政을 일컫는 말. ≪呂氏春秋≫<察賢>에, 공자의 제자 宓子賤이 선보(單父)의 원이 되어 한가로이 거문고를 타면서, 관아의 堂 아래도 내려가지 않고도 잘 다스렸다는 고사가 나온다.

6) 奠楹(전영) : 어진 사람의 갑작스런 죽음을 일컫는 말. ≪禮記≫<檀弓篇 上>에, 孔子가 두 기둥 사이에 앉아서 제삿밥을 받는 꿈을 꾸고는(夢坐奠於兩楹之間), 얼마 뒤에 죽은 고사가 나온다.

輓鄭愚伏[1][經世]

涑水[2]安靈[3]首立論,　　　蛇[4]山隧道[5]賁[6]斂言。

偏深追憶重泉感,　　　不但從遊十載恩。

箚盡庚彈[7]謨克定,　　　謚招丁潰[8]義逾尊。

道南[9]景物慘無色,　　　何處更看彷彿存。

---

1) 愚伏(우복) : 鄭經世(1563~1633)의 호. 본관은 晉州, 자는 景任, 호는 一默·荷渠. 경상도 尙州에서 출생하였으며, 柳成龍의 문인이다. 임진란이 일어나자 의병을 일으켜 공을 세워 修撰이 되고 正言·校理·正郞·司諫에 이어 1598년 경상도관찰사가 되었다. 광해군 때 鄭仁弘과 반목 끝에 削職되었다. 1623년 인조반정으로 부제학에 발탁되고, 전라도관찰사·대사헌을 거쳐 1629년 이조판서 겸 대제학에 이르렀다. 성리학뿐만 아니라 특히 禮論에도 밝아서 金長生 등과 함께 禮學派로 불렸다. 상주 道南書院, 대구 硏經書院, 경산 孤山書院, 강릉 退谷書院, 개령 德林書院 등에 제향되었다.
2) 涑水(속수) : 涑水書院. 경북 의성군 단밀면 涑岩里에 있는 서원. 1509년에 지방유림의 公議로 申祐·孫仲暾·金宇宏·趙靖·趙翊을 추모하기 위해 세웠다. 이 서원은 『역주 퇴재 선생실기』(역락, 2009) 곳곳에서 소개되어 있으니 참고 바람.
3) 安靈(타령) : 神主를 섬겨 모심.
4) 蛇(사) : 蛇浦里. 경북 의성군 단밀면에 있는 마을.
5) 隧道(수도) : 墓道. ≪周禮≫<春官篇>에서 隧에 대해 '천자는 隧를 두고, 제후 이하는 羨道를 둔다.(天子有隧, 諸侯有羨道.)'고 주석한 데서 나온 말이다.
6) 賁(분) : 꾸밈. ≪周易≫<賁卦>의 "구원을 꾸민다.(賁于丘園.)"는 구절에서 나온다.
7) 庚彈(경탄) : 1610년 경술년에 鄭仁弘이 李彦迪과 李滉의 문묘종사를 반대하자, 정경세가 영남사림을 대표하여 정인홍을 탄핵한 것을 일컬음. 결국 정경세는 1611년 신해년 8월에 鄭仁弘 일당의 사간원 탄핵으로 전라감사에서 해직된 것을 이른다.
8) 丁潰(정궤) : 정묘호란을 일컬음. 『역주 창의록』(역락, 2009)의 32~35면에 의하면, 정경세는 경상도 우도 號召使를 지냈다.
9) 道南(도남) : 道南書院. 정경세가 鄭夢周, 金宏弼, 鄭汝昌, 李彦迪, 李滉 등 五賢을 종사하고자 1606년에 세운 서원.

輓訒齋[1]崔公[晛]

先君摯誼最於公,　　城谷當年患亂同。

梁楚[2]聲名仙籍[3]選,　　唐虞志業廟謨隆。

頻年荐厄言堪忍,　　厚夜[4]幽魂慟不窮。

倦誨諄諄嗟已矣,　　此生何處挹高風。

---

1) 訒齋(인재) : 崔晛(1563~1640)의 호. 본관은 全州, 자는 季昇. 1588년 司馬試에 급제, 1592년 임진왜란이 일어나자 구국책을 올려 元陵參奉이 되었다. 1606년 增廣別試 생원과에 장원, 檢閱이 되었으며, 광해군 때 遷都論이 거론되자 이를 반대, 그 계획을 중단시켰다. 仁祖反正 후 副提學을 거쳐 강원도관찰사가 되었다. 1627년 李仁居의 모반에 관련된 혐의로 투옥되었다가 왕명으로 석방되었다. 예조판서에 추증되고, 善山의 松山書院에 제향되었다. 신적도의 아버지 申仡과 이종사촌간이다.

2) 梁楚(양초) : ≪史記≫<季布列傳>에 의하면, 曹邱가 와서 계포에게 揖하면서 "楚나라 사람들의 말에 황금 百斤을 얻는 것이 계포의 한 번 승낙을 얻는 것만 못하다고 하니, 足下는 어떻게 梁楚 지역에서 이런 명성을 얻었는가?(楚人諺曰 : '得黃金百斤, 不如得季布一諾, 足下何以得此聲於梁楚間哉?)"라고 말한 고사. 이는 계포가 그만큼 신용과 위세가 있음을 가리키는 말이다.

3) 仙籍(선적) : 仙人의 명부라는 뜻이지만, 여기서는 과거 급제 명단을 일컬음. 과거 급제를 登仙이라 한 데서 나온 말이다.

4) 厚夜(후야) : 長夜. 사람이 죽은 뒤에는 영원히 지하에 묻혀 암흑 속에 있는 것이 긴 밤과 같다 하여 일컫는 말.

輓梧峯[1] 宗丈[之悌]

寬厚天資稟自眞,　　　早登科甲儼垂紳。

乘驄[2]柏府[3]威聲凜,　　製錦[4]桐鄉[5]惠化新。

孝友[6]傳家光祖烈,　　謙恭律己[7]範鄉隣。

---

1) 梧峯(오봉) : 申之悌(1562~1624)의 호. 아주신가 龜派의 후손이다. 자는 順甫. 호는 梧齋도 있다. 1589년 增廣文科에 甲科로 급제하여 1601년 正言·禮曹佐郎, 이듬해 持平·성균관전적 등을 거쳐 1604년 世子侍講院文學·성균관직강 등을 역임하였다. 임진왜란 때는 禮安縣監으로 縣軍을 이끌고 龍仁싸움에 참전하여 宣武·扈從의 두 原從功臣이 되었다. 1613년 昌寧府使로 나가 백성을 괴롭히던 도적을 토평하고 민심을 안정시켜 그 공으로 通政大夫에 올랐으며, 仁祖 초 同副承旨에 제수되었으나 부임하지 못하고 죽었다. 義城의 藏待書院에 배향되었다. 아주신가 15세손인 신지제는 신적도의 족질이다. 『역주 퇴재선생실기』(역락, 2009)의 47~49면에 실려 있는 우복 정경세의 <묘표>에 의하면, 신적도의 동생인 만오 신달도가 신지제를 일컬어 족형으로 칭하고 있지만 나이 많은 조카를 예우해서 일컬은 것이다. 또한 여기서도 신적도는 12살이나 많은 족질이 죽자 망자에 대한 최대의 예우를 하여 '宗丈'이라 일컬은 것으로 보인다.
2) 乘驄(승총) : 강직한 어사. 後漢 때 桓典이 御史가 되어 총이말을 타고 다니면서 권력자들의 비행을 거리낌 없이 탄핵하자 "가는 길을 우선 멈추어서, 총마 탄 어사를 피하자꾸나.(行行且止, 避驄馬御史.)"라고 했다는 데서 온 말이다. 신지제가 사간원의 정언을 역임한 것을 일컫는다.
3) 柏府(백부) : 사헌부. 신지제가 사헌부지평을 역임했다.
4) 製錦(제금) : 비단을 재단함. ≪春秋左氏傳≫의 襄公 31年條에 의하면, 鄭나라 子皮가 尹何로 하여금 고을을 다스리게 하려 하자 子産이 "그대가 아름다운 비단이 있다면 그것을 옷 지을 줄 모르는 사람에게 주어 옷 짓는 일을 배우게 하지는 않을 것이다. 큰 벼슬과 큰 읍은 백성의 몸이 의탁하는 곳인데, 배우는 사람으로 하여금 시험삼아 다스리게 한단 말입니까. 큰 벼슬과 큰 읍이야말로 그 아름다운 비단보다 훨씬 더 중요한 것이 아니겠습니까?(子有美錦, 不使人學製焉. 大官大邑, 身之所庇也, 而使學者製焉? 其爲美錦不亦多乎?)" 한 데서 나온 말이다. 전하여 지방관으로서 훌륭한 정치를 함을 이른다.
5) 桐鄉(동향) : 漢나라 朱邑이 젊었을 때 동향의 嗇夫[관리인]가 되어 선정을 베풀었는데, 그가 죽은 후에 자손이 그를 동향에 장사 지내자 백성들이 사당을 세우고 제사를 받든 일이 있는 데서 유래하여, 일반적으로 고을 원이 되어 은혜를 베푼 고을을 말함.

忍看仙馭[8]歸天上，　　　　偏荷恩憐淚滿巾[9]。

---

6) 孝友(효우) : 효성과 우애. <梧峯申先生神道碑銘>에 "천성이 지극히 효성스러워 8세에 모친상을 당함에 성인처럼 초상을 잘 치렀다. 강보에 있는 누이동생이 심히 슬퍼 우니까 공이 항상 안고 자기 곁에 두면서 부지런히 돌보아주었다."는 글에서 볼 수 있다.

7) 律己(율기) : 자기 자신을 잘 단속하는 것.

8) 仙馭(선어) : 신선이 타고 다니는 것으로, 사람이 죽으면 신선의 수레를 타고 올라간다고 한 데서 죽음 또는 상여를 의미함.

9) 淚滿巾(누만건) : 杜甫가 諸葛亮을 사모하여 지은 <蜀相詩>에서 "길이 영웅들로 하여금 눈물로 수건을 적시게 한 자.(長使英雄淚滿巾者.)"에서 나온 말.

輓李敬亭[1)][民成]二首

金嶽[2)]鍾人傑,	嵬峩一代名。
氷山[3)]留暢詠,	湖玉[4)]選要淸。
社酒[5)]頻相酢,	䴡燈[6)]幾伴明。
奎星[7)]沈一夜,	精與落霞[8)]幷。
吾生何幸忝同鄕,	每挹高風動八荒[9)]。

---

1) 敬亭(경정) : 李民宬(1570~1629)의 호. 본관은 永川, 자는 寬甫. 관찰사 李光俊의 아들이다. 1597년 廷試文科에 갑과로 급제하여 注書·兵曹正郎·正言·修撰 등을 역임하였다. 1617년 廢母論을 반대하다가 삭직 당했고, 1623년 書狀官으로 명나라를 다녀왔으며, 1627년 정묘호란 때는 의병장으로 활약하면서 전주에까지 진출하여 왕세자를 보호했다. 의성의 藏待書院에 배향되었다.

2) 金嶽(금악) : 경북 義城郡 金城面의 金鶴山. 금학산 수정 계곡 아래 山雲마을이 있는데, 이 마을에 이민성의 아버지 鶴洞 李光俊이 처음 입향하였다. 이광준은 형조참의를 거쳐 1603년 강원도 관찰사 겸 병마수군절도사에 이르렀으며 예조참판에 증직되었다.

3) 氷山(빙산) : 氷山寺. 경북 의성군 춘산면에 있었던 사찰.

4) 湖玉(호옥) : 湖堂과 玉堂. 호당은 일명 讀書堂이라고도 하는데 젊은 문관 가운데 뛰어난 사람을 뽑아 휴가를 주어 오로지 학업만을 닦게 하던 서재를 말하며, 옥당은 홍문관의 부제학·校理·부교리·修撰·부수찬 따위를 통틀어 말한다.

5) 社酒(사주) : 봄과 가을에 社日이 있는데 그날에 모여서 술을 마시고 놂. 社日은 입춘이나 입추가 지난 뒤 각각 다섯째의 戊日을 일컫는데, 입춘 뒤를 春社라 입추 뒤를 秋社라 하며, 춘사에는 곡식이 잘 자라기를 빌고 추사에는 곡식의 수확에 감사한다.

6) 䴡燈(횡등) : '篝燈'의 오기. 불어리를 씌운 등. 불어리는 불티가 바람에 날리는 것을 막으려고 화로에 들씌우는 제구이다.

7) 奎星(규성) : 文章을 맡은 별.

8) 落霞(낙하) : 唐나라 王勃의 <滕王閣序>에 "저녁노을은 짝 잃은 따오기와 나란히 떠 있고, 가을 강물은 끝없는 하늘과 한 가지 빛을 이루었네.(落霞與孤鶩齊飛, 秋水共長天一色.)"라는 구절에서 나온 말.

文與李韓[10]名幷駕，　　　遊於寒旅[11]道彌光。

人間政倚儒林匠，　　　天上那知帝意傷。

仙馭[12]飄然留不得，　　　題詞此日涕滂滂。

■참고 : ≪敬亭先生集年譜≫(권2, 附錄)의 申適道 〈輓詞〉

吾生何幸忝同鄉，　　　每挹高風動八荒。
直與李韓名幷駕，　　　遊於寒旅道彌光。
人間政倚儒林匠，　　　天上那知帝意傷。
仙馭飄然留不得，　　　題詩此日淚滂滂。

---

9) 八荒(팔황) : 여덟 방위의 멀고 너른 범위라는 뜻으로, 온 세상을 이르는 말.

10) 李韓(이한) : 당나라의 李白과 韓愈를 일컬음. 1602년 사헌부 감찰로 있을 때 세자책봉 주청사 서장관으로 중국에 갔는데, 당시 중국 학사들이 시문에 능한 이민환을 '동방의 李謫仙'이라 했다고 한다. 특히 당시 중국에서 文行으로 널리 알려진 晴川 吳大斌이 찾아와 시를 주고받은 일화가 전해진다. 또 인조반정 이후에도 주청사 서장관으로 중국을 다녀온 적이 있다. 그리하여 이민환의 文名은 중국에까지 알려졌던 것이다.

11) 寒旅(한려) : 寒岡 鄭逑와 旅軒 張顯光.

12) 仙馭(선어) : 신선이 타고 다니는 것으로, 사람이 죽으면 신선의 수레를 타고 올라간다고 한 데서 죽음 또는 상여를 의미함.

輓申河陰[1][楫]

學通經術早屠龍[2],　　官得廉名石屢空。

惡者猶懲賢者悅[3],　　今人與處古人風[4]。

皐魚[5]初返懽何極,　　孔鯉[6]先亡痛不窮。

養老寸誠終未遂,　　寃魂應愴九原中。

---

1) 河陰(하음) : 申楫(1580~1639)의 호. 본관은 寧海, 자는 汝涉. 鄭經世의 문인이다. 1606년 식년문과에 급제하여, 文翰職인 典籍을 지냈다. 광해군이 즉위한 뒤 대북정권이 패륜행위를 거듭하자 벼슬을 버리고 명승지를 찾아 유랑하였다. 1627년 정묘호란 때는 江原都事로 종군하였으며, 1636년 병자호란 때는 의병장이 되었고, 사복시정(司僕寺正)에 이르렀다. 효성이 지극하고 지조가 강하였다. 성리학을 비롯하여 의약·卜筮·지리·천문 등에 통달하였으며, 스승 정경세와 학문과 의례에 대하여 많은 토론을 하였다.

2) 屠龍(도룡) : 기예가 있으나 세상에 쓸 데가 없음을 비유하는 말. ≪莊子≫<列禦寇>의 "朱泙漫이 용 잡는 기술을 支離益에게 배우면서 천금의 가산을 모두 탕진하고 3년 만에 기술을 완전히 터득했으나 써먹을 곳이 없었다.(朱泙漫學屠龍於支離益, 單千金之家, 三年技成, 而無所用其巧.)"에서 나온 말이다.

3) 惡者猶懲賢者悅(악자유징현자열) : ≪孔子家語≫<王言解>의 "어진 자는 올려 쓰고 불초한 자는 물리쳐 버리니, 어진 자는 즐거워하고 불초한 자는 두려워하는 것이다.(進用賢良, 退貶不肖, 然則賢者悅而不肖者懼.)"는 구절을 염두에 둔 표현.

4) 今人與處古人風(금인여처고인풍) : ≪禮記≫<儒行>의 "선비가 지금 사람과 살면서 예전 사람과 도를 합하며, 금세에 이것을 행하여 후세에서 모범으로 삼았다.(儒有今人與居, 古人與稽, 今世行之, 後世以爲楷.)"는 구절을 염두에 둔 표현.

5) 皐魚(고어) : ≪韓詩外傳 第9≫에 의하면, 춘추시대 사람으로 모친상을 당해 통곡하면서 "나무가 조용해지려 하나 바람이 그치지 않고, 자식이 봉양하려 하나 어버이가 계시지 않는다.(樹欲靜而風不止, 子欲養而親不待也.)"고 길가는 孔子에게 말했다는 고사가 있음.

6) 孔鯉(공리) : 孔子의 아들로 공자보다 먼저 죽은 인물.

輓李紫巖[1][民寏]

山雄金鶴[2]氣峥嶸,　　　　鍾得如君間世英。

一代芳名超翰苑[3],　　　　八旬耆德[4]列蓬瀛[5]。

居鄕懿範藍田約[6],　　　　離國孤忠北海聲[7]。

---

1) 紫巖(자암) : 李民寏(1573~1649)의 호. 본관은 永川, 자는 而壯. 강원도 관찰사를 역임했던 李光俊이 부친이며, 民宬과 民宬이 그의 형이다. 1604년 실록교정청 낭청에 임명되고, 奉教에 승진되었다. 1618년 청나라가 撫順과 淸河를 함락시키자 명나라에서 이를 토벌하기 위해 조선군의 구원병을 요청하였다. 형조참판 姜弘立을 도원수로 삼고, 평안도 병마절도사 金景瑞를 부원수로 삼았는데, 이때 그는 文從事官으로 출병하였다. 그러나 압록강을 건넌지 보름 만에 深河전투에서 패배하여 포로가 되고 만다. 그의 《柵中日錄》은 당시 요동으로 떠난 조선군의 從軍日記라 할 수 있다.

2) 金鶴(금학) : 경북 義城郡 金城面의 금학산. 금학산 수정 계곡 아래 山雲마을이 있는데, 이 마을에 이민환의 아버지 鶴洞 李光俊이 처음 입향하였다. 이광준은 형조참의를 거쳐 1603년 강원도 관찰사 겸 병마수군절도사에 이르렀으며 예조참판에 증직되었다.

3) 翰苑(한원) : 藝文館의 별칭인 翰林院을 줄여서 일컫는 말. 申悅道가 지은 이민환의 행장에 따르면, 1600년 급제하여 승문원에 발탁되었다가 곧 한림원 추천되엇다고 한다.

4) 耆德(기덕) : 나이가 많고 덕망이 있는 사람.

5) 蓬瀛(봉영) : 蓬萊와 瀛洲의 병칭. 이른바 仙境을 이른다.

6) 藍田約(남전약) : 呂氏鄕約. 중국 陝西省 藍田縣에서 北宋 말 呂氏門中의 道學으로 명성을 떨친 呂大忠·大防·大鈞·大臨 네 형제가 문중과 향리를 선도 교화하기 위해 주자학을 바탕으로 만든 규약이다. 이민성은 1641년 그의 나이 69세 때 향인들과 함께 雲谷寺에 모여 의성의 鄕案을 수정했고, 또 1648년 그의 나이 76세 때 의성 留鄕所의 규약인 鄕會講信約條를 지었다.

7) 孤忠北海聲(고충북해성) : 이민환이 1618년 평안도관찰사로 있을 때 명나라의 援軍 요청이 있자 元帥 姜弘立의 막하로 출전, 富車 싸움에서 패하여 淸軍의 포로가 되었지만 17개월 동안 유폐되어 있으면서도 청의 회유에 굴복하지 않고 항복을 거부하다가 1620년 석방된 것을 일컬음. 北海라는 표현은, 蘇武가 漢나라 武帝의 忠臣이었는데, 和親을 위해 匈奴에 使臣으로 갔다가 酋長 單于에게 붙잡혀 服屬할 것을 강요당하였으나 이에 굴하지 않았고, 게다가 흉노에게 항복한 지난날의 동료 李陵까지 나서서 설득하였으나 끝내 굴복하지 않아, 北海 부근으로 유폐되어 그곳에서 양치기를 하며 지조를 지켜내다가 19년

先契8)又兼姻誼9)重,　　　那堪今日哭佳城10)。

만에 송환된 것을 염두에 둔 것이다.
8) 先契(선계) : 선친과의 金蘭之契. 선대의 교분. 城隱 申仡과 鶴洞 李光俊의 교분을 일컫는
　다. 『역주 성은선생일고』(역락, 2009)의 93~94면을 보면, 신흘이 이광준의 제문을 지
　었다.
9) 姻誼(혼의) : 申之悌의 아들 申弘望이 이민환의 셋째 딸과 결혼한 인연을 일컬음.
10) 佳城(가성) : 무덤을 일컫는 말.

輓權湖陽[1][盆昌]

遠惟擇處仁[2], 　　　　　良晤托親姻[3]。

妙奧探關鑰[4], 　　　　　藏修[5]抱席珍[6]。

劬經尋大義, 　　　　　　乘化[7]返元眞。

天喪斯文盡, 　　　　　　有誰範後人。

---

1) 湖陽(호양) : 權盆昌(1562~1645)의 호. 본관은 安東, 자는 茂卿. 신적도의 셋째 아들 申埰의 장인이다. 趙穆과 金誠一의 문하에서 공부하였는데, 경서에 통달하고 성리학에 심취하여 趙穆이 그의 범상치 않음을 칭찬하였다. <十圖十目>은 고려 말기의 禹倬이나 조선 초기의 尹詳 이래로 영남 일대에서 꾸준히 진력해 온 역학 연구의 전통을 계승하여 천인, 태극, 음양, 오행, 팔괘의 관계를 도표를 그려 설명하고 이를 다시 천문, 지리, 역술, 도양에까지 확대하여 모두 십도로 체계화한 것이다. 또한 십목은 십도를 이해하기 위한 세부 항목으로 십도의 용어를 해설하고 용어 상호간의 관계를 조목조목 나누어 설명한 것이다.

2) 擇處仁(택처인) : ≪論語≫<里仁篇>의 "마을에 어진 풍속이 있는 것이 아름다우니 이런 마을을 택해 살지 않는다면 어찌 지혜롭다 하겠는가.(里仁爲美, 擇不處仁, 焉得知.)"에서 나온 말.

3) 親姻(친인) : 親은 자기의 친족을 이르고, 姻은 남편의 친족을 이름.

4) 關鑰(관약) : 빗장이나 자물쇠. 관문을 의미한다.

5) 藏修(장수) : 藏修游息. 열심히 공부한다는 뜻임. ≪禮記≫<學記>의 "군자는 학문할 적에 藏하고 修하고 游하고 息한다."에서 나온 말인데, 주소에 "藏이란 마음에 항시 학업을 생각함이요, 修란 修習을 폐하지 않음이요, 游란 일없이 한가하게 노닐 때에도 마음이 학문에 있음이요, 息이란 일을 하다 쉴 때에도 마음이 학문에 있음을 이른 것이니, 군자가 학문에 있어서 잠시도 변함이 없음을 말한다."고 하였다.

6) 席珍(석진) : 席上之珍. 재질이 아름답거나 뛰어난 儒者를 가리킴. ≪禮記≫<儒行>의 "선비는 훌륭한 道學을 갖추고서 임금의 招聘을 기다린다.(儒有席上之珍以待聘.)"에서 나온 말이다.

7) 乘化(승화) : 죽음.

輓崔完海[山輝¹⁾]

聞君長逝我心恫,　　　連世懽情似夢中。

數郡治聲張趙²⁾侶,　　　半生淸節惠夷³⁾風。

堪憐玉帶⁴⁾埋深壤,　　　忍見丹旌拂遠空。

最是九泉⁵⁾無限痛,　　　北堂⁶⁾榮養⁷⁾未能終。

---

1) 山輝(산휘) : 崔山輝(1585~1637). 본관은 全州, 자는 伯玉, 호는 洛南. 관찰사 崔晛의 아들이다. 1627년 부친이 흉도 李仁居를 사전에 조치하지 못했다는 혐의로 하옥되자, 그는 상소하여 伸救에 힘썼다. 1628년에는 堤川에 귀양살이하던 柳孝立이 역모하고 있으며, 仁城君도 관여하고 있다고 고변하였다. 그 공으로 寧社功臣 3등이 되어 完海君에 봉해지고 司瞻寺主簿가 되었다. 뒤에 通政大夫에 올라 전토 및 노비를 하사받았으나 모두 사양하고 청송부사에 임명되어 선정을 베풀었다.

2) 張趙(장조) : 漢나라 때 지방관으로 명망이 높았던 張敞과 趙廣漢.

3) 惠夷(혜이) : 伯夷와 柳下惠. ≪孟子≫<盡心章句 下>의 "聖人은 百代의 스승이다. 伯夷와 柳下惠가 그러하다. 그러므로 伯夷의 기풍을 들은 사람은 탐욕스런 사나이도 청렴해지고, 나약한 사나이도 뜻을 세우게 된다. 柳下惠의 기풍을 들은 사람은 박한 사람도 후해지고, 비루한 사나이도 너그러워진다.(孟子曰 : '聖人, 百世之師也, 伯夷·柳下惠是也. 故聞伯夷之風者, 頑夫廉, 懦夫有立志. 聞柳下惠之風者, 薄夫敦, 鄙夫寬.')"에서 나온 말이다. 伯夷는 周대 고죽군의 아들. 아버지가 동생 叔齊에게 선위할 뜻이 있음을 알고 아버지가 돌아가신 후 나라를 사양하고 달아났다. 숙제 또한 형인 백이에게 나라를 사양하고 달아났다. 후에 周 武王이 商을 칠 때 형제가 말고삐를 잡고 신하의 도가 아님을 간했으나 듣지 않으므로 周나라의 녹 먹기를 부끄럽게 여겨 수양산에 들어가 고사리를 캐먹으며 살다가 굶어죽었다. 한편, 柳下惠는 춘추시대 魯나라 사람. 성은 展, 이름은 禽이다. 柳下에서 살았고 諡號가 惠인 까닭에 유하혜라고 불리었다. 魯나라에서 벼슬하여 대부가 되고, 자기 재능을 숨기지 않고 汚君·小官이라 할지라도 나아가서 최선을 다하였다.

4) 玉帶(옥대) : 임금이나 관리의 公服에 두르던 옥으로 장식한 띠.

5) 九泉(구천) : 땅속 깊은 밑바닥이란 뜻으로, 죽은 뒤에 넋이 돌아가는 곳을 이르는 말.

6) 北堂(북당) : 어머니가 거처하는 곳. 전하여 어머니를 가리킨다.

7) 榮養(영양) : 부모를 영화롭게 모심.

輓金佐郎[淮¹⁾]

匡廬磨杵²⁾昔何年,　　鬼榜榮名折桂蓮³⁾。

鵬擊天潢⁴⁾纔變化,　　驥⁵⁾騰雲路邈迍邅⁶⁾。

平生事業貧何害,　　暮歲沈淪病可憐。

白首相從今已矣,　　山陽夜笛月空懸。

---

1) 淮(회) : 金淮(1578~1641). 본관은 安東, 자는 巨源, 호는 敬菴. 경상도 義城에서 태어났다. 松隱 金光粹의 고손자이다. 또한 신적도의 넷째 아들인 敬齋 申硈의 장인이다. 임진왜란 때 아버지 金士貞이 일으킨 의병에 가담하여 晉州에 있던 金誠一의 陣中에서 활약하였다. 1612년 명경과에 급제한 후 성균관학유·養賢庫奉事·議政府司錄·成均館學正 등을 지냈다. 1615년 광해군의 昏政으로 時弊를 미리 알고 실망하여 벼슬을 버리고 귀향하였다. 1623년 인조반정 후 이조좌랑에 임명되었으나 사임하였으며, 1627년 東京敎授에 제수되어 胡亂 후에 퇴폐된 학풍과 기강을 진작시켰다. 이후 벼슬은 사양하고 鼎巖書堂을 지어 후진 양성에 힘썼다.
2) 匡廬磨杵(광려마저) : 磨杵成針의 고사. 끈기 있게 학문이나 일에 힘쓰는 것을 비유함. 당나라 시인 李白이 젊은 시절 匡廬山에 들어가 공부하다가 싫증이 나서 내려오는데, 길에서 어떤 노파가 쇠로 된 절구공이를 숫돌에 갈아 바늘 만드는 모습을 보고, 자신의 경솔함을 뉘우쳐 다시 돌아간 고사이다.
3) 折桂蓮(절계연) : 折桂는 과거에 급제하는 것을 뜻하고, 蓮은 선비의 청아한 성품을 상징함. 宋나라 周敦頤가 지은 <愛蓮說>의 "군자는 연을 사랑한다."에서 나왔다.
4) 鵬擊天潢(붕격천황) : ≪莊子≫<逍遙遊>의 "붕새가 남쪽 바다로 옮겨갈 때에는 물결을 치는 것이 3천 리나 되고, 회오리바람을 타고 9만 리나 올라가 6개월을 가서야 쉰다."에서 나온 말. 원대한 포부를 일컫는다.
5) 驥(기) : 천리마. 東晋의 袁宏이 쓴 <三國名臣序贊>에서 魏나라 荀文若을 찬양하며 "대저 伯樂을 만나지 못하면 천 년이 지나도 천리마 한 필을 찾아내지 못한다.(夫未遇伯樂, 則千載無一驥.)"에서 나온다.
6) 迍邅(둔전) : 길이 순탄하지 못하고 가탈이 많음.(崎嶇)

輓從弟汝遠[1][志道]

孝友家聲繼,	溫良[2]衆所推。
早年期紫鳳,	晩歲夢黃龜。
命矣身多病,	嗟哉藥未醫。
白頭今日痛,	無復見仁資。

---

1) 汝遠(여원) : 申志道(1582~1642)의 자. 호는 三栢堂. 監察을 지냈고 임진왜란 때 의병장이었던 申仡의 아들이다. 張顯光의 문인이다.

2) 溫良(온량) : 온화하고 선량함. ≪論語≫<學而篇>의 "선생님께서는 온화하고, 어질며, 공손하고, 검소하며, 겸양함으로서 얻으셨으니, 선생님께서 구한 것은 다른 사람이 구한 것과는 다른 것이다.(溫良恭儉讓鎰之, 夫子之求之也, 其諸異乎人之求之與.)"에서 나온다.

請罷和議疏[丁卯]

臣聞君臣大倫, 天地之常經[1], 萬古之不易。我國之於皇朝, 已有祖宗朝二百年, 服事之勤忠大義。而逮我主上殿下, 以文武全德, 忠孝至行, 上以承祖宗傳授之意, 下以服臣民依仰之心, 庶幾乎。安危一致, 夷險無二[2]。

奈之何邦國不幸, 天神莫佑, 彼海外殊種, 天西異類, 以若韋毳[3]之物, 汚我禮義之邦? 寡衆莫敵, 而廟筭[4]失措, 宮殿孤托, 而君臣相咨。尙惟我殿下, 一心終始, 炳如日月, 屢朔艱苦, 不改金石。寧其乘一桴而踏厄溟[5], 不欲爲犬戎[6]之所辱者。

蓋以天下之大義, 不可以不扶, 萬古之綱常, 不可以不振。而乃者, 一種妄議

---

1) 《童蒙先習》〈君臣有義〉의 "임금과 신하는 하늘과 땅으로 나뉜다. 임금은 높고 귀하며 신하는 낮고 천하니 높고도 귀한 임금이 낮고도 천한 신하를 부리는 것과 낮고도 천한 신하가 높고도 귀한 임금을 섬기는 것은 하늘과 땅의 떳떳한 법도이며 예나 지금이나 두루 통하는 의리이다.(君臣, 天地之分. 尊且貴焉, 卑且賤焉, 尊貴之使卑賤, 卑賤之事尊貴, 天地之常經, 古今之通義.)"에서 활용.

2) 安危一致, 夷險無二(안위일치, 이험무이) : 《易經》〈繫辭·下〉의 "편안해도 위태로운 상황 잊지 않고 보존되어도 망할 염려를 잊지 않으며 다스려져도 어지러운 것을 잊지 않는다.(安不忘危, 存不忘亡, 治不忘亂.)" 구절을 염두에 둔 표현.

3) 韋毳(위취) : 가죽과 털이 무성한 모습으로, 청나라 사람을 비속하게 말한 것.

4) 廟筭(묘산) : 조정에서 의결한 계책.

5) 乘一桴而踏厄溟(승일부이도방명) : 《論語》〈公冶長篇〉에서 孔子가 道義가 날로 무너져가는 것을 보고 한탄하기를 "도가 행하여지지 못할 것이니 뗏목을 타고 바다에 뜰 것이다.(道不行, 乘桴浮于海.)"고 한 것과, 《史記》〈魯仲連列傳〉에서 노중련이 新垣衍에게 "秦나라가 천하의 제왕으로 군림하게 되면 나는 동해에 빠져 죽을지언정 그 백성이 되지 않겠다.(秦卽爲帝, 則魯連有踏東海而死耳.)"고 한 것을 염두에 둔 표현임.

6) 犬戎(견융) : 서쪽 오랑캐의 별칭.

起於廟堂, 所謂爲國講和之說。先旨, 平日重信之口, 誤君德於危忙, 而自以爲得宜, 取譏笑於後世, 而莫知其爲恥。嗚乎! 如是而保宗社[7], 則祖宗之靈豈肯曰安乎? 如是而保生靈[8], 則臣子之情豈肯曰樂乎。嗚乎! 是可忍也, 孰不可忍也[9]。

　臣竊以謂今日和議, 反爲後日之禍本。彼犬羊無禮之習, 貪暴不厭之性, 反覆無常[10], 殘忍益甚。則其爲此議者, 果能爲宗社而得其便宜乎? 爲國家而啓其太平乎? 如臣愚, 慵素之長策, 徒循古轍[11], 顧不足感動天意, 挽回世級。而但恐百世之下, 春秋復作, 則臣竊未知筆削之當如何爾。嗚乎! 大明中州, 周室尚尊[12], 伏乞亟罷和議, 以伸大義。臣惶惶恐恐。

---

7) 宗社(종사) : 종묘와 사직이라는 뜻으로, '나라'를 이르는 말.
8) 生靈(생령) : 살아 있는 백성.
9) 是可忍也, 孰不可忍也(시가인야, 숙불가인야) : ≪論語≫<八佾篇>에 나오는 구절.
10) 反覆無常(반복무상) : 언행이 이랬다저랬다 일정하지 아니함.
11) 古轍(고철) : 옛 사람의 가르침.
12) 周室尙尊(주실상존) : ≪論語≫<憲問篇>의 제18장 대주에 "주나라 왕실을 높이고 이적을 물리치는 것은 천하를 바르게 하는 것이다.(尊周室, 攘夷狄, 皆所以正天下也.)"라 한 데서 활용한 말. 주나라 왕실을 높인다는 것은 천자를 존숭함을 의미한다.

請斥和疏[丙子]

天地雖閉[1], 難墜者, 綱常也, 日月雖晦, 不昧者, 義理也。顧茲東土, 檀君故國, 箕聖[2]遺墟。伏惟我太祖大王龍興[3], 統三千里之江山, 垂億萬年之緒業。逮至我主上殿下, 以明睿之資, 兼文武之德, 穆陟寶位之艱難, 均調金膏之洋溢。而存省之工, 可致中和位育[4]之功, 德化之盛, 庶見唐虞[5]雍熙[6]之世。

奈之何蠢玆頑酋, 連陷大鎭[7], 猝逼內地? 以彼鼠竊狗偸[8]之類, 便作封豕長蛇[9]之勢, 都城震盪, 廟筭[10]蒼黃, 宗社托在孤島, 大駕播遷危城。此政忠臣烈士, 忘身殉國之日也, 勇夫仁人, 敵愾赴難之秋也。

---

1) 天地雖閉(천지수폐) : ≪周易≫<重地坤>의 "천지가 닫히면 현인이 숨는다.(天地閉, 賢人隱.)"는 구절을 활용.

2) 箕聖(기성) : 箕子를 가리킴. 그는 중국 殷나라 말기 조선에 와서 檀君朝鮮에 이어 箕子朝鮮을 건국한 것으로 알려진 인물이다. 이 사실을 전하는 대표적인 역사책은 伏生의 ≪尙書大典≫, 司馬遷의 ≪史記≫, 班固의 ≪漢書≫ 등이다.

3) 龍興(용흥) : 옛날에 龍을 임금에 비하였으므로 새 임금의 발흥을 말함.

4) 中和位育(중화위육) : ≪中庸≫의 제1장에, "中이란 천하의 위대한 근본이요 和란 천하에 두루 통하는 도리이다. 중과 화를 이루면, 천지가 제 자리를 잡고, 만물이 육성된다.(中也者天下之大本也, 和也者天下之達道也. 致中和, 天地位焉, 萬物育焉.)"고 한 데서 나온 말로, 조화로운 삶을 통하여 모든 일이 제대로 되어 간다는 뜻. 학문의 극치를 이루는 것을 말한다.

5) 唐虞(당우) : 陶唐氏와 有虞氏 즉 堯와 舜을 말함.

6) 雍熙(옹희) : 천하가 잘 다스려짐.

7) 大鎭(대진) : 변방에 있는 큰 鎭堡.

8) 鼠竊狗偸(서절구투) : 쥐나 개와 같이 가만히 물건을 도둑질함.

9) 封豕長蛇(봉시장사) : 큰 멧돼지와 뱀이란 뜻으로, 탐욕을 부리며 난폭하게 덤벼든다는 의미임. "吳나라는 봉시장사라서 끊임없이 상국을 침범하고 있다.(吳爲封豕長蛇, 以荐食上國.)"(≪春秋左氏傳≫ 定公 4년조)에서 그 용례가 나온다.

10) 廟筭(묘산) : 조정에서 의결한 계책.

臣幸蒙聖恩, 欲報無路, 乃以犬馬之誠[11], 敢辦熊魚[12]之義, 始倡於丁卯之春, 再斜於丙子之冬。前後勤王之策, 一不效其尺寸, 終始負國之罪, 豈能容於俯仰? 兵潰雙嶺[13], 所餘者, 秉彛之天, 身入都城, 無奈其用武之地[14], 君父之羞辱莫雪, 不忠大矣, 虜賊之搶攘, 忍見無勇極矣。

伏聞誤國之論, 起於腹心, 速禍之譏, 著於蓍龜[15]。凡爲我殿下之臣民, 頭天足地・圓冠方領[16]者, 豈忍聞此議乎? 豈忍見此事乎? 今見國書屢下, 胡脅盆督, 難從之請沓至, 無倫之說日來? 是畏强示弱, 求利反害, 而畢竟秦之求無已[17], 不待志士而可知, 然則曷爲棟焚之樂, 以致噬臍之悔[18]哉?

自古帝王家, 興亡盛衰, 實關於天。而董子[19]曰 : "自非太無道之世, 天盡欲扶持全安之。"[20] 今我殿下, 仁聲漸訖[21], 至德升聞, 天必扶持我國, 剿滅彼類,

---

11) 犬馬之誠(견마지성) : 신하가 군주에게 충성을 다하고자 하는 마음을 낮추어 일컫는 말.
12) 熊魚(웅어) : 熊魚取舍. 두 가지 가운데 하나를 취사선택하기 어려운 경우를 비유하는 말. "고기도 내가 바라는 것이고 곰의 발바닥도 내가 바라는 것이지만 두 가지를 모두 갖지 못할 경우라면 고기를 버리고 곰의 발바닥을 가지겠다. 마찬가지로 나는 생명도 취하고 정의도 취하고 싶지만 두 가지를 모두 갖지 못할 경우라면 생명을 버리고 정의를 취할 것이다.(魚我所欲也, 熊掌亦我所欲也, 二者不可得兼, 舍魚而取熊掌者也. 生亦魚我所欲也, 義亦我所欲也, 二者不可得兼, 舍生而取義者也.)"(≪孟子≫<告子> 上)에서 유래한 것이다.
13) 雙嶺(쌍령) : 경기도 廣州에 있는 고개 이름.
14) 用武之地(용무지지) : 무력을 사용할 곳으로, '전쟁터'를 의미함.
15) 蓍龜(시귀) : 점칠 때 쓰는 蓍草와 거북. ≪周易≫<繫辭傳>의 "숨겨진 것을 찾고 심원한 것을 끌어내어 천하의 길흉을 정하고 천하의 힘써야 할 일을 이루는 것은 시초와 거북보다 더 큰 것이 없다.(探賾索隱, 鉤深致遠, 以定天下之吉凶, 成天下之亹亹者, 莫大乎蓍龜.)"고 한 말에서 나온 것으로, 믿고서 의지할 수 있는 '나라의 元老'를 일컬음.
16) 圓冠方領(원관방령) : 둥근 관과 모난 옷깃.
17) 秦之求無已(진지구무이) : 탐내는 마음이 끝없음을 이르는 말. 중국의 秦始皇이 백성을 끝없이 착취하였다는 데서 유래한다.
18) 噬臍之悔(서제지회) : '噬臍莫及之悔'의 변용. '배꼽을 물려고 하지만 입이 닿지 않음'을 들어, '기회를 잃고 난 뒤에는 아무리 후회를 해도 소용이 없음'을 의미.
19) 董子(동자) : 董仲舒. 前漢의 유학자. 武帝 때 <天人三策>을 건의하여, 유가사상을 정치의 근본사상으로 하는 계기를 마련하였다.
20) ≪前漢書≫<董仲舒傳>에 나오는 것인데, "自非大亡道之世者, 天盡欲扶持而全安之."라 되어 있음.
21) 仁聲漸訖(인성점흘) : 어질다는 명성이 점점 퍼짐. ≪孟子≫<盡心章句 上>의 "어진 말은 어진 소문이 백성에게 깊이 주입되는 것만 못하다.(仁言不如仁聲之入人深也.)"는 말을 염두에 둔 표현이다.

措宗社於泰山之安，濟生民於大猷之世。誤聽一二臣之言，欲背天意，臣竊恐
之。若一從貪暴不厭之欲，反覆無常之性，東土盡入於犬羊之域，羣庶變爲夷
狄之類而後已。如此而保宗社，祖宗之靈，豈不厭其穢德乎? 如是而安生民，民
庶之心，豈肯爲其左袵22)乎? 況我國之於天朝，義爲君臣，恩猶父子。和議一
成，彼必肆然稱帝，使殿下不得事皇朝，脅以奉貢稱臣。若爾，則此將奈何? 臣
雖無魯連23)蹈海之高節，殿下必守威王朝周之大義24)。然後綱常賴而不墜，義
理明而不泯，無愧於春秋，而有辭於萬世矣。

　　前鑑不遠， 在於壬辰25)。當時之猖獗， 萬倍今日， 八路糜爛， 至於靡有孑
遺26)。于斯時也，君臣上下，有死之心，無生之氣27)，天心悔禍，醜類屛跡。式
至于今，伸大義於宇宙，震雄聲於蠻夷者，良以此也。

　　卽今，金虜之勢，譬諸昔日，强弱不同。我國君臣上下，卽前君臣上下之令胄
後裔，以前日君臣上下之心爲心，效死不貳，何患其異類之犯境也? 何患不掃除

---

22) 左袵(좌임) : 오른쪽 옷섶을 왼쪽 옷섶 위로 여민다는 뜻으로, 미개한 오랑캐의 풍속을
　　가리키는 말. "공자가 말하기를 '管仲이 桓公을 도와 패왕 노릇하여 천하를 한 번 바로
　　잡으니 백성이 지금까지 그 덕택을 받았다. 관중이 없었다면 우리가 머리를 땋아 뒤로
　　내려뜨리고 옷섶을 왼편으로 여미게 되었을 것이다.' 하였다.(子曰 : '管仲相桓公, 霸諸侯,
　　一匡天下, 民到于今受其賜. 微管仲, 吾其被髮左袵矣.')"(≪論語≫<憲問>)에서 나온다.
23) 魯連(노련) : 魯仲連. 전국시대 齊나라의 높은 節義를 가진 隱士. 그는 新垣衍에게 "秦나라
　　가 천하의 제왕으로 군림하게 되면 나는 동해에 빠져 죽을지언정 그 백성이 되지 않겠
　　다.(秦卽爲帝, 則魯連有蹈東海而死耳.)"고 한 바 있다.
24) 威王朝周之大義(위왕조주지대의) : ≪戰國策≫<魯仲連義不帝秦>의 "옛날에 제나라 위왕께
　　서 일찍이 인의를 행하셔서 천하 제후를 거느리고 주나라 천자를 조견하였습니다. 그때
　　주나라는 가난하고 힘이 없어 제후들이 조견하지 않았는데 제나라만 조견했습니다.(昔齊
　　威王嘗爲仁義矣, 率天下諸侯而朝周. 周貧且微, 諸侯莫朝, 而齊獨朝之.)"는 대목을 염두에 둔
　　표현임.
25) 壬辰(임진) : 1592년.
26) 靡有孑遺(미유혈유) : ≪孟子≫<萬章章句 上>의 "운한이라는 시에 '주나라에는 남은 백
　　성이 하나도 없네.'라는 시구가 있는데 이 말대로라면 주나라에는 백성이 전혀 없다는
　　뜻이 된다.(雲漢之詩曰 : '周餘黎民, 靡有孑遺.' 信斯言也, 是周無遺民也.)는 구절에서 보임.
27) 有死之心, 無生之氣(유사지심, 무생지기) : ≪戰國策≫<齊策篇>에서 魯仲連이 자신을 찾아
　　온 田單에게 狄을 이기지 못할 것이라면서 卽墨城을 이길 때처럼 "장군은 죽겠다는 각오
　　가 되어 있었고, 사병들도 살겠다는 생각은 염두에 두지 않았다.(將軍有死之心, 而士卒無
　　生之氣)"는 기상이 없기 때문이라고 설명하는 데서 나오는 말.

潢醜[28]？ 廓淸[29]靑邱，以光先大王[30]之耿光[31]，大烈也。伏願殿下，赦臣湯鉞[32]之罪，察臣忠悃之陳，亟罷和議，以扶綱紀焉。臣惶恐惶恐。

---

28) 潢醜(황추)：潢池小醜. 潢池는 물이 고여 만들어진 작은 못을 가리키는데, ≪漢書≫<龔遂傳>을 보면 漢나라 宣帝 때에 渤海에서 농민의 반란이 일어나 황제가 걱정을 하자, 龔遂가 "백성들이 배고픔과 추위에 고통을 받고 있는데도 관원들이 제대로 보살펴 주지 않기 때문에, 폐하의 적자들이 황지 사이에서 폐하의 무기를 몰래 훔쳐 들고서 한번 장난을 쳐본 것일 뿐입니다.(其民困于飢寒而吏不恤，故使陛下赤子盜弄陛下之兵於潢池中耳.)"라고 말했던 고사가 있는 바, 반란을 일으킨 곳을 의미함. 반면, 小醜는 보잘것없는 추악한 사람이란 뜻이나, 여기서는 하찮은 오랑캐의 무리를 의미한다. 따라서 황지소추는 '명나라에 대해 반란을 일으킨 금나라의 하찮은 오랑캐 무리'라는 의미이다.
29) 廓淸(확청)：지저분하고 더러운 물건 따위를 없애서 깨끗하게 함.
30) 先大王(선대왕)：죽은 前王을 높여 이르는 말.
31) 耿光(경광)：빛나는 영광이란 뜻으로, 덕이 높음을 이르는 말.
32) 湯鉞(탕월)：湯王의 도끼. 昆吾氏國이 夏나라 桀王의 폭정에 불만을 가지고 반란을 일으키자, 湯王은 반란진압을 목적으로 직접 도끼를 휘두르며 쳐들어가 곤오씨국을 진압하고 나서, 이번에는 걸왕까지 쳐서 죽인다는 고사가 있다.

三烈士[金燁 · 金煜 · 金燦]褒烈上言

爲國效命, 臣子之大節也, 褒忠贈秩, 朝家之盛典也。夫世當板蕩[1], 則爲人臣而義取熊掌[2], 命輕鴻毛, 扶綱常於一時, 樹風聲於萬世者, 何代無之? 窮天地, 亘萬古[3], 未聞一家有三人焉。臣縣人金燁[4], 業武登第, 金振古之長子也。金燁與其弟煜燦, 俱登武科, 謂二弟曰 : "吾等厚蒙國恩, 何以仰盡微忠?"

往在丁卯之亂, 臣倡率義旅, 金燁三昆季[5]從麾下, 至嶺底, 聞國家業已講和,

---

1) 板蕩(판탕) : 나라의 형편이 정치를 잘못하여 어지러워짐을 이르는 말.

2) 取熊掌(취웅장) : 곰 발바닥을 취함. "생선 요리도 내가 먹고 싶은 것이요, 곰 발바닥 요리도 내가 먹고 싶은 것이지만, 이 두 가지를 다 겸하지 못할 바엔 생선을 그만두고 곰 발바닥을 취하리라. 그와 마찬가지로 사는 것도 내가 원하는 것이요, 의리도 내가 원하는 것이지만, 이 두 가지를 다 겸하지 못할 바엔 사는 것을 버리고 의리를 취할 것이다. (魚我所欲也, 熊掌亦我所欲也, 二者不可得兼, 舍魚而取熊掌者也. 生亦我所欲也, 義亦我所欲也, 二者不可得兼, 舍生而取義者也.)"(≪孟子≫<告子章句 上>) 구절에서 인용한 것이다. 목숨보다도 의리를 더 중시하는 선비 정신을 말한 것이다.

3) 窮天地, 亘萬古(궁천지, 금만고) : 韓愈의 <伯夷頌>에 나오는 "천지가 다하고 만세에 뻗치도록(窮天地, 亘萬世)"이라는 말을 활용한 것임.

4) 金燁(김엽, 1586~1637) : 본관은 義城, 자는 明甫, 호는 松菴. 金振古의 4남 중 장남으로, 동생 金煜 · 金燦 · 金煥이 있다. 1620년 동생 김욱 · 김찬과 함께 무과에 급제하였다. 정묘호란이 일어나자 의병장 虎溪 申適道를 따라 의병을 일으켜 경상북도 聞慶의 鳥嶺에 이르렀으나, 이미 청나라와 화친했다는 소식을 듣고 해산했다. 병자호란이 일어나자 두 동생 김욱과 김찬에게, "비록 집안에 연로한 부친이 계시나 막내 동생 김환이 있으니 걱정 없이 나라를 위해 싸워야 한다."고 하며, 의병을 일으켰다. 경기도 廣州 雙嶺으로 달려가 미쳐 진영도 꾸리기 전에 청나라 군대가 들이닥쳐 싸우게 되었음에도 흔들리지 않고 나아가 싸우며 전과를 올렸으나, 이듬해인 1637년 1월 두 동생과 함께 청나라 군대에 굽히지 않고 싸우다 전사했다. 그와 그의 두 동생의 장렬한 전사소식을 들은 정부는 이들에게 主簿로 追贈했으며 다음해 燁에게는 訓鍊院僉正으로 加贈했다. 그리고 아버지 振古에게는 滿浦使의 벼슬을 내렸다. 이 3형제와 관련 자료를 엮은 ≪三忠實紀≫가 전하나 刊年과 編者를 알지 못한다.

5) 昆季(곤계) : 형제.

痛哭歸鄕。每語到國事，不勝憤惋。及夫丙子再肆之日，臣欲伸前憤，糾合徒衆，則金燁亦願共赴。故臣薦差官軍都總，金燁與弟煜燦，拜護行陣。至雙嶺[6] 胡兵驟至，砲聲雷起，射矢雨下。金燁與二弟，冒刃爭死，斬胡數十級，仍奪胡騎，乘勝衝突。馬忽躍入胡陣。金燁度其勢窮，謂二弟曰：“吾等一生，但知有國而不知有家，徒知有君而不知有身，此正其時.” 俱罵賊不屈，爲賊所害。

　偉乎! 烈哉。金燁之毅魄填壑而莫收，荒山之狐貍葬焉，忠魂飄散而無慰，古木之烏鵲弔焉然。其烈烈之氣，凜凜之像，不死於雙嶺之間，忠之貞爲松柏，節之堅爲巖石。使世之爲人臣而過其下者，皆欲臨亂無苟免之心，非斯人歟?

　臣向日圍城，陳疏之後，卽欲啓達。伏念殿下，待其燕安[7]，必有表忠酬功之日，故退竢恩諭之將下矣。伏惟殿下，褒忠酬功，俱及存沒，烈彼金燁之孤忠懿節，臣遂寢不啓于殿下。旁搜廣採之下，恐金燁之忠魂毅魄，泯沒無傳，爲千秋志士之所齎恨，　故臣敢陳金燁三昆季之顚末，　禀啓[8]是白乎所[9]。伏乞仁天大霈[10]，均及白骨，慰英魂於地下，勵臣子於來世是白齊[11]。

上寒岡[1]鄭先生

玉山[2]便, 得奉五月二十日下書, 旣惠以惓惓勤摯, 又加以條條切當[3]。不知適道何以得此, 良感良悚。仍伏審春夏以來, 道體一向神福, 伏慰區區。適道合下[4]朽質, 自知不足以終究大業, 而時雨之下[5], 無物不育, 以若愚魯, 尙亦與聞於義理之辨・名實之分, 而粗有管窺[6]於吾人事業之, 有內外大小之別者, 此莫非十數年提撕[7]警責之賜。而常患見之未的, 體之未切, 上以負敎誨之至, 下以失朋儕之期。回顧平生, 徒切愧懼而已。≪朱子書節要[8]≫, 乃退陶[9]先生,

---

1) 寒岡(한강) : 鄭逑(1543~1620)의 호. 본관은 淸州, 자는 道可, 시호는 文穆. 吳健에게 수학하고 曺植・李滉에게 性理學을 배웠다. 白梅園을 세워 제자를 가르치는 데 힘썼고, 壬辰亂 때에는 義兵을 일으켜 싸우기도 했다. 문신 겸 학자로서, 경학을 비롯하여 산수부터 풍수에 이르기까지 정통하였고 특히 예학에 밝았으며 당대의 명문장가로서 글씨도 뛰어났다. ≪寒岡集≫이 있다.

2) 玉山(옥산) : 張顯光이 쓰던 自號.

3) 切當(절당) : 사리에 맞음.

4) 合下(합하) : 당초. 원래.

5) 時雨之下(시우지하) : ≪孟子≫<盡心章句 上>의 "군자가 사람을 가르치는 방법에는 다섯 가지가 있으니, 제때에 내리는 비가 초목을 저절로 자라게 하는 것처럼 감화시키는 법, 덕을 이루도록 가르치는 법, 재능을 발현시키도록 가르치는 법, 문답을 통해 가르치는 법, 그 문하에 있지 않더라도 사숙하여 가르치는 법 등이 그것이다. 이 다섯 가지가 군자의 교육 방식이다.(君子之所以敎者五, 有如時雨化之者, 有成德者, 有達財者, 有答問者, 有私淑艾者, 此五者君子之所以敎也.)"는 구절을 염두에 둔 표현.

6) 管窺(관규) : ≪莊子≫<秋水篇>의 "관을 통해 하늘을 보고 송곳으로 땅을 가리키며 하늘과 땅의 넓이를 살피는 것과 같다.(用管窺天, 用錐指地.)"에서 나온 말. 보고 들어서 얻은 지식과 학문상의 식견이 좁거나, 자신의 의견에 대하여 겸손하게 일컬은 것이다.

7) 提撕(제시) : 가르쳐 인도함.

8) 朱子書節要(주자서절요) : 李滉이 朱熹의 ≪朱子大全≫ 중에서 48권으로 된 서간문을 초학자의 편의를 돕기 위하여 뽑아 편집한 책. 編次는 사건, 인물중심 순서로서 배열하고, 知

一生用工之地[10]。而編帙精簡，　節次分明，　學者之工，　實有易於大全[11]之浩穰[12]。此不可無別爲一部，以傳於後世也。蓋陶山平日，只爲自家用工之便。而有是十冊之抄選然當時，　謄刊之論，　已出於門下，　其後，　序文之又發於巾衍[13]，當日，先生之所以止之者，亦至訓也。況紫陽[14]之百世，以竢退陶而後，得正者，乃是斯文之大關，則前日武屹[15]，講定之論，儘盡得十分亭當矣。衛道之地，無一人敏事而殫誠，良極悼歎，近與二三士友，有所慨咄者存，故敢此仰陳。惟祝爲道保重。

舊門人의 順序로 편집되었다. 원래는 14권 7책이었으나, 문인들이 20권 10책으로 간행하였다.

9) 退陶(퇴도) : 이황의 호.

10) 用工之地(용공지지) : 李滉이 쓴 <朱子書節要序>의 "어지 그 책을 보고서도 좀 더 간략하게 만들어 공부할 자료로 삼으려 하지 않을 수 있겠는가.(安可蘄見於彼, 而不爲之稍加損約, 以爲用工之地也哉.)"에서 나온 말.

11) 大全(대전) : 朱子大全. 1543년 中宗의 명으로 간행한 것인데, 주희의 시문을 포함한 사상을 수록한 것으로 95책에 닿하는 방대한 양이었다.

12) 浩穰(호양) : 방대한 모양.

13) 巾衍(건연) : 비단을 발라 만든 조그마한 상자. 책을 넣어두는 상자이다.

14) 紫陽(자양) : 朱熹의 別號.

15) 武屹(무흘) : 武屹精舍. 경북 星州의 서쪽 修道山에 있던 寒岡 鄭逑의 서재.

上寒岡先生

一違門屛1), 歲忽改矣。尋常慕德之忱, 安敢不寤, 寐於泗水2)? 春風伏不審。履玆春元, 道體一衛萬福? 向來《五先生禮說3)》, 無非折衷之訓。倘得恁閒, 隨錄輯成一統, 則豈但爲禮家之備? 實斯文之惠也。適道疎慵, 踪跡獲側於門墻, 每欲脫意塵臼, 專心向裏, 無或少須臾。離曠於函丈之席4), 是固夙宵之願。而年來, 剝於憂虞, 失於逋慢5), 得罪於門下者, 深且重矣。伏望以不輕絶人之義, 時賜鐫誨6), 得以補前日之過, 千萬所拱而竢也。餘惟祝爲道加護。

---

1) 門屛(문병) : 門下. 선생님의 곁.

2) 泗水(사수) : 八居縣 蘆谷의 동쪽 수십 리 지점에 있는 泗水洞. 원래는 泗濱이었는데, 지금은 경북의 漆谷이다. 鄭逑는 蘆谷精舍가 1614년 불타자 그 이후 이곳에 은거할 거처를 지었으니 泗陽精舍라 하였다. 만년에 6년간 후학을 가르친 곳이다.

3) 五先生禮說(오선생예설) : 鄭逑가 宋나라 학자인 程顥, 程頤, 司馬光, 張載, 朱熹 등 5인의 禮說을 모아서 편찬한 책. 冠, 婚, 喪, 祭와 雜禮 등을 체계 있게 분류하여 前集 8권 3책, 後集 12권 4책으로 엮었다. 전집은 주로 天子와 諸侯에 대한 예를 다루었고, 후집은 일반 士大夫에 관한 예를 다루었다.

4) 函丈之席(함장지석) : 스승으로 모시는 자리. 《禮記》〈曲禮〉의 "만일 음식 대접이나 하려고 청한 손이 아니거든, 자리를 펼 때에 자리와 자리의 사이를 한 길 정도가 되게 한다.(若非飮食之客, 則布席 席間函丈.)"라고 한 데서 온 말로, 즉 서로 묻고 배우는 師生의 사이를 말한다.

5) 逋慢(포만) : 책임을 회피하고 태만한 것.

6) 鐫誨(전회) : 준엄한 가르침.

上旅軒[1]張先生

向者晉拜[2], 實出慕德之忱。而適因稠撓, 未得陳疑難, 聽叩牖而歸, 私心恨仰久而呆篤。伏惟卽日春和, 道體增重。適道杜門, 奉親之暇, 粗有用力者, 而頹惰之習依舊纒繞, 靜一之時常少, 而昏惑紛擾之時居多, 終不得駐脚於實地上, 每切浩歎。若此不已, 竊恐爲門下之累, 罪悚尤曷? 極幸蒙不鄙, 憐其願學之誠, 而終始垂賜, 則大君子, 誨人之道, 豈不盛哉? 早晚方擬晉候[3], 未前更乞爲道保重。

---

1) 旅軒(여헌) : 張顯光(1554~1637)의 호. 본관은 仁同, 자는 德晦. 1595년 학행으로 천거되어 報恩縣監을 지내고, 여러 차례 관직에 임명되었으나, 벼슬에 뜻이 없어 모두 사퇴하고 학문 연구에만 전심하여 李滉의 문인들 사이에 확고한 권위를 인정받았다. 1636년 병자호란 때에는 각지에 격문을 보내어 근왕의 의병을 일으키고 군량의 조달에 나섰으며, 패전 후 동해안의 입암산에서 은거하였다. 영남의 많은 남인 학자들을 길러냈다.
2) 晉拜(진배) : 進拜. 웃어른에게 나아가 절하고 뵘.
3) 晉候(진후) : 進候. 윗사람의 집을 찾아가서 문안함.

上旅軒先生

國家事, 尙忍言哉。夷狄之禍, 何代無之, 而未有如今日之猖獗。近聞執事受任全道之責, 私竊以爲國其得人, 將掃除凶醜, 保守宗社, 如適道者, 庶復爲太平人矣。意外以適道, 誤薦本邑義將之名, 自念無似[1], 猥蒙不勝之任, 平日師友, 從遊之際, 或有自欺欺人[2]而然歟? 竊恐以此, 而累大君子知人之明也, 卽當乞免之不暇。而且向者, 所聞於父師者, 忠與孝而已。故以素昧籌略, 便欲誓衆赴難[3]。成敗利鈍, 雖付於天, 而聚兵募糧, 最難就緒。伏願隨事指揮, 無使自迷, 以報朝家之屬望, 千萬千萬。

---

1) 無似(무사) : 아버지나 할아버지만 못한 자식. 스스로 낮추어 하찮은 사람이라는 뜻이다.

2) 自欺欺人(가기기인) : ≪朱子語類≫의 "남을 속이는 것 역시 자신을 속이는 것인데, 이는 또 자신을 속이는 것이 더욱 심해진 것이다.(欺人亦是自欺, 此又是自欺之甚者.)"에서 나온 말. 자신도 믿지 않는 말이나 행동으로 남까지 속이는 행위를 비유한 것이다. 매사에 진실할 것을 강조한 말이다.

3) 赴難(부난) : 위험에 처한 나라를 구하러 나감.

與鄭愚伏[1]

國家不幸, 金虜壓境, 廟筭[2]蒼黃。凡我東士人士, 孰不膽裂? 意外猥蒙領軍之任, 過分之憂, 寢食未弛, 當此危難之日, 委以重大之任。執事平日以適道, 視何等人也? 非但全昧籌略[3], 忠不足以殉國, 勇不足以禦敵, 信不足以服衆, 威不足以讋虜, 然忠憤所激, 義不敢辭。方欲措置區劃[4], 而募軍亦難, 糧餉[5]極艱, 國家雖有朝暮之急勢, 不可趁期發程, 益覺不勝任之歎。朝家緩急, 列邑動靜, 自今陸續[6]行關[7], 使之知悉, 伏望。

---

1) 愚伏(우복): 鄭經世(1563~1633)의 호. 본관은 晉州, 자는 景任, 호는 一默・荷渠. 경상도 尙州에서 출생하였으며, 柳成龍의 문인이다. 임진란이 일어나자 의병을 일으켜 공을 세워 修撰이 되고 正言・校理・正郞・司諫에 이어 1598년 경상도관찰사가 되었다. 광해군 때 鄭仁弘과 반목 끝에 削職되었다. 1623년 인조반정으로 부제학에 발탁되고, 전라도관찰사・대사헌을 거쳐 1629년 이조판서 겸 대제학에 이르렀다. 성리학뿐만 아니라 특히 禮論에도 밝아서 金長生 등과 함께 禮學派로 불렸다.
2) 廟筭(묘산): 조정에서 의결한 계책.
3) 籌略(주략): 계책과 모략을 아울러 이르는 말.
4) 區劃(구획): 사건에 대한 처리.
5) 糧餉(양향): 군대의 양식.(軍糧)
6) 陸續(육속): 끊이지 않고 계속함.
7) 行關(행관): 공문을 보내던 일.

與鄭愚伏

崇賢之廟配, 必以東爲先者, 其義何據? 太學之儀, 果是中朝古制耶? 抑我東之講定耶? 公私祀儀, 皆以西爲上, 鄕飮[1]鄕射[2], 亦以西爲尊, 而此獨取東者, 以東爲陽生之方, 而文明之必自東始耶? 願聞其說, 以破人言之惑也。

適[3]之先祖按廉公[4], 卽麗代名臣也。隱居不仕, 屢徵不起。忠孝兩全, 有光百世, 貴邑誌首載人物篇矣。今景賢祠, 餟享之論, 發自尊座[5], 而一鄕人士, 皆悅而從之。儘公議之不泯也。事若就緒[6], 卜日克擧[7], 則如適之在裔孫之列者, 當竭蹶而駿奔矣。墓所在丹密地界, 而墓儀[8]未具, 方謀竪碣, 文字之責,

---

1) 鄕飮(향음) : 鄕飮酒禮. 예전에, 온 고을의 儒生이 모여 鄕約을 읽고 술을 마시며 잔치하던 일.
2) 鄕射(향사) : 삼짇날과 단오절에 시골 한량들이 편을 갈라 활쏘기를 겨루던 일. 보통 술판을 함께 벌였다.
3) 適(적) : 適道의 약칭. 상대가 대하기 거북할 때 주로 나타나는 현상이다.
4) 按廉公(안렴공) : 고려조에서 全羅道按廉使를 지낸 退齋 申祐를 가리킴. 고려가 기울자 부친 允濡, 조카사위 吉再 등과 함께 남으로 내려와 당시 尙州 丹密 萬景山으로 들어가 세거지를 틀었는데, 이는 松京을 바라본다는 뜻을 붙여 '望京'으로 새겼기 때문이라 한다. 고려가 망한 후, 태조가 왕 되기 전의 친구라 하며 형조판서 벼슬을 주었으나 응하지 않았다. 한편, 아버지 版圖判書 允濡가 세상을 떠나자 여묘살이 3년을 하였다. 그곳에 한 쌍의 靑竹이 돋아나니 당시 사람들은 孝誠에 감동된 것으로 칭송하였는데, 조정에서는 그 마을을 효자리로 하게하고 旌閭를 내렸다. 사위로는 金成美와 康居義, 조카사위로는 吉再, 외손서로는 李孟專이 있다. 開城의 杜門洞書院과 丹密의 涑水書院에 배향되어 있다.
5) 尊座(존좌) : 보지 못한 상대방을 높여 일컬을 때 쓰는 말.(執事)
6) 就緖(취서) : 일이 잘되어 감.
7) 克擧(극거) : 그대로 행함. ≪詩經≫<大雅·烝民>의 "덕을 행하는 것은 마치 가벼운 털을 드는 것처럼 쉬운 일인데도, 그것을 제대로 들어서 행하는 사람이 드물기만 하다.(德輶如毛, 民鮮克擧之.)"에서 나오는 말이다.
8) 墓儀(묘의) : 碑, 床石, 文官石, 望柱, 長明燈 외 일체를 일컬음.

當歸於執事, 況在外裔之地耶? 茲令仲弟9), 造門奉請。伏望備述一篇, 以爲百世信筆10), 如何? 惟祝爲時加護。

---

9) 仲弟(중제) : 申達道(1576~1631)를 가리킴. 본관은 鵝洲, 자는 亨甫, 호는 晩悟. 月川 趙穆 과 旅軒 張顯光의 문인이다. 1610년 사마시에 입격하였으나, 정계가 혼란하여 광해군 때 는 벼슬에 나아가지 않았다. 1623년 명나라 熹宗의 등극을 기념하여 치러진 儒生庭試에 갑과로 장원급제하여, 文翰官을 거쳐 1627년 사간원 정언에 이어 곧 持平으로 승진하였 다. 이해 6월 병조판서 李貴의 전횡을 배척하는 상소를 올려 이귀의 미움을 사서 부사직 으로 전보되었다. 1627년 정묘호란 때 尹煌과 함께 斥和論을 적극적으로 주장하다가 파 직되었다. 또 1629년 사헌부장령이 되었을 때, 內需司가 進上을 과다하게 강요하는 폐단 을 없애라는 상소를 올렸다. 도승지에 추증되었고, 시문집에 ≪만오문집≫이 있다.
10) 信筆(신필) : 사실을 정확하게 기술한 문장.

與李蒼石[1][埈]

逌此國家罔措之日, 吾輩俱在報國之地, 則尤不勝從近, 面晤[2]之懷。聞朝廷以執事[3], 任全道之管餉, 環顧嶠南[4], 紆謀長策, 無復如執事者, 斯切爲國獻頌。千萬意外, 兩號召使[5]以適道, 委數邑軍長之任。自顧愚慵於平日, 師友之間, 有何見長? 及此安危之日, 委此過分之責也, 預切不勝之歎耳。向讀管餉關文[6], 可想承命苦心。爲國盡誠之萬一, 自古軍政之所急者, 糧餉[7]也。詩不云乎? 乃裹餱糧, 于橐于囊, 爰方啓行[8]。若糧無繼運, 士有飢色, 則雖古之名將, 事皆不濟, 此非可懼者乎? 且本陣所屬邑則官穀, 與境內饒戶, 盡爲官軍之需。非但募兵爲難, 募糧尤難, 此將奈何? 賊勢之熾張, 遲久, 又不可逆料, 則若無

---

1) 蒼石(창석) : 李埈(1560~1635)의 호. 본관은 興陽, 자는 叔平. 호는 酉溪도 있다. 柳成龍의 문인이다. 임진란이 일어나자 鄭經世와 의병을 모집, 姑母潭에서 적군과 싸워 패했다. 1594년 다시 의병을 일으켜 이긴 공으로 형조좌랑에 임명되었으나 사양하고 이듬해 慶尚道都事로 나가 ≪中興龜鑑≫을 편술하여 왕에게 바쳤다. 정묘호란에도 의병을 모집하고 왕명을 받들어 전주에 가서 수만 섬의 군량미를 모은 공으로 中樞府僉知事가 되었다.

2) 面晤(면오) : 직접 만나서 이야기함.

3) 執事(집사) : 상대를 높여 일컫는 말.

4) 嶠南(교남) : 嶺南을 말함.

5) 兩號召使(양호소사) : 여헌 장현광과 우복 정경세를 가리킴. 이에 대해서는 『역주 창의록』(역락, 2009)의 30~34면을 참조하기 바람.

6) 關文(관문) : 동등한 관부 사이 또는 상급 관부에서 하급 관부에 보내던 문서. 이때의 관향사의 공문은 『역주 창의록』(역락, 2009)의 49~50면을 참조하기 바람.

7) 糧餉(양향) : 군대의 양식.(軍糧)

8) 乃裹餱糧, 于橐于囊, 爰方啓行(내과후량, 우탁우낭, 원방계행) : ≪孟子≫ <梁惠王章句 下>의 "노적가리와 창고에 곡식이 쌓였건만, 마른 곡식을 따로 마련하여 자루와 전대에 넣어 놓았네. 백성들을 안정시켜 나라 빛내려고 활과 화살을 펴 들고 방패와 창과 도끼와 자귀를 잡고 비로소 길을 떠나기 시작하였네.(乃積乃倉, 乃裹餱糧, 于橐于囊. 思戢用光, 弓矢斯張, 干戈戚揚, 爰方啓行.)"에서 나온 말.

預備, 而徑自發程, 此何異於毆兵而與賊? 方今令飭管餉9)所絶, 不勒推以出義, 傾困10)之意, 曉諭境內, 升斗聚合, 雖不優, 備然。君父危急, 方在朝暮。故兵不可遲滯, 以數日後, 發程爲計。惟願執事, 旣在其位, 則深思廣濟, 使本陣所經邑, 得賴軍需之措辦11), 以濟國事之艱難, 幸甚。

---

9) 管餉(관향) : 군량미를 맡아 관리하는 곳.

10) 傾困(경곤) : 傾困倒廩. 곳간을 기울여서 있는 재물을 다 턺. 韓愈가 일찍이 山陽에 있을 적에 竇秀才가 편지를 올려 師事하기를 청해오자, "비록 道德을 깊이 쌓고서 그 빛을 감추어 드러내지 않고, 그 입을 틀어막아 전해지지 않던 옛날의 君子라 할지라도, 足下의 이처럼 간절한 請을 받았을 경우에는 장차 자기의 곳집을 기울여서 있는 대로 다 바칠 것이라.(雖使古之君子, 積道藏德, 遁其光而不曜, 膠其口而不傳者, 遇足下之請懇懇, 猶將倒廩傾困, 羅列而進也.)"(≪韓昌黎集≫<答竇秀才書>)에서 유래한다.

11) 措辦(조판) : 조처하여 마무리 지음.

與李白軒¹⁾[景奭]

伏惟秋凉，台體動止萬重。適道特蒙餘庇，僅保職狀，而殘局拙手，策應無路，白首潦倒，殊可憐也。餘惟祝加護鼎食²⁾，以副朝野之望。

---

1) 白軒(백헌) : 李景奭(1595~1671)의 호. 본관은 全州, 자는 尙輔. 그는 宋時烈·宋浚吉 등 산림의 학자들을 대거 천거하여 요직에 오르도록 도와주었으나 훗날 그가 천거한 송시열과 정적이 되어 老少分黨이 이루어지면서 소론의 비조가 되었으며, 조선 중기 정묘호란, 병자호란 등 안팎으로 얽힌 난국을 적절하게 주관하였던 名相으로 꼽힌다. 병자호란을 수습하는 과정에서 지은 三田渡碑文에 대해 당시 송시열을 중심으로 한 노론에서는 청나라에 아첨한 행동이라고 비난하는 등, 특히 사후에 심한 논란거리가 되었다. 그도 그의 형에게 문자 배운 것을 한탄하였다고 한다.

2) 鼎食(정식) : 鐘鳴鼎食. 王勃의 <滕王閣序>에 "마을의 인가들은 땅에 깔렸는데 종을 울려 사람을 모으고 솥밥을 먹는 집들이요, 큰 배들이 댈 곳을 찾아 서성거리는데 고물에는 청작, 황룡을 그린 배들이로다.(閭閻撲地, 鐘鳴鼎食之家, 舸艦迷津, 靑雀黃龍之舳.)"라는 구절에서 나온 말이다. 곧, 부귀영화를 이른다.

答鄭桐溪¹⁾[蘊]

搜溪²⁾少日之樂, 尙記在懷中, 而居然鬢髮種種矣。況杜門, 年來病跧, 人事無以一振更追。前日來示所云'我病不能訪兄, 兄病不能訪我'者, 政道此也。雖此天地已晦之日, 而衆心所依, 幸氣體³⁾自强無損, 實貢祝之萬萬。適道, 一自南歸, 置一小屋於薇山深谷, 因其地, 名吾亭, 亦足以終吾生。然尙有耳, 而聞西北之音, 則令人忿肚自激。恨不與當日齊心共誓之人, 同日而死, 如橫島⁴⁾之樹爾。竊想尊執事⁵⁾, 有倍於是矣。惟祝道體⁶⁾加護萬重⁷⁾。

1) 桐溪(동계) : 鄭蘊(1569~1641)의 호. 본관은 草溪, 자는 輝遠, 호는 鼓鼓子. 1614년 永昌大君의 처형이 부당함을 상소, 가해자인 강화부사 鄭沆의 참수를 주장하다가 제주도 大靜에서 10년간 유배생활을 하였다. 1623년 인조반정으로 석방되어 이조참의·대사간·경상도관찰사·부제학 등을 역임하고, 1636년 병자호란 때 이조참판으로서 金尙憲과 함께 斥和를 주장하다가 화의가 이루어지자 사직하고 덕유산에 들어가 은거하다가 5년 만에 죽었다.
2) 搜溪(수계) : 경남 거창에 있는 계곡인 듯. 搜勝臺가 동계의 종택이 자리잡은 곳에 있기 때문이다.
3) 氣體(기체) : 몸과 마음의 형편이라는 뜻으로, 웃어른께 올리는 편지에서 문안할 때 쓰는 말.
4) 橫島(횡도) : 田橫島. 漢高祖 劉邦 때 齊王 田橫이 부하 5백 명을 거느리고 섬으로 들어간 후에 한나라 고조가 불렀으나 끝내 신하되기를 거부하고 자결하자, 부하 5백 명도 모두 따라 죽었던 바, 한나라 고조가 그 섬을 전횡도라 했다고 한다.
5) 尊執事(존집사) : 상대를 존칭하는 말.
6) 道體(도체) : 道를 닦는 몸이라는 뜻으로, 한문 투의 편지 따위에 쓰여 상대를 높여 이르는 말.
7) 萬重(만중) : 기력이 매우 왕성함.(萬旺)

與柳修巖¹⁾[衿]

每擬合席, 穩討不能, 脫然做得此箇好事。蟄伏²⁾窮閭, 只切西望, 太息而已。看玩之工, 作輟³⁾無常如是, 而烏敢望少變其愚陋之質耶? 近於大學數條, 看得本文叅章句, 攷註脚, 粗識其歸趣⁴⁾。然傍無强輔, 不得講明辨質, 自有信不及處, 故別錄仰溷, 倘得不鄙, 而裁正也耶。

---

1) 修巖(수암) : 柳袗(1582~1635)의 호. 본관은 豊山, 자는 季華. 영의정 柳成龍의 아들이다. 1610년 사마시에 합격하고, 1612년 金直哉의 무옥 때 무고를 받아 5개월간 옥고를 치렀다. 인조반정 뒤 봉화현감이 되고, 이어 형조정랑이 되어 오래 묵은 冤獄을 해결하였다. 1627년 허위보고를 하였다 하여 청도군수에서 파직되었으나, 1634년 다시 등용되어 지평이 되었다. 안동의 屛山書院에 제향되었다.
2) 蟄伏(칩복) : 틀어박혀 나오지 않음.
3) 作輟(작철) : 공부를 하다 말다 함.
4) 其歸趣(기귀취) : ≪大學章句≫ 序의 "이에 하남 정씨 두 부자가 나타나 맹자의 전통을 접하였다. 그리하여 처음으로 이 책을 높이고 믿어 드러내었으며, 그러고 나서 또 그 내용을 편차하여 그 요지를 밝혔다.(於是河南程氏兩夫子出, 而有以接乎孟氏之傳. 實始尊信此篇而表章之, 旣又爲之次其簡編, 發其歸趣.)"에서 나온 말.

與金君愼[1][守訒]

　洛城解携[2]，竟失聯彎，迨今悵缺，謹問撼頓[3]餘起居何如？ 適道，長途艱關，僅僅還棲，而寂寞窮廬，誰與論懷？ 此時思兄，更加一倍，兄之垂翅[4]，令人慨咄。 天將使之益光大其工，而有待於他日耶？ 如適道，悠悠汎汎[5]，虛送居諸[6]，南來不久，更圖西笑[7]，人苦不自知矣。 適因孝伯[8]之行，聊付數字。

---

1) 君愼(군신) : 金守訒(1563~1626)의 자. 본관은 廣州, 호는 九峯. 鄭逑의 문인이다. 성균관 齋生들의 자치기구인 齋會의 임원인 掌議로 있을 때, 광해군에게 죽음을 무릅쓰고 인목대비 폐모의 부당함을 간하였으나 받아들여지지 않자 낙향하였다. 인조반정 후 다시 성균관으로 돌아왔다. 경서에 밝아 鄭經世・李潤雨 등과 교유하였다.

2) 解携(해휴) : 헤어지다. 이별하다.(分手)

3) 撼頓(감돈) : 흔들려 넘어짐. 온갖 세파를 겪어 충격을 받는다는 뜻이다.

4) 垂翅(수시) : ≪周易≫<明夷卦・初九>의 "날개를 늘어뜨린다.(垂其翼.)"에서 나온 말. 명이괘는 태양이 땅속에 들어간 형상을 취하고 있으므로, 暗君의 조정에서 현인이 소인의 참소를 당하며 고난을 받는 비유로 흔히 쓰인다. 김수인이 죽음을 무릅쓰고 光海君에게 인목대비 폐모의 부당성을 간했으나 받아들여지지 않아 뜻을 펴지 못한 것을 말한다.

5) 悠悠汎汎(유유범범) : 일을 다잡아 하지 못함.

6) 居諸(거저) : 日去月諸. 쉬지 아니하고 가는 세월.

7) 西笑(서소) : 서울을 말함. 桓譚의 ≪新論≫에 "사람마다 장안의 음악을 들으면 문을 나가서 서쪽을 향하여 웃는다.(人聞長安樂, 則出門向西而笑.)"고 한 데서 나온 말이다. 天子의 都城을 목마르게 사모하는 것을 의미한다.

8) 孝伯(효백) : 金奉祖(1572~1630)의 자. 본관은 豐山, 호는 鶴湖. 柳成龍의 문인이다. 1601년 사마시를 거쳐, 1613년 증광문과에 갑과로 급제하여 司䆃寺直長에 임명되었다. 전적・사헌부감찰을 지내고, 그 뒤 丹城縣監으로 재임 중에는 선정을 베풀어 그 고을 백성들이 송덕비를 세웠다. 경상도도사 등을 역임했다. 문예에 조예가 깊어 동생 忘窩 김영조, 鶴沙 金應祖와 함께 영남에서 문명을 떨쳤다.

■참고 : ≪九峯先生文集≫(권3, 附錄)의 신적도 〈知舊往復書〉

洛城分手後, 須得萬安否? 路左忠州, 未得並轡, 迨令悵缺。 弟撼頓長路, 僅僅返棲, 而寂寞窮廬, 誰與論懷? 此時思兄, 更覺一倍, 兄之垂翅。 天將使之益光大其工, 而有待於他日耶? 如弟伴食旅榻, 虛送居諸, 而南來不久, 更圖西笑, 人苦自不知者, 儘不誣矣。 適因孝伯之行, 聊修一札伏惟。

與金而栗[1)][致寬]

秋序垂盡, 謹問啓處[2)]如何? 室邇人遐[3)], 瞻想盆切。適道, 衰病轉甚, 精神氣力, 如日下山, 欲一徃敍懷, 無計振作, 以至今日。此間之情, 兄何知之? 昨見舍弟[4)]書自朝廷, 凡於列邑被災處, 有大處分甘同[5)]倉米還, 已議減定云。涸轍[6)]殘氓, 似有少甦之望。深幸深幸。各牽老病, 會面無期, 浩歎奈何?

---

1) 而栗(이률) : 金致寬(1569~1661)의 자. 본관은 義城, 호는 亦樂齋. 柳成龍의 문인이다. 문장이 뛰어났으나 실천하는 학문을 하고자 애친과 경장을 실천의 강령으로 삼았다. 1589년 남산 아래 書舍를 짓고, 지방의 선비들을 모아 易·禮記를 강의 하였다. 임진왜란 때는 격문을 사방에 보내서 의병과 군량을 모집하여 남산에 堡를 쌓아 적의 침공을 막았다. 전쟁이 끝난 뒤에 張顯光을 따라 강소에서 학문을 강론하였고, 장현광이 의성군수가 되어서는 향교의 훈장이 되었다. 일찍이 벼슬에 뜻을 두지 않고 평생 학문연구와 교육에만 힘썼다.
2) 啓處(계처) : 무릎을 꿇고 앉는 것과 그냥 앉는 것. 옛사람들이 집에서 생활하는 행위이니, 곧 '편안히 지내다'를 가리킨다.(啓居)
3) 室邇人遐(실이인하) : 晉나라 은사 宋織을 만나지 못한 酒泉太守 馬岌이 쓴 시의 "붉은 낭떠러지는 백길이요 푸른 절벽은 만길이나 되는데 기이한 수목들이 울창하여 등림처럼 무성하구나 옥 같은 사람이 여기에 있으니 오직 나라의 보배인데 집은 가까우나 사람이 머니 실로 내 마음을 애타게 하네.(丹崖百丈, 靑壁萬尋. 奇木蓊鬱, 蔚若鄧林. 其人如玉, 維國之琛. 室邇人遐, 實勞我心.)"에서 나온 말.
4) 舍弟(사제) : 남에게 자기의 아우를 겸손하게 이르는 말.
5) 甘同(감동) : 甘同浦. 東萊郡 左耳面 龜浦里에 있던 나루터. 조선시대 곡물과 포목 등을 보관하는 창고인 조창이 설치되면서 南倉으로 부르기도 하였다. 경북 상주의 낙동진 나루터와 경남 합천 栗旨의 밤마리 나루터와 함께 조선시대 낙동강 유역의 3대 나루터의 하나였다.
6) 涸轍(확철) : 涸轍鮒魚. 수레바퀴 자국에 괸 물에 있는 붕어란 뜻으로, 궁지에 빠져 구원이 시급한 상황 또는 위급한 처지에 있으면서도 당장 눈앞의 이익을 챙기는 사람 등을 일컫는 말.(≪莊子≫<外物篇>)

與業儒齋會中

居雖同井, 第緣杜門辭世, 不以時動脚於山外, 故奉晤無階, 自貽伊阻[1]之歎,
老益深切。卽日履端[2], 僉體啓居[3]萬重[4]。適道, 衰病轉深, 良覺苦憐。粤我
王大爺, 贊謁愼齋[5]周先生於順興[6]也。周先生, 剏建白雲書院及業儒齋, 以爲
尊賢養士之所。而倡發斯文, 嘉惠後學。遠邇章甫[7], 莫不歆袺欽仰。我王大
爺, 自白雲洞歸後, 竊慨夫吾鄉無藏修[8]依歸之所, 遂與一鄉同志, 首建長川

---

1) 自貽伊阻(자이이조) : ≪詩經≫<邶風·雄雉>의 "수꿩이 날아가며 푸덕푸덕 날개짓하네.
  나의 그리움이여! 스스로 마련한 시름인 것을. 수꿩이 날아올라 오르락내리락하며 우네.
  진실로 내 님이여! 내 마음 정말 괴롭히네. 저 해와 달 바라보니 내 시름은 그지없네. 길
  은 먼데 언제 오시려나. 여러 군자들이여 덕행을 모르지는 않겠지. 남 해치지 않고 탐내
  지 않으면 무슨 일이나 잘 되지 않겠소.(雄雉于飛, 泄泄其羽. 我之懷矣, 自詒伊阻. 雄雉于飛,
  下上其音. 展矣君子, 實勞我心. 瞻彼日月, 悠悠我思. 道之云遠, 曷云能來. 百爾君子, 不知德行.
  不忮不求, 何用不臧.)"에서 나온 말.
2) 履端(이단) : 정월 초하루의 異稱. ≪春秋左氏傳≫의 文公 원년에 "선왕이 時令을 바로잡
  을 적에 매년의 최초 날짜에 정월이 시작되게 하였다.(先王之正時也, 履端於始.)"고 한 데
  서 나온 말이다. '처음을 밟는다.'는 뜻으로 하늘의 운행을 사람의 行步에 비긴 것인데
  한 해의 冊曆이 정월 초하루에서 시작하기 때문에 이렇게 부른다.
3) 啓居(계거) : 무릎을 꿇고 앉는 것과 그냥 앉는 것. 옛사람들이 집에서 생활하는 행위이
  니, 곧 '편안히 지내다'를 가리킴.
4) 萬重(만중) : 기력이 매우 왕성함.(萬旺)
5) 愼齋(신재) : 周世鵬(1495~1554)의 호. 본관은 尙州. 자는 景遊. 호는 巽翁·南皐도 있다.
  시호가 文敏이며, 경남 함안군 漆原에서 태어났다. 사림 자제들의 교육기관으로 백운동
  서원을 세워 서원의 시초를 이루었다. 서원을 사림의 중심기구로 삼아 향촌의 풍속을 교
  화하려는 목적이었다. 이후 이황의 건의로 소수서원의 사액을 받아 공인된 교육기관이
  된 뒤 풍기 지역 사림의 중심기구로 자리를 잡았다.
6) 順興(순흥) : 경북 영주시 순흥면.
7) 章甫(장보) : 孔子가 썼다는 갓 이름. 儒生을 일컫는 말로 쓰인다.
8) 藏修(장수) : 책을 읽고 학문에 힘씀.

院9）, 繼刱業儒齋。而其規模節度, 一遵周先生揭示, 而卽倣朱夫子10）白鹿洞遺規者也。自是以來, 環韶一區, 戶有絃誦11）之聲, 士知揖讓之風, 無愧於鄒魯12）之稱, 實百世難廢之嘉模也。近經兵火, 資貨耗損, 講規解13）弛。吾鄕晩生, 知前日先父老, 爲來裔, 樹立之澤者, 幾希。此豈非今日吾輩之責耶? 適道, 謝世久矣, 當含口結舌14）, 絶無干涉於分外事, 但愚衷15）惓惓, 不能自已於奬進誘掖之方, 故收召精魄, 仰瀆於僉君子齊會之席。望勿以人廢言16）, 更立講規。先行相揖禮17）, 次講性理書, 無負向日設齋之本意, 幸甚幸甚18）。

9) 建長川院(건장천원) : 장천서원을 짓게 된 경위는 『역주 회당선생문집』(역락, 2009)의 127~130면 참조.

10) 朱夫子(주부자) : 朱熹를 높여 일컫는 말. 字는 元晦 또는 仲晦. 號는 晦庵·晦翁. 북송 이래 理學을 집대성하고 사상체계를 정립하였는데, 程顥·程頤의 理氣論을 계승하여 天理와 人欲의 대립을 강조하면서 私欲을 버리고 천리에 복속할 것을 요구하는 등 理의 先在를 주장하였다. 그는 經學에 정통하여 宋學을 집대성한 것인데, 그 學을 朱子學이라 일컫는다.

11) 絃誦(현송) : 거문고를 타고 시를 읊음. 곧 글 읽는 소리를 말한다.

12) 鄒魯(추로) : 鄒는 孟子의 출생지인 추나라, 魯는 孔子의 출생지인 노나라를 가리킴. 여기서는 예절을 알고 학문이 왕성한 곳을 말한다.

13) 講規(강규) : 선비들이 모여서 공부하는 규정.

14) 含口結舌(함구결설) : 緘口結舌. 입을 다물고 말을 하지 않음.

15) 愚衷(우충) : 자기의 의견을 진술할 때 겸양하여 하는 말.

16) 勿以人廢言(물이인폐언) : ≪論語≫<衛靈公篇>의 "말을 가지고 사람을 쓰지 않으며, 사람을 보고 말을 버리지 않는다.(不以言擧人, 不以人廢言.)"에서 나온 말.

17) 相揖禮(상읍례) : 유생들이 서로 마주보며 揖하고 禮를 올림. 몸과 마음을 정갈히 하고 서로 공경하는 예를 갖는 의식이다.

18) 幸甚(행심) : 문서 따위에서 '매우 다행함' 또는 '매우 감사함'의 뜻으로 쓰는 말.

寄伯兒㙱

領軍登道, 遽經旬餘。家鄉聲息, 近阻數日。雖太平時, 猶難忘却, 況國家安危之日乎! 惟望汝之母子及兄弟, 與諸家, 尙無他撓於板蕩之時也。一心苦戀, 烏可頃刻少弛耶? 乃父以老廢之物, 値此報國之日, 旣爲軍長, 則矢死西赴之外, 無他別樣道理。而中道聞西報, 一種忘議, 起於廟堂[1], 此將奈何? 非海倒湫傾之勢, 必不得挽回國論, 扶植綱常, 生丁不辰[2], 若是其甚耶? 且諸道勤王兵, 雖退去, 吾當進前爲計, 而從古用兵之要, 莫先於糧餉[3]。若前無可仰之積, 後無繼續之運[4], 事不能濟。汝當日督募糧所, 使無乏絶之患, 須望。

---

1) 廟堂(묘당) : 의정부의 별칭.
2) 不辰(부진) : 좋지 못한 때.
3) 糧餉(양향) : 군대의 양식.(軍糧)
4) 前無可仰之積, 後無繼續之運(전무가앙지적, 후무계속지운) : ≪自治通鑑≫<漢紀三十二·建武元年>에 의하면, 여러 장수와 호걸들이 禹에게 長安을 빨리 공격하라고 권유하자, 禹가 "그렇지 않다. 지금 나의 군사가 비록 많다고 하지만 전투에 능한 자가 적고 앞에도 믿고 의지할 수 있는 군량이 없고 뒤에도 보내오는 군수물자가 없기 때문이다.(諸將豪桀皆勸禹徑攻長安, 禹曰 : '不然. 今吾衆雖多, 能戰者少, 前無可仰之積, 後無轉饋之資.')"고 말한 것을 활용한 것임.

寄叔兒琛

汝之離家, 已經數月。 一心戀戀, 欲忘不得。 嚮時途中, 無撓抵泮[1]? 冷燈旅
味, 果無太辛苦, 而泮中僉益[2], 各皆平穩, 否? 馳念[3]不已, 鄕家尙依前樣, 無
大段愁惱, 勿慮可也。 夫建學養士, 其規已古, 而士以是養才, 國由此得人。 挽
近齋居者, 不遵前轍, 羣居終日, 言不及義[4]者多。 汝須鑑戒, 十分勉旃。 正衣
冠, 對几案, 肅容端坐, 日讀四書, 間以玩繹乎洛閩[5]諸書及退陶遺集, 無違聖
朝養士之本意, 無負嶺士務實之古範。 汝平日非不知此箇道理。 遊於紛華委靡
之中, 則鮮有不變其操守者, 必審愼審愼, 以副期望。

---

1) 泮(반) : 泮中. 예전에, 성균관을 중심으로 한 근처의 동네를 이르던 말. '태학'을 달리 이
　　르는 말이기도 하다.
2) 僉益(첨익) : 좋은 벗.
3) 馳念(치념) : 생각이 외곬으로 달리고 있음.
4) 羣居終日, 言不及義(군거종일, 언불급의) : ≪論語≫<衛靈公篇>의 "하루 종일 모여서 하는
　　말이 도의에는 미치지 않고, 자잘한 재치 부리기만 좋아한다면 참으로 곤란한 일이다.(羣
　　居終日, 言不及義, 好行小慧, 難矣哉.)"에서 나온 말.
5) 洛閩(낙민) : 程朱學을 일컬음. 洛陽 출신 程顥·程頤와 閩 땅 출신 朱熹를 이른다.

寄季兒坫

離家閱月, 書信俱阻, 心甚紆鬱。未知玆間家內, 別無顯虞。汝昆季工課, 無至專廢否, 恒在念頭[1]而不能忘。汝本性懶氣弱, 至於讀書, 雖加人一己百[2]之工, 勿爲過, 力生病可也。今汝所讀, 卽思聖之書[3]。此書, 文義多難曉, 潛心默會, 熟玩深究[4], 則自然有見得之妙。勉之勉之。

---

1) 念頭(염두) : 마음속.

2) 人一己百(인일기백) : ≪中庸≫ 20章의 "남이 한 번 해서 능하다고 하면 자기는 열 번을 하고, 남이 열 번 해서 능하다고 하면 자기는 백 번을 한다.(人一能之, 己十之; 人十能之, 己百之.)"에서 나온 말.

3) 思聖之書(사성지서) : ≪中庸≫을 가리킴. 思聖은 魯나라의 학자 子思를 지칭하는 것으로, 자사는 공자의 손자이며, 4서의 하나인 ≪中庸≫의 저자로 전한다. 고향인 노나라에 살면서 曾子의 학을 배워 유학 전승에 힘썼다. 일상생활에서 過不及이 없는 중용을 지향했다.

4) 熟玩深究(숙완탐구) : ≪孟子≫<告子章句 上>의 "마땅히 오래도록 완미하고 깊이 살피도록 하라.(宜熟玩而深省之也.)"에서 나온 말.

虎溪先祖遺集　卷之二

性說

性者, 人心所具之天理。其性有本然·氣質, 然本然之性, 墮在氣質之中, 本然之性, 仁義禮智是也。氣質之性, 性之隨氣質而有異者是也。是以聖賢之論性, 有專指本然者, 有兼言氣質者, 孔子曰 : “性相近[1].” 兼言氣質者也。孟子曰 : “性本善[2].” 專指本然者也。其後, 荀子[3]言‘性惡.’ 楊子[4]言‘性善惡混.’ 韓子言‘性有三品[5].’ 是只說得氣一邊。蘇氏[6]言‘性未有善惡.’ 胡氏[7]言‘性無善惡.’ 此則含糊不明。張子[8]曰 : “形而後有氣質之性, 善反之, 則天地之性存

---

1) 性相近(성상근) : ≪論語≫<양화편>의 “본성은 가까우나 습관에 따라 차츰 멀어진다.(性相近, 習相遠.)”에서 나온 말. 사람의 타고난 본성은 큰 차이가 없지만, 후천적인 습관은 서로가 어떤 상황에 길들어지느냐에 따라 크게 달라질 수 있다는 뜻이다.

2) 性本善(성본선) : ≪孟子≫<告子章句 上>의 “본성은 본래 선하므로 그것을 순히 하면 선하지 않음이 없다. 본래 악이 없으므로 그것을 거스른 이후에 악이 된다.(性本善, 故順之而無不善, 本無惡, 故反之而後爲惡.)”에서 나온 말. 이 글에서 인용한 선현의 말씀은 ≪맹자≫의 <고자장구 상>에서 나온다.

3) 荀子(순자) : 중국 전국시대 말기의 사상가. 孟子의 性善說을 비판하여 性惡說을 주장했으며, 禮를 강조하여 유학 사상의 발달에 큰 영향을 끼쳤다.

4) 楊子(양자) : 楊朱. 중국 전국시대 학자. 자기 혼자만이 쾌락하면 좋다는 爲我說 즉 이기적인 쾌락설을 주장했다. 지나침을 거부하고 자연주의를 옹호하였다.

5) 性有三品(성유삼품) : 본성에는 상, 중, 하의 세 등급이 있음. 韓愈가 <原道>에서 성을 상중하의 3품으로 나눈 바 있고, ≪孟子≫<告子章句 上>의 集註에서도 나오는 말이다. 上品은 선할 뿐이고, 中品은 상하로 이동이 가능하고, 下品은 악할 뿐이라는 주장이다.

6) 蘇氏(소씨) : 蘇東坡. 唐詩가 서정적이라면, 그의 시는 철학적 요소가 짙었고 새로운 詩境을 개척하였다.

7) 胡氏(호씨) : 宋나라 학자 胡宏. 胡安國의 아들로, 楊時에게 배웠다.

8) 張子(장자) : 張橫渠. 중국 북송시대의 유교 철학자. 이름은 載. 도학의 창시자의 하나로 되어 있으나, 氣철학자로서 후세에 지대한 영향을 끼쳤다.

焉." 程子曰 : "論性不論氣, 不備, 論氣不論性, 不明." 二賢論性, 明白易曉。後之學者, 却以本然·氣質, 便作兩等性看, 是豈知性者乎? 夫先儒以水喻性者, 多矣。水之爲物, 瀉於石間者, 清, 激於泥土者, 濁, 原其初水, 豈有此清彼濁而然也? 今以水觀性, 則可知矣。人性有善有惡, 有明有昏, 有剛有柔, 蓋人之生也, 天雖均賦是理, 其稟受之際, 時有參差不齊。清濁·粹駁·偏正·通塞之氣, 隨其所値, 而所稟不齊。然大本則一, 故人能百倍其功, 惡可爲善, 昏可爲明, 柔可爲剛矣。二之則不是9), 正謂此耳。

---

9) 二之則不是(이지즉불시) : ≪孟子≫<告子章句 上>의 "論性不論氣, 不備, 論氣不論性, 不明, 二之則不是."에서 나온 말.

心說

心者, 合性與知覺, 有心之名[1], 合理氣具寂感[2], 兼動靜該體用, 主於一身[3], 妙衆理而應萬事者[4]也。然無形影, 無方所, 將如何指定說得? 夫心活物也。寂然不動之時, 欽在方寸之間, 湛虛平正如明鏡止水, 及其感而遂通, 或走作於軀殼之外, 飛揚馳騁如悍馬翻車[5]。酬酢應變之際, 天理人欲之分, 喜怒哀樂之發, 仁義禮智之端, 耳目口鼻之欲, 皆由心而出。故<堯傳>舜曰 : "允執厥中[6]."

---

1) 合性與知覺, 有心之名(합성여지작, 유심지명) : 張橫渠의 ≪正蒙≫<太和篇>과 ≪孟子≫<盡心章句 上>의 集註에 나오는 말. 곧, "태허를 말미암아 천이라는 명칭이 있게 되었고, 기화를 말미암아 도라는 명칭이 있게 되었으며, 태허와 기화를 합해서 성이라는 명칭이 있게 되었고, 성과 지각을 합해서 심이라는 명칭이 있게 되었다.(由太虛有天之名, 由氣化有道之名, 合虛與氣有性之名, 合性與知覺有心之名.)"이다.

2) 寂感(적감) : 寂然不動과 感而遂通을 줄인 말. ≪周易≫<繫辭傳 上>의 "역은 생각도 없고 하는 것도 없어서, 고요히 움직이지 않고 있다가, 느끼게 되면 마침내 천하의 일을 통하나니, 천하의 지극한 신령스러운 자가 아니면 그 누가 여기에 참여할 수 있겠는가.(易, 无思也, 无爲也, 寂然不動, 感而遂通天下之故, 非天下之至神, 其孰能與於此?)"에서 나온 말이다.

3) 主於一身(주어일신) : ≪大學≫의 "주자가 말하기를, 하늘이 사람과 물건에게 부여하는 것을 命이라 이르고, 사람과 물건이 받은 것을 性이라 이르며, 한 몸의 주인 된 것을 心이라 이르고, 하늘에서 얻어서 빛나고 밝으며 바르고 큰 것을 明德이라고 이른다.(朱子曰 : '天地賦於人物者謂之命, 人與物受之者謂之性, 主於一身者謂之心, 有得於天而光明正大者謂之明德.')"에서 나온 말.

4) 妙衆理而應萬事者(묘중리이응만사자) : ≪대학≫의 "앎이란 마음의 신령스런 밝음이 뭇 이치를 묘용하여 만물을 주재하는 것이다.(知者心之神明, 所以妙衆理而宰萬物)"와 ≪孟子≫의 <盡心章句 上>의 "마음은 사람의 정신이니 모든 이치를 갖추고 있고 모든 일에 응하는 것이다.(心者, 人之神明, 所以具重理而應萬事者也.)"를 참고한 표현.

5) 翻車(번거) : 물을 퍼 올리는 水車로, 하루 종일 스스로 회전함. 상념이 끊임없이 시끄럽게 일어나는 것을 수차가 종일 저절로 움직이는 것에 표현한 것이다.

6) 允執厥中(윤집궐중) : ≪書經≫<大禹謨>의 "인심은 위태롭고 도심은 미묘하니, 오직 정밀하게 살피고 오직 전일하게 지켜야 진실로 中道를 잡을 수 있다.(人心惟危, 道心惟微,

孔子曰：“操則存, 舍則亡.”7) 孟子曰：“求放心.”8) 程子曰：“操之有要.”9) 胡
文定10)曰：“能常操而有.” 朱子曰：“必察乎此.”11) 千古聖賢之論心, 皆如此,
則後學之欲其盡心者, 豈可以心無形影, 摸捉12)肆忽於須臾之頃哉? 心之爲物,
只是一身之主, 而所主在我, 自家主張著, 便在, 不主張著, 便走所。以自家常
管攝此心, 然後乃得心主於身, 以性爲體以情爲用, 無間於動靜, 而無不在焉。

惟精惟一, 允執厥中.)”에서 나온 말. 舜임금이 禹王에게 帝位를 물려주면서 경계한 것으로,
道統을 전수하는 요결로 일컬어진다.

7) 操則存, 舍則亡(조즉존, 사즉망) : ≪孟子≫<告子章句 上>의 “잡으면 존재하고 놓으면 없
어져서, 출입하는 것이 때가 없어 그 향하는 바를 알 수 없다.(操則存, 舍則亡, 出入無時,
莫知其鄕.)”에서 나온 말.

8) 求放心(구방심) : ≪孟子≫<告子章句 上>의 “학문의 도는 다른 것이 아니라 그 놓은 마
음을 거두어들이는 것뿐이다.(學問之道無他, 求其放心而已.).”에서 나온 말.

9) 操之有要(조지유요) : 程子가 쓴 <視箴>의 “마음은 본디 텅 빈 것이라서, 外物에 반응해
도 자취가 없다. 마음을 잡아 보존하는 요령이 있으니, 보는 것이 바로 그 법도가 된다.
(心兮本虛, 應物無迹, 操之有要, 視爲之則.)”에서 나온 말.

10) 胡文定(호문정) : 宋나라 胡安國. 出處進退가 엄격하고 道를 굳게 지켰으며 程伊川을 私淑
하여 居敬窮理의 학문을 중히 여겼다.

11) 必察乎此(필찰호차) : ≪大學≫<朱熹章句>의 “군자는 반드시 이를 살펴서, 경하여 마음
을 곧게 한다.(君子必察乎此, 而敬以直之.)”에서 나온 말.

12) 摸捉(모착) : 더듬어 찾아냄.

情意辨

情與意，何以分別？ 情意之界分，非混淪[1]，又非隔截者也。朱子曰：“情發出恁地，意是主張要恁地。如愛那物是情，所以去愛那物是意。情如舟車，意如人去使那舟車一般.” 又曰：“情會做底，意是百般計較做底。意因有是情而後用.”[2] 北溪陳氏[3]曰：“情者，性之動，意者，心之發。情是就心裏面自然發動，改頭換面出來底，意是心上發起一念，要思量運用要恁地底.” 又曰：“情是就全體上論，意是就一念處論.”[4] 合此數說而觀之，情意二者，未嘗相離，而燦然不相紊亂，情先意後，相爲心性之用，明白無疑哉。

---

1) 混淪(혼륜) : 서로 갈라져 나누어지지 않은 상태.
2) 주자의 말은 ≪朱子語類≫ 권5에서 인용한 말.
3) 北溪陳氏(북계진씨) : 南宋의 성리학자 陳淳. 주희의 수제자로 평가되는 인물로, 북계는 그의 호이다.
4) 진순의 말은 ≪北溪字義≫ <論意者心之所發>에서 인용한 말.

志意辨

志意二者, 俱是心之所動, 而其輕重先後。 先儒論卞, 旣明且切。 陳氏[1]曰：
“運用商量要喜那人要怒那人是意，心向那所喜所怒之人是志.” 橫渠[2]曰：“志
公而意私，志剛而意柔，志陽而意陰.” 朱子曰：“志是心之所之，一直去底，意
又是志之經營徃來底，是那志底脚。凡營爲謀度徃來，皆意也.” 又曰：“志是
公然主張要做事底，意是私地潛行間發處。志如伐，意如侵.” 體認此數說，則
凡人之心，直向做去底是志，謀度徃來底是意，學者於志意之界分，從此可卞
矣。

---

1) 陳氏(진씨)：南宋의 성리학자 陳淳. 주자의 수제자로 평가되는 인물이다.
2) 橫渠(횡거)：張橫渠. 중국 북송시대의 유교 철학자. 이름은 載. 도학의 창시자의 하나로
되어 있으나, 氣철학자로서 후세에 지대한 영향을 끼쳤다.

心性情志意辨

　心性情志意五者，具於人身，相須爲體用，不能明辨五者之脉絡‧界分，難知其先後之次序。朱子曰："性者即天理，萬物稟而受之，無一理之不具。心者，一身之主宰。意者，心之所發。情者，心之所動。志者，心之所之." 北溪陳氏曰："在內主宰者，是心。或喜或怒，是情。裏面有箇物動出來底，是性。運用商量要喜那人要怒那人，是意。心裏向那所喜所怒之人，是志." 以愚看兩說，則心性情志意之先後，雖若錯置，察其文勢，而究其旨義，則可辨其五者之脉絡矣。今此五者喻人行路，則路是性，人是心，欲動足行路是情，動足臨路是志，臨路而商量其今日行幾里是意。喻水盛器，則水是性，器是心，水之瀉出者是情，瀉出而注地者是志，注地而流或東或西者是意。如此看，則五者之脉絡‧界分可別，而知先後之次序矣。

仁義禮智說

人於天地之間, 得仁義禮智之性。極本窮源, 則太極之動靜而爲陰陽, 陰陽之變合而爲五行。太極以二氣五行, 化生萬物。萬物之中, 惟人得其秀而最靈, 人之所以最靈者, 天與人受[1]之際, 得其仁義禮智之性故耳。孟子曰 : "惻隱之心, 仁之端也。羞惡之心, 義之端也。辭讓之心, 禮之端也。是非之心, 智之端也."[2] 朱子曰 : "仁是箇溫和慈愛底[3]道理, 義是箇斷制裁割底道理, 禮是箇恭敬撙節底道理, 智是箇分別是非底道理."[4] 又曰 : "仁, 心之德, 愛之理。義, 心之制, 事之宜[5]。禮, 天理之節文, 人事之儀則[6]." 至於智, 未有明釋。故胡雲峯[7], 竊取朱子之意以補之曰 : "智, 心之神明, 所以妙衆理而宰萬物者也."[8] 沈番易[9]云 : "智者, 涵天理動靜之機, 具人事是非之鑑."[10]

究羣賢之說, 則渾淪[11]一性之中, 四者粲然各有面貌, 不同之脉絡。人性之仁義禮智, 在四德爲元亨利貞, 在四時爲春夏秋冬, 在四行爲水火金木, 在四方爲東西南北, 在四臟爲肝心肺腎。在二氣, 則仁禮爲陽之始終, 義智爲陰之始

---

1) 天與人受(천여인수) : 하늘이 부여하고 인간이 받음.(稟受)
2) ≪孟子≫＜公孫丑章句 上＞에 나오는 말.
3) 底(저) : '之'와 같은 뜻.
4) ≪大學≫＜章句序＞에 나오는 말.
5) ≪孟子≫＜梁惠王章句 上＞에 나오는 말.
6) ≪論語≫＜學而篇＞에 나오는 말.
7) 胡雲峯(호운봉) : 朱熹의 제자 胡炳文. 자는 仲虎, ≪四書通≫을 지었다.
8) ≪孟子≫＜盡心章句 上＞에 나오는 말.
9) 番易(번역) : 宋나라 沈貴寶. 黃榦의 제자이다.
10) ≪大學≫＜章句序＞에 나오는 말.
11) 渾淪(혼륜) : 만물이 서로 뒤섞여 있고 서로 분리되지 않은 상태.

終。然仁義禮智，本一理中，分別者也。故孔子只言仁，而義禮智皆在其中，程
子曰：“偏言則一事，專言則包四者.”[12]　以此推之，　可知四者偏專體用之妙
矣。

---

12) ≪近思錄≫＜道體篇＞에 나오는 말.

無極而太極說

无極而太極, 這'而'字, 卽卽字之意, 則无極卽太極之謂也。只是一箇眞實之
理也。夫太極二字, 孔子始拈出, 以明天地萬物之樞紐[1]・根源, 而或似有形狀
看。故周子[2]以无極二字, 加於其上, 中間着'而'字, 發明無狀中有理者也。其
理, 無聲無臭, 不見不聞, 固難摸捉, 又難形容。然无無極太極, 立乎天地萬物
之前, 其妙用漸次爲天地萬物之後。无極太極, 行乎天地萬物之中, 循環不窮,
泅合無間, 推之於前, 而不見其始, 引之於後, 而不見其終[3], 前乎萬古, 後乎萬
世, 無一處欠缺。故仰觀, 則日月星辰之晦朔[4]運行, 春夏秋冬之流行代序, 莫
非此理也。俯察, 則山陵江海之大小流峙, 飛走艸木之巨細動植, 亦無非此理
也。在人, 則君臣父子・兄弟夫婦, 語默動靜・應事接物, 無一非此理也。是
以屬天屬地屬人之類, 一無外太極而自成一物者也。凡物莫不有消長終始・虛
盈闔闢・衰盛顯微・往來屈伸之理。而消之中有長之理, 長之中有消之理, 虛
之中有盈之理, 盈之中有虛之理。闔闢也, 衰盛也, 顯微也, 往來也, 屈伸也,
無不皆然也。大抵天地間, 萬物萬事元初, 豈能以素有而有歟? 以素無而有者
也。是故, 无中具所以然之故與所當然之則者, 强名之曰'理'。其理之至中至

---

1) 樞紐(추뉴) : 樞는 문을 열고 닫는 지도리이고, 紐는 기물을 달아매거나 잡는 끈을 일컫는
   것으로, 사물의 관건 혹은 상호 연계의 중심을 비유하는 말.
2) 周子(주자) : 宋나라 유학자 周敦頤. 우주의 근원인 太極(無極)으로부터 만물이 생성하는
   과정을 도해하여 '太極圖'를 그리고 태극 → 陰陽의 二氣 → 五行 → 남녀 → 만물의 순서로
   세계가 구성된다고 하였다.
3) 朱子의 <太極圖說> 제2절 주의 "推之於前, 不見其始之合, 引之於後, 不見其終之離也。"에서
   나온 말.
4) 晦朔(회삭) : 그믐과 초하루를 아울러 이르는 말. 여기서는 매달이라는 의미이다.

正,　至精至純,　至神至妙者,　又强名之曰‘極’。而若只云‘无極’,　則恐淪於空寂[5]，又只云‘太極’, 則恐若有形狀。故幷稱‘无極’·‘太極’, 置‘而’字於中間。然後无極不爲空寂, 太極不歸有狀, 上下‘極’字爲一極, 无非无, 太不太, 可以爲萬化之根本, 吾道之本體。雖然, 微周子, 孰能剖發[6]幽秘, 使天下萬世, 知天地萬物之大全哉?

---

5) 空寂(공적) : 모양이 없는 것을 空이라 하고, 나고 없어지는 일이 없는 것을 寂이라 함.
6) 剖發(부발) : 분명하게 드러냄.

陰陽說

　　至矣, 陰陽之道。陰陽者, 本乎理而爲氣, 變合而生五行, 則五行又分屬陰陽者也。陰陽變合而生五行之序, 則水火木金土[1], 而水木陽也, 火金陰也。以五行自相生之序, 則木火土金水[2], 而木火陽也, 金水陰也。蓋陽有太少, 陰有太少。陽, 體剛而用柔, 陰, 體柔而用剛, 故陽氣溫和而發生, 陰氣嚴凝而閉藏[3]。以言乎對待[4], 則二氣也, 以言乎流行[5], 則一氣也。其氣散在天地人, 天之四德, 元亨利貞, 而元亨陽也, 利貞陰也 ; 地之四方, 東西南北, 而東南陽也, 西北陰也 ; 人之四端, 仁義禮智。而仁禮陽也, 義智陰也。又天之日月星辰 · 寒暑晝夜 · 歲月日時, 地之飛潛動植 · 洪纖高下 · 靑黃白黑, 人之氣血臟腑 · 毛髮筋骨 · 動靜語默, 各有分屬陰陽。陽之中又有陰陽, 陰之中又有陰陽, 凡物莫不有前後左右 · 上下頭尾故也。又於天於地於人, 所屬之類, 各有大小方圓 · 輕重淸濁, 而大也圓也輕也淸也爲陽, 小也方也重也濁也爲陰。有一定而不易之陰陽, 有隨時而變易之陰陽, 故雖鬼神, 不能逃於陰陽之中, 千千萬萬[6]至大至細之物, 一不外乎陰陽, 陰陽無遺乎一物。自有天地 · 有人物之後, 二

---

1) ≪近思錄≫<道體>의 “水火木金土者, 陰陽生五行之序也.”에서 나온 말.
2) ≪近思錄≫<道體>의 “木火土金水者, 五行自相生之序也.”에서 나온 말.
3) ≪여헌선생문집≫ 권6, <雜著 · 學部名目會通旨訣>의 “木在地爲曲直之質, 在天爲溫和發生之氣, 而行於春者……水在地爲潤下之質, 在天爲嚴凝閉藏之氣, 而行於冬者.”에서 나온 말.
4) 對待(대대) : 상반하는 타자를 배척의 관계로 보는 것이 아니라 자기의 존재성을 확보하기 위한 필수적인 전제. 곧, 하늘은 위에 위치하고 땅은 아래에 위치하는 것이 대대이다.
5) 流行(유행) : 流動性. 하늘의 기는 아래로 내려오고 땅의 기는 위로 올라가는 것이 유행이다.
6) 千千萬萬(천천만만) : 정도가 더할 수 없이 심함.

氣循環不窮, 動靜無端, 升而降, 降而升, 屈而伸, 伸而屈, 通而變, 變而通。消
而長, 長而消, 與天地人物終始者歟。

庸學圖後識

　右庸學兩圖, 竊爲學者領會之易而畫示也。蓋庸學之書, 規模不同, 大學綱目相維, 經傳明整, 猶可得以尋求[1], 中庸說下學處少, 說上達處多[2], 尤難看得。自世敎衰, 徒尙章句, 不察蘊奧, 安得爲將來印證[3]乎?

　今此兩圖, 固非如愚者所可畫。然悶夫從我者, 不知讀書之法, 矇矓看過, 含糊[4]說得, 故遂拈出二書本文與章句, 及小註·緊要句·眼目字, 間附先儒要語, 逐章畫圖, 而本文大書, 章句及小註細書, 從便圖成。先逆看右旁, 次順看左旁, 則知其立例之本意。而固知其具眼者[5]之所譏笑, 然初學之士, 或有取焉。仔佃看圖, 就看本傳文, 其於尋間架[6]察等級, 入德入道之方, 不爲無少助矣。

---

1) 《中庸章句》〈讀中庸法〉의 "東陽許氏曰 : '中庸大學二書, 規模不同, 大學綱目相維, 經傳明整, 猶可尋求.'"에서 나온 말.
2) 《中庸章句》〈讀中庸法〉의 "中庸多說無形影, 說下學處少, 說上達處多, 若且理會文義則可矣."에서 나온 말.
3) 將來印證(장래인증) : 《中庸章句》〈讀中庸法〉의 "배우는 자는 반드시 이 도리를 보고 깨달아야 비로소 이 책이 장래에 인증됨을 볼 수 있느니라.(學者須是見得箇道理了, 方可看此書將來印證.)"에서 나온 말.
4) 含糊(함호) : 분명한 태도를 취하지 못함.
5) 具眼者(구안자) : 사물의 선악과 가치를 분별하는 안목과 식견이 있는 사람.
6) 間架(간가) : 글의 짜임새. 뼈대.

家戒五條

　一曰'修身'。修身之要，在於立心。立心之要，在於誠敬。以誠敬管攝視聽言動四者，須臾無間，自然身修，體常舒泰[1]。若放肆流蕩，誘於視聽言動，駸駸然[2]至於身陷。故一是皆以修身爲本[3]。

　二曰'齊家'。齊家之要，在於正倫。正倫者，何謂也。父父子子，兄兄弟弟，夫夫婦婦[4]，各盡其道，倫序整齊，而和平自然，家道成矣。若父子傷恩，兄弟失和，夫妻反目，彝倫不正，家道日乖。故曰："妻子好合，如鼓瑟琴，兄弟既翕，和樂且湛."[5]

　三曰'務農'。務農之要，在於盡力。農者，天下之本也。及其耕稼之時，必深耕易耨[6]，服勤盡力，方有秋於西成之日[7]，上可以奉先奉親，下可以育妻育

---

1) 體常舒泰(체상서태)：≪大學≫ 6장의 "마음에 거리낄 것이 없으면 마음이 넓고 크고 관대하고 평안해지며 몸이 항상 펴지고 편안해진다.(心無愧怍, 則廣大寬平, 而體常舒泰.)"에서 나온 말.
2) 駸駸然(침침연)：진행이 빠른 모양.
3) 一是皆以修身爲本(일시개이수신위본)：≪大學≫ 1장의 "천자부터 서민에 이르기까지 모두가 다 수신을 근본으로 삼아야 한다.(自天子以至於庶人, 壹是皆以修身爲本.)"에서 나온 말.
4) 父父子子, 兄兄弟弟, 夫夫婦婦(부부자자, 형형제제, 부부부부)：≪周易≫＜家人卦＞의 "애비는 애비 노릇 하고 아들은 아들 노릇 하고 형은 형 노릇 하고 동생은 동생 노릇 하고 남편은 남편 노릇 하고 아내는 아내 노릇 하면 家道가 바르게 되니, 집안이 바르게 되어야 천하가 안정된다.(父父子子, 兄兄弟弟, 夫夫婦婦, 而家道正, 正家而天下定矣.)"에서 나온 말.
5) ≪詩經≫＜小雅·常棣篇＞에 나오는 구절.
6) 深耕易耨(심경이누)：≪孟子≫＜梁惠王章句 上＞의 "왕께서 만약 어진 정치를 백성에게 베풀어 형벌을 덜며 세금을 적게 하시고 깊이 밭을 갈고 김매도록 하면(王如施仁政於民, 省刑罰, 薄稅斂, 深耕易耨.)"이라는 구절에서 나온 말.
7) 西成之日(서성지일)：추수하는 날. ≪書經≫＜堯典＞ 6장의 註에서 "서성은 가을의 물건이 이루어지는 때이니 마땅히 이루어 나아가야 할 바의 일이라.(西成, 秋月物成之時, 所當

子。若不盡力, 雖樹稼之時同, 雨露之澤同, 農何以與人同乎? 雖樂歲, 不免啼飢。故曰 : "先知稼穡之艱難, 乃逸。"8)

四曰'讀書'。讀書之要, 在於收放心9)。對案危坐, 低聲朗讀, 心口俱到於節節句句。未上口時, 心察句讀。旣上口後, 心察文義。今日如是, 明日如是, 自然通透開發。若心在鴻鵠之至10), 口徒讀11)書, 書自書我自我12), 雖終身誦讀, 何益哉? 故曰 : "讀書之法, 先正其心。"13)

五曰'取友'。取友之要, 在於擇勝己。勝己云者, 德業之成就, 聞見之高明, 勝於我者也。勝於我者, 日與之從遊講劘, 我之德業聞見, 自然漸進, 可以爲聞人。若不如己者爲友, 德業日退, 聞見日孤, 終未免鄕人14)。故曰 : "以友輔仁15)。"

成就之事也.)" 하였다.

8) ≪書經≫＜無逸＞에서 周公이 成王에게 "아, 군자는 안일하지 않는 것을 처소로 삼는 것입니다. 먼저 농사일의 어려움을 알고 나서 안일하면 백성들의 의지하는 바를 알 것입니다.(嗚呼! 君子所其無逸, 先知稼穡之艱難, 乃逸則知小人之依.)"고 한 말을 인용.

9) 收放心(수방심) : ≪孟子≫＜告子章句 上＞의 "학문하는 방도는 다른 것이 없다. 그 잃어버린 마음을 찾는 것일 뿐이다.(學問之道無他. 求其放心而已矣.)"에서 나온 말.

10) 鴻鵠之至(홍곡지지) : ≪孟子≫＜告子章句 上＞의 "한 사람은 듣기는 하지만 마음 한켠으로는 큰 기러기와 고니가 내려앉으면 활을 당겨 쏘아 맞힐 것을 생각한다면 비록 같은 스승에게서 그와 함께 배울지라도 앞의 사람만 못할 것이다.(一人雖聽之一心, 以爲有鴻鵠將至, 思援弓繳而射之, 雖與之俱學, 弗若之矣.)"에서 활용한 말.

11) 徒讀(도독) : 徒能讀의 준말. 글의 뜻은 잘 모르고 한갓 읽기만 잘한다는 뜻이다.

12) 書自書我自我(서자서아자아) : ≪擊蒙要訣≫＜讀書章＞의 "만일 입으로만 읽어서 마음으로 체득하지 못하고 몸소 행하지 않는다면 책은 책대로 나는 나대로일 것이니 무슨 이익이 있겠는가?(若口讀而心不體, 身不行, 則書自書, 我自我, 何益之有?)"에서 나온 말.

13) 讀書之法, 先正其心(독서지법, 선정기심) : 朱子의 ＜警學贊＞에서 "주역을 읽는 법은 먼저 마음을 바르게 해야 한다.(讀易之法, 先正其心.)"는 구절을 활용한 말.

14) 未免鄕人(미면향인) : ≪孟子≫＜離婁章句 下＞의 "순임금은 천하의 법도가 되어 가히 후세에 전하시지만, 나는 오히려 평범한 사람에 면하지 못하고 있으니 이것이 가히 근심거리이다.(舜爲法於天下, 可傳於後世, 我由未免爲鄕人也, 是則可憂也.)"에서 나온 말. 註에 鄕人은 '鄕里之常人也'로 설명되어 있다.

15) 以友輔仁(이우보인) : ≪論語≫＜顔淵篇＞의 "군자는 학문을 통해서 벗을 모으고, 벗을 통해서 자신의 인덕을 키운다.(以文會友, 以友輔仁.)"에서 나온 말.

採薇軒記

韶州[1]之東有鼎嶺, 卽靑鳧[2]·普賢[3]之餘麓也。逶迤北走, 中分爲兩支, 一支西而北, 爲睡鳳山[4], 一支直北, 崎崛爲黃鶴山[5]。水自鼎嶺下成溪, 或北而西折, 或西而東折, 往往成滙, 而北過百里, 合流于暎湖[6]焉。薇谷上距鼎嶺十里, 下距鶴山數里, 而淸溪白石, 逈絶塵壒, 眞隱者之所可盤旋也。

往在龍蛇之亂[7], 先考[8]與伯考[9]倡義赴難。余時年十九, 挈家入薇谷下城洞。以故慣識山川夷險, 土俗豐儉, 思欲構數椽, 而有志未就。

其後丁卯, 金虜犯境, 廟社蒙塵, 鑾輿播遷。義不可逃竄山谷, 方擬糾義西赴之際, 被旅愚[10]兩爺所敦迫, 尤不可以退縮。遂誓衆踰嶺, 則朝廷已結和矣。

---

1) 韶州(소주) : 경북 의성의 옛 명칭.
2) 靑鳧(청부) : 靑鳧山. 경북 청송에 있는 산.
3) 普賢(보현) : 普賢山. 경북 영천에 있는 산.
4) 睡鳳山(수봉산) : 睡鳳室山. 경북 의성군 옥산면에 있는 산.
5) 黃鶴山(황학산) : 경북 의성군 옥산면에 있는 산.
6) 暎湖(영호) : 안동의 낙동강 가에 있는 호수.
7) 龍蛇之亂(용사지란) : 임진왜란.
8) 先考(선고) : 申仡(1550~1614). 자는 懼之, 호는 城隱. 아버지 申元錄의 삼년상을 마친 후 묘 아래에 집을 지어 永慕라는 편액을 달고 애도하였다. 임진왜란 때 의병을 일으키고 金垓·柳宗介·鄭世雅와 함께 왜군에 대항하여 싸웠다. 1603년 ≪亂蹟彙撰≫을 편찬하였다.
9) 伯考(백고) : 申伦(1547~1615). 자는 喜之, 호는 興溪·城軒. 임진왜란 때 의병장으로 추대되어 활동했다.
10) 旅愚(여우) : 旅軒 張顯光(1554~1637)과 愚伏 鄭經世(1563~1633). 장현광은 본관이 仁同, 자는 德晦, 호는 旅軒. 1595년 학행으로 천거되어 報恩縣監을 지내고, 여러 차례 관직에 임명되었으나, 벼슬에 뜻이 없어 모두 사퇴하고 학문 연구에만 전심하여 李滉의 문인들 사이에 확고한 권위를 인정받았다. 1636년 병자호란 때에는 각지에 격문을 보내어 근왕의 의병을 일으키고 군량의 조달에 나섰으며, 패전 후 동해안의 입암산에서 은거하였다.

雖有區區忠憤，無可施之地。乃單騎馳到闕下，籲以尊周攘夷[11]之義，痛哭南歸，俟天意之斡回。

越十年丙子，金虜再犯。余欲追伸前憤，首先倡義，馳到廣陵[12]。朝廷屢下勿輕進兵之諭，且兵潰雙嶺[13]，遂單身詣南漢，疏陳講和之非。留城殆近一朔，忍見冠裳之倒，天地之閉。而竊念先後赴難，還愧虛張義聲而已，遂謝洛中諸賢，灑淚南下。

周覽隱遁之地，固無如薇谷者。於是，結茅屋數間，以爲斯焉終老之計，因地名而扁其軒，曰'採薇'，遂書數語于壁。

崇禎戊寅[14] 八月 旣望 記

영남의 많은 남인 학자들을 길러냈다. 한편, 정경세는 본관이 晉州, 자는 景任, 호는 一默·荷渠. 경상도 尙州에서 출생하였으며, 柳成龍의 문인이다. 임진란이 일어나자 의병을 일으켜 공을 세워 修撰이 되고 正言·校理·正郎·司諫에 이어 1598년 경상도관찰사가 되었다. 광해군 때 鄭仁弘과 반목 끝에 削職되었다. 1623년 인조반정으로 부제학에 발탁되고, 전라도관찰사·대사헌을 거쳐 1629년 이조판서 겸 대제학에 이르렀다. 성리학뿐만 아니라 특히 禮論에도 밝아서 金長生 등과 함께 禮學派로 불렸다.

11) 尊周攘夷(존주양이) : 周나라 왕실을 존숭하고 夷狄을 물리치는 것. 조선후기에는 보통 정통의 明나라를 존숭하고 淸나라를 배척한 것을 이르는 말로 쓰인다.

12) 廣陵(광릉) : 경기도 廣州.

13) 雙嶺(쌍령) : 경기도 廣州에 있는 고개 이름.

14) 崇禎戊寅(숭정무인) : 仁祖 16년인 1638년.

採薇軒上梁文

大明之日月[1]沈晦, 生不辰[2]乎[3]遘屯之時; 小邦之江山猶餘, 室玆構於遇遯[4]之地。採其薇矣[5]; 獲我心兮。幸余生長於雙竹之家[6]; 粗事講論於三棣[7]之室。早從師門; 稍辨執中[8]。義理之性[9], 晚筮觀國[10]; 頗知向上, 忠愛之心。

---

1) 大明之日月(대명지일월) : 大明은 곧 명나라를 가리키고, 日月은 명나라 황제를 가리킴.
2) 不辰(부진) : 좋지 못함.
3) 遘屯(구둔) : 곤란을 만나다는 뜻으로, '아주 어렵다'는 의미.
4) 遇遯(우둔) : 遯卦를 만났다는 뜻으로, '은둔'의 의미.
5) 採其薇矣(채기미의) : 周나라 武王이 殷나라를 멸망시키자, 伯夷·叔齊가 주나라의 곡식을 먹을 수 없다 하여 首陽山에 들어가서 고사리를 캐 먹다가 죽음에 임박해서 지어 부른 <採薇歌>의 "저 서산에 올라 고사리를 캐도다.(登彼西山兮, 採其薇矣.)"에서 나온 말.
6) 雙竹之家(쌍죽지가) : 申祐의 고사. 고려시대 전라도 안렴사를 지낸 그는 조선조가 개창되자 상주 만경산에 은둔하였고, 부친상을 만나 3년간 여묘살이를 하자 무덤 앞에 雙竹이 돋아나 조정이 이 일을 알고 旌閭碑를 내리면서, 살고 있는 마을에다 '효자리'라 새긴 돌을 세우도록 하였다는 고사이다.
7) 三棣(삼체) : 虎溪 申適道, 晚悟 申達道, 懶齋 申悅道를 가리킴. 棣萼은 원래 형제를 일컫는 것인데, 형제간의 우애를 비유한 말. ≪詩經≫<小雅·常棣>에 "활짝 핀 아가위꽃, 얼마나 곱고 아름다우냐. 이 세상에 누구라 해도, 형제가 제일 좋느니.(常棣之華, 鄂不韡韡. 凡今之人, 莫如兄弟.)"라는 구절에서 나온 말이다.
8) 執中(집중) : 두 가지의 중간을 헤아려 행하는 것. ≪孟子≫<告子章句 下>에서 "楊朱는 자신의 지조만을 위하고, 墨翟은 모든 사람들을 똑같이 사랑한다 하여 각기 한쪽에 치우쳐 있다. 그런데 자막은 양주와 묵적의 중간을 헤아려 中을 잡았으니 道에 가깝다. 그러나 때와 장소에 따라 적절히 변통하지 못하고 오직 중간만 취한다면 이 역시 도에 해롭다." 하였다.
9) 義理之性(의리지성) : 氣質之性과 대립하는 성리학의 개념. 사람의 이치이므로 모든 사람에게 공통하여 개인차는 전혀 없고 순수지선하다고 규정된다. 本然之性, 天地之性이라고도 한다.
10) 晩筮觀國(만서관국) : 늦게 벼슬자리에 나아감. 觀國은 ≪易經≫<觀卦·六四爻>의 "나라의 빛나는 정치를 관찰함이니, 조정에 벼슬함이 이로우리라.(觀國之光, 利用賓于王.)"에 나오는 말이다.

嗚乎! 國家之文明, 遂爲金虜之踩躪; 倡旅於丁卯之春仲, 願盡犬馬之誠[11]; 行師於丙子之冬寒, 復效熊魚[12]之義。三軍之星夜馳赴, 豈可無邯鄲之救危[13]; 雙嶺[14]之雪程蒼茫, 自然有袁安[15]之流涕。乃若一說講和, 自謂萬世便宜。誤君德於宗社危亡, 自以爲幸; 蔑臣分於天朝服事, 莫知所羞。縱尺疏之敢陳, 恨乏誠於感動天意, 類一葦之以抗, 亦難力乎挽回廟論。彼蒼穹者何哉, 信萬事其已矣。蹈于東海, 竊慕却秦聲[16]之魯連[17]; 登彼西山, 復仰不周粟之殷聖。茲因餘生之懷隱, 迺有數架之經營。某年某月某日某時, 特書崇禎[18]之尊號; 爰處爰居爰寢爰息, 每念神宗[19]之舊恩; 顧何處不宜於艸廬, 惟靜地最合於薇谷。萬物方暢時屬, 王春[20]之建東; 三字大題戶闥, 皇明[21]之拱北[22]。順天氣

---

11) 犬馬之誠(견마지성) : 신하가 군주에게 충성을 다하고자 하는 마음을 낮추어 일컫는 말.

12) 熊魚(웅어) : 熊魚取舍. 두 가지 가운데 하나를 취사선택하기 어려운 경우를 비유하는 말. "고기도 내가 바라는 것이고 곰의 발바닥도 내가 바라는 것이지만 두 가지를 모두 갖지 못할 경우라면 고기를 버리고 곰의 발바닥을 가지겠다. 마찬가지로 나는 생명도 취하고 정의도 취하고 싶지만 두 가지를 모두 갖지 못할 경우라면 생명을 버리고 정의를 취할 것이다.(魚我所欲也, 熊掌亦我所欲也, 二者不可得兼, 舍魚而取熊掌者也. 生亦魚我所欲也, 義亦我所欲也, 二者不可得兼, 舍生而取義者也.)"(≪孟子≫<告子> 上)에서 유래한 것이다.

13) 邯鄲之救危(한단지구위) : 전국시대에 秦나라 군사가 趙나라의 수도 邯鄲을 오랫동안 포위하였는데 魏나라의 信陵君이 구원병으로 진나라 군사를 쫓았던 것을 일컬음.

14) 雙嶺(쌍령) : 경기도 廣州에 있는 고개 이름.

15) 袁安(원안) : 後漢의 賢士. 洛陽에 폭설이 내렸을 때, 다른 사람들은 눈을 치우고 밖으로 나와서 걸식을 하였지만 그의 집만은 눈이 그대로 쌓여 있었다. 그래서 이미 굶어 죽은 것이 아닌가 하고 관원이 의심한 나머지, 사람들로 하여금 눈을 치우고 들어가서 살펴보게 했더니, 원안이 뻣뻣이 드러누워 있다가 "큰 눈이 내려 사람들이 모두 굶고 있는 판에, 사람들에게 먹을 것을 구하는 것이 온당치 못하게 여겨져서 그랬다."고 하는 고사가 있다. 자신의 고통은 그래도 참고 견딜 수 있지만, 한겨울 눈 속에서 고생한 군사들을 생각하면 애달픈 심정을 금할 수 없다는 말이다.

16) 秦聲(진성) : 진나라가 천하를 차지하는 것을 일컬음.

17) 魯連(노련) : 魯仲連. 전국시대 齊나라의 높은 節義를 가진 隱士. 그는 新垣衍에게 "秦나라가 천하의 제왕으로 군림하게 되면 나는 동해에 빠져 죽을지언정 그 백성이 되지 않겠다.(秦卽爲帝, 則魯連有蹈東海而死耳.)"고 한 바 있다.

18) 崇禎(숭정) : 중국 명나라의 마지막 황제 毅宗 때의 연호(1628~1644). 명나라가 망한 뒤에도 조선은 청나라 연호를 쓰는 것을 꺼려 이 연호를 사용하였다.

19) 神宗(신종) : 중국 명나라 제14대 황제. 임진왜란 때의 조선 출병 따위로 국력이 쇠하고, 가혹한 징세로 민심을 잃었다.

20) 王春(왕춘) : ≪春秋≫의 記事에서 매년 첫머리를 '봄, 천자의 정월[春王正月]'이라는 말로 시작한 데서 온 말로, 여기서는 명나라의 봄을 일컬음.

之元者23), 　開地勢之自然。 東籬黃花24), 　緬仰陶先生之貞節25); 　三逕26)綠竹,

何如蔣元卿27)之幽居。 我安歸於人間, 　忽已沒神農虞夏28); 　朝聞道而夕可29),

于以講夫子春秋。 茲廥呼邪許之歌, 敢唱兒郎偉之頌。

　　　抛梁東。 扶桑30)朝日向葵紅, 韶州山水幽閒處, 草木餘年送此中。

　　　抛梁西。 城谷秋聲報玉溪, 萬曆31)皇恩餘雨露, 薇含春意綠萋萋。

　　　抛梁南。 草坊柳洞滴靑嵐, 荷花不染淤泥濁32), 活水源頭有義潭33)。

---

21) 皇明(황명) : 명나라를 높이는 말.
22) 拱北(공북) : ≪論語≫<爲政篇>에 "政事를 德으로 하는 것은 비유하면 北極星이 자리를 잡고 있으면 여러 별들이 그에게로 향하는 것과 같다.(爲政以德, 譬如北辰居其所, 而衆星共之.)"고 한 데서 나온 말. 임금을 모시는 자리라는 뜻이다.
23) 元者(원자) : 朱熹가 "원은 만물을 처음 내는 것이니, 천지의 덕 중에서 이보다 앞서는 것은 없다. 따라서 계절로 보면 봄이 되고, 사람에게 있어서는 인이 되어 뭇 선의 으뜸이 되는 것이다.(元者, 生物之始, 天地之德, 莫先於此. 故於時爲春, 於人則爲仁而衆善之長也.)"라고 설명한 데서 나온 말.
24) 東籬黃花(동리황화) : 陶淵明의 <飮酒> 시에 "동쪽 울 아래에서 국화꽃을 따다가, 유연히 남산을 바라보노라.(採菊東籬下, 悠然見南山.)"라는 구절과 주돈이의 <愛蓮說>에 "아! 국화를 사랑한 사람은 도연명 이후에 듣기가 드물다.(噫! 菊之愛, 陶後鮮有聞.)"라는 구절이 참고가 됨.
25) 陶先生之貞節(도선생지정절) : 東晉의 대표적 은거시인 陶淵明이 41세 때 彭澤縣令으로 재직하면서 상급기관의 관리들에게 굽실거려야 하는 현실을 깨닫고 "내 어찌 쌀 다섯 말의 봉급을 위하여 향리 소인에게 허리를 굽힐쏘냐.(我豈能爲五斗米, 折腰向鄕里小兒.)" 하고 사직하여 집으로 돌아왔는데, 이때 지은 작품이 <歸去來辭>인 것을 염두에 둔 표현.
26) 三逕(삼경) : 前漢시대의 蔣元卿이 벼슬살이를 하다가 고향으로 돌아와 뜰에 세 갈래의 좁은 길을 내고 求仲과 羊仲으로 더불어 조용히 은거생활을 하였다는 蔣詡三徑이란 고사를 일컬음.
27) 元卿(원경) : 前漢의 蔣詡의 자. 王莽의 부름에 병을 칭탁하고 고향에 돌아와 죽었다.
28) 忽已沒神農虞夏(홀이몰신농우하) : 周나라 武王이 殷나라를 멸망시키자, 伯夷와 叔齊가 주나라 곡식을 먹을 수 없다 하여 首陽山에 들어가서 고사리를 캐 먹다가 죽음에 임박하여 노래를 지어 부른 <採薇歌> 시의 "저 서산에 올라가서 고사리를 캐도다. 폭력으로 폭력과 바꾸면서 자기의 그릇됨을 모르도다. 神農과 虞舜과 夏禹가 이제는 없으니 나는 어디로 돌아갈거나.(登彼西山兮, 採其薇矣. 以暴易暴兮, 不知其非矣. 神農虞夏忽焉沒兮, 我安適歸矣.)"를 변용하여 인용함.
29) 朝聞道而夕可(조문도이석가) : ≪論語≫<里仁篇>의 "아침에 도를 들으면 저녁에 죽어도 괜찮다.(朝聞道, 夕死可矣.)"에서 나온 말.
30) 扶桑(부상) : 본래 '해 뜨는 동쪽에 있다는 나무'이나, 동쪽이란 방향을 나타내기도 함.
31) 萬曆(만력) : 중국 명나라 제14대 황제 神宗의 연호.

抛梁北。南漢山遙雲際色, 中夜徘徊所思長, 衆星蒼蒼拱宸極。

抛梁上。九道[34]輪回日月朗, 那借皇靈斧鉞嚴, 掃除赤縣[35]祲氛漲。

抛梁下。人面獸心幾多者, 上帝昭昭有下鑒, 故敎吾輩勵風化。

伏願上梁之後, 天神明佑, 地祇陰護。洞壑樹林, 無非有明年之遺澤; 簷楹栱礎, 都是不周山[36]之高風。憂國愛君, 不失本天之賦得; 顧名思義, 庶保此地之構成。做得一區; 扶綱萬世。

---

32) 荷花不染淤泥濁(하화불염어니탁) : 周敦頤의 <愛蓮說>에 "나는 유독 연꽃이 진흙 속에서 나왔지만 진흙에 물들지 않고, 맑은 잔물결에 씻기어도 요염하지 않으며, 줄기 속은 텅 비어 통하고 겉은 곧으며, 덩굴도 가지도 벋지 않고, 향기는 멀수록 더욱 맑고, 우뚝이 깨끗하게 서 있어, 멀리서 바라볼 수만 있고 가까이 가서 가지고 놀 수는 없음을 사랑하노라.(予獨愛蓮之出於淤泥而不染, 濯淸漣而不夭, 中通外直, 不蔓不枝, 香遠益淸, 亭亭淨植, 可遠觀而不可褻翫焉.)"에서 나온 말.

33) 活水源頭有義潭(활수근원유의담) : 朱子의 <觀書有感>에 "한 50평이나 될까 한 좁은 뜰에 거울 같은 연못히 하나 열려 있으니, 그 맑은 물엔 하늘 빛깔과 구름 그림자가 함께 오락가락 한다. 내 저에게 묻기를 어찌하여 맑기가 이와 같을 수 있는가 하였더니, 대답하는 말이 근원에 생생한 물이 있어서 계속 흘러 들어오기 때문이라.(半苗方塘一鑑開, 天光雲影共徘徊. 問渠那得淸如許, 爲有源頭活水來.)"고 한 것을 변용함. 새물이 흘러 들어와서 맑은 호수가 되듯이 학문을 닦을 때도 항상 새로운 흐름을 받아야 한다는 교훈이 담겨 있는 시이다.

34) 九道(구도) : 달이 운행하는 길. 반면 黃道는 태양이 운행하는 길이다.

35) 赤縣(적현) : 赤縣神主. 중국의 이칭.

36) 不周山(부주산) : 중국의 崑崙山 서북쪽에 있는 명산. 꼭대기에는 하늘을 떠받드는 하늘기둥과 대지를 이어 매는 땅줄이 있었다고 한다.

存養箴

已過前念,	未來後事[1]。
易間須臾,	敢忽造次[2]。
不覩不聞[3],	無偏無倚。
天理常存,	涵養乎此。

---

1) ≪大學≫<傳七章>에 있는 雲峰胡氏 註의 "前念已過, 後事未來, 是存養時節, 存養者."에서 나온 말.

2) 造次(조차) : ≪論語≫<里仁篇>의 "군자는 밥 한 끼를 먹는 동안이라도 仁을 어겨서는 아니 되니, 아무리 다급한 때라도 반드시 이 인에 의거하여 행해야 할 것이다.(君子, 無終食之間違仁, 造次必於是.)"에서 나온 말.

3) 不覩不聞(부도불문) : ≪中庸≫<제1장>의 "도라는 것은 잠시도 떠날 수가 없는 것이다. 떠날 수가 있다면 그것은 도가 아니다. 그런 까닭에 군자는 보이지 않을 때에도 경계하고 근신하는 것이며, 들리지 않을 때에도 걱정하고 두려워하는 것이다.(道也者, 不可須臾離也, 可離, 非道也. 是故, 君子, 戒愼乎其所不睹, 恐懼乎其所不聞.)"에서 나온 말.

省察箴

事之方來,　　　　念之方萌[1]。

遂通其寂,　　　　欲動其情。

隱顯無間[2],　　　　善惡分幾[3]。

尤加謹此[4],　　　　精察其微。

---

1) ≪大學≫<傳七章>에 있는 雲峰胡氏 註의 "事之方來, 念之方萌, 是省察時節."에서 나온 말.

2) 隱顯無間(은현무간) : 은미함과 보임에는 간격이 없음. ≪中庸≫<제12장>에 있는 三山陳氏 註의 "체의 은미함은 처음에는 용의 보임과 분리되지 않는다.(體之隱, 初不離於用之顯也.)"에서 나온 말.

3) 幾(기) : 機微. 낌새.

4) ≪中庸≫<제1장>의 "이러므로 군자는 항상 경계하고 두려워하여 더욱 삼가는 것이니, 사람의 욕심이 싹트고자 하는 것을 막아서 그 은미한 가운데 암암리에 자라서 도를 떠나 먼데 이르지 않도록 하는 것이다.(是以, 君子旣常戒懼, 而於此, 尤加謹焉, 所以遏人欲於將萌, 而不使其潛滋暗長於隱微之中, 以至離道之遠也.)"에서 나온 말.

東壁銘

蓋自一元,	肇判二氣。
五行相生,	萬物分彙。
類各成形,	人最爲首。
四端均賦,	七情俱有。
天理聖全,	人欲愚糅。
毫釐之差,	千里之謬[1]。
塵汚明鏡,	泥濁止水。
外物雖引,	本體豈靡。
因發遂明,	其端可推。
一息豈忽,	百倍尤彌。
交修內外,	無間顯微。
作之不已,	聖賢可希。

---

1) ≪孟子≫<梁惠王章句 上>의 "이른바 털끝만한 차이가 천리까지나 어긋남을 말한다.(所謂毫釐之差, 千里之繆.)"에서 나온 말.

西壁銘

三極旣立¹⁾,　　　　　千聖授受。

畫八羲皇²⁾,　　　　　精一³⁾勛華⁴⁾。

夏禹祇承⁵⁾,　　　　　殷湯聖蹟⁶⁾。

以是文武,　　　　　接夫周召⁷⁾。

詔後宣尼⁸⁾,　　　　　得宗曾子⁹⁾。

1) 《天符經》의 "繫辭에 이르기를 '六爻의 움직임은 三極의 도라. 도는 하나를 낳고 하나는 둘을 낳고 둘은 셋을 낳아 셋에 이르러 그 변화가 다함이 없으므로 셋이 만물을 낳는다.'고 하였느니라.……또 삼극이 이미 서 있음에 만 가지 이치가 다 이로 말미암아 나나니 큰 근본은 다함이 없느니라.(繫辭曰 : '六爻之動, 三極之道也. 道生一, 一生二, 二生三, 至于三而變化不窮, 故曰三生萬物.'……三極旣立, 萬理咸由此出, 而大本有窮盡也.)"에서 나온 말. 삼극은 天·地·人을 일컫는다.

2) 《書經》<周書·顧命>에서 "대옥, 이옥, 천구, 하도는 동벽에 놓았다.(大玉夷玉天球河圖在東西.)"라 한 곳에 대한 傳에 '하도는 팔괘다. 복희씨가 천하에 왕 노릇 할 때 용마가 황하에서 나와 마침내 이 문양으로 8괘를 그렸는데 이를 하도라 한다.(河圖八卦. 伏羲王天下, 龍馬出河, 遂則其文, 以畫八卦, 謂之河圖.)'라고 보임. 伏羲氏가 만든 八卦는 《周易》의 원리가 되었다.

3) 精一(정일) : 정밀하게 이치를 살피고 專一하게 실행을 한다는 뜻. 《書經》<虞書·大禹謨>에서 순임금이 우임금에게 천하를 양위할 때 "인심은 위태하고 도심은 미묘하니 오직 정밀하고 전일하여야 진실로 그 중을 잡으리라.(人心惟危, 道心惟微, 惟精惟一, 允執厥中.)"고 한 데서 나온다.

4) 勛華(훈화) : 堯舜. 堯임금은 放勳, 舜임금은 重華라 한다.

5) 《書經》<虞書·大禹謨>의 "옛 대우를 고찰하면 이름을 문명이라 하였으며, 삼가 순임금을 받들어 모시고 큰 덕을 세상에 폈다.(曰若稽古大禹, 曰文命, 敷于四海, 祇承于帝.)"에서 나온 말.

6) 《詩經》<商頌·長發>의 "탕왕의 탄생이 늦지 않으시며 성경이 날로 진전되었다.(湯降不遲, 聖敬日躋)"에서 나온 말. 湯王의 덕을 노래한 것이다.

7) 周召(주소) : 周公과 召公. 모두 周文王의 아들로 成王을 도와 훌륭한 정치를 행했다.

8) 宣尼(선니) : 漢나라 平帝 때 褒成宣尼公으로 追諡된 孔子를 가리키는 말.

再傳思聖10),　　　　　　旣通孟軻11)。

胡烈秦火12),　　　　　　乃雜漢治。

理極必反13),　　　　　　渾淪14)重開。

建圖茂叔15),　　　　　　好學程氏16)。

訂頑橫渠17),　　　　　　皇極堯夫18)。

延平19)繼開,　　　　　　紫陽20)集大。

講明21)斯道,　　　　　　煥然千載。

---

9) ≪大學章句序≫의 "3천의 제자들이 대개 그 말씀을 듣지 않은 이가 없었건마는 증씨가 전함이 유독 그 종통을 얻어 이에 傳義를 지어 그 뜻을 발명했다.(三千之徒, 蓋莫不聞其說, 而曾氏之傳, 獨得其宗, 於是作爲傳義, 以發其意.)"에서 나온 말.

10) 思聖(사성) : 子思. 魯나라의 학자. 공자의 손자이며, 4서의 하나인 ≪中庸≫의 저자로 전한다. 고향인 노나라에 살면서 曾子의 학을 배워 유학 전승에 힘썼다.

11) 孟軻(맹가) : 孟子의 이름. 魯나라 학자. 공자의 손자 子思의 문하에서 배웠으며, ≪孟子≫ 七篇을 저술하여 王道와 仁義를 존중하였으며 性善說을 주창하였다. 후세에 공자 다음 가는 성인으로 존중받아 亞聖이라 일컬었다.

12) 秦火(진화) : 중국의 始皇帝가 儒學과 諸子百家의 서적을 불태운 일.

13) ≪近思錄≫<道體>에 復卦를 설명하면서 "사물이 극에 이르면 반드시 돌아오게 마련이니, 그 이치가 반드시 이와 같다.(物極必反, 其理須如此.)"라고 한 데서 나온 말.

14) 渾淪(혼륜) : 뒤섞여 있어 나누어지지 않은 모양.

15) 茂叔(무숙) : 周敦頤(1017~1073)의 자. 본명은 敦實, 호는 濂溪, 시호는 元公. 우주론을 설명한 <太極圖說>과 윤리론을 이야기한 ≪通書≫를 지었다.

16) 程氏(정씨) : 程頤(1033~1107). 伊川선생이라 칭하는데, 송나라 때 발흥한 성리학의 기틀을 마련하여, 후에 朱子가 성리학을 집대성할 수 있게 해주었다. 好學論은 <안자가 좋아한 것이 어떠한 학문인가(顔子所好何學論)>라는 글을 가리킨다.

17) 橫渠(횡거) : 張橫渠. 중국 북송시대의 유교 철학자. 이름은 載. 訂頑은 西銘의 본명이다. 장횡거는 제자들을 가르치던 서원에 두 개의 창문을 동서로 내고 동쪽 창문에는 <砭愚>라는 제목의 글을, 서쪽 창문에는 <訂頑>이란 글을 써서 걸었다가, 伊川 程頤의 지적을 흔쾌히 받아들여 <東銘>과 <西銘>으로 바꾸었다.

18) 堯夫(요부) : 宋나라 도학자 邵雍(1011~1077)의 자. 호는 安樂先生. 邵康節이라고 불리운다. 周濂溪와 동시대 사람으로 李之才로부터 도서·天文·易數를 배워 仁宗의 嘉祐年間(1056~1063)에는 將作監主簿로 추대 받았으나 사양하고, 일생을 洛陽에 숨어 살았다. 그는 도가사상의 영향을 받고 유교의 易哲學을 발전시켜 특이한 數理哲學을 만들었다. 皇極은 ≪皇極經世≫를 지칭한다.

19) 延平(연평) : 宋나라 학자 李侗(1093~1163)의 호. 자는 愿中, 시호는 文靖. 楊時의 제자인 羅從彦에 수학하였고 朱子의 스승이다.

20) 紫陽(자양) : 朱熹의 별호.

21) 講明(강명) : 강구하여 밝힘.

退齋[1] 先祖院享時祭墓文

<table>
<tr><td>猗歟府君,</td><td>挺生麗末。</td></tr>
<tr><td>嶽降之英[2],</td><td>氷玉之潔。</td></tr>
<tr><td>得自家庭,</td><td>正直之節。</td></tr>
<tr><td>立朝崢嶸,</td><td>僚寀震縮。</td></tr>
<tr><td>湖節剛明,</td><td>贓汚屏息。</td></tr>
<tr><td>匪風冽泉[3],</td><td>莫奈運訖。</td></tr>
<tr><td>自靖以獻[4],</td><td>志遂罔僕[5]。</td></tr>
</table>

---

1) 退齋(퇴재) : 申祐의 호. 고려가 기울자 부친 允濡, 조카사위 吉再 등과 함께 남으로 내려 와 당시 尙州 丹密 萬景山으로 들어가 세거지를 틀었는데, 이는 松京을 바라본다는 뜻을 붙여 '望京'으로 새겼기 때문이라 한다. 고려가 망한 후, 태조가 왕 되기 전의 친구라 하 며 형조판서 벼슬을 주었으나 응하지 않았다. 한편, 아버지 版圖判書 允濡가 세상을 떠나 자 여묘살이 3년을 하였다. 그곳에 한 쌍의 靑竹이 돋아나니 당시 사람들은 孝誠에 감동 된 것으로 칭송하였는데, 조정에서는 그 마을을 효자리로 하게하고 旌閭를 내렸다. 사위 로는 金成美와 康居義, 조카사위로는 吉再, 외손서로는 李孟專, 외손자로는 康愼이 있다. 開城의 杜門洞書院과 丹密의 涑水書院에 배향되어 있다.

2) 嶽降之英(악강지영) : ≪詩經≫<大雅・崧高>의 "높디높은 산악이, 우뚝 하늘에 닿았도다. 이 산에서 신령을 내려 보후와 신백을 내셨도다. 보후와 신백 두 사람은 주나라의 기둥 이라, 사국의 번병이 되어 사국에 덕을 베풀도다.(崧高維嶽, 駿極于天. 維嶽降神, 生甫及申. 維申及甫, 維周之翰. 四國于蕃, 四方于宣.)"라는 구절을 염두에 둔 표현.

3) 匪風冽泉(비풍열천) : 冽泉은 <下泉>의 "차가운 저 하천이여.……저 주나라 서울을 생각 하노라.(冽彼下泉……念彼京周.)"는 구절에서 인용한 것이라, 결국 ≪詩經≫의 편명인 <匪風>과 <下泉>을 가리킴. 모두 周나라의 쇠퇴함을 賢人이 걱정하는 마음을 나타낸 시들로써 예전의 훌륭했던 정사를 흠모하는 내용이다.

4) 自靖以獻(자정이헌) : ≪書經≫<微子>의 "스스로 의리에 편안하게 하여 사람마다 스스로 선왕에게 뜻을 바쳐야 한다.(自靖, 人自獻于先王.)"는 구절에서 활용.

惠以携歸,	甘心蹈迹。
至孝格天,	血淚化竹。
鑴石數字,	萬世不泐(泐)。
表飾門閭,	赫赫耳目。
高蹈[6]危行[7],	宜享芬芯。
鄕後詢同,	建祠躋餟。
祭祀古義,	有待今日。
雲仍感戴,	虔告冥漠[8]。

---

5) 罔僕(망복): 망국의 신하로서 의리를 지켜 새 왕조의 신복이 되지 않으려는 절조를 말함. 殷나라가 망하려 하자 箕子가 "은 나라가 망하더라도 나는 남의 신복이 되지 않으리라. (商其淪喪, 我罔爲臣僕.)"라는 말에서 유래한다.(≪書經≫＜微子＞)

6) 高蹈(고도): 세속을 떠나 몸을 깨끗이 함.

7) 危行(위행): ≪論語≫＜憲問篇＞의 "나라에 도의가 있으면 말도 준엄하게 하고 행동도 준엄하게 하며, 나라에 도의가 없으면 행동은 준엄하게 하되 말은 공손하게 해야 한다.(邦有道, 危言危行, 邦無道, 危行言孫.)"는 구절에서 인용.

8) 冥漠(명막): 무덤에 묻혀 있는 사람을 일컬음.

祭寒岡[1]先生文

猗歟先生，　　　　道全德備。

爲世儒宗，　　　　矜式[2]士類。

言仁[3]之輯，　　　指南學者。

敎我以禮，　　　　俾有蹈[4]據。

力扶道脉，　　　　以正士趨。

遭遇聖明，　　　　致君唐虞[5]。

未克展布，　　　　不負所學。

行己之方，　　　　出處之節。

惟知德者，　　　　爲有所發。

如容瞽贅[6]，　　　非愚則僭。

顧惟顓蒙，　　　　寔切悼念。

---

1) 寒岡(한강) : 鄭逑(1543~1620)의 호. 본관은 淸州, 자는 道可, 시호는 文穆. 吳健에게 수학하고 曺植・李滉에게 性理學을 배웠다. 白梅園을 세워 제자를 가르치는 데 힘썼고, 壬辰亂 때에는 義兵을 일으켜 싸우기도 했다. 문신 겸 학자로서, 경학을 비롯하여 산수부터 풍수에 이르기까지 정통하였고 특히 예학에 밝았으며 당대의 명문장가로서 글씨도 뛰어났다. ≪寒岡集≫이 있다.

2) 矜式(긍식) : 존경하여 본보기를 삼음.

3) 言仁(언인) : 정구가 1604년 엮은 ≪洙四言仁錄≫.

4) 有蹈(유도) : 곧은길을 감. 齊나라 魯仲連이, 만약 포악무도한 秦나라가 황제로 천하에 군림할 경우에는 "동해 바다를 밟고 죽을지언정 차마 그 백성으로 살아갈 수는 없다.(連有蹈東海而死耳, 吾不忍爲之民也.)"고 한 데서 나온 말이다.

5) 唐虞(당우) : 堯임금과 舜임금.

6) 瞽贅(고췌) : 瞽說과 贅說. 고설은 아무 것도 모르고 하는 말, 췌설은 하지 않아도 좋을 쓸데없는 말이다.

泰山頹矣,　　　　　　　　樑木摧矣[7]。
公哀私痛,　　　　　　　　曷有其已。

---

7) ≪禮記≫<檀弓 上>의 "태산이 무너지려는가, 대들보가 부러지려는가, 철인이 시들려는
가.(泰山其頹乎? 梁木其壞乎? 哲人其萎乎?)"에서 나온 말. 偉人이나 善人의 죽음을 뜻하는
말로, 孔子가 이 노래를 부른 뒤 1주일 만에 세상을 떠난 고사에서 유래한 것이다.

祭旅軒¹⁾先生文

姫孔²⁾正緒, 　　洛建³⁾眞源。

天人之學, 　　性命之原。

明誠⁴⁾互進, 　　體用⁵⁾俱存。

精一⁶⁾益究, 　　達三愈尊⁷⁾。

1) 旅軒(여헌)：張顯光(1554~1637)의 호. 본관은 仁同, 자는 德晦. 1595년 학행으로 천거되어 報恩縣監을 지내고, 여러 차례 관직에 임명되었으나, 벼슬에 뜻이 없어 모두 사퇴하고 학문 연구에만 전심하여 李滉의 문인들 사이에 확고한 권위를 인정받았다. 1636년 병자호란 때에는 각지에 격문을 보내어 근왕의 의병을 일으키고 군량의 조달에 나섰으며, 패전 후 동해안의 입암산에서 은거하였다. 영남의 많은 남인 학자들을 길러냈다.
2) 姫孔(희공)：周公과 孔子. 주공의 성은 姫, 이름은 旦. 周나라 文王의 아들이자, 천하의 평정을 이룩했던 주나라 武王의 동생으로 주 왕조의 기틀을 확립했다. 어린 조카 成王을 도와 제도와 예악을 정비하여 주나라의 문화발전에 이바지하였다.
3) 洛建(낙건)：程朱學을 말함. 程子는 洛陽에서 살고 朱子는 福建에서 살며 강학하였던 데서 연유한다.
4) 明誠(명성)：明은 사리를 분명히 아는 것이고, 誠은 마음에 거짓이 없고 지극히 진실한 상태임. ≪中庸章句≫에 子思가 천도와 인도의 뜻을 설명하기 위해 "誠으로 말미암아 밝아지는 것을 '性'이라 하고, 明으로 말미암아 誠해지는 것을 '敎'라 하니, 誠하면 밝아지고 밝아지면 誠해진다.(自誠明, 謂之性, 自明誠, 謂之敎, 誠則明矣, 明則誠矣.)"고 한 데서 나온 말이다. 誠은 성실히 하는 것으로 行에 해당하고, 明은 이치를 밝히는 것으로 知에 해당하며, 性은 배우지 않고 본성대로 하는 것으로 성인을 이르고, 敎는 가르침을 받아야 비로소 선행을 하는 현인을 이른다.
5) 體用(체용)：體는 明德(덕을 밝히는 것)이고, 用은 新民(백성의 덕을 새롭게 하는 것)임.
6) 精一(정일)：정밀하게 이치를 살피고 專一하게 실행을 한다는 뜻. ≪書經≫＜虞書·大禹謨＞에서 순임금이 우임금에게 천하를 양위할 때 "인심은 위태하고 도심은 미묘하니 오직 정밀하고 전일하여야 진실로 그 중을 잡으리라.(人心惟危, 道心惟微, 惟精惟一, 允執厥中.)"고 한 데서 나온다.
7) ≪孟子≫＜公孫丑章句 下＞의 "이 세상에 누구나 존경하는 것이 세 가지 있으니 관작과 연치와 덕이 그것이다.(天下有達尊三, 爵一齒一德一)"에서 나온 말.

堅金之粹，　　　　　良玉之溫。

風和日暖，　　　　　天地流8)元。

羲繇9)奧旨，　　　　　如誦已言。

如丁10)解牛，　　　　　如扁11)見垣。

淵深發輝，　　　　　指掌犛昏。

明后屢倚，　　　　　異數頻煩。

卷懷12)高蹈13)，　　　　賁趾丘園14)。

浮雲爵祿，　　　　　志在林樊。

言以事君，　　　　　奏疏極論。

心中包括，　　　　　靜裏乾坤。

齒隆德邵15)，　　　　造詣16)彌惇。

諄諄17)誨誘，　　　　輻湊屏軒18)。

駑劣矜式，　　　　　餘馥荷恩。

龍亡虎逝19)，　　　　蕙摧20)桑甂21)。

---

8) 流(유)：流行. 특정한 행동 양식이나 사상 따위가 일시적으로 많은 사람의 추종을 받아서 널리 퍼짐.

9) 羲繇(희요)：伏羲氏의 ≪周易≫.

10) 丁(정)：庖丁. ≪莊子≫＜養生主篇＞에 요리의 명인으로 언급된다.

11) 扁(편)：扁鵲. 전국시대의 名醫로서 전설적 명성을 남겼다.

12) 卷懷(권회)：말아서 품는다는 뜻으로, 자기의 재능을 감추고 드러내지 않음을 일컫는 말.

13) 高蹈(고도)：세속을 떠나 몸을 깨끗이 보전함.

14) 賁趾丘園(분지구원)：구원은 언덕과 전원으로 隱士가 거처하는 곳을 이르며, 발을 꾸민다는 것은 수레를 버리고 도보로 걷는 것으로 부귀영화를 버림을 뜻하는데, ≪周易≫＜賁卦·初九＞의 “그 발을 꾸밈이니 수레를 버리고 걸어서 간다.(賁其趾, 舍車而徒.)”에서 나온 말. 그 ＜象傳＞에 “수레를 버리고 걸어서 가는 것은 의리상 수레를 탈 수 없어서이다.” 하였다. 군자다운 덕을 가지고서도 높은 자리에 올라 덕을 베풀지는 못하고 초야에 묻혀 지내면서 자신의 행실을 닦았다는 의미이다.

15) 漢나라 揚雄이 지은 ≪法言≫＜孝至＞의 “나이가 들수록 덕도 따라서 높아져야만 공자의 문도라고 할 수 있을 것이다.(年彌高而德彌邵者, 是孔子之徒與.)”에서 나온 말.

16) 造詣(조예)：지식이나 경험이 깊은 경지에 이른 정도.

17) 諄諄(순순)：타이르는 태도가 아주 다정하고 친절함.

18) 屏軒(병헌)：軒屏. 상대방을 지칭.

著龜²²⁾策秘,　　　　　　　縫掖²³⁾聲呑。

臨門一慟,　　　　　　　　爲國難諼。

---

19) 蘇軾의 <祭歐陽文忠公文>에서 歐陽脩의 죽음에 대해 "비유하자면 깊은 산, 큰 못에 용이 죽고 범이 떠나면 온갖 변괴가 나와 미꾸라지와 두렁허리가 춤추고 여우와 살쾡이가 울부짖는 것과 같다.(譬如深山大澤, 龍亡而虎逝, 則變怪雜出, 舞鰌鱓而號狐狸.)"고 한 데서 나온 말. 훌륭한 인물의 죽음을 비유하는 말이다.

20) 蕙摧(혜최) : 蕙折蘭摧. 혜초 난초 꺾어짐.

21) 桑鱍(상변) : 桑田碧海. 뽕나무밭이 변하여 푸른 바다가 된다는 뜻으로, 세상일의 변천이 심함을 비유적으로 이르는 말.

22) 著龜(시귀) : 점칠 때 쓰는 蓍草와 거북. ≪周易≫<繫辭傳>의 "숨겨진 것을 찾고 심원한 것을 끌어내어 천하의 길흉을 정하고 천하의 힘써야 할 일을 이루는 것은 시초와 거북보다 더 큰 것이 없다.(探賾索隱, 鉤深致遠, 以定天下之吉凶, 成天下之亹亹者, 莫大乎蓍龜.)"고 한 말에서 나온 것으로, 믿고서 의지할 수 있는 '나라의 元老'를 일컫는다.

23) 縫掖(봉액) : 소매 밑에서부터 縫合한 옷. 선비가 입는 도포의 별칭인데, 공자가 이 옷을 입었다 하여 儒服을 그렇게 말한다.

祭李敬亭¹⁾文[代氷溪儒生作]

惟靈,

風度爽雅,	德宇淵廓。
淸修寡侶,	簡重多質。
早擢嵬科,	晩不輟學。
力旣中積²⁾,	詞乃外發。
龍戲巨壑³⁾,	鳳翥廣漠。
文優典衡,	位不滿德⁴⁾。
趨榮斷方,	世多乾沒⁵⁾。
公立脊梁,	確不回屈。
養性林泉,	以樂餘日。

---

1) 敬亭(경정) : 李民宬(1570~1629)의 호. 본관은 永川, 자는 寬甫. 관찰사 李光俊의 아들이다. 1597년 廷試文科에 갑과로 급제하여 注書·兵曹正郎·正言·修撰 등을 역임하였다. 1617년 廢母論을 반대하다가 삭직 당했고, 1623년 書狀官으로 명나라를 다녀왔으며, 1627년 정묘호란 때는 의병장으로 활약하면서 전주에까지 진출하여 왕세자를 보호했다. 의성의 藏待書院에 배향되었다.

2) 《論語》〈憲問篇〉의 "덕이 있는 자는 화순함을 마음속에 쌓여 영화가 바깥으로 발하고, 말이 능한 자는 혹 말만 잘하여 입을 잘 놀릴 뿐이라.(有德者, 和順積中, 英華發外. 能言者, 或便口給而已.)"는 구절을 염두에 둔 표현인 듯.

3) 巨壑(거학) : 큰 구덩이라는 뜻이나, 여기서는 바다를 일컬음.

4) 《孟子》〈離婁章句 上〉의 "천하에 도가 있을 때엔 작은 덕을 지닌 사람이 큰 덕을 지닌 사람에게 부림을 당한다.(天下有道, 小德役大德.)"는 구절이 있는데, 주자가 "도가 있는 세상에서는 사람들이 모두 덕을 닦아 지위가 반드시 덕의 크기에 걸맞았다.(有道之世, 人皆修德, 而位必稱其德之大小.)"고 주를 단 데서 나온 말.

5) 乾沒(건몰) : 물을 말려 없애듯이 남의 재산을 마구 횡령하거나 몰수하는 것을 말함.

處已眞率,	裁事密勿6)。
況我書院,	公所致力。
規劃宿弊,	策拔惰習。
鄕賴變善,	士依問業。
天胡降酷,	奪吾何速。
行路7)尙淚,	矧在誘掖8)。
山瓢一酹,	衆悰莫逆。

■참고 : ≪敬亭先生集年譜≫(권2, 附錄)의 신적도 〈祭文〉

嗚呼惟靈。

風度爽雅, 德宇淵廓。 淸修寡侶, 簡重多質。
早擢巍科, 晩不輟學。 力旣中積, 詞乃外發。
龍戱巨壑, 鳳翥廣漠。 文優典衡, 位不滿德。
趨榮眡方, 世多乾沒。 公立脊梁, 確不回屈。
養性丘園, 以樂餘日。 處已眞率, 裁事密勿。
況我書院, 公所致力。 規劃宿弊, 策拔惰習。
鄕賴變善, 士倚問業。 天胡降酷, 奪吾何速。
行路尙淚, 矧在誘掖。 山瓢一酹, 衆悰莫違。

---

6) 密勿(밀물) : 애쓰고 힘씀.
7) 行路(행로) : 行人. 길 지나가는 사람.
8) 誘掖(유액) : 인도하여 도와줌.

祭申河陰[1]文

於乎,

天之生公,　　　　　若將有爲於世。

天之奪公,　　　　　何速之至此。

才不展時,　　　　　位不滿德[2]。

邦其殄瘁[3],　　　　民亦無祿。

時耶命耶,　　　　　天不可諶。

如我疎愚,　　　　　志契斷金[4]。

屢枉高駕[5],　　　　幾荷偲切[6]。

---

1) 河陰(하음) : 申楫(1580~1639)의 호. 본관은 寧海, 자는 汝涉. 鄭經世의 문인이다. 1606년 식년문과에 급제하여, 文翰職인 典籍을 지냈다. 광해군이 즉위한 뒤 대북정권이 패륜행위를 거듭하자 벼슬을 버리고 명승지를 찾아 유랑하였다. 1627년 정묘호란 때는 江原都事로 종군하였으며, 1636년 병자호란 때는 의병장이 되었고, 사복시정(司僕寺正)에 이르렀다. 효성이 지극하고 지조가 강하였다. 성리학을 비롯하여 의약·卜筮·지리·천문 등에 통달하였으며, 스승 정경세와 학문과 의례에 대하여 많은 토론을 하였다.

2) ≪孟子≫<離婁章句 上>의 "천하에 도가 있을 때엔 작은 덕을 지닌 사람이 큰 덕을 지닌 사람에게 부림을 당한다.(天下有道, 小德役大德.)"는 구절이 있는데, 주자가 "도가 있는 세상에서는 사람들이 모두 덕을 닦아 지위가 반드시 덕의 크기에 걸맞았다.(有道之世, 人皆修德, 而位必稱其德之大小.)"고 주를 단 데서 나온 말.

3) ≪詩經≫<大雅·瞻卬>의 "현인이 이제 사라졌으니, 나라가 장차 병들게 되었도다.(人之云亡, 邦國殄瘁.)"에서 나온 말.

4) ≪周易≫<繫辭傳 上>의 "두 사람이 마음을 같이하면 쇠도 자를 수 있고 그들의 말은 난초 향기와 같다.(二人同心, 其利斷金, 同心之言, 其臭如蘭.)"에서 나온 말.

5) 高駕(고가) : 높은 수레라는 뜻이나, 상대방의 찾아옴을 높여 일컫는 말.

6) 偲切(시절) : ≪論語≫<子路篇>의 "간절하게 책선하고 친절하게 알려주어 격려하며 순순하게 화락한다면 선비라고 부를 수 있다.(切切偲偲, 怡怡如也, 可謂士矣.)"에서 나온 말. 切切은 간절하게 責善해서 권장하는 일이고, 偲偲는 친절하게 알려주어 격려하는 일이다.

今其已矣,　　　　　儀形永隔。

病未執紼7),　　　　　情義俱闕。

單杯隻雞8),　　　　　聊奠路左。

不昧者存,　　　　　庶幾顧我。

■참고 : ≪河陰先生文集≫(권9, 附錄)의 신적도 〈祭文〉

天之生公,　　　　　若有意於斯世。

天之奪公,　　　　　又何速之至此。

才不時展,　　　　　位不滿德。

邦其殄瘁,　　　　　民亦無祿。

時耶命耶,　　　　　天不可諶。

如我疎愚,　　　　　志契斷金。

屢枉皂蓋,　　　　　幾年偲切。

今其已矣,　　　　　儀形永隔。

病未執紼,　　　　　情義俱闕。

單杯隻雞,　　　　　聊奠路左。

不亡者存,　　　　　庶幾顧我。

---

7) 執紼(집불) : 상여 줄을 잡음. 곧 장례에 참석하다는 뜻이다.
8) 單杯隻雞(단배척계) : 변변찮은 제사 음식. 後漢 때의 徐穉는 먼 곳에 問喪을 갈 때 솜에 술을 적시고 그것으로 구운 닭을 싸 가지고 갔는데, 빈소에 도착해서는 솜을 물에 적셔 술을 만들고 구운 닭과 함께 상에 올린 뒤에 문상을 하였다고 한 데서 나오는 말이다.

祭仲弟¹⁾修撰文

嗟嗟余弟, 棄我而先, 敦厚之容, 剛方之姿, 正直之氣, 慷慨之論, 吾不可復
得而聞見矣。昔我弟兄, 獲戾于天, 歲甲寅²⁾, 荐遭終天之痛³⁾。風樹⁴⁾之懷, 何
可勝言? 孑孑餘生, 形單影隻⁵⁾, 白首相托。

惟我三人⁶⁾, 奈何奇禍荐臻, 喪患疊出? 季嫂之喪⁷⁾, 鄭壻之歿⁸⁾, 任妹之逝⁹⁾,

---

1) 仲弟(중제) : 申達道(1576~1631)를 가리킴. 본관은 鵝洲, 자는 亨甫, 호는 晩悟. 月川 趙穆
   과 旅軒 張顯光의 문인이다. 1610년 사마시에 입격하였으나, 정계가 혼란하여 광해군 때
   는 벼슬에 나아가지 않았다. 1623년 명나라 熹宗의 등극을 기념하여 치러진 儒生庭試에
   갑과로 장원급제하여, 文翰官을 거쳐 1627년 사간원 정언에 이어 곧 持平으로 승진하였
   다. 이해 6월 병조판서 李貴의 전횡을 배척하는 상소를 올려 이귀의 미움을 사서 부사직
   으로 전보되었다. 1627년 정묘호란 때 尹煌과 함께 斥和論을 적극적으로 주장하다가 파
   직되었다. 또 1629년 사헌부장령이 되었을 때, 內需司가 進上을 과다하게 강요하는 폐단
   을 없애라는 상소를 올렸다. 도승지에 추증되었고, 시문집에 ≪만오문집≫이 있다.
2) 歲甲寅(세갑인) : 광해군 6년인 1614년.
3) 終天之痛(종천지통) : 悲痛이 무한히 오래간다는 말로 보통 부모상을 이름. 갑인년인 1614
   년 4월 16일 모친이 죽고, 그해 6월 27일에 부친이 죽어, 같은 해 12월 28일에 두 분을
   합장한 사실을 일컫는다.
4) 風樹(풍수) : 세상을 떠난 부모를 생각하는 슬픈 마음을 의미함. 孔子가 길을 가는데 皐魚
   란 사람이 슬피 울고 있기에 까닭을 물었더니, "나무는 고요하고자 하여도 바람이 그치
   지 않고 자식이 봉양하고 싶어도 어버이는 기다려 주지 않는다.(夫樹欲靜而風不止, 子欲養
   而親不待.)"고 한 데서 유래한다.
5) 韓愈가 그의 조카 韓老成에 대한 제문인 <祭十二郎文>의 "나에게 위로 세 분 형님이 계
   셨지만 모두 불행히 일찍 돌아가셨으니, 선인의 후사를 이을 자로는 손자의 항렬에서는
   오직 너뿐이고 자식의 항렬에서는 오직 나뿐이다. 두 대에 걸쳐 한 사람씩 뿐이어서 외
   롭고 의지할 곳 없으니, 형수가 항상 너를 어루만지고 나를 가리켜 말씀하시기를, '한씨
   집안은 두 대에 걸쳐 오직 이뿐이다.' 하였는데, 너는 당시에 더욱 어렸으므로 응당 기
   억하지 못할 것이고 나는 당시에 기억할 수는 있었으나 또한 그 말이 슬픈 줄은 몰랐
   다.(吾上有三兄, 皆不幸早世, 承先人後者, 在孫惟汝, 在子惟吾. 兩世一身, 形單影隻, 嫂常撫汝指
   吾而言曰 : '韓氏兩世惟此而已.' 汝時尤少, 當不復記憶, 吾時雖能記憶, 亦不知其言之悲也.)"에
   서 나온 말.

俱在於昨年之內, 至今年, 又哭君焉。嗚乎! 吾未耄期[10], 而一二年來, 哭弟妹嫂壻, 于人世, 此吾所以拊膺長吁, 號彼蒼而痛哭者也。

嗚乎! 今歲仲春[11], 余自嶺東[12], 來省墳墓, 鴒原[13]久別, 一場團圓, 其樂如何? 而君方臥痾, 顏色之悴, 形容之瘦, 異於前日, 不得聯枕共被[14], 穩敍積阻之懷。然而稟質康彊, 必享期頤[15], 未始以爲憂也。嗚乎! 其竟以此而遽至不淑[16]耶? 抑自天有命, 强疾趨朝, 驅馳道路, 厥證轉劇而然耶? 天乎天乎! 未知吾家有何積殃而奪我賢弟之速耶?

嗚乎! 君有孝親之誠, 忠君之節。始於庭闈, 養志無違, 左右無方[17], 供爲職分之當爲[18]。終於事君, 匪躬[19]匪懈, 直言讜論, 有以感至尊而震奸佞, 名顯朝端[20], 幷闡先德, 此孝之至·忠之大者也。嗚乎! 以余弟之康彊·余弟之忠孝,

---

6) 我三人(아삼인) : 申適道, 申達道, 申悅道 3형제.

7) 季嫂之喪(계수지상) : 신적도의 막내동생 申悅道의 부인. 그녀의 할아버지는 鶴峰 金誠一이고 아버지는 金㴐인데, 1630년 2월 26일에 죽었다.

8) 鄭壻之歿(정서지몰) : 둘째사위 鄭復亨. 그의 본관은 東萊, 현감을 지냈다.

9) 任妹之逝(임매지서) : 任乃重에게 시집간 누이. 임내중의 본관은 豊川, 무과에 급제하여 主簿를 지냈다.

10) 耄期(모기) : 여든 살부터 백 살까지의 나이를 일컬으나, 보통 고령이란 뜻으로 쓰임.

11) 仲春(중춘) : 봄이 한창인 때라는 뜻으로, 음력 2월을 달리 이르는 말.

12) 조선시대 강원도 양양의 祥雲驛을 중심으로 한 驛道인 祥雲道의 察訪을 하다가 돌아온 것을 일컬음.

13) 鴒原(영원) : 형제간의 우애를 말하는데, 흔히 형제의 뜻으로 쓰임. ≪詩經≫<小雅·常棣>의 "물새가 언덕에 있으니, 형제가 위급함을 서로 구하네. 언제나 좋은 벗 있지만 길이 탄식만 할 뿐이네.(脊令在原, 兄弟急難. 每有良朋, 況也永歎.)"에서 나온 말이다. '脊令'은 곧 할미새로 '鶺鴒'과 같다.

14) 聯枕共被(연침공피) : 베개를 나란히 베고 이불을 함께 덮음.

15) 期頤(기이) : 백 세.

16) 不淑(불숙) : 불미스러운 일. 여기서는 죽음을 일컫는다.

17) ≪禮記≫<檀弓 上>의 "부모를 섬길 때에는……좌우에서 나아가 봉양함에 정해진 도가 없다.(事親……左右就養無方.)"에서 나온 말.

18) ≪孟子≫<萬章章句 上>의 "나는 힘을 다하여 밭을 갈아서 자식된 구실을 다할 뿐이니, 부모가 나를 사랑하시지 않는 것이야 나에게 무슨 책임이 있는가?(我竭力耕田, 共爲子職而已矣, 父母之不我愛, 於我何哉?)"에서 나온 말. 共은 恭으로도 供으로도 볼 수 있다.

19) 匪躬(비궁) : ≪周易≫<蹇卦·六二>의 "왕의 신하가 국가의 어려움에 충성을 다하는 것은 자신의 緣故 때문이 아니다.(王臣蹇蹇, 匪躬之故.)"에서 나온 말. 신하가 국사를 돌봄에 있어서 자신의 안위는 생각하지 않고 오직 국사에만 힘을 다하는 것을 말한다.

何其位不滿德21), 而年不至大耊22)也。所謂天者誠難明, 而理者亦不可推矣23)。

嗚乎! 君少乎余二歲, 自離膝下, 食則同餐, 衣則更衣, 學則聯床, 出則幷駕, 友于24)之樂, 不啻塤唱而篪和25)。今焉已矣。白首相失, 哀哀此生, 疇托疇依? 今吾毛血日益衰, 志氣日益微26), 左右齒牙, 皆動撓脫落27), 何以圖於久長哉? 思將投紱南歸, 自放於虎溪之上, 更敍天倫之樂事28), 孰謂余弟遽去吾而歿乎? 誠知其如此, 豈肯一日相離而抱此無窮之慟耶。一在天之南, 一在地之東, 病而不能分其痛, 歿而不能知其日。旣不得執手而永訣, 又不得憑棺而盡哀, 幽明之間, 此恨如何?

嗚乎! 念君永歸, 無復來期, 憑穴一痛, 是吾之至願。而入冬以來, 宿痾復發, 又拘職撓, 跂余天南, 不能奮飛, 呼天之慟, 曷有其極? 緘辭千里, 以寓至痛。靈其知耶? 否耶? 嗚乎! 哀哉。

---

20) 朝端(조단) : 朝廷.
21) 《孟子》〈離婁章句 上〉의 "천하에 도가 있을 때엔 작은 덕을 지닌 사람이 큰 덕을 지닌 사람에게 부림을 당한다.(天下有道, 小德役大德.)"는 구절이 있는데, 주자가 "도가 있는 세상에서는 사람들이 모두 덕을 닦아 지위가 반드시 덕의 크기에 걸맞았다.(有道之世, 人皆修德, 而位必稱其德之大小.)"고 주를 단 데서 나온 말.
22) 大耊(대질) : 나이 80을 가리키는 말.
23) 韓愈가 그의 조카 韓老成에 대한 제문인 〈祭十二郎文〉의 "이른바 하늘이라는 것은 참으로 헤아리기 어려운 것이요, 귀신이라는 것은 참으로 드러내 밝히기 어려운 것이다. 그리고 이른바 이치라는 것도 미루어 짐작할 수가 없고, 수명이라는 것도 도시 알 수가 없다.(所謂天者誠難測, 而神者誠難明矣. 所謂理者不可推, 而壽者不可知矣.)"에서 나온 말.
24) 友于(우우) : 惟孝友于兄弟. 형제간의 우애를 뜻하는 말로도, 형제를 가리키는 말로도 쓴다.
25) 塤唱而篪和(훈창이지화) : 하나는 나팔 불고 하나는 화답하여 저를 불듯이 화합하여 지냄.
26) 韓愈가 그의 조카 韓老成에 대한 제문인 〈祭十二郎文〉의 "체력이 날마다 더욱 쇠약해지고 의지와 원기가 날로 쇠미해지니, 너를 따라서 죽지 않을 날이 그 얼마나 되겠는가?(毛血日益衰, 志氣日益微, 幾何不從汝而死也?)"에서 나온 말.
27) 韓愈가 그의 조카 韓老成에 대한 제문인 〈祭十二郎文〉의 "흔들거리던 치아는 혹 떨어져 빠지게 되었다.(動撓者或脫落矣.)"에서 나온 말.
28) 李白이 지은 〈春夜宴桃李園序〉의 "복사꽃 오얏꽃이 만발한 꽃다운 동산에 모여, 형제들끼리 천륜의 즐거운 일을 펴노라.(會桃李之芳園, 序天倫之樂事.)"에서 나온 말.

嗟嗟余弟, 棄我而先, 莊重之容, 純粹之姿, 正直之氣, 超邁之論, 吾不可復得而見, 而復得而聞矣。昔我兄弟, 獲戾于天, 歲甲寅, 疊遭終天之痛。孑孑餘生, 形單影隻, 白首相托。惟我三人, 奈何奇禍荐臻, 喪威連仍。季嫂之喪, 鄭壻之歿, 任妹之逝, 俱在於去年之內, 至今年, 又哭君焉。嗚呼。吾未耋期, 而一二年來, 哭弟妹嫂壻, 于人世, 何如也? 此吾所以撫膺長吁, 號彼蒼而痛哭者也。嗚呼。今歲仲春, 余自嶺東, 來省墳墓, 鴒原久別, 一場團圓, 其樂如何? 而君方臥痾, 顏色之悴, 形容之瘦, 異於前日, 不得聯枕共被, 穩叙積阻之懷。然而稟質完厚, 必享其期頤, 未始以爲憂也。嗚呼。其竟以此而遽至不淑耶? 抑自天有命, 强疾趨朝, 驅馳道路, 撼頓添劇而然耶? 天乎天乎。不知吾家有何積釁而奪我賢弟若是之速耶? 嗚呼。君以卓越之才, 加之以確實之工, 浸灌乎道義。淬礪乎名節。始於庭闈, 養志無違, 左右無方, 恭爲職分之當爲。終於事君, 匪躬不懈, 直言讜論, 有以感至尊而震奸佞, 此孝之至忠之大者也。以余弟之忠孝經學, 上可以黼黻皇猷, 下可以嘉惠來學, 而天不假年, 竟未得展其所蘊。所謂天者誠難明, 而理者亦不可推矣。嗚呼。余弟少老兄纔三歲, 自離膝下, 食則同餐, 衣則更衣, 學則連床, 出則幷駕, 友于之樂, 不啻塤唱而箎和。今焉已矣。白首相失, 哀哀此生, 何托何依? 今吾毛血日益衰, 志氣日益微, 左車齒牙, 皆動搖脫落, 又可以圖於久長哉? 思將投紱南歸, 自放於荒閒寂寞之濱, 更叙天倫之樂事, 孰謂余弟遽棄我而先逝乎? 誠知其如此, 豈肯一日相離而抱此無涯之痛耶。嗚呼。一在天之南, 一在地之東, 病而吾不能分其痛, 歿而吾不能知其日。旣不得握手而永訣, 又不得憑棺而盡哀, 幽明之間, 此恨如何? 念君永歸, 無復來期, 憑穴一痛, 是吾之至願。而入冬來, 宿痾轉劇, 又拘職役, 跂余天南, 不能奮飛, 呼天之慟, 曷有其極? 自今以來, 吾其無意於人世矣。緘辭千里, 以寓至慟。靈其知耶? 否耶? 嗚呼哀哉。

虎溪先祖遺集　卷之五
附錄

遺事

府君諱適道，字士立，自號虎溪。姓申氏，肇祖於壯節公[1]，十二世至鵝洲君[2]，諱益休，金紫光祿大夫，以勳錫封焉，平山分貫。昉於此，四世有版圖判書。諱允濡[3]，以淸直比唐介，諡貞肅，載東史。生子按廉使，諱祐，號退齋[4]。麗運訖，與吉冶隱[5]，携歸南下。親喪泣血，有雙竹生，命旌閭。鄭文莊公[6]表

---

1) 壯節公(장절공) : 申崇謙의 諡號.

2) 鵝洲君(아주군) : 申益休의 封號. 관직은 金紫光祿大夫 門下侍郎을 지냈으며, 軍功으로 鵝洲君에 봉해졌다. 따라서 자손들은 아주군으로 分貫하였다. 묘는 開城府 三岐里에 있다. 부인은 慶州金氏로 합장했다.

3) 允濡(윤유) : 아주신가 5세손 申允濡. 원래 초명은 元濡였다가 忠宣王을 諱하기 위하여 이름을 고쳤다. 고려조에서 奉翼大夫 版圖判書 겸 군기시별검교사(軍器寺別檢校事)를 지냈는데, 국사를 그르치는 간신배를 베어낼 것을 극간하는 등 목숨을 돌아보지 않는 충성을 보였으니, 그의 청직함은 宋나라의 唐介에 비유되었다. 당개는 宋나라 사람으로 皇祐연간에 殿中侍御史가 되어 간쟁할 때 권력자들을 피하지 않다가 재상 文彦博 휘하의 사람을 탄핵하다 英州別駕로 좌천당했던 인물이다. 소환되어 다시 諫院을 맡았는데, 언사가 예전과 변함이 없어 다시 여러 고을의 知州를 전전했던 인물이다.

4) 退齋(퇴재) : 고려조에서 全羅道按廉使를 지낸 아주신가 6세손 申祐의 호. 고려가 기울자 부친 允濡, 조카사위 吉再 등과 함께 남으로 내려와 당시 尙州 丹密 萬景山으로 들어가 세거지를 틀었는데, 이는 松京을 바라본다는 뜻을 붙여 '望京'으로 새겼기 때문이라 한다. 고려가 망한 후, 태조가 왕 되기 전의 친구라 하며 형조판서 벼슬을 주었으나 응하지 않았다. 한편, 아버지 版圖判書 允濡가 세상을 떠나자 여묘살이 3년을 하였다. 그곳에 한 쌍의 靑竹이 돋아나니 당시 사람들은 孝誠에 감동된 것으로 칭송하였는데, 조정에서는 그 마을을 효자리로 하게하고 旌閭를 내렸다. 사위로는 金成美와 康居義, 조카사위로는 吉再, 외손서로는 李孟專이 있다. 開城의 杜門洞書院과 丹密의 涑水書院에 배향되어 있다.

5) 冶隱(야은) : 吉再(1353~1419)의 호. 본관은 海平, 자가 再父. 호가 金烏山人도 있다. 시호는 忠節이며, 구미에서 태어났다. 李穡·鄭夢周·權近 등의 문하에서 학문을 익혔다. 1374년 生員試에, 1383년 司馬監試에 합격하고, 그해 중랑장 申勉의 딸과 결혼하였다. 조선이 건국된 뒤 1400년에 이방원이 太常博士에 임명하였으나 두 임금을 섬기지 않겠다는 뜻을 말하며 거절하였다. ≪冶隱集≫의 ＜行狀＞과 ≪世宗實錄≫ 1년 4월 12일조 4번째 기사 ＜高麗 門下注書 吉再 卒記＞를 보면, 다음과 같은 일화들이 전한다. 장인 申勉이

其墓, 享涑水書院。生諱光富[7], 仕本朝, 歷敭臺省[8], 以直諫, 貶爵府令。生諱士廉[9], 彦陽縣監, 有龔黃[10]之稱。生子錫命[11], 陞司馬有詩聲, 於公間五世, 始移于義城元興洞。高祖諱俊禎, 行訓導。曾祖諱壽[12], 慶基殿參奉不就, 周愼齋[13]誌其墓。祖曰元祿[14], 號悔堂, 三邑校官。往從陶山門, 得聞旨訣, 以

일찍이 10여 명의 종이 있었는데, 도피하여 해가 지나도 돌아오지 않으므로, 자손과 약속하기를, "찾은 자에게 넘겨주라." 하니, 길재가 마침 찾아내었다. 그래서 신면은 약속과 같이 하려 하니, 길재는 굳이 사양하므로, 몰래 약속한 바와 같이 증서를 만들어 주었다. 길재는 얼마 뒤에 문서를 뒤지다 그것을 보고 또 굳이 사양하니, 신면은 성내어 하는 말이, "벼슬도 사양하고 노복도 사양하니, 사람의 처사는 아니다." 하였다. 길재는 이르기를, "자손은 조상의 遺體인데 厚薄을 두어서는 되겠습니까? 嫡子가 이미 죽고 없으니, 비록 서자라도 마땅히 제사를 받들어야 하는 것인즉, 소중하지 않을 수 없습니다." 하고, 드디어 나누어 반 이상을 주었다. 또 길재 나이 62세 때(1414) 장인이 돌아가시자, 마침 喪主가 從軍하여 미처 돌아오지 못하였으므로, "내가 신씨 가문에서 받은 은혜는 너무나 무거웠다." 하고, 緦麻服을 입고, 100여 일을 나다가 상주가 돌아오자, 비로소 服을 벗었다고 한다. 신면은 퇴재공의 아우라, 길재는 퇴재공의 질서이다.

6) 文莊公(문장공) : 鄭經世(1563~1633)의 諡號. 본관은 晉州, 자는 景任, 호는 愚伏·一默·荷渠. 경북 尙州에서 출생했고, 柳成龍의 문인이다. 1582년 진사를 거쳐 1586년 謁聖문과에 급제, 승문원 副正字로 등용된 뒤 검열·奉敎를 거쳐 1589년 賜暇讀書를 하였다. 1592년 임진왜란이 일어나자 의병을 일으켜 공을 세워 修撰이 되고 정언·교리·정랑·司諫에 이어 1598년 경상도·전라도 관찰사가 되었다. 광해군 때 鄭仁弘과 반목 끝에 削職되었다. 예론에 밝아서 김장생 등과 함께 예학파로 불렸다. 시문과 서예에도 뛰어났다.

7) 光富(광부) : 아주신가 7세손 申光富. 邑派의 派祖이다. 문과에 급제하였고, 臺省에 출입하면서 강직하여 權奸들의 미움을 받았다. 中顯大夫 內府令 軍器寺主簿를 지냈다.

8) 臺省(대성) : 臺는 臺院·殿院·察院 등의 御史臺를 말하고, 省은 中書·尙書·門下의 3省을 말함. 이들 관직은 모두 (淸要職으로 일컬어진다.

9) 士廉(사렴) : 아주신가 8세손 申士廉. 通德郎 彦陽縣監을 지냈다.

10) 龔黃(공황) : 漢나라 때 지방장관으로 선정을 베풀어 治民의 으뜸으로 꼽혔던 渤海太守 龔遂와 潁川太守 黃覇를 아울러 일컬은 말.

11) 錫命(석명) : 아주신가 9세손 '申錫命'을 가리킴. 그는 司馬試에서 '有月中桂' 科題에 대해, "누가 영롱한 달에다 / 계수나무 옮겨 심었나. / 토끼 궁전에 그림자 드리우고 / 천리 밖까지 향기가 그윽하네. / 달을 꿰뚫어야 / 잎이라도 딸 수 있을런가. / 가지라도 잡아야 할 듯한데 / 어느 때나 잡을 수 있을꼬 / 먼저 꺾고 술잔 기울여야만 / 일산을 푸른 하늘로 추어올리리라.(誰把玲瓏, 樹移來種. 兔宮影分, 千里外香. 透一輪中, 採葉知無. 價攀枝似, 有功何時. 先折得傾, 蓋拂靑空.)"라고 차운한 시로 급제하였다.

12) 壽(수) : 申壽(1481~1533). 연산군 때 慶基殿參奉 제수되었으나 나아가지 않았고, 중종 때 獻陵參奉에 제수되었으나 또 나아가지 않았다. 字는 子期이며, 두문불출하여 뜻을 구하고는 관직의 이력을 쓰지 말라고 유언했다.

13) 愼齋(신재) : 周世鵬(1495~1554)의 호. 본관은 尙州. 자는 景遊. 호는 巽翁·南皐도 있다. 시호가 文敏이며, 경남 함안군 漆原에서 태어났다. 사림 자제들의 교육기관으로 백운동

孝學, 贈戶參旌門, 錄三綱, 享藏待書院。考曰仡[15], 號城隱, 永嘉[16]敎授, 爲
兩先正[17], 抗辨誣疏, 贈左承旨。妣順天朴氏, 副尉倫女, 吏參安命玄孫。

以萬曆甲戌[18]十二月廿九日, 生于鄕校前陶巖里第。稟質粹美, 聰慧絶倫。
應事接物, 無不了然通曉。事父母, 惟務承順, 家貧奉養, 卑下之事, 不恥爲
之。晝則弋獵以供饌, 夜輒炊爨以溫突。凡係安心適體之節, 靡所不用其極。
再從兄鼎峯[19]公, 有文學重望。自始學而就質靡懈, 鼎峯公嘗歎曰："大吾門
者, 必此弟乎!" 事有難處, 輒與之論確, 其見推重如此。

府君素有氣節。當壬辰之亂, 人有勸業弓馬者, 府君笑曰："士君子分內事
業, 自在聖賢書中, 何必强學兵家機務而後國事可濟耶?" 時承旨公兄弟[20], 方
擧勤王[21]之義。府君承命, 率家衆, 入城谷之幽, 內備周密, 外患不入, 居近境
者, 多賴之。訒齋[22]崔公, 亦來赴共免焉。

서원을 세워 서원의 시초를 이루었다. 서원을 사림의 중심기구로 삼아 향촌의 풍속을 교
화하려는 목적이었다. 이후 이황의 건의로 소수서원의 사액을 받아 공인된 교육기관이
된 뒤 풍기 지역 사림의 중심기구로 자리를 잡았다.

14) 元祿(원록)：申元祿(1516~1576). 경북 義城 출신이며, 退溪·周世鵬의 門人이다. 11살 때
　　아버지가 병이 들자 八公山 수백 리 길을 걸어 약초를 찾아나서는 등 8년 동안 간호하였
　　으며, 뒷날 長水·三嘉(현 陜川)·淸道 등지에서 學官이 되어 연로한 부모를 봉양하였다.
　　이러한 그의 효행을 표창하기 위해 旌閭가 세워졌다. 모친상을 당했을 때는 하루에 세
　　번씩 성묘를 하였다. 戶曹參議가 추증되었고, 의성의 藏待書院에 배향되었다.

15) 仡(흘)：申仡(1550~1614). 자는 儼之, 호는 城隱. 아버지 申元錄의 3년상을 마친 후 묘 아
　　래에 집을 지어 永慕라는 편액을 달고 애도하였다. 임진란에 의병을 일으키고 金垓·柳
　　宗介·鄭世雅와 함께 왜군에 대항하여 싸웠다. 1603년 조정의 명으로 ≪亂蹟彙撰≫을 편
　　찬하였다. 左承旨로 추증되었다.

16) 永嘉(영가)：安東의 옛 명칭.

17) 兩先正(양선정)：晦齋 李彦迪과 退溪 李滉을 가리킴. 신해진의 『역주 성은선생일고』(역락,
　　2009)의 51~77면 참조.

18) 萬曆甲戌(만력갑술)：宣祖 7년인 1574년.

19) 鼎峯(정봉)：申弘道(1558~1611)의 호. 字는 大中. 旅軒 張顯光과 樂齋 徐思遠의 문하에 종
　　유했고, 임진란 때는 군량미를 거두는 공문을 지었으며, 무신년과 신해년에는 당숙 성은
　　공과 함께 회재 이언적과 퇴계 이황을 변무하는 상소를 했다.

20) 承旨公兄弟(승지공형제)：승지공은 申仡이 좌승지에 추증되어서 일컫는 것이고, 형제는
　　신흘과 그의 형님 申伿을 가리키는 것임. 이들의 의병활동에 대해서는 신해진의 『역주
　　난적휘찬』(역락, 2010)을 참조.

21) 勤王(근왕)：임금이나 왕실을 위하여 충성을 다함.

府君備經大亂, 猶留意於爲己之學, 就寒岡[23]鄭先生, 而得聞淵源之學。及旅軒[24]張先生之莅本縣也, 執經問難於朔講[25]之席, 累承推獎。與二弟晚悟[26]·懶齋[27], 靜處一室, 專心講究, 日有更攻互磨之益。乙巳,[28]發鄉解居魁, 西厓[29]柳先生, 見其卷曰 : "義理明白, 非科臼[30]中口氣." 丙午[31], 同季弟中司

---

22) 訒齋(인재) : 崔晛(1563~1640)의 호. 본관은 全州, 자는 季昇. 1588년 司馬試에 급제, 1592년 임진왜란이 일어나자 구국책을 올려 元陵參奉이 되었다. 1606년 增廣別試 생원과에 장원, 檢閱이 되었으며, 광해군 때 遷都論이 거론되자 이를 반대, 그 계획을 중단시켰다. 仁祖反正 후 副提學을 거쳐 강원도관찰사가 되었다. 申屹과 이종사촌간이다.

23) 寒岡(한강) : 鄭逑(1543~1620)의 호. 본관은 淸州, 자는 道可, 시호는 文穆. 吳健에게 수학하고 曹植·李滉에게 性理學을 배웠다. 百梅園을 세워 제자를 가르치는 데 힘썼고, 壬辰亂 때에는 義兵을 일으켜 싸우기도 했다. 문신 겸 학자로서, 경학을 비롯하여 산수부터 풍수에 이르기까지 정통하였고 특히 예학에 밝았으며 당대의 명문장가로서 글씨도 뛰어났다. ≪寒岡集≫이 있다.

24) 旅軒(여헌) : 張顯光(1554~1637)의 호. 본관은 仁同, 자는 德晦. 1595년 학행으로 천거되어 報恩縣監을 지내고, 여러 차례 관직에 임명되었으나, 벼슬에 뜻이 없어 모두 사퇴하고 학문 연구에만 전심하여 李滉의 문인들 사이에 확고한 권위를 인정받았다. 1636년 병자호란 때에는 각지에 격문을 보내어 근왕의 의병을 일으키고 군량의 조달에 나섰으며, 패전 후 동해안의 입암산에서 은거하였다. 영남의 많은 남인 학자들을 길러냈다.

25) 朔講(삭강) : 매달 초하루에 실시하는 강의.

26) 晩悟(만오) : 申達道(1576~1631)의 호. 본관은 鵝洲, 자는 亨甫. 月川 趙穆과 旅軒 張顯光의 문인이다. 1610년 사마시에 입격하였으나, 정계가 혼란하여 광해군 때는 벼슬에 나아가지 않았다. 1623년 명나라 熹宗의 등극을 기념하여 치러진 儒生庭試에 갑과로 장원급제하여, 文翰官을 거쳐 1627년 사간원 정언에 이어 곧 持平으로 승진하였다. 이해 6월 병조판서 李貴의 전횡을 배척하는 상소를 올려 이귀의 미움을 사서 부사직으로 전보되었다. 1627년 정묘호란 때 尹煌과 함께 斥和論을 적극적으로 주장하다가 파직되었다. 또 1629년 사헌부장령이 되었을 때, 內需司가 進上을 과다하게 강요하는 폐단을 없애라는 상소를 올렸다. 도승지에 추증되었고, 시문집에 ≪만오문집≫이 있다.

27) 懶齋(난재) : 申悅道(1589~1659)의 호. 본관은 鵝州, 자는 晉甫. 張顯光의 문인이다. 어려서부터 총명하여 10여 세에 經史에 통달하고 1624년 증광문과에 을과로 급제, 1606년에 사마시에 합격하여 진사가 되고, 1627년 정묘호란 때에 인조를 江華로 호종하였다. 이듬해 書狀官으로 명나라에 다녀온 후 1638년 蔚珍縣監, 1647년 司憲府掌令, 1648년 綾州牧使가 되었다. 저서에 ≪仙槎志≫, ≪聞韶志≫ 등이 있다.

28) 乙巳(을사) : 선조 38년인 1605년.

29) 西厓(서애) : 柳成龍(1542~1607)의 호. 본관은 豊山, 자는 而見. 李滉의 제자이다. 1566년 별시문과에 병과로 급제하였다. 1569년 聖節使 서장관으로 명나라에 다녀왔다. 1583년 부제학이 되어 <備邊五策>을 지어 올렸으며, 1589년에는 왕명으로 <孝經大義跋>을 지어 올리기도 하였다. 왜란이 있을 것을 대비해 형조정랑 權慄과 정읍현감 李舜臣을 각각 의주목사와 전라도좌수사에 천거하고 1592년 4월 판윤 申砬과 軍事에 대하여 논의하여 일본침입에 대한 대비책을 강구하였다. 4월 13일 왜적의 내침이 있자 도체찰사로 군무

馬, 出入泮宮32), 爲士類推重。

母夫人夙嬰奇疾, 府君晝宵憂遑, 不解帶交睫者累年。至是, 鳩聚醫家書, 對證投劑, 竟得效焉。見者異之。甲寅33), 疊遭內外艱34), 哀毀幾滅性35)。稟問儀節於旅軒先生, 而行之無少遺憾。旣葬廬于墓側, 以終三年。

庚申36), 方伯鄭造37), 因行縣, 到氷溪院, 題名而去。府君適任洞主38), 謂諸生曰:"蔑倫亂賊, 豈可暫齒於士林叢裏乎?" 卽引刀削之, 左右皆失色。未幾, 憸小之徒, 詔附於造, 告其狀。造大怒, 氣焰薰天, 禍將不測。爲縫掖39)者, 皆洶懼逃匿。府君獨凝然不動, 從容就理, 辭氣嚴正, 有條理。造不能加害。

丁卯40), 藩虜猝至。旅軒先生以號召使, 薦府君爲本縣義兵將。府君奮然曰:"大駕播遷, 王事孔棘, 是豈臣子草間求活之時耶?" 與同志, 糾合義旅, 以書告號召使, 爲前進節度計。尋聞朝家已講和, 遂以義糧, 輸送京司, 因詣闕陳疏, 縷縷數千語, 無非興衰撥亂之策。上嘉之, 優批以答, 特除祥雲察訪。蓋異數也。祥累經兵燹, 公私蕩析。府君至, 則夙宵營度, 凡民所不便者罷之, 願欲

를 총괄하고, 영의정이 되어 왕을 扈從하였다. 1593년 명나라 장수 이여송과 힘을 합해 평양성을 수복하고 4도의 도체찰사가 되어 군사를 총지휘하여, 이여송이 碧蹄館에서 대패하여 西路로 퇴각하자 권율 등으로 하여금 파주산성을 방어케 하였다. 1604년 扈聖功臣 2등에 책록되고 다시 豊山府院君에 봉해졌다. 영남유생의 추앙을 받았다.

30) 科臼(과구) : 글을 자기가 짓지 못하고 일정한 형식에 따름.

31) 丙午(병오) : 宣祖 39년인 1606년.

32) 泮宮(반궁) : 성균관과 문묘를 통틀어 이르는 말. 여기서는 성균관만 일컫는다.

33) 甲寅(갑인) : 光海君 6년인 1614년.

34) 內外艱(내외간) : 부친과 모친의 喪을 말함. 모친 순천박씨가 1614년 4월 16일에, 부친 신흘이 1614년 6월 27일에 죽은 것을 일컫는다.

35) 哀毀幾滅性(애훼기멸성) : ≪禮記≫<喪服四制>의 "喪中에 슬픔으로 몸을 손상할지라도 목숨을 잃는 데 이르지 않도록 하니, 이는 죽은 사람 때문에 산 사람을 해치지는 않기 위해서이다.(毀不滅性, 不以死傷生也.)"는 구절에서 나온 말.

36) 庚申(경신) : 光海君 12년인 1620년.

37) 鄭造(정조, 1559~1623) : 본관은 海州, 자는 始之. 광해군 때 李爾瞻의 측근으로 廢母論을 주장하여 仁穆大妃를 서궁에 유폐시키는 등 세도를 부리다가, 인조반정 후 세 동생과 함께 처형되었다.

38) 洞主(동주) : 서원의 관리와 운영 책임을 맡아보던 사람. 원장이라고도 한다.

39) 縫掖(봉액) : 소매 밑에서부터 縫合한 옷. 孔子가 봉액한 옷을 입었다 하여 儒服을 가리킨다.

40) 丁卯(정묘) : 仁祖 5년인 1627년.

者行之, 未幾年, 馬肥而民蘇, 遂引病徑歸。郵民立碑以寓思。壬申[41], 因宰臣
薦, 拜齊陵[42]參奉不赴, 尋又除健元陵[43]參奉, 肅辭而歸。

　丙子[44], 虜兵又至, 直逼都城。本縣章甫[45], 素重府君, 復推爲義兵將。府
君思欲伸前憤, 揮涕登壇, 卽日領軍, 馳赴行在。及到廣陵[46], 國家已有下城之
恥, 府君卽陳疏, 以斥和議之誤國。時季弟懶齋公, 侍從於行在, 見府君疏, 相
與痛哭。金淸陰[47]・鄭桐溪[48]諸賢, 俱以平日雅分, 亦歎誦其疏語。及歸, 李
白軒[49]・全沙西[50]二公, 以仕進, 力挽之。府君歎曰 : "天地閉矣, 冠屨倒矣.

---

41) 壬申(임신) : 仁祖 10년인 1632년.
42) 齊陵(제릉) : 太祖妣 韓氏의 무덤.
43) 健元陵(건원릉) : 太祖의 무덤.
44) 丙子(병자) : 仁祖 14년인 1636년.
45) 章甫(장보) : 孔子가 썼다는 갓 이름. 儒生을 일컫는 말로 쓰인다.
46) 廣陵(광릉) : 경기도 廣州.
47) 淸陰(청음) : 金尙憲(1570~1652)의 호. 본관은 安東, 자는 叔度. 1626년 명나라 장수 毛文
　龍의 무고를 해명하기 위해 正使 南以雄, 書狀官 金地粹 등과 함께 성절사겸사은사로 명
　나라에 다녀왔는데, 당시 사행 중의 견문을 기록한 ≪朝天錄≫이 전한다. 1636년에는 예
　조판서 재임 중 병자호란이 일어나자 주화론을 배척하고 끝까지 주전론을 펴다가 인조
　가 三田渡에서 청 태종에게 삼배구고두의 치욕을 당하자 항복문서를 찢어버리고 안동에
　서 은거하였다. 1639년에는 청나라가 명나라를 공격하기 위해 요구한 출병에 반대하는
　상소를 올렸다가 청나라에 압송되어 6년 후 귀국하였다.
48) 桐溪(동계) : 鄭蘊(1569~1641)의 호. 본관은 草溪, 자는 輝遠, 호는 鼓鼓子. 1614년 永昌大
　君의 처형이 부당함을 상소, 가해자인 강화부사 鄭沆의 참수를 주장하다가 제주도 大靜
　에서 10년간 유배생활을 하였다. 1623년 인조반정으로 석방되어 이조참의・대사간・경
　상도관찰사・부제학 등을 역임하고, 1636년 병자호란 때 이조참판으로서 金尙憲과 함께
　斥和를 주장하다가 화의가 이루어지자 사직하고 덕유산에 들어가 은거하다가 5년 만에
　죽었다.
49) 白軒(백헌) : 李景奭(1595~1671)의 호. 본관은 全州, 자는 尙輔. 그는 宋時烈・宋浚吉 등
　산림의 학자들을 대거 천거하여 요직에 오르도록 도와주었으나 훗날 그가 천거한 송시
　열과 정적이 되어 老少分黨이 이루어지면서 소론의 비조가 되었으며, 조선 중기 정묘호
　란, 병자호란 등 안팎으로 얽힌 난국을 적절하게 주관하였던 名相으로 꼽힌다. 병자호란
　을 수습하는 과정에서 지은 三田渡碑文에 대해 당시 송시열을 중심으로 한 노론에서는
　청나라에 아첨한 행동이라고 비난하는 등, 특히 사후에 심한 논란거리가 되었다. 그도
　그의 형에게 문자 배운 것을 한탄하였다고 한다.
50) 沙西(사서) : 全湜(1563~1642)의 호. 본관은 沃川, 자는 淨遠, 시호는 忠簡. 임진란 때 의
　병을 모아 왜병 수십 명을 죽이고 金益南의 추천으로 連源道 찰방이 되었다. 1603년 문
　과에 급제했으나 광해군의 실정으로 벼슬을 포기하고 鄭經世・李埈 등과 산수를 遊歷하
　여, '商社의 三老'로 불렸다. 병자호란이 일어나자 의병을 일으켜 적을 방어하였다. 1642

是豈白首進取之日乎?" 仍吟一絶曰：“誤被天恩重, 還慚臣分疏. 故園春已晚,
何用更躕躇?" 歸卽構數間茅屋於薇谷下, 扁之曰採薇軒, 杜門謝事, 日以書史
自娛, 悠然有獨得之趣。 癸卯[51]七月一日, 以疾終于正寢[52], 享年九十。

　於乎。 府君謹愼自持, 以敬爲主, 威儀可畏, 德行可尙。 亦未嘗張而不弛, 弛
而不張[53]。 待人則泛愛而親仁[54], 處鄕卑以自牧[55], 不敢以知, 先人[56]。 是以
上下, 各得其歡心。 平居嚴勝於寬, 子弟侍側, 不敢有談笑俚語。 衣冠不正, 則
飭以正之, 行步不端, 則責以節之。 亦必敎之義方, 訓之順德。 雖孩童, 不敢使
之戲謔於前, 而以灑掃應對之節, 諄諄誨誘, 婢僕不敢仰視而屛息, 門庭肅肅
焉。 後生有問業者, 先以孝悌忠信, 反覆開諭。 諸族有來謁者, 以先祖懿行, 戒
飭遵奉。 每整衿端坐, 終日對案, 有意會處, 則便忻然忘食。 至於聖賢切要之
言, 必使子弟誦之。 又著性理諸說, 庸學兩圖, 使之看閱曰：“汝等尋常放過,
此所以爲下等人[57]也." 又勸誦《小學》曰：“世人從幼, 便驕惰壞了[58], 到長

년 중추부지사 겸 經筵同知事・춘추관동지사에 이어 대사헌에 보직되었으나 취임하지
않았다.

51) 癸卯(계묘)：顯宗 4년인 1663년.

52) 正寢(정침)：거처하는 곳이 아니라 주로 일을 보는 곳으로 쓰는 몸채의 방.

53) 張而不弛, 弛而不張(장이불이, 이이불장)：《禮記》〈雜記〉의 “활을 조이기만 하고 늦추
지 않듯이 백성을 오랫동안 부리기만 하고 풀어 주지 않는다면 문왕・무왕일지라도 다
스리지 못하고, 활을 풀어 놓기만 하고 조이지 않듯이 백성을 안일에 빠지게 한다면 문
왕・무왕도 하지 않을 것이니, 한 번 조이고 한 번 늦추는 것이 문왕・무왕의 도이다.(張
而不弛, 文武弗能也, 弛而不張, 文武弗爲也, 一張一弛, 文武之道也.)"에서 나온 말.

54) 泛愛而親仁(범애이친인)：《論語》〈學而篇〉의 “집에 들면 효도해야 하고 밖에 나가면
공손해야 하며, 일을 함에 있어서 신중하면서도 믿음이 있어야 하며, 모든 사람들을 사
랑하며 인덕이 있는 사람과 친하게 지내야 한다. 이런 모든 일을 행하고도 남는 힘이 있
으면 곧 문을 배우기에 힘쓰라.(入則孝, 出則弟, 謹而信, 泛愛衆而親仁 行有餘力, 則以學文.)"
에서 나온 말.

55) 卑以自牧(비이자목)：《周易》〈謙卦・初六・象傳〉의 “겸손하고 사양하는 군자는 자신을
낮추어 몸가짐을 단속한다.(謙謙君子, 卑以自牧也.)"에서 나온 말.

56) 不敢以知先人(불감이지선인)：《論語》〈鄕黨篇〉의 “능히 말을 못하는 것과 같다는 것은
겸손하고 낮추고 공순하고 순하여 어질고 앎으로써 사람을 먼저 하지 않느니라.(似不能
言者, 謙卑遜順, 不以賢知, 先人也.)"에서 나온 말.

57) 下等人(하등인)：《論語》〈季氏篇〉의 “태어나면서 곧바로 아는 자가 가장 총명한 이요,
학습을 통해서 아는 이가 다음이며, 자질은 비록 둔하나 어려운 환경하에서 익히고 배워
아는 이가 그 다음이지만, 천부적으로 아둔하고도 배우려 하지 않는 보통 이하의 사람이

扞格難入, 鮮有行其孝悌者。汝等須念之.”

府君氣力康健, 八十以前, 不廢與祭, 以致如在之誠[59]。雖年高氣衰之後, 每值考妣諱辰, 則必進素饌, 子弟雖諫, 終不聽。平生淸儉自守, 簞瓢[60]屢空, 而未嘗汲汲於資生。至於兄弟分異[61], 奴婢之老弱者, 田廬之荒頓者, 必自取之[62]。親戚之困於飢寒者, 必竭誠以恤之。人之陷於厄患者, 必盡力以濟之。有族親死於癘疹者, 人皆畏忌, 府君親自治喪, 艸葬[63]而出。其敦睦急難[64]之義, 多類此。府君早有求道之志, 所與遊者, 皆一時名勝, 訒齋崔公常稱不安於小成[65], 愚伏鄭先生亦深許天分之高邁, 蒼石·桐溪·沙西諸賢, 俱有道義之交。嘗於寒旅之門, 深得切己之誨, 而及樑摧之後[66], 常以未克卒業爲痛焉。

있으니 이런 자가 가장 뒤처진 자이라.(生而知之者, 上也; 學而知之者, 次也; 困而學之, 又其次也; 困而不學, 民斯爲下也.)” 구절을 염두에 둔 표현.

58) 世人從幼, 便驕惰壞了(세인종유, 편교타괴료) : ≪近思錄≫<克己篇>의 “오늘날의 세상은 ≪소학≫을 가르치지 않아서 남녀가 어려서부터 교만해지고 게으른 데 빠져 나빠졌으니, 자라게 되면 사납고 불손해지는 것이다.(世不講小學, 男女從幼, 便驕惰壞了, 到長益兇狠.)”에서 나온 말.

59) 如在之誠(여재지성) : ≪論語≫<八佾篇>의 “조상이 와 계신 듯이 제사를 올렸다.(祭如在.)” 구절에서 나온 말.

60) 簞瓢(단표) : 簞食瓢飮. 조촐한 음식.

61) 分異(분이) : 分財異居. 재산을 나누어 따로 삶.

62) 奴婢之老弱者, 田廬之荒頓者, 必自取之(노비지노약자, 전려지 황돈자, 필자취지) : ≪小學≫<實明倫>의 “얼마 되지 않아 아우의 아들이 재산을 나누어 따로 살기를 요구하니, 薛包가 능히 말리지 못하여 그 재산을 반씩 나누게 되었는데, 노비로는 늙은 자를 이끌면서 말하기를 ‘나와 함께 일한 지 오래이니 너는 부릴 수 없을 것이다.’ 하였고, 田地와 농막은 거칠고 기울어진 것을 차지하면서 말하기를 ‘내 어렸을 적부터 관리하던 것이니 마음에 미련이 있다.’ 하였다. 살림살이는 썩고 깨어진 것을 취하며, ‘내가 입고 먹고 하던 것이라, 몸과 입에 편한 것이다.’ 하였다. 아우의 아들이 여러 번 그 재산을 없앴는데 그때마다 다시 구제해 주었다.(旣而弟子, 求分財異居, 包不能止, 乃中分其財, 奴婢引其老者曰 : ‘與我共事久, 若不能使也.’ 田廬取其荒頓者曰 : ‘吾少時所理, 意所戀也.’ 器物取其朽敗者曰 : ‘我素所服食, 身口所安也.’ 弟子數破其産. 輒復賑給.)”는 薛包고사에서 나온 말.

63) 艸葬(초장) : 시체를 짚으로 싸서 가매장하는 일.

64) 急難(급난) : ≪詩經≫<小雅·常棣章>의 “척령새가 언덕에 있으니, 형제가 급난하도다.(鶺鴒在原, 兄弟急難.)” 구절에서 나온 말. 형제간 깊은 우애를 뜻한다.

65) 不安於小成(불안어소성) : ≪論語≫<公冶長篇>의 “그 그릇이 조금 이루는 데에 편안하지 못하니, 다른 날에 성취하는 바를 그 가히 헤아림인저!(其器, 不安於小成, 他日所就, 其可量乎!)”에서 나온 말.

66) 樑摧(양최) : ≪禮記≫<檀弓 上>에 의하면, 공자가 세상을 떠나기 일주일 전에 “태산이

配令人[67]坡平尹氏，執義師哲玄孫，僉正淳女，生稟懿性，事舅姑以孝，奉祭祀以誠，宗族稱其仁，里閭服其信。生于甲戌十二月初八日，歿于庚子正月十三日。初葬于鷄卯峴，府君歿後，合坐于縣西安平鷹峯卯向之原。

有四男二女。男長塽[68]從仕郎，次均[69]宣務郎，次埰[70]進士，次坫[71]宣敎郎。女適金尙珏[72]，次鄭復亨，縣監。塽娶判官朴夢琚女，無育，以慶錫后。均娶聞韶金致弘[73]女，生二男二女，長慶錫[74]出后，次爾錫[75]，女李一吾・呂咸和。埰娶永嘉權益昌女，生二男二女，長禹錫[76]，次文錫[77]，女琴文操・朴文興。坫娶佐郎金淮女，生二男四女，長昌錫[78]副司正，次玄錫[79]及第。內外孫曾，總五十餘人。嗚乎！府君棄不肖，已四年矣。草土餘喘，深懼至行懿蹟之泯沒，畧敍世系及平日行致，大槪以資秉筆君子之攷據云爾。

不肖男 埰泣血謹書

무너지는구나. 들보가 쓰러지는구나. 철인이 시드는구나.(泰山其頹乎. 梁木其壞乎. 哲人其萎乎.)"라고 노래하였는데, 子貢이 이 노래를 듣고는 "태산이 무너지면 우리가 장차 어디를 우러러보며, 들보가 쓰러지고 철인이 시들면 우리가 장차 어디에 의지하겠는가.(泰山其頹, 則吾將安仰, 梁木其壞, 哲人其萎, 則吾將安放?)" 말한 고사에서 나온 말. 여기서는 1614년 거듭된 부모님의 죽음을 표현한 말이다.

67) 영인(令人) : 조선시대에, 4품 문무관의 아내에게 내린 封爵.
68) 塽(집) : 申塽(1597~1661). 자는 子成.
69) 均(균) : 申均(생몰년 미상). 초명은 坦.
70) 埰(채) : 申埰(1610~1672). 자는 子卿, 호는 忍齋. 1629년 향시에 합격하고 1646년 진사가 되어 성균관유생으로 들어갔다.
71) 坫(점) : 申坫(1613~1669). 자는 子高, 호는 敬齋. 학문과 덕행이 있어 사림들로부터의 추앙이 컸다.
72) 金尙珏(김상각, 생몰년 미상) : 安東金氏 松隱 金光粹의 아들.
73) 金致弘(김치홍) : 임진왜란 때 의병장. 그의 형 金致中도 의병장이었다.
74) 慶錫(경석) : 申慶錫(1628~1671). 자는 禹善.
75) 爾錫(이석) : 申爾錫(생몰년 미상).
76) 禹錫(우석) : 申禹錫(1638~1695). 자는 龜瑞, 호는 芝軒.
77) 文錫(문석) : 申文錫(1641~1685). 자는 鳳瑞.
78) 昌錫(창석) : 申昌錫(1637~1697). 자는 盛哉. 忠武衛 副司正.
79) 玄錫(현석) : 申玄錫(1654~1712). 자는 天與. 武科에 급제.

行狀

先生諱適道, 字士立, 號虎溪, 姓申氏, 其先鵝洲人也。勝國[1]時有版圖判書, 諱允濡[2], 以清直著。生諱祐[3]按廉使, 盧墓三年, 有雙竹之異事, 聞旌閭。至四世, 諱俊禎敎授, 於公爲高祖也。曾祖曰壽[4], 除寢郎不就。祖曰元祿[5], 號悔堂, 嘗遊退溪愼齋兩先生之門, 得聞淵源之學, 亦以孝學旌門, 贈戶曹參議,

---

1) 勝國(승국) : 전대의 왕조. 여기서는 고려를 일컫는다.

2) 允濡(윤유) : 아주신가 5세손 申允濡. 원래 초명은 元濡였다가 忠宣王을 諱하기 위하여 이름을 고쳤다. 고려조에서 奉翼大夫 版圖判書 겸 군기시별검교사(軍器寺別檢校事)를 지냈는데, 국사를 그르치는 간신배를 베어낼 것을 극간하는 등 목숨을 돌아보지 않는 충성을 보였으니, 그의 청직함은 宋나라의 唐介에 비유되었다. 당개는 宋나라 사람으로 皇祐연간에 殿中侍御史가 되어 간쟁할 때 권력자들을 피하지 않다가 재상 文彦博 휘하의 사람을 탄핵하다 英州別駕로 좌천당했던 인물이다. 소환되어 다시 諫院을 맡았는데, 언사가 예전과 변함이 없어 다시 여러 고을의 知州를 전전했던 인물이다.

3) 祐(우) : 고려조에서 全羅道按廉使를 지낸 아주신가 6세손 申祐. 고려가 기울자 부친 允濡, 조카사위 吉再 등과 함께 남으로 내려와 당시 尙州 丹密 萬景山으로 들어가 세거지를 틀었는데, 이는 松京을 바라본다는 뜻을 붙여 '望京'으로 새겼기 때문이라 한다. 고려가 망한 후, 태조가 왕 되기 전의 친구라 하며 형조판서 벼슬을 주었으나 응하지 않았다. 한편, 아버지 版圖判書 允濡가 세상을 떠나자 여묘살이 3년을 하였다. 그곳에 한 쌍의 靑竹이 돋아나니 당시 사람들은 孝誠에 감동된 것으로 칭송하였는데, 조정에서는 그 마을을 효자리로 하게하고 旌閭를 내렸다. 사위로는 金成美와 康居義, 조카사위로는 吉再, 외손서로는 李孟專이 있다. 開城의 杜門洞書院과 丹密의 涑水書院에 배향되어 있다.

4) 壽(수) : 申壽(1481~1533). 연산군 때 慶基殿參奉 제수되었으나 나아가지 않았고, 중종 때 獻陵參奉에 제수되었으나 또 나아가지 않았다. 字가 子期이며, 두문불출하여 뜻을 구하고는 관직의 이력을 쓰지 말라고 유언했다.

5) 元祿(원록) : 申元祿(1516~1576). 경북 義城 출신이며, 退溪·周世鵬의 門人이다. 11살 때 아버지가 병이 들자 八公山 수백 리 길을 걸어 약초를 찾아나서는 등 8년 동안 간호하였으며, 뒷날 長水·三嘉(현 陜川)·淸道 등지에서 學官이 되어 연로한 부모를 봉양하였다. 이러한 그의 효행을 표창하기 위해 旌閭가 세워졌다. 모친상을 당했을 때는 하루에 세 번씩 성묘를 하였다. 戶曹參議가 추증되었고, 의성의 藏待書院에 배향되었다.

享藏待書院。考諱仡6)，號城隱。有士林碩望，贈左承旨。妣順天朴氏，副尉7)倫女，參判安命玄孫。

萬曆甲戌8)十二月二十九日庚午，生公于義城縣之陶巖里第。稟質粹美，才性聰穎。自幼妙時，已能觸事物，而曉悟者衆也。及長，就學於寒岡9)鄭先生，密切聽受，聞見日富。旣而登旅軒10)張先生之門，難疑講質，屢蒙獎詡。乙巳11)，捷鄉解，西厓12)柳先生見其卷，歎曰："義理條暢，非世儒可及也。" 愚伏13)先生亦曰："申適道，見識端的，足爲吾黨矜式也。" 丙午14)，與季弟懶齋公

---

6) 仡(흘)：申仡(1550~1614). 자는 懼之, 호는 城隱. 아버지 申元錄의 3년상을 마친 후 묘 아래에 집을 지어 永慕라는 편액을 달고 애도하였다. 임진란에 의병을 일으키고 金垓·柳宗介·鄭世雅와 함께 왜군에 대항하여 싸웠다. 1603년 조정의 명으로 ≪亂蹟彙撰≫을 편찬하였다. 左承旨로 추증되었다.

7) 副尉(부위)：展力副尉. 조선조에 두었던 종9품의 무관계 벼슬.

8) 萬曆甲戌(만력갑술)：宣祖 7년인 1574년.

9) 寒岡(한강)：鄭逑(1543~1620)의 호. 본관은 淸州, 자는 道可, 시호는 文穆. 吳健에게 수학하고 曺植·李滉에게 性理學을 배웠다. 白梅園을 세워 제자를 가르치는 데 힘썼고, 壬辰亂 때에는 義兵을 일으켜 싸우기도 했다. 문신 겸 학자로서, 경학을 비롯하여 산수부터 풍수에 이르기까지 정통하였고 특히 예학에 밝았으며 당대의 명문장가로서 글씨도 뛰어났다. ≪寒岡集≫이 있다.

10) 旅軒(여헌)：張顯光(1554~1637)의 호. 본관은 仁同, 자는 德晦. 1595년 학행으로 천거되어 報恩縣監을 지내고, 여러 차례 관직에 임명되었으나, 벼슬에 뜻이 없어 모두 사퇴하고 학문 연구에만 전심하여 李滉의 문인들 사이에 확고한 권위를 인정받았다. 1636년 병자호란 때에는 각지에 격문을 보내어 근왕의 의병을 일으키고 군량의 조달에 나섰으며, 패전 후 동해안의 입암산에서 은거하였다. 영남의 많은 남인 학자들을 길러냈다.

11) 乙巳(을사)：선조 38년인 1605년.

12) 西厓(서애)：柳成龍(1542~1607)의 호. 본관은 豊山, 자는 而見. 李滉의 제자이다. 1566년 별시문과에 병과로 급제하였다. 1569년 聖節使 서장관으로 명나라에 다녀왔다. 1583년 부제학이 되어 <備邊五策>을 지어 올렸으며, 1589년에는 왕명으로 <孝經大義跋>을 지어 올리기도 하였다. 왜란이 있을 것을 대비해 형조정랑 權慄과 정읍현감 李舜臣을 각각 의주목사와 전라도좌수사에 천거하고 1592년 4월 판윤 申砬과 軍事에 대하여 논의하여 일본침입에 대한 대비책을 강구하였다. 4월 13일 왜적의 내침이 있자 도체찰사로 군무를 총괄하고, 영의정이 되어 왕을 扈從하였다. 1593년 명나라 장수 이여송과 힘을 합해 평양성을 수복하고 4도의 도체찰사가 되어 군사를 총지휘하여, 이여송이 碧蹄館에서 대패하여 西路로 퇴각하자 권율 등으로 하여금 파주산성을 방어케 하였다. 1604년 扈聖功臣 2등에 책록되고 다시 豊山府院君에 봉해졌다. 영남유생의 추앙을 받았다.

13) 愚伏(우복)：鄭經世(1563~1633)의 호. 본관은 晉州, 자는 景任, 호는 一默·荷渠. 경상도 尙州에서 출생하였으며, 柳成龍의 문인이다. 임진란이 일어나자 의병을 일으켜 공을 세워 修撰이 되고 正言·校理·正郎·司諫에 이어 1598년 경상도관찰사가 되었다. 광해군

悅道[15], 俱隙上庠[16], 聲譽藉甚。甲寅[17], 荐遭內外艱[18], 哀毁[19]幾不支。殯葬[20]儀節, 必稟於旅軒先生而行之, 傳無遺憾。旣葬, 因廬于墓, 以終三年。庚申[21], 賊臣[22]鄭造, 以道伯題名院案。公卽董率諸生, 削去之曰：“蔑倫亂賊[23], 何可暫齒於儒林之列乎？” 聞者無不灑然變色易容者。丁卯[24], 聞金虜東搶。公奮然曰：“鑾御蒙塵, 王事[25]孔棘, 此非爲人臣草間苟活之時也.” 與遠邇同志, 糾義旅, 募義糧, 星夜馳進, 則賊已退矣。因詣闕陳疏, 縷縷數千言。仁廟優批答之, 特除祥雲道[26]察訪。道於兵燹屢經之餘, 公私赤立至, 則拊摩凋療, 如恐不及。於是, 郵民甚感再蘇之惠, 至立[27]碑去思云。壬甲[28], 拜齊

때 鄭仁弘과 반목 끝에 削職되었다. 1623년 인조반정으로 부제학에 발탁되고, 전라도관찰사·대사헌을 거쳐 1629년 이조판서 겸 대제학에 이르렀다. 성리학뿐만 아니라 특히 禮論에도 밝아서 金長生 등과 함께 禮學派로 불렸다.

14) 丙午(병오)：宣祖 39년인 1606년.

15) 悅道(열도)：申悅道(1589~1659). 본관은 鵝州, 자는 晉甫, 호는 懶齋. 張顯光의 문인이다. 어려서부터 총명하여 10여 세에 經史에 통달하고 1624년 증광문과에 을과로 급제, 1606년에 사마시에 합격하여 진사가 되고, 1627년 정묘호란 때에 인조를 江華로 호종하였다. 이듬해 書狀官으로 명나라에 다녀온 후 1638년 蔚珍縣監, 1647년 司憲府掌令, 1648년 綾州牧使가 되었다. 저서에 ≪仙槎志≫, ≪聞韶志≫ 등이 있다.

16) 上庠(상상)：太學을 말하는 것으로 곧 成均館임.

17) 甲寅(갑인)：光海君 6년인 1614년.

18) 內外艱(내외간)：부친과 모친의 喪을 말함. 모친 순천박씨가 1614년 4월 16일에, 부친 신흘이 1614년 6월 27일에 죽은 것을 일컫는다.

19) 哀毁(애훼)：몹시 야윌 만큼 부모의 죽음을 몹시 슬퍼함.

20) 殯葬(빈장)：사정상 장사를 속히 치르지 못하고 송장을 방 안에 둘 수 없을 때에, 한데나 의지간에 관을 놓고 이엉 따위로 그 위를 이어 눈비를 가릴 수 있도록 덮어 두는 일.

21) 庚申(경신)：光海君 12년인 1620년.

22) 鄭造(정조, 1559~1623)：본관은 海州, 자는 始之. 광해군 때 李爾瞻의 측근으로 廢母論을 주장하여 仁穆大妃를 서궁에 유폐시키는 등 세도를 부리다가, 인조반정 후 세 동생과 함께 처형되었다.

23) 亂賊(난적)：亂臣賊子. 나라를 어지럽히는 불충한 무리.

24) 丁卯(정묘)：仁祖 5년인 1627년.

25) 王事(왕사)：나랏일.

26) 祥雲道(상운도)：조선시대 강원도 양양의 祥雲驛을 중심으로 한 驛道. 중심역은 뒤에 양양 連倉驛으로 이속하였다. 종9품직의 驛丞이 있었으나 뒤에 察訪으로 승격되었다. 관할 범위는 襄陽-杆城-高城-通川-歙谷에 이어지는 驛路이다. 이에 속하는 역은 양양의 連倉·五色·降仙·麟丘, 간서의 竹泡·淸澗·雲根·明破, 고성의 大康·高岾·養珍, 통천의 朝珍·登路·巨豐, 흡곡의 貞德 등 15개 역이다.

陵29)參奉, 尋又拜健元陵30)參奉, 皆一肅而退。丙子31), 金人再猘。公不勝憤惋, 招集人士之有志勇者, 爲出萬死直前之計。而旋聞雙嶺32)已陷・和議乃定, 卽馳赴行在, 灑江封章33), 極言34)其賣國之罪。與淸陰35)金公尙憲・桐溪36)鄭公蘊・龍洲37)趙公絅, 相對痛哭, 因吟一絶曰："斥和認是堂堂事, 胡爾講和相反之. 寔出怯夷抒禍耳, 倒懸賈喩先符之." 旣歸, 又吟一絶曰："誤被天恩重, 還慚臣分疎. 故園春已晩, 何用更躕躇." 洛中士爲之傳誦。時李相景奭38), 嘗

---

27) 碑去思(비거사) : 去思碑. 감사나 수령이 갈려 간 뒤에 그 善政을 기리어 고을의 백성들이 세운 비.

28) 壬甲(임신) : 仁祖 10년인 1632년.

29) 齊陵(제릉) : 太祖妣 韓氏의 무덤.

30) 健元陵(건원릉) : 太祖의 무덤.

31) 丙子(병자) : 仁祖 14년인 1636년.

32) 雙嶺(쌍령) : 경기도 廣州에 있는 고개 이름.

33) 封章(봉장) : 임금에게 글을 올리던 일.(上疏)

34) 極言(극언) : 있는 힘을 다해서 간절히 말함.

35) 淸陰(청음) : 金尙憲(1570~1652)의 호. 본관은 安東, 자는 叔度. 1626년 명나라 장수 毛文龍의 무고를 해명하기 위해 正使 南以雄, 書狀官 金地粹 등과 함께 성절사겸사은사로 명나라에 다녀왔는데, 당시 사행 중의 견문을 기록한 ≪朝天錄≫이 전한다. 1636년에는 예조판서 재임 중 병자호란이 일어나자 주화론을 배척하고 끝까지 주전론을 펴다가 인조가 三田渡에서 청 태종에게 삼배구고두의 치욕을 당하자 항복문서를 찢어버리고 안동에서 은거하였다. 1639년에는 청나라가 명나라를 공격하기 위해 요구한 출병에 반대하는 상소를 올렸다가 청나라에 압송되어 6년 후 귀국하였다.

36) 桐溪(동계) : 鄭蘊(1569~1641)의 호. 본관은 草溪, 자는 輝遠, 호는 鼓鼓子. 1614년 永昌大君의 처형이 부당함을 상소, 가해자인 강화부사 鄭沆의 참수를 주장하다가 제주도 大靜에서 10년간 유배생활을 하였다. 1623년 인조반정으로 석방되어 이조참의・대사간・경상도관찰사・부제학 등을 역임하고, 1636년 병자호란 때 이조참판으로서 金尙憲과 함께 斥和를 주장하다가 화의가 이루어지자 사직하고 덕유산에 들어가 은거하다가 5년 만에 죽었다.

37) 龍洲(용주) : 趙絅(1586~1669)의 호. 본관은 漢陽, 자는 日章. 1623년 인조반정 후 형조좌랑・木川縣監・正言・校理・이조정랑 등을 역임하고, 1636년 병자호란이 일어나자 斥和를 주장하였으며, 이듬해 執義로서 일본에 請兵하여 청군을 격퇴하자고 상소했으나 채택되지 않았다. 그 뒤 이조참의・대제학・형조판서・예조판서・이조판서를 거쳐 右參贊이 되었는데, 1650년 청나라 査問使가 와서 그를 斥和臣이라 하여 의주에 귀양을 보냈다.

38) 景奭(경석) : 李景奭(1595~1671). 본관은 全州, 자는 尙輔. 그는 宋時烈・宋浚吉 등 산림의 학자들을 대거 천거하여 요직에 오르도록 도와주었으나 훗날 그가 천거한 송시열과 정적이 되어 老少分黨이 이루어지면서 소론의 비조가 되었으며, 조선 중기 정묘호란, 병자호란 등 안팎으로 얽힌 난국을 적절하게 주관하였던 名相으로 꼽힌다. 병자호란을 수습

於筵對, 特奏曰 : “申適道, 眞國家忠良之臣, 當有拔例之典.” 上允之。公歎曰 : “天地閉矣, 冠裳倒矣, 此豈白首進取之日乎?” 自是, 無復當世之念, 置數間茅屋於鶴山薇谷, 扁其軒曰‘採薇.’ 杜門端坐, 日讀春秋, 以寓悲惋之意, 時人稱之曰 : “韶州林壑, 有大明日月.”云。

　癸卯[39]七月一日, 以疾考終于寢, 享年九十。是歲十二月二十日。葬于安平面鷹峯負兌之原, 會者數百人。配坡平尹氏, 僉正淳女, 參判希曾孫, 配德無違, 先公而歿, 葬于鷄峴, 後遷合封。生四男二女[40], 㙐[41]將仕郎, 均[42]宣務郎, 埰[43]進士, 岾[44]宣敎郎, 女適士人金尙珏[45], 縣監鄭復亨。㙐嗣子慶錫。均二子, 慶錫爲㙐, 後爾錫。埰二子, 禹錫·文錫。岾二子, 昌錫·玄錫。金子舜佐·碩佐。內外孫曾, 總五十餘人。

　嗚乎! 先生以聰明特異之才, 襲家世相承之學, 忠孝爲基本, 敬義爲節度, 俛焉孳孳, 常有不得不措[46]之意。及登師門, 益留意於講明旨訣, 取庸學二書, 逐

하는 과정에서 지은 三田渡碑文에 대해 당시 송시열을 중심으로 한 노론에서는 청나라에 아첨한 행동이라고 비난하는 등, 특히 사후에 심한 논란거리가 되었다. 그도 그의 형에게 문자 배운 것을 한탄하였다고 한다.

39) 癸卯(계묘) : 顯宗 4년인 1663년.

40) 四男二女(사남이녀) : 족보상으로는 4남 3녀로 되어 있음. 셋째 딸이 平山 申命元에게 시집갔다. 평산에서 분관된 鵝洲家 자손들은 그 평산이 동성이나 동본이 아니기 때문에 平山家와의 혼인이 적지 않다. 敬齋 申岾의 둘째 딸도 평산가 申邦彦에게 시집갔으며, 華谷申師道의 셋째 아들 堅은 資憲大夫 知中樞府事를 지냈는데 역시 평산 申孝誠의 딸에게 장가들어 自足齋 鳳錫을 낳았다. 이외에도 적지 않은 사례가 있다.

41) 㙐(집) : 申㙐(1597~1661). 자는 子成. 족보에는 從仕郎한 것으로 되어 있다.

42) 均(균) : 申均(생몰년 미상). 초명은 坥. 족보에는 宣敎郎한 것으로 되어 있다.

43) 埰(채) : 申埰(1610~1672). 자는 子卿, 호는 忍齋. 1629년 향시에 합격하고 1646년 진사가 되어 성균관유생으로 들어갔다.

44) 岾(점) : 申岾(1613~1669). 자는 子高, 호는 敬齋. 학문과 덕행이 있어 사림들로부터의 추앙이 컸다.

45) 金尙珏(김상각, 생몰년 미상) : 安東金氏 松隱 金光粹의 아들.

46) 不得不措(부득불조) : ≪中庸≫ 20장의 “배우지 않는다면 모르지만 일단 배우면 능하지 못하거든 그대로 버려두지 말며, 묻지 않는다면 모르지만 일단 물으면 알지 못하거든 그대로 버려두지 말며, 생각하지 않는다면 모르지만 일단 생각하면 터득하지 못하거든 그대로 버려두지 말며, 분별하여 생각지 않는다면 모르지만 일단 분별하면 분명하지 않거든 그대로 버려두지 말며, 행하지 않는다면 모르지만 일단 행하면 독실하지 않거든 그대로 버려두지 말아야 한다.(有不學, 學之, 不能不措也. 有不問, 問之, 不知不措也. 有不思, 思

章揭圖, 以爲學者指南。 日與晩悟[47]・懶齋二弟, 塤唱箎和[48], 相對怡悅。 又與李蒼石[49]・鄭桐溪・趙龍洲・全沙西[50]・金鶴沙[51]・柳修巖[52]諸先生, 託爲道義交, 歲晏莫逆也。

嘗愛氷溪[53]水石, 與一鄕同志, 移設長川院宇, 以爲藏修[54]之所, 嚴立課程,

之, 不得不措也. 有不辨, 辨之, 不明不措也. 有不行, 行之, 不篤不措也.)"에서 나온 말.

47) 晩悟(만오) : 申達道(1576~1631)의 호. 본관은 鵝洲, 자는 亨甫. 月川 趙穆과 旅軒 張顯光의 문인이다. 1610년 사마시에 입격하였으나, 정계가 혼란하여 광해군 때는 벼슬에 나아가지 않았다. 1623년 명나라 熹宗의 등극을 기념하여 치러진 儒生庭試에 갑과로 장원급제하여, 文翰官을 거쳐 1627년 사간원 정언에 이어 곧 持平으로 승진하였다. 이해 6월 병조판서 李貴의 전횡을 배척하는 상소를 올려 이귀의 미움을 사서 부사직으로 전보되었다. 1627년 정묘호란 때 尹煌과 함께 斥和論을 적극적으로 주장하다가 파직되었다. 또 1629년 사헌부장령이 되었을 때, 內需司가 進上을 과다하게 강요하는 폐단을 없애라는 상소를 올렸다. 도승지에 추증되었고, 시문집에 ≪만오문집≫이 있다.
48) 塤唱箎和(훈창지화) : 하나는 나팔 불고 하나는 화답하여 저를 불듯이 화합하여 지냄.
49) 蒼石(창석) : 李埈(1560~1635)의 호. 본관은 興陽, 자는 叔平. 호는 酉溪도 있다. 柳成龍의 문인이다. 임진란이 일어나자 鄭經世와 의병을 모집, 姑母潭에서 적군과 싸워 패했다. 1594년 다시 의병을 일으켜 이긴 공으로 형조좌랑에 임명되었으나 사양하고 이듬해 慶尙道都事로 나가 ≪中興龜鑑≫을 편술하여 왕에게 바쳤다. 정묘호란에도 의병을 모집하고 왕명을 받들어 전주에 가서 수만 섬의 군량미를 모은 공으로 中樞府僉知事가 되었다.
50) 沙西(사서) : 全湜(1563~1642)의 호. 본관은 沃川, 자는 淨遠, 시호는 忠簡. 임진란 때 의병을 모아 왜병 수십 명을 죽이고 金益南의 추천으로 連源道 찰방이 되었다. 1603년 문과에 급제했으나 광해군의 실정으로 벼슬을 포기하고 鄭經世・李埈 등과 산수를 遊歷하여, '商社의 三老'로 불렀다. 병자호란이 일어나자 의병을 일으켜 적을 방어하였다. 1642년 중추부지사 겸 經筵同知事・춘추관동지사에 이어 대사헌에 보직되었으나 취임하지 않았다.
51) 鶴沙(학사) : 金應祖(1587~1667)의 호. 본관은 豊山, 자는 孝徵, 호는 啞軒. 안동 출생으로 柳成龍에게 사사하였다. 1613년 생원이 되었으나 광해군의 난정을 보고 문과응시를 포기하고, 張賢光의 문하에서 학문연마에 힘썼다. 1623년 인조가 즉위하자 알성문과에 병과로 급제하여 병조정랑・선산부사를 지냈다. 1662년 大司諫에 임명되었으나 사양하고, 그 뒤 한성부우윤이 되었다. 안동의 勿溪書院과 영천의 義山書院에 배향되었다. 申仡의 셋째 아들 申悅道와는 동서지간이다.
52) 修巖(수암) : 柳袗(1582~1635)의 호. 본관은 豊山, 자는 季華. 영의정 柳成龍의 아들이다. 1610년 사마시에 합격하고, 1612년 金直哉의 무옥 때 무고를 받아 5개월간 옥고를 치렀다. 인조반정 뒤 봉화현감이 되고, 이어 형조정랑이 되어 오래 묵은 寃獄을 해결하였다. 1627년 허위보고를 하였다 하여 청도군수에서 파직되었으나, 1634년 재등용되어 지평이 되었다. 안동의 屛山書院에 제향되었다.
53) 氷溪(빙계) : 빙계계곡. 경북 의성군 춘산면 빙계리에 있다.
54) 藏修(장수) : 책을 읽고 학문에 힘씀.

惓惓以興學校, 育英材爲務, 蓋其規模節目, 一出於悔堂先生所制也。事親極其孝, 友弟極其樂, 篤於彝倫如此, 故其移於君也, 亦然。

當强圉柔兆[55]之變, 擁强兵坐而觀者, 相環也。公以一介國子生, 手無尺寸之兵, 而慷慨雪涕, 奮然先倡, 視死地如鶩[56], 而時運已去, 國論遂定。雖不效笞羌夷・係單于之功, 而前後封章, 觸犯[57]無諱, 使當日誤國之臣, 一見足以破膽, 則其所以伸大義於天下, 激彝衷於萬世者, 果何如也。是其忠義之節, 敵愾之勇, 有非猝乍間徒然襲取者, 而莫非從平日學問中出來, 則於是而悔翁家學之懿, 寒旅[58]化導之正, 自有不可誣者矣。於乎偉哉!

或者以先生之不得大顯於世爲恨, 然顯與不顯, 天也, 非吾之所能與也。且先生大節, 久而不泯, 鄉之人士, 建祠[59]而尸祝[60]之, 至今上丁卯[61], 因直指[62]褒啓, 特贈先生爵吏曹參議。豈非所謂一時之屈而萬世之伸者耶?

道和[63]以隣鄉晚生, 竊嘗聞公之風, 而慨然有執鞭之願, 久矣。日公之裔孫相夏[64]等, 以公之第三子忍齋公所撰遺事, 屬道和敍次之。顧道和筆萎言輕,

---

55) 强圉柔兆(강어유조) : ≪爾雅≫<釋天>의 "太歲가 甲에 있는 것을 閼逢이라 하고, 乙에 있는 것을 旃蒙이라 하며, 丙에 있는 것을 柔兆라 하고, 丁에 있는 것을 强圉라 하며, 戊에 있는 것을 著雍이라 하고, 己에 있는 것을 屠維라 하며, 庚에 있는 것을 上章이라 하고, 辛에 있는 것을 重光이라 하며, 壬에 있는 것을 玄黓이라 하고, 癸에 있는 것을 昭陽이라 한다."고 한 설명에 의하면 강어는 天干의 丁이고 유조는 丙이니, 정묘년과 병자년의 호란을 말함.
56) 視死地如鶩(시사지여무) : '달리는 말처럼 죽을 곳에 뛰어들다.(走死地如鶩.)'의 오기. ≪史記≫<貨殖列傳>에 나오는 구절이다.
57) 觸犯(촉범) : 윗사람의 감정을 돋우는 것.
58) 寒旅(한려) : 寒岡 鄭逑와 旅軒 張顯光을 가리킴.
59) 建祠(건사) : 1856년 丹邱書院을 세운 것을 일컬음.
60) 尸祝(시축) : 祝文 낭독을 담당한 사람. 전하여 제사지내다의 의미로 쓰인다.
61) 今上丁卯(금상정묘) : 高宗 4년인 1867년.
62) 直指(직지) : 直指使者. 한 나라 때 조정에서 직접 지방에 파견하여 문제를 처리하게 했던 벼슬. 우리나라의 암행어사와 같다. 이때의 암행어사는 ≪고종실록≫ 4년(1867) 12월 28일조 2번째 기사에 의하면 嶺南御使 朴瑄壽로 되어 있다.
63) 道和(도화) : 金道和(1825~1912). 본관은 義城, 자는 達民, 호는 拓庵. 安東에서 태어났다. 柳致明에게 학문을 배웠으며 퇴계 이황의 맥을 이었다. 1893년 69세의 나이로 遺逸로 천거되어 義禁府都事에 제수되었다. 1895년 을미사변과 단발령에 항거하여 안동군내 擧義通文을 각지에 돌렸으며, 다음해 의병대장에 추대되어 의병활동을 지휘하였다.

今又耄及之矣，何能以比事屬辭? 以塞慈孫之請哉。蓋辭之再三，而其請愈勤，有不敢終辭者。且疇昔景仰之忱，亦不可以遂已。迺於吟病之暇，取遺事畧加檃括⁶⁵⁾，并敍其所感如此，以竢秉筆君子之裁擇云爾。

後學 義禁府都事 聞韶 金道和謹狀

---

64) 相夏(상하)：申相夏(1839~1906). 자는 繼舜, 호는 矩庵. 柳致明의 문인이다.
65) 檃括(은괄)：손질함. 기울어지고 굽은 것을 바로잡는 것으로, 굽은 것을 잡는 것을 檃이라 칭하고 모난 것을 잡는 것은 括이라 함. ≪淮南子≫에 "그 굽은 것이 발라지게 되는 것은 은괄의 힘이다.(其曲中規, 檃括之力.)"는 구절에서 나온다.

墓表

先生諱適道, 字士立, 自號虎溪。鵝洲之申, 其源甚遠。在麗季有諱允濡, 版圖判書。生諱祐, 按廉使。麗亡歸隱, 親喪廬墓, 有雙竹異, 命旌閭, 享士林俎豆。曾祖諱壽, 累除陵署, 不就。祖諱元祿, 號悔堂。從遊愼齋·退陶之門。以孝旌門, 贈叅議, 享藏待書院。考諱仡, 抗疏辨誣賢, 贈左承旨。妣淑夫人[1], 順天朴氏, 副尉倫女, 叅判安命玄孫。

以萬曆甲戌生公, 天資粹美, 聰明出類。不待提掖[2], 已能通曉。事親以孝, 凡係奉養, 靡不殫誠。及長, 請益於寒旅兩先生之門。嘗中解魁, 西厓柳先生見其卷, 許以義理之文。丙午, 與季弟懶齋公, 同陞上庠[3], 遊泮宮知名。旋值昏朝, 遂退鄕曲, 日與二弟, 講習不撤。甲寅, 荐遭內外艱, 廬墓盡禮。嘗任氷溪洞主[4], 割鄭造之名。

丁卯, 金人之犯境也。首先倡義, 詣闕陳疏, 仁廟嘉之, 授以郵官, 郵民樹碑頌惠。後因宰臣薦, 連拜齊陵·健元陵叅奉。丙子之亂, 以義兵將, 灑泣誓衆, 星夜馳, 赴行在。陳疏斥和議, 與圍中諸賢, 痛哭而歸。全叅判湜·李白軒景奭, 勸其就仕, 公曰:"當此主辱, 臣死之日, 恬然仕進, 非我志也." 遂歸鄕。乃結茅於薇谷, 逍遙自適, 人稱'地上仙'云。癸卯七月一日, 終于正寢, 享年九十。配令人坡平尹氏, 僉正淳之女, 與公同年生。先公三年而圽, 卽庚子正月

---

1) 淑夫人(숙부인) : 조선시대에, 정3품 당상 문무관의 아내에게 주던 외명부의 품계. 淑人의 위, 貞夫人의 아래이다.
2) 提掖(제액) : 가르쳐 인도함.
3) 上庠(상상) : 太學을 말하는 것으로 곧 成均館임.
4) 洞主(동주) : 서원의 관리와 운영 책임을 맡아보던 사람. 원장이라고도 한다.

十三日也。

四男二女。塤, 從仕郞。次均, 宣務郞。琛, 進士。坫, 宣敎郞。女適金尙
珏, 鄭復亨縣監。塤嗣子慶錫。均二男, 慶錫・爾錫。琛二男, 禹錫・文錫。
坫二男, 昌錫・玄錫。內外曾玄, 總若干人。天之報施, 其在是歟。

萬朝以末學, 何能當表德之文, 而以其景仰之忱, 敢述而書焉。

後學 嘉善大夫5) 慶尙道觀察使 豊山 洪萬朝6)撰

---

5) 嘉善大夫(가선대부) : 조선시대 從2品의 문관과 무관에게 주던 품계. 종2품의 下階로서 嘉
靖大夫・嘉義大夫보다 아래 자리이다.

6) 洪萬朝(홍만조, 1645~1725) : 본관은 豊山, 자는 宗之, 호는 晩退. 1669년 성균관 유생이
되고, 1678년 증광문과에 병과로 급제한 뒤 검열을 거쳐 지평・정언을 지냈다. 1688년
부수찬, 이듬해 부응교를 거쳐 1690년 충청도관찰사로 나갔다가 다음해에 돌아와 승
지・전라도관찰사・도승지가 되었다. 1693년 강화유수가 되고, 1696년 謝恩副使로 청나
라에 다녀온 뒤 다시 전라도・강원도・함경도・경상도의 관찰사 및 경기도 관찰사를
역임하였고, 대사간・형조참판・한성부판윤・좌참찬・형조판서를 거쳐, 1718년 우참찬
을 지낸 뒤 이듬해 耆老所에 들어갔다. 1721년 판의금부사・좌참찬을 역임하고 이듬해
판돈녕부사에 이르렀다.

墓表後識

右墓表, 晚退[1]洪公所述也。今至二百年所其後, 哲宗丙辰[2], 士林建院于丹邱。今上丁卯[3], 因繡衣[4]使朴瑄壽[5]啓, 贈公通政大夫吏曹叅議。其目曰: "道學高明, 忠節卓異." 是則竪碑後事, 故不見於表中。後孫相憲[6]氏, 俾不佞足其後。若夫先生, 學問之正, 樹立之卓, 有舊表在。

歲辛丑[7]仲夏[8] 前義禁府都事 全義 李種杞[9]謹敍

---

1) 晚退(만퇴) : 洪萬朝(1645~1725)의 호. 본관은 豊山, 자는 宗之. 1669년 성균관 유생이 되고, 1678년 증광문과에 병과로 급제한 뒤 검열을 거쳐 지평·정언을 지냈다. 1688년 부수찬, 이듬해 부응교를 거쳐 1690년 충청도관찰사로 나갔다가 다음해 돌아와 승지·전라도관찰사·도승지가 되었다. 1693년 강화유수가 되고, 1696년 謝恩副使로 청나라에 다녀온 뒤 다시 전라도·강원도·함경도·경상도의 관찰사 및 경기도 관찰사를 역임하였고, 대사간·형조참판·한성부판윤·좌참찬·형조판서를 거쳐, 1718년 우참찬을 지낸 뒤 이듬해 耆老所에 들어갔다. 1721년 판의금부사·좌참찬을 역임하고 이듬해 판돈녕부사에 이르렀다.
2) 哲宗丙辰(철종병진) : 철종 7년인 1857년.
3) 今上丁卯(금상정묘) : 高宗 4년 1867년.
4) 繡衣(수의) : 암행어사가 입던 옷.
5) 朴瑄壽(박선수, 1821~1899) : 본관은 潘南, 자는 溫卿. 실학자 趾源의 손자로, 宗采의 아들이며, 우의정 珪壽의 아우이다. 1864년 증광별시문과에 장원급제한 이후 관직에 올랐다. 1865년에 사간원대사간을 거쳐 1867년에는 암행어사로 임명되어 경상도 지방관들의 탐학을 규찰하기도 하였다.
6) 相憲(상헌) : 申相憲(1842~1911). 자는 續甫.
7) 辛丑(신축) : 光武 5년인 1901년.
8) 仲夏(중하) : 여름이 한창인 때라는 뜻으로, 음력 5월을 달리 이르는 말.
9) 李種杞(이종기, 1837년~1902) : 본관은 全義, 자는 器汝, 호는 晩求·茶園居士. 定齋 柳致明과 大山 李象靖의 학문을 師事받았으며, 退溪 李滉의 理氣說을 수용하였다.

墓碣銘[并序]

韶州縣西, 安平坊鷹峯, 負兌而封者, 故徵士[1], 大明忠義, 贈吏議, 虎溪申先生, 衣履之藏[2]也。先生諱適道, 字士立。其先鵝洲人。勝國時, 版圖判書, 諱允濡, 以淸直著。諱祐, 按廉使, 廬墓有雙竹之異, 事聞旌閭。至四世, 諱俊禎, 教授, 於公高祖。曾祖諱壽, 叅奉。祖諱元祿, 號悔堂, 贄謁愼齋先生, 後遊陶山門, 得聞性理之學。亦以孝學旌門, 贈戶議, 享藏待書院。考諱亿, 號城隱, 有重望, 贈左承旨。妣順天朴氏, 副尉倫女。

以萬曆甲戌十二月二十九日, 生公于陶巖里第。粹美映人, 聰明絶倫。自幼, 有事物觸悟之智。事父母, 能竭其力, 不以貧窶而少弛志體之養。就學堂從兄鼎峯公, 質疑處難, 密切相須, 鼎峯公每曰 : "大吾門者, 必此弟也." 當龍蛇亂, 有勸業弓馬者, 公曰 : "文事中, 亦有武備[3], 何必以兵家機務爲濟國之策?" 時皇考公, 倡義勤王。公以父命, 挈家入山, 備禦甚嚴, 幷與隣境救活。及亂靖, 師事寒旅兩先生, 服習講明, 多蒙獎詡。乙巳, 魁鄕解, 西厓柳先生見其卷曰 : "義理條暢, 非科臼中口氣." 翌年, 與季弟懶齋公悅道, 俱陞上庠, 聲譽藉甚。母夫人, 夙嬰奇疾, 公涉覽岐黃之術[4], 多得靈效。甲寅, 竟遭內外艱, 哀毁幾

---

1) 徵士(징사) : 왕의 부름을 받고도 나아가 벼슬하지 않은, 학문과 덕행이 높은 隱士를 말함.
2) 衣履之藏(의리지장) : 산소를 가리킴.
3) 文事中, 亦有武備(문사중, 역유무비) : 《史記》〈孔子世家〉의 "문사가 있는 사람은 반드시 무비가 있어야하고, 무사가 있는 사람은 반드시 문비가 있어야한다.(有文事者必有武備, 有武事者必有文備.)"에서 나온 말. 魯나라 定公이 齊나라 景公과 夾谷에서 모임을 갖게 되었을 때 공자가 한 말이다.
4) 岐黃之術(기황지술) : 醫術. 기황은 醫家의 시조로 일컬어진 岐伯과 黃帝를 합하여 일컫는

不支。殯葬儀節, 必問張先生, 行之。因廬墓, 終三年。庚申, 道伯鄭造, 題名院案, 公削去之曰：“蔑倫亂賊, 何可暫齒儒籍?” 聞者, 皆危懼, 而造終不能害。丁卯, 金虜東搶。公奮然曰：“鑾御蒙塵, 非臣子苟活之時.” 倡率義旅, 星夜馳進, 賊已退矣。因詣闕, 陳疏屢千言, 仁廟優答之, 特除祥雲道丞, 道經兵燹, 公私蕩析。至則拊摩矯救, 一心調便, 民立石頌之。壬申, 拜齊陵叅奉, 尋又拜健元陵叅奉, 一肅而退。丙子, 金人再猘。公欲伸前憤, 招集智勇, 直向爲萬死之計。旋聞雙嶺已陷, 和議牢成。卽馳赴行在, 灑泣封章5), 極斥賣國之人。與同志金淸陰·鄭桐溪·趙龍洲諸賢, 相對痛哭, 因吟一絶曰：“誤被天恩重, 還慚臣分疎. 故園春已晚, 何用更躕躇.” 時李相景奭, 特奏曰：“申適道, 眞國家忠良之臣, 當拔例以用.” 上允之。公聞而歎曰：“天地閉矣, 冠裳倒矣, 此豈白首進取之日乎?” 自後, 與世長辭6)。構茅屋數間於鶴山薇谷, 扁其軒曰‘採薇.’ 杜門整坐, 日讀春秋。時人稱‘韶州林壑, 有大明日月.’ 癸卯七月一日以天年, 終壽九十。

於乎! 先生稟聰明特異之才, 生淵源承受之家。所習者, 詩書也。所行者, 孝友也。俛焉孜孜, 惟悔堂祖業, 是則。而知己7)有天倫8), 晩悟·懶齋二弟也。就正有大方9), 寒岡旅軒二師也。塤篪10)以相和, 旨訣以相講, 庸學逐章之圖, 敬義夾持11)之工, 日著乎。心究體胖12)之餘, 而性酷愛山水, 善爲藏修。與一

말이다.
5) 封章(봉장)：임금에게 글을 올리던 일.(上疏)
6) 長辭(장사)：세상과 완전한 등짐을 일컫는 말.(長往)
7) 知己(지기)：서로의 마음을 알아줌.
8) 天倫(천륜)：형제. 李白의 <春夜宴桃李園序>에, “복사꽃 오얏꽃이 만발한 꽃다운 동산에 모여, 형제들끼리 천륜의 즐거운 일을 펴노라니.(會桃李之芳園, 序天倫之樂事.)”라고 한 데서 온 말이다.
9) 大方(대방)：문장이나 학술이 뛰어난 사람.(大方家)
10) 塤篪(훈지)：서로 가락이 잘 맞는 두 개의 관악기인 피리와 나팔. 보통 형제를 가리킬 때 쓰는 표현이다. ≪詩經≫<小雅·何人斯>의 “伯氏吹塤 仲氏吹篪”라 한 데서 나온 말이다.
11) 敬義夾持(경의협지)：≪周易≫<坤卦·文言>의 “군자는 공경심으로 안을 바루고 의리에 입각하여 밖을 바르게 한다. 이렇게 경과 의가 확립되어서 그 덕이 외롭지 않다.(君子, 敬以直內, 義以方外. 敬義立而德不孤.)”에서 나온 말. 안과 밖을 공경하는 마음과 의리 정신

鄕同志，移長川院宇于氷溪，以爲敎育英材之所。及當强圉柔兆[13]之變，則卽率書生，徒手赴敵。曾有兵有馬，巨鎭大帥之所不能及。而時運已否，國論遂左[14]。雖不效戡亂刷雪之功，試攷前後封章，其忠直慷慨之激，豈徒破當日誤國臣之膽？先生移孝爲忠[15]，充養有素之，彰伸大義，於是焉不可誣矣。儒紳之建院尸祝，朝家之褒贈吏議者，足以光斯道之千秋不泯耶。

配坡平尹氏，僉正淳之女，配德無違。先公歿，葬于鷄峴，後遷合封。生四男二女。�，從仕郞。均，宣務郞。埰，進士。坫，宣敎郞。女士人金尙珏，縣監鄭復亨。埈嗣子慶錫。均子慶錫爲埈後，爾錫。埰子禹錫・文錫，坫子昌錫・玄錫。金子舜佐・碩佐。內外孫曾，總若干人。

日後孫敦植[16]甫[17]，齎金拓庵[18]道和氏之狀，責銘於中轍。藐生淺識，何敢

으로 닦고 대처해 나갔다는 말이다.

12) 體胖(체반) : 心廣體胖. ≪大學≫<傳6章>에서 曾子가 "富는 집을 윤택하게 하고, 덕은 몸을 윤택하게 하니, 덕이 있으면 마음이 넓어지고 몸이 펴진다. 그러므로 군자는 그 뜻을 반드시 성실하게 하는 것이다.(富潤屋, 德潤身, 心廣體胖. 故君子, 必誠其意.)"고 말한 데서 나온 말. 마음속에 부끄러울 것이 하나도 없는 군자의 모습을 표현한 것이다.

13) 强圉柔兆(강어유조) : ≪爾雅≫<釋天>의 "太歲가 甲에 있는 것을 閼逢이라 하고, 乙에 있는 것을 旃蒙이라 하며, 丙에 있는 것을 柔兆라 하고, 丁에 있는 것을 强圉라 하며, 戊에 있는 것을 著雍이라 하고, 己에 있는 것을 屠維라 하며, 庚에 있는 것을 上章이라 하고, 辛에 있는 것을 重光이라 하며, 壬에 있는 것을 玄黓이라 하고, 癸에 있는 것을 昭陽이라 한다."고 한 설명에 의하면 강어는 天干의 丁이고 유조는 丙이니, 정묘년과 병자년의 호란을 말함.

14) 左(좌) : 바르지 못함. 예전에 중국에서 오른쪽을 숭상하고 왼쪽을 멸시하였던 데서 유래한다. 여기서는 화의가 이루어졌음을 일컫는다.

15) 移孝爲忠(이효위충) : ≪孝經≫의 "군자는 어버이에 대해 효성을 다 바치기 때문에, 나라에 대해서도 그처럼 충성을 다 바칠 수 있는 것이다.(君子之事親孝, 故忠可移於君.)"에서 나온 말.

16) 敦植(돈식) : 申敦植(1848~1932). 자는 敬安, 호는 夢山. 家學의 庭訓을 입어 經史子集에 정통하였으며 일찍이 과거에 뜻을 끊고 爲己之學에 전념하였다. 일제치하에 대항 일체 행위를 거부하였고 飢寒의 救恤에 힘썼다.

17) 甫(보) : 남자미칭.

18) 拓庵(척암) : 金道和(1825~1912)의 호. 본관은 義城, 자는 達民. 安東에서 태어났다. 柳致明에게 학문을 배웠으며 퇴계 이황의 맥을 이었다. 1893년 69세의 나이로 遺逸로 천거되어 義禁府都事에 제수되었다. 1895년 을미사변과 단발령에 항거하여 안동군내 擧義通文을 각지에 돌렸으며, 다음해 의병대장에 추대되어 의병활동을 지휘하였다.

當是寄, 而旣有十世厚誼[19], 且念拓庵, 吾徒之夙仰信筆也, 不能有二辭。謹就
敍錄如右, 系之以銘。銘曰：

　　　　淵源家學, 旨訣師承。蔭途奚遲, 誥煌洒陞。

　　　　採薇亭上, 依舊日月。我撮其大, 崇禎高節。

　　　　委祉在後, 柯葉茂榮。於不丕顯, 庶徵斯銘。

　　　　　　　後學　前行惠陵[20]參奉　眞城　李中轍[21]謹撰

---

19) 十世厚誼(십세후의)：城隱公 申㞩이 퇴계 이황이 무고당한 것에 대한 분별을 청하는 상소
　　를 올린 것을 일컬음. 이중철은 이황의 12세 후손이기 때문이다.
20) 惠陵(혜릉)：景宗 妃 端懿王后 沈氏(青松)의 묘.
21) 李中轍(이중철, 1848~1934)：본관은 眞城, 자는 仲圓, 호는 曉庵. 어려서부터 族父 李晚愨
　　에게 배우고, 뒤에 金興洛에게 배워 학문이 크게 진취되었다. 惠陵參奉에 제수되었다.
　　1910년 가을에 李晚燾가 망국의 한으로 자결하려 할 때 같이 죽으려고 하였으나, "군도
　　죽는다면 사문은 어찌 하겠느냐"고 만류하여 더욱 학문에 전념하였다. 1913년 도산서원
　　장이 되어 ≪陶山及門錄≫을 간행하였다.

聞韶邑誌

申適道[1], 孝子元祿[2]孫。萬曆丙午[3]進士, 從遊鄭寒岡張旅軒, 得聞淵源之學。丁卯亂, 倡義旅, 聞講和, 赴闕陳疏, 特授郵官。壬申[4], 因宰臣薦, 拜健元陵參奉。丙子, 灑泣誓衆, 直赴行在, 又斥和議, 辭歸薇谷。構軒以終。

---

1) 申適道(신적도, 1574~1663) : 본관은 鵝洲, 자는 士立, 호는 虎溪. 향시에 장원 급제하였으나, 임진란을 겪은 뒤 과거보는 공부보다는 爲己之學에 뜻을 두어, 寒岡 鄭逑와 旅軒 張顯光의 문하에 출입하였으며, 향촌교화와 학문수양에 매진했다. 그러나 정묘호란이 일어나자 慶尚左道 號召使였던 장현광의 천거로 54세 때 의병장이 되어 분연히 몸을 떨쳐 일어나 우국충정을 펼쳤으나 강화가 체결되는 바람에 자신의 뜻을 이루지 못했다. 이에, 그는 和議論者를 공격하는 충정의 疏를 올렸는데, 仁祖가 매우 훌륭히 여겨 祥雲都察訪을 제수하였고, 선정을 하고 떠나자 去思碑가 세워졌다. 병자호란이 다시 일어나자, 의성 儒生들의 추대로 63세의 고령에도 불구하고 의병장이 되어 구국의 대열에 앞장을 섰으나, 이 역시 和親이 맺어지는 바람에 자신의 뜻을 이루지 못했다. 그는 귀향하여 採薇軒을 짓고 산림처사로서 은둔하며 여생을 보내다가 90세의 생을 마친 인물이다. 그 뒤 1867년(고종 4)에 이르러서야 그의 道學과 忠節을 기려서 吏曹參議가 추증되었다.
2) 元祿(원록) : 申元祿(1516~1576). 자는 季綏, 호는 悔堂. 경북 義城 출신이며, 退溪·周世鵬의 門人이다. 11살 때 아버지가 병이 들자 八公山 수백 리 길을 걸어 약초를 찾아나서는 등 8년 동안 간호하였으며, 뒷날 長水·三嘉(현 陜川)·淸道 등지에서 學官이 되어 연로한 부모를 봉양하였다. 이러한 그의 효행을 표창하기 위해 旌閭가 세워졌다. 모친상을 당했을 때는 하루에 세 번씩 성묘를 하였다고 한다. 戶曹參議가 추증되었고, 의성의 藏待書院에 배향되었다.
3) 萬曆丙午(만력병오) : 宣祖 39년인 1606년.
4) 壬申(임신) : 仁祖 10년인 1632년.

丹邱書院上樑文

鄕社有祭, 古人重崇報之儀, 藏修[1]以祠, 後學寓景慕之意。奚但推宗于宿德, 抑將矜式於斯文。恭惟虎溪先生, 惟孝是源, 退齋·悔堂之冑, 爲賢所獎, 義理文學之才。師門有愛敬之推, 承岡爺[2]而旅老[3], 仕路持辭謝之義, 對沙西[4]若白軒[5]。星夜勤王, 仰忠誠於當日, 冰山割籍[6], 凜直氣於千秋。明誠[7]集

---

1) 藏修(장수) : 학문을 닦고 힘쓰는 것을 말함. 후세에는 서당이나 서원을 칭하였다.
2) 岡爺(강야) : 寒岡 鄭逑(1543~1620)를 가리킴. 본관은 淸州, 자는 道可, 호는 寒岡. 吳健에게 수학하고 曺植·李滉에게 性理學을 배웠다. 白梅園을 세워 제자를 가르치는 데 힘썼고, 壬辰亂 때에는 義兵을 일으켜 싸우기도 했다. 문신 겸 학자로서, 경학을 비롯하여 산수부터 풍수에 이르기까지 정통하였고 특히 예학에 밝았으며 당대의 명문장가로서 글씨도 뛰어났다. ≪寒岡集≫이 있다.
3) 旅老(여노) : 旅軒 張顯光(1554~1637)을 가리킴. 본관은 仁同, 자는 德晦이 호는 旅軒. 1595년 학행으로 천거되어 報恩縣監을 지내고, 여러 차례 관직에 임명되었으나, 벼슬에 뜻이 없어 모두 사퇴하고 학문 연구에만 전심하여 李滉의 문인들 사이에 확고한 권위를 인정받았다. 1636년 병자호란 때에는 각지에 격문을 보내어 근왕의 의병을 일으키고 군량의 조달에 나섰으며, 패전 후 동해안의 입암산에서 은거하였다. 영남의 많은 남인 학자들을 길러냈다.
4) 沙西(사서) : 全湜(1563~1642)의 호. 본관은 沃川, 자는 淨遠, 시호는 忠簡. 임진란 때 의병을 모아 왜병 수십 명을 죽이고 金益南의 추천으로 連源 도찰방이 되었다. 1603년 문과에 급제했으나 광해군의 실정으로 벼슬을 포기하고 鄭經世·李埈 등과 산수를 遊歷하여, '商社의 三老'로 불렸다. 병자호란이 일어나자 의병을 일으켜 적을 방어하였다. 1642년 중추부지사 겸 經筵同知事·춘추관동지사에 이어 대사헌에 보직되었으나 취임하지 않았다.
5) 白軒(백헌) : 李景奭(1595~1671)의 호. 본관은 全州, 자는 尙輔. 1623년 인조반정 뒤의 謁聖文科에서 을과로 급제, 승문원부정자를 시작으로 검열·봉교로 승진하였고 春秋館史官도 겸임하였다. 李适의 난으로 인조가 공주로 몽진할 때 승문원주서로 왕을 호종하였다. 1627년 정묘호란이 발발하자 체찰사 張晚의 종사관이 되어 강원도에서 군사를 모집하고 군량미를 조달하는 데 힘썼다. 1636년에 일어난 병자호란 때 대사헌·부제학으로서 남한산성으로 인조를 호종하였으며, 이듬해 청나라의 승전을 기념하는 삼전도비의 비문을 지었다. 비문을 완성한 후, 그는 형에게 문자 배운 것을 한탄하였다고 한다. 宋時烈·宋

義之工,　交修講蠶牛8)於平素,　尊攘斥和之章,　首抗辨熊魚9)於蒼黃。九耋林泉10),　作神仙於平地,　一命11)祠祿,　付浮雲於先天12)。

　猗歟懶齋先生,　學勵爲儒,　才蘊13)其具。通明溫雅,　生稟異凡之資,　經術文章,　成就一家之業。謁寒14)聞旅15),　高足16)於門庭,　證愚17)麗18)修19),　上項之

浚吉 등 산림의 학자들을 대거 천거하여 요직에 오르도록 도와주었으나 훗날 그가 천거한 송시열과 정적이 되어 老少分黨이 이루어지면서 소론의 비조가 되었으며, 정묘호란과 병자호란 등 안팎으로 얽힌 난국을 적절하게 주관하였던 인물이다.

6) 冰山割籍(빙산할적) : 빙산은, 아무리 크고 단단하더라도 태양을 만나면 금방 녹아버린다 하여 한때 혁혁하더라도 오래 가지 못하는 권세에 비유하기도 하며, 실제로 의성의 남쪽으로 47리쯤 떨어진 지점에 있는 산이기도 함. 여기서는 중의적인 의미로 쓰였다고 하겠다. 신적도가 47세에 氷溪書院의 원장으로 있을 때 仁穆大妃 廢母論에 가담한 바 있는 당시 방백 鄭造가 그곳에 이르러 이름을 쓰고 돌아갔는데, 이를 안 신적도는 정조의 이름을 칼로 깎아낸 일화를 일컫는다.

7) 明誠(명성) : 사리를 분명히 아는 것을 明이라 하고, 마음에 거짓이 없고 지극히 진실한 상태를 誠이라 함. ≪中庸≫ 제21장에 "誠으로 말미암아 밝아지는 것을 性이라 하고 명으로 말미암아 성해지는 것을 敎라 이르니, 성하면 밝아지고 밝아지면 성해진다.(自誠明, 謂之性, 自明誠, 謂之敎, 誠則明矣, 明則誠矣.)" 한 데서 온 말이다.

8) 蠶牛(잠우) : 蠶絲牛毛. 누에고치인데, 복잡하고 정밀한 이치에 비유한 것이다

9) 熊魚(웅어) : 곰의 발바닥과 생선으로 맛있는 음식을 가리킴. "생선 요리도 내가 먹고 싶은 것이요, 곰 발바닥 요리도 내가 먹고 싶은 것이지만, 이 두 가지를 다 겸하지 못할 바엔 생선을 그만두고 곰 발바닥을 취하리라. 그와 마찬가지로 사는 것도 내가 원하는 것이요, 의리도 내가 원하는 것이지만, 이 두 가지를 다 겸하지 못할 바엔 사는 것을 버리고 의리를 취할 것이다.(魚我所欲也, 熊掌亦我所欲也, 二者不可得兼, 舍魚而取熊掌者也. 生亦我所欲也, 義亦我所欲也, 二者不可得兼, 舍生而取義者也.)"(≪孟子≫<告子章句 上>) 구절에서 인용한 것이다. 목숨보다도 의리를 더 중시하는 선비 정신을 말한 것이다.

10) 林泉(임천) : 山林泉石. 隱者의 생활을 했던 신적도를 가리킨다.

11) 一命(일명) : 말단 관직. 최하위 품계인 종9품의 관직을 말하는데, 신적도가 59세 때 제릉(齊陵) 참봉, 건원릉(健元陵) 참봉에 제수되었던 것을 일컫는다.

12) 先天(선천) : 선천세상. 이는 필연적으로 서로가 서로를 이기려는 相剋의 질서가 지배하기 때문에 성장과 발전도 이루지만 많은 분열도 있는 세상이다. 반면, 후천세상은 상극의 질서에서 상생의 질서로 바뀌기 때문에 서로 성숙해서 조화롭게 되는 세상이다.

13) 才蘊(재온) : 抱才蘊道. 재주와 도덕을 겸비함.

14) 寒(한) : 寒岡 鄭逑를 가리킴.

15) 旅(여) : 旅軒 張顯光을 가리킴.

16) 高足(고족) : 高足弟子. 학식과 품행이 뛰어난 제자.

17) 愚(우) : 愚伏 鄭經世(1563~1633)를 가리킴. 우복의 6세손 鄭宗魯가 쓴 신열도의 행장을 보면 執贄를 들고 우복을 찾아뵌 것으로 되어 있다. 우복의 본관은 晉州, 자는 景任, 호는 一默·荷渠. 경북 尙州에서 출생했고, 柳成龍의 문인이다. 1582년 진사를 거쳐 1586년 謁聖문과에 급제, 승문원 副正字로 등용된 뒤 검열·奉教를 거쳐 1589년 賜暇讀書를 하

道義。蜚英20)初載, 播越21)之駕是從, 航海南天22), 忠讜之節始著。几案不撤

朱墨23)中朱書, 屛障與同聖功上聖學24)。疏伸大義於天下25), 後山城26)第一議

論。約行四條27)於海隅28), 卽旁鄰凡百觀感遭, 斥於世行29)將泰然, 盡瘁之心

였다. 1592년 임진왜란이 일어나자 의병을 일으켜 공을 세워 修撰이 되고 정언·교리·
정랑·司諫에 이어 1598년 경상도·전라도 관찰사가 되었다. 광해군 때 鄭仁弘과 반목
끝에 削職되었다. 예론에 밝아서 김장생 등과 함께 예학파로 불렸다. 시문과 서예에도
뛰어났다.

18) 麗(여) : 麗澤. 인접한 두 못이 서로 물을 윤택하게 한다는 뜻으로, 벗이 서로 도와서 학
문과 덕을 닦음의 비유.

19) 修(수) : 修巖 柳袗(1582~1635)을 가리킴. 본관은 豊山, 자는 季華. 영의정 柳成龍의 아들
이다. 1610년 사마시에 합격하고, 1612년 金直哉의 무옥 때 무고를 받아 5개월간 옥고를
치렀다. 인조반정 뒤 봉화현감이 되고, 이어 형조정랑이 되어 오래 묵은 冤獄을 해결하
였다. 1627년 허위보고를 하였다 하여 청도군수에서 파직되었으나, 1634년 재등용되어
지평이 되었다. 안동의 屛山書院에 제향되었다.

20) 蜚英(비영) : 蜚英騰茂. 명성과 실제가 훌륭하게 서로 부합되는 것을 말함.

21) 播越(파월) : 도성을 떠나 피란함.

22) 航海南天(항해남천) : 신열도가 1628년 聖節使 書狀官으로서 뱃길로 南京까지 조공하러
갔던 사실을 일컬음. 해로로 가게 된 것은 조공하러 가는 육로는 후금의 누루하치와 가
까웠기 때문에 명나라가 뱃길로 오도록 했기 때문이었다. 풍랑이 험악하여 사람들은 다
무서워했으나 신열도는 태연히 두려워하지 않고 축하의 임무를 수행했던 것이다. 이 사
실은 鄭宗魯가 쓴 신열도의 ·행장에 나온다.

23) 朱墨(주묵) : 예전에, 붉은 것과 검은 것으로 장부의 출입을 갈라 문서를 적은 데서, 관무
를 보는 것을 이르던 말.

24) 聖學(성학) : 聖學十圖. 퇴계 이황이 68세 때 지은 것으로, 국은에 보답하고 학문을 계발
하기 위한 만년의 대표작이다. 성학이란 성인이 되기 위한 학문을 일컫는 것이므로, 선
조 임금에게 제왕의 길을 제시한 것이다.

25) 疏伸大義於天下(소신대의어천하) : 신열도가 蔚珍縣監이던 1638년 應旨疏에서 흉년이 계속
되어 백성들의 고통이 심하므로 세금을 경감하여 줄 것과 부역을 줄이며 고을재정에 국
고보조를 하여줄 것과 軍額의 과다한 폐단에 대해 아뢰면서, 많은 어려움을 극복하고 나
라를 일으키기 위해서는 널리 인재를 구했던 燕나라 昭王과 원수를 갚고자 온갖 치욕을
감수했던 越나라 句踐을 잊지 말라고 했다. 인조가 이를 기쁘게 받아들였고, 또한 당시
판서였던 金世濂은 "山城 후에 제일의 의론이라(山城後第一議論)."고 하였다. 이는 鄭宗魯
가 쓴 <행장>과 李玄逸이 쓴 <墓碣銘>에 나온다.

26) 山城(산성) : 산성의 수축을 주장한 <論守城及修德之要疏>를 가리키는 듯. 이것은 蒼石 李
埈이 쓴 것인데, 後金의 내침에 대비하여 산성을 수축해야한다고 주장한 것으로 임진왜
란 때 도처에서 아군이 쉽사리 궤멸된 것은 산성을 지키지 않고 평야에서 對敵했기 때
문이라고 지적했다.

27) 四條(사조) : 鄕約의 네 조목. 곧, 德業相勸(좋은 일을 서로 권장한다)·過失相規(잘못을 서
로 고쳐준다)·禮俗相交(서로 사귐에 있어 예의를 지킨다)·患難相恤(환난을 당하면 서로

死而後已。是皆本之授受，曷不盛乎行藏30)。

粤若忍齋申先生，小學之自家31)，家書卽是免。髻時語聖訓之隨類32)，類揭
盖將刻肺爲銘33)。私淑34)有說，論學有圖35)。造次36)必於是37)，厓鶴38)與聞，
修木39)與質就40)，正其在斯。三某41)之稱，嶺數大儒，六行之薦42)，館首華

구제한다)이다.

28) 海隅(해우) : 蔚珍을 가리킴. 鄭宗魯의 행장에 나온다.

29) 世行(세행) : 대대로 교분을 이어 온 같은 또래의 벗.

30) 行藏(행장) : ≪論語≫<述而>의 "공자가 안연에게 말하기를 '세상이 나를 써주면 내 뜻
을 펴고 나를 버리면 물러나 숨는 짓을 네와 나만이 할 수 있을 것이다.' 하였다.(子謂顏
淵曰 : '用之則行, 舍之則藏, 惟我與爾有是夫.')"는 구절을 활용. 進退出處를 적절하게 함을
일컫은 말이다.

31) 小學之自家(소학지자가) : 申琛의 아들 申禹錫이 쓴 <家狀>을 보면, 신채는 9살 때 아버
지 신적도가 小學을 주면서 孝友에 관한 책이라고 하자, 우리 집에 관한 책이라고 하였
다(九歲讀小學, 而曰是吾家書也, 曰孝曰忠曰友曰悌, 非吾先德而何讀之, 愈不懈.)는 일화를 가
리킴.

32) 聖訓之隨類(성훈지수류) : 신채가 45세(1654)에 성균관 유생으로 있을 때, 李滉이 宣祖에
게 올린 ≪聖學十圖≫에 대해 銘을 쓰도록 孝宗이 성균관 명륜당에 행차하였다가 명하여
신채가 쓴 작품이 으뜸으로 뽑힌 것을 일컬음. ≪성학십도≫는 제1도 太極圖, 제2도 西
銘圖, 제3도 小學圖, 제4도 大學圖, 제5도 白鹿洞規圖, 제6도 心統性情圖, 제7도 仁說圖, 제
8도 心學圖, 제9도 敬齋箴圖, 제10도 夙興夜寐箴圖와 圖說·題辭·규약 등 附隨文으로 되
어 있다.

33) 類揭盖將刻肺爲銘(류게개장각폐위명) : 성균관장의 명에 따라 太學銘을 지었고, 이것이 성
균관의 벽에 걸렸던 것을 일컬음.

34) 私淑(사숙) : 직접 가르침을 받지는 않았으나, 마음속으로 그 사람을 본받아서 道나 학문
을 배우거나 따름. 신채는 <私淑說>을 지었다.

35) 論學有圖(논학유도) : 신채가 <聖學十圖贊>을 지은 사실을 일컫는 듯.

36) 造次(조차) : 갑자기. 창졸간.

37) 於是(어시) : 신채의 장인 湖陽 權益昌이 <十圖十目>을 지은 것을 염두에 두고, 권익창을
가리킴. 신채는 호양의 문하에 드나들며 학봉과 서애의 두 선생이 서로 전수한 학설을
들을 수 있었다고 金道和가 쓴 <행장>에서 밝히고 있다.

38) 厓鶴(애학) : 西厓 柳成龍과 鶴峯 金誠一.

39) 修木(수목) : 修巖 柳袗(1582~1635)과 木齋 洪汝河(1620~1674)를 가리킴.

40) 修木與質就(수목여질취) : 신채가 류진에게는 白蓮社에서 친구들과 함께 ≪中庸≫ 數十條
를 읽은 후 깨닫지 못한 곳을 가르쳐주기를 요망하는 편지를 올렸고, 홍여하에게는 답장
을 하면서 廟制와 服制에 관한 의문처를 지적하고 가르쳐달라는 편지를 올린 사실을 가
리킴.

41) 三某(삼모) : 성균관 유생 시절에 이름뿐만 아니라 학문과 덕행까지 같은 두 李公이 있었
다고 하나, 구체적인 이름은 알 수가 없음.

42) 六行之薦(육행지천) : 6가지의 행실을 구비한 사람을 遺逸로 천거하던 일. 육행은 經明, 行

聞。縱不售於登庸，固無傷於爲己。

　竊念丹邱之佳境，最爲韶州之名區。眞同白鹿[43]之遺墟，淸冷窈窕，允合靑
衿[44]之靜會，曠遠幽閑。惟玆三老之棲遲，寔是一堂之倫序，昔當陪侍於函
席[45]，尙有典型於摳衣[46]。藹然其仁，家庭見孝友之行，養之以德，鄕里服忠信
之孚。斯其實學之內充，燦乎英華之外見。噫遺敎之不泯，孰無傳誦之懷，而
往跡之所在，擧切想像之感。不有明宮俎豆之擧，詎寓永世羹牆[47]之慕。爰諏
一區於舊居，實取九成之美義。伊江山點綴之相，似物色增輝，笻杖屢遊賞之
所，於謦咳[48]如昨。則百年人事之遷就，庶今朝不日之經營。瞻聆一方，佇見
高棟之突兀，苾芬[49]三哲，永有明德之馨香[50]。寧吾黨隆師之誠，得遂而已，顧
雲孫積世之願，何幸如之。玆涓葉吉之辰，敢獻升梁之頌，兒郞偉。

　抛梁東。鳳峯朝日上晴空，平生禮樂周旋地，猶有祥輝一氣通。

修, 純正, 勤謹, 老成, 溫和 등이다.

43) 白鹿(백록) : 白鹿洞書院. 송나라 4대 서원의 하나로, 江西省 星子縣에 있다. 1179년 朱子
가 南康軍太守로 부임하여 예전의 학관을 중수하고, 직접 강학을 하던 곳이다.

44) 靑衿(청금) : 書生을 가리키는 말. 옛날 서생들은 옷깃이 푸른 옷을 입었기 때문에 이렇게
말한다.

45) 函席(함석) : 스승으로 모시는 자리. ≪禮記≫<曲禮>의 "만일 음식 대접이나 하려고 청
한 손이 아니거든, 자리를 펼 때에 자리와 자리의 사이를 한 길 정도가 되게 한다.(若非
飮食之客, 則布席 席間函丈.)"라고 한 데서 온 말로, 즉 서로 묻고 배우는 師生의 사이를
말한다.

46) 摳衣(섭의) : 옷자락을 걷어든다는 뜻으로, 어른 앞에서 몸가짐을 공손히 하는 태도 ≪禮
記≫<曲禮>의 "옷자락을 추어올리고 구석을 향해 종종걸음으로 가서 앉고, 반드시 응
대를 삼가서 해야 한다.(摳衣趨隅, 必愼唯諾.)"라고 한 데서 온 말이다. 후세에 스승 앞에
나아가 강론을 듣는 것을 일컫는다.

47) 羹牆(갱장) : 羹墙. 죽은 사람에 대한 간절한 추모의 정을 말함. ≪後漢書≫<李固傳>의
"舜이 堯를 사모하여, 앉아 있을 적에는 요 임금을 담에 뵙는 듯하고, 밥 먹을 적에는 요
임금을 국에서 뵙는 듯했다."고 한 데서 나온 말이다.

48) 謦咳(경해) : 인기척. 윗사람을 만나 뵘.

49) 苾芬(필분) : 향기로운 제수.

50) 明德之馨香(명덕지형향) : 밝은 덕에서 우러나오는 향기로운 제사라는 말. ≪書經≫<君
陳>에 "지극한 다스림은 아름다운 향기가 널리 퍼지는 것과 같아서 신명을 감동시키게
마련이다. 그러니 기장과 같은 제물이 향기로운 것이 아니요, 밝은 덕이 바로 향기로운
것이라고 하겠다.(至治馨香, 感于神明. 黍稷非馨, 明德惟馨.)"는 말이 나온다.

抛梁西。鳳山一秣夕烟低, 小車想得從容日, 江鳥山花盡品題。

抛梁南。淵泉混混[51]去成潭, 梧桐天外月輪霽, 印作中心淨似藍。

抛梁北。遺墟百載人應識, 松篁一壑帶寒風, 依舊蒼蒼歲暮色。

抛梁上。天爲斯文未嘗喪[52], 直是性無今古殊, 由來只在人能養。

抛梁下。洋洋黃卷盈塵架, 聖賢言行此中留, 讀得方知有爲者。

伏願上梁之後, 儀形不替, 風韻長存。禮備精禋, 尙洋洋而如在[53], 士習餘敎, 當濟濟而克生[54]。蔚爲鄕邦之耿光, 永承君子之遺澤。

契家[55] 後學 豊山 柳疇睦[56]謹撰

---

51) 混混(혼혼) : 샘물이 용솟음쳐 나오는 모양. ≪孟子≫<離婁章句 下>의 "근원 있는 샘물이 퐁퐁 솟아나서 밤낮을 그치지 아니하여 구덩이가 가득 찬 뒤에 전진하여 四海에 이른다.(原泉混混, 不舍晝夜, 盈科而後進, 放乎四海.)"는 구절에서 나온다. 이는 곧 학문에 근본이 있음을 일컫는 말이다.

52) 天爲斯文未嘗喪(천위사문미상상) : ≪論語≫<子罕篇>에서 孔子가 匡 땅에서 곤궁에 처했을 때, "하늘이 사문을 없애려 하지 않으시는 바에야, 광 땅 사람들이 나를 어떻게 하겠는가.(天之未喪斯文也, 匡人其如予何?)"라고 말한 구절을 활용.

53) 尙洋洋而如在(상양양이여재) : 洋洋如在. ≪中庸≫<16장>의 "洋洋히 그 위에 있는 듯하며 그 左右에 있는 듯하다.(洋洋乎如在其上, 如在其左右.)"에서 나온 말. 鬼神의 거룩한 덕을 형용한 것으로, 마치 돌아가신 분의 귀신이 실제 계신 듯 여긴다는 뜻이다.

54) 克生(극생) : 능히 탄생함. 곧 아름다운 재주를 가진 선비로서 이 나라에 태어나 邦國을 편안케 하였다는 것을 찬탄한 말. ≪詩經≫<大雅·文王之什>의 "아름다운 多士가 왕국에 나도다. 왕국에 능히 나니 周의 간성이로다.(思皇多士. 生此王國, 王國克生維周之楨.)"에서 나온다.

55) 契家(계가) : 집안끼리 사이가 돈독함을 말함.

56) 柳疇睦(류주목, 1813~1872) : 본관은 豊山, 자는 叔斌, 호는 溪堂·澗谷居士·老柴散人. 柳成龍의 후손이요, 柳尋春의 손자이다. 일찍부터 벼슬길에 뜻을 두지 않고 학문에 침잠하여 李滉, 柳成龍, 鄭經世, 鄭宗魯, 柳尋春으로 이어지는 영남 성리학의 계통을 이어 나갔다. 오로지 학문 연구와 후학을 양성하는 데 뜻을 두어 성리학에 대한 저술이 많다.

奉安文

顯允先生, 忠孝全德。雪立[1]岡軒[2], 澤麗[3]桐石[4]。本之才資, 濟以學力。
厓老[5]定評, 義理明白。愚翁[6]鑑識, 天分高卓。院削姦魁[7], 禮質函席[8]。西戎

---

1) 雪立(설립) : 立雪. 제자로서의 예를 잘 갖추고 문하에 들어갔다는 뜻. 宋나라 때 楊時가
   어느 날 程頤를 방문하였는데, 정이가 명상에 잠겨 앉아 있었다. 이에 양시가 곁에 侍立
   한 채 떠나지 않고 정자가 눈을 뜨기만을 기다렸는데, 정이가 명상에서 깨어났을 때에는
   문 밖에 눈이 한 자가 쌓였다고 한다. 후대에는 이를 원용하여 제자의 예를 갖추는 말로
   쓰이게 되었다.
2) 岡軒(강헌) : 寒岡 鄭逑와 旅軒 張顯光.
3) 澤麗(택려) : 麗澤. 인접한 두 못이 서로 물을 윤택하게 한다는 뜻으로, 벗이 서로 도와서
   학문과 덕을 닦음의 비유.
4) 桐石(동석) : 桐溪 鄭蘊(1569~1641)과 石潭 李潤雨(1569~1634). 정온의 본관은 草溪, 자
   는 輝遠. 호는 鼓鼓子도 있다. 1610년 진사로서 문과에 급제하여 說書・사서・정언 등을
   역임하였다. 1614년 副司直으로 永昌大君의 처형이 부당함을 상소하여, 가해자인 강화부
   사 鄭沆의 참수를 주장하다가 제주도 大靜에서 10년간 유배생활을 하였다. 1623년 인조
   반정으로 석방, 헌납에 등용되었다. 이어 사간・이조참의・대사간・경상도관찰사・부제
   학 등을 역임하고, 1636년 병자호란 때 이조참판으로서 金尙憲과 함께 斥和를 주장하다
   가 화의가 이루어지자 사직하고 덕유산에 들어가 은거하다가 5년 만에 죽었다. 영의정
   에 추증되었다. 한편, 이윤우의 본관은 廣州, 자는 茂伯. 1591년 진사시에 합격하였고,
   1606년 문과에 급제하였다. 推薦으로 翰苑에 들어갔으며, 인조반정으로 廢錮에서 기용되
   어 應敎와 舍人을 역임하고 담양부사가 되었다. 광해군 때 史筆로서 直書하다가 척출당하
   여 鏡城判官이 되었다. 벼슬은 공조참의에 이르렀다. 寒岡 鄭逑를 스승으로 섬겨 면전에
   서 旨訣을 받들어 학문이 바르고 요점을 얻으니 스승이 깊이 敬重함을 더하여 문하 諸生
   으로 하여금 공경하여 본받게 하였다. 이조참판에 증직하였으며, 문정공 許穆이 비갈을
   지었고 문간공 金世濂이 墓誌를 지었다.
5) 厓老(애노) : 西厓 柳成龍. 신적도가 32세 때 향시에 장원으로 급제했는데, 서애 류성룡이
   그의 시권을 보고는 "의리가 조목조목 트였으니, 世儒가 가히 미칠 수 없는 바이다.(義理
   條暢, 非世儒可及也.)"라 한 것을 일컫는다.
6) 愚翁(우옹) : 愚伏 鄭經世. 신적도가 32세 때 향시에 장원으로 급제했는데, 우복 정경세가
   "신적도는 견식이 端的하여 吾黨의 본보기가 될 만하다.(申適道見識端的足, 爲吾黨矜式
   也.)"고 한 것을 일컫는다.

豕突[9)], 嬴粮赴急。酬以一郵[10)], 蘇我蕩析。及夫再猘[11)], 元戎涕雪[12)]。義旗西指, 南城峷崔。和言蘖芽, 奈彼賣國。疏陳萬言, 綱常[13)]賴植。故園春晚, 詩出腔血[14)]。謝事南還, 山間艸屋。娛以書史, 持以謙牧。人稱地仙, 邦有遺逸[15)]。推原反始, 宜享芬苾。惟陳徐氏[16)], 況有故寔。因循未遑, 歲幾三百。

---

7) 院削姦魁(원삭간괴) : 신적도가 47세에 氷溪書院의 원장으로 있을 때 仁穆大妃 廢母論에 가담한 바 있는 당시 방백 鄭造가 그곳에 이르러 이름을 쓰고 돌아갔는데, 이를 안 신적도는 정조의 이름을 칼로 깎아낸 일화를 일컬음.

8) 函席(함석) : 스승으로 모시는 자리. ≪禮記≫<曲禮>의 "만일 음식 대접이나 하려고 청한 손이 아니거든, 자리를 펼 때에 자리와 자리의 사이를 한 길 정도가 되게 한다.(若非飲食之客, 則布席 席間函丈.)"라고 한 데서 온 말로, 즉 서로 묻고 배우는 師生의 사이를 말한다.

9) 豕突(시돌) : 산돼지처럼 앞뒤를 헤아림 없이 함부로 달려들음.

10) 一郵(일우) : 祥雲道 察訪을 제수받은 것을 일컬음. 신적도가 떠난 이후에 주민들이 去思碑를 세웠다고 한다.

11) 再猘(재제) : 도적이 다시 침범함.

12) 元戎涕雪(원융제설) : 원융은 총사령관이란 뜻이나 여기서는 의병장을 가리킴. 신적도가 의병을 이끌고 1637년 1월 11일 廣州에 도착하여 임금이 파천한 지 한 달여에 혹한과 기아 속에 침구도 없이 지낸다는 소식을 듣고 忠憤의 눈물을 흘리며 <上出都城向南漢倂日糧飯屢夜不寢群僚近侍或至凍餒云及此時臣子分義固勒兵投亂脫危殉節故遂糾旅輪糧直赴行在>란 시를 통해 자신의 심정을 드러낸 것을 일컫는 듯하다. 곧, "내 분발하여 몇 사람과 함께, 궁성을 바라보며 힘차게 말을 달리었네. 이 조금의 쌀이나마 어쩜 임금께 보낼 수 있으랴, 孤軍이라 宮城을 돕는 데는 여의치 못하리라. 다만 나라를 憂愛하는 衷心을 품고, 함께 위난을 구할 생각뿐이로다. 눈길 속 찬바람을 내 어찌 꺼려하랴, 궁성에 닿을 날만 기다리며 나아갈 뿐이로다.(奮身願與二三子, 瞻望王居勇赴之. 些米何能需御供, 孤軍不合補京師. 祇將憂愛彛衷秉, 欲效艱危共濟思. 踏雪衝寒吾豈憚, 指期趁到九重墀.)"이다.

13) 綱常(강상) : 유교 도덕에서 사람이 지켜야 할 도리인 三綱과 五常을 말함.

14) 詩出腔血(시출강혈) : 신적도가 병자호란 때 의병을 이끌고 廣陵에 도달했지만 이미 굴욕적인 강화로 끝나자 화의의 부당함을 역설하는 상소를 올리고 의성으로 돌아올 때 "어쩌다가 임금 은혜 두터이 입었던가, 되레 신하의 분수를 소략했음이 부끄러워라. 고향의 봄은 이미 저물었으니, 어찌 주저할 필요가 있으런가.(仍吟一絶曰 : 誤被天恩重, 還慚臣分疏. 故園春已晚, 何用更躕躇.)"고 읊은 시를 일컬음.

15) 邦有遺逸(방유유일) : 白軒 李景奭의 천거로 임금의 은전이 베풀어진 사실을 일컬음. 신적도가 이경석에게 화답한 시 <和李白軒相公>가 있는데, "무상한 벼슬바다 어찌 구차히 관심두랴, 농삿일 가벼이 여긴다면 뉘 다시금 받드오리. 간혔던 物이 펴나는 大化를 입음에 그 은혜 갚긴 어려우나, 시골로 은둔함이 내 본래 뜻에 맞도다.(宦海桑瀾豈苟容, 農虞忽沒更誰宗. 執徐洪造恩難報, 隱約鄕山愜素慵.)"이다.

16) 陳徐氏(진서씨) : 陳蕃과 徐穉. 東漢 때 豫章太守 진번이 다른 빈객들은 일절 접대하지 않았는데, 오직 南州의 高士 서치가 올 때만 매달아 놓았던 의자를 내려놓았다가 서치가 떠난 뒤에는 도로 매달아 놓았다고 한다.

藐玆後生，積世營度。亦粤懶翁[17]，同氣合德。爰及忍爺[18]，克紹家學。兩世風範，百年如一。合餟同堂，情禮允葉。念玆丹邱，山水淸淑。三位倚卓，數間丹艧。或聯或配，從其昭穆[19]。爰擧縟儀，辰良日吉。樽俎潔淸，衿紳齊邀。陟降在玆，惠我無極。

後學 弘文館校理 韓山 李敦禹[20]謹撰

---

17) 懶翁(난옹)：懶齋 申悅道.
18) 忍爺(인야)：忍齋 申埰.
19) 昭穆(소목)：祠堂에 조상의 神主를 모시는 차례. 왼쪽 줄이 昭, 오른쪽 줄이 穆이 된다.
20) 李敦禹(이돈우, 1807~1884)：본관은 韓山, 자는 始能, 호는 肯庵. 경북 安東 출신이며, 李象靖의 玄孫이다. 柳致明의 문인이다. 1850년 과거에 급제하여, 承文院正字가 되고, 正言・敎理・동부승지 등을 거쳐 1882년 이조참판에 올랐다. 임종 때 '堯의 欽敬과 舜의 惟一, 禹의 孜孜와 湯의 慄慄'이 家傳의 학문이라고 遺戒하였다.

常享祝文

學傳師訣[1], 義扶邦綱, 餘敎在人, 報祀無彊。

---

1) 訣(결) : 旨訣. 가르침.

繡衣[1]朴瑄壽[2]啓文[丙寅]

粤在仁廟丙子之亂, 凡人士之忠義者, 或有倡義而赴亂, 或有抗疏而斥和, 雖在寒素之人, 擧蒙褒賞之典。而義城故察訪臣申適道, 素以慷慨之士, 兼篤至之行, 講究於性理之學, 菀然爲士林之宗, 及當丁卯·丙子之變, 奮身倡義, 再興義旅, 矢死向前, 不避危難, 蓋平日所守有確然者矣。纔到雙嶺, 聞和議已定, 遂抗疏南還, 仍辭除拜隱居, 教授以終其身。其遺風餘韻, 尙爲一道之所想望而興起是白乎所[3], 其在酬勸之政, 合施旌褒之典。以爲奬忠義, 樹風聲之地, 恐合事宜是白如乎[4], 令該曹稟處[5]是白齊[6]。

---

1) 繡衣(수의) : 암행어사가 입던 옷.

2) 朴瑄壽(박선수, 1821~1899) : 본관은 潘南, 자는 溫卿. 실학자 趾源의 손자로, 宗采의 아들이며, 우의정 珪壽의 아우이다. 1864년 증광별시문과에 장원급제한 이후 관직에 올랐다. 1865년에 사간원대사간을 거쳐 1867년에는 암행어사로 임명되어 경상도 지방관들의 탐학을 규찰하기도 하였다.

3) 是白乎所(시백호소) : '~이옵는 바'의 이두식표기.

4) 是白如乎(시백여호) : '~이옵다고 하오니'의 이두 표기.

5) 稟處(품처) : 임금께 上奏하여 분부를 받아 처리하는 것.

6) 是白齊(시백제) : '~이옵니다'의 이두 표기.

政院草啓

都承旨臣趙性夏[1], 爲草啓[2]是白段[3], 慶尙左右道暗行御史臣朴瑄壽, 別單[4]內, 義城故察訪臣申適道, 道學忠節, 實一代徽蹟, 依別單, 以爲贈職之典, 如何?

---

1) 趙性夏(조성하, 1845~1881) : 본관은 豊壤, 자는 舜韶, 호는 小荷. 神貞王后 趙氏의 친정 조카이다. 1861년 식년문과에 을과로 급제, 규장각대교·홍문관부수찬을 거쳐 1864년 고종 즉위와 함께 동부승지에 特除되고, 이어 홍문관부제학이 되어 ≪哲宗實錄≫ 편찬에 수찬관으로 참여하였다.
2) 草啓(초계) : 글의 초안을 잡아 아룀.
3) 是白段(시백단) : 是白은 '~이옵'의 이두 표기이고, 段은 '는(은)'의 이두 표기.
4) 別單(별단) : 임금에게 보고하는 본 내용의 문서에 참조할 수 있도록 첨부한 문서.

吏曹回啓

吏曹判書臣曺錫雨[1]，　爲稟啓。事慶尙左右道暗行御史臣朴瑄壽別單，　議政府草啓內，義城故察訪臣申適道，道學高明，允爲儒士之宗，忠節卓異，實惟邦國之尙是白乎所[2]，特施贈職之典，如何？傳曰："允."

---

1) 曺錫雨(조석우, 1810~1878) : 본관은 昌寧, 자는 稚用, 호는 烟嚴. 1835년 증광문과에 을과로 급제한 뒤 여러 관직을 역임하다가, 1852년 이조참판에 올랐다. 이듬해 경상도관찰사로 부임하여 지방을 다스리면서, 1854년 고조부 曺夏望의 문집인 ≪西州集≫을 간행하였는데, 그 가운데 尹拯에 대한 제문 속에서 宋時烈을 비난한 글을 삭제한 것이 말썽을 빚어 유생의 줄기찬 항의로 파직당하여 평안도 중화에 유배되었다. 그러나 1857년 석방되어 공조참판에 올랐으며, 그 뒤 1867년 이조판서가 되었다.
2) 是白乎所(시백호소) : '～이옵는 바'의 이두식표기.

教旨

察訪臣申適道, 贈通政大夫[1]吏曹參議[2]者。 道學高明, 忠節卓異, 事承傳。

---

1) 通政大夫(통정대부) : 조선시대 正3品에게 주던 品階. 정3품의 上階로서 通訓大夫보다 상위 자리로 堂上官의 말미이다. 통정대부는 국가의 중요한 정책을 결정하는 데 참여하였으며 근무일수에 상관없이 능력에 따라 加資 또는 加階되었다. 관직에서 물러난 다음에도 奉朝賀가 되어 祿俸을 받는 등의 특권을 누렸다.

2) 吏曹參議(이조참의) : 조선시대 吏曹에 둔 正3品 堂上官. 위로 吏曹判書(정2품), 吏曹參判(종2품)이 있고, 아래로 吏曹正郎(정5품), 吏曹佐郎(정6품)이 있다.

焚黃[1]告由文

吏判 韓啓源[2]

惟公終始, 惟學之積, 高山[3]寒旅[4], 麗澤[5]桐石[6]。厓[7]詡剔曰[8], 愚[9]誦占位, 洒長一院[10], 柄伯[11]收刺。西氛北赴, 星月投袂, 祥郵薄試, 垢櫛瘢洗。孤城一疏, 萬古陽秋[12], 如懸賈[13]涕, 不踏連[14]羞。故園春晩, 初服[15]婆娑[16], 涵

---

1) 焚黃(분황) : 나라에서 관직이나 시호를 내리면, 그 내린 명령의 부분을 누런 종이에 옮겨 써서 선조의 사당 앞에서 불사르고 제사를 드리는 일.

2) 韓啓源(한계원, 1814~1882) : 본관은 淸州, 자는 公佑, 호는 柳下. 1835년 별시문과에 급제, 이듬해에 홍문관 관원으로 발탁되면서 1854년 이조참의를 지냈으며, 1861년 대사헌에 이르렀으나, 이듬해 경상좌도 암행어사 任承準이 그가 전에 경주부윤 때 進貢裁減을 임의로 변경하여 처분하였다고 書啓를 올려 죄를 받았다. 1864년 성균관대사성, 1865년 공조판서 · 형조판서 · 의정부좌참찬, 1866년 예조판서 · 판의금부사, 1868년 이조판서 · 공조판서 등 요직을 두루 역임하였다.

3) 高山(고산) : 존경할 만한 先賢을 사모할 때 쓰는 말. ≪詩經≫<小雅 · 車舝>의 “저 높은 산봉우리 우러러보며, 큰길을 향해 나아가노라.(高山仰止, 景行行止.)”에서 나온 말이다.

4) 寒旅(한려) : 寒岡 鄭逑와 旅軒 張顯光.

5) 麗澤(이택) : 붕우가 서로 도와 절차탁마하는 것을 말함. ≪周易≫<兌卦 · 象>의 “두 개의 못이 서로 이어져 있는 것이 태이니, 군자는 이를 보고서 붕우와 함께 강습한다.(麗澤兌, 君子以朋友講習.)”라는 구절에서 나온다. 붕우가 서로 도와서 학문을 토론하고 덕을 닦아 나가는 것을 말한다.

6) 桐石(동석) : 桐溪 鄭蘊과 蒼石 李埈.

7) 厓(애) : 西厓 柳成龍.

8) 曰(구) : 科曰.

9) 愚(우) : 愚伏 鄭經世.

10) 一院(일원) : 氷溪書院을 가리킴.

11) 伯(백) : 경상도관찰사 鄭造를 가리킴.

12) 陽秋(양추) : 孔子)가 지은 ≪春秋≫를 뜻하는 말. ≪世說新語≫<賞譽>에 의하면, 東晉의 중서령 褚裒가 소년 시절에 입으로는 선악을 말하지 않으면서 마음속으로는 정확하게 褒貶을 가하였으므로 皮裏陽秋라는 평을 얻었다는 고사가 있다.

13) 賈(가) : 賈誼.

14) 連(연) : 魯仲連.

墳演典[17], 往箴來柯[18]。天挺[19]孝友, 三事一致, 同門伯叔[20], 幷世譜紀。鬱鬱埋光, 幾二百載, 靡積不發, 有隱斯採[21]。直指[22]之剡[23], 士林之式, 恩貤[24]焜煌, 小宰[25]之職。穀[26]撰卿掄, 幽賁品誥[27], 子孫之榮, 有德之報。

---

15) 初服(초복) : 벼슬하기 전에 입던 선비의 옷.

16) 婆娑(파사) : 춤추는 소매의 날림이 가볍다.

17) 涵墳演典(함분연전) : 涵演은 泓涵演迤의 준말로 깊이 탐구하고 널리 궁리하다는 뜻이며, 墳典은 三墳五典의 준말인데 三墳은 三皇의 책, 五典은 五帝의 책을 말한다. 따라서 古典을 깊이 탐구하고 널리 궁리한다는 뜻이다.

18) 往箴來柯(왕잠내가) : 나아갈 때면 잠규로 나아가지 않을 때면 귀감으로 삼았다. 往來는 ≪周易≫<蹇卦・初六>의 "나아가면 어렵고, 나아가지 않으면 명예로울 것이다.(往蹇來譽)"에서 나온 것이다. 柯는, ≪詩經≫<豳風・伐柯>의 "도끼 자루를 잡고서 나무를 베어 도끼 자루를 새로 만드는 사람이여, 자기가 잡은 도끼 자루를 본받으면 되니 먼 데서 찾을 필요가 없도다.(伐柯伐柯, 其則不遠.)"라는 말을 ≪中庸章句≫에서 다시 이 시를 인용하면서 "도끼 자루를 잡고 도끼 자루를 베면서도 겨냥해 보고서는 오히려 멀다고 생각한다.(執柯以伐柯, 睨而視之, 猶以爲遠.)"고 한 것을 참고하면 '典範, 龜鑑'의 뜻이다.

19) 天挺(천정) : 타고난 기품.(天稟)

20) 伯叔(백숙) : 형제 가운데서 맏이와 셋째를 이르는 말.

21) 採(채) : 採薇軒.

22) 直指(직지) : 直指使者. 한 나라 때 조정에서 직접 지방에 파견하여 문제를 처리하게 했던 벼슬. 우리나라의 암행어사와 같다. 이때의 암행어사는 ≪고종실록≫ 4년(1867) 12월 28일조 2번째 기사에 의하면 嶺南御使 朴瑄壽로 되어 있다.

23) 剡(섬) : 천거하는 문서.(薦狀)

24) 恩貤(은이) : 임금의 恩賜로 조상에 관직이 주어지는 것. 곧 贈職을 뜻한다.

25) 小宰(소재) : 이조참판의 별칭.

26) 穀(곡) : 不穀에서 나온 말로 '임금'을 의미함. 不穀은 임금이나 諸侯가 백성을 잘 다스리지 못한다는 의미에서 사람을 기르는 곡식보다 못한 자신을 낮추어 일컫는 말.(過人)

27) 誥(고) : 誥命. 5품 이상의 벼슬아치에게 주던 임명장.

延贈時告墓文

後孫 相夏[1]

恭惟府君, 吾林名碩, 炳日之忠, 的源之學。九旬[2]任道, 二亂委國, 尊周一疏, 萬古綱立。大義之伸, 世敎之淑, 不泯公議, 百年斯爀。剡採旣實, 廟論俱一, 傳曰貤何, 三銓[3]之秩。邦國之尙, 斯文之式, 顧惟殘孫, 感恩無極。

---

1) 상하(相夏) : 申相夏(1839~1906). 자는 繼舜, 호는 矩庵. 柳致明의 문인이다.
2) 九旬(구순) : 申適道가 1574년에 태어나서 1663년에 죽어 90세까지 산 것을 일컬음.
3) 三銓(삼전) : 셋째 전관이라는 뜻으로, '이조참의'를 달리 이르는 말.

道儒生請加贈上言

　　右謹啓臣矣身段, 伏以崇儒術, 明正學, 王道之當先, 獎忠節, 立綱常, 邦典之所尙是白乎所[1], 臣等所居道內義城地, 故忠臣贈吏曹參議臣申適道, 卽麗朝忠臣按廉使祐之後也, 孝學贈參議臣元祿之孫也。早登文穆公[2]臣鄭逑・文康公[3]臣張顯光之門。師門授受之正, 家庭忠孝之學, 實爲士林之所宗仰[4]是白遣[5]。及仁廟丁卯之訌, 三宮[6]播越[7], 君父危忙, 適道首倡義旅, 齋疏詣闕, 歷陳主和誤國之非, 拔亂反正之策。聖批溫允, 特除祥雲道察訪。又陳疏乞遞。至於丙子, 再猘之變, 則孤城形勢, 危如一髮, 又涕泣誓衆, 星夜馳赴。及到南城, 時事已變。與同志, 相對痛哭曰 : "丁卯之和, 猶爲天下之羞, 況大倫蔑矣, 綱常隊矣。此忍爲乎? 此忍爲乎?" 遂以君臣大義, 天地綱常等語, 抗章直斥, 大言其非。又引洪翼漢[8]疏語, 以爲萬世言責者[9]之所當師法。蓋其尊周大義, 格君[10]深誠, 赫赫炳炳, 可有辭於天下後世。而及至事無奈何, 莫可挽回, 則乃

---

1) 是白乎所(시백호소) : 是白乎所(시백호소) : '〜이옵는 바'의 이두 표기.
2) 文穆公(문목공) : 寒岡 鄭逑의 시호.
3) 文康公(문강공) : 旅軒 張顯光의 시호.
4) 宗仰(종앙) : 숭상하여 우러러봄.
5) 是白遣(시백견) : '이옵고'의 이두 표기.
6) 三宮(삼궁) : 황제・태후・황후의 궁을 일컬으나, 여기서는 왕과 대비와 왕비를 지칭함.
7) 播越(파월) : 播遷. 임금이 도성을 떠나 다른 곳으로 피란함.
8) 洪翼漢(홍익한, 1586~1637) : 본관은 南陽, 자는 伯升, 호는 花浦・雲翁. 병자호란이 일어나자 崔鳴吉 등의 和議論을 극구 반대하고 斥和論을 폈으나, 남한산성에서 왕이 화의하니 吳達濟・尹集과 함께 瀋陽에 잡혀가 끝내 굽히지 않고 죽음을 당해 적들이 감탄하여 '三韓三斗'의 碑를 세웠다.
9) 言責者(언책자) : 諫官. ≪孟子≫<公孫丑章句 下>의 "언책이 있는 자는 그 말을 들어주지 않으면 떠난다.(有言責者, 不得其言則去.)"에서 나온다.

作詩自誓, 辭謝南還。構得一小屋於鶴山之薇谷, 名曰'採薇軒.' 杜門潛居, 日以嘯咏自遣。文忠公[11]臣李景奭, 嘗因箚[12]別薦, 召命屢下而不起, 壽爵[13]自至而不受, 閒養。九十年, 竟以大明年陵署微唧而終。斥和臣鄭蘊, 嘗語之曰:"當日扶義之人, 何限? 而能保其晚節者[14], 惟申適道也." 適道亦嘗自言曰:"堯舜在上, 義無不仕。而今天地閉矣, 冠屨倒矣." 古之君子, 必無可仕之義, 此可見義理之正, 行藏之宜。而萬世臣子之所當準則, 百世斯文之所可師宗是白乎則[15], 此宜有崇褒易名[16]之典, 而于今二百年, 臣等瞻望天門[17], 齋鬱久矣。往在丁卯[18], 因暗行御史臣朴瑄壽之啓, 睿燭明照, 聖恩優洽贈之, 以天曹[19]參議之職, 可謂榮及泉壤, 望副儒林是白乎乃[20], 以若貞忠大節, 實德正學, 其所褒顯, 止於三品, 則恐未盡於崇儒賢獎忠義之至意也。伏乞天地父母, 垂察罕古卓異之蹟, 軫念多士齊籲之忱, 特加崇秩。以觀世敎, 以樹風聲, 事臣等無任惶恐, 伏望良結望良[21]。

---

10) 格君(격군) : ≪孟子≫<離婁章句 上>의 "오직 대인이라야 능히 임금의 그릇된 마음을 바로잡을 수 있다.(惟大人爲能格君心之非.)"에서 나온 말.

11) 文忠公(문충공) : 白軒 李景奭의 시호.

12) 箚(차) : 箚對. 나라의 관례에 정부 각 대신들이 매 5일마다 차례로 돌아가면서 임금에게 아뢰는 일.

13) 壽爵(수작) : 壽職. 해마다 정월에 80세 이상의 벼슬아치와 90세 이상의 백성에게 恩典으로 주던 벼슬.

14) 保其晩節者(보기만절자) : 後漢의 馬援 고사까지 염두에 둔 표현. 그가 62세 때 武陵의 오랑캐를 정벌하러 갔다가 작전을 잘못 세워 壺頭 쪽의 길을 선택하는 바람에 疫病이 도는데다 적의 강력한 저항까지 받아 자신도 병에 걸리고 군졸들도 많이 죽는 등 곤경에 처하게 되었다. 결국 이 일이 보고되어 마원은 문책을 받고 교체되었고, 곧이어 병이 도져 죽었다. 이때 그에게 원한을 품고 있던 梁松이란 자가 모함하자, 광무제는 크게 노하여 마원에게 내려 주었던 新息侯의 印綬를 회수한 고사이다.

15) 是白乎則(시백호즉) : '~이사온즉'의 이두 표기.

16) 易名(역명) : 임금이 諡號를 내리는 것.

17) 天門(천문) : 대궐의 문을 높여 이르는 말.

18) 丁卯(정묘) : 高宗 4년인 1867년.

19) 天曹(천조) : 吏曹의 별칭.

20) 是白乎乃(시백호내) : '~이사오나'의 이두 표기.

21) 望良結望良(망량결망량) : '結'은 '~고'의 이두 표기인 듯. 바라고 바라나이다.

士林通文

丹邱書院安靈[1]時, 製通[2]金奭裕

伏以。鄙鄕先輩, 虎溪・懶齋申先生及虎溪胤子[3]忍齋先生, 兩世三賢, 德學風猷, 蓋亦吾南之所共景慕也。諸先生俱以瑞世[4]英雋之材, 乘國家晟明之運, 早親有道, 學業征邁[5], 聯登科第, 聲輝闡發。令聞[6]旣敷, 晉途方闢。殆見仕學互優[7], 位德俱隆。

而卒當柔兆[8], 天地冠屨之變, 忠義并菀於同氣, 名節萃在於一室。至若伯府先生, 倡旅陳疏, 抗斥輸平[9]之恥, 誓衆灑泣, 奮發敵愾之氣。況其學問精深,

---

1) 安靈(타령) : 神主를 섬겨 모심.
2) 製通(제통) : 통문 찬술자. 통문을 지으면, 그것을 필사한 사람을 寫通이라 한다.
3) 胤子(윤자) : 대를 이은 아들.(嗣子) 호계 신적도는 네 아들을 두었는데, 셋째 신채의 형들인 申垺과 申均이 각각 자손 代에서 絶孫된 것으로 보았기 때문이다. 신균은 이후 4대손에서 절손되었으나 신집은 절손되지 않았으니 잘못이다. 이는 아마도 단구서원에 신주를 모실 때, 그 이전 언제부터인지 알 수 없으나 신집의 후손들과 서로 내왕이 없었던 것에서 기인한 것으로 보인다.
4) 瑞世(서세) : 聖人이 출현하는 상서로운 세상.
5) 征邁(정매) : 어떤 일을 전심전력을 다하여 나감. 또는 본분을 다함. ≪詩經≫<小雅・小宛>의 "나도 날마다 이렇게 나아갈 테니 너도 달마다 나아갈지어다.(我日斯邁, 而月斯征.)"에서 나온 말.
6) 令聞(영문) : 훌륭한 명성.
7) 仕學互優(사학호우) : 학문이 이루어져서 벼슬길에 올라, 벼슬과 학문 모두가 넉넉해짐을 말함. ≪論語≫<子張篇>의 "학문을 하고서 여유가 있으면 벼슬을 한다.(學而優則仕.)"에서 나온 말이다.
8) 柔兆(유조) : ≪爾雅≫<釋天>의 "太歲가 甲에 있는 것을 閼逢이라 하고, 乙에 있는 것을 旃蒙이라 하며, 丙에 있는 것을 柔兆라 하고, 丁에 있는 것을 强圉라 하며, 戊에 있는 것을 著雍이라 하고, 己에 있는 것을 屠維라 하며, 庚에 있는 것을 上章이라 하고, 辛에 있는 것을 重光이라 하며, 壬에 있는 것을 玄黓이라 하고, 癸에 있는 것을 昭陽이라 한다."고 한 설명에 의하면 유조는 天干의 丙이니, 병자년(1636)의 호란을 말함.

尤見於性理論辨之說, 庸學分類之圖, 嵬乎壯矣。季旁先生, 聘命上國, 克揚專
對10)之策, 圍在孤城, 首發和議之非。蓋其塤篪11), 淵源之正, 出自寒旅12)之
門, 而道義交遊之重, 同時處義於桐龍13)之倫。若是卓矣。

暨惟忍齋先生, 以家庭詩禮, 克濟世美14), 一時聲聞。嶠南15)有三某之稱,
學中薦六行之備。而若其十圖解義, 有聖明之稱賞, 一部策16), 式見義理之明
的, 亦豈非稱家之賢乎。

嗚呼。忠孝兼全於一門, 事行俱著於兩世, 風聲之樹, 盛德之報, 猶將百世可
祀也。陋鄉末學, 無以奉承前烈, 遺芳17)剩馥之地, 尙未有一席香火之薦, 固知
未免於隣鄉大方18)之所棄也。

惟是德家遺範, 尙有誠孝勤慤之風, 若爾雲裔, 備成堂齋, 謹依宋朝徐陳故
事19), 爲原列廡配之禮。生等竊念, 當日獻祝儀式, 不可直任本家, 玆以會議通
告。伏願僉君子, 遠賜貫臨, 克惇儀節20)之地, 幸甚。

---

9) 輸平(수평) : 渝平. 그동안의 원한 관계를 청산하고 화친하는 것을 말함. ≪春秋左傳≫<隱
  公 6년條>에 "정나라 사람이 와서 예전의 좋지 못한 태도를 바꾸어 화목하게 지내자고
  하였다.(鄭人來渝平.)"라는 말이 나오는데, ≪春秋公羊傳≫에는 渝平이 輸平으로 나온다.
10) 專對(전대) : 타국에 사신으로 가서 모든 질문에 응답함.
11) 塤篪(훈지) : 서로 가락이 잘 맞는 두 개의 관악기인 피리와 나팔. 보통 형제를 가리킬 때
  쓰는 표현이다. ≪詩經≫<小雅·何人斯>의 "伯氏吹塤 仲氏吹篪"라 한 데서 나온 말이다.
12) 寒旅(한려) : 寒岡 鄭逑와 旅軒 張顯光.
13) 桐龍(동룡) : 桐溪 鄭蘊과 龍洲 趙絅.
14) 世美(세미) : 後代가 前代의 미덕을 계승하는 것을 말함.
15) 嶠南(교남) : 嶺南을 말함.
16) 一部策(일부책) : ≪忍齋先生遺集≫권3의 策問 <心>을 일컬음. 책문은 정치에 관한 계책
  을 물어서 답하게 하던 科擧 과목이다.
17) 遺芳(유방) : 좋은 명성을 후세에 남기는 것을 말함. 晉나라 때 大司馬 桓溫이 제위 찬탈
  의 음모를 꾀하면서 일찍이 말하기를, "기왕 후세에 훌륭한 명성은 남기지 못할지라도
  또한 족히 만 년 뒤에까지 악명도 남기지 못한단 말이냐.(旣不能流芳後世, 亦不足復遺臭萬
  載耶.)"라고 했던 데서 나온다.
18) 大方(대방) : 식견이 훌륭해서 큰 도를 아는 사람.
19) 宋朝徐陳故事(송조서진고사) : 三徐四陳의 고사. 宋나라 때 같은 사당에서 배식한 사례이
  다. 송나라 때 饒州에는 三徐廟가 있어서, 徐廷休 3부자를 합향하였다. 또 유학자 陳知儉
  은 그의 조부 陳省華를 위해 초상을 그리고 사당을 세웠고, 진성화의 세 아들인 陳堯叟,
  陳堯佐, 陳堯咨를 배향하였으니, 四令祠이다.
20) 儀節(의절) : 禮節.

虎溪先祖遺集　卷之六
　　附錄

師友遺札

張顯光[1]

貴胤[2]陪佐郎[3], 來獲奉喜書, 蘇慰不容言。謹審棣床[4]友履[5], 聯衿[6]做況[7], 日透古聖賢, 閫域[8]聞甚仰賀。顯光耄敗[9]旣劇, 斷事杜伏[10]耳, 懷難牘悉只, 冀還任。萬福。

---

1) 張顯光(장현광, 1554~1637) : 본관은 仁同, 자는 德晦, 호는 旅軒. 1595년 학행으로 천거되어 報恩縣監을 지내고, 여러 차례 관직에 임명되었으나, 벼슬에 뜻이 없어 모두 사퇴하고 학문 연구에만 전심하여 李滉의 문인들 사이에 확고한 권위를 인정받았다. 1636년 병자호란 때에는 각지에 격문을 보내어 근왕의 의병을 일으키고 군량의 조달에 나섰으며, 패전 후 동해안의 입암산에서 은거하였다. 영남의 많은 남인 학자들을 길러냈다.
2) 貴胤(귀윤) : 남의 아들을 높여 일컫는 말.
3) 佐郎(좌랑) : 조선시대 육조의 정6품 벼슬.
4) 棣床(체상) : 형제가 있는 사람을 말함.
5) 友履(우리) : 형제 사이의 우애를 실천함.
6) 聯衿(연금) : 옷깃을 나란하다는 뜻으로, '모여 앉다.'는 의미.
7) 做況(주황) : 공부를 하거나 또는 어떤 일을 경영하는 형편.
8) 閫域(곤역) : 경지.
9) 耄敗(모패) : 老衰. 늙고 쇠약함.
10) 杜伏(두복) : 칩거함을 일컫는 말.

又

鄭蘊¹⁾

搜溪²⁾同苦, 已閱四十年, 瞻想一念, 食息不弛。而地之絶遠, 鱗羽³⁾無憑⁴⁾, 及到密邇, 猶未相訪, 老境心緖, 益切悲憐。備審兄邊消息, 氣候⁵⁾平迪, 深喜耳。弟少壯時, 才不如人, 逮至老, 妄病且兼之, 凡干人事, 闕如也⁶⁾。何以治民乎? 到任雖久, 米鹽⁷⁾之消積, 自知不如, 歸計已決。而我病不得訪兄, 兄病不得訪我, 尤可嗚乎。

---

1) 鄭蘊(정온, 1569～1641) : 본관은 草溪, 자는 輝遠, 호는 桐溪・鼓鼓子. 1614년 永昌大君의 처형이 부당함을 상소, 가해자인 강화부사 鄭沆의 참수를 주장하다가 제주도 大靜에서 10년간 유배생활을 하였다. 1623년 인조반정으로 석방되어 이조참의・대사간・경상도관찰사・부제학 등을 역임하고, 1636년 병자호란 때 이조참판으로서 金尙憲과 함께 斥和를 주장하다가 화의가 이루어지자 사직하고 덕유산에 들어가 은거하다가 5년 만에 죽었다.
2) 搜溪(수계) : 경남 거창에 있는 계곡인 듯. 搜勝臺가 동계의 종택이 자리 잡은 곳에 있기 때문이다.
3) 鱗羽(인우) : 물고기와 새.
4) 寇準이 지은 <遠恨> 시의 "덮고 습기 찬 곳이라 기러기 날지 않고, 물고기는 깊은 계곡에 숨어버렸다. 새와 물고기 어느 것에 의지하여, 소식을 어떻게 전할 수 있을까?(溫瘴雁不來, 遊魚隱深谷. 羽鱗孰可憑, 音書安長風.)"에서 나온 말.
5) 氣候(기후) : 氣體. 몸과 마음의 형편이라는 뜻으로, 웃어른께 올리는 편지에서 문안할 때 쓰는 말.
6) ≪論語≫<子路篇>의 "비속하구나, 유여. 군자는 모르는 것에 대해서는 말을 하지 않는 것이다. 명분이 바르지 못하면 말이 순조롭지 못하고, 말이 순조롭지 못하면 일이 이루어지지 않는 것이다.(鄙哉由也! 君子於其所不知, 蓋闕如也. 名不正則言不順, 言不順則事不成.)"에서 나온 말.
7) 米鹽(미염) : 쌀과 소금, 즉 백성의 생활필수품.

又

李埈¹⁾

埈啓私門不幸, 小子²⁾遽爾夭折, 白首號蒼, 但有搥胸而已。頃承兄札, 亦有喪患稠疊云。須學³⁾西方解脫之法, 以慈愛之天⁴⁾爲浮雲流水, 然後人門⁵⁾慘酷之痛, 有休歇處⁶⁾矣。末由面論, 徒增哽塞⁷⁾。

---

1) 李埈(이준, 1560~1635) : 본관은 興陽, 자는 叔平, 호는 蒼石·酉溪. 柳成龍의 문인이다. 임진란이 일어나자 鄭經世와 의병을 모집, 姑母潭에서 적군과 싸워 패했다. 1594년 다시 의병을 일으켜 이긴 공으로 형조좌랑에 임명되었으나 사양하고 이듬해 慶尙道都事로 나가 《中興龜鑑》을 편술하여 왕에게 바쳤다. 정묘호란에도 의병을 모집하고 왕명을 받들어 전주에 가서 수만 섬의 군량미를 모은 공으로 中樞府僉知事가 되었다.

2) 小子(소자) : 셋째 아들 文圭. 문규는 경포대에 놀러갔다가 돌아오는 길에 병을 얻어 요절하였다.

3) 西方(서방) : 극락세계.

4) 慈愛之天(자애지친) : 아비로서의 인자한 마음, 형으로서의 우애하는 마음. 《童蒙先習》의 "어버이는 인자하고 자식은 효성스러우며, 임금은 의롭고 신하는 충성스러우며, 남편은 온화하고 아내는 순하며, 형은 사랑하고 아우는 공경하며, 벗은 인을 도운 연후에야 바야흐로 사람이라 할 수 있다.(父慈子孝, 君義臣忠, 夫和婦順, 兄友弟恭, 朋友輔仁然後, 方可謂之人矣.)"에서 활용한 말.

5) 人門(인문) : 인간세상의 문.

6) 休歇處(휴헐처) : 불교말로, 마음이 다 쉬는 편안한 휴식처란 말.

7) 哽塞(경색) : 슬퍼서 목이 메고 가슴이 답답함.

又

金應祖[1]

令姪[2]回, 謹承下札, 憑審早熱, 尊體動靜萬福, 鴒原[3]之樂融融[4]。於海山雲物之表, 令人引領起興, 直欲奮袂。而苦被劫緣[5], 纏縛不得自由, 奈何? 時事可慮, 仍圖避世, 甚便好, 何其奇哉? 嚮慕之私, 短紙難伸。

---

1) 金應祖(김응조, 1587~1667) : 본관은 豊山, 자는 孝徵, 호는 鶴沙・啞軒. 안동 출생으로 柳成龍에게 사사하였다. 1613년 생원이 되었으나 광해군의 난정을 보고 문과응시를 포기하고, 張顯光의 문하에서 학문연마에 힘썼다. 1623년 인조가 즉위하자 알성문과에 병과로 급제하여 병조정랑・선산부사를 지냈다. 1662년 大司諫에 임명되었으나 사양하고, 그 뒤 한성부우윤이 되었다. 안동의 勿溪書院과 영천의 義山書院에 배향되었다. 申仡의 셋째 아들 申悅道와는 동서지간이다.

2) 令姪(영질) : 남의 조카를 높여 이르는 말.

3) 鴒原(영원) : 형제간의 우애를 말하는데, 흔히 형제의 뜻으로 쓰임. ≪詩經≫<小雅・常棣>의 "물새가 언덕에 있으니, 형제가 위급함을 서로 구하네. 언제나 좋은 벗 있지만 길이 탄식만 할 뿐이네.(脊令在原, 兄弟急難. 每有良朋, 況也永歎.)"에서 나온 말이다. '脊令'은 곧 할미새로 '鶺鴒'과 같다.

4) 融融(융융) : 화락한 모양.

5) 劫緣(겁연) : 불교에서 말하는 매우 오랜 시간의 인연.

又

鄭惟熟¹⁾

相去不甚遠, 而閴今三載, 猶無一會期。老病人事至此, 瞻悵倍切。惟可幸者, 時得與允兄²⁾, 相對晤語, 如獲親炙³⁾。卽惟歲暮, 調況⁴⁾珍勝? 弟喫苦路傍, 老病已極, 十分地頭, 自憐奈何? 頃者, 先達⁵⁾公遠來訪我, 迨極感幸。且聞慶宴之設, 已有定日。若因此便, 進參⁶⁾盛事, 不但老生之望, 與兄同做四十年, <缺>而不得遂意, 恨悵何極?

---

1) 鄭惟熟(정유숙, 1605~1646) : 본관은 淸州, 자는 景精. 濬源殿 參奉을 지냈다. 寒岡 鄭逑의 손자요, 都事 鄭樟의 아들이다. 현 족보상의 생몰년간인데, 1663년에 졸한 신적도의 제문을 지었으니 몰년에 대해 착오가 생긴 듯하다.
2) 允兄(윤형) : 令息. 윗사람의 아들을 높여 이르는 말.
3) 親炙(친자) : 스승에게서 직접 가르침을 받음.
4) 調況(주황) : 調理. 건강이 회복되도록 몸을 보살피고 병을 다스림.
5) 先達(선달) : 나보다 먼저 과거에 급제한 자, 또는 선배.
6) 進參(진참) : 제사나 성묘, 잔치 따위에 참석함.

又

崔晛[1]

千里夢想之餘, 路奉情札, 委人致問[2], 仰慰如何? 生特蒙宥命, 罔極之恩, 使之生還故土[3], 感泣之外, 無以爲謝。

---

1) 崔晛(최현, 1563~1640) : 본관은 全州, 자는 季昇, 호는 訒齋. 1588년 司馬試에 급제, 1592년 임진왜란이 일어나자 구국책을 올려 元陵參奉이 되었다. 1606년 增廣別試 생원과에 장원, 檢閱이 되었으며, 광해군 때 遷都論이 거론되자 이를 반대, 그 계획을 중단시켰다. 仁祖反正 후 副提學을 거쳐 강원도관찰사가 되었다. 1627년 李仁居의 모반에 관련된 혐의로 투옥되었다가 왕명으로 석방되었다. 예조판서에 추증되고, 善山의 松山書院에 제향되었다. 신적도의 아버지 申乞과 이종사촌간이다.

2) 致問(치문) : 안부를 물음.

3) 故土(고토) : 고향.

又

李景奭[1]

年前一奉, 眞適我願[2], 每想芝眉[3], 徒自悵歎。千里手翰忽墜, 意表如對慰豁。生年來蹤跡, 不在於朝, 在鄕時多, 眼患亦劇未得, 以書相候者久矣, 常以爲恨。

---

1) 李景奭(이경석, 1595~1671) : 본관은 全州, 자는 尙輔, 호는 白軒. 그는 宋時烈·宋浚吉 등 산림의 학자들을 대거 천거하여 요직에 오르도록 도와주었으나 훗날 그가 천거한 송시열과 정적이 되어 老少分黨이 이루어지면서 소론의 비조가 되었으며, 조선 중기 정묘호란, 병자호란 등 안팎으로 얽힌 난국을 적절하게 주관하였던 名相으로 꼽힌다. 병자호란을 수습하는 과정에서 지은 三田渡碑文에 대해 당시 송시열을 중심으로 한 노론에서는 청나라에 아첨한 행동이라고 비난하는 등, 특히 사후에 심한 논란거리가 되었다. 그도 그의 형에게 문자 배운 것을 한탄하였다고 한다.

2) ≪詩經≫<鄭風·野有蔓草>의 "들에는 치렁치렁 넝쿨이 뻗고, 잎새엔 구슬인 양 이슬 맺히네. 꿈에도 안 잊히는 어여쁜 단 한 사람, 서늘한 그 눈매 그 아리따움. 만났으면 어쩌다 한 번이라도, 내 평생소원은 풀리련만.(野有蔓草, 零露兮. 有美一人, 揚婉兮. 邂逅相遇, 適我願兮.)"에서 나온 말.

3) 芝眉(지미) : 미목이 청수하고 아름다움. 곧 얼굴을 일컫는다. 唐나라 房琯이 元德秀를 만날 때마다 "紫芝와 같은 眉宇를 대하면 그때마다 名利의 마음이 죄다 없어지게 된다."고 감탄한 데서 나온 말이다.

又

李敏求¹⁾

歲律²⁾將暮, 遠惟政況³⁾珍毖, 稍慰瞻想。 某生, 衝寒冒雪, 遠赴治下, 望須俯採所控, 曲賜如何? 是生一家人也。 接遇之厚, 不待生之喋喋⁴⁾。 而湖南風俗不佳, 除非官威, 不無意外生梗⁵⁾之患。 更須善處自餘。 湖嶺隔遠, 奉對無階, 臨紙悵然, 不知所諭。

---

1) 李敏求(이민구, 1589~1670) : 본관은 全州, 자는 子時, 호는 東州·觀海. 李睟光의 아들이다. 정묘호란 때 兵曹參議가 되어 세자를 모시고 全州에서 난을 피했으며, 병자호란 때는 禮房承旨 韓興一이 종묘사직의 神主와 빈궁을 모시고 강화도로 피난하자 檢察副使로서 빈궁의 행차를 호위하였다. 이때 왕을 강화로 피난시키기 위해 배편을 준비했으나 적군이 御駕의 길을 막아 책임을 완수하지 못했다. 1637년 소임을 다하지 못한 죄로 永興 鐵甕城에 유배되어 7년간 지냈다.

2) 歲律(세율) : 한 해.

3) 政況(정황) : 지방 수령의 안부를 물을 적에 쓰는 말로, 정사를 보는 근황의 뜻임.

4) 喋喋(첩첩) : 거침없이 지껄이는 모양.

5) 生梗(생경) : 두 사람 사이에 불화가 생김.

又

李景容[1]

承誨兩難兄[2], 有若識荊州[3], 矧此托隣, 尤切喜幸。卽奉惠札, 感荷百倍, 但聞慘遭鴒原[4]之痛, 驚悼罔已。生一行作吏, 無非爲親計, 踰下嶺表[5], 若墜淵谷。進誨書空, 無以爲謝。

---

1) 李景容(이경용, 1580~1635) : 본관은 德水, 자는 汝復, 호는 杜谷·桂谷. 진사를 거쳐 문과에 급제한 뒤, 병조좌랑·사간원정언·홍문관교리·좌부승지 등을 역임하였다. 1624년 李适의 난이 일어나자 언관으로 금령을 대대적으로 행하여 난 후의 처리를 잘하여냈고, 1625년에는 崔鳴吉 등과 함께 庶孽禁錮法 폐지를 진언하였다. 이어서 사간원헌납·종성부사가 되었다. 1627년 정묘호란 직후에는 廣州牧使로 부임하였고, 곧이어 황해도감사가 되어 李珥의 ≪擊蒙要訣≫을 수백 본 만들어 올려서 중앙과 지방에 반포하게 한 일이 있다. 그 뒤 참찬관·양양부사·전라도관찰사 등을 역임하였다. 글씨가 뛰어났는데 특히 초서와 예서를 잘 썼다고 한다.

2) 難兄(난형) : 難兄難弟의 뜻으로, 걸출한 형제. 아마도 신적도와 신달도 두 형제를 일컫는 듯하다.

3) 識荊州(식형주) : 李白이 형주의 長史로 있던 韓朝宗에게 보낸 편지 <與韓荊州書>의 “생전에 萬戶侯에 봉해지지 못할진댄 韓荊州를 한 번 만나는 것이 소원이다.(生不用封萬戶侯, 但願一識韓荊州.)”에서 나온 말. 面識을 갖게 된 것이 영광스럽다는 뜻으로, 상대방에 대한 敬辭이다. 韓荊州는 韓朝宗을 가리킨다.

4) 鴒原(영원) : 형제간의 우애를 말하는데, 흔히 형제의 뜻으로 쓰임. ≪詩經≫<小雅·常棣>의 “물새가 언덕에 있으니, 형제가 위급함을 서로 구하네. 언제나 좋은 벗 있지만 길이 탄식만 할 뿐이네.(脊令在原, 兄弟急難. 每有良朋, 況也永歎.)”에서 나온 말이다. ‘脊令’은 곧 할미새로 ‘鶺鴒’과 같다.

5) 嶺表(영표) : 嶺南.

又

李堂揆[1]

自尊離泮[2], 月已周矣。無騎無人, 旣闕躬造, 又未侫候, 尋常茹恨。卽玆憑問, 尊旅況平迪, 慰豁十分。士興[3]・公耳[4], 又以痘患[5], 再昨俱爲出泮, 嶺友之厄, 尙未殄也。南行當在何間? 若得人馬, 近當就敍耳。

---

1) 李堂揆(이당규, 1625~1684) : 본관은 全州, 자는 基仲, 호는 退村. 1650년 진사시에 합격하고, 여러 관직을 거친 뒤 1668년 의성현령이 되었으며, 1669년 별시문과에 병과로 급제하였다. 1677년 대제학으로 白骨徵布・黃口簽丁과 같은 軍布의 폐단과 서북지방의 田稅 문제에 대하여 과감한 개혁을 건의하기도 했다. 그 뒤 이조참판・대사간・부제학을 역임하고 1679년 함경도관찰사로 외직에 나갔다가 다음해에 이조참판이 되었으나, 경신대출척으로 파직되어 폐서인이 되었다.

2) 泮(반) : 泮中. 예전에, 성균관을 중심으로 한 근처의 동네를 이르던 말. '태학'을 달리 이르는 말이기도 하다.

3) 士興(사흥) : 金邦杰(1623~1695)의 자. 본관은 義城, 호는 芝村. 金守一의 증손자이자 金是榲의 아들이다. 1660년 증광문과에 급제하여 1675년 지평, 이듬해 정언을 거쳐 장령이 되어 吏胥들의 防納으로 인한 백성들의 피해를 상소하면서 이의 시정을 주장했다. 1689년 사간이 되었으나 仁顯王后 閔氏의 폐위를 막지 못한 諫官으로서의 책임을 느껴 낙향하였다. 이듬해 승지가 되었으며 1692년에 대사간, 이듬해 대사성을 지냈다.

4) 公耳(공이) : 朴仁基(1626~1664)의 자. 본관은 潘南, 호는 翠軒. 1660년 증광문과에 급제하여 承文院正字, 禮曹正郎 등을 지냈다.

5) 痘患(두환) : 천연두.

祭文

鄭惟熟[1)]

昔我大爺[2)]先生, 倡道於泗上[3)], 一世豪邁俊逸, 咸歸於門牆[4)]。惟時我公, 早歲負笈, 心期遠大, 非一藝一行之名[5)], 志向端的, 乃有體[6)]有用[7)]之學。進退之際, 規矩[8)]必遵, 性理之書, 毫縷[9)]可釋。無隱必叩[10)], 應對之節, 從容, 有聞輒行[11)], 所受之教, 是極, 實蒙愛敬於函席[12)], 幾見推重於朋榻[13)]。蓋其造詣之

1) 鄭惟熟(정유숙, 1605~1646) : 본관은 清州, 자는 景精. 濬源殿 參奉을 지냈다. 寒岡 鄭逑의 손자요, 都事 鄭樟의 아들이다. 현 족보상의 생몰년간인데, 1663년에 졸한 신적도의 제문을 지었으니 몰년에 대해 착오가 생긴 듯하다.

2) 大爺(대야) : 조부. 한강 정구를 일컫는다.

3) 泗上(사상) : 정유숙의 할아버지인 寒岡 鄭逑가 일생을 마친 持敬齋가 있었던 곳. 대구시 칠곡군 사수동이다.

4) 門牆(문장) : 스승의 문을 말함. 魯나라 대부 叔孫武叔이 子貢을 孔子보다 어질다고 한 것에 대하여, 자공이 "궁장에 비유하자면 나의 담장은 어깨에 닿을 정도여서 집 안의 좋은 것들을 다 엿볼 수 있지만, 부자의 담장은 여러 길이나 되어서 그 문을 통하여 들어가지 않으면 종묘의 아름다움과 백관의 많음을 볼 수가 없다.[譬之宮牆 賜之牆也及肩 窺見室家之好 夫子之牆數仞 不得其門而入 不見宗廟之美 百官之富]"고 말한 데서 나온 말이다.(≪論語≫<子張篇>)

5) ≪論語≫<爲政篇>의 '군자는 한 가지 그릇 같은 노릇을 아니한다.(君子不器)'에 대한 朱子의 註에 "덕을 이룬 선비는 본체가 갖추어지지 않음이 없으므로 작용이 두루 미치지 못함이 없으니, 단지 한 가지 재주, 한 가지 기예만 갖출 뿐만이 아니다.(成德之士, 體無不具, 故用無不周, 非特爲一才一藝而已.)"고 한 것에서 나온 말.

6) 體(체) : 明德, 곧 덕을 밝히는 것임.

7) 用(용) : 新民, 곧 백성의 덕을 새롭게 하는 것임.

8) 規矩(규구) : 規矩準繩. 일상생활에서 지켜야 할 법도.

9) 毫縷(호루) : 호는 터럭 끝이며 누는 가는 실이니, 모두 작은 것을 말함.

10) 叩(고) : 그 양단을 두들김. ≪論語≫<子罕篇>의 "비천한 사람이 나에게 물어오면, 머리가 비어 아무 것도 모르는 듯 하더라도 나는 그 물음에 이 끝에서 저 끝까지 들추어내어 아는 것에 대해 가르치겠노라.(有鄙夫, 問於我, 空空如也, 我叩其兩端而竭焉.)"에서 나온 말이다.

11) 有聞輒行(유문첩행) : ≪論語≫<公冶長篇>의 "좋은 가르침을 듣고, 아직 미처 실행하지

深, 實由工夫之篤。泰山忽頹, 恐墜緒之芒芒, 靈光[14]獨存。恒自居以惕惕, 九旬林泉之樂, 自挹高風[15], 一言綱常之明, 得伸大義, 南士之尊仰, 不在玆乎? 愚生之欽艶, 良有以也。貪緣眷顧之情, 逈出高駕[16], 頻住於茅廬。丁寧箴規之意難忘, 淸翰尙留於塵笥。曾謂顔閔[17]樂事, 可尋於百年, 那意偓佺[18]遐壽[19]遽促於今日? 文之衰, 道之否, 哲人其萎[20]。往無繼, 來無開, 我痛何及?

못했으면, 또 다른 가르침을 들을까 두려워하였다.(子路有聞, 未之能行, 唯恐有聞.)"에서 나온 말.

12) 函席(함석) : 스승으로 모시는 자리. ≪禮記≫<曲禮>의 "만일 음식 대접이나 하려고 청한 손이 아니거든, 자리를 펼 때에 자리와 자리의 사이를 한 길 정도가 되게 한다.(若非飮食之客, 則布席 席間函丈.)"라고 한 데서 온 말로, 즉 서로 묻고 배우는 師生의 사이를 말한다.

13) 朋榻(붕탑) : 朋榻之講. 벗과 강학하는 자리.

14) 靈光(영광) : 마지막 남은 원로 석학을 이르는 말. 漢나라 景帝의 아들인 恭王이 산동성 曲阜에 건립한 靈光殿을 가리키는데, 後漢 王延壽가 지은 <魯靈光殿賦序>의 "영광전만은 우뚝 홀로 서 있었다.(靈光殿巍然獨存)"에서 나온 말이다.

15) 高風(고풍) : 고상한 풍도.

16) 高駕(고가) : 높은 수레라는 뜻이나, 상대방의 찾아옴을 높여 일컫는 말.

17) 顔閔(안민) : 顔淵과 閔子騫. 곧, 공자의 제자 顔回와 閔損이다. 두 사람 모두 벼슬하지 않고 安貧樂道로 일생을 보냈다.

18) 偓佺(악전) : 신선의 이름. 唐堯 때 중국 槐山에서 약을 캐먹고 살았다는 신선이다.

19) 遐壽(하수) : 長壽.

20) ≪禮記≫<檀弓 上>에 의하면, 공자가 세상을 떠나기 일주일 전에 "태산이 무너지는구나. 들보가 쓰러지는구나. 철인이 시드는구나.(泰山其頹乎. 梁木其壞乎. 哲人其萎乎.)"라고 노래하였는데, 子貢이 이 노래를 듣고는 "태산이 무너지면 우리가 장차 어디를 우러러보며, 들보가 쓰러지고 철인이 시들면 우리가 장차 어디에 의지하겠는가.(泰山其頹, 則吾將安仰, 梁木其壞, 哲人其萎, 則吾將安放?)" 말한 고사에서 나온 말.

又

朴廷薛[1]

吾東文明之運, 於斯爲盛, 而吾南道學之士, 相繼而起, 或因天質之美, 或因師友之正。猗我先生, 卽其一也。嗚乎! 先生, 鍾山海之淑氣, 做金玉之令資, 是質之美也, 得之於天也。嘗親炙[2]於岡門, 就正於旅門, 是又師友之正也。於乎! 世無善言德行[3]者, 先生之盛德大業, 固不敢揄揚於萬一。而但以表表於事行者觀之, 再亂之興義, 二疏之扶綱, 始信正學中出來, 而苟非天稟之卓, 亦烏能如是也? 嗚呼!

---

1) 朴廷薛(박정설, 1612~?) : 본관은 咸陽, 자는 汝弼, 호는 遜愚堂. 1642년 진사가 되고, 1651년 식년문과에 병과로 급제하였다. 장령, 헌납, 집의, 사간을 지냈으며, 1689년 공조참의가 되고, 이듬해 예조참의를 거쳐 승지가 되었다. 외직으로 나가서는 知禮·杆城·谷城·慶州 등지의 수령을 지냈다. 청렴결백하여 여러 벼슬을 거치면서 청백리라 불렸고, 공적인 일을 앞세우고 개인적인 일을 항상 뒤로 하여, 사는 집마저도 비바람을 겨우 막을 정도였다고 한다.

2) 親炙(친자) : 스승에게서 직접 가르침을 받음.

3) 善言德行(선언덕행) : ≪孟子≫<公孫丑章句 上>의 "재아와 자공은 말을 잘 하고, 염우와 민자와 안연은 덕행을 잘 말하였다.(宰我子貢, 善爲說辭, 冉牛閔子顔淵, 善言德行, 孔子兼之.)"에서 나온 말.

又

金尙瑗[1]

猗我先生,	奮起南服。
山岳之重,	松柏之特。
唐虞初志,	玉不可匵[2]。
材可棟樑,	文可黼黻[3]。
知天有命,	遂乃抗節。
就道而正[4],	于泗[5]于洛[6]。

---

1) 金尙瑗(김상원, 1598~1678) : 본관은 安東, 자는 伯玉, 호는 南厓. 松隱 金光粹의 증손자 金士元의 손자이다. 정구와 장현광의 문하에서 수학하고, 어머니를 지극 정성으로 모셨다. 병자호란이 일어나자 치욕스럽게 여겨 과거에 나아가지 않고 세상일을 사절하고 벽에 大明崇禎 네 글자를 써 붙이고 매양 충신열사의 사적을 읽었다.

2) ≪論語≫<子罕篇>의 "아름다운 옥이 여기 있는데, 궤 속에다 넣어 감추어 두고만 계시겠습니까? 제 값을 받고 파시겠습니까?(有美玉於斯, 韞匵而藏諸? 求善賈而沽諸?)"에서 나온 말.

3) 黼黻(보불) : 지극히 아름답고 격조 높은 文辭. ≪論語≫<泰伯篇>의 "자기의 음식은 간략한 것으로 하고 귀신에게는 예물을 드렸고, 평시의 의복은 거친 것으로 입으면서 제례에 쓰는 슬갑과 면류관은 아름답게 하였고, 거처하는 궁실은 허술하게 하면서 보 도랑을 내는 데는 힘을 가하였으니, 우에 관해서는 나로서 비판할 데가 없다.(菲飮食而致孝乎鬼神, 惡衣服而致美乎黻冕, 卑宮室而盡力乎溝洫, 禹吾無間然矣.)"에서 나온 말이다. 黼는 黑白色으로 도끼 모양을 수놓은 것이고, 黻은 검정색과 파랑색으로 '亞'자 모양을 수놓은 것이다.

4) ≪論語≫<學而篇>의 "군자로서 배불리 먹는 것을 바라지 않고 편안히 거처하기를 구하지 않으며, 모든 일에 민첩하고 말을 삼가며, 도의가 있는 자에게 나아가 자신을 바로잡는 사람이라면 배우기를 좋아한다고 할 수 있느니라.(君子食無求飽, 居無求安, 敏於事而愼於言, 就有道而正焉, 可謂好學也已.)"에서 나온 말.

5) 泗(사) : 八居縣 蘆谷의 동쪽 수십 리 지점에 있는 泗水洞. 원래는 泗濱이었는데, 지금은 경북의 漆谷이다. 鄭逑는 蘆谷精舍가 1614년 불타자 그 이후 이곳에 은거할 거처를 지었으니 泗陽精舍라 하였다. 만년에 6년간 후학을 가르친 곳이다.

6) 于洛(우락) : 여헌 장현광을 지칭하는 듯. 사림을 대표해서 金光繼가 쓴 <제문>의 "한 바

淵源旣的， 踐履亦篤。

行己之方， 一遵繩墨7)。

及夫丁丙， 君父之急。

擧我大義， 諭我同德。

登壇誓泣， 一隊涕雪。

不我斗筲8)， 贊劃帷幄9)。

倍日10)馳赴， 滿山胡戟。

事乃大謬， 賣國之說11)。

良籌莫施， 忠憤莫洩。

遂抗大疏， 有章日月。

萬古綱常， 百世無惑。

如是而還， 薇洞茅屋。

案有詩書， 山有薇蕨。

我採我茹， 我書我讀12)。

杜門洴寂， 一區泉石。

興望益尊， 鄕邦矜式。

九旬康樂， 皇明舊曆。

云胡不淑13)， 斯文之厄。

위가 우뚝이 솟아, 낙동강 가에 있었습니다. 그 이름은 不知巖인데, 한가로이 은거하시기에 적당하였으며, 졸졸 흐르는 샘물은, 굶주림을 달래며 즐기실 수 있었습니다.(有巖斗起, 于洛之干, 不知其名, 考槃之寬, 泌之洋洋, 可以樂飢.)"에서 추론할 수 있다.

7) 繩墨(승묵) : 먹줄이란 뜻이나, 여기서는 법도란 의미.

8) 斗筲(두소) : 斗는 한 말(斗), 筲는 한 말 두 되 들이의 竹器를 말함. 여기서 두소는 변변하지 못한 사람이란 뜻이다.

9) 帷幄(유악) : 국정을 의논하는 깊은 곳이란 뜻이나, 여기서는 작전계획을 의논하는 장막을 의미.

10) 倍日(배일) : 2일에 가야 할 길을 하루 만에 감을 이르는 말.

11) 賣國之說(매국지설) : 和議論.

12) 朱熹의 <至樂齋銘>의 "북창에서 신음하니, 기운이 답답하여 풀리지 않네. 내 책을 내가 읽으니, 병이 낫는 듯하구나.(呻吟北窓, 氣鬱不舒. 我讀我書, 如病得蘇)"에서 나온 말.

士失趨向，　　　　　邦無大耋[14]。

於乎吾黨，　　　　　于何範則。

---

13) 云胡不淑(운호불숙) : 사람의 죽음을 이르는 표현.

14) 大耋(대질) : 해가 완전히 넘어가듯 인생을 얼마 남기지 않은 노년기를 말함. ≪周易≫
　　<離卦・九三>의 "해가 기울며 빛남이니 북치고 노래하지 않으면 큰 노인이 탄식할 것
　　이며 흉하다.(日昃之離, 不鼓缶而歌, 則大耋之嗟凶.)"에서 나온 말이다.

挽詞

金應祖(鶴沙)

退齋[1])遺緒悔堂[2])傳,　　　餘慶承承世有賢。

郵館[3])未容淹逸士,　　　寢郎[4])豈合送殘年[5])。

已將榮利輸蘧栩[6]),　　　都把生涯付簡編。

耆舊卽今誰復在,　　　仁鄕[7])回首一潸然。

---

1) 退齋(퇴재) : 申祐의 호. 고려가 기울자 부친 允濡, 조카사위 吉再 등과 함께 남으로 내려와 당시 尙州 丹密 萬景山으로 들어가 세거지를 틀었는데, 이는 松京을 바라본다는 뜻을 붙여 '望京'으로 새겼기 때문이라 한다. 고려가 망한 후, 태조가 왕 되기 전의 친구라 하며 형조판서 벼슬을 주었으나 응하지 않았다. 한편, 아버지 版圖判書 允濡가 세상을 떠나자 여묘살이 3년을 하였다. 그곳에 한 쌍의 靑竹이 돋아나니 당시 사람들은 孝誠에 감동된 것으로 칭송하였는데, 조정에서는 그 마을을 효자리로 하게하고 旌閭를 내렸다. 사위로는 金成美와 康居義, 조카사위로는 吉再, 외손서로는 李孟專, 외손자로는 康愼이 있다. 開城의 杜門洞書院과 丹密의 涑水書院에 배향되어 있다.
2) 悔堂(회당) : 申元祿(1516~1576)의 호. 경북 義城 출신이며, 退溪·周世鵬의 門人이다. 11살 때 아버지가 병이 들자 八公山 수백 리 길을 걸어 약초를 찾아나서는 등 8년 동안 간호하였으며, 뒷날 長水·三嘉(현 陜川)·淸道 등지에서 學官이 되어 연로한 부모를 봉양하였다. 이러한 그의 효행을 표창하기 위해 旌閭가 세워졌다. 모친상을 당했을 때는 하루에 세 번씩 성묘를 하였다고 한다. 戶曹參議가 추증되었고, 의성의 藏待書院에 배향되었다.
3) 郵館(우관) : 祥雲道察訪을 지낸 것을 이름.
4) 寢郎(침랑) : 陵參奉. 齊陵과 健元陵에 제수되었으나 나아가지 않았다.
5) 殘年(잔년) : 쇠잔해진 나이.(晩年)
6) 蘧栩(거허) : ≪莊子≫<齊物論>의 "일찍이 장주가 꿈에 나비가 되어, 기뻐하며 훨훨 나는 것이 분명 나비였는데, …… 이윽고 깨어보니 깜짝 놀란 모습의 장주가 분명하였다. 그래서 장주가 꿈에 나비가 된 것인지, 나비가 꿈에 장주가 된 것인지를 알 수 없었다. (昔者莊周夢爲胡蝶, 栩栩然胡蝶也, …… 俄然覺則蘧蘧然周也. 不知周之夢爲胡蝶, 胡蝶之夢爲周與.)"에서 나온 말.
7) 仁鄕(인향) : 상대방이 사는 고장을 높여 부르는 말로, 여기서는 의성을 일컬음.

又

李景奭(白軒)

夢裏祥雲路,　　　　人間九十年。

庭存雙玉樹¹⁾,　　　家有一靑氈²⁾。

仗義輕身日,　　　　封章³⁾露膽天。

空將舊情誼,　　　　沾灑寄哀篇⁴⁾。

---

1) 玉樹(옥수) : 芝蘭玉樹. 남의 집안의 우수한 子弟를 예찬하는 말. ≪世說新語≫＜言語＞에서 晉나라 謝安이 여러 자제들에게 어떤 자제가 되고 싶은지 묻자, 그의 조카인 謝玄이 대답하기를 "비유하자면 지란옥수가 뜰 안에 자라게 하고 싶습니다.(譬如芝蘭玉樹, 欲使其生於階庭耳.)"고 한 데서 나온 말이다. 여기서는 신적도의 동생인 신달도와 신열도를 가리킨다.

2) 靑氈(청전) : 先代로부터 전해진 귀한 유물. 晉나라 王獻之가 누워 있는 방에 도둑이 들어와서 물건을 모조리 훔쳐 가려 할 적에, 그가 "도둑이여, 그 푸른 모포는 우리 집안의 유물이니, 그것만은 놓고 가는 것이 좋겠다.(偸兒! 靑氈我家舊物, 可特置之.)"고 한데서 나온 말이다. 여기서는 신적도를 가리킨다.

3) 封章(봉장) : 임금에게 글을 올리던 일.(上疏)

4) 哀篇(애편) : 挽章.

又

張應一¹⁾(聽天堂)

師門先進²⁾衆推時,	當日惟吾年少時。
聖學³⁾眞工窺闖際,	皇明高節抗章時。
百蓂⁴⁾齒德稀千古,	三棣輝光盛一時。
洛水寒波流不盡,	聲聲嗚咽斷魂時。

■참고 : 〈挽申虎溪〉, 《聽天堂先生文集》 권1, 詩.

斯文先進衆推時,	當日猶吾年少時。
聖學眞工窺闖際,	皇明孤節抗章時。
百蓂齒德稀千古,	三棣輝光盛一時。
洛水寒波流不盡,	聲聲嗚咽斷魂時。

---

1) 張應一(장응일, 1599~1676) : 본관은 仁同, 자는 經叔, 호는 聽天堂. 아버지가 張顯道이나, 7세 때 張顯光에게 입양되어 가학을 이었다. 1629년 별시문과에 급제한 뒤, 여러 관직을 거쳐 1646년 헌납 재직시 賜死의 명이 내려진 소현세자빈 姜氏를 위해 救命疏를 9일간 계속 올렸다. 이 일로 인해 조야에서 장응일을 '靑天白日 張獻納'이라고 하였다. 1649년 장령으로 임명되자 훈신 金自點의 탐욕을 논핵하는 상소를 올렸다. 그 후로 우승지, 대사간 등을 역임하였다. 1676년 부제학과 대사성에 제수되었으나 나아가지 않았다. 장응일은 처음 벼슬에 나갈 때 장현광이 격려하기 위해 적어준 '忠義恭約'이라는 네 글자를 평생 마음에 새겨 잊지 않았다.

2) 先進(선진) : 先輩. 먼저 과거에 오른 사람을 이른다.

3) 聖學(성학) : 聖學十圖. 퇴계 이황이 68세 때 지은 것으로, 국은에 보답하고 학문을 계발하기 위한 만년의 대표작이다. 성학이란 성인이 되기 위한 학문을 일컫는 것이므로, 선조 임금에게 제왕의 길을 제시한 것이다.

4) 蓂(명) : 堯임금의 뜰에 하루에 잎이 하나씩 돋았다는 풀.

又

洪汝河[1](木齋)

一德公攸好,　　　　人間五福[2]宜。

伏生[3]那欠壽,　　　　謝椽[4]却嗟卑。

蓬島[5]鸞驂[6]去,　　　　邱原[7]梓樹[8]悲。

自憐生苦晚,　　　　未忍紫芝眉[9]。

---

1) 洪汝河(홍여하, 1620~1674) : 본관은 缶溪, 자는 百源, 호는 木齋·山澤齋. 1654년 진사로 식년문과에 을과로 급제, 여러 관직을 역임하고, 정언에 이르러 효종에게 時事를 논하는 소를 올려 왕의 가납을 받았으나 반대파의 배척을 받아 고산찰방으로 좌천되었다가 1년 만에 사퇴하였다. 1658년 다시 나아가 경성판관이 되었으며, 왕의 하문에 의하여 올린 소로 말미암아 이조판서 宋時烈이 사직하는 등의 문제를 일으켜 黃澗에 유배되고, 이듬해에 풀려났으나 벼슬을 단념하고 고향에 돌아가 오직 학문에만 전념하였다. 특히, 주자학에 밝아 당시 사림의 宗師로 일컬어졌다.

2) 五福(오복) : ≪書經≫＜洪範＞의 "오복은 첫째는 장수함이고, 둘째는 부함이고, 셋째는 강녕함이고, 넷째는 덕을 좋아함이고, 다섯째는 정명으로 마치는 것이다.(五福, 一曰壽, 二曰富, 三曰康寧, 四曰攸好德, 五曰考終命.)"에서 나온 말.

3) 伏生(복생) : 西漢의 유생. 이름은 勝, 자는 子賤. 秦나라 때 박사로, ≪尙書≫에 정통하였다. 始皇帝 때 焚書를 하자, 그는 ≪상서≫를 벽에 감추었다. 漢나라가 세워지고 나서 벽 속에서 책을 꺼냈는데 겨우 29편만 남아 있었다고 한다.

4) 椽(연) : 椽吏. 말단의 행정을 담당한 벼슬아치.

5) 蓬島(봉도) : 선인이 산다는 三神山의 하나로 동해 蓬萊山을 가리킴.

6) 鸞驂(난참) : 驂鸞仙客

7) 邱原(구원) : 무덤.

8) 梓樹(재수) : 고향을 뜻하기도 하나, 여기서는 가래나무를 일컬음.

9) 芝眉(지미) : 미목이 청수하고 아름다움. 곧 얼굴을 일컫는다. 唐나라 房琯이 元德秀를 만날 때마다 "紫芝와 같은 眉宇를 대하면 그때마다 名利의 마음이 죄다 없어지게 된다."고 감탄한 데서 나온 말이다.

■참고:〈輓申察訪〉, ≪木齋先生文集≫ 권2, 詩.

一德公攸好,	人間五福宜。
伏生那欠壽,	謝樣却嗟早。
蓬島驂鸞去,	丘原梓樹悲。
自憐生苦晚,	未認紫芝眉。

又

申弘望[1](孤松)

青春手採鳳池蓮[2]，　　　晚節郵驂騁海邊。

一宦明時如夢寐，　　　九旬平日作神仙。

誰知靈劍重淵會[3]，　　　可占雲仍[4]百代傳。

祇是鵝宗長老盡，　　　孤生[5]宇宙獨茫然。

---

1) 신홍망(申弘望, 1600~1673) : 본관은 鵝洲, 자는 望久, 호는 孤松. 義城 출생으로, 1627년 進士試에 합격하여 1638년 천거로 康陵 參奉에 임명되었으나 부임하지 않았으며, 1639년 別試文科에 丙科로 급제하여 1644년 承政院 注書 兼 春秋館 記事官에 제수되었으나, 얼마 후 노모의 병을 이유로 낙향하였고, 곧이어 체직되었다. 1646년 典籍, 兵曹 佐郎, 司諫院 正言, 禮曹 佐郎를 거쳐 1647년 全州 判官에 부임하였다. 1650년 母夫人의 상을 당하였는데, 상을 마친 후 곧 司憲府 持平에 제수되었다. 이때 持平 李溫發이 都承旨 李時楪를 탄핵하자, 이시매는 疏를 올려 자신의 잘못이 없음을 증명하려고 하였는데, 신홍망은 그 소의 내용이 선현을 모욕하는 것이라고 반박하였다. 이 일로 그는 자기 당파를 비호한다고 지목되어 碧潼郡에 유배될 뻔하였으나, 正言 鄭斗卿(1597~1673)의 변론으로 平海에 中途付處되었고, 곧 사면되었다. 1656년부터 1658년까지는 蔚山府使에 재직하였는데, 이 곳에 그를 기리는 淸德碑가 세워졌다. 1659년부터는 수년 동안 풍기군수로 재직하였다. 그 후 강원도 都事, 成均館 司藝, 宗簿寺正 兼 春秋館 編修官, 承文院 判校 등에 제수되었으나 출사하지 않았다. 1673년 정월에 세상을 떠났는데, 묘소는 義城縣 下川 黑石里로 정해졌다. 그는 旅軒 張顯光의 문하에 드나들었으며, 李民宬(1573~1649)의 사위이다.

2) 採鳳池蓮(채봉지연) : 봉지의 연꽃을 따다는 뜻이나, 여기서는 젊었을 때 향시에 장원급제한 사실을 일컬음. 蓮榜은 司馬試인 生員科·進士科의 鄕試·會試에 합격한 사람의 이름을 적은 명부인지라, 蓮은 사마시에 오른 사람을 일컫는다.

3) 춘추시대 吳나라의 匠人인 干將·莫邪 부부가 명검 두 자루를 만들어 雄劍을 간장이라 하고, 雌劍을 막야라 하였는데, 晉나라 때에 와서 張華와 雷煥이라는 두 천문가가 이 雙劍을 豊城縣에서 발굴한 다음 둘이 한 자루씩을 나누어 가졌다. 이들이 죽은 뒤에는 결국 그 쌍검이 延平津의 깊은 물속으로 들어가 雙龍으로 변했다는 고사를 염두에 둔 표현이다.

4) 雲仍(운잉) : 후손들.

5) 孤生(고생) : 신홍망의 호가 孤松이므로 '자신'을 일컫는 말.

又

南海準[1](新村)

大孝家庭有大賢，　　　皇天錫類[2]理當然。

早遊國學聲聞遠，　　　晚長郵亭施澤專。

壽享耄期[3]仁可驗，　　　業遵型典德無愆。

病中垂淚今題挽，　　　安得藍輿[4]更執鞭[5]。

---

1) 南海準(남해준, 1598~1667) : 본관은 英陽, 자는 孝哉, 호는 新村. 李蒔의 문인이다. 광해군의 난정과 폐모사건을 보고 벼슬에 뜻을 두지 않고 귀향하였다. 그는 穎悟하고 청렴결백하였으며, 오직 학문에 전념하였는데 특히 진나라와 한나라 때의 古文을 탐독, 박학하기로 이름이 높았다.

2) 錫類(석류) : 자손을 잘 둔 것을 의미함. ≪詩經≫<大雅>의 "효자가 끊어지지 아니하니 길이 너와 같은 좋음을 주리로다.(孝子不匱, 永錫爾類.)"에서 나온 말이다.

3) 耄期(모기) : 90세를 일컫는 말.

4) 藍輿(남여) : 가마이나, 여기서는 상여를 일컬음.

5) 執鞭(집편) : 너무도 사모한 나머지 아무리 천한 일이라도 마다하지 않겠다는 뜻. "晏子가 지금 살아 있다면 그의 마부가 되어 말채찍을 잡는 일이라도 흔쾌히 할 것이다.(假令晏子而在, 余雖爲之執鞭, 所忻慕焉.)"는 사마천(司馬遷)의 말에서 비롯된 것이다.

又

金尙瑗[1] (南厓)

東國名臣後，　　　　南州孝子孫。
早承詩禮訓，　　　　晚被聖明恩。
郵館[2]留仁政，　　　雲林避世喧。
存亡分此日，　　　　垂淚向荒原[3]。

---

1) 金尙瑗(김상원, 1598~1678) : 본관은 安東, 자는 伯玉, 호는 南厓. 松隱 金光粹의 증손자 金士元의 손자이다. 정구와 장현광의 문하에서 수학하고, 어머니를 지극 정성으로 모셨다. 병자호란이 일어나자 치욕스럽게 여겨 과거에 나아가지 않고 세상일을 사절하고 벽에 大明崇禎 네 글자를 써 붙이고 매양 충신 열사의 사적을 읽었다.
2) 郵館(우관) : 祥雲道를 일컬음.
3) 荒原(황원) : 거친 무덤.

又

金尙瑬¹⁾(玉溪)

氏出鵝洲夙德升,　　蟬聯²⁾餘慶裕雲仍。

忠能殉國欽哉史³⁾,　　孝著旌門可也曾⁴⁾。

有子有孫賢又繼,　　宜兄宜弟⁵⁾衆咸稱。

搴蓮⁶⁾玉井⁷⁾初何早,　　攀桂⁸⁾瑤宮⁹⁾竟未能。

---

1) 金尙瑬(김상유, 1605~1678) : 본관은 安東, 호는 玉溪. 松隱 金光粹의 손자 金士貞의 아들 金淮의 아들이다. 文行이 있었으나 科場에는 나아가지 않았으며, 후학을 계도하였고 將仕郞을 역임하였다. 신적도의 넷째 아들인 敬齋 申㞧과 처남매부 사이이다.

2) 蟬聯(선련) : 끊어지지 않고 줄줄이 연이어 나옴.

3) 史(사) : 史鰌. 衛나라 靈公의 신하. 자는 子魚. ≪孔子家語≫<困誓>에 의하면, "史魚가 병이 들어 죽을 무렵에 그의 아들에게 명하기를, '내가 벼슬하면서 蘧伯玉을 등용시키지 못하고 彌子瑕를 그대로 두었으니 이는 내가 남의 신하가 되어 임금의 마음을 바르게 못한 죄이다. 내가 죽으면 시체를 창 밑에 그냥 두어라.' 하므로 그의 아들이 그대로 하였다. 靈公이 조상하러 와서 이유를 물으니 그의 아들은 사실대로 고하였다. 영공은 깜짝 놀라면서 '이것이 과인의 잘못이었구나.' 하고 즉시 빈소를 차리도록 한 후 거백옥을 등용하고 미자하를 내쫓았다. 공자는 이 소문을 듣고 '옛날부터 임금에게 간하는 자 여럿이 있지만 죽으면 그만인데 사어 같은 이는 죽어 시체가 되어서까지도 오히려 임금의 마음을 감동시켰으니, 참으로 직신이라 아니할 수 없도다.(古之列諫之者, 死則已矣, 未有若史魚, 死而屍諫, 忠感其君者也, 不可謂直乎.)'고 하였다."는 고사가 전한다.

4) 曾(증) : 曾子. ≪小學≫<稽古篇>의 "어버이를 섬김이 가히 증자 같이 하는 것이 옳으니라.(事親, 若曾子, 可也.)"는 구절이 참고가 된다.

5) 宜兄宜弟(의형의제) : ≪詩經≫<小雅·蓼蕭>에 나오는 구절.

6) 搴蓮(건련) : 향시에 장원급제한 사실을 일컬음. 蓮榜은 司馬試인 生員科·進士科의 鄕試·會試에 합격한 사람의 이름을 적은 명부인지라, 蓮은 사마시에 오른 사람을 일컫는다.

7) 玉井(옥정) : 太華山 꼭대기에 있다는 못 이름. 韓愈가 지은 <古意>의 "태화산 꼭대기에 있는 옥정의 연은, 꽃이 피면 열 길이요 뿌리는 배와 같은데, 차기는 눈서리 같고 달기는 꿀과 같아, 한 조각만 입에 넣어도 묵은 병이 낫는다네.(太華峯頭玉井蓮, 開花十丈藕如船, 冷比雪霜甘比蜜, 一片入口沈痾痊.)"에서 나온 말이다.

8) 攀桂(반계) : 문과에 급제하는 것을 일컬음. 과거에 급제하는 것을 折桂라고 부르고 그 명부를 桂籍이라 하니, 桂는 문과에 오른 사람을 말한다.

乘馹東風吹驛路，　　　　奉牲西日照園陵[10]。

誤登枳路寧容足，　　　　歸臥桑鄉任曲肱[11]。

九十遐齡黃髮老，　　　　三千遙界白雲乘。

---

9) 瑤宮(요궁) : 전설 속에 나오는 신선들이 사는 궁전. 옥을 다듬어서 만들었다고 한다.

10) 園陵(원릉) : 왕이나 왕비의 무덤인 陵, 왕세자나 왕세자빈 같은 왕족의 무덤인 園을 통틀어 이르는 말. 원릉에 석양이 비친다는 말은 신적도가 齊陵과 健元陵 참봉에 제수되었으나 나아가지 않은 사실의 표현이다.

11) 曲肱(곡굉) : 팔을 벰. ≪論語≫<述而篇>의 "나물밥 먹고 물마시며 팔을 베고 눕더라도 즐거움이 또한 그 가운데에 있다.(飯疏食飲水, 曲肱而枕之, 樂亦在其中矣.)"에서 나온 말이다.

又

南夢賚[1] (伊溪)

聞說吾鄕又失公，　　　　壽躄仁宅一時空。

二三小子於何考[2]，　　　　九十光陰到此窮。

篁館胡爲留夜月，　　　　薇亭無復襲春風[3]。

身糜海徼難奔走，　　　　千里緘詞愧素衷。

---

1) 南夢賚(남몽뢰, 1620~1682) : 본관은 英陽, 자는 仲遵, 호는 伊溪. 처는 鵝州申氏로 申之義의 딸이다. 신지의는 오봉 申之悌의 이복동생이다. 어릴 때부터 총명하여 13세에 백일장에서 수석 입상했고, 23세인 1642년에 생원시에 합격하였고 성균관에서 학문을 닦았다. 32세인 1651년에 증광문과에 급제하였다. 이후 成均館學諭, 典籍 및 병조와 예조의 正郞, 함양군수, 通禮院右通禮, 선산부사를 지냈다. 1666년에는 晉州牧使가 되었으나 禮制의 개혁을 상언했다가 왕의 노여움을 당해 파직되었다. 1659년 효종이 죽자 자의대비의 복상 기간을 기년(朞年 : 만 1년)으로 할 것인가 3년(만 2년)으로 할 것인가에 대한 논란이 있었는데, 이때 眉叟 許穆, 孤山 尹善道와 더불어 서인들의 논거에 반대하는 의론을 폈다. 1680년 庚申換局 때 남인이 실각하자 전라도 興陽으로 유배되었고, 서인들의 공격으로 이듬해 서울로 호송되던 도중에 南原 객사에서 목숨을 끊었다.

2) 韓愈가 지은 <送溫處士赴河陽軍序>의 "어린 후진들이 어느 곳에 가서 도덕을 묻고 학업을 배우겠습니까?(小子後生, 於何考德而問業焉.)"에서 나온 말.

3) 襲春風(습춘풍) : ≪近思錄≫ 권40의 "朱公掞이 汝州에 가서 明道 선생을 뵙고 돌아와서는 사람들에게 말하기를 '내가 한 달 동안이나 봄바람 속에 앉아 있었다.(某在春風中坐了一箇月.)'라고 했다."에서 나오는 말.

又

金宗一[1](魯庵)

景仰淸芬[2]自幼年,　　悠悠長恨隔山川。

一星昨夜沉南極[3],　　永失人間地上仙。

聞韶[4]古國樂魂招,　　九臺英靈上九霄。

三棣芳名聯製錦[5],　　雙蘭[6]終孝又懷瑤[7]。

---

1) 金宗一(김종일, 1597~1675) : 본관은 慶州, 자는 貫之, 호는 魯庵. 신적도의 막내동생 申悅道의 셋째 아들 申堪의 장인이다. 1624년 진사시에 합격, 1625년 별시문과에 급제하였다. 진주목사, 정언을 거쳐 병자호란 때 순찰사의 從事官이 되었다. 1637년 昭顯世子가 瀋陽에 볼모로 잡혀갈 때, 司書로서 수행하였다. 당시 조선인으로서 청나라 벼슬에 올라 조선에 대해 갖은 횡포를 부리던 鄭命壽와 金突의 죄상을 폭로하였으나, 뜻을 이루지 못하고 송환되어 영덕에 귀양갔다. 1643년 풀려났으며, 1657년 울산부사를 지냈다. 영덕에 귀양 갔을 때 당시 현령 趙廷虎에게 "청의 정치를 보면 간결하면서도 요령이 있고 검박하면서도 다함이 있다오. 무릇 백성들 가운데 한 살이 넘은 사람과 소와 양과 낙타와 말들은 모두 빠짐없이 帳籍에 올라 있소. 군대를 다스리는 것은 엄하고 백성들을 대하는 것은 관대하오. 관리를 임명할 때는 오직 그가 하는 바를 보고 하니 우리나라나 중국처럼 자질구레하고 번잡하여 기강이 없는 것과는 같지 않소. 이런즉 그들을 천하무적이라 일컬을 수도 있을 것이니 그들이 천하를 얻지 못한다고 어찌 장담할 수 있겠소."(한명기가 만난 조선사람, 중앙일보, 2011. 2. 2)라고 했다 한다.

2) 淸芬(청분) : 훌륭한 덕.

3) 南極(남극) : 南極星. 인간의 수명을 관장하는 별.

4) 聞韶(문소) : 義城의 옛 명칭.

5) 製錦(제금) : 비단을 재단한다는 뜻으로, 지방관으로서 훌륭한 정치를 함을 일컫는 말. 이 말은 鄭나라 子皮가 尹何로 하여금 고을을 다스리게 하려 하자 자피의 보좌역 子産이 "그대가 아름다운 비단이 있다면 그것을 옷 지을 줄 모르는 사람에게 주어 옷 짓는 일을 배우게 하지는 않을 것이다. 大官·大邑은 백성의 몸이 의탁하는 곳인데, 배우는 사람에게 시험 삼아 다스리게 한단 말인가. 대관과 대읍이야말로 그 아름다운 비단보다 훨씬 더 중요한 것이 아니겠는가.(子有美錦, 不使人學製焉. 大官大邑, 身之所庇也, 而使學者製焉. 其爲美錦不亦多乎.)"에서 나온 말이다.

危城岌嶪勤王隊,　　　　盤谷[8]幽深遯世遙。

那復軒屛聆大義,　　　　臘天凄色雪瀌瀌[9]。

---

6) 雙蘭(쌍란) : 두 아들. 蘭은 芝蘭芝玉에서 나온 말로 남의 집안의 우수한 자제를 예찬한다. 원래 네 아들이었으나 첫째와 둘째 아들이 먼저 죽었기 때문이다.

7) 瑤(요) : 瑤林玉樹. 고상한 인격에 비유한 말.

8) 盤谷(반곡) : 중국 河南 太行山 남쪽의 한 지명. 孟州 濟原縣에 딸려 있다. 이곳에 은거하러 들어가는 친구 李愿을 전송한 韓愈의 <送李愿歸盤谷序> 가운데에 "반곡이 이렇듯 험준하니, 그대의 거소를 누가 와서 다투어 뺏으리오.(盤之阻, 誰爭子所.)"라는 말이 나온다.

9) 雪瀌瀌(설표표) : ≪詩經≫<角弓>의 "눈이 펑펑 퍼부어도 햇빛만 보면 녹네.(雨雪瀌瀌, 見晛日消.)"에서 나오는 말.

又

朴翊[1]

蓮榜題名萬曆年,　　　義壇重誓大明天。

北門永謝靑雲夢,　　　南岳還酣白日眠。

孝友傳家人不間[2],　　　規繩行已自無愆。

題詞遠寄難堪恨,　　　辜負生蒭置墓前[3]。

---

1) 朴翊(박익, ?~?) : 신적도의 셋째누이가 朴宗敬에게 시집갔는데, 이들의 사위이다.

2) ≪論語≫<先進篇>의 "효성스러워라 민자건이여! 남들이 그의 부모나 형제의 칭찬하는 말에 異議할 수가 없구나!(孝哉閔子騫, 人不間於其父母昆弟之言.)"에서 나오는 말.

3) 後漢 徐穉의 고사에서 나온 말. 後漢 때의 高士인 郭太가 모친상을 당하였을 때 徐穉가 곽태의 마을을 찾아가 생풀 한 다발을 마을 입구에 놓고 상주는 만나 보지도 않은 채 돌아가자, 주위 사람들이 그 일을 이상히 여기어 곽태에게 말하자 곽태가 말하기를, "그 사람은 틀림없이 南州의 고사 徐孺子(서치)일 것이다. ≪詩經≫에 '생풀 한 다발로 부의를 대신하니 그 사람의 덕이 옥처럼 훌륭하네.'라고 하였으나, 나는 그럴 만한 덕이 없는 사람이다."라고 한 고사가 있다.

又

金尙琦[1]

啓幅傳來取見之，　　辭云某月葬親期。

鄕中父老猶吾老，　　公外孫兒又弟兒。

劍會延津[2]應此日，　　鶴歸華表[3]正何時。

從今薄俗無觀感，　　一倍傷心不勝悲。

---

1) 金尙琦(김상기, 1602~1670) : 본관은 安東, 호는 沙塢. 金尙瑗의 동생이다. 將仕郎을 지냈고 文學行誼와 시문에 능하였다.

2) 춘추시대 吳나라의 匠人인 干將·莫邪 부부가 명검 두 자루를 만들어 雄劍을 간장이라 하고, 雌劍을 막야라 하였는데, 晉나라 때에 와서 張華와 雷煥이라는 두 천문가가 이 雙劍을 豐城縣에서 발굴한 다음 둘이 한 자루씩을 나누어 가졌다. 이들이 죽은 뒤에는 결국 그 쌍검이 延平津의 깊은 물속으로 들어가 雙龍으로 변했다는 고사를 염두에 둔 표현.

3) 丁令威는 漢代의 遼東사람인데, 靈虛山에서 신선술을 배워 鶴으로 화신하여 요동에 돌아와 화표주에 앉아 이르기를, "새여 새여 정영위여, 집을 떠난 지 천 년 만에 이제야 돌아왔네(有鳥有鳥丁令威, 去家千年今始歸.)."하였다는 고사를 염두에 둔 표현.

又

金時忱[1]

北塞趨省日,　　　東郵歷拜時。

萍逢承眷誨,　　　津遣荷恩私。

天上星芒[2]暗,　　　人間耆舊萎[3]。

平生尊慕意,　　　惟有季哀知。

---

1) 金時忱(김시침, 1600~1670) : 본관은 豊山, 자는 終卿, 호는 一慵齋. 아버지는 참판 榮祖이며, 어머니는 義城金氏로 誠一의 딸이다. 鶴洞 李光俊의 외손서이다, 이광준의 셋째 사위인 신홍망은 사촌이모부이다. 1635년 생원시에 합격하였으며, 孝廉으로 천거되어 西氷庫別提가 되었으나, 병자호란 이후 사직하고 고향에 돌아가 독서와 시문을 지으며 일생을 보냈다.

2) 星芒(성망) : 별빛.

3) ≪禮記≫<檀弓 上>의 "태산이 무너지는구나. 대들보가 꺾이는구나. 철인이 시드는구나.(泰山其頹乎. 梁木其壞乎. 哲人其萎乎.)"에서 나온 말.

又

洪仁量[1]

公家孝友已旌門,　　善繼風聲在弟昆。

蓮榜題名聯有譽,　　楓墀[2]承命政無煩。

蠶牛講究[3]人咸質,　　熊虎援奔衆所尊。

此去肯爲泉下鬼,　　列仙應待白雲閽。

---

1) 洪仁量(홍인량, 1599~?) : 본관은 南陽, 자는 德字. 1646년 진사시에 급제하고, 1657년 식년문과에 급제하였다.

2) 楓墀(풍지) : 대궐. 漢나라 宮庭에 단풍나무를 많이 심어서 궁전을 楓宸이라고 했는 데서 유래한다.

3) 蠶牛講究(잠우강구) : 의리가 잠사와 우모에 이르기까지 밝도록 강구했다는 말. 곧 異端이나 邪說이 발붙일 수 없도록 했다는 의미이다.

又

朴廷薛[1]

金蘭[2]曾許白眉君[3], 　詩禮家風夙所聞。

常擬文林[4]承範釆[5], 　頻因宅相[6]候寒溫[7]。

行藏[8]有命身還逸, 　壽福無疆望益尊。

責報他時天可必[9], 　佇看餘慶滿于門。

---

1) 朴廷薛(박정설, 1612~?) : 본관은 咸陽, 자는 汝弼, 호는 遯愚堂. 1642년 진사가 되고, 1651년 식년문과에 병과로 급제하였다. 장령, 헌납, 집의, 사간을 지냈으며, 1689년 공조 참의가 되고, 이듬해 예조참의를 거쳐 승지가 되었다. 외직으로 나가서는 知禮·杆城· 谷城·慶州 등지의 수령을 지냈다. 청렴결백하여 여러 벼슬을 거치면서 청백리라 불렸 고, 공적인 일을 앞세우고 개인적인 일을 항상 뒤로 하여, 사는 집마저도 비바람을 겨우 막을 정도였다고 한다.

2) 金蘭(금란) : 金蘭之交. 의기투합하는 심후한 우정을 일컬음. ≪周易≫<繫辭傳 上>의 "두 사람이 마음을 함께하면 그 예리함이 쇠를 자를 만하고 마음을 함께한 말은 그 향기가 난초와 같다.(二人同心, 其利斷金, 同心之言, 其臭如蘭.)"에서 나온 말이다.

3) 白眉君(백미군) : 여러 형제들 가운데 가장 뛰어난 사람을 가리키는 말. 蜀漢 때 馬良의 5 형제가 모두 才名이 있었으나 가장 뛰어났던 마량의 눈썹에 흰 털이 섞여 있었으므로, 사람들이 말하기를 "마씨 5형제 가운데 白眉가 가장 훌륭하다." 한 고사에서 온 말이다.

4) 文林(문림) : 문학에 관심 있는 사람들의 사회적 분야.

5) 範釆(범변) : 洪範에 대해 분변함.

6) 宅相(택상) : 외손. 晉나라 魏舒가 어려서 외가인 寧氏 집에서 자랐는데, 그 집터의 미래를 점친 자[相宅者]가 '장차 귀한 外孫이 나오게 될 것'이라고 예언한 말대로 위서가 나중에 司徒의 지위에까지 올랐다는 고사에서 말미암는다.

7) 寒溫(한온) : 날씨의 차고 따뜻함에 관한 인사.

8) 行藏(행장) : 進退出處. ≪論語≫<述而篇>의 "공자가 안연에게 말하기를, '세상에 쓰일 때 는 자기의 도를 행하고 버림받을 때는 물러가 숨는 것을 오직 나와 네가 그렇게 할 뿐 이다'고 하였다.(子謂顔淵曰, 用之則行, 舍之則藏, 惟我與爾有是夫.)"에서 나온 말.

9) 天可必(천가필) : 蘇軾이 지은 <三槐堂銘>의 "하늘의 뜻이 반드시 실현된다고 하겠는가. 현자가 반드시 다 責해지는 것은 아니고, 인자가 반드시 다 장수하는 것은 아니더라.(天 可必乎? 賢者不必責, 仁者不必壽.)"에서 나온 말.

又

沈玖[1]

箕疇五福[2]壽爲先，　　　　八耋猶遲又十年。

再誓儒壇扶義老，　　　　晚歸薇谷養眞仙。

重泉[3]白髮鴒原[4]會，　　　　舊物靑氈[5]鳳穴[6]傳。

積德如公無復憾，　　　　却驚南極[7]晦星躔。

---

1) 沈玖(심구, 1612~1671) : 본관은 豊山, 자는 久玉. 1644년 별시문과에 급제하였다. 1669 년 新除授參謁 때에 尙衣院正으로서 單子를 올리지 않았으므로 좌의정 許積으로부터 그 직을 파하여 태만을 징계해야 한다는 탄핵을 받았고, 1670년 영광군수 때에 술을 좋아 하여 그 직을 파직해야 한다고 지평 李宇鼎으로부터 탄핵을 받았으나 허락되지 않다가 홍문관의 관원으로부터 탄핵을 받아 파직되었다.

2) 箕疇五福(기주오복) : 기주는 箕子가 지었다는 ≪書經≫의 洪範九疇이고, 오복은 壽·富· 康寧·攸好德·考終命임.

3) 重泉(중천) : 저승.(九泉)

4) 鴒原(영원) : 형제간의 우애를 말하는데, 흔히 형제의 뜻으로 쓰임. ≪詩經≫<小雅·常 棣>의 "물새가 언덕에 있으니, 형제가 위급함을 서로 구하네. 언제나 좋은 벗 있지만 길 이 탄식만 할 뿐이네.(脊令在原, 兄弟急難. 每有良朋, 況也永歎.)"에서 나온 말이다. '脊令' 은 곧 할미새로 '鶺鴒'과 같다.

5) 靑氈(청전) : 先代로부터 전해진 귀한 유물. 晉나라 王獻之가 누워 있는 방에 도둑이 들어 와서 물건을 모조리 훔쳐 가려 할 적에, 그가 "도둑이여, 그 푸른 모포는 우리 집안의 유물이니, 그것만은 놓고 가는 것이 좋겠다.(偸兒! 靑氈我家舊物, 可特置之.)"고 한데서 나 온 말이다. 여기서는 신적도를 가리킨다.

6) 鳳穴(봉혈) : 시문에 능한 才士들이 모여 있는 곳.

7) 南極(남극) : 南極星. 인간의 수명을 관장하는 별.

又

朴檜茂[1]

早年蓮榜棣華名，　　　材器虛違遇聖明。

單詮[2]函席[3]傳衣鉢[4]，　　　忠義危城仗纛旌[5]。

枌社[6]遙吟紅荳[7]曲，　　　薇亭直與碧山嶸。

吾衰未執歸泉紼，　　　題挽深慚范巨卿[8]。

---

1) 朴檜茂(박회무, 1575~1666) : 본관은 潘南, 자는 仲植, 호는 六友堂·崇禎野老. 鄭逑·鄭經世의 문인이다. 어려서부터 중후한 성품을 지녀 老成人의 기품을 지녔다. 1606년 사마시에 합격하였다. 1627년 정묘호란이 일어나서 왕이 강화도로 몽진하자 의금부도사로 왕을 호종하였고, 소를 올려 화의를 배척하며 自强을 도모할 것을 강력히 주장하였다. 1636년에 또 소를 올려 時政과 서북관방의 허술함을 논하고 選丁養兵의 방안을 제시하였다. 이해 겨울 병자호란이 일어나자 의병을 일으켜 출정하였으나 이미 화의가 성립되었다는 소식을 듣고 통곡하며 되돌아와 두문불출하였다. 소나무·전나무·매화·대나무·연·국화를 심고 애완하며 여생을 마쳤는데, 六友라는 호는 여기에서 나온 것이다.

2) 單詮(단전) : 眞詮. 참된 깨달음.

3) 函席(함석) : 스승으로 모시는 자리. ≪禮記≫<曲禮>의 "만일 음식 대접이나 하려고 청한 손이 아니거든, 자리를 펼 때에 자리와 자리의 사이를 한 길 정도가 되게 한다.(若非飲食之客, 則布席 席間函丈.)"라고 한 데서 온 말로, 즉 서로 묻고 배우는 師生의 사이를 말한다.

4) 衣鉢(의발) : 師弟를 비유한 말. 의는 袈裟, 발은 鉢盂로 學統을 전수할 때 信表로 사용하는 것이다.

5) 纛旌(두정) : 큰 깃발.

6) 枌社(분사) : 鄕里나 고향을 뜻하는 말.

7) 紅荳(홍두) : 별명이 想思子이므로, 옛사람들의 시문에서 흔히 애정이나 서로 사모하는 마음을 상징함. 王維의 <相思> 시에는 "홍두는 남국에서 나는데, 봄이 오매 몇 가지나 피었는고. 원컨대 그대는 이 꽃을 많이 따게나, 이 꽃을 가장 사모한다오.(紅荳生南國, 春來發幾枝. 願君多採擷, 此物最相思.)"에서 나온 말이다.

8) 范巨卿(범거경) : 신적도를 가리킴. 後漢 때 范巨卿이 병을 얻어 죽는 날에, 범거경의 어머니가 천리 밖에 있어서 부고하지 못함을 걱정하자 범거경은 꿈속에서 알려줬다고 했는데, 張元伯이 정말 백마를 타고 오고서야 장례를 치룰 수 있었다는 고사. 이를 일러 "믿음은 상대를 움직인다. 그 그릇을 헤아리기 어렵다.(信使可覆, 器欲難量.)"고 한다.

又

李爾松[1]

契深先子又同庚[2],　　　義分平生若弟兄。

早歲庠宮[3]名始大,　　　中年郵館宦非榮。

箕裘[4]詩禮家聲振,　　　壽考岡陵[5]命道亨。

孤露[6]此生常景仰,　　　可堪今日隔幽明。

---

1) 李爾松(이이송, 1598~1665) : 본관은 眞寶, 자는 壽翁, 호는 開谷. 의성 출신이다. 아버지는 李義遵이다. 金應祖의 문인이다. 1632년 추천으로 昌陵參奉이 되고, 1635년 증광문과에 급제하여 바로 성균관전적에 제수되었다. 이어서 여러 관직을 거쳐 1643년 함평현감으로 나갔다가, 1647년 다시 내직으로 들어와 형조정랑을 제수 받았다. 그 뒤 풍기군수로 나가서는 어떤 호족의 모함으로 파면되었다가, 1652년에 다시 예조정랑으로 서용되었으나 이듬해에 아버지의 상을 당하였다. 喪期를 마치고 나서는 벼슬길을 단념하고 靑城山에 들어가 洛皐草堂을 짓고 학문을 닦았다. 1656년에 부름을 받고 나가 성균관전적을 거쳐, 通禮院相禮에 올랐으나 사양하였다. 1665년 禮賓寺正에 제수되어 肅拜를 나갔다가 서울 객관에서 죽었다. 성품이 강직하고 청렴하여 예조정랑으로 있을 때에는 정랑의 신분으로서 인조가 內苑에 別殿을 지으려는 것을 끝까지 만류하였고, 함평·풍기의 외직에 있을 때에는 고을백성들에게 칭송을 들었다.

　李義遵(1574~1635) : 본관은 眞城, 자는 宜仲, 호는 寒厓. 李漢의 손자이고, 李得春의 장남이다. 伯父 李逢春의 문인이다. 金得研·李時明 등과 교유했다. 1612년 증광사마시 합격하여 奉列大夫 宗廟置直長 역임했다. 1636년 병자호란 당시, 종묘의 신위를 강화도로 모셔 보호했다. 이후 귀향하여 李敬遵과 함께 교유함. 권기의 ≪영가지≫ 편찬 사업에 조력했다.

2) 同庚(동경) : 同甲. 같은 해에 태어남.

3) 庠宮(상궁) : 泮宮. 성균관과 문묘를 통틀어 이르는 말로, 여기서는 성균관만 일컫는다.

4) 箕裘(기구) : 대를 이어 선조의 업을 잇는 것을 일컬음.

5) ≪詩經≫<小雅·天保>에 "저 메 같고, 저 언덕 같으소서.(如岡如陵)"라는 구절에서 나온 말. 이러한 표현으로 아홉 가지의 예를 들어 임금의 만수무강을 기원하는 이른바 '九如之祝'이 나온다.

6) 孤露(고로) : 부모가 세상을 떠나 계시지 않음을 일컫는 말.

又

金炫文[1]

南土多名勝,	山奇水亦淸。
孕生仙骨[2]聳,	爭覩德星[3]明。
詩禮能傳業,	藏修[4]豈爲名。
微官才不展,	浮世路難行。
聞達元非意,	漁樵共結盟。
機忘漢陰老[5],	望重汝南評[6]。
涉海寧求藥[7],	淸心自鍊精。

---

1) 金炫文(김현문, 1618~?) : 본관은 原州, 자는 晦之. 1650년 진사시에 급제하고, 1653년 알성시 문과에 급제하였다.

2) 仙骨(선골) : 仙風道骨. 신선의 풍채와 도인의 골격이란 뜻으로, 남달리 뛰어나고 高雅한 풍채를 이르는 말.

3) 德星(덕성) : 도덕이 있는 사람을 비유하는 말.

4) 藏修(장수) : 藏修游息. 열심히 공부한다는 뜻임. ≪禮記≫<學記>의 "군자는 학문할 적에 藏하고 修하고 游하고 息한다."에서 나온 말인데, 주소에 "藏이란 마음에 항시 학업을 생각함이요, 修란 修習을 폐하지 않음이요, 游란 일없이 한가하게 노닐 때에도 마음이 학문에 있음이요, 息이란 일을 하다 쉴 때에도 마음이 학문에 있음을 이른 것이니, 군자가 학문에 있어서 잠시도 변함이 없음을 말한다."고 하였다.

5) 漢陰老(한음노) : 漢陰老人. 宋나라 杜淰의 自號. 泗水 부근에 은거하면서 농사를 지어 15년 만에 부자가 되었는데, 그가 일찍이 사람들에게 이르기를 "수모를 견디고 벼슬하는 자들은 대부분 처자를 먹여 살리기 위해서이다. 그들은 수모를 견디고 나는 노력을 한다. 모두 먹여 살리기 위한 것이지만 그에 비하면 내가 낫지 않은가." 하였다는 고사가 있다.

6) 汝南評(여남평) : 後漢 말엽 汝南에 살고 있던 許劭는 식견이 높아 종형 許靖과 함께 명망이 있었으며, 고을 사람들의 인물을 평판하기 좋아하여 한 달에 한 번씩 品題를 하니, 이 때문에 여남의 풍속에 月旦評이 있게 된 것을 일컬음.

7) 秦始皇이 不老長生하기 위해 三神山의 불로초를 구하고자 徐福과 동남동녀 500쌍을 동쪽 바다로 보냈다는 전설을 염두에 둔 표현임.

朱顔近百歲, 　　　　綠髓[8]去三彭[9]。

蟬蛻紅塵表, 　　　　鸞驂紫府[10]程[11],

遐齡稀往牒[12], 　　　餘慶襲徽聲。

憶昔連家誼, 　　　　交深兩世情。

喟余曾入泮, 　　　　賢胤[13]亦棲黌。

對案資磨琢[14], 　　　聯衿若弟兄。

每言題柱志[15], 　　　祗爲悅親榮。

久切遊方戀[16], 　　　猶稽至願成。

玉難逢善價[17], 　　　天未格深誠。

---

8) 綠髓(녹수) : 옛날 廣陵의 蔣子文이란 사람이 술과 女色을 매우 좋아하면서 스스로 말하기를, "나의 뼈는 이미 푸르러졌으니, 죽으면 의당 신선이 될 것이다."고 했던 데서 온 말. 뼈가 푸르러졌다는 것은 곧 仙骨이 되었음을 가리킨다. 蘇軾의 <戱作種松> 시에 "푸른 뼛속에 파란 골수가 어리고, 단전에서 그윽한 광채가 발하거든, 백발을 어찌 말할 것이 있으랴. 두 눈동자가 모가 나게 되리로다.(靑骨凝綠髓, 丹田發幽光, 白髮何足道? 要使雙瞳方.)"라 하였다.

9) 三彭(삼팽) : 三尸의 별칭으로, 세 마리의 벌레를 말함. ≪避暑錄話≫에 의하면, 이 벌레가 인체 내에 숨어 있으면서 그 사람의 잘못을 낱낱이 기억했다가 庚申日이 되면 그 사람이 잠든 틈을 타 하늘로 올라가서 上帝에게 그 사실을 다 일러바친다고 한다. 수양한 사람은 삼팽이 없어져서 죽지 아니한다는 것이다.

10) 紫府(자부) : 신선이 사는 곳. ≪海內十洲記≫의 長洲에 "長洲의 일명은 靑邱인데, 이곳에 紫府宮이 있으니 天眞仙女가 이곳에 노닌다."고 하였다. 여기서는 登仙하여 자부궁에 들어가 仙官이 된 것을 말한다.

11) 鸞驂紫府程(난참자부정) : 鸞輿가 자부궁을 지나간다는 것으로 登仙하였음을 일컫는 것이니, 곧 신적도가 죽었음을 의미함.

12) 往牒(왕첩) : 과거의 기록.

13) 賢胤(현윤) : 상대방의 아들을 높여 일컫는 말.

14) 磨琢(마탁) : 切磋琢磨. 옥이나 돌 따위를 갈고 닦아서 빛을 낸다는 뜻으로, 부지런히 학문과 덕행을 닦음을 이르는 말.

15) 題柱志(제주지) : 입신양명하려는 뜻을 말함. 漢나라 때의 문장가 司馬相如가 일찍이 고향인 成都를 떠나 長安으로 가면서 蜀땅의 昇仙橋 기둥에다 "駟馬가 끄튼 붉은 수레를 타지 않고는 다시 이 다리를 지나지 않으리라."고 적은 데서 온 말이다.

16) ≪論語≫<里人篇>의 "부모가 계시거늘 멀리 놀지 아니하며, 놀되 반드시 있는 곳을 밝혀야 할 것이다.(父母在, 不遠遊, 遊必有方.)"에서 나온 말.

17) ≪論語≫<子罕篇>에서 子貢이 공자에게 묻기를 "아름다운 옥이 여기에 있으니, 궤 속에 담아 보관하겠습니까? 아니면 비싼 값을 받고 팔아야겠습니까?(有美玉於斯, 韞櫝而藏諸? 求善價而沽諸?)"라고 하자, 공자가 이르기를 "팔겠다, 팔겠다. 그러나 나는 비싼 값을 기

寸草春暉短¹⁸⁾,　　　　慈烏¹⁹⁾怨血橫。

孝心當大事²⁰⁾,　　　　舊櫬附新塋。

雲樹²¹⁾千山阻,　　　　存亡一夢驚。

無田²²⁾執素紼,　　　　南望涕沾纓。

다리는 사람이다.(沽之哉沽之哉. 我待價者也.)"라고 한 고사가 전한다. 비싼 값을 기다린다는 것은 곧 정당한 예우를 받아야만 세상에 나가서 道를 행할 수 있음을 의미한다.

18) 唐나라 시인 孟郊가 지은 <游子吟>의 "한 치의 풀과 같은 자식의 마음을 가지고서, 봄날의 햇볕 같은 어머니의 사랑을 보답하기 어려워라.(難將寸草心, 報得三春暉.)"에서 나온 말.

19) 慈烏(자오) : 孝鳥로 알려진 까마귀를 일컬음.

20) 當大事(당대사) : ≪孟子≫<離婁章句 下>의 "살아 계실 때 봉양하는 것은 큰일에 해당한다고 할 수 없다. 오직 돌아가셨을 때 장례를 모시는 것이 큰일에 해당될 수 있다.(養生者不足以當大事, 惟送死可以當大事."에서 나온 말.

21) 雲樹(운수) : 벗을 그리워하는 마음을 뜻하는 말이나, 임금과의 거리를 말하는 듯. 杜甫가 지은 <春日憶李白>의 "위수 북쪽 봄날의 나무 한 그루, 장강 동쪽 해질녘 구름이로다.(渭北春天樹, 江東日暮雲.)"에서 나온 말이다.

22) 無田(무전) : 벼슬하지 못한 사람을 일컫는 말. ≪孟子≫<滕文公章句 下>의 "선비에 있어서도 녹전이 없으면 역시 제사지낼 수 없는 것이다.(惟士無田則亦不祭.)"에서 나온 말이다.

又

呂孝閔¹⁾

高標玉屑²⁾滌昏恢,　　雅量淸談孰敢嘲。

早抱荊山和氏璧³⁾,　　晚來活計海棠巢⁴⁾。

萬事生涯風外絮⁵⁾,　　百年身勢水中泡。

殷勤誼重同瓜葛⁶⁾,　　姻婭情深比漆膠⁷⁾。

小子⁸⁾無緣叨末眷,　　九原何處荷深交。

多病老人身不到,　　向風揮淚望前郊。

---

1) 呂孝閔(여효민, 1609~1696) : 본관은 星山, 자는 捐如, 호는 野翁. 呂焯의 아들이다. 학행으로 이름났고, 通德郞을 지냈다. 呂焯(1586~1652)의 자는 晦仲, 호는 虎溪. 한강 정구와 여헌 장현광의 문인이다. 1624년 증광문과 급제, 예조·호조·형조의 정랑을 거치고, 외직으로는 용강·하동의 현감 및 충청 도사를 역임한 뒤, 귀향하여 학문에 정진했다.

2) 玉屑(옥설) : 주옥같은 문장. 藥材로 쓰이는 옥가루 또는 내리는 눈을 형용하나, 여기서는 특히 詩文의 美辭麗句를 비유한 말이다.

3) 춘추시대 楚나라 사람 卞和가 楚나라 厲王과 武王에게 계속 荊山에서 나는 진귀한 옥돌을 바쳤다가 임금을 속인다는 누명을 쓰고 두 차례나 발이 잘렸으나, 끝내는 眞價를 인정받고서 천하제일의 보배인 和氏璧을 만들게 되었다는 고사를 일컬음.

4) 海棠巢(해당소) : 날마다 술을 마시며 산다는 뜻. 宋나라 黃庭堅이 지은 <題灃峯閣>의 "서로는 해당소 위에 있고 왕옹은 주부봉 암자에 있어라.(徐老海棠巢上, 王翁主簿峯庵.)"에서 나온 말이다. 그 原註에 "徐隱은 도를 좋아하고, 약을 파는 가게에 은거하였다. 그의 집에 海棠 몇 그루가 있었는데 그 나무 위에 둥지를 만들고, 손님이 오면 그 위에 앉아서 巢飮하였다."고 되어 있다.

5) 絮(서) : 柳絮. 버들개지.

6) 瓜葛(과갈) : 덩굴이 뻗어서 서로 얽힌 외와 칡. 흔히 집안의 혼인으로 맺어진 관계를 뜻한다.

7) 漆膠(교칠) : 우정이 매우 돈독함을 일컬음. 漢나라 때 雷義와 陳重 사이의 우정을 두고 "아교와 칠을 섞으면 그것이 굳게 합하지만, 그래도 뇌의와 진중 두 사람의 우정만큼 굳지는 못하다.(膠漆自謂堅, 不如雷與陳.)"고 한 데서 나온 말이다.

8) 小子(소자) : 제자나 후학을 일컬음.

又

丁瑜[1]

公與先君交契厚，　　　鰍生[2]陪席聽論辭。

忠言可尚封章[3]日，　　　義氣須看赴難時。

安享九旬仁驗壽[4]，　　　孝終[5]雙玉[6]蔭留枝。

重泉更合延平劍[7]，　　　千載精靈應共嬉。

---

1) 丁瑜(정유, 1591~?) : 본관은 義城, 자는 君獻, 호는 槐隱. 丁汝翼(1568~?)의 아들이다. 1630년 식년시 진사에 급제하였다.
2) 鰍生(추생) : 천박하고 비루한 소인이라는 뜻. 글쓴이 자신을 가리키는 일종의 겸사이다.
3) 封章(봉장) : 밀봉하여 임금에게 上奏하던 의견서.
4) 仁驗壽(인험수) : ≪論語≫＜雍也篇＞의 "인자는 장수한다.(仁者壽)"에서 나온 말.
5) 孝終(효종) : 孝終命. 편안하게 죽음.
6) 雙玉(쌍옥) : 雙玉樹. 옥수는 芝蘭玉樹로, 남의 집안의 우수한 子弟를 예찬하는 말. ≪世說新語≫＜言語＞에서 晉나라 謝安이 여러 자제들에게 어떤 자제가 되고 싶은지 묻자, 그의 조카인 謝玄이 대답하기를 "비유하자면 지란옥수가 뜰 안에 자라게 하고 싶습니다.(譬如芝蘭玉樹, 欲使其生於階庭耳.)"고 한 데서 나온 말이다. 여기서는 신적도(1574~1663)보다 먼저 죽은 그의 동생들 신달도(1576~1631)와 신열도(1589~1659)를 가리킨다.
7) 춘추시대 吳나라의 匠人인 干將·莫邪 부부가 명검 두 자루를 만들어 雄劍을 간장이라 하고, 雌劍을 막야라 하였는데, 晉나라 때에 와서 張華와 雷煥이라는 두 천문가가 이 雙劍을 豊城縣에서 발굴한 다음 둘이 한 자루씩을 나누어 가졌다. 이들이 죽은 뒤에는 결국 그 쌍검이 延平津의 깊은 물속으로 들어가 雙龍으로 변했다는 고사를 염두에 둔 표현이다.

贈恩賀章

晉山　姜蘭馨[1]（參判）

退齋[2]家裏旌雙竹,　　　孝友相傳繼述之。

大義嘗任溪洞主[3],　　　孤忠再倡廣陵[4]師。

兩賢門屏[5]尋眞訣,　　　四子[6]階梯講近思。

---

1) 姜蘭馨(강난형, 1813~?) : 본관은 晉州, 자는 芳叔, 호는 海蒼. 조선 후기의 문신이다. 1843년 생원시에 합격, 1848년 戊申別試 文科에 급제하여 1856년 홍문관 副校理, 1860년 사간원 大司諫 등을 지냈다. 강원도 암행어사로 탐관오리를 탄핵하였으며, 倭譯官 재직 중 私書를 베낀 혐의로 파직, 문경에 유배되었다. 그 뒤 고종조에 들어 다시 기용되어 좌부승지·이조참의·대사헌·형조판서 등을 두루 지냈고 청나라 목종이 죽자 陳慰兼進香正使로 청나라로 다녀왔다. 한편, 1872년 上試官으로 있을 때 당년 과거시험장의 기강이 해이해져 사회적인 물의가 일어나자 탄핵을 받기도 하였다. 또한, 사헌부 대사헌으로 있던 1876년에는 言辭를 함부로 하여 원칙과 예의를 손상시켰다는 죄로 파직되었다가 다시 한성부판윤·황해도 관찰사 등을 역임하였다.

2) 退齋(퇴재) : 申祐의 호. 고려가 기울자 부친 允濡, 조카사위 吉再 등과 함께 남으로 내려와 당시 尙州 丹密 萬景山으로 들어가 세거지를 틀었는데, 이는 松京을 바라본다는 뜻을 붙여 '望京'으로 새겼기 때문이라 한다. 고려가 망한 후, 태조가 왕 되기 전의 친구라 하며 형조판서 벼슬을 주었으나 응하지 않았다. 한편, 아버지 版圖判書 允濡가 세상을 떠나자 여묘살이 3년을 하였다. 그곳에 한 쌍의 靑竹이 돋아나니 당시 사람들은 孝誠에 감동된 것으로 칭송하였는데, 조정에서는 그 마을을 孝子里로 하게하고 旌閭를 내렸다. 사위로는 金成美와 康居義, 조카사위로는 吉再, 외손서로는 李孟專, 외손자로는 康愼이 있다. 開城의 杜門洞書院과 丹密의 涑水書院에 배향되어 있다.

3) 洞主(동주) : 서원의 관리와 운영 책임을 맡아보던 사람. 원장이라고도 한다. 빙계서원 원장을 역임한 사실을 일컫는다.

4) 廣陵(광릉) : 경기도 廣州. 廣陵師는 정묘년과 병자년의 호란을 당하여 의병장이 된 사실을 일컫는다.

5) 兩賢門屏(양현문병) : 한강 정구와 여헌 장현광.

6) 四子(사자) : 四書. ≪朱子語類≫ 105권의 "사자는 육경의 입문서이고, ≪근사록≫은 사자의 입문서이다.(四子, 六經之階梯; 近思錄, 四子之階梯.)"에서 나온 말. 사자는 四書, 육경은 五經, ≪근사록≫은 북송 諸子들의 학설을 말한다. 배우는 자들은 마땅히 ≪근사록≫으로부터 시작해서 四子에 이르고, 다시 사자에서 五經에 이르러야 한다는 말이다.

　　身後榮名[7]恩亦重,　　　　黃麻[8]除旨降丹墀[9]。

　　大明日月韶州[10]界,　　　　山蕨靑靑獨採之。

　　送別當年三學士[11],　　　　相尋無路更何之。

---

7) 榮名(영명) : 이름을 영화롭게 함.
8) 黃麻(황마) : 중국에서 황제의 詔勅을 黃麻紙에 쓴 데에서 나온 말. 詔書나 勅書를 가리
　　킨다.
9) 丹墀(단지) : 대궐.
10) 韶州(소주) : 義城의 별칭.
11) 三學士(삼학사) : 洪翼漢, 吳達濟, 尹集.

又

延城 李明迪[1](判書)

驚心暈月葦城[2]黑，　　　天步[3]艱難可奈之。

儒服變爲殲敵幟，　　　鄕丁爭奮覩王師。

眞卿[4]河北知何狀，　　　祖狄[5]江中克復思。

衛國孤忠由學力，　　　庵燈幾許照龍墀[6]。

萬事孤城烈士淚，　　　悠悠江漢欲何之。

春秋是義風泉[7]感，　　　惟有淸詩一寓之。

---

1) 李明迪(이명적, 1795~?) : 본관은 延安, 자는 洵甫, 호는 華陰. 1827년 증광시에 급제하여 동래부사, 이조판서 등을 역임했다.

2) 葦城(폐성) : 성에 숨음.

3) 天步(천보) : 하늘의 운명.

4) 眞卿(진경) : 唐나라 때의 충신 顔眞卿. 唐玄宗 때 平原太守로 있으면서 安祿山이 배반할 것을 알아차리고 미리 그에 대비하였다가, 안녹산이 반란을 일으켜 河北의 24개 군이 모두 무너졌지만 안진경은 군사를 일으켜 적병을 토벌하였다. 현종이 이를 기뻐하면서 "나는 안진경이 어떤 사람인 줄 몰랐는데 그가 일하는 것이 이러하단 말인가.(不識何狀, 乃能如是.)고 하였다는 고사가 있다.

5) 祖狄(조적) : 東晋의 장수. 그는 군사를 이끌고 강 중류에 이르러 노를 두드리며 맹세키를 "내가 중원을 평정하지 못하면 이 강을 다시 건널 자이겠느냐? 이 강을 두고 맹세하노라!(中流擊楫而誓曰 : '祖逖不能淸中原, 而復濟者? 有如大江!' 辭色壯烈, 衆皆慨歎.)"하는 장렬한 말에 무리가 모두 분개하여 탄식했다는 고사가 있다.

6) 龍墀(용지) : 궁중.

7) 風泉(풍천) : ≪詩經≫<檜風‧匪風>과 <曹風‧下泉>장을 말함. 나라가 쇠약하고 말세가 됨을 한탄한 것이다. 여기서는 明나라가 멸망한 것을 슬퍼한 것이다.

又

眞城 李彙承[1](承旨)

一自荊圍[2]冠諸子,	橫流障去使東之[3]。
堂堂大義千夫長[4],	凜凜高風百世師[5]。
星夜[6]挺身[7]惟我職,	雪天灑淚爲誰思。
遺芬汔久終難泯,	貤典[8]煌煌降九墀。

忍說當年南漢事,	昔人於此所難之。
斥和二句堂堂義,	盥讀今朝自肅之。

---

1) 李彙承(이휘승, 1807~?) : 본관은 眞城, 자는 擎天, 호는 信翁. 李滉의 10세손이다. 1849년 식년시에 급제하여 承旨와 현풍현감, 병조참판, 좌윤 등을 역임했다.
2) 荊圍(형위) : 荊州가 포위됨. 형주는 북쪽에 漢水와 沔水가 웅거하며 경제적 이익이 南海에까지 이르고, 동쪽으로 吳會와 이어져 있으며, 서쪽으로 巴蜀으로 통하고 있는 전략적 요충지. 이곳은 劉備와 의형제를 맺었던 關羽가 지키고 있었지만 曹操와 孫權의 挾擊을 패배했다. 여기서는 남한산성을 일컫는다.
3) 韓愈의 <進學解>에 있는 "온갖 냇물을 막아 동쪽으로 흐르게 하고, 이미 엎어진 상황에서 미친 듯 흘러가는 물결을 되돌렸다.(障百川而東之, 廻狂瀾於旣倒.)"는 말을 염두에 둔 표현. 오랑캐 세력이 쉽게 막을 수 없을 정도로 대단함을 일컫는다.
4) 千夫長(천부장) : ≪書經≫<牧誓>에 의하면, 亞는 副의 뜻으로 副司徒, 副司馬, 副司空을 이르며, 旅는 여러 大夫이고 師氏는 성문을 지키는 장수이며, 千夫長과 百夫長은 천 명을 거느리는 장수와 백 명을 거느리는 장수이다.
5) 百世師(백세사) : ≪孟子≫<盡心章句 下>의 "성인은 백세의 스승이다.(聖人百世之師也.)"에서 나온 말.
6) 星夜(성야) : 내처 밤을 새움.
7) 挺身(정신) : 무슨 일에 앞장서서 나아감.
8) 貤典(이전) : 추증의 은전. 貤는 자기에게 수여될 封典을 주청하여 그의 遠祖 등에게 수여되도록 하는 일이다.

又

仁同 張錫駿[1](承旨)

藉甚南州立卓然,　　一郵[2]淸薄老林泉。

春秋大義三綱在,　　家國孤心七尺捐。

方知吾道終難晦,　　相賀天官[3]待有年。

洛水洋洋流不盡,　　丹邱百禩聽歌絃[4]。

---

1) 張錫駿(장석준, 1813~1868) : 본관은 仁同, 자는 見可, 호는 春皐. 1852년 식년문과에 급제하여, 春秋館·記注官·校理 등을 거쳐 承政院 左承旨를 역임하였다. 1864년 10월부터 1865년 3월까지 사은겸동지사의 서장관으로 淸에 다녀왔다. 이후 1866년 좌승지가 되었을 때 사직하고 귀향했다가 1868년 급환으로 사망하였다.
2) 一郵(일우) : 신적도가 祥雲道 찰방을 지낸 것을 일컬음.
3) 天官(천관) : 조선시대에 '이조 판서'를 달리 이르던 말. 六曹의 판서 가운데 으뜸이라는 뜻이다.
4) 歌絃(가현) : 絃歌. 거문고 등 현악기를 타면서 노래를 부르는 것. 서원에서 시를 가르칠 때 거문고나 비파 등을 연주하며 시를 읊고 노래하였다는 데서 일반적으로 공부하는 뜻으로 쓰인다.

又

仁同 張用逵(承旨)

砥柱中流[1]獨屹然,　　虎溪歸臥樂林泉。

山河正氣三綱立,　　兄弟初心[2]一死捐。

吾祖[3]淵源遺後裔,　　聖時恩渥値今年。

翩翩紫誥[4]猶云晩,　　賀酒城南動管絃。

---

1) 砥柱中流(지주중류) : 黃河의 가운데 우뚝 솟아 있는 돌산. 砥柱는 중국의 山西省 平陸縣 동남쪽에 있는 산 이름이다. 黃河가 침식하여 흙이 모두 씻겨 나가고 이 돌산이 홀로 황하의 중류에 버티고 있다. 이 때문에 지조와 절개가 크고 높은 인물을 나타내는 말로 쓰인다.

2) 初心(초심) : 처음의 마음이라는 뜻이나, 여기서는 청나라를 섬길 수 없다는 굳은 신념을 가리킴.

3) 吾祖(오조) : 여헌 장현광을 가리킴.

4) 紫誥(자고) : 비단 주머니에 담아 紫泥로 입구를 봉한 뒤 印章을 찍어서 반포하는 임금의 詔書.

又(幷序)

豐山 柳進徽[1](判官)

惟我虎溪先生, 扶綱斥和之精忠·卓節, 凜乎如嚴霜秋日, 而至今載在國乘, 輝暎千古, 豈不偉哉? 於乎! 先生, 有經濟之才·義理之學而生, 不得大施於世, 歿未逢褒崇之典, 事若有待而尋常, 慨鬱者久矣。幸値一元文明之運, 聖上龍飛[2], 百度俱新, 陽谷陰崖, 均霑雨露之澤。先生幽潛之盛德大業, 至登繡啓[3], 而三銓[4]恩秩, 自天有隕, 榮及泉隊, 實曠世之盛典也。不佞以後生末學, 適遊太學, 得見先生丁丙事蹟, 讀之不覺擊節而歎息也。今於酌酒慶賀之餘, 拈出詩集中韵, 僭妄續貂[5], 以寓景仰之忱云。

長陵[6]松柏菀蒼然,　　　追憶當時淚瀉泉。

萬劫風塵[7]忠不死,　　　一身天地義同捐。

鼎新運際橫庚[8]日,　　　升秩恩深値卯年[9]。

瞻想丹邱遺教在,　　　永令春夏誦而絃[10]。

---

1) 柳進徽(류진휘, 1814~1881) : 본관 豐山, 자는 舜亨, 호는 瓦西. 柳必祚의 아들이다. 1840년 사마시에 합격하여 일성록 판관, 高原郡守를 지냈다.
2) 龍飛(용비) : ≪周易≫<乾卦·九五>의 "용이 날아올라 하늘에 있다.(飛龍在天.)"에서 나온 말. 보통 임금의 즉위를 비유하는 말로 쓰인다.
3) 繡啓(수계) : 암행어사의 啓辭.
4) 三銓(삼전) : 셋째 전관이라는 뜻으로, '이조참의'를 달리 이르는 말.
5) 續貂(속초) : 狗尾續貂. 함부로 관원을 임명하는 바람에 담비 대신 개 꼬리로 관을 장식하였다는 말로, 자격 없는 벼슬아치라는 뜻의 겸사.
6) 長陵(장릉) : 조선 제16대 왕 仁祖와 원비 仁烈王后 한씨를 합장한 무덤.
7) 風塵(풍진) : 高風淸塵. 인품이 고결한 사람을 비유할 때 쓰는 말.
8) 橫庚(횡경) : 大橫庚庚. 왕위에 오름.
9) 卯年(묘년) : 정묘년 1867년.
10) ≪禮記≫<文王世子>편의 "봄에는 시를 외고 여름에는 현악기를 탄다.(春誦夏弦)"에서 나온 말. 계절에 따라 공부하는 과목을 바꾼다는 뜻이다.

又

豊山 柳芝英[1](承旨)

天地之間賦浩然[2],	先生道學達如泉。
當時已賀賢臣得,	後世終非聖主捐。
倡義葵忱[3]惟向日,	表忠荷典幸今年。
靈魂不昧[4]丹邱院,	地號聞韶[5]聽管絃。

---

1) 柳芝榮(류지영, 1828~1896) : 본관은 豊山, 자는 仲翁. 柳道鳳의 아들이다. 1857년 庭試丙科에 급제하여 이후 修撰, 承宣, 大諫, 僉議를 지냈다. 安東과 金海의 府使를 지내면서 관력 40여 년간을 근실하게 마무리하고 칭송을 받았다. 갑오경장을 겪고 시세가 날로 변함을 보고 이내 귀향하여 후학을 훈도하며 여생을 마쳤다.

2) 浩然(호연) : 浩然之氣. 하늘과 땅 사이에 가득 찬 넓고 큰 원기.

3) 葵忱(규침) : 해바라기의 정성. 언제나 임금을 사모하는 신하의 정성을 가리킨다.

4) 不昧(불매) : 虛靈不昧. 마음에 찌꺼기나 가린 것이 없어 사물을 환하게 비추어 보는 것. ≪大學≫<明德章>의 주에 "명덕은 사람이 하늘로부터 얻는 것으로, 虛靈不昧하여 온갖 이치를 구비하고 만사를 수응하는 것이다.(明德者, 人之所得乎天, 而虛靈不昧, 以具衆理而應萬事者也.)"에서 나온 말이다.

5) 聞韶(문소) : 의성의 옛 명칭.

又(并序)

延城 李用基[1](縣監)

先生以名門華裔, 學有淵源, 志切尊周, 其卓異不磨之跡, 亦足千古。而終不無學高位卑之憾。今聖上四年秋, 特贈天官[2]美秩, 蓋盛典也。迎誥[3]之日, 全嶺人士, 會于泮宮之西, 而宴之。敬次先生集中韻, 庸識賀忱云爾。

南望韶州倍愴然,　　　　皇明日月舊林泉。

秦檜[4]面何天下立,　　　　魯連[5]身欲海東捐。

丙子於今三百載,　　　　黃河之水一千年[6]。

唧書瑞鳳[7]飛來日,　　　　紅樹西風鬧管絃。

---

1) 李用基(이용기, 1813~?) : 본관은 延安, 자는 季行. 1865년 식년시에 급제하여 영동현감을 지냈다.
2) 天官(천관) : 조선시대에 '이조 판서'를 달리 이르던 말. 六曹의 판서 가운데 으뜸이라는 뜻이다.
3) 誥(고) : 誥命. 임금이 신하에게 告示하는 말이나 글.
4) 秦檜(진회) : 南宋 때의 재상으로, 간신의 대표적 인물. 高宗의 신임을 받아 19년간 국정을 전단하였으며, 충신 岳飛를 죽이고 抗戰派를 탄압했으며, 金나라와 굴욕적인 講和를 체결한 바, 민족적 영웅인 악비와 대비되어 간신으로 알려졌다.
5) 魯連(노련) : 魯仲連. 전국시대 齊나라의 높은 節義를 가진 隱士. 그는 新垣衍에게 "秦나라가 천하의 제왕으로 군림하게 되면 나는 동해에 빠져 죽을지언정 그 백성이 되지 않겠다.(秦卽爲帝, 則魯連有蹈東海而死耳.)"고 한 바 있다.
6) 千年一淸. 황하가 천년에 한번쯤 맑아질지도 모르겠다는 뜻.
7) 唧書瑞鳳(함서서봉) : 임금의 詔書를 받들고 가는 사신의 행차를 뜻하는 말. 周나라 때 봉황이 天書를 입에 물고 文王의 도읍지에 날아와 노닐었으므로 武王이 鳳書의 紀를 받게 되었다는 고사에서 유래한 것이다.

又

星山 李驥相[1]

撫劍中宵[2]氣凜然,　　虎溪歸臥好林泉。

壯心憂國孤軍[3]赴,　　清政居官[4]薄廩捐。

尊攘華夷明大義,　　從遊寒旅[5]自初年。

南州章甫[6]來相賀,　　恩誥煌煌動管絃。

---

1) 李驥相(이기상, 1826~?) : 본관은 星山, 자는 稚千, 호는 敏窩. 哲宗 때 공조판서를 지낸 李源祚의 둘째 아들이다. 1855년 식년시에 급제하였다.

2) 中宵(중소) : 한밤중.

3) 孤軍(고군) : 따로 떨어져 도움을 받지 못하게 된 군대.

4) 居官(거관) : 관직에 나아감. 벼슬살이.

5) 寒旅(한려) : 寒岡 鄭逑와 旅軒 張顯光.

6) 章甫(장보) : 유생이 쓰는 冠으로, '儒生'을 달리 이르는 말.

又

廣陵 李以侅

東南秀氣菀蒼然,　　吾道眞源混混泉[1]。

早歲從師征邁[2]篤,　　孤城赴難死生捐。

天官始降崇三品,　　公議終看待百年。

寄語雲仍[3]紹世美,　　龍門[4]千古理餘絃。

---

1) 混混泉(혼혼천) : ≪孟子≫<離婁章句 下>의 “근원이 좋은 물이 용출해서 밤낮을 그치지 아니하여 구덩이를 가득 채운 뒤에 전진해서 사해에 이른다.(原泉混混, 不舍晝夜, 盈科而後進, 放乎四海.)”에서 나온 말.

2) 征邁(정매) : 어떤 일을 전심전력을 다하여 나감. 또는 본분을 다함. ≪詩經≫<小雅・小宛>의 “나도 날마다 이렇게 나아갈 테니 너도 달마다 나아갈지어다.(我日斯邁, 而月斯征.)”에서 나온 말.

3) 雲仍(운잉) : 후손. 자손.

4) 龍門(용문) : 명망이 높은 사람을 비유한 말. ≪後漢書≫<李膺列傳>의 “이응이 홀로 風裁를 지녀서 명망이 높았으므로 선비 중에 그의 인정과 대접을 받은 자가 있으면 용문에 올랐다고 지칭하였다.”에서 나온 말이다. 또한 용문은 중국 황하 중류의 급한 여울목인데, 잉어가 이곳을 뛰어 오르면 용이 된다는 전설이 있어서 명망이 높은 사람을 뜻하기도 한다.

又

固城 李庭德[1]

華閥鵝洲有傑然,　　　天曹[2]恩誥耀重泉。

孤臣一介[3]惟求是,　　　義士千金不惜捐。

偃室[4]學成承誨日,　　　澹庵[5]名立斥和年。

雲仍十世著誠孝,　　　歸路聞韶直似絃。

---

1) 李庭德(이정덕, 1809~?) : 본관은 固城, 자는 而述. 1855년 식년시에 급제하였다.
2) 天曹(천조) : 吏曹의 별칭.
3) 孤臣一介(고신일개) : 명나라에 대한 의리를 고수하며 홀로 절조를 지키는 조선의 신하라는 말. 一介는 耿介로 시류에 영합하지 않고 굳게 지조를 지키다는 뜻이다.
4) 偃室(언실) : 지방 수령의 거처. ≪論語≫<雍也篇>에 의하면, 武城의 邑宰가 된 子游가 澹臺滅明이란 사람의 아첨하지 않는 점을 칭찬하면서 "공무가 아니면 한 번도 저 偃의 집에 온 적이 없습니다.(非公事, 未嘗至於偃之室也.)"라고 한 데에서 나온 말이다.
5) 澹庵(담암) : 宋나라 胡銓(1102~1180)의 호. 蕭楚에게 ≪春秋≫를 배웠으며, 胡安國에게도 수학하였다. 고종 때 樞密院編修官을 지냈다. 金나라와의 화친을 秦檜가 주장하자, 이에 적극 반대한 대표적 척화론자이다.

又(幷序)

光山　金濟寅[1]

　　自古忠臣義士之敵愾者，何限？ 而顧其忠義之由乎學問，進退綽綽[2]者，罕見焉。吾鄕之虎溪先生，承襲家謨，得爲己之方，逮丁丙之亂，再倡義旅，誓師勤王。其未成功，天也，足以抆千古志士之淚。而惟其泥塗軒冕，無復當世之意，則此豈非忠義之由乎學問而然耶？ 迄今數百載，芳芬幾替。猗我聖朝，特施貤贈之典。嗚乎！ 其偉矣。豈徒爲先生地哉？ 將以淑人心，扶世敎於無窮爾。玆因洛中多士，抃賀之席。謹次本集韵，以寓平日景仰之意。

<blockquote>

扶義尊周炳炳然，　　　歸來堅臥老林泉。

貞忠有自家庭見，　　　爵祿無心紱冕捐。

聖上洪恩僉議牒，　　　人間高節大明年。

薇軒遺敎今猶在，　　　永使諸生菀誦絃。

</blockquote>

---

1) 金濟寅(김제인, 1814~?) : 본관은 光山, 자는 仁淑. 1882년 증광시에 급제하였다.

2) 進退綽綽(진퇴작작) : ≪孟子≫<公孫丑章句 下>의 "내가 들으니, '관리의 직책을 가진 자가 그 직책을 할 수 없으면 떠나고, 간언하는 말을 할 책임이 있는 사람이 그 말을 할 수 없으면 떠난다.' 하였는데 나는 관리의 직책도 없고 간언할 책임도 없으니 곧 나의 나아가고 물러남에 어찌 넉넉히 하여 여유를 갖지 못하겠느냐!(吾聞之也, 有官守者, 不得其職則去, 有言責者, 不得其言則去, 我無官守, 我無言責也, 則吾進退, 豈不綽綽然有餘裕哉.)"에서 나온 말.

又

河陽 許元栻

貞忠卓節日星然，　　赴義何如渴赴泉。
衣鉢[1]師門曾有受，　　箕裘[2]先業不虛捐。
三軍激氣勤王日，　　一疏扶綱斥虜年。
回首丹邱矜式[3]在，　　至今餘韻聽歌絃。

凡人彝性所同然，　　每讀公詩淚似泉。
熊掌[4]辦時高義取，　　鴻毛輕處[5]此身捐。
天官紫誥頒今日，　　鄕社靑衿[6]拊昔年。
千古西山堪與配，　　薇歌一曲被笙絃。

---

1) 衣鉢(의발) : 師弟를 비유한 말. 의는 袈裟, 발은 鉢盂로 學統을 전수할 때 信表로 사용하는 것이다.
2) 箕裘(기구) : 대를 이어 선조의 업을 잇는 것을 일컬음.
3) 矜式(긍식) : 존경하여 본보기를 삼음.
4) 熊掌(웅장) : 생명을 버리고 의리를 취했다는 말. "고기도 내가 바라는 것이고 곰의 발바닥도 내가 바라는 것이지만 두 가지를 모두 갖지 못할 경우라면 고기를 버리고 곰의 발바닥을 가지겠다. 마찬가지로 나는 생명도 취하고 정의도 취하고 싶지만 두 가지를 모두 갖지 못할 경우라면 생명을 버리고 정의를 취할 것이다.(魚我所欲也, 熊掌亦我所欲也, 二者不可得兼, 舍魚而取熊掌者也. 生亦魚我所欲也, 義亦我所欲也, 二者不可得兼, 舍生而取義者也.)"(≪孟子≫<告子> 上)에서 유래한 것이다.
5) 鴻毛輕處(홍모경처) : 사육신의 한 사람인 李塏가 죽음에 임하여 읊은 "우임금의 솥이 무게 있을 때에야 삶이 역시 의미가 크지만, 생명이 기러기 털보다 가벼운 곳에서는 죽음이 오히려 영광이로다.(禹鼎重時生亦大, 鴻毛輕處死猶榮.)"에서 나온 말.
6) 靑衿(청금) : 書生을 가리키는 말. 옛날 서생들은 옷깃이 푸른 옷을 입었기 때문에 이렇게 말한다.

又

花山 金容湜

挺竹[1]古家節卓然,　　九天[2]恩誥及重泉。

義在扶綱先自倡,　　身當蹈刃頓忘捐。

南州雅望[3]今申氏,　　北虜深讐舊丙年。

嗟余後學多瞻慕,　　宛若丹邱聽誦絃。

---

1) 挺竹(정죽) : 退齋 申祐의 고사를 일컬음.
2) 九天(구천) : 가장 높은 하늘이라는 뜻이나, 임금을 일컬을 때가 있음.
3) 雅望(아망) : 훌륭한 명망.

又

箕城 黃建周

斥和扶明有孰然,　　虎溪風雨吼龍泉[1]。

克家君子誠無忝,　　爲國賢臣義不捐。

道學高明師百世,　　貞忠卓異褒千年。

貤恩攢賀南歸日,　　雙竹薇軒奏感絃。

---

1) 龍泉(용천) : 용천검. 晉나라 張華와 雷煥이 龍泉과 太阿의 두 보검을 소유하고 있었는데,
그들이 죽고 나서 두 보검이 豐城 땅에 묻혀 있으면서 그 劍光이 견우성과 북두성 사이
를 쏘다가 절로 延平津 속으로 날아 들어가서 두 마리 용으로 바뀐 채 유유히 모습을 감
췄다는 전설이 있다.

又

光山 金濟源[1]

天心人事兩茫然，　　　大報壇[2]前淚似泉。

恩重腰橫三尺去，　　　時危身許一毛捐。

黃沙白草[3]非前日，　　　碧水丹山送暮年。

怊悵忠魂招不得，　　　更堪回首聽遺絃。

未讀遺文涕自然，　　　皇明日月耀重泉。

忠臣已死魂猶在，　　　志士輕生義可捐。

胡馬嘶風如昨日，　　　石麟[4]藏草[5]不知年。

鳳銜紫誥丹山[6]去，　　　聖主恩光動管絃。

---

1) 金濟源(김제원, 1828~1871) : 본관은 光山, 자는 來活, 호는 薇山.

2) 大報壇(대보단) : 임진왜란 때 구원병을 파견하여 도와준 은혜를 갚는다는 뜻으로 명나라 太祖·神宗·毅宗을 제사하던 제단. 1704년 12월에 창덕궁 禁苑 옆에 설치하였으며, 皇 壇이라고도 한다.

3) 黃沙白草(황사백초) : 누런 모래와 시들은 풀이란 뜻으로, 만주의 사막지대를 일컬음.

4) 石麟(석린) : 梁나라 때 徐陵이 두어 살이 되었을 적에 어른을 따라서 寶誌上人을 가 뵙자, 보지상인이 서릉의 머리를 쓰다듬으면서 말하기를 "天上의 石麒麟이로다."고 한 데서 나 온 말. 출중한 능력을 지닌 사람을 비유할 때 쓰인다.

5) 溫庭筠의 시 "石麟埋沒藏春草, 銅雀荒涼對暮雲."에서 나온 말.

6) 丹山(단산) : 봉황이 산다는 丹穴이 있는 산.

又

仁同　張祚遠

丹邱松柏菀蒼然，　　　　　恩誥翩翩耀九泉。

傳家忠義神鎧在，　　　　　奕世功名弊屣捐。

南國皆稱雙竹宅，　　　　　當時猶記大明年。

千秋歌詠先生德，　　　　　流水高山[1]不待絃。

---

1) 流水高山(유수고산) : 伯牙는 거문고를 잘 타고 鍾子期는 거문고 소리를 잘 알아들었던 고
   사에서 나온 말. 백아가 뜻을 高山에 두고 거문고를 타자, 종자기가 "좋다, 험준함이 마
   치 泰山 같도다." 말하였고, 백아가 또 뜻을 流水에 두고 거문고를 타자, 종자기가 "좋다,
   광대함이 마치 江河와 같도다."고 하였다는 고사이다.

又

安東 金炳礪

忠義亶由道學然,　　薇歌幾載老林泉。

詩誅瀋賊[1]風稜[2]卓,　　碑立祥郵月廩[3]捐。

地步[4]師門尋妙域,　　天官升秩在今年。

後生追憶先時敎,　　春誦洋洋[5]又夏絃[6]。

---

1) 瀋賊(심적) : 瀋陽의 적, 곧 금나라를 일컬음.
2) 風稜(풍릉) : 범하기 힘든 기세.
3) 月廩(월름) : 월급으로 주는 곡식.
4) 地步(지보) : 일의 성격과 내용의 정도.
5) 洋洋(양양) : 글 읽는 소리가 낭랑하다는 말.
6) ≪禮記≫<文王世子>편의 "봄에는 시를 외고 여름에는 현악기를 탄다.(春誦夏弦)"에서 나온 말. 계절에 따라 공부하는 과목을 바꾼다는 뜻이다.

又

廣陵 李相善

名賢顯晦[1]有時然,　　　丹誥煌煌賁九泉。

薇竹[2]已知孤節寓,　　　熊魚[3]肯惜一身捐。

寒旅門庭高足弟[4],　　　崇禎日月大明年。

暫屈藍田[5]何足慨,　　　聖師曾許武城絃[6]。

---

1) 顯晦(현회) : 세상에 나감과 나가지 않음.
2) 薇竹(미죽) : 退齋 申祐가 은둔하면서 효성을 다해 雙竹이 돋은 사실을 표현한 듯.
3) 熊魚(웅어) : 熊魚取舍. 두 가지 가운데 하나를 취사선택하기 어려운 경우를 비유하는 말. "고기도 내가 바라는 것이고 곰의 발바닥도 내가 바라는 것이지만 두 가지를 모두 갖지 못할 경우라면 고기를 버리고 곰의 발바닥을 가지겠다. 마찬가지로 나는 생명도 취하고 정의도 취하고 싶지만 두 가지를 모두 갖지 못할 경우라면 생명을 버리고 정의를 취할 것이다.(魚我所欲也, 熊掌亦我所欲也, 二者不可得兼, 舍魚而取熊掌者也. 生亦魚我所欲也, 義亦我所欲也, 二者不可得兼, 舍生而取義者也.)"(≪孟子≫＜告子＞ 上)에서 유래한 것이다.
4) 高足弟(고족제) : 高足弟子. 학식과 품행이 뛰어난 제자.
5) 藍田(남전) : 藍田山. 商山의 四皓가 秦나라의 난을 피하여 은거한 산. 漢高祖의 초빙에도 응하지 않고 紫芝歌를 불렀다고 한다. 採芝操라고도 한다.
6) 武城(무성) : 魯나라의 子遊가 수령으로 있으면서 禮樂으로 가르쳤던 곳. 고을 사람들이 모두 거문고를 타며 노래하였는데, 이 소리를 공자가 지나다가 들었다고 한다. 문교가 잘 베풀어진 것을 일컫는다.

又

漢陽　趙錫龍

先生處世獨超然，　　薇谷淸風寓我泉。

寒旅淵源傳道正，　　丙丁忠義誓身捐。

崇賢恩爵逢今日，　　抱稿雲孫[1]感是年。

別有吾家同節義，　　遺音千載和瑤絃。

---

1) 雲孫(운손) : 먼 후손.

又

錦城 丁義元

義旅堂堂氣肅然，　　虎溪當日吼龍泉。

源深一脈曾傳妙，　　軀重千金不惜捐。

邦瘁重遭辰巳[1]厄，　　王綱獨植丙丁年。

聞風後學多興感，　　歌詠春秋管與絃。

---

1) 辰巳(진사) : 壬辰年(1592)과 癸巳年(1593)으로, 임진왜란을 일컬음.

又

宗後學 致黙

孝竹忠薇兩炳然，　　　　家聲世襲老林泉。

屢蒙褒節宜無愧，　　　　再擧忘躬不惜捐。

左海[1]一隅高士義，　　　　春王萬曆大明年。

彌章道學彌嘉尙，　　　　恩溢三銓[2]被管絃。

---

1) 左海(좌해) : 우리나라를 일컫는 말.
2) 三銓(삼전) : 셋째 전관이라는 뜻으로, '이조참의'를 달리 이르는 말.

又

宜寧 南夔壽[1]

忠義堂堂獨奮然,　　大明日月耀林泉。

抽竹家聲孤節守,　　採薇餘韻尺躬捐。

鳳詔含丹尙有日,　　龍鉒蹈白幾回年。

景仰高風[2]猶不泯,　　韶州今夕奏歌絃。

---

1) 南夔壽(남기수, 1803~?) : 본관은 宜寧, 자는 明叔. 1849년 식년시에 급제하였다.

2) 高風(고풍) : 고상한 풍모란 뜻이나, 여기서는 정묘년과 병자호란 때 두 번 다 의병을 일으켰고 또한 두 번 모두 상소하였으며, 그 뜻이 이루어지지 않자 은둔한 것을 일컬음.

又

冶罏 宋泰寅

忠義千秋炳朗然，　　先生初服[1]起林泉。

斥和章出藩虜慴，　　遺愛[2]碑傳郵稟捐。

北闕[3]天官貤有日，　　南州士望副今年。

薇軒復對琅玕[4]竹，　　景仰丹邱聽誦絃。

---

1) 初服(초복) : 벼슬하기 이전에 입던 청결한 옷. 곧, 벼슬을 떠나 은거하는 것을 말한다. 屈原의 ≪離騷≫에 "물러가 다시 나의 초복을 손질하리.(退將復修吾初服)" 하였다.

2) 遺愛(유애) : 사람은 떠났으나 사랑은 남아 있음.

3) 北闕(북궐) : 임금의 궁궐.

4) 琅玕(낭우) : 琅玕. 봉황이 쪼아 먹는다는 竹實 혹은 瓊實을 말한다.

又

聞韶 金喆銖[1]

丙子忠賢凜凜然,　　虎翁挺出奮龍泉。

寒旅門庭單訣在,　　竹薇風節尺軀捐。

紫誥香烟今聖世,　　丹祠天日大明年。

莘莘衿佩[2]羹墻[3]地,　　爭把新詩奏管絃。

---

1) 金喆銖(김철수, 1822~1887) : 본관은 義城, 초명은 璞銖, 자는 乃克, 호는 魯園・味鄒子. 1858년 魯園書室을 지었고, 1864년 성균관에 들어갔으며, 1867년 李憲基의 죄상을 지적했다. 1871년 서원훼철령을 반대하는 상소를 올렸다가 충청도 文義縣으로 유배된 뒤 明川으로 이배되었다.

2) 衿佩(금패) : 푸른 옷깃과 푸른 佩玉이란 뜻으로, 푸른 복장을 한 유생을 가리킴. ≪詩經≫ <鄭風・子衿>의 "푸르디푸른 그대의 옷깃이여, 길이 생각하는 내 마음이로다. 비록 나는 가지 못하나, 그대는 왜 소식을 계속 전하지 않는고. 푸르디푸른 그대의 패옥이여, 길이 생각하는 내 마음이로다. 비록 나는 가지 못하나, 그대는 어이하여 오지 않는고.(靑靑子衿, 悠悠我心. 縱我不往, 子寧不嗣音? 靑靑子佩, 悠悠我思. 縱我不往, 子寧不來?)"에서 나온 말이다.

3) 羹墻(갱장) : 죽은 사람에 대한 간절한 추모의 정을 말함. ≪後漢書≫<李固傳>의 "舜이 堯를 사모하여, 앉아 있을 적에는 요 임금을 담에 뵙는 듯하고, 밥 먹을 적에는 요 임금을 국에서 뵙는 듯했다."고 한 데서 나온 말이다.

又

羅州　丁達教[1]

萬古綱常獨奮然,　　先生當日起林泉。
心懸象闕[2]天同戴,　　身似鴻毛義共捐。
挺竹淸風君子宅,　　釆薇高節大明年。
香烟一縷貤恩誥,　　卿月[3]煌煌映管絃。

---

1) 丁達教(정달교, 1824~?) : 본관은 羅州, 자는 敬文. 1846년 식년시에 급제하였다.

2) 象闕(상궐) : 하늘같은 대궐.

3) 卿月(경월) : 축하연에 참석한 관원들을 가리킴. ≪書經≫<洪範>의 "왕은 해를 살피고 고급 관원은 달을 살피고 하급 관리는 날을 살핀다.(王省惟歲, 卿士惟月, 師尹惟日.)"에서 나온 말이다.

又

文城 柳明均[1]

千秋義氣尙嵬然,　　　貤贈三銓耀九泉。

寒旅淵源尋正學,　　　竹薇名節不虛捐。

山河回運奎星[2]歲,　　　天地扶綱丙子年。

香芝[3]飜生霄漢色,　　　聖朝優禮[4]穆升絃。

---

1) 柳明均(류명균, 1816~?) : 본관은 文化, 자는 德初. 1846년 식년시에 급제하였다.

2) 奎星(규성) : 문장을 주관하는 별의 이름. 宋나라 葉采가 쓴 <進近思錄表>의 "하늘이 빛나는 송나라 시대를 열어 주어, 문장을 주관하는 규성이 한데 모이게 하였다.(天開皇宋, 星聚文奎.)"에서 나오는 말이다.

3) 飜生(번생) : 고쳐 되어 난다는 말.

4) 優禮(우례) : 특별히 예를 차림.

又

廣陵 李以鉉[1]

中宵倚劍意悠然,　　回首皇州[2]淚下泉。

殷聖西山餘曲在[3],　　魯連[4]東海擬身捐。

儒風復振天官日,　　化旭重明聖主年。

泗洛[5]眞源流不盡,　　聞韶自是有遺絃。

---

1) 李以鉉(이이현, ?~?) : 본관은 驪州, 자는 致玉. 監役을 지냈다.

2) 皇州(황주) : 都城.

3) 殷나라가 망한 뒤, 伯夷와 叔齊가 西山인 首陽山에 들어가 고사리를 캐서 먹고 살다가 굶어 죽은 고사를 일컬음.

4) 魯連(노련) : 魯仲連. 전국시대 齊나라의 높은 節義를 가진 隱士. 그는 新垣衍에게 "秦나라가 천하의 제왕으로 군림하게 되면 나는 동해에 빠져 죽을지언정 그 백성이 되지 않겠다.(秦卽爲帝, 則魯連有蹈東海而死耳.)"고 한 바 있다.

5) 泗洛(사낙) : 洙泗洛閩. 유교를 말함. 洙泗는 孔子가 살던 곳이고, 洛은 程明道·程伊川이 살던 곳이고, 閩은 朱子가 살던 곳이다.

又

聞韶 金道和

若使當年遇聖人,　　春秋袞筆[1]特書之。

三韓義士韶州某,　　可與西山[2]伯仲之。

先生高義烈霜然,　　歎息苞蕭浸下泉[3]。

隻劍精神磨欲盡,　　三刀[4]宦業視如捐。

太陽均照無幽壑,　　渙霈新霑最吉年。

華祝[5]興情歌未足,　　諸君何莫奏笙絃。

---

1) 袞筆(곤필) : 華袞筆. 화곤은 王公들이 입는 화려한 무늬의 옷인데, 여기서 화곤필은 좋은 글씨와 시를 뜻하는 말로 쓰임.

2) 西山(서산) : 首陽山. 伯夷와 叔齊가 고사리를 캐서 먹고 살다가 굶어 죽은 산이다.

3) 苞蕭浸下泉(포소침하천) : ≪詩經≫<匪風·下泉>의 "차가운 저 하천이여 우부룩하게 자라는 쑥을 잠기게 하도다.(冽彼下泉, 浸彼苞蕭.)"에서 나온 말. 여기서 이 말은 중화문화의 계승자로서 명나라의 쇠망을 상심하고 그것을 표현하는 말이다.

4) 三刀(삼도) : 晉나라 王濬이 꿈에 칼 세 자루가 들보에 걸려 있는데 또 칼 한 자루가 더하여지는 것을 보았다 하자, 李毅가 해몽하기를, "三刀는 州(주의 옛 글자가 '刕'임) 자인데 하나를 더하는 것은 益州니 益州刺史가 될 꿈이다."고 하여 과연 맞았다고 한다. 여기서는 한 고을을 맡아 벼슬살이하게 된 것을 이른다.

5) 華祝(화축) : 華封三祝. 頌祝을 나타내는 말. ≪莊子≫<天地>에 의하면, 華라는 땅의 封人이 壽, 富, 多男子라는 세 가지 일로 堯임금에게 축원했다 하여 생긴 말이다.

又

後孫 敦植

身居東海魯連¹⁾心,　　　　秦帝當年欲蹈之。

一疏凜然休萬甲²⁾,　　　　澹庵³⁾義理與幷之。

私淑⁴⁾退陶⁵⁾有菀然,　　　　淵源河洛⁶⁾混如泉⁷⁾。

春秋大義三綱立,　　　　風雨孤城一命捐。

賢德尊祠追丙歲⁸⁾,　　　　聖恩崇秩值丁年⁹⁾。

衿紳齊邀雲仍感,　　　　赫赫丹邱競管絃。

---

1) 魯連(노련) : 魯仲連. 전국시대 齊나라의 높은 節義를 가진 隱士. 그는 新垣衍에게 "秦나라
　 가 천하의 제왕으로 군림하게 되면 나는 동해에 빠져 죽을지언정 그 백성이 되지 않겠
　 다.(秦卽爲帝, 則魯連有蹈東海而死耳.)"고 한 바 있다.

2) 休萬甲(휴만갑) : 많은 군사를 쉬게 하여 사기를 돋움.

3) 澹庵(담암) : 宋나라 胡銓(1102~1180)의 호. 蕭楚에게 ≪春秋≫를 배웠으며, 胡安國에게도
　 수학하였다. 고종 때 樞密院編修官을 지냈다. 金나라와의 화친을 秦檜가 주장하자, 이에
　 적극 반대한 대표적 척화론자이다.

4) 私淑(사숙) : 직접 가르침을 받지는 않았으나 마음속으로 그 사람을 본받아서 도나 학문
　 을 닦음.

5) 退陶(퇴도) : 李滉의 호.

6) 河洛(하락) : 河圖와 洛書를 가리킴. ≪周易≫<繫辭 上>의 "하도는 伏羲氏 때 黃河에서 龍
　 馬가 등에 지고 나왔다고 하는 그림으로 ≪周易≫ 八卦의 근원이 된 것이고, 낙서는 夏
　 禹氏가 治水할 때 洛水에서 나온 神龜의 등에 있었다고 하는 글로서 ≪書經≫ 洪範九疇의
　 근원이 된 것이다."에서 나온다.

7) 混如泉(혼여천) : 샘이 깊은 물은 끝없이 용솟음쳐 나오는 모양. ≪孟子≫<離婁章句 下>
　 의 "근원 있는 샘물이 퐁퐁 솟아나서 밤낮을 그치지 아니하여 구덩이가 가득 찬 뒤에
　 전진하여 四海에 이른다.(原泉混混, 不舍晝夜, 盈科而後進, 放乎四海.)"는 구절에서 나온다.
　 이는 곧 학문에 근본이 있음을 일컫는 말이다.

8) 丙歲(병세) : 병자년(1636)의 호란을 가리킴.

9) 丁年(정년) : 정묘년(1867) 이조참의로 증직된 것을 일컬음.

又

金州 許墉

先生仗義昔胡然，　　　爲學眞源有混泉。

尺疏扶綱曾血瀝，　　　一心圖報擬躬捐。

薇歌惻惻[1]同殷老[2]，　　菊史[3]煌煌揭晉年。

三品追恩褒德美，　　　風詩志喜[4]遞笙絃。

---

1) 惻惻(측측) : 마음을 슬프게 하는 면이 있음.
2) 殷老(은로) : 伯夷叔齊를 일컬음.
3) 菊史(국사) : 宋나라 周敦頤의 <愛蓮說>에서 "진나라 도연명이 홀로 국화를 사랑했다.(晉 陶淵明獨愛菊)"며 "국화는 꽃 가운데 은자라고 할 것이다.(予謂菊花之隱逸者也)"라고 한 데서 나온 말. 陶淵明은 중국 東晋의 시인이다. 자는 元亮, 본명은 潛, 자는 淵明이다. 五柳先生이라고 불리며, 시호는 靖節이다. 그가 지은 <彩菊>의 "동쪽 울타리에서 국화꽃을 따며, 하릴없이 남산을 바라보네.(彩菊東籬下, 悠然見南山.)"에서 세상을 멀리하고 조용하게 자연에 묻혀 인생을 관조하는 도연명의 모습이 해지는 저녁 남산을 바라보며 국화꽃을 따는 모습에 중첩되어 있다.
4) 志喜(지희) : 志喜詩. 기쁨을 표하는 시.

又

聞韶 金翰周

忠孝雙全世孰然，　　覃恩1)天降徹黃泉。

南還草屋三生2)在，　　西指義旗一死捐。

寒旅3)心詮傳道日，　　厓愚4)手筆定評年。

羹墻5)寓慕丹邱地，　　多士蹌蹌6)聽誦絃。

---

1) 覃恩(담은) : 임금이 베푸는 은전.
2) 三生(삼생) : 전생, 이생, 차생을 일컫는 말.
3) 寒旅(한려) : 寒岡 鄭逑와 旅軒 張顯光.
4) 厓愚(애우) : 西厓 柳成龍과 愚伏 鄭經世.
5) 羹墻(갱장) : 죽은 사람에 대한 간절한 추모의 정을 말함. ≪後漢書≫＜李固傳＞의 "舜이 堯를 사모하여, 앉아 있을 적에는 요 임금을 담에 뵙는 듯하고, 밥 먹을 적에는 요 임금을 국에서 뵙는 듯했다."고 한 데서 나온 말이다.
6) 蹌蹌(창창) : 모습이나 행동이 당당하고 위엄이 있음.

後敍

惟我先祖, 虎溪府君, 存心窮理之學, 扶綱斥和之忠, 蘊之爲德行, 著之爲事業[1], 實百世難泯者也。粤在丙辰[2], 士林尊尙而俎豆之。逮夫丁卯[3], 朝家褒賞而貤贈之。將府君之學與忠, 悠久而益明於世者歟。竊想府君, 謙悒自居, 不喜著述, 垂示子孫之訓, 開發後學之言, 爲國盡忠之蹟, 宜若不尟, 而世代浸遠。屢經禍變, 遺失殆盡, 豈非不明不仁[4]之責耶。於是乎, 搜得巾衍[5]陳篇, 非但爲書猶頗放失[6], 卽其所存者, 蟲嚙而蠹蝕, 字缺而畫糊。故叅互[7]攷訂, 則禮說也, 講規也, 全缺難徵, 庸學[8]疑義, 心近[9]註解, 半燬半在, 不得修完。所可據者, 心性情志意說, 及義陣大小文字若干篇。噫。府君之學問極工[10], 可攷於庸學圖畫, 扶綱大節, 足徵於丁丙疏, 則一臠能知其全鼎之味[11], 又奚貴

---

1) ≪近思錄≫<爲學類>의 "성인의 도는 귀로 받아들여서 마음에 간직하는 것이다. 도를 쌓으면 덕행이 되고 행하면 훌륭한 일이다. 그렇게 하지 않고 글로 쓰고 외우기만 하는 것은 천박한 방법이다.(濂溪先生曰 : 聖人之道, 入乎耳存乎心. 蘊之爲德行, 行之爲事業. 彼而文辭而已者, 陋矣.)"에서 나온 말.

2) 丙辰(병진) : 철종 6년 1856년.

3) 丁卯(정묘) : 고종 4년 1867년.

4) 不明不仁(불명불인) : ≪禮記≫<祭統>의 "선조에 좋은 것이 있는데 알지 못하면 밝지 못한 것이요, 알면서도 후세에 드러내어 전하지 못하면 어질지 못한 것이다.(先祖, 有善而弗知, 不明也 ; 知而弗傳, 不仁也.)"에서 나온 말.

5) 巾衍(건연) : 명주를 바른 작은 상자.

6) ≪大學≫<章句序>에서 나온 말.

7) 叅互(참호) : 서로 비교하여 헤아려 살핌.

8) 庸學(용학) : 中庸과 大學을 병칭한 말.

9) 心近(심근) : 心經과 近思錄을 병칭한 말.

10) 極工(극공) : 온 힘을 다 바쳐 공부함.

11) ≪皇覽≫ 11의 "然欲嘗一臠而知全鼎之味."에서 나온 말. 한마디의 말 또는 간단한 말이라

乎多哉? 因以輓誄・墓道・奉安文類, 次附, 後觀者恕之, 則幸矣。

歲辛丑¹²⁾ 三月 上澣 后孫 相憲¹³⁾謹識

도 충분히 진귀함을 일컫는 것이다.
12) 辛丑(신축) : 光武 5년 1901년.
13) 相憲(상헌) : 申相憲(1842~1911). 자는 纘甫.

跋

虎溪先生申公, 有詩文若干, 其遺裔之僅僅掇拾於二百載蠹燼之餘者也。將
謀之剞劂氏[1], 亦足爲一斑於全豹乎哉[2]? 公嘗師事寒旅二先生, 潛心於本原之
奧, 致力於當行之常, 循循[3]乎其儒也。洎金虜犯順[4], 奮挺草茅, 再鼓鄕勇[5],
指揮糾率, 定於顧眄, 風馳霆鎬, 勵北首死敵之志。於是乎, 知其有文武之兼
才, 而忠義之憤盈, 融洩於腔血之赤也。

惜乎! 廟略[6]之急於媾和, 而俾如公者不及收天山一箭之功[7]也。柔兆[8]帝秦,
卽小華[9]之深恥, 而天地之一大變會也。當是時, 旅軒先生遯於立巖, 桐溪鄭先
生自靖[10]于某里, 是皆炳然于華夷之首足冠屨, 而以一身而任陽秋[11]綱常之重

---

1) 剞劂氏(기궐씨) : 글자를 새기는 사람. 곧 인쇄공. 책이나 문서에서 글자나 내용을 살피어
  잘못된 것을 바로잡음.
2) 窺豹一斑. 표범 가죽 가운데 무늬 하나만을 본다는 말. 일부분만을 보고 완전한 전체를
  보지 못했다는 말이다.
3) 循循(순순) : 정연한 모양.
4) 犯順(범순) : 叛逆과 같은 말로, 청나라가 명나라를 범한 것을 일컬음.
5) 鄕勇(향용) : 시골 장정.
6) 廟略(묘략) : 조정의 책략.
7) 天山一箭之功(천산일전지공) : 鐵勒이 당나라의 변방을 침범했을 때 薛仁貴가 화살 3발로
  3명의 장수를 말에 떨어뜨려 승리한 데서 나온 말.
8) 柔兆(유조) : ≪爾雅≫<釋天>의 "太歲가 甲에 있는 것을 閼逢이라 하고, 乙에 있는 것을
  旃蒙이라 하며, 丙에 있는 것을 柔兆라 하고, 丁에 있는 것을 强圉라 하며, 戊에 있는 것
  을 著雍이라 하고, 己에 있는 것을 屠維라 하며, 庚에 있는 것을 上章이라 하고, 辛에 있
  는 것을 重光이라 하며, 壬에 있는 것을 玄黓이라 하고, 癸에 있는 것을 昭陽이라 한다."
  고 한 설명에 의하면 유조는 天干의 丙이니, 병자년(1636)의 호란을 말함.
9) 小華(소화) : 조선은 中華를 모범하고 있다 하여 중국 사람들이 조선을 가리켜 부른 말.
10) 自靖(자정) : 현재는 물러나 살고 있지만, 결정적인 시기에 자신의 거취를 정할 때에는
  모름지기 자신의 참된 속마음을 토로해야 한다는 말. ≪書經≫<微子>의 "각자 극진히

也。公則在散班[12]末銜, 而況鍾簴[13]不移, 鑾駕[14]旋軫。雖其與一時之群公庶
僚, 升沉於儻來之榮[15], 奔走於効力之列, 亦不失爲一道也。而乃旣陳瀝血之
章, 遂踵蹈海之節, 自竄于窮山荒谷之間, 而澗飮木食以卒歲。卽心跡而論之,
蓋與立巖某里二先生者, 泂然一致而無間矣。何其猗哉? 竊以爲學者須先審析
於天理人欲之幾, 致嚴於陰陽人獸之界, 然後知華夷大防之不可一日而混也。

今按遺編, 有所述心性諸說, 皆斷斷於太極二五善惡邪正之辨。此可以見公
之一生以之而成就得來。且論其世類[16], 有悔堂[17]爲之祖, 而薰炙於退陶·愼
齋之門, 而獲聞斯學之旨訣。有城隱[18]爲之父, 而倡義壬燹[19], 急國家之難, 抗
章[20]昏朝, 辨晦退[21]二夫子之誣。其家學淵源之正, 忠義箕裘[22]之盛, 其亦有
所本矣。

公之九世孫敦植君, 索余一言于編尾。余固不文, 兼以病廢耄昏, 謝筆硯久
矣。噫! 今之時, 顧何時也? 撫公之蹟, 而讀薇谷之歌, 詠鶴山之操, 凄然有匪
風下泉[23]之思, 而令人欲急尋竹如意[24], 打碎釣臺之石, 而繼之以痛哭也。玆

해야 할 바의 의리를 편안히 여겨 자신의 뜻을 선왕에게 올려야 한다.(自靖, 人自獻于先
王.)"에서 나온 말이다.
11) 陽秋(양추) : 공자가 지은 ≪春秋≫를 이르는 말. 東晉 簡文帝 鄭后의 이름인 阿春을 휘하
여 春을 陽으로 고쳤다.
12) 散班(산반) : 품계만 있고 일정한 직무가 없는 관원.
13) 鍾簴(종거) : 종묘에 설치한 樂器. 당 나라 장수 李晟이 朱泚의 반란을 평정하여 수도를
수복한 뒤에 임금에게 보고하는 글에, "종틀이 옮겨 가지 않고 종묘도 예전과 같았다.(鍾
簴不移, 廟貌如故.)"에서 나온 말이다. 鍾簴不移는 종묘에 설치한 종틀이 여전하다는 말로,
환란을 겪긴 하였지만 그래도 나라가 멸망하지 않았다는 뜻이다.
14) 鑾駕(난가) : 임금의 수레.(御駕)
15) 儻來之榮(당래지영) : 우연히 찾아온 영화. ≪莊子≫<繕性>의 "요즘 사람들은 관직[軒冕]
을 얻고는 뜻을 이루었다고 하는데, 그것은 몸에 속한 것이지 性命과는 관계가 없는 것
으로서, 우연히 찾아와 몸에 잠깐 붙어 있는 것이다.(物之儻來寄也.)"에서 나온 말이다.
16) 世類(세류) : 출신. 어떤 가문이나 신분에서 태어남.
17) 悔堂(회당) : 申元祿의 호.
18) 城隱(성은) : 申仡의 호.
19) 壬燹(임선) : 임진왜란을 가리킴.
20) 昏朝(혼조) : 光海君을 일컬음.
21) 晦退(회퇴) : 晦齋 李彦迪과 退溪 李滉을 병칭한 말.
22) 箕裘(기구) : 대를 이어 선조의 업을 잇는 것을 일컬음.

不能無言乎，　而言亦不能竟也。公又有所纂庸學二圖及倡義錄二編，　可幷傳也。

丙辰[25]　秋夕　苞山[26]　郭鋿[27]謹跋

■참고 : 〈虎溪集跋〉, ≪俛宇先生文集≫ 권142, 跋.

　　虎溪先生申公有詩文若干，　其遺裔之僅僅掇拾於二百載蠹燼之餘者也，　將謀之剞劂氏，亦足爲一斑於全豹乎哉? 公嘗師事寒旅二先生，潛心於本原之奧，致力於當行之常，循循乎其儒也。洎金虜犯順，奮挺草茅，再鼓鄕勇，指揮糾率，定於顧眄，風馳霆鋿，勵北首死敵之志。於是乎，知其有文武之兼才，而亦忠義之憤盈，融洩於腔血之赤也。惜乎! 廟略之急於媾和，而俾如公者不及收天山一箭之功也。柔兆帝秦，寔小華之深恥，而天地之一大變會也。當是時，旅軒先生遯於立岩，桐溪鄭先生自靖于某里，是皆炳然于華夷之首足冠屨，而以一身而任陽秋綱常之重也。公則在散班末銜之朝，不坐燕不與者也，而况鍾簾不移，鑾駕旋軫。雖其與一時之群公庶僚，升沉於儻來之榮，奔走於效力之列，亦不失爲一道也。而乃旣陳瀝血之章，遂踵蹈海之節，自竄于窮山荒谷之間，而澗飮木食以卒歲。卽心跡而論之，

---

23) 匪風下泉(비풍하천) : ≪詩經≫의 편명인 〈匪風〉과 〈下泉〉을 가리킴. 모두 周나라의 쇠퇴함을 賢人이 걱정하는 마음을 나타낸 시들이다. 여기서는 중화문화의 계승자로서 명나라의 쇠망을 상심하고 그것을 표현하는 말이다.

24) 竹如意(죽여의) : 본디 중이 讀經이나 說法을 할 때 손에 가지는 대로 만든 긴 자루. 일반적으로 그 자루 끝을 사람 손가락처럼 깎아 만들어 등을 긁을 때 사용하였다. 謝翶의 자는 皐羽이고 호는 晞髮이다. 원나라 침입에 대항하여 文天祥이 延平에서 군사를 일으키자, 그는 鄕兵 수백 명을 인솔하고 합류하여 諮議參軍이 되었으며, 나중에 문천상이 적에게 잡혀 殉節하였다는 소식을 듣고는 혼자서 산천을 떠돌다가 西臺에 올라 문천상의 神主를 만들어 놓고 잔을 올려 號哭하면서 竹如意로써 바위를 때리며 비장하게 招魂詞를 지어 부르니, 대나무와 돌이 모두 부서졌다는 고사가 있다. 인하여 〈西臺慟哭記〉를 지었다고 한다.

25) 丙辰(병진) : 1916년.

26) 苞山(포산) : 玄風이 조선조에서 달리 불리던 명칭.

27) 郭鋿(곽도, 1846~1919) : 郭鐘錫이 원래 이름이나, 1910년 경술국치 이후에 부른 이름. 본관은 玄風, 아명은 石山, 자는 鳴遠, 호는 俛宇. 그는 心卽理說을 확립시켰는데 그것이 王陽明의 주기설의 심즉이설과 다른 것은 물론, 같은 주리설이면서도 李滉의 心合理氣說과도 같지 않았다. 이러한 학자적 명성은 더욱 널리 알려졌고, 따라서 3·1운동 때 137인의 파리장서에서 그 대표로 추대된 것이다. 그로 말미암아 2년형의 옥고를 겪던 중에 옥사 직전에 병보석으로 나왔으나 그 여독으로 곧 죽었다.

盖與立岩某里二先生者，泂然一致而無間矣。何其猗哉！竊以爲學者須先審析於天理人欲之幾，致嚴於陰陽人獸之界，然後知華夷大防之不可一日而混也。今按遺編，有所述心性諸說，皆斷斷於太極二五善惡邪正之辨。此可以見公之一生以之而成就得來。且論其世類，有悔堂爲之祖，而薰炙於退陶‧愼齋之門，而獲聞斯學之旨訣。有城隱爲之父，而倡義壬燹，急國家之難，抗章昏朝，辨晦退二夫子之誣。其家學淵源之正，忠義箕裘之盛，其亦有所本矣。公之九世孫敦植君，索余一言于編尾。余固不文，兼以病廢耄昏，謝筆硯久矣。噫！今之時，顧何時也？撫公之蹟，而讀薇谷之歌，詠鶴山之操，淒然有匪風下泉之思，令人欲急尋竹如意，打碎釣臺之石，而繼之以痛哭也。兹不能無言乎，而言亦不能竟也。公又有所纂中庸圖說及倡義錄二編，可并傳也。

又

我東自羅麗來, 抱道德而淑人心, 砥節義而扶世敎者, 鮮能兼之, 而勝國1)末最著者, 圃冶2)兩先生也。泊于長陵3), 翟亂4)沉陸, 有若旅軒・桐溪二先生, 以道德之宿望5), 秉節義而遯于荒。旣淑人心又扶世敎, 於千后何其躩哉?

不佞讀申虎溪先生遺集, 至於太極6)・陰陽之說, 性情志意之辨7), 遠溯洙洛8)之源, 深究閩陶9)之旨, 中庸所謂'尊德性而道問學'者也。及遭變會10), 義旗西指, 若將一葦之抗海, 和檗直斥, 克期敵兵之退舍, 曾子所謂'臨大節而不可奪'11)者也。運値百六12), 冠屨倒13)而天地閉14)矣。辭謝宰輔15)之推轂16),

---

1) 勝國(승국) : 전대의 왕조. 여기서는 고려를 일컫는다.

2) 圃冶(포야) : 圃隱 鄭夢周와 冶隱 吉再를 병칭하여 일컫는 말.

3) 長陵(장릉) : 조선 제16대 왕 仁祖와 원비 仁烈王后 한씨를 합장한 무덤.

4) 翟亂(적란) : 後金의 난. '翟'은 북방 이민족의 이름이다.

5) 宿望(숙망) : 오래 전부터 지니고 있는 명망이란 뜻으로, 老成하여 기대가 큰 사람.

6) 太極(태극) : 無極而太極說을 가리킴.

7) 性情志意之辨(성정지의지변) : 心性情志意辨을 가리킴.

8) 洙洛(수락) : 洙泗와 洛陽을 병칭한 말. 수사는 孔子가 살던 곳이고 낙양은 程明道・程伊川이 살던 곳이다.

9) 閩陶(민도) : 閩과 陶山을 병칭한 말. 민 땅은 朱子가 살던 곳이고 도산은 李滉이 살던 곳이다.

10) 變會(변회) : 變亂을 일컫는 말. 여기서는 정묘년과 병자년의 호란을 이른다.

11) 臨大節而不可奪(임대절이 불가탈) : ≪論語≫＜泰伯篇＞의 말. 곧, "나라의 흥망이 달린 큰 고비에 임하여 그의 굳센 뜻을 빼앗을 수 없다 함은 강하고 굳세게 버티고 선 것을 일컬음이다.(臨大節而不可奪, 謂其强毅之有立.)"에서 나온 말이다.

12) 百六(백육) : 厄運을 말함. ≪漢書≫＜律歷志 上＞에 의하면, 4천 5백 년인 1元 중에 다섯 번의 陽厄과 네 번의 陰厄이 찾아오는데, 양액이 1백 6년마다 있게 된다고 한다.

13) 冠屨倒(관구도) : 관과 신이 거꾸로 놓였다는 뜻으로, 상하가 뒤바뀜을 이르는 말.

14) 天地雖閉(천지수폐) : ≪周易≫＜重地坤＞의 "천지가 닫히면 현인이 숨는다.(天地閉, 賢人隱.)"는 구절을 활용.

卷懷於薇谷, 托意西山, 沒齒[17]不悔。在蠱之上九, '不事王侯, 高尙其事'[18]者, 先生以焉。噫! 圃冶先生之風尙矣。而旅爺桐老[19]之邃學與隆節, 與之幷世而相符者耶。

　嗚乎! 不佞乏文耄憒, 猥何穢佛[20]而忝? 在宅相[21], 不容已於羹墻[22], 庸書數語于卷尾云。

著雍敦牂[23] 黃花節[24] 外裔孫 後學

通訓大夫前行 弘文館副校理知製敎 兼經筵侍讀官春秋館記注官

西學敎授 驪江 李中久[25]謹書

---

15) 宰輔(재보) : 宰相.

16) 推轂(퇴곡) : 장수에 대한 임금의 극진한 예우를 뜻함. 옛날에 제왕이 장수를 파견할 때에 바퀴통을 밀어 주면서 "闠內는 과인이 제어할 테니 闠外의 일은 그대가 제어하라."고 하며 全權을 위임한 데서 유래한다. 여기서는 벼슬자리의 추천을 말한다.

17) 沒齒(몰치) : 죽음. 죽을 때까지.

18) 은둔하여 세상에 관여하지 않음을 일컫는 말.

19) 旅爺桐老(여야동로) : 여야는 旅軒, 동로는 桐溪.

20) 穢佛(예불) : 佛頭之穢. 佛頭着糞. 부처의 머리에 똥을 묻힌다는 뜻으로, 깨끗하고 성스러운 것을 더럽힐 때 비유하는 말. 宋나라 道源이 지은 ≪景德傳燈錄≫에 "최 상공(崔相公)이 절에 들어가서 '새들이 부처의 머리 위에 똥을 싸는 것(鳥雀, 於佛頭上放糞.)'을 보고 승려에게 새들도 佛性이 있는지 물었더니, 승려가 '있다.'고 대답하였다. 그러자 그가 '불성이 있으면 왜 부처의 머리에다 똥을 싸지요?' 물으니, 승려는 '그 까닭은 자비로운 부처는 살생을 하지 않기 때문인데, 새들이 새매 머리 위에는 싸지 않지 않소.' 하였다."는 일화가 있다.

21) 宅相(택상) : 외손을 가리키는 말.(相宅) 晉나라 魏舒가 어려서 외가인 寧氏 집에서 자랐는데, 그 집터의 미래를 점친 자[相宅者]가 "장차 귀한 外孫이 나오게 될 것"이라고 예언한 말대로 위서가 나중에 司徒의 지위에까지 올랐다는 고사에서 비롯된 말이다.

22) 羹墻(갱장) : 죽은 사람에 대한 간절한 추모의 정을 말함. ≪後漢書≫<李固傳>의 "舜이 堯를 사모하여, 앉아 있을 적에는 요 임금을 담에 뵙는 듯하고, 밥 먹을 적에는 요 임금을 국에서 뵙는 듯했다."고 한 데서 나온 말이다.

23) 著雍敦牂(저옹돈장) : 著雍은 戊의 천간에 해당하고, 敦牂은 午의 지지에 해당함. 곧, 戊午年인 바, 글쓴이의 생몰년을 고려하면 1918년이다.

24) 黃花節(황화절) : 9월 9일의 重陽節을 말하여, 9월을 의미함.

25) 李中久(이중구, 1851~?) : 본관은 驪州, 자는 正甫. 1888년 식년시에 급제하였다.

後書

粤我王考[1]，晚年慨然謂不肖曰：“虎溪府君遺集七冊，卽忍齋[2]府君所手自
整理。而忍齋集五冊，又芝軒[3]府君兄弟之所彙纂[4]也。士林同心，擬營鋟梓，
而歲甲戌，宗家失火，兩世巾箱[5]，渾入煨燼，零在支家者，無幾百六[6]，摧剝痛
寶，何逮? 其翌日，校前承宣公[7]及龜尾宗人鼎周[8]，幷夾歎傷曰：‘兩先生遺文，

---

1) 王考(왕고) : 돌아가신 할아버지를 이르는 말.(祖考) 申相夏는 백종숙인 申寅協에게 양자
   입양되었는데, 여기서는 친할아버지 申冕九(1782~1853)을 이른다. 자는 君弼, 호는 大松.
2) 忍齋(인재) : 申琛(1610~1672)의 호. 자는 子卿. 호계 신적도의 셋째 아들이다. 1629년 향
   시에 합격하고 1646년 진사가 되어 성균관유생으로 들어갔다.
3) 芝軒(지헌) : 申禹錫(1638~1695)의 호. 자는 龜瑞. 동생은 申文錫(1641~1685)으로 자는
   鳳瑞이다. 이들은 인재 신채의 두 아들이다.
4) 彙纂(휘찬) : 분류하여 모아 편찬함.
5) 巾箱(건상) : 책을 담는 작은 상자.
6) 百六(백육) : 厄運을 말함. ≪漢書≫<律歷志 上>에 의하면, 4천 5백 년인 1元 중에 다섯
   번의 陽厄과 네 번의 陰厄이 찾아오는데, 양액이 1백 6년마다 있게 된다고 한다.
7) 承宣公(승선공) : 承宣은 조선후기에 승정원의 승지를 고친 것. 승정원의 동부승지를 지낸
   申冕周(1768~1845)을 가리킴. 아주신가 21세손 만오파. 초명은 鳳朝, 자는 成之, 호는 市
   南. 1798년 생원시에 입격하였고, 1805년 문과에 급제하여 承文院正字로 임명된 뒤,
   1818년 成均館典籍, 1821년 司諫院正言이 되었다. 이듬해 吏曹佐郎을 거쳐 1826년 司憲府
   持平·咸鏡都事 등을 지냈고, 1828년 經筵檢討官·春秋館記注官에 겸임되었으나 병으로
   나아가지 못하였다. 1829년 홍문관수찬이 되어 書筵에서 강의하였으며, 1834년 순조의
   장례 때는 封閉官으로 참석하였다. 헌종 즉위 후에도 入侍하였으나 병으로 사직하고 낙
   향하여 후학 양성에 힘썼다. 通政大夫 承政院 同副承旨 兼 經筵參贊官 春秋館 修撰官을 지
   냈다.
8) 鼎周(정주) : 申鼎周(1764~1827). 자는 景伯, 號는 陶窩. 梧峰 申之悌의 후손이며, 鄭宗魯의
   문인이다. 일찍이 과거에 뜻을 버리고 학문에 열중하였으며, 중년이후에는 性理學에 전
   심하였다. 自警六箴과 暗室銘을 지어 자신의 경계로 삼았다. 1812년 龜庄誌와 龜尾村鄕約
   을 지어 주민 교화에 힘썼다. 문장에 능하여 많은 저술을 남겼는데, 漫錄, 湖西紀行錄 등
   이 전한다.

實經傳之輪翼9), 後學之鑑燭也. 必無終泯之理.' 幸更刻意蒐採, 俾爲完帙。雖微玆, 好德之言, 凡爲裔仍者, 安得食息敢忘? 而中間事故, 延到十年, 而宗侄10)勝冠11), 與族君12)輔天13), 左右裒聚, 粗成頭緒."

噫! 尙未克指日繡梓14), 嗣是善述15), 不至漫稽16), 則未死殘喘, 幸有歸拜之辭矣。

乙巳 三月 下澣 後孫 相夏17)謹書

---

9) 輪翼(윤익) : 수레바퀴와 새의 날개를 말함. "정자의 시에 '함양은 공경이 필요하고 배움은 치지에 달려 있다.(涵養須用敬進學在致知)' 했는데, 이 두 가지는 수레의 두 바퀴와 같고 새의 두 날개와 같아서 한쪽만을 폐할 수는 없다."에서 나온 말이다.

10) 宗侄(종질) : 申寅協(1805~1834)을 가리킴. 신면구의 입장에서는 큰 집 조카이다. 또한 신상하가 입양된 백종숙이다. 신인협이 이미 죽은 다음에 신상하가 입양되었던 것이다.

11) 勝冠(승관) : 弱冠.

12) 族君(족군) : 族人. 성과 본이 같은 사람들 가운데 유복친 안에 들지 않는 겨레붙이.

13) 輔天(보천) : 申冕禹(1786~1830)의 자. 현재는 保天으로 고쳐져 있다. 아주신가 21세손 懶齋派이다.

14) 繡梓(수재) : 출판함.

15) 善述(선술) : 선대의 일을 잘 이음. ≪中庸≫<第19章>에서 공자가 武王과 周公의 효를 '達孝'라고 규정하고 그 효를 말하며 "대저 효는 선대의 뜻을 잘 이으며 선대의 일을 잘 잇는 것이다.(夫孝者, 善繼人之志, 善述人之事者也.)"라고 하였다.

16) 稽(계) : 稽顙. 꿇어 엎드려 이마를 땅에 대고 절함. 부모상을 당했을 때나 용서를 빌 때 하는 절이다.

17) 相夏(상하) : 申相夏(1839~1906). 자는 繼舜, 호는 矩庵. 柳致明의 문인이다.

後識

噫! 惟我先祖府君, 早承庭訓, 出遊大方, 深知爲己之學, 私淑陶山, 集成旨訣, 蔚然爲世宗仰。 若夫丁丙節義, 炳炳於後世, 皆自學問中得來。 而此則前述已備, 何敢贅焉? 竊惟鋟印之役, 先世屢擬而未遑, 如是挨過, 則底績無期。 玆議僉宗, 亟付剞劂[1], 略書數語耳。

屠維協洽[2] 陽月 后孫 敦植盥手謹識

---

1) 剞劂(기궐) : 글자를 새기는 사람. 곧 인쇄공으로, 책이나 문서에서 글자나 내용을 살피어 잘못된 것을 바로잡는다.
2) 屠維協洽(도유협흡) : 屠維은 己의 천간에 해당하고, 協洽은 未의 지지에 해당함. 곧, 己未 年인 바, 글쓴이의 생몰년을 고려하면 1919년이다.

찾아보기

소공(召公)   144, 410
소당연지칙(所當然之則)   128
소동파(蘇東坡)   117, 385
소식(蘇軾)   418, 510, 515
소옹(邵雍)   144, 411
소이연지고(所以然之故)   128
소장(消長)   128
소재(小宰)   469
소주(韶州)   134, 171, 179, 181, 187, 303,
   401, 520
소중화(小中華)   283
≪소학(小學)≫   166, 186
소화(小華)   554
속수서원(涑水書院)   100, 161, 341
속초(續貂)   525
<송이원귀반곡서(送李愿歸盤谷序)>   505
송섬(宋纖)   377
<송온처사부하양군서(送溫處士赴河陽軍
   序)>   503
송은(松隱)   334
쇠성현미(衰盛顯微)   128
수계(繡啓)   525
수도(隧道)   341
수락(洙洛)   558
수목(修木)   457
수박(粹駁)   118
수방심(收放心)   400
수봉산(睡鳳山)   134
수봉실산(睡鳳室山)   401
≪수사언인록(洙四言仁錄)≫   148, 414
수시(垂翅)   375
수암(修巖)   172, 186, 186, 374, 443, 456
수양산(首陽山)   276, 277, 287
수오지심(羞惡之心)   125
수의(繡衣)   448, 464

수작(壽爵)   472
수직(壽職)   203
수차(水車)   119
숙부인(淑夫人)   446
숙완탐구(熟玩深究)   382
순자(荀子)   117, 385
순흥(順興)   109, 378
숭정(崇禎)   137, 267, 404
승국(勝國)   438
승선공(承宣公)   560
승총(乘驄)   343
승화(乘化)   350
시권(試卷)   163, 170, 176
시귀(蓍龜)   88, 338, 357, 418
시돌(豕突)   318, 461
시비지심(是非之心)   125
시사지여무(視死地如鶩)   444
시우지하(時雨之下)   362
<시잠(視箴)>   388
시절(偲切)   421
시축(尸祝)   444
식형주(識荊州)   485
신경석(申慶錫)   172, 177, 182, 437
신광부(申光富)   161, 430
신균(申均)   168, 172, 176, 182, 437, 442
신농(神農)   137
신달도(申達道)   101, 136, 369, 423
신돈식(申敦植)   31, 183, 284, 290, 295,
   451
신면구(申冕九)   288
신면우(申冕禹)   288, 561
신면주(申冕周)   288
신문석(申文錫)   168, 172, 177, 183, 288,
   437
신사렴(申士廉)   161, 430

신상하(申相夏)　174, 201, 289, 445, 470, 561
신상헌(申相憲)　178, 282, 448, 553
신석명(申錫命)　161, 430
신선(神仙)　185
신수(申壽)　161, 169, 175, 179, 430, 438
신숭겸(申崇謙)　161, 429
신열도(申悅道)　136, 170, 180, 205, 440, 462
신우(申祐)　202, 438
신우석(申禹錫)　168, 172, 177, 183, 288, 437
신원록(申元祿)　162, 169, 175, 179, 202, 431, 438, 453
신윤유(申允濡)　161, 169, 175, 179, 429, 438
신이석(申爾錫)　437
신익휴(申益休)　161, 429
신인협(申寅協)　288, 561
신재(愼齋)　109, 162, 169, 175, 179, 284, 378, 430
신적도(申適道)　453
신정주(申鼎周)　288, 560
신종(神宗)　137, 138, 404
신심(申伈)　401
신우(申祐)　161, 169, 175, 179
신이석(申爾錫)　172, 177, 183
신점(申坫)　168, 172, 176, 182, 437, 442
신준정(申俊禎)　161, 169, 179
신집(申㙻)　168, 172, 176, 182, 437, 442
신창석(申昌錫)　167, 168, 172, 177, 183, 437
신채(申埰)　168, 172, 176, 176, 182, 205, 206, 437, 442, 462
신필(信筆)　101

신필가(信筆家)　183
신현석(申玄錫)　168, 172, 177, 183, 437
신홍도(申弘道)　162, 431
신홍망(申弘望)　498
신흘(申仡)　162, 169, 175, 179, 401, 431, 439
실덕정학(實德正學)　204
실이인하(室邇人遐)　377
심(心)　123
심구(沈玖)　511
심귀보(沈貴寶)　125, 392
심근(心近)　552
<심근주해(心近註解)>　281
심도(沈都)　319
심성(心性)　284
<심성정지의변(心性情志意辨)>　286
<심성정지의설(心性情志意說)>　281
심양(瀋陽)　266
심원록(尋院錄)　170, 180
심지덕, 애지리(心之德, 愛之理)　125
심지제, 사지의(心之制, 事之宜)　125
심찰호차(必察乎此)　388
<십도십목(十圖十目)>　186
쌍령(雙嶺)　88, 91, 135, 136, 171, 181, 194, 325, 357, 361, 402, 404, 441
쌍옥(雙玉)　518
쌍용(雙龍)　507, 518
쌍죽(雙竹)　136, 161, 169, 175, 179, 247, 262, 271
쌍죽지가(雙竹之家)　403

○ ···········

아주군(鵝洲君)　161
아주인(鵝洲人)　169

호계 신적도의 의리사상과 그 사상적 토대

장 숙 필
(고려대학교 민족문화연구원)

Ⅰ. 들어가는 말

虎溪 申適道(1574~1663)는 정묘·병자호란시 의성지역의 의병장으로 활동한 인물로서 당시 사람들로부터 '韶州의 林壑에 大明日月이 있다.'[1]라는 칭송을 받은 倡義之士이다. 그는 32살에 향시에 수석 합격하였으며, 33살에는 季弟인 懶齋 申悅道와 함께 사마시에 합격하기도 하였지만 47살에 명예직인 氷溪書院의 원장직을 수행한 것 외에는 벼슬길에 나아가지 않고 처사로서 평생을 보낸 산림처사였다.[2]

정묘, 병자호란은 그 이전의 임진왜란에 비해 피해규모는 적었지만 정면으로 대결하여 제대로 싸우지도 못하고 화의를 통해 형제의 맹약을 맺었고, 또 왕이 직접 삼전도에서 고두백배하며 항복하는 등 민족적인 자존심이 상처를 입었다는 점에서 우리에게 큰 상처를 준 전쟁이었다. 이때 호

---

1) 《虎溪先生遺集》 권5, <행장>(이하 《호계집》으로 약칭함.)
2) 호계는 정묘란 창의 이후 그 공을 인정받아 祥雲察訪에 제수되어 잠시 벼슬을 하였지만 이후 59세에 제수된 제릉참봉과 건원릉참봉은 모두 사양하고 나가지 않았다.

계는 산림에 은둔해 있는 선비로서 두 차례나 起義하여 선비가 익힌 의리
의 바른 모습을 보여주었으며, 또 두 차례의 상소를 통해 화의의 부당함을
역설하였다.3) 그러나 뜻을 이루지 못하고 굴욕적인 강화를 맺게 되자 鶴
山의 薇谷에 집을 짓고 은둔하여 책을 읽으며 여생을 보냄으로써 당시 우
리나라의 선비들이 가지고 있던 의리와 강상에 대한 확고한 신념을 행동
으로 보여주었다.

그러므로 그의 은둔은 단순히 세상을 도피하는 은자의 그것과 다르다.
실제로 그의 은둔은 화의에 대한 비판을 표현하는 행동으로서 유가적인
의리실천의 한 면모였다. 이는 그가 <채미헌상량문>에서 '이곳에서 공자
의 ≪춘추≫를 강론하며 만세토록 綱常을 부식하는 곳이 되기를 희망한
다.'고 말하고 있는 것에서도 잘 볼 수 있다. 이런 측면에서 그의 尊明義理
觀과 綱常重視의 의식은 조선조 선비들이 추구하였던 인륜과 의리실천을
중시하는 성리학적 가치관 위에서 수립된 당시 선비들의 의식을 대변하는
것이라는 점에서도 매우 중요한 가치가 있다고 사료된다.

그의 생애와 의병활동의 구체적인 모습에 대해서는 이미 학계에 소개된
바 있다.4) 본고는 그의 이러한 현실대응의 사상적인 토대가 무엇이었는가
를 검토함으로써 17세기 조선사회의 사상적인 토대와 그것이 갖는 사회,
역사적인 의미를 살펴보고자 한다.

---

3) 두 번의 起義와 두 번의 斥和에 대해 <창의록>의 後叙에서 姜蘭馨은 '倡義者가 반드시
   모두 斥和人은 아니며 斥和者가 모두 일찍이 倡義하는 일을 하지는 않았으니 진실로 한
   가지 절의도 오히려 어려운데 두 가지를 다 겸하는 것은 쉬운 일이 아니오, 하물며 한사
   람이 두 번 의병을 일으킨다는 것은 또한 세상에 드물게 있는 것'이라고 칭송하였으며,
   또 '倡義는 두 의병장과 같고 斥和는 三學士와 같으니 그 大義高節은 진실로 천추에 빛나
   고 백세를 면려할 것이다.'라 하였다.
4) 金泰賹, 「虎溪 申適道의 生平과 義兵活動」, 『퇴계학』 제8집, 안동대학교 퇴계학연구소,
   1996.

II. 인물 및 학통

1. 인물

虎溪는 諱가 適道, 字가 士立이며 본관은 鵝洲이다.[5] 鵝洲申氏는 壯節公 申崇謙의 12세손인 申益休가 鵝洲君에 봉해지면서 평산으로부터 分貫되었다. 그의 5세손인 退齋 申祐는 고려가 망하자 冶隱 吉再와 더불어 南下하였는데, 親喪에 泣血하여 雙竹이 생겨나는 이적이 있어 旌閭가 세워지고 涑水書院에 배향되었다. 호계의 5세조인 申錫命에 이르러 비로소 義城 元興洞으로 이주하였다. 조부인 悔堂 申元祿은 龍巖 朴雲과 愼齋 周世鵬, 退溪 李滉, 南冥 曺植의 문하에서 공부하였다. 그는 순흥에서 愼齋에게 贄謁하였고, 그가 창건한 백운동서원과 業儒齋를 보고 돌아와 고향에 長川院과 업유재를 창건하였다. 광해군 7년(1615)에 그의 효행을 인정받아 호조참의에 증직되고 旌門이 세워졌으며, ≪續三綱行實≫에 그 내용이 기록되었다. 그리고 숙종 12년(1686)에 藏待書院에 合享되었다.[6] 아버지인 城隱 申屹은 사승은 없으나 旅軒 張顯光과 樂齋 徐思遠과 친하여 함께 經旨를 강론하였으며[7], 퇴재·회당의 家學을 계승하여 독실하게 이륜을 실천하였다. 임란 시에는 伯氏와 더불어 倡義하였으며 永嘉敎授를 지냈다. 인조7년(1629)에 孝悌忠義로 通政大夫 承政院左承旨에 증직되었다.[8]

虎溪는 정묘, 병자 호란시 두 번 다 의성지역의 의병장으로 활동하였다. 그는 재야 사림의 신분으로서 정묘호란 당시 號召使였던 여헌이 의성현의

---

5) 虎溪의 생애에 대한 내용은 ≪호계집≫ 권5의 <遺事>·<행장>·<墓表>·<墓碣銘> 등을 참고한 것임. 호계의 자세한 생애는 위의 김태안의 논문에 자세히 서술되어 있다.

6) ≪悔堂先生逸稿≫ <年譜> 참조.

7) 城隱은 여헌의 <여헌설>에 대해 <書旅軒說後>를 지어 여헌을 칭송하기도 하였다.

8) ≪城隱先生逸稿≫ <행장>, 城隱은 부모 사후 擧業을 폐하고 날로 洛建諸書를 潛心硏索하였으며, 장여헌 서낙재와 친하여 서로 만나면 문득 經旨를 강론하였으며, 또 <여헌설>을 가져다 벽에 걸어두고 감상하였다고 한다.

의병장으로 추천하자[9] 동지들과 더불어 의병을 규합하여 나아갔으며, 조정에서 이미 강화가 성립되자 義糧을 京司까지 운반하고 대궐에 나아가 상소를 올려 興衰撥亂의 계책을 상주하고 귀향하였다. 병자년에 다시 호병이 침입하자 63세의 노구에도 불구하고 다시 의병장을 맡아 곧바로 군을 이끌고 행재소로 달려갔으나 그들이 廣陵에 도달했을 때는 이미 항복을 한 뒤였다. 이에 다시 상소를 올려 통렬하게 화의의 잘못을 비판하였으며, 벼슬을 거부하고 고향으로 돌아가 薇谷 아래에 몇 칸의 茅屋을 짓고 採薇軒이라 편액을 붙이고 두문불출하며 세사를 끊고 글을 읽으며 만년을 보냈다.[10] 후일 고을 사람들이 그의 大節을 기리기 위하여 철종 7년(1856)에 丹丘書院을 건립하여 그와 그의 季弟인 懶齋 申悅道, 아들인 忍齋 申埰를 함께 봉안하였으며, 고종 4년 '道學高明, 忠節卓異'의 명분으로 通政大夫 吏曹參議에 追贈되었다.[11]

이런 그의 인물됨에 대해 <행장>에서는 다음과 같이 기록하고 있다.

"오호라, 선생은 총명특이한 재질로서 집안 대대로 이어져 온 학문을 계승하여 충효를 기반으로 삼고 敬義를 절도로 삼아 쉬지 않고 힘써 항상 얻지 않고서는 그만두지 않는 뜻이 있었다. 師門에 나아가서는 더욱 旨訣을 講明하는 데 힘써 《중용》《대학》 두 책을 취하여 장절마다 圖를 그려 학자들의 指南이 되게 하였다. 날마다 晩悟, 懶齋 두 동생과 더불어 唱和하며 서로 즐거워하였으며, 또 李蒼石(埈), 鄭桐溪(蘊), 趙龍洲(絅), 全沙西(湜), 金鶴沙(應祖), 柳修巖(袗)과 도의지교를 맺어 만년에 이르기까지 막역하였다. 일찍이 氷溪의 수석을 좋아하여 一鄕의 동지들과 더불어 長川院宇를 移設하고 藏修하는 장소로 삼았으며, 과정을 엄격히 수립하여 권권하게 학교를 일으키고 영재를 기르는 것으로 임무로 삼았다.[12] … 어버이를 섬김에 그 효를 지극히 하였고 형

---

9) 《호계집》 권3, <창의록> '誌略' "余於丁卯之亂, 被旅愚兩爺所敦迫, 猥忝本縣糾義之長…"
10) 호계는 '採薇歌'에서 "大明宗周여 홀연히 쇠미해졌구나, 胡로써 華를 바꿈이여 그 그릇됨을 알지 못하도다."라 하며 청과의 화의를 비판하고 있다.(《호계집》 권1)
11) 《호계집》 권5, <墓表後識>

제들과 화목함에 그 즐거움을 다하였다. 이륜에 돈독함이 이와 같았기 때문에 그것을 임금에게 옮겨감도 또한 그러하였다.…”13)

즉 호계는 가학의 계승과 사문의 가르침으로 학문을 이루었으며, 또 후생의 교육에 공이 있었다는 것, 그리고 그 학문의 실천은 이륜의 돈독함으로 나타나 그것이 임금에게 옮겨가 충의지절로 드러나게 되었다는 것이다. 또한 <행장>에서는 그의 충의지절의 연원이 그의 학문에서 비롯된 것임을 설명하여 '이러한 충의지절과 적개의 용기는 갑작스럽게 엄습하여 취한 것이 아니오 평일에 학문한 것으로부터 나온 것이니 여기에서 晦翁의 가학의 아름다움과 한강, 여헌이 바르게 교화하고 인도한 것이 스스로 속일 수 없는 것이 있다.'고 하여 가학과 사문의 가르침을 제시하였다.

그리고 그의 충의지절과 강상실천의 모습에 대해 <묘갈명>에서는 '불행히도 국가에 遭淵의 수치14)가 있어 다시 어떻게 할 수 없게 되자 소를 올려 화의를 배척하여 천하의 대의를 밝히고 드디어 다시 도를 가슴에 품고 학산의 양지쪽에 은거하여 悽愴하게 채미가를 부르며 스스로 바다를 건너 떠나려는 뜻을 붙였으니 이는 대개 문무를 겸한 온전한 재질로서 충의의 뜻을 떨쳐 강상의 중함으로 자임하고 명성의 말단에 뜻을 두지 않은 것이다.'15)라 하여 그의 충의지절과 말년의 은둔을 칭송하여 강상을 실천하는 일관된 행위였다고 평가하였다. 의리와 강상을 중시하는 그의 가치관과 기개를 보여주는 일화로는 인목대비를 유폐시키는데 가담했던 鄭造의 이름을 칼로 깎아낸 기록이 남아 있다. 그의 나이 47세에 氷溪書院의

---

12) 호계는 조부가 업유재를 세운 이후로 의성지역이 집집마다 絃歌의 소리가 있고 선비는 揖讓할 줄을 알게 되어 鄒魯에 부끄럽지 않다는 칭송을 듣게 되었다고 하여 조부의 유업에 굉장한 자부심을 갖고 있었으며, 이를 이어 자신도 후생의 교육에 전념하였다.(≪호계집≫ 권1, <與業儒齋會中>)
13) ≪호계집≫ 권5, <행장>(拓菴 金道和 作)
14) 조선이 청나라와의 싸움에서 패전한 것을 가리킴.
15) ≪호계집≫ 권5, <묘갈명>

원장으로 있을 때 당시 방백이었던 鄭造가 그곳에 이르러 이름을 쓰고 돌아갔는데, 이를 안 선생은 "滅倫亂賊이 어찌 잠시라도 사림들과 섞일 수 있단 말인가?" 하면서 그 이름을 칼로 깎아내었다는 것이다.[16]

2. 학통

그의 충의지절이 평소에 학문한 것으로부터 나왔다고 한다면 먼저 그의 학문연원을 살펴볼 필요가 있을 것이다. 호계는 당대 의성지역을 대표하는 사림으로 인정을 받은 인물로서 그의 학통은 한강과 여헌, 그리고 가학의 계승이라는 세 측면으로 나누어 볼 수 있다.[17] 먼저, 寒岡 鄭逑 (1543~1620)와의 사승관계에 대해 살펴보면, <유사>에서는 '임란을 겪고 난 후에도 오히려 위기지학에 뜻을 두어 한강에게 나아가 연원지학에 대해 배웠다.'[18]라 하였으며, <행장>에서는 '장성하여 한강 정선생에게 나아가 학문하여 긴밀하고 절실한 가르침을 들었으며 지식이 날로 풍부해졌다.'라고 기록하고 있다. 그렇다면 그가 퇴계의 嫡傳이라고 평가한 寒岡으로부터 배운 구체적인 내용은 과연 무엇인가? 그 자신의 말에 따르면, '십수년간의 가르침으로 義理之辨과 名實之分을 듣고 吾人事業에 내외대소의 구별이 있는 것을 대략 엿볼 수 있게 한 것'[19]이오, 또한 '나를 예로써 가르쳐 나로 하여금 의거하여 실천할 것이 있게 한 것'이다. 그래서 그는 '힘써 道脈을 扶植하여 선비들의 추향할 바를 바르게 하였다.'[20]고 한강을

---

16) 정조는 광해군대에 인목대비를 유폐하는데 가담했던 인물이었다. 인목대비를 유폐한 일은 인륜을 중시하던 당시 선비들의 반발을 사게 되고 결과적으로 인조반정을 성공시키는 명분이 되었던 것이다.

17) 행장에 따르면, 그는 한강과 여헌의 문하에서 배웠으며, 또 을사년 향시에 장원으로 급제하였을 때 서애 류성룡이 그 답안을 보고 '의리가 條暢하니 世儒가 미칠 수 있는 바가 아니다.'하였고, 우복 정경세도 '신적도는 견식이 端的하여 족히 吾黨의 矜式이 될 만하다.'라 하였다고 하여 그가 당시 영남에서 인정을 받았다는 것을 말하고 있다.

18) 임란이 일어난 것은 그의 나이 19세 때이다. 따라서 한강에게 나아가 배운 것은 25,6세 정도였을 것이다.

19) ≪호계집≫ 권1, <上寒岡鄭先生>

칭송하였다.

또한 호계는 자신이 寒岡에게 종유하였을 뿐만 아니라, 寒岡을 주자와 퇴계의 적전으로 이해함으로써[21] 퇴계의 학문과도 연결되는 것으로 평가된다.[22] 실제로 17세기 영남의 유학자로서 퇴계학을 존숭하고 계승하는 모습은 그의 문집 곳곳에서 산견된다. 예를 들면 그는 한강에게 보낸 편지에서 '주자의 학문이 백세이후 퇴계를 기다려 바름을 얻게 되었다.'[23]라 하여 ≪주자서절요≫를 높이 평가했으며, 또 도산서원에 가서 ≪퇴계집≫을 강론하고는 퇴계에게 직접 배우지 못한 것을 한스러워한다는 시를 읊기도 하였다.[24] 뿐만 아니라 회재를 칭송하여 '주자의 單訣을 계승하여 吾東에서 正學이 다시 일어나게 했다.'라 하며 회재의 <一綱十目疏>, <進修八規>, 태극설 등을 거론하기도 하였다.[25]

또한 그의 가학도 퇴계학과 연결되는 것으로 설명되기도 한다. 이런 입장은 <창의록>의 발문에 분명히 드러나고 있다. 즉 발문을 지은 張錫英은, '공은 退齋의 집안에서 태어나 이미 두 임금을 섬기지 않는 의리에 대해 들었고, 할아버지인 悔堂으로부터 陶山의 연원을 계승하였으며, 아버지인 城隱으로부터 王事가 마땅히 급하다는 것을 알게 되었으니[26] 家學이 바르며 心法에 요체가 있었다.'고 하여 愼齋의 절의, 悔堂의 퇴계학 계승 및 城隱의 의병정신을 열거하고 있다. 실제로 조부인 悔堂 申元祿은 愼齋에게 집지하고 나중에 퇴계에게 종유하였으며,[27] 父 城隱 申仡은 두 차례

---

20) ≪호계집≫ 권2, <祭寒岡先生文>

21) ≪호계집≫ 권1, <寒岡先生輓> "嫡傳退老心, 悟解晦庵帙."

22) 김태안은 위의 논문에서 호계를 '학맥상으로는 퇴계의 문하를 출입하였던 회당 신원록으로부터 가학을 전수받고 한강 정구의 문하를 좇아 수학함으로써 퇴계의 재전제자 계열에 속한 안동처사층의 재야사림임에 분명하였다.'고 하였다.

23) ≪호계집≫ 권1, <上寒岡鄭先生>

24) ≪호계집≫ 권1, <謁陶山院仍講先生集> "顧余生晚陶鎔後, 恨未當年化雨滋."

25) ≪호계집≫ 권1, <讀晦齋先生集有感> "紫陽單訣紫溪承, 正學吾東復日昇."

26) 호계의 아버지도 임란 때 伯氏와 더불어 의병으로 활동하였다.

27) 김학수는, 회당이 학자로 성장하는데 신재가 결정적인 영향을 끼쳤으며, 그를 통해 도학

나 상소하여 회재와 퇴계를 옹호하였다.28) 그러나 회당이 신재에게는 心
喪 三年을 행하고 퇴계에게는 加麻를 하였다는 것을 보면 영남의 학자로
서 회재, 퇴계의 학통을 계승하지만 자기의 스승으로 인정한 사람은 신
재였다고 할 수 있을 것이다.29) 그러므로 호계와 퇴계의 관계는 가학과
의 연결보다 한강으로 계승된 영남학파의 전통을 이은 것으로 보아야 할
것이다.

여헌과의 사승관계는 그의 나이 30살 때 旅軒 張顯光(1554~1637)이 의
성에 부임하자 經을 잡고 나아가 問難한 것으로부터 시작한다. 그리고 41
세 때 부모상을 당하여서는 모든 儀節을 여헌에게 물어 상례에 조금도 유
감이 없게 하였다.30) 또한 호계는 그의 학문 뿐 아니라 倡義와 만년의 은
둔이 모두 여헌과 관련된 것으로 평가된다. 즉 그가 정묘호란 때 의성현의
의병장이 된 것도 당시 號召使였던 여헌의 추천에 말미암은 것이었으며,

<hr>

에 뜻을 두게 되었다고 하고, 또한 서재, 서원의 건립을 통해 의성지역의 유풍을 진작시
키게 되는 것도 신재와의 사제관계에 인한 것이라 평가한다. 그러나 퇴계와의 관계는
1543년의 만남 이후 1549년 풍기 임소로 찾아가 사제관계를 돈독히 하였지만 학문적
수수관계는 분명치가 않다고 하였다.

28) 그는 59세 때 당질 弘道와 더불어 <請流高敬履仍請五賢從祀疏>를 올려 五賢에 회재가 포
함되어야 함을 역설하였고, 62세에는 <請辨鄭仁弘誣詆文純公李滉疏>를 올려 퇴계를 옹
호하였다.(≪城隱先生逸稿≫ 권1)

29) 김태안은 위의 논문에서 회당이 퇴계사후 심상 삼년을 하였다고 했으나 사실과 다르다.
≪悔堂集≫ <墓誌>에서는 "갑인년 周愼齋가 易簀하였을 때 달려가 곡하고 心喪三年을
했다."고 하였으며, <墓表>에서는 "공은 젊어서부터 愼齋, 退陶, 南冥세선생의 문하에 종
유하여 학문하는 大方을 들었다."라 하였고, <연보>에서는 퇴계 사후 加麻를 했다고 기
록하고 있다. 또 <師友錄> '退溪條'에서는 "대개 선생의 학문은 신재로부터 發端啓關하
였으나 誠身은 궁리에 근본하고 上達은 下學에 말미암는 것임을 알아 일용이륜의 사이에
서 종사하여 부지런히 힘써 나이가 들어가는 것을 알지 못했던 것은 실로 퇴계의 문하
에 왕래하며 훈도된 힘이다."라고 하였고, 權相一(1670~1760)은 <사우록> 跋文에서
"선생의 학문은 신재에게서 발단하고 남명에게서 觀感하였으며 만년에 덕으로 나아감은
퇴계의 훈도에서 얻은 것이 실로 깊다."라고 하였다. 그러나 李光庭(1552~1627)이 쓴 회
당의 <행장>에는 퇴계에 대한 언급이 없다. 회당의 사승관계에 대해 자세한 것은 김학
수의 「17세기 영남학파 연구」(한국학중앙연구원 박사학위논문, 2008) 122~128면을 참
고할 것.

30) ≪호계집≫ 권5, <유사> "甲寅疊遭內外艱, 哀毀幾滅性, 禀問儀節於旅軒先生, 而行之無所遺
憾." <행장>에도 같은 내용이 실려 있다.

특히 병자호란 이후 화의를 반대하고 학산의 미곡으로 은둔한 것도 여헌
의 가르침을 실천한 것이라는 것이다.31) 실제로 아주신씨 가문은 의성지
역 여헌학단의 핵심이었다.32) 그는 동생 晩悟 申達道, 懶齋 申悅道와 더불
어 3형제가 함께 여헌의 문하에서 공부하였으며, 막내 동생인 悅道는 여문
십현 중의 한 사람으로 꼽히는 여헌의 핵심제자로서 <拜門錄>을 남기기
도 하였다.33) 達道는 여헌 뿐만 아니라 月川 趙穆34)과 西厓 柳成龍의 문하
에도 출입하면서 학문을 익혔으며,35) 悅道 또한 한강 정구, 愚伏 鄭經世의
문하에도 출입하면서 학문을 넓혀갔다. 이런 것으로 보면 호계의 형제들
은 널리 퇴계의 문인들에게 나아가 배우기도 하지만 동시에 의성지역의
여헌학단의 핵심으로서 여헌과의 학문 수수관계가 긴밀했다고 할 수 있다.
　물론 호계 자신에게 한강과 여헌을 구별하는 학파적인 의식은 없었다고
보인다.36) 그러나 두 사람에 대한 제문과 편지 등을 종합해보면 학통은 여
헌을 계승한 것으로 보는 것이 더 타당하다고 여겨진다. 즉 그는 제문에서

---

31) ≪호계집≫ 권4, <창의록발> "우리 선조가 東洛에서 倡道할 때에 공이 문하에 나아가
　　講業하여 누차 獎許를 받았고 저 天綱이 땅에 떨어지고 冠屨의 상도가 바뀌는 때에 이르
　　러 우리 선조는 영양으로 숨었고 공은 鶴山의 절개를 지켰으니 공과 같은 사람은 가히
　　하나를 섬기는 도를 다하였으며 그 가르침을 받은 바를 족히 그 사생활에서 발휘하였다
　　고 할 수 있다."
32) 김학수에 따르면 신원록의 손자인 詠道, 志道, 適道, 達道, 悅道와 증손인 均, 埰 등 일문
　　七人이 여헌을 사사했다고 한다.(「17세기 영남학파 연구」 참조)
33) 열도는 15세 때 여헌이 의성현령으로 부임하자 본격적으로 가르침을 받았으며, 23세에
　　다시 인동의 남산으로 찾아뵙고 가르침을 받았다. 여헌과의 관계에 대해 ≪懶齋集≫ 권
　　9, <附錄> '行狀'에서는 "여헌의 동정 하나하나에 대해 깊이 살피고 상세하게 기록하
　　여 모범으로 삼았으며, 그의 죽음에 이르러서는 선비들을 이끌고 서원을 세우고 제사를
　　모심으로써 崇報의 의리를 다하고 사문을 흥기시키는 것을 자기의 임무로 삼았다."고
　　하였다.
34) 月川은 신적도의 할아버지인 梅堂과 주세붕의 문하에서 함께 배운 친구로서 이런 인연
　　으로 晩悟가 월천의 문하에 나아가 배우게 되었다.
35) ≪懶齋集≫ 권7, <墓誌> '仲氏晩悟公墓誌', "월천 조선생과 서애 유선생을 배알하고 心學
　　之訣을 들었으며, 다시 여헌 장선생을 따라 理氣分合 등의 학설에 관해 講質하였다"
36) 호계는 李民宬의 만사에서 "遊於寒旅道彌"이라 하여 한려를 병칭하고 있다.(≪호계집≫
　　권1, <輓李敬亭民宬二首>)

여헌에 대해 주공과 공자의 바른 실마리이며 洛建(정주학)의 眞源이며, 천인지학과 성명의 원천에 대해 明誠이 互進하고 체용을 다 갖추었다고 극찬하였으며,37) 또 그의 시에서는 여헌으로부터 易理가 단지 일용사이에 있다는 것을 알게 되었다고 술회하기도 하였다.38) 그리고 여헌에게 보낸 편지에서는 실제 공부상에서 생기는 문제점들을 아뢰면서 이렇게 공부를 제대로 해내지 못하면 문하에 죄가 되지 않을까 두려우나 다행히 그 배우고자 하는 정성을 불쌍히 여겨 시종 가르침을 내려주는 것에 대해 감사한다고 말하기도 하였다.39) 그러므로 호계는 영남학자로서의 기본입장을 갖고 있었지만 학문적 연원의식의 중심은 여헌에게 있었다고 보아야 할 것이다.40)

III. 강상의 실천과 존명의리

1. 강상과 의리

호계가 생존했던 시대는 내정의 혼란과 더불어 임진왜란(1592), 정묘호란(1627), 병자호란(1636) 등 계속된 외침으로 인해 국가의 존립기반마저 흔들리던 때이다. 조선조는 주자학을 관학으로 채택하고 민본, 위민의 이상 정치 이념을 중심으로 합리적인 정치를 표방하면서 출발하였다. 그러나 15세기 중반에 이르면 이미 훈구세력의 권력남용으로 인한 사회문제가 거론되기 시작한다. 즉 세조(1455~1468 재위) 이후부터 부패한 훈척 및 척족

---

37) ≪호계집≫ 권2, <祭旅軒先生文>
38) ≪호계집≫ 권1, <拜旅軒先生于巖齋因感繫辭有感>
39) ≪호계집≫ 권1, <上旅軒張先生>
40) 김학수는 호계의 학통에 대해 "일찍이 정구를 사사하여 성리학을 배웠고, 퇴계학의 현양 차원에서 정구에게 ≪주자서절요≫의 속간을 촉구하고, 정구의 ≪오선생예설분류≫를 사문의 盛事로 평가할 만큼 학문적 유대가 깊었지만 연원의식의 중심은 역시 장현광에 있었다."고 하였다.(「17세기 영남학파 연구」, 128면)

들에 의한 농장의 확대는 농법개량 등으로 비롯된 경제적인 변화와 맞물려 기존의 사회질서가 무너지기 시작하는 주요원인이 되었다.41) 여기에서 재지사족이 중심이 된 사림들은 훈척 및 척족들의 전횡을 비판하고 유가 본래의 도덕적이며 합리적인 정치를 회복함으로써 이런 문제를 해결하려 하였다. 사림파 인물들의 ≪소학≫ 실천운동 등 수기의 강조는 결국 수기 치인지학으로서의 성리학적 가치관에 근거하여 통치계층의 철저한 수기 위에서 당대의 문제가 근원적으로 해결될 수 있다는 문제의식에서 비롯된 것이다.

사림이 중앙정계에 본격적으로 진출하기 시작한 것은 성종16년(1485)부터이다. 이 때 진출한 사림은 길재의 학통을 계승한 김종직을 비롯한 영남사림이 그 중심이었다. 그러나 사림파의 훈구세력에 대한 비판과 견제는 士禍로 인해 선비들이 희생됨으로써 좌절되고 위축되었다. 중종반정 이후 다시 등장하게 된 기호사림은 靜庵 趙光祖(1482~1519)를 중심으로 유가적인 이상정치인 至治의 실현을 표방하며 咸與維新의 실천으로 훈구세력의 부패를 막고 사림의 적극적인 정치참여로 새로운 정치를 열어갈 것을 역설하였지만 이 또한 기묘사화로 좌절된다. 영남사림의 전통을 계승한 회재 이언적(1491~1553)도 유가 본래의 이상정치를 구현할 것을 왕에게 촉구하고 훈척들을 權奸, 奸凶이라고 표현하며 심하게 배척하였으며, 유가 본래의 민본의 정치이념을 천명함으로써 훈척들의 전횡과 착취에 반대하였다.42)

그러나 사림들의 훈구세력에 대한 비판과 견제는 사대사화를 겪으면서 위축되었고, 이에 적극적인 출사보다 은거자수하는 풍조가 성행하게 된다. 여기에서 그들이 신봉하던 유가적인 의리에 대한 학문적인 탐구가 철저해

---

41) 자세한 것은 이태진의 『한국사회사연구』(1986), 『조선유교사회사론』(1989)을 참고할 것.
42) 이런 모습은 회재의 <一綱十目疏>(≪회재선생집≫ 권7), <弘文館上疏>(≪회재선생집≫ 권12) 등 그의 많은 글에서 보인다. 자세한 것은 졸고 「16세기 유학적 수양론과 경세론의 연관구조」(『동양철학』 제14집, 2003)를 참고할 것.

지게 되었으며, 그 결과 조선 유학은 수기치인의 실천뿐만 아니라 학문적으로 깊이 있는 연구가 병행되게 되었다. 이에 조선 유학은 퇴계, 율곡 등을 거치면서 성리학이 조선사회에 확고하게 뿌리를 내리게 되었으며, 이어 유가적인 도덕실천의 근거인 효의 실천규범으로서 喪禮와 祭禮를 제대로 시행하려는 것으로부터 예서의 출간이 활발해지는 예학시대가 열리게 되었던 것이다.

호계는 이와 같은 조선유학의 정착과 계속된 전쟁으로 인한 사회혼란, 그리고 이런 시대적인 문제의 해결방안의 하나로 대두된 예학의 강화 등의 풍조 속에서43) 강상과 의리를 강조하며 擧義를 했던 인물이다. 창이나 칼과 같은 병기를 익히거나 진법, 병법 등을 연구하지 않고 다만 詩書 등의 글을 외우고 예악을 익힌 유자인 호계가 의병장이 되어 전란에 뛰어들 수 있었던 까닭은 바로 그들이 배운 군신부자의 윤리에 근본하여 효제충신의 행실을 다하고자 하는 것이었다. 그러므로 호계의 창의는 당시 조선의 유학자가 가지고 있던 유가적인 의리사상의 현실적인 구현이었다고 할 수 있을 것이다. ≪호계집≫의 <창의록> 서문은 이런 점을 잘 설명하고 있다.

> "'俎豆에 관한 일은 일찍이 들었으나 군대의 일에 대해서는 아직 배우지 못했습니다.'44)라는 것은 공자의 가르침이다. 그렇다면 軍旅는 유자가 힘쓸 바가 아니다. 그러나 또 말하기를 '전쟁에 나가 용기가 없으면 효가 아니다.'45)라 하였으니 무슨 까닭인가? 군자는 배움으로써 도를 구하는 것이니, 그 과정은 詩書를 외우는 것이오, 익히는 것은 예악의 조화와 질서로서 활을 잡고 칼을 휘두르는 기술과 陳을 펼치고 隊伍를 갖추는 법은 달갑게 여기지 않아 배울 겨를이 없는 바가 있다. 그러나 군자가 이른바 도라고 하는 것은 군신부자의 윤리에 근

---

43) 호계는 한강이 ≪五先生禮說≫을 편술한 것은 예가의 완비가 될 뿐만 아니라 실로 사문에 대한 은혜라고 칭송하였다.(≪호계집≫ 권1, <上寒岡先生>)
44) ≪論語≫ <衛靈公>
45) ≪小學≫ <明倫>편 '明父子之親'條

본하여 저 효제충신의 행실을 다하는 것이다. 그러므로 평상시에는 어버이를
편안하게 해드리며 군주를 높이는 일이 있고, 변란이 있으면 나라를 위해 목숨
을 바치고 어른을 위해 죽는 절의가 있다. 이 때문에 임금과 어버이가 변란을
당하면 秉彝의 衷心을 드러내고 의리의 용기를 떨쳐 숫돌로써 칼을 삼고 솜이
불로 갑옷을 삼으며, 손과 발로써 防衛를 하고 祭器로써 그들과 부딪쳐 성공하
면 훈공에 나열되고 실패하더라도 또한 綱常을 붙들어 세우게 된다. 이렇다면
군대의 뜻이 이미 제기 속에 갖추어져 있는 것이오, 전쟁에 나가는 용기도 마땅
히 충효의 일이 되는 것이다.”46)

위에서 말한 바처럼 유가적인 의리를 배운 호계에게 있어 국가의 환난
에 의병을 일으키는 것은 신하된 자로서, 그리고 책을 읽고 의리가 무엇인
지 아는 뜻있는 선비로서 너무나도 당연한 일이다.47) 그래서 그는 평일에
강론하던 유가적인 의리는 단지 君父가 일체라는 것과 忠愛 두 글자일
뿐48)이며, 따라서 의리란 艱危의 때에 오직 자식은 효를 위해 죽고 신하는
충을 위해 죽는 것임을 역설하였다. 그러므로 지금처럼 賊禍가 滔天하는
참혹함이 있고 국세가 누란의 위기에 놓여 있는데 만약 옷소매를 떨치고
일어나지 않는다면 평일에 강론한 바의 의리가 어디에 있겠느냐고 반문하
고49), 또 국세가 위급한 때를 당하여 만약 강개분발하여 忘身衛國하지 못
하고 단지 草間을 향하여 살기를 구한다면 그 의라는 이름이 어디에 있겠
는가50)라 하여 유가적인 의리의 핵심은 강상의 실천에 있으며, 起義는 학
문을 한 선비의 마땅한 행위임을 강조하였다. 이를 그는 다음과 같이 말하
고 있다.

---

46) ≪호계집≫ 권3, <倡義錄> ‘序’
47) ≪호계집≫ 권3, <倡義錄> ‘再諭文’ “況平日讀書之人, 講究義理之學, 辦決於死生之分, 弊屣
捐軀, 徒有向上之誠而已哉.”
48) ≪호계집≫ 권3, <呈右道號召使鄭經世文>
49) ≪호계집≫ 권4, <倡義錄> ‘諭一鄕大小人員文 丙子’
50) ≪호계집≫ 권4, <倡義錄> ‘通諭道內文’

"자고로 독서하여 의리를 강론하는 선비는 모두 君父가 일체이며 충효가 二
致가 아니라는 것을 알아 집안에서 효성스러운 사람은 반드시 임금에게도 충성
한다. 그리고 매번 국가에 변란이 있는 때를 당하게 되면 우러러 부모가 水火
가운데 있는 것처럼 생각하여 급급하게 환난을 구하러 나아가 나라를 보존하기
를 도모하기에 겨를이 없어 자신을 바쳐 순국하는 자가 또한 있는 것이다."51)

그래서 병자년의 起義를 할 때에도 자제들이 연로하다는 이유로 말리
자 '군부가 위태롭고 어려운 때를 당하여 무릇 신하와 자식이 된 자가 어
찌 분수를 잊고 내려다보면서 다만 자신을 보존하려는 계책을 낼 수가 있
겠는가?'52)라 하여 그것이 독서지사의 마땅한 행위임을 강조하였던 것이
다. 그리고 이런 호계의 태도에 대해 <행장>에서도 '천하에 대의를 떨치
고 만세에 彝衷을 격려한 이러한 충의지절과 용기는 갑작스럽게 엄습하
여 취한 것이 아니오 평일에 학문한 것으로부터 나온 것'이라 평가하였던
것이다.

또한 호계의 기의에는 절의를 지키는 것을 선비의 본분으로 여기는 전
통을 계승한 영남 선비로서의 자부심도 포함되어 있다. 그래서 호계는 '의
성은 옛날의 文獻의 지역으로 평일에 가정에서 가르친 것과 향당에서 힘
쓰게 한 것이 충효를 벗어나지 않았으니 군부가 위급한 때를 당하여 어찌
격려, 분발하여 막아 지킬 방법을 생각하지 않을 수 있겠느냐'고 격려하였
다.53) 그러나 물론 수기치인지학으로서의 유학을 익힌 그는 이렇게 나라
를 위기에 빠뜨린 후 의병을 일으키는 것이 수치스러운 일이며, 평소에 나
라를 바로잡아 위기가 닥치지 않도록 하는 것이 선비의 본래 책임임을 분
명히 한다. 그러나 이미 국가가 위기에 빠지게 되었을 때는 그것을 구하기
위해 목숨을 바쳐야 한다는 것이다. 그래서 맹자의 '捨生取義'의 의리사상

---

51) ≪호계집≫ 권4, <倡義錄> '諭一鄉大小人員文 丙子'
52) ≪호계집≫ 권4, <倡義錄> '後識'
53) ≪호계집≫ 권3, <倡義錄> '義所傳令'

을 강조하여 말하기를 '秉彝와 犬馬之誠을 하늘로부터 부여받았고, 죽음과 삶, 熊掌과 물고기 가운데 어느 것이 더 소중한 것인가 하는 의리에 대해 스승으로부터 가르침을 받았으며, 일찍부터 신하된 자가 임금을 위해 죽는 것은 충의에 합당한 것임을 알고 있었으므로 君父의 위험한 상황에 대해 목숨을 헌신짝처럼 버리고 나서지 않을 수 없다.'고 역설하였던 것이다.54)

2. 존명의리와 중화의식

호계가 정묘란에서 내세운 擧義의 또 하나의 명분은 尊明義理이다. 그에게 있어 명은 周의 정통을 계승한 천자국이며, 그에 비해 금은 곧 犬戎이며 海外殊種이오 天西의 異類로서 가죽이나 모직물(韋毳)같은 천한 존재일 뿐이다.55) 그러므로 그에게 있어 금에 맞서 싸우는 일은 扶植하지 않으면 아니 될 천하의 대의이며 떨치지 않으면 아니 될 만고의 강상이라는 것이다. 따라서 강화의 설은 망령된 의론으로서 군덕을 그릇되게 하고 후세에 비웃음을 취할 부끄러운 일이라고 평가한다. 그러므로 강화를 통해 종사와 생령을 보존하려 한다면 조종의 영이 어찌 편안할 것이며 신하된 자의 마음이 어찌 즐거울 수가 있겠는가라고 반문하면서 그것이 불가함을 역설하였다.

호계가 제시한 존명의리의 또 하나의 근거는 임란시의 은혜를 잊지 않는다는 의리정신이다. 이에 먼저 그는 명나라는 우리가 벌써 이백년간 섬겨온 나라이므로 이미 군신의 윤리가 정해져 있다고 주장하면서, 군신간의 大倫은 천지의 常經이오 만고에 바뀔 수 없는 것임을 강조하고 있다.56)

---

54) ≪호계집≫ 권3, <倡義錄> '通諭一鄕士友文 丁卯' "嗚呼不佞, 素以無似, 旣不能匡濟於國家昇平之日, 今乃效忠於患難已生之後者, 非不知爲一大羞恥, 而但秉彝犬馬之性, 得之於天, 死生熊魚之辨, 聞之於師, 早知臣死於君, 忠義所當矣."
55) 이런 입장은 조정에서도 마찬가지다. 왕은 <교서>에서 '金虜小醜'라고 표현하고 있고, 왕세자는 <宣諭三道士民>에서 '胡羯' '禽獸'라고까지 표현하고 있다.

그리고 명나라는 우리가 그동안 섬겨온 나라일 뿐만 아니라 임란시에 우리 백성의 목숨을 구하고 종사를 보존케 한 은혜가 있는 나라라는 것이다.57) 그래서 우리는 명에 대해 군신의 의리와 부자의 은혜가 있으므로 명에 대한 대의를 지켜야 강상이 추락하지 않고 의리가 민멸되지 않을 것이며 춘추대의에 부끄럽지 않을 것이라고 주장하였다.58) 이로 보면 그의 존명의리는 단순한 사대의식이 아니라 우리 백성과 종사를 보존케 해준 은혜를 잊지 않는 의리에 근거한 것이며, 따라서 이러한 의리의 실천이 강상을 무너지지 않게 하는 근본이 된다는 의리정신의 표출인 것이다.

인간에게 있어 의리와 강상의 중요성에 대한 강조는 병자년의 척화소에서 더 강조되고 있다. 그는 먼저 강상이란 비록 천지가 閉塞하더라도 떨어질 수 없는 것이며, 의리는 일월이 비록 어두워지더라도 어두워질 수 없는 것이라고 전제한다. 그리고 자신은 곰발바닥 요리와 생선요리 가운데 어느 것을 취해야 하는지를 아는 의리를 아는 사람으로서59) 종사가 孤島에 의탁하고 大駕가 危城에 파천하는 위급한 때를 당하여 적을 막아내지는 못하였지만 이것이 바로 충신열사가 忘身殉國할 때이며 勇夫와 仁人이 적개심을 품고 환난을 구하러 가야할 때라고 역설하였으며, 또한 그는 군신상하가 힘을 합치면 두려워할 것이 없다고 주장하였다. 즉 임란 때에는 왜적의 창궐이 지금보다 만 배나 더하였으며 팔도가 다 糜爛되어 한 사람도 살아남지 못할 지경에 이르렀으나, 군신상하가 죽음을 각오하고 살기를 바라지 않는 마음으로 대적하자 天心이 화를 내린 것을 후회하고 적들이 자취를 감추게 되어 지금에 이르기까지 대의를 천하에 펼치고 蠻夷 사이

---

56) ≪호계집≫ 권1, <請罷和議疏 丁卯> "臣聞君臣大倫, 天地之常經, 萬古之不易."
57) ≪호계집≫ 권3, <倡義錄> '呈右道號召使鄭經世文' "夫我國之於天朝, 不但有服事之勤, 而亦不敢有一日忘恩者, 昔在壬辰之始訌也. 天朝遂發十萬衆十萬斛, 以救我生靈陷溺之命, 而保有我宗社, 式至于今日休, 此莫非天朝之盛恩也."
58) ≪호계집≫ 권1. <請斥和疏 丙子> "況我國之於天朝, 義爲君臣, 恩猶父子, … 殿下必守威王朝周之大義, 然後綱常賴而不墜, 義理明而不泯, 無愧於春秋, 而有辭於萬世矣."
59) ≪맹자≫ <告子> 상.

에 큰소리를 울리게 할 수 있었으니, 이처럼 왜적을 물리친 것처럼 죽음을
각오하고 싸우면 우주간의 대의를 펼 수 있을 것이라고 역설하였다.

또한 그의 척화론의 또 하나의 근거는 우리는 단군과 기자로부터 비롯된
유구한 역사를 가진 민족이라는 민족적인 자부심이다. 그래서 '천지가 비록
닫히더라도 떨어질 수 없는 것은 강상이오, 일월이 비록 어두워지더라도
어두워지지 않는 것은 의리입니다. 돌아보건대 우리 東土는 단군의 故國이
오 기자의 유허입니다.'60)라고 하였던 것이다. 즉 그의 존명의리는 우리민
족이 가진 문화에 대한 자부심에 근거하고 있다. 이런 문화적인 자부심은
호계뿐만 아니라 당시 조선의 유학자들이 갖고 있던 중화의식의 근거가 되
는 것으로서, 스스로를 문화의 중심으로 인식하는 것이며 그 내용은 예교
및 도덕질서였다.61) 호계는 이런 조선조 유학자들이 갖고 있던 우리의 유
구한 역사에 대한 자부심과 기자조선으로부터 비롯된 예교 및 도덕질서에
대한 자부심을 그대로 계승하여 우리가 소중화임을 역설하고 있다.

> "오호라, 오직 우리 동방은 지역은 비록 編小하나 의관과 문물의 성대함과
> 예악과 교화의 아름다움이 천하에서 소중화라고 칭해진 지 지금까지 천오백 년
> 이나 되었다. 어찌 한번 미친 도적에게 업신여김을 받았다고 해서 곧바로 누린
> 내 나는 가죽과 모직물을 사용하는 사람들의(韋毳) 지역이 될 수 있겠는가?"62)

호계에 따르면 금은 중화질서에 포함되지 않는다. 그는 우리는 의관과
문물, 예악과 교화의 측면에서 소중화라고 자부하고, 유목 기마민족인 금

---

60) ≪호계집≫ 권1. <請斥和疏 丙子>
61) 조선의 소중화의식은 지금까지의 연구에 따르면 임진왜란(1592)과 정유재란(1597), 금의
   침입(1627), 청의 침입(1636), 명의 멸망 등 격변하는 시대 속에서 사대교린이 불가능해
   지자 나타난 것으로, 그 내용은 비록 중화의 발원은 중국이라 할지라도 그 중심을 담당
   하는 시대적 주체가 이미 중국에서 조선으로 이동해 왔다는 것이라 설명하고 있다. 『조
   선유학의 개념들』(예문서원, 2002) 「中華」條 참조.
62) ≪호계집≫ 권4, <창의록> '通諭道內文'

은 예악문물과 도덕질서가 없는 야만이라는 것이다. 그런데 만약 적들과 맞서 싸워 그들을 물리치지 않고 화의를 함으로써 그들의 탐폭하고 싫증낼 줄 모르는 욕심과 반복무상한 성품을 따른다면 우리나라가 모두 犬羊의 땅으로 들어가게 되어 사람들이 모두 변하여 이적의 종류가 될 것이라고 우려하였으며, 그들과 화의를 하면 오히려 후일의 화란이 근본이 될 뿐이라고 주장하였다.

더 나아가 호계는 斥和는 이런 실리적인 문제뿐만 아니라 공자 이래의 춘추의 대의에 합당하다고 주장한다. 이를 호계는 다음과 같이 말하고 있다.

"신이 삼가 생각건대 금일의 화의는 도리어 후일의 화란의 근본이 될 것입니다. 저들의 犬羊과 같은 무례한 습속과 탐폭하여 싫증낼 줄 모르는 성품은 반복이 무상하여 잔인함이 더욱 심해질 것이니 그렇게 되면 이 화의가 과연 능히 종사를 위하여 그 편의를 얻은 것이 될 수 있으며 국가를 위하여 그 태평을 연 것이 될 수 있겠습니까? 신과 같은 어리석은 사람은 평소에 長策이 부족하여 다만 옛날의 전철을 따를 뿐이어서 돌아보건대 임금을 감동시키고 세도를 만회하기에 부족하지만, 다만 백세 이후에 ≪춘추≫가 다시 쓰인다면 아마도 필삭이 마땅히 어떠할지 신은 알지 못하겠습니다. 오호라 大明中洲에 周室이 아직도 존귀하니 엎드려 바라건대 화의를 빨리 물리치고 대의를 펼치십시오."63)

IV. 의리사상의 성리학적 근거

1. 태극설

호계는 기본적으로 주자에서 퇴계로 이어지는 학통을 인정하며, 또 여헌 문하에서 의리실천과 천인지학 및 易理를 배운 영남학파의 학자이다.64)

---

63) ≪호계집≫ 권1, <請罷和議疏 丁卯>
64) 그는 아들 琛에게 보내는 편지에서도 날마다 四書를 읽고 사이사이에 洛閩의 諸書와 退陶遺集을 읽으라고 말하고 있다.(≪호계집≫ 권1, <寄叔兒琛>)

그러나 성리학의 이론가로서의 모습을 볼 수 있는 자료는 별로 남아 있지 않다.[65] 현재 그의 성리설을 볼 수 있는 글들은 <性說>, <心說>, <情意辨>, <志意辨>, <心性情志意辨>, <仁義禮智說>, <無極而太極說>, <陰陽說> 등 8편만이 남아 있다. 그러나 이것들도 어떤 새로운 입장을 제기하거나 이론 논쟁을 위한 자료는 아니다. 다만 그가 이해한 성리학의 기본 입장을 간결하게 정리함으로써 그의 실천의 바탕으로 삼은 것으로 보인다. 그러므로 그의 학자로서의 업적은 이론적인 측면보다 당시 영남지역의 학자들에게 보편적으로 이해된 성리학적인 가치관을 몸소 실천에 옮겼다는 점을 중심으로 살펴보아야 할 것이다.

먼저 주자학자로서의 그의 모습은 <西壁銘>[66]에서 잘 보인다. 여기에서 그는 유가의 도통이 복희씨가 팔괘를 그은 것으로부터 시작하여 요순우탕문무주공을 거쳐 공자로 이어졌으며, 공자의 도는 증자를 거쳐 자사, 맹자로 이어지고, 다시 이것이 秦漢代의 피폐를 거쳐 북송에 이르러 주렴계의 <태극도설>, 정자의 <호학론>, 장횡거의 <서명>, 소강절의 <황극경세>로 전개되었으며, 이것을 이연평이 계승하여 주자에게 전하였고, 이를 주자가 집대성하여 斯道를 강명함으로써 천년토록 환하게 하였다고 함으로써 주자학이 유가의 정통을 계승하였음을 천명하고 있다. 그리고 이런 주자의 학문은 우리나라의 퇴계에 이르러 바름을 얻게 되었다고 함으로써[67] 퇴계가 이해한 주자학을 자신의 기본적인 철학 입장으로 하는 영남유학자의 모습을 분명히 하였다.

그렇다면 호계가 생각하는 복희씨로부터 공자, 주자로 이어지고 퇴계에 이르러 바르게 계승된 그 학문의 핵심적인 내용은 과연 무엇인가? 그가

---

65) 저술에 예설, 講規, 庸學圖庸學疑義, ≪심경≫, ≪근사록≫에 대한 주해 등이 있었다고 하나 전해지지 않는다.(≪호계집≫ 권6, <後叙>)
66) ≪호계집≫ 권2, 14면. 호계는 장횡거의 <서명>과 <동명>을 본떠 <서벽명>과 <동벽명>을 지었다. 이 중 <서벽명>은 유학의 도통을 밝힌 것이다.
67) ≪호계집≫ 권1, <上寒岡鄭先生> "紫陽之百世以俟退陶, 而後得正者."

이해한 주자학의 핵심은 천리를 근거로 하여 인간이 수양을 통해 성현이 되어야 한다는 것이다. 배워서 성인이 되는 학문 즉 聖學이란 성리학시대에 이르러 학자들에 의해 강조되기 시작하였으며68), 이런 성학의 측면은 우리나라의 학자들이 특히 중시하던 것이었다. 이런 점은 퇴계가 선조에게 <성학십도>를 올리고, 율곡이 <성학집요>를 올린 것에서도 잘 볼 수 있다. 호계는 바로 그 성학의 근거를 중시하고 그것을 먼저 분명히 하려 하였다.

북송오자에 의해 밝혀져 주자에 의해 집대성된 성리학의 가치론적 근거는 천리이다. 조선조 유학자들은 양촌의 ≪입학도설≫에서부터 성학의 근거로서 천명의 리를 중시하였으며, 그 천리가 우리의 본성에 본래 갖추어져 있지만 기질의 장애로 인해 그것이 제대로 실현되지 못하는 경우가 있으며, 이 때문에 수양이 필요하다는 것을 강조해왔다. 호계도 태극으로서의 리가 우리의 도덕가치의 근거임을 역설한다. 호계는 <무극이태극설>69)에서 리가 천지만물의 존재와 변화의 궁극적인 근원이며, 사람의 인륜질서 및 모든 행위의 근거임을 밝히고, 이 리와 태극의 관계, 무극과 태극의 관계 등에 관해 간명하게 논하고 있다. 그에 따르면 '무극이태극'이란 하나의 진실한 리를 가리킨 것이다. 태극이란 말은 공자가 처음으로 끄집어내어 이 리가 천지만물의 추뉴, 근원임을 밝힌 것이며, 혹 사람들이 이것을 形狀이 있는 것처럼 볼까하여 周子가 그 위에 無極 두 글자를 더하고 중간에 '而'자를 덧붙여 狀이 없는 가운데 리가 있음을 밝혔다는 것이다. 그러므로 태극이 곧 리이며 모든 존재와 당위의 궁극적인 근원이오, 무극이란 다만 그 태극의 형이상적인 특징을 밝힌 것일 뿐이라는 것이다. 먼저 '무극이태극'에 대한 호계의 설명을 보자.

---

68) 伊川의 <顔子所好何學論>은 이런 입장을 대표하는 글이다.
69) ≪호계집≫ 권2, 6면.

"'무극이태극'의 이 '而'자는 곧 '卽 '자의 뜻으로서 무극이 곧 태극임을 말하는 것이니 다만 한 개의 진실한 리인 것이다.…사람에게 있어서는 군신, 부자, 형제, 부부와 어묵동정, 應事接物이 하나라도 이 리가 아님이 없다. 이 때문에 하늘과 땅과 사람에게 속하는 것들이 하나라도 태극을 벗어나 스스로 一物을 이루는 것은 없는 것이다.…'대저 천지간의 만물과 만사가 애초에 어찌 능히 본래 有로부터 있게 되었겠는가? 본래 無로부터 있게 된 것이다. 이 때문에 無 가운데에 所以然의 까닭과 所當然의 법칙이 갖추어져 있으니 그것을 억지로 이름하여 理라고 하며, 그 리가 至中, 至正, 至精, 至純, 至神, 至妙한 것을 또 억지로 이름하여 極이라고 한 것이다. 그런데 만약 단지 무극이라고만 말하면 空寂에 빠져들까 두렵고 또 다만 태극이라고만 말하면 마치 형상이 있는 것처럼 여길까 두려운 것이다. 그래서 무극태극을 병칭하고 그 사이에 '而' 자를 둔 것이니 그런 연후에 무극이 공적이 되지 않고 태극이 형상이 있는 것으로 돌아가지 않으니 상하의 극자는 하나의 극이 되며 무는 무가 아니고 태는 태가 아니어서 가히 萬化의 근본과 吾道의 본체가 될 수 있는 것이다."70)

이런 그의 <무극이태극설>은 주자에서 회재, 여헌으로 이어지는 태극에 대한 이해를 계승한 것이다. 주자는 주렴계의 <태극도설>에 대한 주석에서 태극을 곧 리라고 해석하였다. 그리고 上天의 일은 소리도 없고 냄새도 없으나 실로 조화의 추뉴이며 품휘의 근저이기 때문에 '무극이태극'이라 한 것이지 태극 밖에 다시 무극이 있는 것이 아니라고 하여 무극은 단지 태극의 속성을 표현하기 위한 것이오, 태극은 궁극적인 근원자로서 곧 리임을 분명히 하였다.71) 호계는 이런 태극에 대한 주자적인 해석을 그대로 계승하고, 더 나아가 태극이 곧 현실적인 모든 도덕과 당위의 근거임을 강조하는 회재의 입장도 그대로 계승하고 있다.

회재의 태극논쟁은 태극이 현실적인 도덕과 당위의 근거로서 일상을 떠난 것이 아님을 강조함으로써 현세적인 유가윤리의 정당성을 밝히려 하는

---

70) ≪호계집≫ 권2, <無極而太極說>
71) 周敦頤 ≪周敦頤集≫ 권1, 3면, <태극도설> 朱子註 참조.(중화서국, 1990)

것이 그 핵심이었다. 그래서 회재는 태극은 곧 무극으로서 비록 무형상무방소의 것이지만 그 속에 본래 名數의 구분과 현실적인 倫序의 이치가 갖추어져 있으므로 현실적인 도덕의 근거가 되며 소당연의 근거로서 사람들이 날마다 행하는 상도를 벗어난 것이 아니라고 역설하였던 것이다.72) 그리고 이런 회재의 입장, 즉 태극이 천지만물의 소이연일 뿐만 아니라 인간도덕과 소당연의 근거라는 것을 역설함으로써 일용의 常道가 갖는 가치를 분명히 한 것에 대해 퇴계는 '吾道의 本源을 천명하였다.'고 칭송하였던 것이다.

여헌도 태극이 바로 우리 인간의 도덕과 소당연의 근거라는 이해를 계승할 뿐만 아니라 한걸음 더 나아가 태극을 '도덕의 두로'라 표현함으로써 태극이 바로 인간도덕의 원천임을 강조하고 있다. 그리고 태극이 인간의 도덕과 윤리의 근거가 됨을 <태극설>, <무극태극설>, <태극설부록> 등의 글을 써서 자세히 논증함으로써 유가적인 도덕의 근거를 분명히 하려 하였다.73) 여기에서 여헌은 공자의 '易有太極', 주렴계의 '無極而太極', 주자의 '태극이란 상수는 드러나지 않았지만 그 리가 이미 갖추어진 것을 칭하는 것이며, 형기는 이미 갖추어 졌으나 그 리가 조짐이 없는 것을 가리킨 것'이라는 해석을 인용하고, 뒤이어 '태극이란 도덕의 頭顱이다.'라는 말을 덧붙임으로써 특히 태극이 갖는 도덕의 근거로서의 의미를 강조하였던 것이다.74)

호계는 바로 이런 주자, 회재, 여헌으로 이어지는 태극에 대한 이해를 계승하여 태극이 만물의 근원이며 萬化의 근본이오 吾道의 본체임을 강조하고, 그 본체는 비록 우리의 인식을 벗어난 형이상의 것이지만 현상세계의 어느 것도 이것을 벗어나 있을 수 없다는 것과 또한 실제세계의 구체

---

72) ≪회재선생집≫ 권5, <書忘齋忘機堂無極太極說後> 참조.
73) ≪여헌선생전서≫ 下, <성리설> 44~74면.
74) 졸고, 「여헌의 태극설에 나타난 도덕지향의식」, 『유교사상연구』 제 27집, 2006. 참조.

적인 도는 우리의 인식을 벗어난 형이상의 원리에 근거하고 있지만 그럼
으로써 오히려 절대적인 의미를 지니게 된다는 것을 리, 태극, 무극에 대
한 설명을 통해 역설하였던 것이다.

2. 성정론과 수양론

그의 성설은 정주학의 대표적인 명제인 '성즉리'의 전제위에서 출발한
다.[75] '성즉리'란 맹자적인 성선의 근거를 이기론적으로 밝히려는 것이다.
이런 성선의 입장을 계승한 호계는 비록 성에는 본연과 기질의 둘이 있지
만 본연지성만이 성의 본래적인 모습이라고 주장한다. 즉 호계에 따르면
본연지성은 곧 인의예지로서 모든 인간에게 보편적인 도덕성이며, 기질지
성은 성이 기질 속에 떨어짐으로써 서로 차이가 있게 된 것이다. 그러므로
이 둘을 두개의 대등한 성으로 보는 것은 잘못된 것이며, 마치 물이 애초
에 청탁이 없는 것처럼 성의 본래 모습은 선이라는 것이다. 다만 성을 논
한 것이 다양한 것은 성현들이 성을 논한 것에 본연만을 오로지 지적한
것이 있고, 기질을 겸하여 말한 것이 있으며, 심지어 기일변만을 말한 것
도 있기 때문일 뿐이다. 그러므로 현실적인 인간의 다양한 차이에도 불구
하고 인간의 본래적인 본성은 도덕성이라는 것이다. 이를 그는 다음과 같
이 말하고 있다.

> "張子는 말하기를, '형체를 가진 이후에 기질지성이 있게 되니 잘 돌이켜보
> 면 천지지성이 있다.'라 하였고, 程子는 말하기를, '성을 논하면서 기를 논하지
> 않으면 갖추어지지 않고 기를 논하면서 성을 논하지 않으면 분명하지 못하다.'
> 라 하였으니 두 사람이 성을 논한 것이 명백하여 쉽게 깨달을 수 있다. 그러나
> 후세의 학자들은 도리어 본연지성과 기질지성을 곧 두 개의 대등한 성으로 나
> 누어 보니 이것이 어찌 성을 아는 것이겠는가? 대저 先儒가 물로써 성을 비유

---

75) ≪호계집≫ 권2, <性說> "性者人心所具之天理."

한 것이 많다. 물이라는 물건은 돌 사이에 흐르는 것은 맑고 진흙에 부딪치면
탁하게 되지만 그 처음의 물의 근원을 소급해 보면 어찌 이것은 맑고 저것은
탁한 것이어서 그렇겠는가? 지금 물로써 성을 살펴보면(성이 본래 선한 것임을)
가히 알 수 있다."76)

즉 호계는 성선의 전제 위에 도덕성이 성의 본래적인 모습임을 강조하
고, 다만 현실적으로 사람의 성에 善惡, 昏明, 剛柔의 차이가 있는 것은 사
람이 품수한 기의 淸濁, 粹駁, 偏全, 通塞에 의한 차이일 뿐이며, 따라서
모든 사람의 대본은 동일하므로 누구든지 노력만 하면 악을 선으로, 혼을
명으로, 유를 강으로 만들 수 있다는 것을 강조한 것이다. 다시 말하면 그
는 모든 인간에게 보편적인 도덕성이 갖추어져 있는 점을 중시하고 불선
의 원인을 가변적인 기질에 돌림으로써 수양의 필요를 강조하는 것이다.
이는 성선을 근거로 하여 현실적인 불완전을 수양을 통해 변화시켜나가야
한다는 전형적인 성리학자의 모습이라 볼 수 있다.

　<인의예지설>은 인간을 인의예지의 도덕성을 중심으로 이해하는 그의
입장을 잘 보여주는 글이다. 그는 태극의 동정과 음양의 變合으로 만물이
화생함에 만물가운데 오직 인간이 그 빼어난 것을 얻어 가장 영묘하게 되
었으며, 사람이 최령자가 된 까닭은 인의예지의 성을 얻었기 때문일 뿐77)
이라 하여 인간의 인간됨의 소이는 그가 가진 도덕성에 있음을 분명히 한
다. 그는 또한 여기에서 인의예지는 각기 다른 면모가 있고 다른 맥락이
있지만, 그러나 '인의예지는 본래 一理가운데에서 분별한 것'78)이라 하여
그것의 분별보다 그 일리의 측면을 중시하고 있다. 리는 곧 태극으로서 우
리가 성현이 될 수 있는 근거이므로 그것이 하나의 리임을 강조하는 것은

---

76) ≪호계집≫ 권2, <성설>
77) ≪호계집≫ 권2, <인의예지설> "惟人得其秀而最靈, 人之所以最靈者, 天與人受之際, 得其仁
　　義禮智之性故耳."
78) ≪호계집≫ 권2, <인의예지설> "然仁義禮智, 本一理中分別者也."

태극이라는 도덕의 근거를 중시하려는 입장이라 할 수 있다.

이처럼 도덕적인 가치의 근거인 리를 중시하는 그는 음양도 리에 근본하여 기가 된 것[79]이라 주장한다. 그래서 비록 음양은 구체적인 사물이 있고난 이후 升降, 屈伸, 通變, 消長하여 천지인물의 종시가 되는 직접적인 원인이지만 그 음양도 리에 근본하여 기가 된 것이라 하여 리를 기의 원인으로 이해하는 입장을 고수하게 되는 것이다. 이는 곧 태극이 만화의 근본이며 오도의 본원이라는 태극에 대한 도덕적인 이해를 계승한 것이며, 또한 이 태극이 음양을 생했다고 보는 퇴계적인 이선기후의 입장[80]을 계승한 것이다.

그의 〈동벽명〉[81]은 성현이라는 인생의 목적과 그 실현가능성을 밝힌 것이다. 즉 만물의 영장인 인간은 천리를 온전히 실현하여 성현이 되어야 한다는 것, 그리고 인욕으로 인해 명경지수와 같은 본체가 오염되고 혼탁해지지만 본체는 다 없어지지 않아 사단으로부터 미루어나가 내외를 交修하고 顯微에 틈이 없게 쉼 없이 공부해나가면 성현이 될 수 있다는 것을 말한 것이다. 주자적인 存天理遏人欲의 수양방법을 계승하고 있는 호계는 천리와 인욕을 중심으로 성인과 愚者를 구분하고 인욕을 극복해야 할 대상으로 파악하고 있다. 그는 사람이 만물가운데 가장 귀한 까닭은 사단을 똑같이 부여받았고 칠정을 모두 갖추고 있기 때문이라고 명언하고, 성인은 천리를 온전히 보존하고 있는 사람이며 愚者는 인욕이 뒤섞인 사람일 뿐이지만 이런 호리의 차이가 천리만큼 어긋나게 된 것이라 하여 인욕을 철저히 부정하는 입장을 고수한다. 그러나 외물이 비록 끌어당기더라도 본체는 다 없어지지 않는 것이므로 그 본체에 인하여 사단을 드러내어 밝혀나가면 그 실마리를 미루어 갈 수 있으니 한 순간도 소홀히 해서는 안

---

79) ≪호계집≫ 권2, 〈음양설〉 "陰陽者, 本乎理而爲氣."
80) 태극과 음양의 관계에 대해 율곡은 태극 속에 음양이 본래 갖추어져 있는 것이라고 본다.
81) ≪호계집≫ 권2, 14면.

된다고 역설하였다. 여기에서 호계는 사단을 도덕실현의 핵심으로 이해하는 호발설의 입장을 계승하고 있음을 잘 볼 수 있다.

또한 구체적인 수양공부의 방법에 있어 그는 미발시의 존양과 이발시의 성찰의 공부를 다 갖추어야 한다는 정주학적인 입장을 계승하고 있다. 그의 <존양잠>82)은 천리가 항상 보존되도록 造次에도 감히 소홀히 하지 말고 보이지 않고 들리지 않는 곳에서도 치우침이나 기울어짐이 없게 하여 여기에서 함양하여야 한다는 것을 말한 것이다. 이 함양의 공부는 이미 前念은 지나가고 後事는 아직 오지 않은 때의 공부이다. <성찰잠>83)은 일이 닥쳤을 때 그 기미를 자세히 살피는 공부를 말한 것이다. 일이 이르면 생각이 바야흐로 싹트게 되어 욕심이 그 정을 움직이고 선악의 기미가 나누어지므로 이때에는 더욱 삼가하여 그 기미를 자세히 살펴야 한다는 것이다.

이런 수양실천을 중시하는 입장에서 구체적인 수양방법을 밝히기 위해 호계는 心, 性, 情, 志, 意를 명확하게 변별하려 하였다. 이에 그는 <性說>, <心說>, <情意辨>, <志意辨>, <心性情志意辨> 등의 글을 지어 이것들의 의미와 서로의 관계를 설명하고 있다. 이에 따르면, 성이란 사람의 마음속에 갖추어진 천리이오, 심이란 성과 지각이 합한 것이다. 즉 마음이란 성을 담는 그릇일 뿐만 아니라 지각작용이라는 중요한 기능을 가진 것이다. 그러므로 심은 이와 기를 합한 것이오 적과 감을 다 갖추었으며, 동정을 겸하고 체용을 다 갖추었으며, 일신의 주가 되고 衆理를 묘하게 다 갖추어 만사에 응하는 것으로서 우리의 수양의 주체가 된다. 그러나 이 심은 형체나 그림자가 없고 일정한 방소가 없어 어떻게 지정하여 말하기가 어렵다. 다만 중요한 것은 심은 활물이어서 寂然不動의 때에 거두어들여 방촌의 사이에 있으면 맑고 텅 비고 평평하고 바른 것이 마치 명경지수와 같으나 感而遂通의 때에 이르러서는 혹 몸 밖으로 달려 나가 날아오르고

---

82) 《호계집》 권2, 14면.
83) 《호계집》 권2, 14면.

내달리는 것이 마치 사나운 말과 빠른 수레와 같으니 수작하고 응변하는 즈음에 천리인욕이 나누어지게 된다는 데에 있다. 그러므로 마음이 비록 천리를 갖추고 있지만 외물과 수작응변할 때에 천리와 인욕이 나누어지게 되는 이 마음의 속성을 잘 알아 다스리지 않으면 안 된다는 것이다. 즉 호계는 천리가 비록 도덕의 궁극적인 근거이지만 실제 수양에 있어 핵심이 되는 것은 마음의 지각작용 이후의 천리인욕의 나누어짐에 대한 성찰과 인욕의 극복에 있음을 강조하고 있는 것이다.

그래서 호계는 희로애락의 발출이나 인의예지의 단서나 이목구비의 욕구는 모두 이 마음으로 말미암아 발출하는 것이므로 마음이 형체나 그림자를 붙잡을 것이 없다 하여 잠시라도 소홀히 할 수 없다고 역설한다. 즉 일신의 주재인 마음을 주장하는 것은 나에게 달려 있으니 자신이 주장하면 마음이 곧 있게 되고 자신이 주장하지 못하면 곧 달려 나가게 된다는 것이다. 그래서 자신이 항상 이 마음을 管攝한 연후에 곧 마음이 몸을 주재할 수 있어 성이 체가 되고 정이 용이 되어 동하거나 정하거나 틈이 없어 마음이 있지 않음이 없게 될 것이라는 것이다. 이런 논의는 결국 우리의 마음이 비록 형체나 그림자는 없다 할지라도 우리의 도덕실천의 주체이므로 항시 이 마음을 잘 보존하여 마음의 주재력을 잃지 않아야 한다는 것을 강조한 것이다.84)

情과 意, 志와 意에 대한 구별은 마음이 발출한 이후를 다시 세분하여 구체적인 수양에 적용하려는 것이다. 호계에 따르면 情, 志, 意는 마음이 동한 것인데85) 情은 발출한 그대로이고, 意는 이와 같이 하고자 주장하는 것이며, 志는 마음이 가는 것이다. 그러므로 이것들은 각기 가리키는 바가

---

84) 실제로 호계는 이런 마음공부의 구체적인 어려움을 여헌에게 호소하여 '精一할 때는 항시 적고 어둡고 어지러운 때는 항시 많아 실제의 일에서 마음을 머무르게 할 수 없다.' 라고 말하고 있다.(≪호계집≫ 권1, 19면 <上旅軒張先生>) 이로 미루어보면 그의 심성설은 단지 이론이 아니라 수양실천을 위한 것이었음을 알 수 있다.

85) ≪호계집≫ 권2, <志意辨> "志意二字, 俱是心之所動.", <心性情志意辨> "情者, 心之所動."

다르다. 호계는 주자와 북계진씨의 설을 인용하여 정은 마음이 이면에서
자연하게 발동한 것이오, 의는 그 정이 改頭換面하여 나온 것으로 마음위
에서 한 생각을 발하여 생각하고 헤아려 이와 같이 운용하고자 하는 것이
라 정의한다. 따라서 정과 의는 일찍이 서로 떨어지지 않지만 찬연하여 서
로 문란하지 않아 정이 앞서고 의가 뒤가 되어 서로 심성의 용이 된다는
것이다. 호계는 '性發爲情'의 명제 위에서 정자체를 불선한 것으로 보지는
않는다. 다만 정의발출 이후 이와 같이 하고자 하는 인간의 의지작용에 의
해 비로소 선불선이 나누어지게 된다고 보는 것이다.86) 그러므로 지와 의
도 모두 심이 동한 것이지만 그것에는 경중과 선후가 있으니, 사람의 심이
곧바로 향해가는 것이 志요, 도모하고 계탁하고 왕래하는 것이 의라고 구
분하였다.87)

<심성정지의변>은 이 다섯 가지가 사람에게 갖추어져 있어 서로 기다
려 체용이 되므로 이 다섯 가지의 맥락과 분계를 밝게 변별할 수 없으면
그 선후의 차례를 알기 어렵다는 전제 위에 주자와 북계진씨의 설을 종합
하여 이를 사람이 길을 가는 것과 물이 그릇에 담긴 것 두 가지를 들어 비
유적으로 설명함으로써 이 다섯 가지의 맥락과 분계를 구별하고 선후의 차
례를 알 수 있게 하고자 한 것이다. 먼저 이것을 사람이 길을 가는 것으로
비유하면, 길은 성이고 사람은 심이며 욕심이 움직여 발이 길을 가는 것이
정이고 발을 움직여 길에 임하는 것이 지이며 길에 임하여 오늘은 몇 리나
갈 것인가를 헤아리는 것이 의라고 한다. 또한 이를 물이 그릇에 담긴 것에
비유하면, 물은 성이고 그릇은 심이며 물이 흘러나오는 것이 정이고 흘러
나와 땅에 붓는 것이 지이며 땅에 부어 혹 동으로 흘러가고 혹 서로 흘러
가는 것이 의라는 것이다. 이것은 마음의 중요성과 더불어 마음이 발출한

---

86) 퇴계의 四七說의 경우 칠정을 사단과 대비된 不善, 혹은 원래는 선하지만 악으로 흘러가
　　기 쉬운 것으로 구분한다. 그러나 호계는 심의 작용을 세분하여 불선의 원인을 意에 둠
　　으로써 '성즉리', '성발위정'의 명제와 모순이 없이 악을 설명하려 하고 있다.
87) ≪호계집≫ 권2, <志意辨> "凡人之心, 直向做去底是志, 謀度往來底是意."

이후의 구체적인 성찰공부를 어떻게 해야 하는가를 밝히려는 것으로, 이로 미루어 보면 호계에게 있어 수양의 문제는 마음의 작용가운데 선악이 나누어지는 意를 잘 살펴 바로잡으려는 것이 핵심임을 알 수 있다.

V. 맺음말

호계는 고려말 불사이군의 절의를 지켜 야은 길재와 함께 영남으로 남하한 退齋의 후손이며, 愼齋의 문인으로서 의성에 長川院과 業儒齋를 창건하여 후생을 교육한 悔堂의 손자이며, 여헌, 낙재등과 교유한 의성지역의 학자로서 永嘉敎授를 지낸 城隱의 아들이다. 그리고 호계 자신은 한강과 여헌의 문하에 나아가 학문을 익혔으며, 조부 및 부친의 유업을 이어 후생을 교육하던 의성지역의 대표적인 학자였다. 이런 것들로 미루어 보면 호계는 전형적인 영남의 유학자로서 절의를 근본으로 하는 영남사림의 전통을 계승하였으며, 의성지역을 대표하는 처사형 선비였다고 할 수 있을 것이다. 그는 벼슬하지 않은 처사로서 정묘, 병자호란에 두 번 다 起義하고 또 두 번 다 척화소를 올렸으며, 또 그것이 뜻을 이루지 못하고 굴욕적인 강화를 맺게 되자 鶴山의 薇谷으로 은둔함으로써 당시 우리나라 선비들이 가지고 있던 의리와 강상에 대한 확고한 신념을 행동으로 보여주었다.

그의 이러한 현실대응의 사상적인 토대는 유학, 더 좁게 말하면 주자학이었으며, 특히 주자학을 의리와 강상의 실천을 중심으로 이해한 조선의 주자학이었다. 그가 이해한 주자학은 의리와 강상의 실천이 그 핵심이었으며, 그 의리실천은 군신부자의 윤리에 근본하여 효제충신의 실천을 다 하는데 있을 뿐이었다. 그러므로 평상시에는 어버이를 편안하게 해드리고 군주를 높이며, 변란이 있으면 나라를 위해 목숨을 바치고 어른을 위해 죽는 절의가 있게 되는 것이다. 따라서 의리란 艱危의 때에 오직 자식은 효를 위해 죽고 신하는 충을 위해 죽는 것이라고 강조하고, 이런 의리정신이 바로 임란 때 왜병을 물리친 정신이었으며, 그 정신으로 외적의 침입을 물리쳐야 함을 역설하였던 것이다.

그러므로 그에게 있어 기의란 유가적인 강상을 지키고 의리를 실천에 옮기는 것일 뿐이다. 여기에서 호계는 조선이 단군과 기자의 가르침을 계승했다는 자부심위에 세워진 당시 조선인들이 갖고 있던 중화의식에 기초하여 존명의리를 주장하였으며, 병자년의 굴욕 이후 미곡에 은둔하여 그 의리정신을 끝까지 고수하였던 것이다.[88]

그의 의리실천은 인간의 도덕성에 기초하여 인륜과 강상의 실현을 중시하는 조선유학의 도학정신에 기초하고 있다. 17세기 영남의 유학자로서 호계는 성리학의 이론적인 측면에 관심이 없었다고 할 수는 없을 것이다. 그러나 그의 성리학에 대한 관심은 성리학 본래의 입장인 성리학적인 가치관의 근거를 밝히고, 그 바탕위에서 이상적인 인간을 실현하기 위한 수양을 어떻게 해나갈 것인가에 집중되어 있었다. 여기에서 태극이 인간도덕의 근거이며, 또한 인간의 본래적인 본성은 도덕성임을 강조하였다. 그리고 이런 도덕성을 실현하기 위한 구체적인 방법으로 마음의 작용 가운데 선악이 비로소 나누어지는 意의 단계를 잘 살펴 바로잡을 것을 제시하였던 것이다.

또한 그의 존명의리의 실천은 당시 조선인이 가지고 있던 문화적인 자부심에 기초한 소중화의식과 그 사상적 토대로서의 도덕 중심적이며 인륜 중심적인 조선유학의 특징을 잘 보여준다. 그리고 이런 우리민족의 문화적인 자부심과 인륜과 강상을 지켜나간다는 도덕의식은 이후 조선말의 위기에 척사위정운동 및 의병활동, 민족종교운동으로 전개되었다고 생각된다.

—『동양고전연구』 33, 동양고전학회, 2008

---

88) 그는 <鶴山九操>에서 "松柏의 特立함이여, 歲寒 연후에 시들도다. 열렬한 그 기운이여, 가을과 더불어 그 높음을 다투도다."라 하여 서릿발 같은 기개와 그 절의의 정당성에 대해 자부심을 보이고 있다.(≪호계집≫권1)

참고문헌

申適道 《虎溪先生遺集》
申元祿 《悔堂先生逸稿》
申　仡 《城隱先生逸稿》
申悅道 《懶齋集》
李彦迪 《晦齋先生集》
張顯光 《旅軒先生全書》
《論語》
《孟子》
《小學》
《近思錄》
이태진, 『한국사회사연구』, 지식산업사, 1986.
이태진, 『조선유교사회사론』, 지식산업사, 1989.
한국사상사연구회편, 『조선유학의 개념들』, 예문서원, 2002.
김학수, 「17세기 영남학파 연구」, 한국학중앙연구원 박사학위논문, 2008.
김태안, 「虎溪 申適道의 生平과 義兵活動」, 『퇴계학』, 안동대학교퇴계학연구소, 1996.
장숙필, 「여헌의 태극설에 나타난 도덕지향의식」, 『유교사상연구』 제27집, 2006.
장숙필, 「16세기 유학적 수양론과 경세론의 연관구조」, 『동양철학』 제14집, 2003.

채미헌 유적비명(병서)/採薇軒遺蹟碑銘(幷序)

先韓, 仁祖王丙子, 滿淸之訌, 朝官學士, 多以斥和, 爲第一義。于是時也, 嶺之聞韶, 有虎溪申公適道, 以一陵官, 起而抗之, 推爲義兵將, 揮涕登壇。馳至廣陵, 國家已有下城之恥, 陳疏斥講和之誤。蕭然而南, 構數間茅屋, 於鶴山之薇谷, 扁之以採薇軒, 作採薇歌暨鶴山九操, 以矢其志, 而卒歲焉。軒以歲久而頹, 子姓士林, 修契据貲。至經甲戌年間, 十代孫學圃啓煥, 與諸宗人, 移建于鳳陽之奄峴, 乃故丹邱書院之東偏, 而丹邱實爲公安靈之所也。今去甲戌, 倐已四十有六載之悠矣。學圃公之子基勳君, 心歉之, 軒之兀然孤存, 買地芟榛, 將琢石而樹之, 銘以余託。余以非其人, 屢辭而竟無獲焉。銘曰:

吾將吾食,	隣欲强攘,	奮起而抗,	乃情之常。
矧彼異族,	來躪我疆,	悼憶丁丙,	北人强梁。
沁都旣淪,	南漢蒼黃,	和斥補裂,	廟算凄凉。
時維虎翁,	眇一潛郞,	幽憤雪涕,	鳩兵南鄕。
登城咤胡,	下壇封章,	和則賣國,	斥是操綱。
鶴山有薇,	采采盈匡,	亦以扁楣,	永矢不忘。
林士立廟,	慈孫肯堂,	更屢百禩,	草樹播芳。
我銘琢深,	穹屹在傍,	過者是讀,	得感孔長。

乙酉光復後 初庚申 嘉俳日

文學博士 眞城 李家源 謹撰

조선의 인조(仁祖) 재위 시 병자년(1636)에 청나라로 말미암은 분쟁(紛爭)에서 조정의 신하들과 글공부하는 선비들은 대부분 화친(和親)을 배척하는 것을 제일가는 의리로 여겼다. 이러한 때를 당하여, 영남 의성(義城)의 호계(虎溪) 신적도(申適道)라는 분은 일개 능참봉(陵參奉)으로서 몸을 떨치고 일어나 기치를 쳐드니, 의병장으로 추대되어 눈물을 뿌리며 단 위에 올랐고, 말 달려 광릉(廣陵 : 여주)에 이르렀으나 나라는 벌써 남한산성을 내려와 항복하는 치욕을 겪고 있어, 소장(疏章)을 올려 나라를 그르치는 강화를 배척해야함을 극력 아뢰었다. 쓸쓸히 영남 고향으로 돌아와 초옥 몇 칸을 학산(鶴山)의 미곡(薇谷)에 짓고 채미헌(採薇軒)이라 편액하고는, <채미가(採薇歌)> 및 <학산구조(鶴山九操)> 등을 지은 그 뜻으로 맹세하며 한평생을 마쳤다.

채미헌이 오랜 세월에 퇴락하자, 자손들과 사림들은 수리하기 위한 계모임을 만들고 자금을 모았다. 지난 갑술년(1934)에 이르러 학포(學圃) 계환(啓煥)이 여러 일가들과 함께 봉양면(鳳陽面) 엄현(奄峴)으로 옮겨서 세우니, 곧 옛 단구서원(丹邱書院)의 동편이고 단구서원은 실로 공을 위하여 제향(祭享)하는 곳일러라. 지금은 저 갑술년으로부터 어느덧 벌써 46년이나 지나서 너무나 오래되었다. 학포공의 아들 기훈(基勳)은 이를 마음에 섭섭하게 여기더니, 채미헌이 우두커니 혼자 서 있던 옛터를 매입하여 우거진 풀을 베고 장차 비석을 세우고자 나에게 비명(碑銘)을 부탁하였다. 나는 그러한 사람이 되지 못하여 여러 차례 사양했으나 끝내 사양할 수가 없었다. 비명을 짓노니 이러하다.

우리는 우리 먹을 것만 가졌거늘	吾將吾食
이웃이 강제로 빼앗고자 한다면,	隣欲强攘
떨치고 일어나 대항하는 것이	奮起而抗
곧 누구든지 갖는 마음일러라.	乃情之常

하물며 저들은 이민족이거늘   矧彼異族

쳐들어와서 우리 강토를 유린하니,   來躪我疆

슬피 생각는 것은 정묘년 병자년에   悼憶丁丙

북쪽 오랑캐가 힘센 것일러라.   北人强梁

강화도가 이미 함락되었고   沁都既滄

남한성까지 바람 앞에 등불이거늘,   南漢蒼黃

주화와 척화의 균열을 부채질하니   和斥補裂

조정의 책략이야말로 처량하도다.   廟算凄凉

이때에 오직 호계옹만은   時維虎翁

하찮은 일개 잠랑에 불과했거늘,   眇一潛郞*

깊이 서린 분노의 눈물 씻고   幽憤雪涕

영남 고을에서 의병을 모았도다.   鳩兵南鄕

남한성에 올라서 오랑캐 꾸짖고   登城吒胡

단으로 내려가 극언의 상소를 하니,   下壇封章

화친은 나라를 팔아먹는 것이요   和則賣國

척화는 강상을 바로잡는 것이라네.   斥是操綱

학산에는 고사리가 있는지라   鶴山有薇

캐고 캐니 광정(匡正)의 마음 가득하고,   采采盈匡

또한 그 뜻으로 편액(扁額)함은   亦以扁楣

길이 맹세코 잊지 않으려는 뜻일러라.   永矢不忘

사림들이 묘우(廟宇)를 세웠고   林士立廟

자손들은 그 터에 예전대로 중건하니,   慈孫肯堂

다시금 수백 년 동안   更屢百禩

숲속엔 향기가 가득하리로다.   草樹播芳

내 지은 명(銘)이 깊이 새겨져   我銘琢深

길가에 우뚝 서 있으려니,   穹屹在傍

지나는 이들이 이를 읽으면　　　　　　　·　過者是讀

감화가 크고 오래 가리로다.　　　　　　　　得感孔長

* 잠랑(潛郞) : 재능이 있으면서도 불우하게 오랫동안 낮은 관직에 묻혀 있음을 일컫는 말.

을유 광복 후 첫 경신년(1980) 추석날에

문학박사 진성(眞城) 이가원(李家源) 삼가 짓다.

단구서원 복원 상량문/丹邱書院復元上樑文

* 역주자 주 : 이 상량문은 ≪아주신씨 회당공파 세보(鵝洲申氏悔堂公派世譜)≫<건권(乾卷)·조두문헌(俎豆文獻)>에 실린 것을 전재한 것이다. 단, 번역의 경우는 한자 어휘를 한글로 고치고 또 오역이라고 생각된 부분은 바로잡았다.

有德者祭於瞽宗, 已載于傳記; 名賢之祀於鄕祠, 莫盛乎我東。誠有功於世敎; 大有關於斯文。豈但劬經人, 尊賢衛道之事; 抑亦有國者, 興化厲俗之方。緬惟嶠南; 稱以鄒魯。境內聞韶, 山水麗明; 此中丹邱, 俊傑鍾毓。爰有兩世三賢, 萃乎一室; 乃享千秋百歲, 定其二丁。

虎溪申先生, 承襲退齋悔堂之庭訓; 敬受寒岡旅軒之心傳。盡其孝, 盧墓僅支; 效其忠, 蒙塵是赴。丁卯虜變, 倡義直馳, 而陳章懷聖主之優答; 丙子蒼黃, 誓衆決死, 而聞講共同志而斥疏。懶齋先生, 擩染詩禮之庭; 踐履孝友之行。以篤厚純實之資; 蘊高遠明達之識。持卷閉戶, 訒齋崔公奇其無雙; 陳弊上章, 東溟金公稱之第一。執贄兩先生之門, 薰陶同乎伯氏; 扈駕一孤城之島, 斥和共其親朋。上國賢勞事事, 載朝天錄; 僻縣苞政處處, 立去思碑。忍齋先生, 天姿端嚴; 沒身經史。摳衣張文康, 大加獎許; 從遊鄭文莊, 相與講劘。嶺南三某之稱, 豈可易得; 泮首六行之薦, 有孰其儔。聖學圖說, 敬供君王之覽聽; 逐懶鬼文, 早使先輩而膾炙。

猗歟, 三先生之高行卓節; 宜乎, 千姓家之拱手斂襟。乃設俎豆之禮; 共伸羹墻之誠。事有興廢之數; 誰識存亡之期。逮夫國家之末造; 遽見法禁之翻新。命撤祠宇; 餘者幾希。奄過百年之歲月; 忍見一區之丘墟。豈不有士林之同謀

復建; 無奈其財用之鳩出充當。今有賢孫; 專擔凡百。不止吾黨之慶賀; 寔爲
後生之模楷。役夫乃畚乃鍤; 都匠是鉅是斧。昔時莽蒼寂廖之地; 今日營度陝
馮之場。玆擧修樑; 幷陳偉唱兒郎偉。

抛樑東，　五土山鳳瑞日紅，　雲散霞收天似拭，　吉祥從此永無窮。
抛樑西，　錦巖灘水碧凄凄，　濯纓濯足唯吾意，　處世如斯豈有迷。
抛樑南，　南川流水正湛淡，　晝宵無歇終歸海，　自是前人德不慙。
抛樑北，　採薇亭是舊休息，　春風秋月屬餘年，　感激君恩在頃刻。
抛樑上，　日月昭昭照庶狀，　天綱若疎不淚滲，　先賢是以愼無妄。
抛樑下，　禾苗一色覆平野，　民生自古食爲天，　今歲亦豊盈大廈。

伏願上樑之後，溪山增輝; 草樹生色。士氣振作，共立人紀之頹弛; 儒風丕
成，更新世態之狂惑。使氣妖而隱伏; 將吾道之永明。

檀紀　四千三百十七年　甲子　五月　十日

河濱　后人　李聖道　謹撰

덕 있는 이를 고종(瞽宗 : 殷나라 때 학교명)에서 제향(祭享)함은 이미 전기
(傳記)에 실려 있고, 이름난 어진 이를 향사(鄕祠 : 지방의 서원 등)에서 향사
(享祀)함은 우리나라보다 더 성한 곳이 없다. 진실로 세상의 교화에 공이
있거나 사문(斯文 : 유교)에 크게 관련이 있는 분들이다. 어찌 단지 경전을
공부하는 사람들이 선현을 존경하고 유도(儒道)를 진작하는 일에만 관계되
랴, 아마 나라를 다스리는 자가 교화를 일으키고 풍속을 가다듬은 방도도
관계됨이 있으리라.

거슬러 생각하니, 영남은 추로(鄒魯 : 맹자와 공자의 출생지. 예절을 알고 학

문이 왕성한 곳)라고 일컬어진다. 경내(境內)에 있는 의성(義城)은 산수가 맑고
수려하며, 그 가운데 단구(丹邱)는 뛰어난 인재들이 태어난 곳이다. 이에, 2
대에 걸쳐 어진 세 사람이 있는지라 집 한 채에다 함께 모시고는, 오랜 세
월 동안 향사(享祀)하려는데 춘추 이정일(春秋 二丁日 : 음력 2월과 8월의 첫 정
일)로 정하였다.

　호계(虎溪) 신 선생은 퇴재(退齋 : 신우)와 회당(悔堂 : 신원록)의 가훈을 이어
받았고, 한강(寒岡 : 정구)과 여헌(旅軒 : 장현광)의 심법(心法)을 공경히 전수받
았다. 하여 그 효도를 다하매 여묘(廬墓)를 사느라 겨우 몸을 지탱했고, 그
충성을 다하매 임금이 몽진하게 되자 의병에 가담하였다. 정묘년(1627) 호
란 때는 의병을 일으켜 곧바로 달려갔다가 소장(疏章)을 올려 임금의 우답
(優答 : 상소문의 말미에 적은 너그러운 대답)을 받았고, 병자년(1636) 재란 때는
의병들 앞에서 죽기를 각오하고 있는 힘을 다하기로 맹세했으나 강화한다
는 소식을 듣고 동지들과 함께 척화소(斥和疏)를 올렸다. 난재(懶齋) 선생은
시례(詩禮)의 덕을 닦은 가정에서 훈계를 받아 물이 들었고, 효도와 우애의
행실을 실천하였다. 성실하고 인정이 두터우며 순박하고 참된 인품으로
높고 멀리 두루 밝게 통달한 지식을 쌓았다. 책을 가지고 문을 닫아거니
인재공(訒齋公) 최현(崔晛)은 서로 견줄 만한 것이 없을 그 행실을 기특하게
여겼고, 폐단을 아뢰는 소장(疏章)을 올리니 동명(東溟) 김세렴(金世濂)은 제
일의 글이라고 칭찬하였다. 두 선생의 문하에서 집지(執贄 : 예물을 가지고
가서 경의를 표하던 일)하여 백씨(伯氏)와 같이 가르침을 받았으며, 섬처럼 포
위된 남한성에 임금을 호종하였다가 친구들과 같이 화친을 배척하였다.
중국 다녀오느라 유독 고생한 온갖 일은 조천록(朝天錄)에 기재되어 있고,
외진 고을이라도 정사(政事)를 펼친 곳마다 거사비(去思碑)가 세워졌다. 인재
(訒齋) 선생은 타고난 품성이 단정하고 엄숙한대, 목숨이 다하도록 경사(經
史)를 탐구하였다. 문강공(文康公) 장현광(張顯光)의 문하에 들어가니 대단히
칭찬해 주었고, 문장공(文莊公) 정경세(鄭經世)를 좇아 교분이 두터우니 서로

함께 학문을 강론하고 연마하였다. 영남에서 '세 아무개'라는 칭송은 어찌 쉽게 얻을 수 있는 것이랴, 또 성균관에서의 수석(首席)과 육행(六行)으로서 천거됨은 뉘가 나란히 짝할 수 있으랴. <성학도설(聖學圖說)>은 군왕이 살피고 읽는 자료로 제공되었고, <축라귀문(逐懶鬼文)>은 일찍이 선배들에 의해 회자되었다.

거룩도다 세 선생의 높은 덕행과 드높은 절개여, 마땅히 백가(百家)가 양손을 모두 모으고 옷깃을 여밀 일이로다. 이에, 서원향사(書院享祀)의 예를 베풀어서 함께 공경하고 흠모하는 정성을 폈도다. 그러나 사람의 일에는 흥성하고 쇠퇴하는 운수가 있는지라, 뉘가 존망의 시기를 알 것이런가. 무릇 왕조의 말기에 이르러서 갑자기 법으로 금지하여 새삼 번복되자, 사원을 철폐하라는 명이 내려져 남은 것이라곤 거의 드물었다. 어느덧 백년의 세월을 지났으나 한 지방의 폐허됨을 차마 볼 수가 있었으랴. 사림들이 복원하려는 논의가 어찌 있지 않았으랴만, 그 비용을 염출하고 충당할 방도가 없었던 것이다. 오늘날 어진 후손이 있어서 복원하는데 드는 모든 것을 전담하였지만, 단지 우리 고을이 기뻐하고 축하하는 데만 그칠 일이겠는가, 진실로 후생의 모범이 될 것이로다. 인부(人夫)들은 삽질하고 괭이질하며, 목수(木手)들은 톱질하고 도끼질하니, 지난날 황폐했던 땅이 금일엔 공사하는 부산한 곳이로세. 이에, 대들보를 들어 올리려는데, 아울러 '어기영차' 노래를 부르겠노라.

<table>
<tr><td>들보 저 동쪽에 떡을 던지노라.</td><td>抛樑東</td></tr>
<tr><td>오토산 봉우리엔 상서로운 햇빛 붉도다.</td><td>五土山鳳瑞日紅</td></tr>
<tr><td>운하(雲霞)는 다 걷히고 씻은 듯이 쾌청하니</td><td>雲散霞收天似拭</td></tr>
<tr><td>길조가 이로부터 영원히 무궁하리로다.</td><td>吉祥從此永無窮</td></tr>
<tr><td>들보 저 서쪽에 떡을 던지노라.</td><td>抛樑西</td></tr>
<tr><td>금암(錦巖)의 여울물은 푸르고 차디차도다.</td><td>錦巖灘水碧凄凄</td></tr>
</table>

갓끈이나 발 씻음은 오직 나의 뜻이러니　　　濯纓濯足唯吾意

처세가 이 같을진댄 어찌 미혹이 있으랴.　　　處世如斯豈有迷

들보 저 남쪽에 떡을 던지노라.　　　拋樑南

남천(南川)의 흐르는 물 정히 맑고 맑도다.　　　南川流水正湛淡

주야로 쉬지 않고 끝내 바다로 돌아가니　　　晝宵無歇終歸海

이로부터 앞사람의 덕에 부끄럽지 않으리로다.　　　自是前人德不愍

들보 저 북쪽에 떡을 던지노라.　　　拋樑北

채미정(採薇亭)은 옛날에 휴식하던 곳이로다.　　　採薇亭是舊休息

봄바람 가을 달에 여생을 맡기나니　　　春風秋月屬餘年

감격스런 임금의 은혜가 경각간에 있도다.　　　感激君恩在頃刻

들보 저 위쪽에 떡을 던지노라.　　　拋樑上

일월이 밝디밝게 만물에 비치도다.　　　日月昭昭照庶狀

하늘의 기강은 소활한 듯해도 빠지지 못하니　　　天綱若疎不淚滲

선현이 근신할 뿐 망동하지 않은 까닭이라.　　　先賢是以愼無妄

들보 저 아래쪽에 떡을 던지노라.　　　拋樑下

벼들은 한 가지 색으로 평야를 덮었도다.　　　禾苗一色覆平野

민생들은 예로부터 먹는 것이 제일이니　　　民生自古食爲天

금년도 풍년 되어 곡식 창고마다 가득하리로다.　　　今歲亦豊盈大廈

　삼가 바라건대, 대들보를 올린 다음에는 산천도 더욱 빛나고 초목도 더욱 빛이 나소서. 사기(士氣)가 진작되어 다 함께 인륜 기강의 해이한 것을 바로 일으키고, 유풍(儒風)이 크게 흥성하여 제정신 잃은 세태를 다시 새로이 바루어서, 요기(妖氣)는 없애버리고 오도(吾道)를 길이길이 밝히소서.

단기 4317년 갑자(1984) 5월 10일
하빈(河濱) 후인 이성도(李聖道) 삼가 짓다.

影 印

虎溪先生遺集

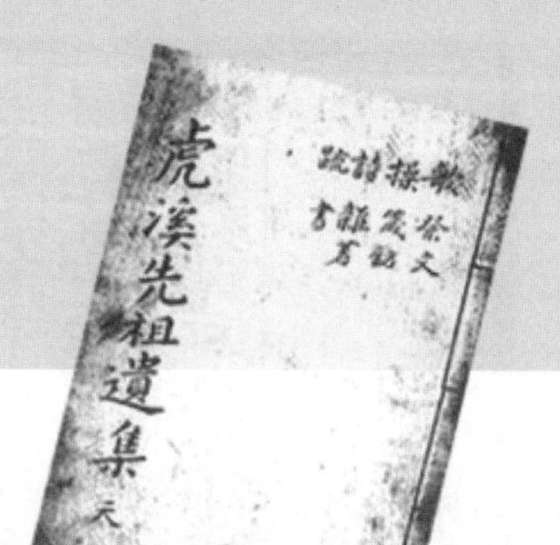

여기서부터는 影印本을 인쇄한 부분으로 맨 뒷 페이지부터 보십시오.

虎溪先生遺集目錄

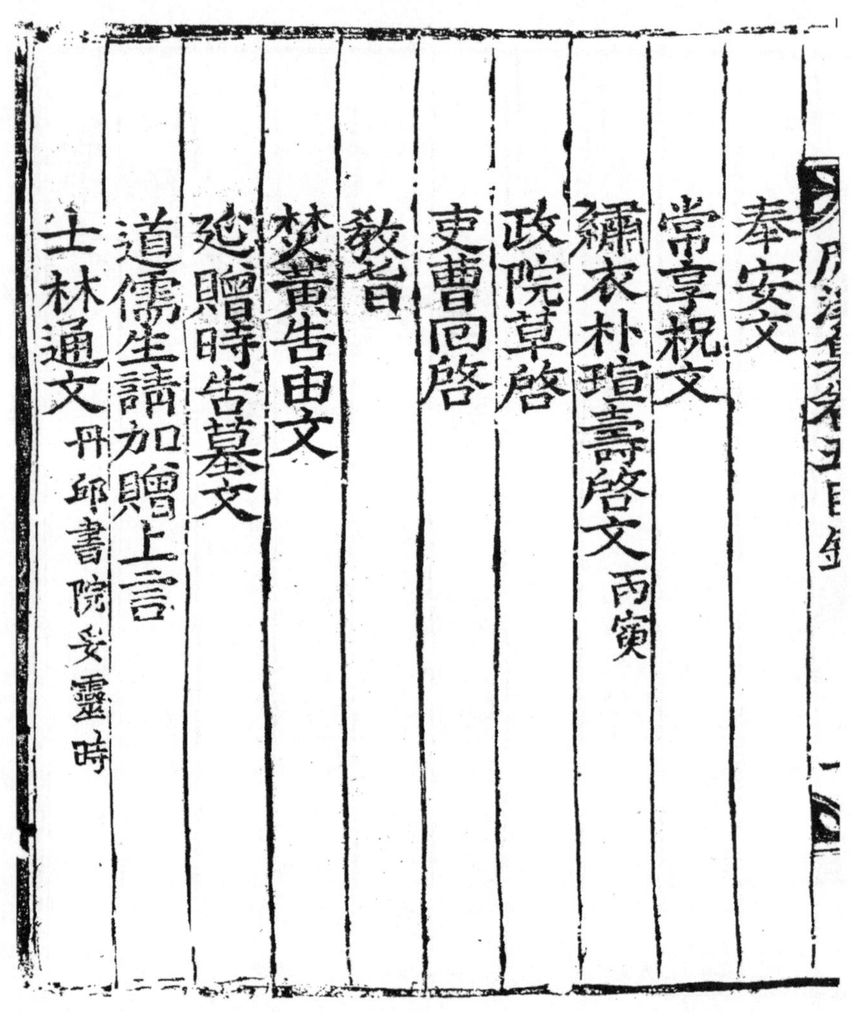

3

4

附錄

遺事

府君諱適道字士立自號虎溪姓申氏肇祖
於壯節公十二世至鵝洲君諱益休金紫光
祿大夫以勳錫封焉平山分貫昉於此四世
有版圖判書諱兊濡以清直比唐介謚貞厲
戴東史生子按廉使諱祐號退齋麗運訖與
吉冶隱攜歸南下親歿泣血有雙竹生命
旌閭鄭文莊公表其墓享子涑水書院生諱光

5

甞仕　本朝歷敭臺省以直諫貶爵府令生

諱士廉彦陽縣監有甕黃之稱生子錫命陞

司馬有詩聲於公間五世始移子義城元與

洞高祖諱俊禎行訓道守曾祖諱壽慶基殷玄

奉不就周愼齋誌其墓祖曰元祿號悔堂三

邑校官徔從陶山門得聞吾議以孝學贈

戶糸旌門錄三綱享藏待書院考曰伈號城

隱永嘉教授爲兩先正抗辨誣疏二贈左承

旨妣順天朴氏副尉倫女吏糸安命玄孫以

萬曆甲戌十二月廿九日生于鄉校前陶巖

6

里第稟質粹美聰慧絕倫應事接物無不了
然通曉事父母惟務承順家貪泰養卑下之
事不耻焉之畫則弋獵以供饍夜輒炊爨以
溫突凡係安心適體之節靡所不用其極再
從兄鼎峯公有文學重望自始學而就質靡
懈鼎峯公嘗歎曰大吾門者必此弟乎事有
難處輒與之論確其見推重如此府君素有
氣節當壬辰之亂人有勸業弓馬者府君笑
曰士君子分內事業自在聖賢書中何必驗
學兵家機務而後國事可濟耶時承旨公兄

7

弟方舉勤王之義府君承命率家衆入城谷
之幽内備周密外患不入居近境者多賴之
訒齋崔公亦來赴共免焉府君備經大亂猶
醞意於爲已之學就寒岡鄭先生而得聞淵
源之學及旅軒張先生之莅本縣也執經問
難於朔講之席累承推奬與三弟晚悟懶齋
靜處一室專心講究日有叏攻互磨之益乙
巳發鄉解居魁西厓柳先生見其卷曰義理
明白非科臼中口氣丙午同季弟中司馬出
入泮宫爲士類推重毋夫人凤嬰音疾府君

8

晝宵憂遑不解帶交睫者累年至是鳩聚醫
家書對證投劑竟得效焉見者異之甲寅豐
遭內外艱哀毀幾滅性稟問儀節於旅軒先
生而行之無少遺憾既葬盧于墓側以終三
年庚申丁伯鄭造因行縣到氷溪院題名而
去府君適任洞主謂諸生曰蔑倫亂賊豈可
暫齒於士林叢裏乎卽引刀削之左右皆失
色未幾憸小之徒詬附於造告其狀造大怒
氣焰薰天禍將不測爲縫掖者皆洶懼逃匿
府君獨凝然不動從容就理辭氣嚴正有條

理造不能加害丁卯瀋虜猝至旅軒先生以
號召使薦府君爲本縣義兵將府君奮然曰
大駕播遷王事孔棘是豈臣子草間求活之
時耶與同志糾合義旅以書告號召使爲前
進節度計尋聞朝家已講和遂以義糧輸送
京司因詣 闕陳疏縷縷數千語無非興衰
撥亂之策 上嘉之優批以答特除祥雲察
訪盖異數也祥累經兵燹公私蕩析府君至
則夙宵營度凡民瘼不便者罷之願欲者行
之未幾年馬肥而民蘇遂引病徑歸郵民立

10

碑以寓思壬申因宰臣薦拜 齊陵叅奉不
赴尋又除 健元陵叅奉肅辭而歸丙子虜
兵又至直逼郡城本縣章甫素重府君復推
爲義兵將府君思欲伸前憤揮涕登壇即日
領軍馳赴 行在及到廣陵國家已有下城
之恥府君即陳疏以斥和議之誤國時李弘
懶齋公侍從於 行在見府君疏相與痛哭
金清陰鄭桐溪諸賢俱以平日雅分亦歎誦
其疏語及歸李白軒全沙西二公以仕進力
挽之府君歎曰天地閉矣冠履倒矣是豈自

首進取之日予仍吟一絕曰誤被天恩重邊
慚臣分疎故園春已晚何用夏躊躇歸卽樺
數間茅屋於薇谷下扁之曰採薇軒社門謝
事日以書史自娛怡然有獨得之趣癸卯七
月一日以疾終于正寢享年九十於乎府君
謹慎自持以敬爲主威儀可畏德行可尚亦
未嘗張而不弛亦不弛而不張待人則沒愛而親
仁處鄉卑以自牧不敢以知先人是以上下
各得其歡心平居嚴勝於寬子弟侍側不敢
有談笑俚語衣冠不正則勸以正之行步不

端則責以節之亦必教之義方訓之順德雖
孩童不敢使之戲謔於前而以灑掃應對之
節諄諄誨誘婢僕不敢仰視而屏息門庭肅
肅焉後生有問業者先以孝悌忠信反覆開
諭諸族有來謁者以先祖懿行戒飭遵奉每
整衿端坐終日對案有意會處則便忻然忘
食至於聖賢切要之言必使子弟誦之又著
性理諸說庸學兩圖使之看閱曰汝等尋常
放過此乎以為下等人也又勸誦小學曰世
入從幼便驕惰壞了到長扞格難入鮮有行

13

其孝悌者汝等澟念之府君氣力庫健八十
以前不廢與祭以致如在之誠雖年高氣衰
之後每值考妣諱辰則必進素饌子弟雖諫
終不聽平生清儉自守簞瓢屢空而未嘗汲
汲於資生至於兄弟分異奴婢之老弱者田
盧之荒頓者必自取之親戚之困於飢寒者
必竭誠以恤之人之陷於厄患者必盡力以
濟之有族親死於癘疹者人皆畏忌府君親
自治椷葬而出其敦睦忌難之義多類此
府君早有求道之志所與遊者皆一時名勝

訒齋崔公常稱不安於小成愚伏鄭先生亦
淡許天分之高邁蒼后桐溪沙西諸賢俱有
道義之交嘗於寒旅之門淡得切已之誨而
及探摧之後常以未克卒業爲痛焉配令人
坡平尹氏執義師哲玄孫僉正淳女生禀懿
性事舅姑以孝奉祭祀以誠宗族稱其仁里
閭服其信生于甲戌十二月初八日歿于庚
子正月十三日初葬于鷄卵峴府君歿後合
堋于縣西安平鷹峯卯向之原有四男二女
男長壕從仕郎次均宣務郎次埰進士次垍

15

宣教郎女適金尚珏次鄭復亨縣監蝶要刹
官朴夢琚女無育以慶錫后均娶聞韶金致
弘女生二男二女長慶錫出后次爾錫女李
一吾呂咸和埰娶永嘉權益昌女生二男二
女長禹錫次文錫女琴文操朴文與坫娶佐
郎金淮女生二男四女長昌錫副司正次玄
錫及第內外孫曾總五十餘人嗚乎府君乘
不省已四年矣草土餘喘泯懼至行懿蹟之
泯没畧敍世系及平日行致大槩以資秉筆
君子之玫據云爾不肖男埰泣血謹書

先生諱適道字士立號虎溪姓申氏其先鵝
洲人也勝國時有版圖判書諱允濡以清直
著生諱祐按廉使盧墓三年有雙竹之異事
聞　旌閭至四世諱俊禎教授於公爲高祖
也曾祖曰壽除寢郎不就祖曰元祿號悔堂
嘗遊退溪愼齋兩先生之門得聞淵源之學
亦以孝學　旌門贈戶曹參議享藏待書院
考諱仡號城隱有士林碩望　贈左承旨妣
順天朴氏副尉倫女系判安命玄孫萬曆甲

17

戌十二月二十九日庚午生公于義城縣之
陶巖里第禀質粹美才性聰穎自幼妙時己
能觸事物而曉悟者衆也及長就學於寒岡
鄭先生密切聽受聞見日富既而登旅軒張
先生之門難疑講質屢蒙獎詡乙巳捷鄉解
西厓柳先生見其卷歎曰義理條暢非世儒
可及也恝伏先生亦曰申適道見識端的足
爲吾黨矜式也丙午與季弟懶齋公悅道俱
陞上庠聲與譽藉甚甲寅薦遭內外艱哀毀幾
不支殯葬儀節必稟於旅軒先生而行之俾

無遺憾旣葬因廬于墓以終三年庚申賊臣
鄭造以道伯題名院案公卽董率諸生削去
之曰蔑倫亂賊何可暫廁於儒林之列乎聞
者無不灑然變色易容者丁卯聞金虜東搶
公奮髯然曰蠻塵王事孔棘此非爲人
臣草間苟活之時也與遠邇同志斜義旅募
義糧星夜馳進則賊已退矣因詣闕陳疏
縷縷數千言　仁廟優批答之特除祥雲道
察訪道於兵燹屢經之餘公私赤立至則拊
摩凋瘵如恐不及於是郵民甚感再蘇之惠

至立碑去思云壬申拜 齋陵參奉尋又拜
健元陵參奉皆一肅而退丙子金人再猘
公不勝憤慨招集人士之有志勇者爲出萬
死直前之計而旋聞雙嶺已陷和議乃定卽
馳赴 行在灑泣封章極言其賣國之罪與
清陰金公尚憲桐溪鄭公蘊龍洲趙公絧相
對痛哭因吟一絕曰斥和認是堂堂事胡爾
講和相反之寃出怯夷抒禍耳倒懸賈喩先
符之旣歸又吟一絕曰誤被天恩重還慚臣
分踈故園春已晚何用夏蹢躅洛中士爲之

傳誦時李相景奭嘗於劄對特薦曰申適道
真國家忠良之臣當有援例之典、上允之
公歎曰天地閉矣冠裳倒矣此豈白首進取
之日乎自是斷復當世之念置數間茅屋於
鶴山薇谷扁其軒曰採薇社門端坐日讀養
秋以寓悲悅之意時人稱之曰郘州林鏨有
大明日月云癸卯七月一日以疾考終于寢
享年九十是歲十二月二十日葬于安平面
鷹峯貞兆之原會者數百人配坡平尹氏歛
正淳女森劉希曾孫配德無違先公而没葬

21

于雞峴後遷合封生四男二女塿將仕郎均
宣務郎球進士坫宣教郎女適士人金尚珵
縣監鄭復亨巣嗣子慶錫均二子熊錫鼎錫
後爾錫埭二子禹錫文錫坫二子昌錫玄錫
金子舜佐頎佐內外孫曾總五十餘人嗚乎
先生以聰明特異之才襲家世相承之學忠
孝爲基本敬義爲節度俔爲孝孝常有不得
不措之意及登師門益專意於講明旨趣取
庸學二書逐章揭圖以爲學者指南日與晚
悟懶齋二弟塤唱篪和相對怡悅又與李養

石鄭桐溪趙龍洲全沙西金鶴沙柳修嚴諸
先生託爲道義交藏晏莫逆也嘗愛永溪水
石與一鄉同志移設長川院宇以爲藏修之
所嚴立課程卷卷以興學校育英材爲務盖
其規模節目一出於悔堂先生所制也事親
涇其孝友弟極其樂篤於彝倫如此故其移
於君也亦然當強國柔兆之變擁強兵坐而
觀者相環也公以一介國子生手無尺寸之
兵而憒慨雪涕奮然先倡視死地如鶩而時
運已去國論遂定雖不效答羌夷係單于之

23

切而前後封章觸犯無諱使當日誤國之臣
一見足以破膽則其恥以伸大義於天下激
彝衷於萬世者果何如也是其忠義之節敵
愾之勇有非猝乍間徒然襲最者而莫非從
平日學問中出來則於是而悔翁家學之懿
寒旅化導之正自有不可誣者矣於乎偉哉
或者以先生之不得大顯於世爲恨然顯與
不顯天也非吾之所能與也且先生大節久
而不泯鄉之人士建祠而尸祝之至　今上
丁卯因直指褒啓特　贈先生爵英曹參議

豈非所謂一時之屈而萬世之伸者耶道和
以鄰鄉晚生竊嘗聞公之風而慨然有執鞭
之願久矣曰公之裔孫相夏等以公之第三
子忍齋公所撰遺事屬道和叙次之顧道和
筆菜言輕今文耄及之矣何能以此事屬辭
以塞慈孫之請哉蓋辭之再三而其請愈勤
有不敢終辭者且疇昔景仰之忱亦不可以
遂已迺於吟病之暇取遺事畧加隱括拜叙
其所感如此以竢秉筆君子之裁擇云爾後
學義禁府都事聞韶金道和謹狀

25

墓表

先生諱適道字士立自號虎溪鵝洲之申其
源甚遠在麗季有兀濡版圖判書生諱祐
按廉使麗匹歸隱視袞廬墓有雙竹異命
旄閤享士林俎豆曹祖諱壽時累除陵署不就
祖諱元祿號悔堂從遊慎齋退陶之門以孝
旄門贈黎議享藏待書院考諱仡抗疏辨
誣賢　贈左承旨妣淑夫人順天朴氏副尉
倫女叅判安命玄孫以萬曆甲戌生公天資
粹美聰明出類不待提掖已能通曉事親以

孝凡孫奉養靡不殫誠及長請益於寒旅兩
先生之門嘗中鮮魁西厓柳先生見其卷許
以義理之文丙午與李弟懶齋公同陞上庠
遊泮宮知名旋值昏朝遂退鄉廟日與二弟
講習不撤甲寅荐遭內外艱廬墓盡禮嘗僅
氷溪洞主割鄭造之名丁卯金人之犯境也
首先倡義詣闕陳疏　仁廟嘉之授以郵
官郵民樹碑頌惠後因宰臣薦連拜　齊陵
健元陵參奉丙子之亂以義兵將灑泣誓衆
星夜馳赴　行在陳疏斥和議與圍中諸賢

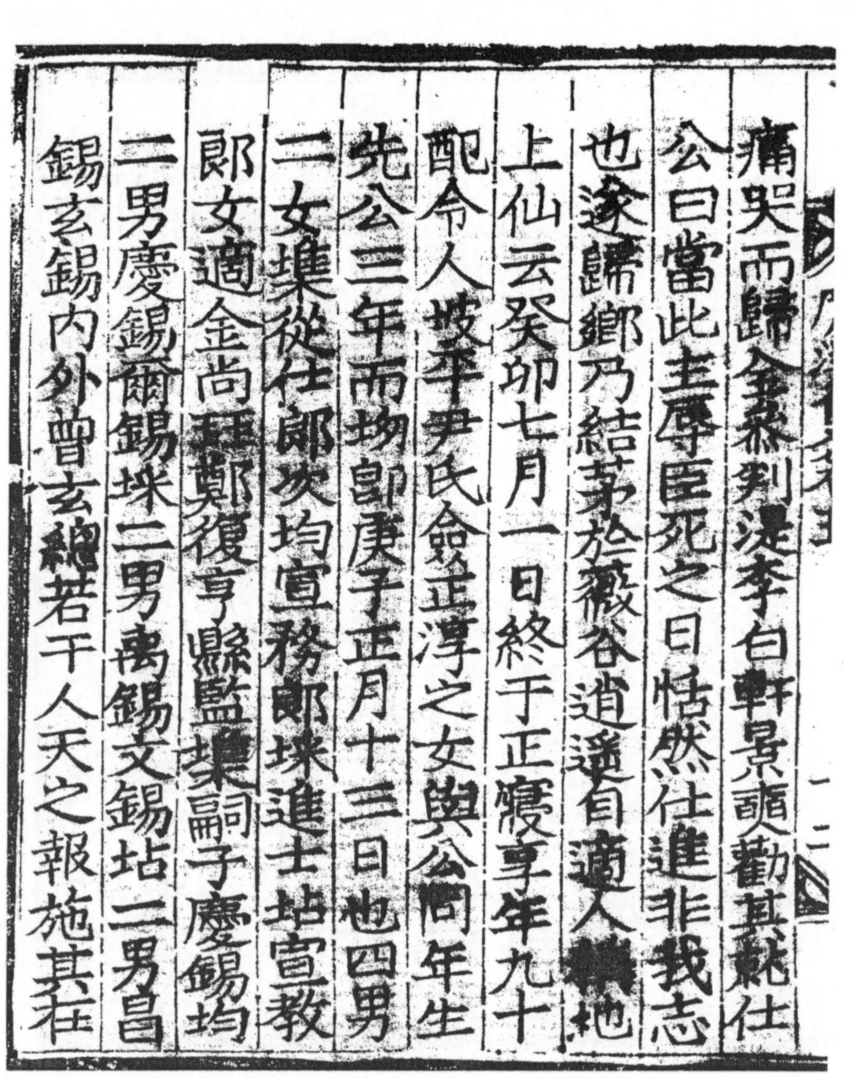

痛哭而歸金洙判㳌李白軒景奭勸其縣仕
公曰當此主辱臣死之日怡然仕進非我志
也遂歸鄉乃結茅於薇谷逍遙自適人世
上仙云癸卯七月一日終于正寢享年九十
配令人坡平尹氏僉正淳之女與公同年生
先公三年而物卽庚子正月十三日也四男
一女埰從仕郎汝均宣務郎坧進士坧宣教
郎女適金尚珏鄭復亨縣監埰嗣子慶錫坧
二男慶錫爾錫坧二男禹錫文錫坧二男昌
錫玄錫內外曾玄絲若干人天之報施其君

28

是歟萬朝以末學何能當表德之文而以其
景仰之忱敢述而書焉後學嘉善大夫慶尚
道觀察使豐山洪萬朝撰

墓表後識

右墓表晚退洪公所述也今至三百年所其
後　哲宗丙辰士林建院于丹邱　今上丁
卯因繡衣使朴瑄壽啓　贈公通政大夫吏
曹叅議其目曰道學高明忠節卓異是則竪
碑後事故不見於表中後孫相憲氏俾不俊
足其後若夫先生學問之正樹立之卓有舊

29

表在歲辛丑仲夏前義禁府都事全義本種

杞謹叙

墓碣銘 幷序

韶州縣西安平坊鷹峯貟免而封者故徵士

大明忠義 贈吏議虎溪申先生衣履之藏

也先生諱適道字士立其先鵝洲人勝國時

版圖判書諱兄濡以清直著諱祐按廉使盧

墓有雙竹之異事聞 旌閭至四世諱後禎

教授於公高祖曾祖諱壽桑奉祖諱元祿號

悔堂贄謁愼齋先生後遊陶山門得聞性理

之學亦以孝學　旌門贈戶議享藏待書院
考諱仡號城隱有重望　贈左承旨妣順天
朴氏副尉倫女以萬曆甲戌十二月二十九
日生公于陶巖里第粹美映入聰明絶倫自
幼有事物觸悟之智事父母能竭其力不以
貪窶而少弛志體之養就學堂從兄鼎峯公
質疑處難密切相須鼎峯公每日大吾門者
必此弟也當龍蛇亂有勸業弓馬者公曰文
事中亦有武備何必以兵家機務爲濟國之
策時皇考公倡義勤王公以父命挈家入山

31

備禦甚嚴并與隣境救活及亂靖師事寒旅
兩先生服習講明多蒙獎詡乙巳魁鄉解西
匪柳先生見其卷曰義理條暢非科臼中口
氣翊年與季弟懶齋公悅道俱陞上庠聲譽
籍甚母夫人夙嬰奇疾公涉覽岐黃之術多
得靈效甲寅竟遭內外艱哀毀幾不支殯葬
儀節必問張先生行之因廬墓終三年庚申
道伯鄭造題名院案公削去之曰蔑倫亂賊
何可暫齒儒籍聞者皆危懼而造終不能害
丁卯金虜東搶公奮然曰　鑾御蒙塵非臣

子荷活之時倡必義旅星夜馳進賊已退矣
因詣闕陳疏屢千言 仁廟優答之特除
祥雲道丞道經兵燹公私蕩析至則拊摩矯
救一心調儂民立石頌之壬申拜齊陵叅
奉尋文拜 健元陵叅奉一肅而退丙子金
入再狥公欲伸前憤招集智勇直向爲萬死
之計旋聞雙嶺已陷和議牢成即馳赴行
往灑泣封章極斥賣國之人與同志金清陰
鄭桐溪趙龍洲諸賢相對痛哭因吟一絕曰
誤被天恩重還慚臣分疎故園春已晚何用

33

夏蹶踖時李相景奭特羡曰申適道直國家
忠良之臣當拔例以用 上兄之公聞而歎
曰天地閉矣冠裳倒矣此豈白首進取之日
乎自後與世長辭搆茅屋數間於鶴山薇谷
扁其軒曰採薇杜門整坐日讀春秋時人稱
韶州林壑有大明日月癸卯七月一日以天
年終壽九十於乎先生禀聰明特異之才生
淵源承受之家耶習者詩書也耶行者孝友
也俔焉孜孜惟悔堂租業是則而知已有天
倫晚悟懶齋二弟也就正有大方寒岡旅軒

34

二師也填籬以相和旨詩以稻講庸學逐章
之圖敬義夾持之工曰著乎心究體胖之餘
而性酷愛山水善爲藏修與一鄉同志移長
川院宇于永溪以爲教育英材之所及當強
圍柔兆之變則卽率書生徒手赴敵曾有兵
有馬巨鎮大帥之所不能及而時運已否國
論遂左雖不效勘亂刷雪之切試於前後封
章其忠直慷慨之激豈徒破當日誤國臣之
膽先生移孝爲忠克養有素之彰伸大義於
是焉不可誣矣儒紳之建院尸祝　朝家之

35

褒贈吏議者足以光斯道之千秋不泯耶配
坡平尹氏僉正淳之女配德無違先公歿葬
于鷄峴後遷合封生四男二女塽從仕郎
宣務郎埰進士岾宣教郎女士人金尙珪縣
監鄭復亨樂嗣子慶錫均子慶錫爲塽後爾
錫采子禹錫文錫岾子昌錫玄錫金子舜佐
碩佐內外孫曾總若干人曰後孫敦植甫齋
金拓庵道和氏之狀責銘於中轍䫉生淺識
何敢當是寄語旣有十世厚誼且念拓庵吾
徒之夙仰信筆也不能有二辭謹就叙錄如

右系之以銘銘曰

淵源家學旨誅師承蔭途奚逗誥煌迺陞採

薇亭上依舊日月我撮其大崇禎高節委祉

在後柯葉茂榮於不丕顯庶徵斯銘後學前

行惠陵㣧奉真城李中轍謹撰

聞韶邑誌

申適道孝子元祿孫萬曆丙午進士從遊鄭

寒岡張旅軒得聞淵源之學丁卯亂倡義旅

聞講和赴　關陳疏特授郵官壬申因宰臣

薦拜　健元陵㣧奉丙子灑泣誓衆直赴

37

行在又斥和議辭歸薇谷構軒以終

丹邱書院上樑文

鄉社有祭古人重崇報之儀藏修以祠後學
寓景慕之意奚徒推宗于宿德抑將矜式於
斯文恭惟虎溪申先生惟孝是源退齋悔堂
之冑爲賢昕獎理義文學之才師門有愛敬
之推承岡爺而旅老仕路持辭謝之義對沙
西若白軒星夜勤王仰忠誠於當日氷山割
籍凜直氣於千秋明誠集義之工交修譚譚蠚蠚
牛於平素尊攘斥和之章首抗辨熊魚於

38

黃九鼇林泉作神仙於平地一命祠祿付浮
雲於先天狩歟懶齋申先生學勵爲儒才蘊
其具通明溫雅生禀異凡之資經術文章成
就一家之業謁寒聞旅高足於門庭證愚麗
修上項之道義蜚英初載播越之駕是從抗
海南天忠讜之節始著几案不撒朱墨中朱
書屏障與同聖切上聖學疏伸大義於天下
後山城第一讖論約行四條於海隅即窮隣
凡百觀感遭斥於世行將泰然盡瘁之心死
而後已是皆本之授受昌不盛乎行藏粵若

41

忍齋申先生小學之自家家書即是免髦時
語聖訓之隨類類揭蓋將刻肺爲銘私淑有
說論學有圖造次必於是匡鶴與聞修木與
質就正其柱斯三某之稱嶺數大儒六行之
薦館首華聞縱不曾於登庸固無傷於爲己
竊念丹邱之佳境最爲韶州之名區眞同白
鹿之遺墟清冷窈窕免合靑衿之静會曠遠
幽閑惟玆三老之棲遲寔是一堂之倫序昔
當陪侍於函席尚有典型於摳衣諿默其仁
家庭見孝友之行養之以德鄉里服忠信之

孚斯其實學之內克燦乎英華之外見噫遺
教之不泯孰無傳誦之懷而遜迹之耶枉舉
切想像之感不有明宮俎豆之舉詎寓永世
羹牆之慕爰諏一區於舊居實取九成之美
義伊江山點綴之相似物色增輝矧杖屨遊
賞之所於警咳如昨則百年人事之遷就庶
今朝不日之經營瞻聆一方行見高棟之突
元莁芬三哲永有明德之馨香寧五豈隆師
之誠得遂而已顧雲孫積世之願何幸如之
兹涓叶吉之辰敢獻升梁之頌兒郎偉抛梁

東凰峯朝日上晴空平生禮樂周旋地猶有
祥輝一氣通抛梁西鳳山一秣夕烟低小車
想得從容日江鳥山花盡品題抛梁南淵泉
混混去成潭梧桐天外月輪霽印作中心淨
似藍抛梁北遺墟百載人應識松篁一壑帶
寒風依舊君君歲暮色抛梁上天爲斯文未
嘗□直是性無今古殊由來只在人能養抛
梁下洋洋黃卷盈塵架聖賢言行此中可讀
得方知有爲者伏願上梁之後儀形不替風
韻長存禮備精禋尚洋洋而如狂士習餘教

42

當濟濟而克生蔚為鄉邦之耿光永承君子
之遺澤契家後學豐山柳疇睦謹撰

奉安文

顯允先生忠孝全德尊立岡軒澤麗桐石本
之才資濟以學力庵老定評義理明白惠翁
鑑識天分高卓院削姦魁禮質函席西戎永
突贏粮赴急酬以一郵藉我蕩析及夫再獗
元戎涕雪義嶺西指南城率律和言蓐莱奈
彼賣國疏陳萬言綱備賴植故園春晚詩出
腔血謝事南還山間卅屋娛以書史持以謙

43

牧人稱地仙邦有遺逸推原反始寧享薺薺
惟陳徐氏況有故寔因循未遑歲餞三百覩
茲後生積世營度亦奧懷翁同氣德合爰及
忍爺克紹家學兩世風範百年如一合餕同
堂情禮允吁念茲丹邱山水清淑三位偶卓
數間丹艧或聰或配從其昭穆爰舉縟儀辰
良日吉樽俎潔淸衿紳齊邀陟降在茲惠我
無極後學弘文館校理韓山李敦萬謹撰

常享祝文

學傳師誘義扶邦綱餘教枉人報杞無疆

44

繼衣朴瑄壽啓文丙寅

粤在 仁廟丙子之亂凡人士之忠義者或
有倡義而赴亂或有抗疏而庠和雖在寒素
之人擧蒙褒賞之典而義城故察訪臣申適
道素以慷慨之士無篤至之行講究於性理
之學蔚然爲士林之宗及當丁卯丙子之變
奮身倡義再興義旅矢死向前不避危難蓋
平日听守有確然者矣繞到雙嶺聞和議已
定遂抗疏南還仍辭　除拜隱居教授以終
其身其遺風餘韻尙爲一道之所想望而興

起是白乎所其在酬勸之政合施旌褒之典
以爲獎忠義樹風聲之地恐合事宜是白如
乎令該曹稟處是白齊
政院草啓
都承旨臣趙性夏爲草啓是白段慶尚左右
道暗行御史臣朴瑄壽別單內義城故察訪
臣申適道道學忠節實一代徽蹟依別單以
爲贈職之典如何
吏曹回啓
吏曹判書臣曹錫雨爲稟啓事慶尚左右道

46

暗行御史臣朴瑄壽別單議政府草啓內義
城故察訪臣申適道道學高明允爲儒士之
宗忠節卓異實惟邦國之尚是白乎旀特施
贈職之典如何
傳曰允
教旨
察訪臣申適道贈通政大夫吏曹參議者
道學高明忠節卓異事承傳
樊黃告由文　　　吏判韓啓源
惟公終始惟學之積高山寒旅麗澤桐石厓

謝剔白愚誦占位迺長一院柄伯叔剌西兮

北赴星月投褉祥郵薄試垢櫛癬洗孤城一

疏萬古陽秋如懸貫沸不踏連蓄故園春曉

初服婆娑涵墳演典徒篋來柯天挺孝友三

事一致同門伯叔幵世諶紀鬱鬱埋光幾二

百載麾積不發有隱斯採直指之剡士林之

式恩貤焜煌小宰之職穀撰卿掄幽賁品譜

子孫之榮有德之報

延贈時告墓文

　　　　　　　　　　　后孫相夏

恭惟府君吾林名碩炳日之忠的源之學九

旬任道二凱委國尊周一疏萬吉綱立大義

之伸世教之淑不泯公議百年斯赫剗採既

實廟論俱一　傳曰貤何三銓之秩邦國之

尚斯文之式顧惟殘孫感恩無極

道儒生請加贈上言

右謹啓臣矣身段伏以崇儒術明正學　王

道之當先獎忠節立綱常　邦典之昕尚是

白千昕臣莘昕居道內義城地故忠臣　贈

吏曹參議臣申適道卽麗朝忠臣按廉使祐

之後也孝學　贈僉議臣元樣之孫也早登

文穆公臣鄭述文康公臣張顯光之門師門
授受之正家庭忠孝之學實爲士林之所宗
仰是白遣及 仁廟丁卯之訌三宮播越君
父危甦適道首倡義旅齋疏詣 闕歷陳主
和誤國之非扶亂反正之策 聖批温允特
除祥雲道察訪又陳疏乞遞至於丙子再猘
之變則孤城形勢危如一髮又沸泣誓言衆望
夜馳赴及到南城時事已變與同志相對痛
哭曰丁卯之和猶爲天下之羞況大倫蔽矣
綱常墜矣此忍爲乎此忍爲乎遂以君臣大

義天地綱常等語抗章直斥其非又引
洪翼漢疏語以為萬世言責者之所當師法
蓋其尊周大義格君沒誠赫赫炳炳可有辭
於天下後世而及至事無奈何莫可挽回則
乃作詩自誓辭謝南還構得一小屋於鶴山
之薇谷名曰採薇軒杜門潛居日以嘯咏自
遣文忠公臣李景顏嘗因劄別薦　召命屢下
而不起壽爵自至而不受閒養九十年竟以
大明年陵署徵唧而終斥和臣鄭蘊嘗語之
曰當日扶義之人何限而能保其晚節者惟

51

申適道也適道亦嘗自言曰堯舜在上義無
不仕而今天地閉矣冠履倒矣古之君子必
無可仕之義此可見義理之正行藏之宜而
萬世臣子之所當準則百世斯文之所可師
宗是白乎則此豈有崇褒易名之典而于本
二百年臣等瞻望 天門齋欝久矣徃徃
卯因暗行御史臣朴瑄壽之啓 臠燭明照
聖恩優洽 贈之以天曹參議之職可謂榮
及泉壤望副儒林是白乎乃以若貞忠大節
實德正學其所褒顯止於三品則恐未盡於

52

崇儒賢獎忠義之至意也伏乞　天地父母
垂察罕古卓異之蹟軫念多士齊籲之忱特
加崇秩以勸世教以樹風聲事臣等無任惶
恐伏望良結望良
士林通文　丹邱書院安靈時製通金龠裕
伏以鄒鄉先輩虎溪懶齋申先生及虎溪胤
子忍齋先生兩世三賢德學風猷蓋亦吾南
之昕共景慕也諸先生俱以瑞世英喬之村
乘　國家晟明之運早親有道與學業征邁駿
登科第聲輝闡發令聞既數晋途方闢殆見

仕學互優位德俱隆而卒當桑兆天地冠優
之變忠義奮莖於同氣名節萃在於一室至
若伯府先生倡旅陳疏抗斥輪平之恥誓衆
灑泣奮發敵愾之氣況其學問精湊尤見於
性理論辨之說庸學分類之圖覺乎壯矣季
旁先生聘 命上國克揚專對之策圍往孤
城首發和議之非蓋其塤篪淵源之正出自
寒旅之門而道義交遊之重同時處義於桐
龍之倫若是卓矣曁惟忍齋先生以家庭詩
禮克濟世美一時聲聞嶠南有三某之禮謹字

54

中薦六行之備而若其十圖解義有　聖明
之稱賞一部策式見義理之明的亦豈非稱
家之賢乎嗚呼忠孝無全於一門事行俱著
於兩世風聲之樹盛德之報猶將百世可祀
也陋鄉末學無以奉承前烈遺芳剩馥之地
尚未有一席香火之薦固知未免於隣鄉大
方之昕棄也惟是德家遺範尚有誠孝勤懇
之風若爾雲裔備成堂齋謹依宋朝徐陳故
事爲原列廡配之禮生等竊念當日獻祝儀
式不可直任本家兹以會議通告伏願僉君

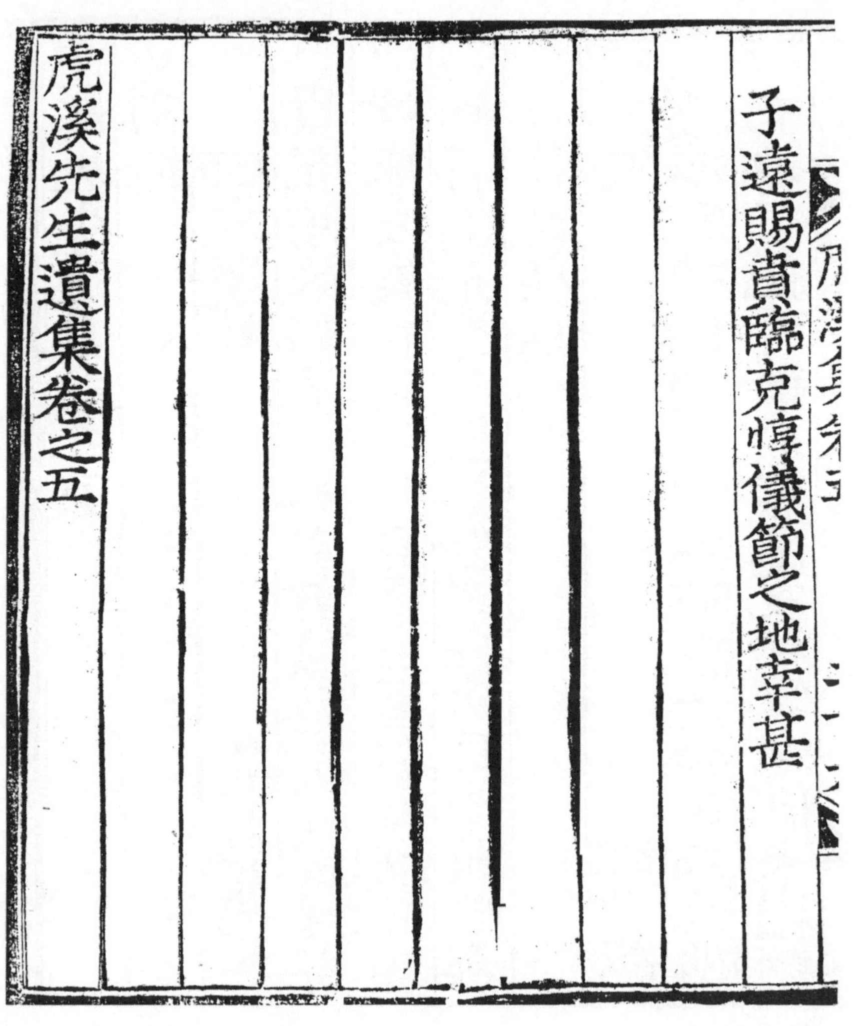

56

附錄

師友遺札　　　　　旅軒張先生

貴胤陪佐郎來獲奉喜書稍慰不容言謹審
棣床友履聊做況日透古聖賢閫域閒甚
仰賀顯光耄敗旣劇斷事杜伏耳懷難牘忩
只冀還任萬福

又　　　　　　鄭蘊

按溪同苦已閱四十年瞻想一念食息不弛
而地之絕遠鱗羽無憑及到密邇猶未相訪

老境心緒益切悲憐備審兄邊消息氣候平
迪浚喜耳弟少壯時才不如人逮至老安病
且兼之凡干人事關如也何以治民乎到任
雖久米鹽之消積自知不如歸計已決而我
病不得訪兄兄病不得訪我尢可鳴乎

又　　　　李埈

埈啓私門不幸小子遽爾夭折白首號蒼穹
有搥胷而已頃承兄札亦有慼患稠疊云須
學西方解脫之法以慈愛之天爲浮雲流水
然後人門憀酷之痛有休歇處矣末由面論

58

徒增哽塞

又　　　　　　　　　　　金應祖

令姪回謹承下札憑審早熱尊體動靜萬福
鴒原之樂融融於海山雲物之表令人引領
起興直欲奮袂而苦被慪緣纏縛不得自由
奈何時事可慮仍圖避世甚優好何其奇哉
嚮慕之私短紙難伸

又　　　　　　　　　　　鄭惟熟

相去不甚遠而闊今三載猶無一會期老病
人事至此瞻悵倍切惟可幸者時得與允兄

相對晤語如獲親炙即惟歲暮調況珍勝弟
喫苦路傷老病已極十分地頭自憐奈何頃
者先達公遠來訪我迨極感幸且聞慶宴之
設己有定日若因此便進爲盛事不俾老生
之望與兄同做四十年戱而不得遂意恨恨
何極

又　　　　崔、晛

千里夢想之餘路奉情札委人致問仰慰如
何生特蒙　宥命罔極之恩使之生還故土
感泣之外無以爲謝

又　　李景顗

年前一奉眞適我願每想芝眉徒自悵歎十里手翰忽墜意表如對慰懸生年來蹤跡不在於朝在鄉時多眼患亦劇未得以書相候者久矣常以爲恨

又　　李敏求

歲律將暮遠惟政況稍慰瞻想某生衝寒冒雪遠赴治下望須俯採聽控曲賜如何是生一家人也接遇之厚不待生之喋喋爲湖南風俗不佳除非宜咸不無意外生梗之

61

悵然不知昕論

又　　　　　李景容

承誨兩難兄有若識荊州知此托鄰尤切喜

辛卽奉惠札感荷百倍佇聞慊遵鴒原之痛

驚悼罔已生一行作史無非爲親計踰下嶺

表若墜淵谷進誨書空無以爲謝

又　　　　　李堂撰

自尊離泮月已周矢無騎無人旣關躬造又

未伻俟尋常茹眼卽茲憑問尊旅況平迪慰

62

谿十分土與公耳又以痘患再昨俱爲出泮
嶺友之厄尚未瘳也南行當往何間若得人
馬近當就叙耳

祭文　　　　　　　鄭惟熟

昔我大爺先生倡道於泗上一世豪邁後逸
咸歸於門牆惟時我公早歲負笈心期遠大
非一藝一行之名志向端的乃有體有用之
學進退之際規矩必導性理之書毫縷可釋
無隱必叩應對之節從容有間輒行昕受之
教是極實蒙愛敬於山席愈見推重於朋榻

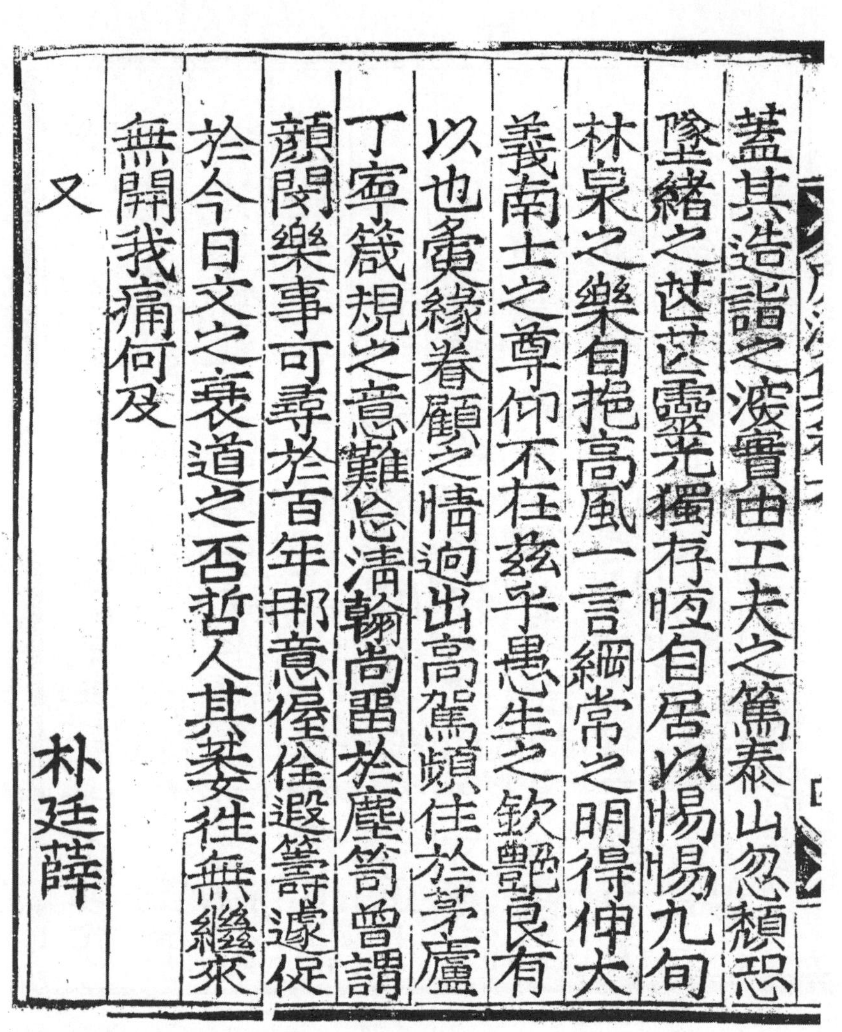

蓋其造詣之深實由工夫之篤泰山忽頹恐
墜緒之茫茫靈光獨存恆自居以惕惕九旬
林泉之樂自抱高風一言綱常之明得伸大
義南士之尊仰不在玆乎愚生之欽艶良有
以也夤緣眷顧之情迥出高駕頻往於艸廬
丁寧箴規之意難忘清翰尚留於塵笥曾謂
顏閔樂事可尋於百年郉意徑徃遐壽遽促
於今日文之衰道之否哲人其萎徃無繼求
無開我痛何及

又

朴廷薛

64

吾東文明之運於斯爲盛而吾南道學之士
相繼而起或因天質之美或因師友之正猗
我先生卽其一也嗚乎先生鍾山海之淑氣
做金玉之令資是質之美也得之於天也嘗
親炙於岡門就正於旅門是又師友之正也
於乎世無普言德行者先生之盛德大業固
不敢揄揚於萬一而俱以表表於事行者觀
之再亂之興義二疏之扶綱始信正學中出
來而苟非天稟之卓亦烏能如是也嗚呼

又　　　　　　　　　金尚瑗

猗我先生奮起南服山岳之重松栢之特唐
虞初志王不可賈材可棟樑文可黼黻知天
有命遂乃抗節就道而正于泗于洛淵源既
的踐履亦篤行己之方一遵繩墨及夫丁丙
君父之急舉我大義諭我同德登壇誓泣一
隊涕雪不我斗筲贊劃帷幄倍日馳赴滿山
胡戟事乃大謬賣國之說良籌莫施忠憤莫
洩遂抗大疏有章日月萬古綱常百世無惑
如是而還薇洞茅屋案有詩書山有薇蕨我
採我茹我書我讀杜門泮寂一區泉石輿望

益尊鄉邦矜式九旬康樂堂明舊曆云胡柰
淑斷文之厄士失趨向邦無大耋於乎吾黨
于何範則

挽詞　　　金應祖　鶴沙

退齋遺緒悔堂傳餘慶承承世有賢郵館未
容淹逸士寢郞豈合送殘年已悵榮利輪遽
栩都把生涯付簡編者舊即今誰復在仁鄉
回首一潸然

又　　　李景顒　白軒

夢裏祥雲路入間九十年庭存雙玉樹家有

67

一青壇仗義輕身日封章露膽天空將舊情
諠沾灑寄衰篇
又　張應一　聽天堂
師門先進衆推時當日惟吾年少時聖學真
工窺閫際皇明高節抗章時百嘗齒德稀千
古三樣輝光盛一時洛水寒波流不盡聲聲
嗚咽斷魂時
又　洪汝河　木齋
一德公攸好人間五福宓伏生邢欠壽謝椽
却嗟卑蓬島竇縣去邱原梓樹悲自憐坐普

晚未忍紫芝眉

又　　　　　　　　　　　　申弘望 孤松

青春手採鳳池蓮晚節郵騷騁海邊一官明
時如夢寐九旬平日作神仙誰知靈劍重淵
會可占雲何百代傳祇是鵝宗長老盡孤生
宇宙獨蕭然

又　　　　　　　　　　　　南海凖 新村

大李家庭有大賢皇天錫類理當然早遊國
學名聲遠晚長郵亭惠澤專壽享耆期仁可
驗業遵型典德無愆病中垂淚令題挽安得

69

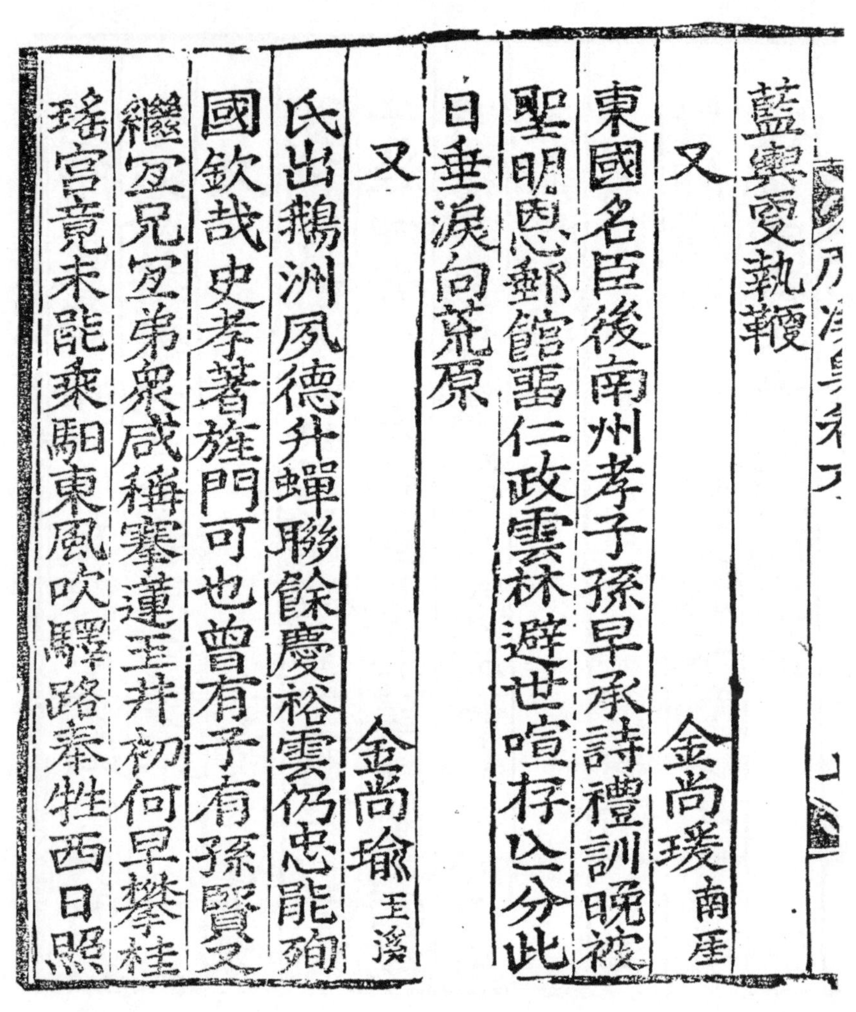

藍輿愛執鞭

又　　　　　　　　金尚瑗　南厓

東國名臣後南州孝子孫早承詩禮訓晚被
聖明恩郵館留仁政雲林避世喧存心分此
日垂淚向荒原

又　　　　　　　　金尚瑜　王溪

氏出鵝洲夙德升蟬聯餘慶裕雲仍忠能殉
國欽哉史孝著旌門可也曾有子有孫賢又
繼冤兒冤弟衆咸稱攀蓮丼初何早攀桂
瑤宮竟未能乘駒東風吹驛路奉牲西日照

70

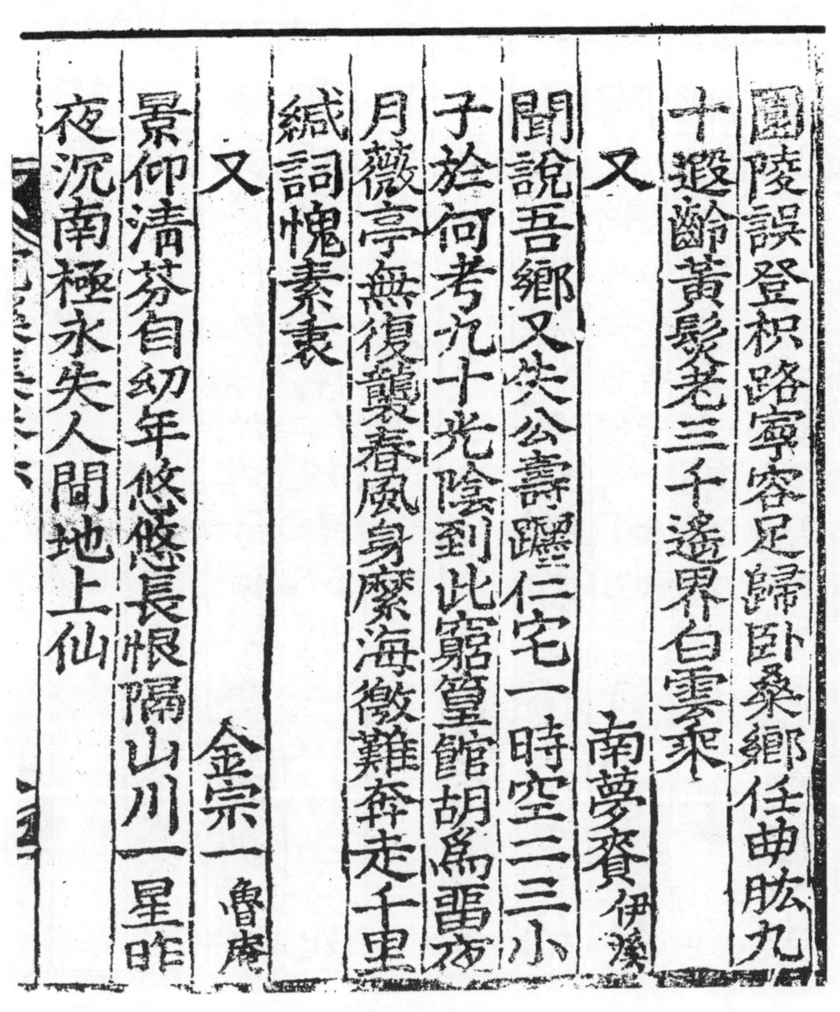

圖陵誤登积路寧容足歸臥桑鄉任曲肱九
十趯齡黃髮老三千遙界白雲乘

又　南夢賚　伊溪

聞說吾鄉又失公壽躋仁宅一時空三三小
子於何考九十光陰到此窮箪館胡爲雷衣
月薇亭無復襲春風身瀁海微難奔走千里
緘詞愧素表

又　金宗一　魯庵

景仰清芬自幼年悠悠長恨隔山川一星昨
夜沉南極永失人間地上仙

71

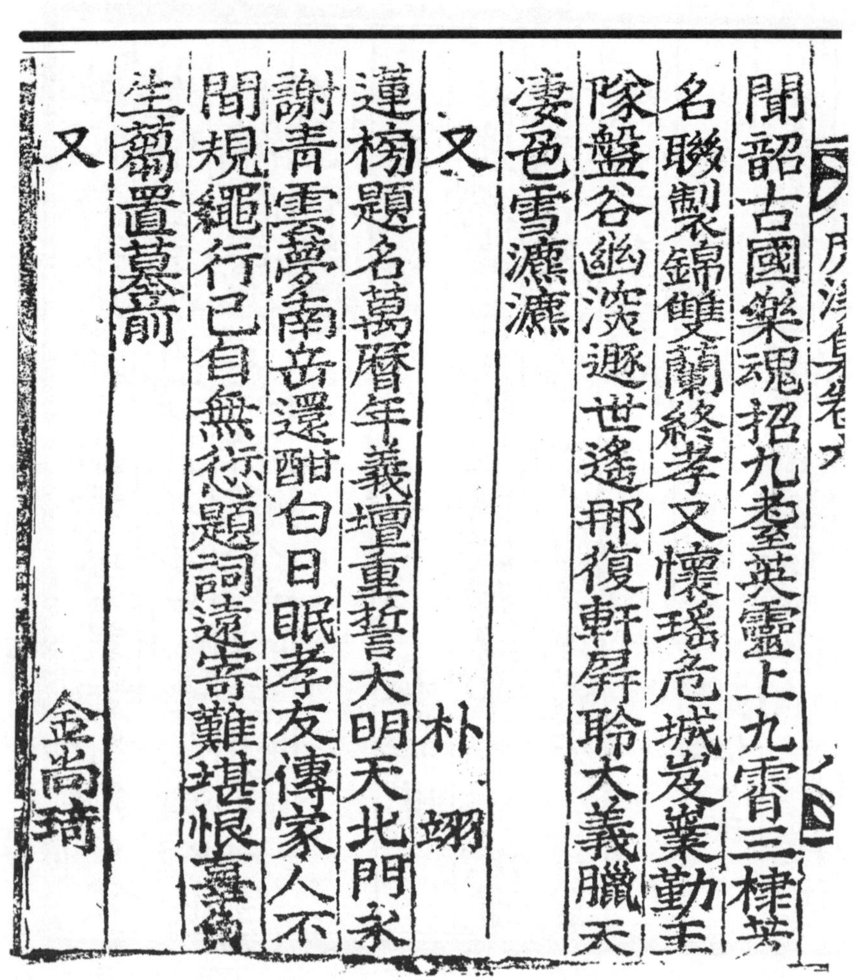

聞詔古國樂魂招九老臺英靈上九霄三棟英
名聰製錦雙蘭終孝又懷瑤危城岌業勤主
隊盤谷幽深邈世逖郴復軒昇聆大義臘天
凄邑雪瀌瀌

又　　　　　　　　　　　　　　朴翊

蓮榜題名萬曆年義壇重誓大明天北門永
謝青雲夢夕南岳還酣白日眠孝友傳家人不
間規繩行已自無忝題詞遠寄難堪恨無窮
坐葢置墓前

又　　　　　　　　　　　　　　金尙琦

啓幅傳來取見之辭云某月葬親期鄉中父
老猶吾老公外孫兒又弟兒劍會延津應此
日鶴歸華表正何時從今薄俗無觀感一倍
傷心不勝悲

又

金時忱

北塞趨省日東郵歷拜時萍逢承眷誨津遣
荷恩私天上星芒暗人間耆舊娄平生尊慕
意惟有季袁知

又

洪仁量

公家孝友己旌門　　　威聲桂弟昆蓮榜題

73

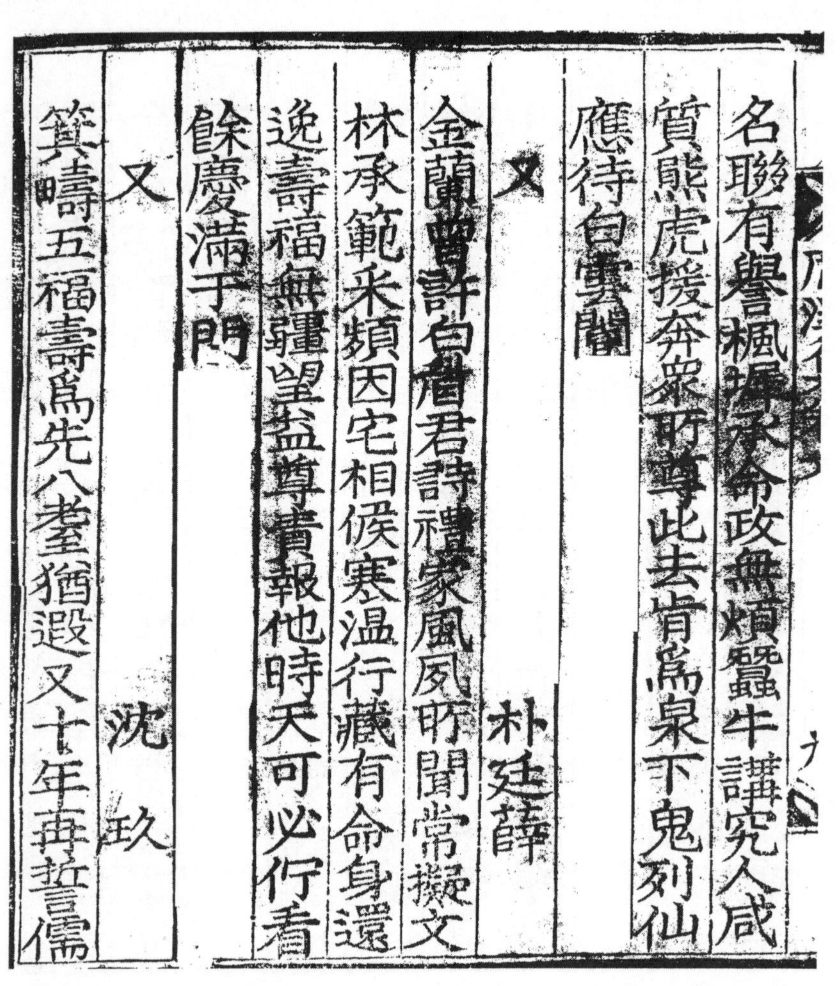

名聯有譽楓堰承命政無煩蠶牛講究人咸
質熊虎援奔眾所尊此去肯爲泉下鬼列仙
應待白雲閒

又　　　　　　　　　　朴廷薛

金蘭許白眉君詩禮家風夙昕聞常擬文
林承範采頻因宅相侯寒溫行藏有命身還
逸壽福無疆望益尊賚報他時天可必行者
餘慶滿于門

又　　　　　　　　　　沈玖

箕疇五福壽爲先八耋猶邅又十年並近儒

壇扶義老晚歸薇谷養眞仙重泉白髮鴒屍

會舊物靑壇鳳穴傳積德如公無復憾却驚

南極晦星躔

又
　　　　朴檜茂

早年蓮榜棣華名材器虛違遇聖明單詮圖

席傳衣鉢忠義危城仗籌旌粉社遙吟紅荳

典薇亭直與碧山嶸吾衰未執歸泉紼題挽

潑慚范巨卿

又
　　　　李爾松

契潑先子又同庚義分平生若弟兄早歲庠

宮名治大中年郵館官非榮算裘詩禮家聲
振壽考岡陵命道亨孤露此生常景仰可堪
今日隔幽明

又　　　金炫文

南土多名勝山奇水亦清孕生仙骨聳爭觀
德星明詩禮能傳業藏修豈爲名微官才不
展浮世路難行聞達元非意漁樵共結盟機
忩漢陰老望重汝南評涉海寧求藥淸心自
鍊精朱顏近百歲綠髓去三彭蟬蛻紅塵表
鑾驥紫府程遐齡稀往牒餘慶襲徽聲憶昔

76

連家誼交浚兩世情嘗余曾八泮賢胤亦棲
醫對案資磨琢聯衿若弟兄每言題柱志祇
爲悅親榮久切遊方戀猶稽至顧成玉難逢
普價天未格浚誠寸草春暉短慈烏怨血橫
孝心當大事舊櫬附新塋雲樹千山阻存亾
一夢驚無由執素紳南望涕沾纓

又

呂孝閔

高標玉屑緣昏恢雅量清談孰敢嘲早抱荆
山和氏璧晚來活計海棠巢萬事生涯風外
絮百年身勢水中泡殷勤證重同瓜葛姻婭

情潑比漆膠小子無緣叩末眷九原何處椅

潑交多病老人身不到向風揮淚望前郊

又

丁瑜

公與先君交契厚鯫生陪席聽論辭忠言可

尚封章日義氣須看趁難時安享九旬仁驗

壽孝終雙玉蔭雷枝重泉宴合延平劍千載

精靈應共嬉

贈恩賀章

晋山姜蘭馨 檗香 繇判

退齋家裏雄雙竹孝友相傳繼述之大義嘗

任溪洞主孤忠再倡廣陵師兩賢門屛壽眞

78

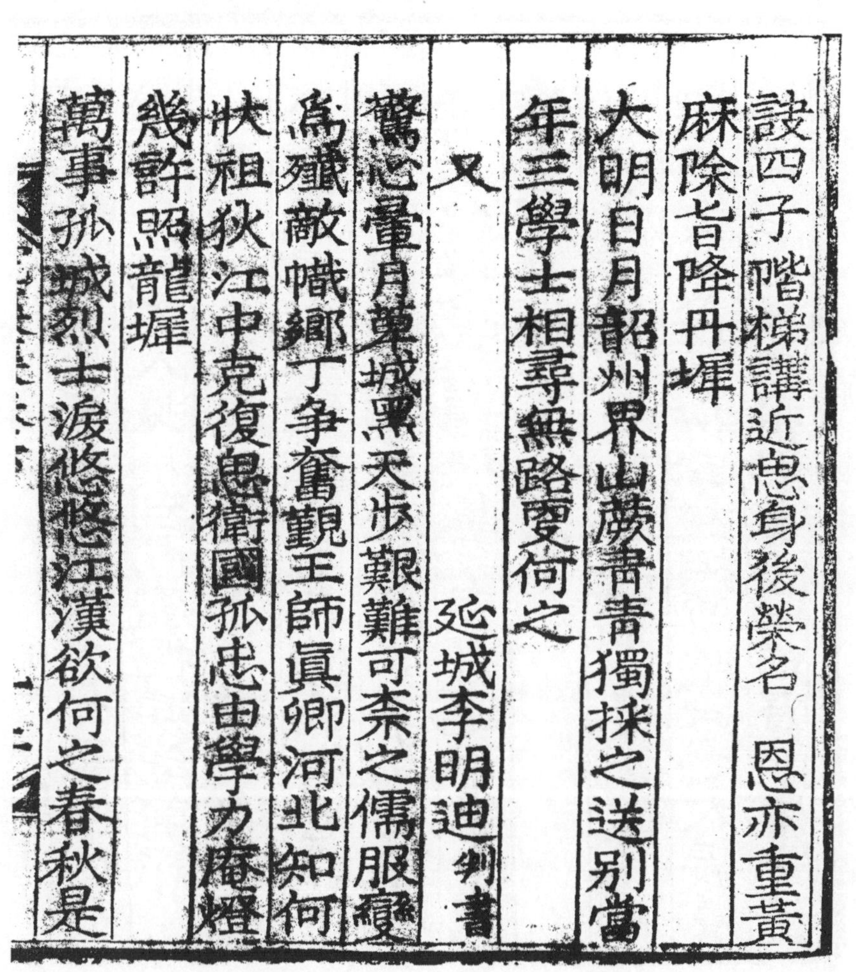

詩四子階梯講近患身後榮名　恩亦重黃
麻除旨降丹墀
大明日月詔州界山蕨菁菁獨採之送別當
年三學士相尋無路夢可之

又　　　　延城李明迪列書

驚心暈月奠城黑天步艱難可奈之儒服寝
烏殯敝幟鄉丁爭奮觀王師真鄉河北知何
狀祖狄江中克復思衛國孤忠由學力庵燈
幾許照龍墀
萬事孤城烈士涙悠悠江漢欲何之春秋是

79

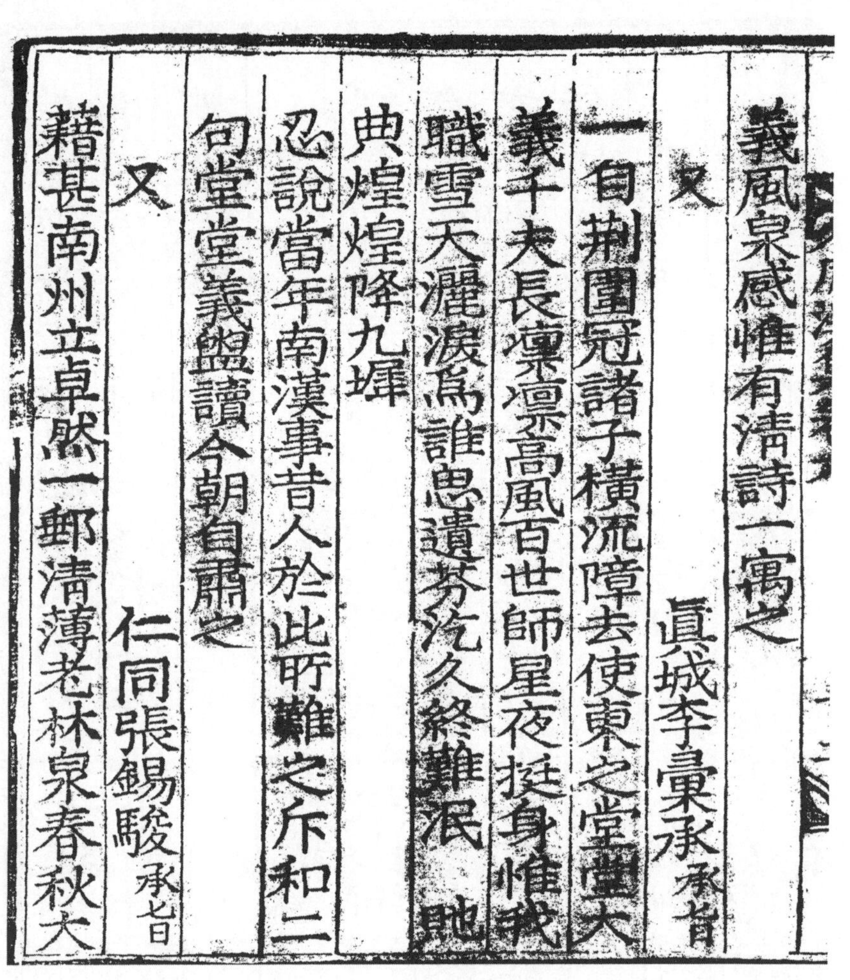

義風泉感惟有清詩一寓之

文　　　　真城李彙承 承旨

一自荊圍冠諸子橫流障去使東之堂堂大
義千夫長凛凛高風百世師星夜挺身惟戰
職雪天灑淚爲誰思遺芬泛久終難泯　馳
典煌煌降九埠

忍說當年南漢事昔人於此昕難之斤和二
句堂堂義盥讀今朝自肅之

又　　　　仁同張錫駿 承七日

藉甚南州立卓然一郵清薄老林泉春秋夫

義三綱柱家國孤心七尺捐方知吾道終難

晦相賀天官待有年洛水洋洋流不盡丹邸

百禩聽歌絃

又 仁同張龍逵承旨

砥柱中流獨屹然虎溪歸臥樂林泉山河正

氣三綱立兄弟初心一死捐吾祖淵源遺後

裔 聖時恩渥值今年翩翩紫誥猶云晚賀

酒城南動管絃

又 幷序 豐山柳進徽判官

惟我虎溪先生扶綱斥和之精忠卓節凜

乎如嚴霜秋日而至今載柱國乘輝暎千
古豈不偉哉於乎先生有經濟之才義理
之學而生不得大施於世歿未遂衮崇之
典事若有待而尋常懦鬱者久矣幸值一
元文明之運 聖上龍飛百度俱新陽谷
陰崖均霑雨露之澤先生幽潛之盛德大
業至登繡啓而三銓 恩秩自天有隕榮
及泉隧實曠世之盛典也不佞以後生末
學適遊太學得見先生丁丙事蹟讀之不
覺擊節而歎息也今於酌酒慶賀之餘拈

出詩集中韵曆安續貂以寓景仰之忱云

長陵松栢菀蒼然追憶當時瀘瀉泉萬慟風

塵忠不死一身天地義同捐鼎新運際橫庚

日升秩　恩浚值卯年瞻想丹邱遺教在永

令春夏誦而絃

又　　　　　　豐山柳芝榮承省

天地之間賦浩然先生道學達如泉當時已

賀賢臣得後世終非　聖主捐倡義葵忱惟

向日表忠荷典幸今年靈魂不昧丹邱院地

號聞韶聽管絃

又 并序　　　　延城李用基縣監

先生以名門華裔學有淵源志切尊周其
卓異不磨之跡亦足千古而終不無學高
位卑之憾今　聖上四年秋特贈天官美
秩蓋盛典也迎謡之日全嶺人士會于泮
宮之西而宴之敬次先生集中韻庸識賀
悅云爾

南望韶州俉愴然皇明日月舊林泉養檜面
何天下立魯連身欲海東捐丙子於今三百
載黃河之水一千年嘟書瑞鳳飛來日紅樹

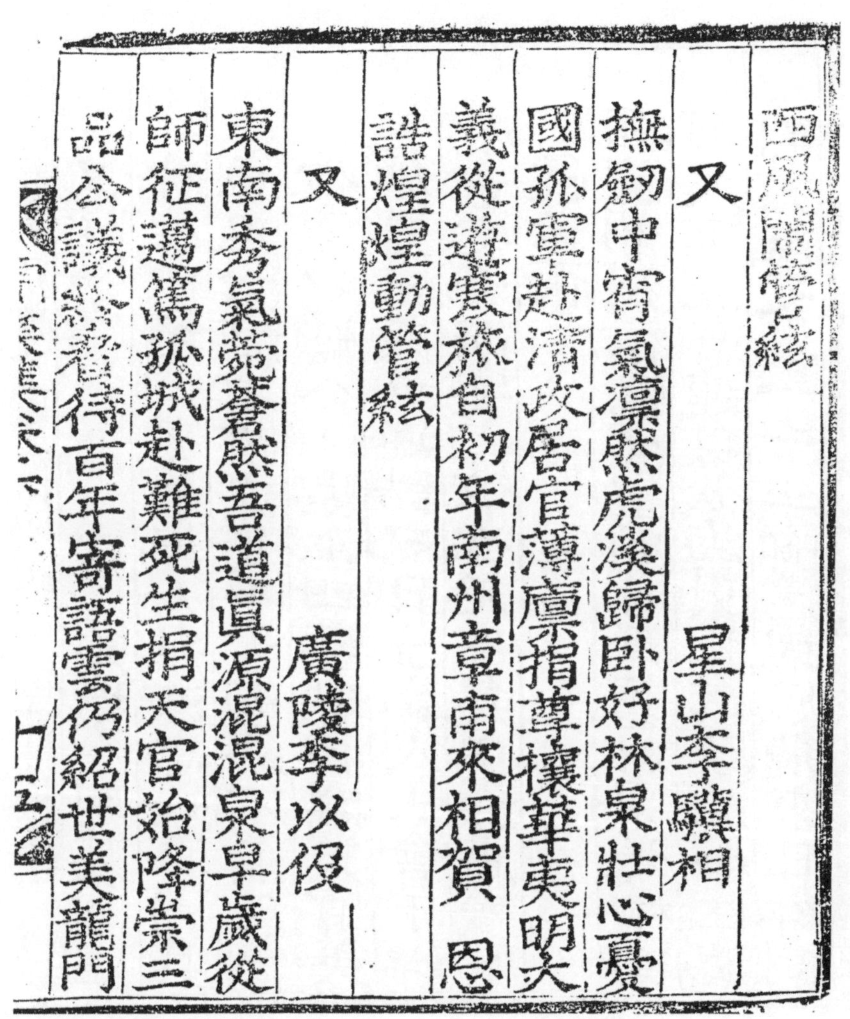

西風隴管絃

又　星山李驥相

撫劍中宵氣凜然虎溪歸卧好林泉壯心憂
國孤軍赴蒲政居官簿廩捐導壞莘夷明天
義從遊襄蔡省初年南州章甫來相賀恩
諳煌煌動管絃

又　廣陵李以侅

東南秀氣范奢熙吾道真源混混泉早歲從
師征邁篤孤城赴難死生捐天官始降崇三
品公議紛然難待百年寄語雲仍紹世美龍門

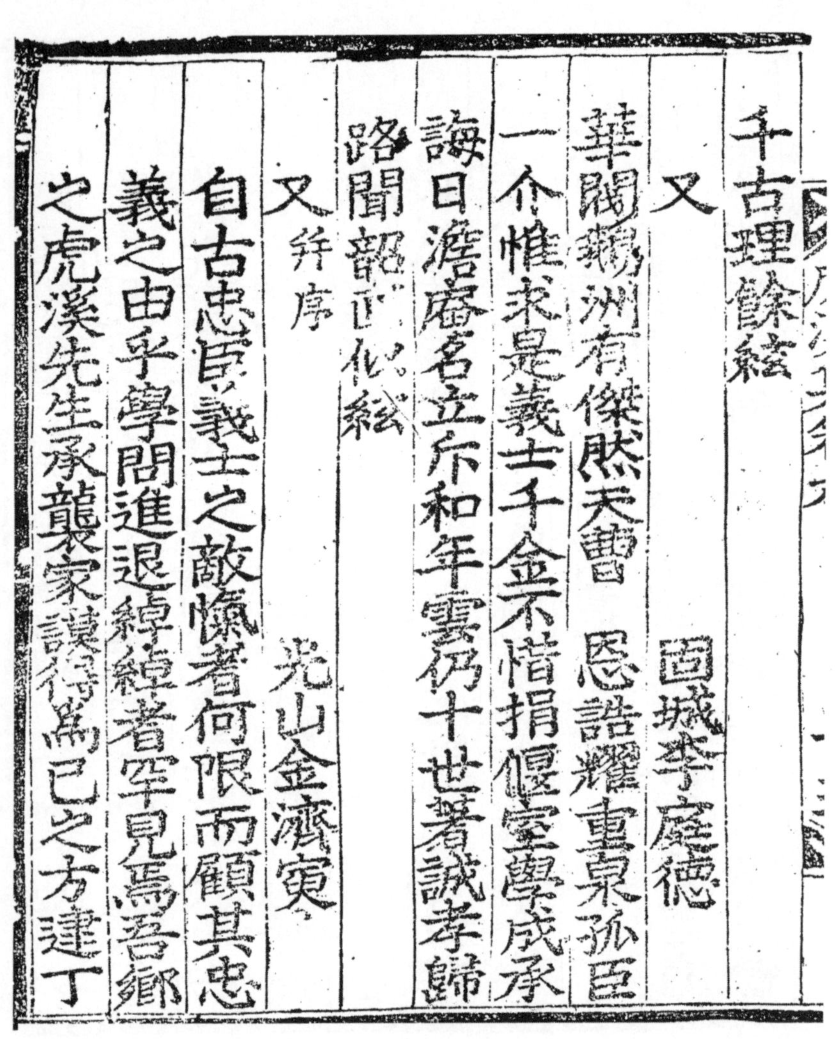

千古理餘綵

又

　　　　　　　　　　　固城李庭德

華閥綿州有傑燃天曹　恩諳耀東泉孤臣

一介惟求是義士千金不惜捐傴室學成承

誨日滄庵名立尒和年雲羾十世著誠孝歸

路聞韶正化綵

又幷序
　　　　　　　　光山金瀇寅

自古忠臣義士之敵憐者何限而顧其忠

義之由乎學問進退綽綽者空見焉吾鄉

之虎溪先生承龍襲家謨得行為已之方建丁

86

丙之亂再倡義旅哲師勤

天也足以扰千古志士之涙而懼其沉塗

軒冕無復當世之意則此豈非忠義之由

子學問而黙耶迄入數百載芳躅焂然替猗

我

聖朝特施貤贈之典嗚乎其榮矣登

徒爲先生地裁將以淑入心扶世教於無

竆爾茲因洛中多士抃賀之席謹次本集

韵以寓平日景仰之意

扶義尊尙炳炳照歸來竪臥老林泉眞忠有

自家庭見爵祿無心綏冤捐 聖上洪恩縂

87

議牒人間高節大明年薇軒遺教今猶往永

使諸生莞誦絃

又　　　　　　　　　　河陽許元栻

貞忠卓節曰星然赴義何如渴赴泉衣鉢師

門曾有受賞裹先業不虛捐三軍激氣勤

王曰一疏扶綱片廈年回首丹邱衿式至

今餘韻聽歌絃

凡人彝性所同然每讀公詩淚似泉熊掌辨

時高義取鴻毛輕處此身捐天官　紫諮頒

今日鄉社青衿衲昔年千古西山堪與配薇

歌一曲被筵絃

又　　花山金容湜

挺竹古家節卓然九天　恩語及重泉義在
扶綱先自倡身當路刃頓忘捐南州雅望今
申氏北虜浚雙豐舊兩年嗟余後學多瞻慕宛
若丹邱聽誦絃

又　　箕城黃建周

斤和扶明有孰然虎溪風雨吼龍泉克家君
子誠無添爲國賢臣義不捐道學高明師百
世貞忠卓異褒千年　貤恩攢賀南歸日雙

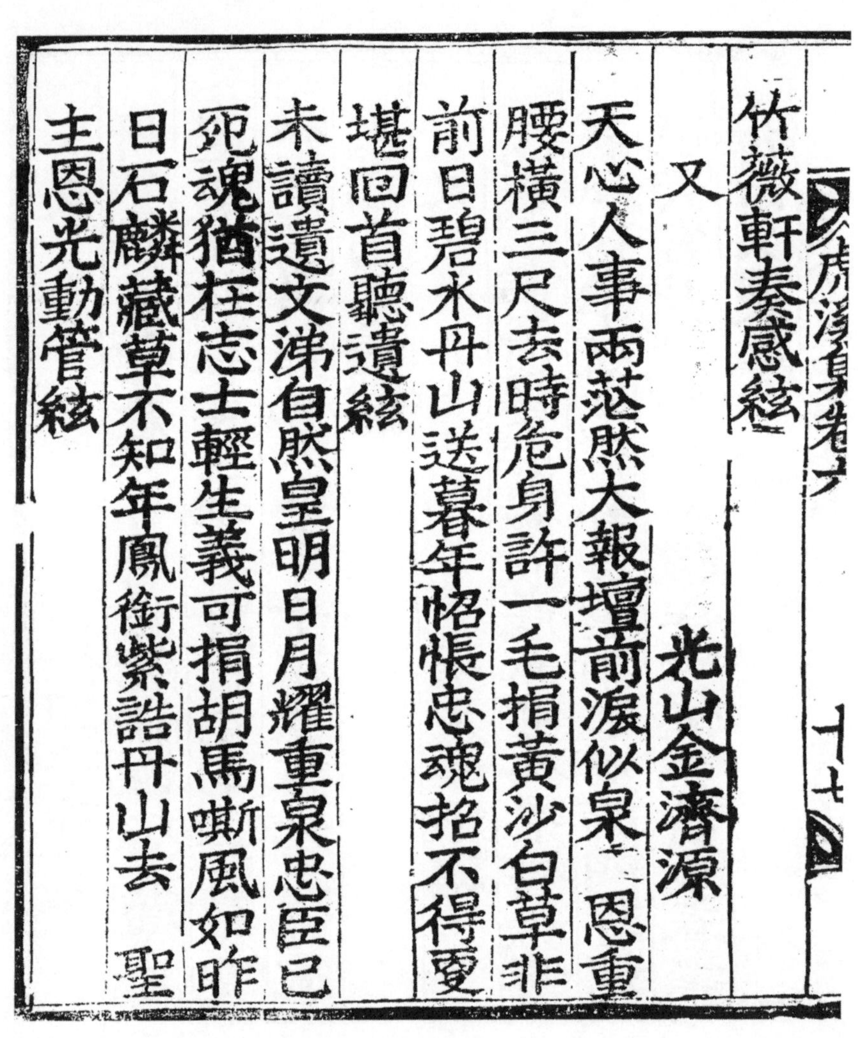

竹薇軒奏感絃

又　　　　　　　　　光山金濟源

天心人事兩茫然大報壇前淚似泉　恩重
腰横三尺去時危身許一毛捐黄沙白草非
前日碧水丹山送暮年惆悵忠魂招不得堪
堪回首聽遺絃

未讀遺文沸自黙皇明日月耀重泉忠臣已
死魂猶枉志士輕生義可捐胡馬嘶風如昨
日石麟藏草不知年鳳銜紫誥丹山去　聖
主恩光動管絃

90

又　仁同張祚遠

丹邱松柏苑蒼然恩誥翩翩耀九泉傳家
忠義神鏨柱變世切名弊屣捐南國皆緗雙
竹宅當時猶記大明年千秋歌詠先生德流

又

水高山不待絃　安東金炳礪

忠義亶由道學歟薇歌幾載老林泉詩詠藩
賦風淩卓碑立祥郵月廩捐地步師門尋妙
域天官升秩在今年後生追憶先時教春誦
洋洋又夏絃

又　　　　　　　　　廣陵李相善

名賢顯晦有時然　丹詔煌煌賁九泉薇竹
已知孤節寓熊魚　肯惜一身捐篋旅門庭高
足弟崇禎日月大明年斬屈藍田何足慨聖
師曾許武城絃

又　　　　　　　　　漢陽趙錫龍

先生處世獨超然薇谷清風寓我泉寒旅淵
源傳道正丙丁忠義誓身捐崇賢　恩爵逢
今日抱稿孫感是年別有吾家同節義
音千載和瑤絃

92

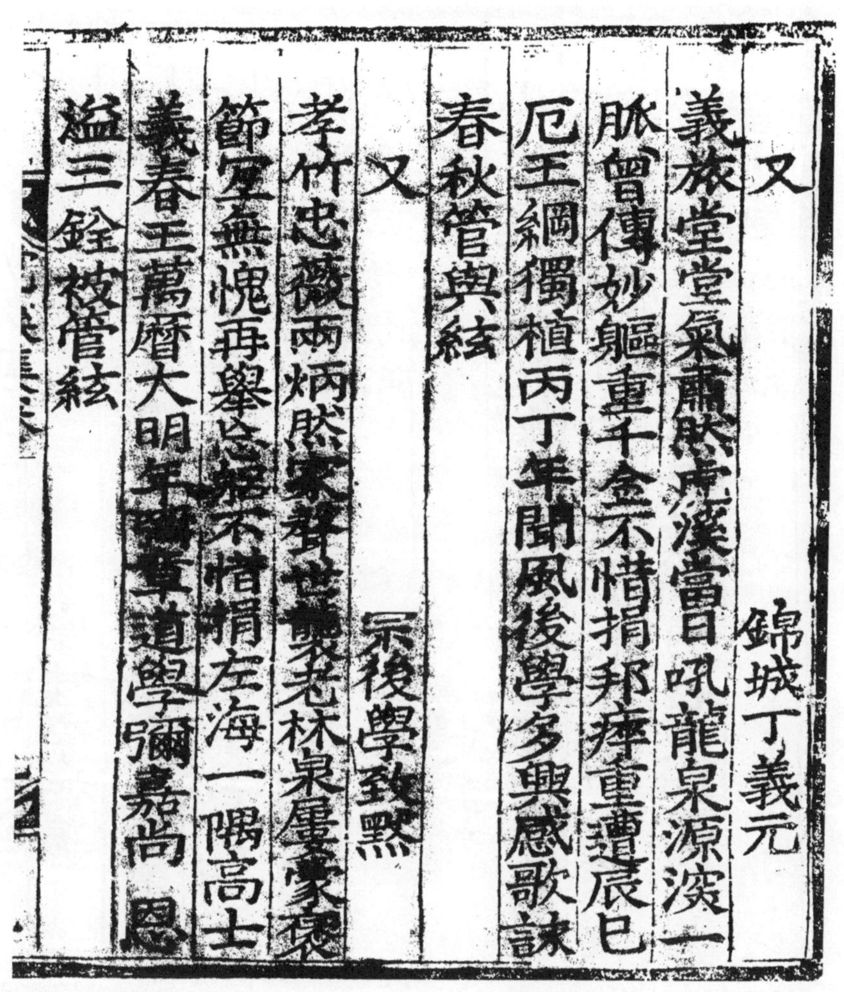

又　　　錦城丁義元

義旅堂堂氣凜然燕溪當曾吼龍泉源溪一

脈曾傳妙軀重千金不惜捐邦瘠重遭辰巳

厄王綱獨植丙丁年間風後學多興感歌詠

春秋管與絃

又　　　宗後學致黙

孝竹忠薇兩炳然家聲眾老林泉屢家聲

節宇無愧再舉心掉不惜捐左海一隅高士

義春王萬曆大明年草道學彌爾嘉尚恩

溢三銓被管絃

93

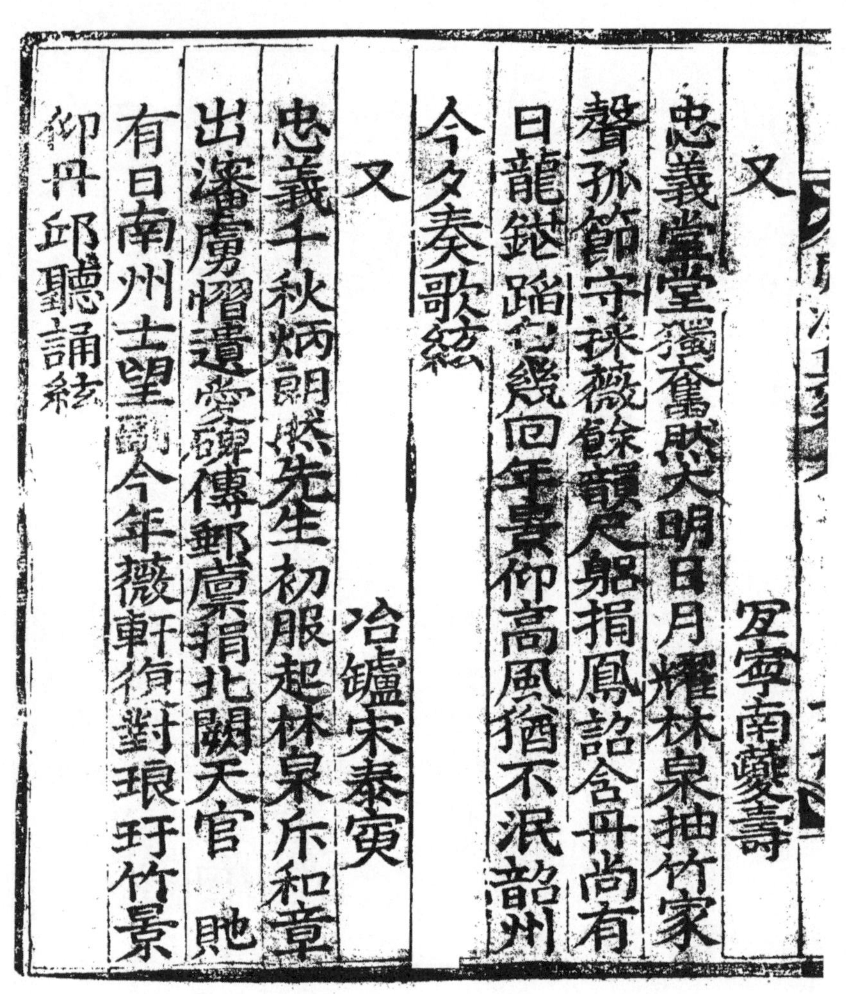

又
罘寧南蘷壽

忠義堂獨奮照大明日月耀林泉抽竹家
聲孤節守䟴薇餘韻是躬捐鳳詔含丹尚有
日龍鉄踟蹰幾回年裏仰高風猶不泯韶州
今夕奏歌絃

又
冶鑪宋泰寅

忠義千秋炳朗然先生初服起林泉所和章
出瀋虜慴遺愛碑傳郵廩捐北闕天官貤
有日南州士望　今年薇軒復對琅玕竹景
仰丹邱聽誦絃

94

又

丙子忠賢凛凛殷　虎衛挺出奮龍泉襄旅門

聞韶金喆鎔

庭單設柱竹薇風節尺軀捐　紫諼香烟今

聖世丹祠天日大明年華華衿佩義墻地爭

把新詩奏管絃

又

萬古綱常獨奮㦬先生當日起林泉心懸象

羅州丁達敎

關天同戴冀身似鴻毛義共捐挺竹清風碧子

宅采薇高節大明年香烟一縷　貽恩喆卿

月煌煌映管絃

又
　　文城 柳明均
千秋義氣尚巋然〔貤贈三銓〕耀九泉寒旅
淵源尋正學竹籬名節不虛捐山河回連
星歲天地扶綱丙子年香苾飜坐漢
聖朝優檀穆升絃

又
　　廣陵 李以鉉
亶寰俯劍意悠然閭首皇州淚下泉殷聖西
山餘曲在魯連東海身捐儒風復振天官
日化旭重明　聖主年泗洛眞源流不盡聞
詔自是有遺系

96

又　　聞韶金道和

若使當年遇聖人春秋衮筆特書之三韓義
士韶州某可與西山伯仲之

先生高義烈霜煎歎息苞蘿浸下泉隻鏡精
神磨欲盡三刀官業視如捐太陽均照無幽
鑿凝濤新雲最吉年華祝輿情歌未足諸君

又　　何莫奏箜絃

后孫　敦植

身居東海曾連心秦帝當年欲路之一疏凛
然休萬甲膽庵義理與拜之

私淑退陶有苑勝淵源河洛混如泉春秋大
義三綱立風雨孤城一命捐賢德尊祠追丙
歲　聖恩崇秩値丁年衿紳齊遯雲仍感赫
赫丹邱競管絃

又　　　　金州許墉

先生仗義昔胡然爲學眞源有混泉尺疏扶
綱曾血瀝一心圖報擬躬捐薇歌惻惻同殷
老菊史煌煌揭晉年三品追　恩褒德美風
詩志喜遞笙絃

又　　　　聞詔金翰周

忠孝雙全世執牒單　恩天降徹黃泉南還

草屋三生柱西指義旗一死捐塞旅心詮傳

道日厓愚手筆定評年羹墻寓慕丹邱地多

士蹌蹌聽誦絃

後叙

惟我先祖虎溪府君存心窮理之學扶綱斥

和之忠蘊之爲德行著之爲事業實百世難

泯者也粵在丙辰士林尊尚而俎豆之逮夫

丁卯朝家褒賞而貤贈之將府君之學與

忠悠久而益明於世者歟竊想府君謙恟自

居不喜著述垂示子孫之訓開發後學之言

99

為國盡忠之蹟寥若不堪而世代浸遠屢經
禍變遺失殆盡豈非不明不仁之責耶於是
手捜得巾衍陳篇非但為書猶顏放失卽其
所存者蟲嚙而蠹蝕字歧而畫糊故紊互攷
訂則禮說也講規也全歧難徵庸學疑義心
近註解半煨半在不得修完哹可據者心性
情志意說及義陣大小文字若干篇噫府君
之學問極工可攷於庸學圖畫扶綱大節定
徵於丁丙疏章則一竆能知其全鼎之味又
奚貴乎多哉因以輓誄墓道奉安文類次附

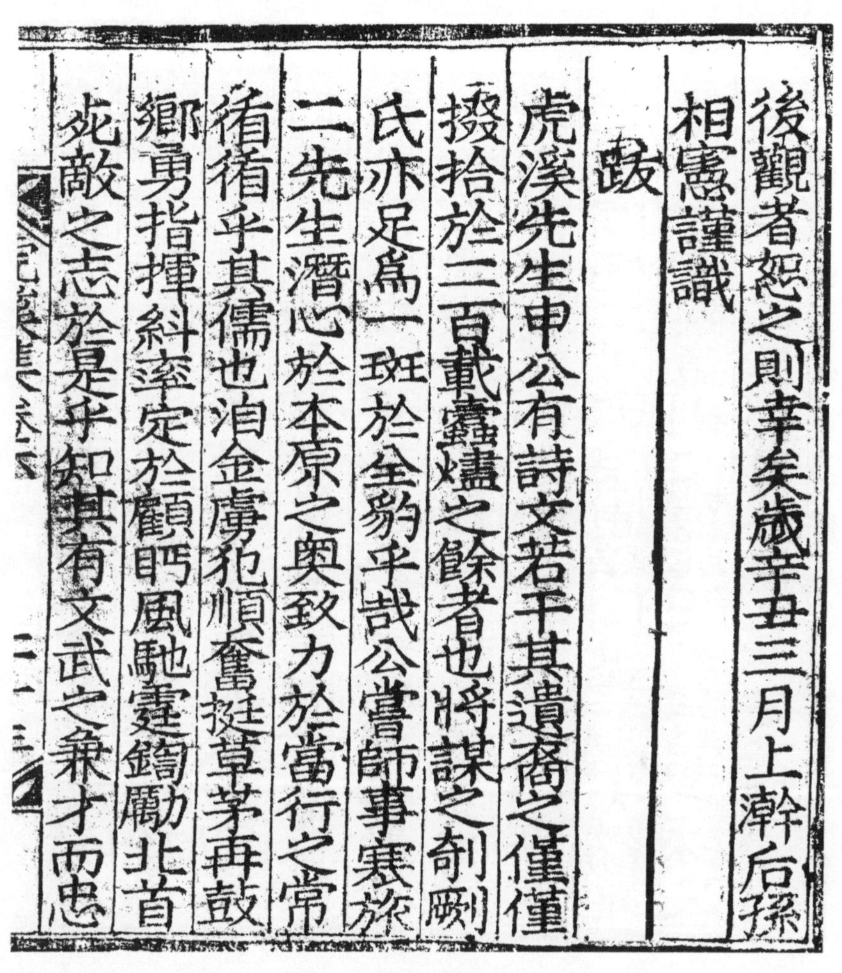

跋

虎溪先生申公有詩文若干其遺裔之僅僅
撥拾於三百載蠹爐之餘者也將謀之剞劂
氏亦足為一斑於全豹乎哉公嘗師事寒旅
二先生潛心於本原之奧致力於當行之常
循循乎其儒也洎金虜犯順奮挺草茅再鼓
郷勇指揮斜率定於顧眄風馳霆鏗屬北首
旆敵之志於是乎知其有文武之兼才而忠

義之憤盈融洩於腔血之赤也惜乎廟略之
急於媾和而俾如公者不及收天山一箭之
功也柔兆帝秦卽小華之溪恥而天地之一
大變會也當是時旅軒先生遯於巖桐溪
鄭先生自靖于某里是皆炳然于華夷之首
足冠履而以一身而任陽秋綱常之重也公
則任散班末衔而況鍾崖不移　　蠻駕旋軒
雖其與一時之羣公庶僚升沉於儻來之榮
奔走於効力之列亦不失爲一道也而乃餗
陳瀝血之章遂躍路海之節包竄于窮山窮

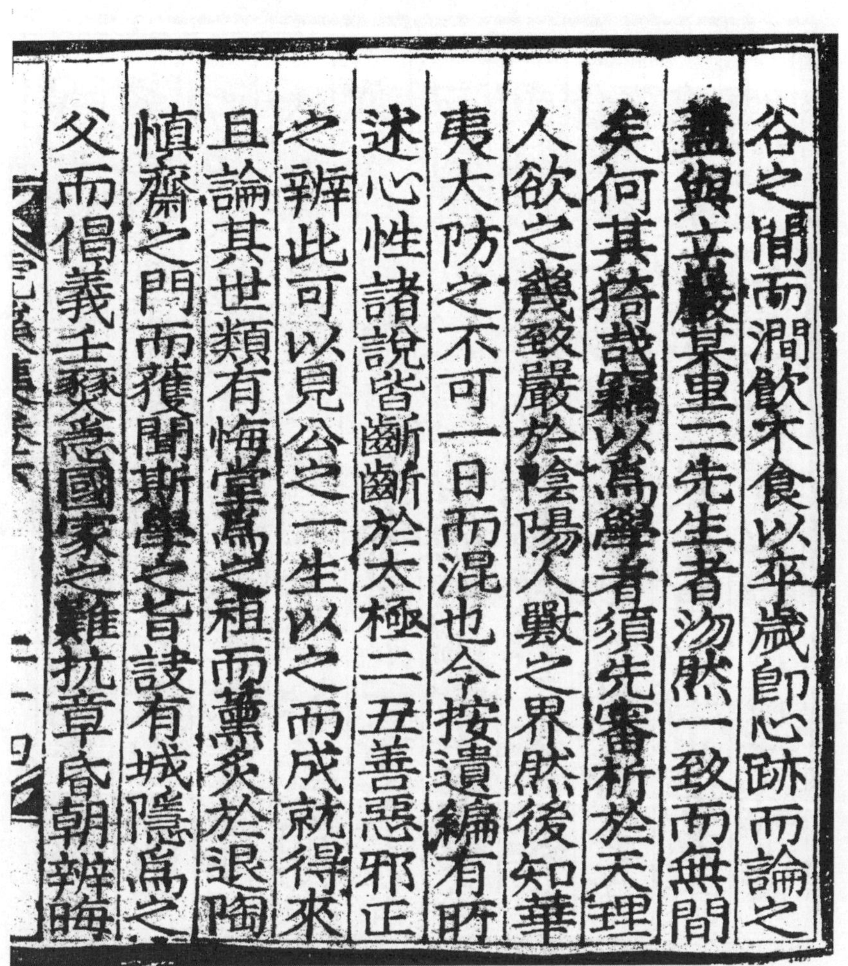

谷之間而澗飲木食以卒歲即心跡而論之
盡與立嚴某重二先生者豈然一致而無間
矣何其掎哉竊以為學者須先審析於天理
人欲之幾致嚴於陰陽人獸之界然後知華
夷大防之不可一日而混也今按遺編有以
述心性諸說皆斷斷於太極二五善惡邪正
之辨此可以見公之一生以之而成就得來
且論其世類有悔當爲之祖而薰炙於退陶
慎齋之門而獲聞斯學之旨詖有城隱烏之
父而倡義士褻憂國家之難扰章昏朝辨晦

103

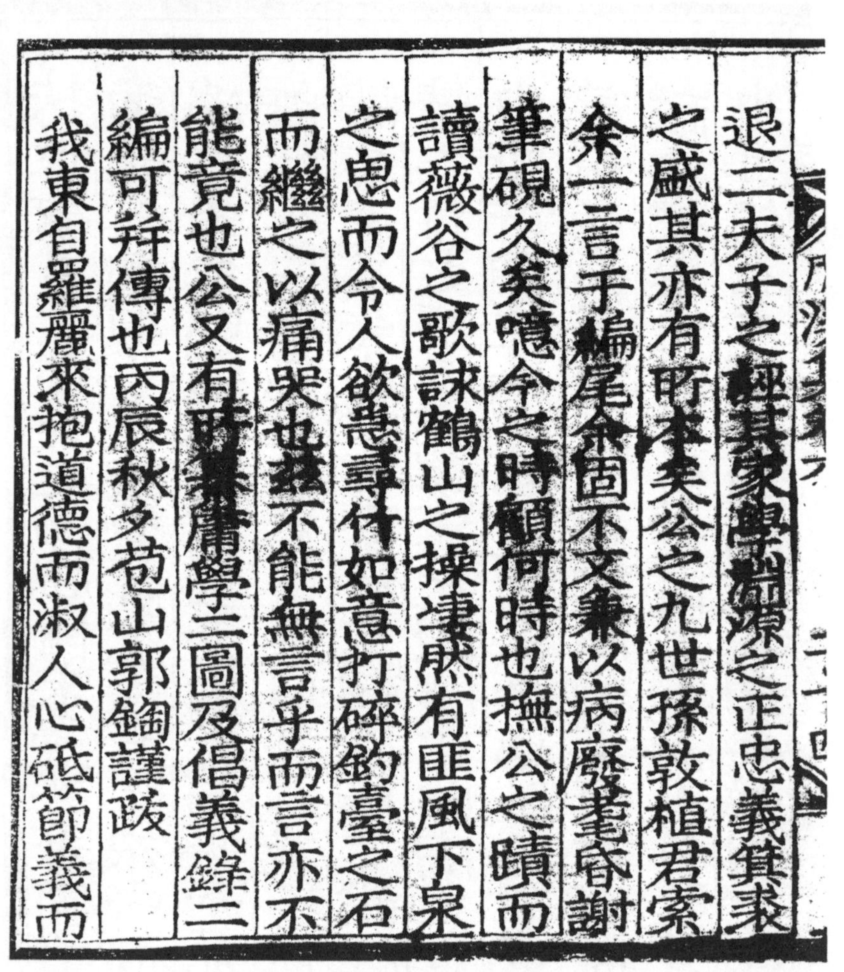

退二夫子之輕其家與淵源之正忠義算求
之盛其亦有所未冬公之九世孫敦植君索
余一言于編尾亦固不文兼以病廢老昏謝
筆硯久矣噫令之時顧何時也撫公之蹟而
讀薇谷之歌詠鶴山之操凄然有匪風下泉
之思而令人欲憲壽什如意打碎釣臺之石
而繼之以痛哭也蓋不能無言乎而言亦不
能竟也公父有所未庸學二圖及倡義錄二
編可并傳也丙辰秋夕苞山郭鎭謹跋
我東自羅麗來抱道德而淑人心砥節義而

104

扶世教者鮮能兼之而勝國末最著者圖冶
兩先生也泊于長陵翟亂沈陸有若旅軒桐
溪二先生以道德之宿望秉節義而遯于荒
既淑人心又扶世教於千后何其韙哉不佞
讀申虎溪先生遺集至於太極陰陽之說性
情志意之辨遠溯洙洛之源溪究閩陶之旨
中庸所謂尊德性而道問學者也及遭變會
義旗西指若將一葦之抗海和檗直斥克期
敵兵之退舍曾子所謂臨大節而不可奪者
也運值百六冠履倒而天地閉矣舜謝宰輔

105

之推轂卷懷於薇谷托意西山汶齒不悔往
蠹之上九不事王侯高尚其事者先生以焉
噫圃冶先生之風尚矣而旅爺桐老之邃學
與隆節與之并世而相符者耶嗚乎不俟之
文耄憤懣何穢佛而忝往宅相不容已於糞
墻庸書數語于卷尾云著雍敦牂黃花節外

裔孫後學通訓大夫前行弘文館副校理知
製　教兼　經筵侍讀官春秋館記注官西
學教授驪江李中久謹書

虎溪先生遺集卷之六

與我王考晚年慨然謂不肖曰虎溪府君遺集七
册卽恧齋府君所手自整理而恧齋集五册又念
軒府君兄弟之所彙纂也士林同心擬營鋟梓而
歲甲戌宗家失火兩世巾箱渾入煨爐零在支家
者無幾百六攏剝痛惜何逮其翊日校前承宣公
及龜尾宗人昴周并來歎傷曰兩先生遺文實經
傳之輪翼後學之鑑燭也必無終泯之理幸夏刻
意蒐採俾為完帙雖微玆好德之言凡為裔仍者
安得食息敢怠而中間事故延到十年而宗徑勝
冠與族君輔天左右衷聚粗成頭緖噫尚未克指

107

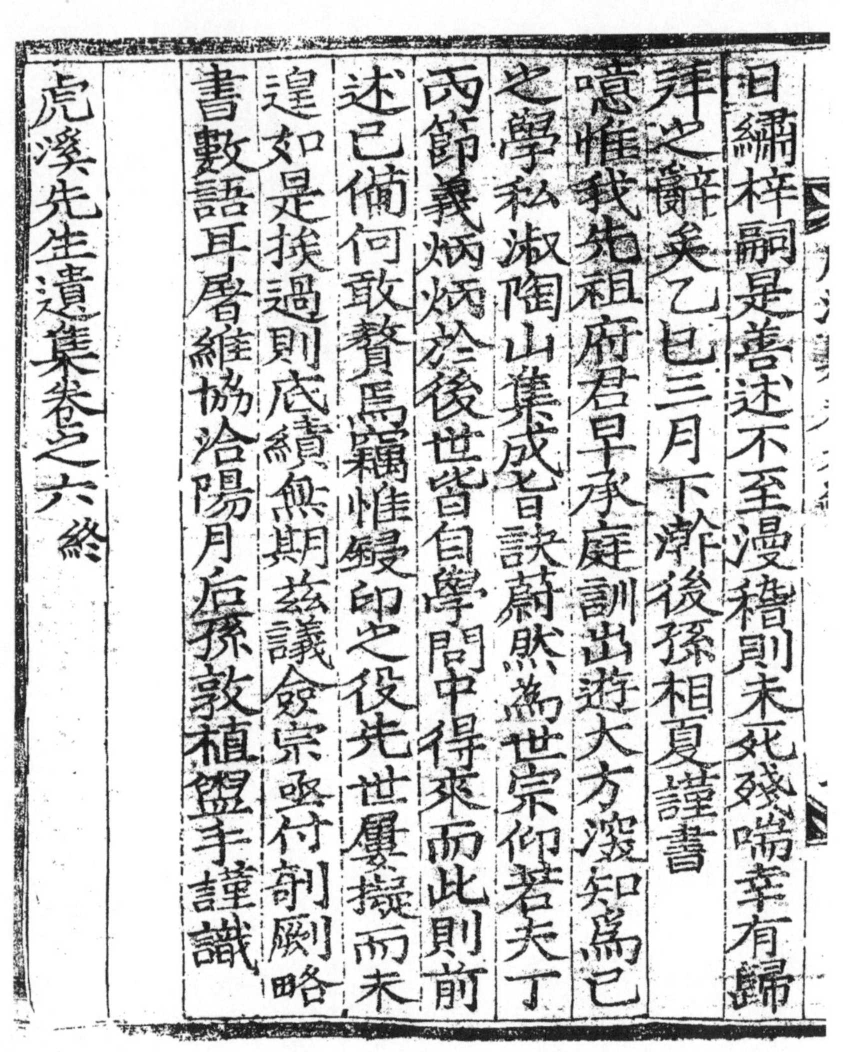

曰繡梓嗣是善述不至漫稽則未死残喘幸有歸
拜之彌矣乙巳三月下澣後孫相夏謹書
噫惟我先祖府君早承庭訓出遊大方遂知爲已
之學私淑陶山集成旨訣蔚然爲世宗仰若夫丁
丙節義炳炳於後世皆自學問中得來而此則前
述已備何敢贅焉竊惟寢卽之役先世屢撓而未
遑如是挨過則庶績無期兹議僉宗僉付剞劂略
書數語其屠維協洽陽月后孫敦植盥手謹識

虎溪先生遺集卷之六 終

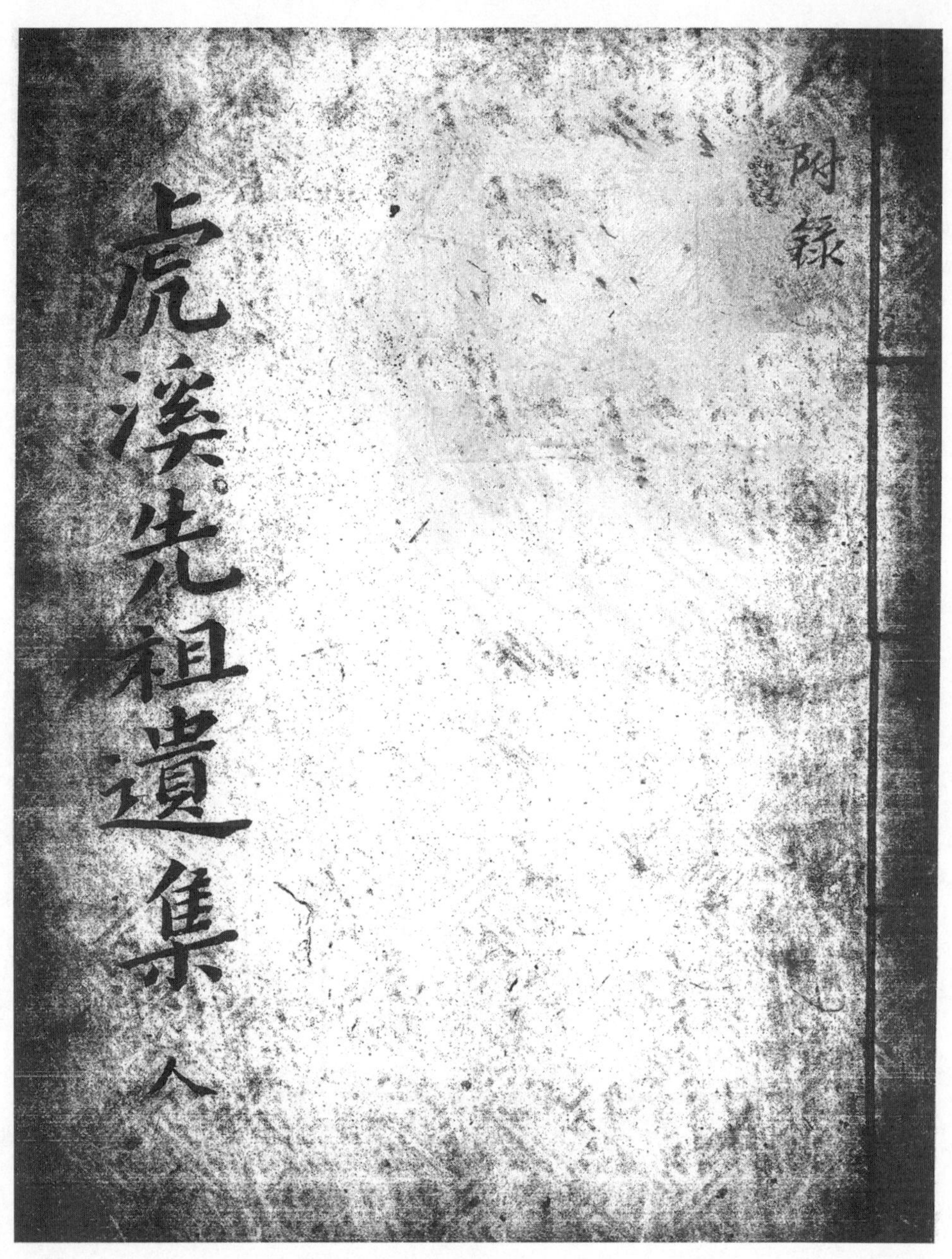

虎溪先祖遺集
附錄

自放於虎溪之上更叙天倫之樂事孰謂余弟
遽去吾而歿乎誠知其如此豈肯一日相離而
抱此無窮之慟耶
而不能分其痛歿而不能知其日既不得執手
柔訣又不得憑棺而盡哀幽明之間此恨如
何嗚乎念君求歸無復來期憑穴一痛是吾之
至願而八冬以來宿痾復發又拘職撓跡余天
南不能奮飛呼天之慟曷有其極緘辭千里以
寓至痛靈其知耶否耶嗚乎哀哉

虎溪先生遺集卷之二

違左右無方侍為職分之當為終於事君匪躬
匪懈直言讜論有以感至尊而震奸俊名顯朝
端拜聞先德此孝之至忠之大者也嗚乎以余
弟之康疆余弟之忠孝何其位不滿德而年不
至大耋也昨謂天者誠難明而理者亦不可推
矣嗚乎君少乎余二歲自離膝下食則同餐衣
則夏衣學則聯床出則拜駕支于之樂不啻頻
唱而麾和今焉已矣白首相失哀哀此生疇托
疇依今吾毛血日益衰志氣日益微左右齒牙
皆動撓脫落何以圖於久長哉愚將投紱南歸

君焉嗚乎吾未耄期而一二年來哭弟妹嫂壻
于人世此吾昕以拊膺長吁號彼蒼而痛哭者
也嗚乎今歲仲春余自嶺東來省坆墓鴿原久
別一場團圓其樂如何而君方卧疴顏色之悴
形容之瘦異於前日不得聯枕共被穩叙積阻
之懷默而稟質庲彊必享期頤未始以爲憂也
嗚乎其竟以此而遽至不淑耶抑自　天有命
強疾趨朝驅馳道路厥證轉劇而然耶　天乎天
乎未知吾家有何積殃而奪我賢弟之速耶嗚
乎君有孝親之誠忠君之節始於庭闈養志無

枉高駕幾荷偲切今其已矣儀形永隔病未執
綿情義俱闕單杯隻雞聊奠路左不昧者存歆
幾顧我

祭仲弟修撰文

嗟嗟余弟棄我而先敦厚之容剛方之姿正直
之氣慷慨之論吾不可復得而聞見矣昔我弟
兄獲戾于天歲甲寅荐遭終天之痛風樹之懷
何可勝言子子餘生形單影隻白首相托惟我
三人奈何奇禍荐臻棗患纍出季嫂之棗鄭堉
之歿任妹之逝俱狂於昨年之內至今年又哭

巨擘鳳翥廣漠文優典衡位不滿德趨榮斷方
世多乾沒公立脊梁確不回屈養性林泉以樂
餘日處已眞率裁事密勿況我書院公昕致力
規劃宿弊策援惰習鄉賴變善士依問業天胡
降酷奪吾何速行路尚淚矧在誘掖山瓢一醑
眾悰莫逮

祭申河陰文

於乎天之生公若將有爲於世天之奪公何速
之至此才不展時位不滿德邦其殄瘁民亦無
祿時耶命耶天不可諶如我疎愚志契斷金廛

良王之溫風和日暖天地流元義縣奧曰如誦
已言如丁解牛如扁見垣淵淩發輝指掌羣昏
明后憂倚異數煩煩卷懷高蹈貴趾丘園浮雲
爵祿志在林樊言以事君奏疏極論心中包括
靜裏乾坤齒隆德邵造詣彌惇諄誨誘輻湊
舜軒駕劣矜式餘馥荷恩龍込虎逝蕙擢桑飛番
著龜策秘縫掖聲吞臨門一慟爲國難護

祭李敬亭文代氷溪儒生作

惟靈風度爽雅德宇淵廓清修寔侶簡重多質
早擢鬼科晚不輟學力旣中積詞乃外發龍戲

虎溪集卷二　二十

祭寒岡先生文

猗歟先生　道全德備　爲世儒宗　矜式士類　曰仁
之輔　指南學者　敎我以禮　俾有蹈據　力扶道脉
以正士趨　遭遇　聖明　致君唐虞　未克展布　不
負昕學　行已之方　出處之節　惟知德者　爲有昕
發　如容督贄　非愚則僭　顧惟顓蒙　寔切悼念　泰
山頹矣　樑木摧矣　公哀私痛　曷有其已

祭旅軒先生文

姬孔正緒　洛建眞源　天人之學　性命之原　明誠
互進　體用俱存　精一益究　達三愈尊　堅金之粹

斯道煥照千載

祭文

退齋先祖院享時祭墓文

猗歟府君挺生麗末巖降之英永王之潔得自
家庭正直之節立朝峥嵘僚寀震縮湖節剛明
贓汚屏息匪風洌泉莫奈運訖自靖以獻志遂
罔僕惠以駕歸甘心路迹至孝格天血淚化竹
鶴君數字萬世不泐表飾門閭赫赫耳目高蹈
君行宜享苾苾鄉後詢同建祠躋餟祭社古義
有待今日雲仍感戴衷虔告尙漠

人欲愚煉毫釐之差千里之謬塵汚明鏡泥濁
止水外物雖引本體豈靡因發遂明其端可推
一息豈忽百倍尤彌交修內外無間顯微作之
不已聖賢可希

西壁銘

三極旣立千聖授受書八義皇精一勣華夏寓
祗承殷湯聖蹟以是文武接夫周召詔後宣尼
得宗曾子再傳思聖旣通孟軻胡烈秦火乃雜
漢治理極必反渾淪重開建圖茂叔好學程氏
訂頑橫渠皇極堯夫延平繼開紫陽集大講明

箴銘

存養箴

已過前念未來後事易間須臾敢忽造次不頼

不聞無偏無倚天理常存涵養乎此

省察箴

事之方來念之方萌遂通其寂欲動其情隱顯

無間善惡分幾尤加謹此精察其微

東壁銘

蓋自一元肇判二氣五行相生萬物分彙類各

成形人最爲首四端均賦七情俱有天理聖全

95

餘雨露薇含春意綠萋萋抛梁南草坊柳洞滴
靑嵐荷花不染淤泥濁活水源頭有義渾抛梁
北南漢山遙雲際邑中夜徘徊盹思長衆星蒼
蒼拱宸極抛梁上九道輪回日月朗那借皇靈
斧鉞嚴掃除赤縣祲氛漲抛梁下人面獸心幾
多者上帝昭昭有下鑒故教吾輩勵風化伏願
上梁之後天神明佑地祇陰護洞壑樹林無非
有明年之遺澤簷楹柱礎都是不周山之高風
憂國愛君不失本天之賦得顧名思義庶保此
地之構成做得一區扶綱萬世

某日某時特書　崇禎之尊號爰處爰居爰爰霞
爰息每念　神宗之舊恩顧何處不宜於艸廬
惟靜地最合於薇谷萬物方暢時屬王春之建
東三字大題户闢皇明之拱北順天氣之元者
開地勢之自然東離黃花縆仰陶先生之貞節
三逕綠竹何如蔣元卿之幽居我安歸於人間
忽已沒神農虞夏朝聞道而夕可于以講夫子
春秋兹賡呼邪許之歌敢唱兒郎偉之頌拋梁
東扶桑朝日向葵紅韶州山水幽開處草木餘
年送此中拋梁西城谷秋聲報玉溪萬曆皇恩

虜之蹂躪倡旅於丁卯之春仲願盡犬馬之誠
行師於丙子之冬寒復效熊魚之義三軍之星
夜馳赴豈可無邯鄲之救危雙嶺之雪程蒼茫
自然有袁安之流涕乃若一說講和自謂萬世
優宜誤君德於宗社危亡自以為幸蔑臣分於
天朝服事莫知眄羞縱尺疏之敢陳恨之誠於
感動天意類一葦之以抗亦難力乎挽回廟論
彼蒼穹者何哉信萬事其已矣踰于東海竊慕
却秦聲之魯連登彼西山復仰不周粟之殷聖
兹因餘生之懷隱迺有數架之經營某年某月

灑澱南下周覽隱遯之地固無如薇谷者於是
結茅屋數間以爲斯焉終老之計因地名而扁
其軒曰採薇遂書數語于壁　崇禎戊寅八月
既望記

採薇軒上梁文

大明之日月沉晦生不辰乎遘屯之時小邦之
江山猶餘室茲構於遘邅之地採其薇矣獲我
心兮幸余生長於雙竹之家粗事講論於三棣
之室早從師門稍辨執中義理之性晚筮觀國
頻知向上忠愛之心嗚乎國家之文明遂爲金

金虜犯境廟社蒙塵　鑾輿播遷義不可逃竄
山谷方擬紏義西赴之際袯旅愚兩爺昕敦迫
尤不可以退縮遂誓言衆踰嶺則　朝廷已結和
矣雖有區區忠憤無可施之地乃單騎馳到
關下籲以尊周攘夷之義痛哭南歸俟天意之
幹囬越十年丙子金虜再犯余欲追伸前憤首
先倡義馳到廣陵　朝廷屢下勿輕進兵之諭
且兵潰雙嶺遂單身詣南漢疏陳講和之非距
城殆近一朔忍見冠裳之倒天地之閉而竊念
先後赴難還愧虛張義聲而已遂謝洛中諸賢

90

採薇軒記

韶州之東有鼎嶺即青鳥普賢之餘麓也逶迤
北走中分爲兩支一支西而北爲睡鳳山一支
直北崎嶇爲黃鶴山水自鼎嶺下成溪或北而
西折或西而東折往往成滙而北過百里合流
于暎湖爲薇谷上距鼎嶺十里下距鶴山數里
而清溪白石逈絕塵墟眞隱者之盰可盤旋也
往在龍蛇之亂先考與伯考倡義赴難余時年
十九挈家入薇谷下城洞以故慣識山川夷險
土俗豐儉儵思欲構數椽而有志未就其後丁卯

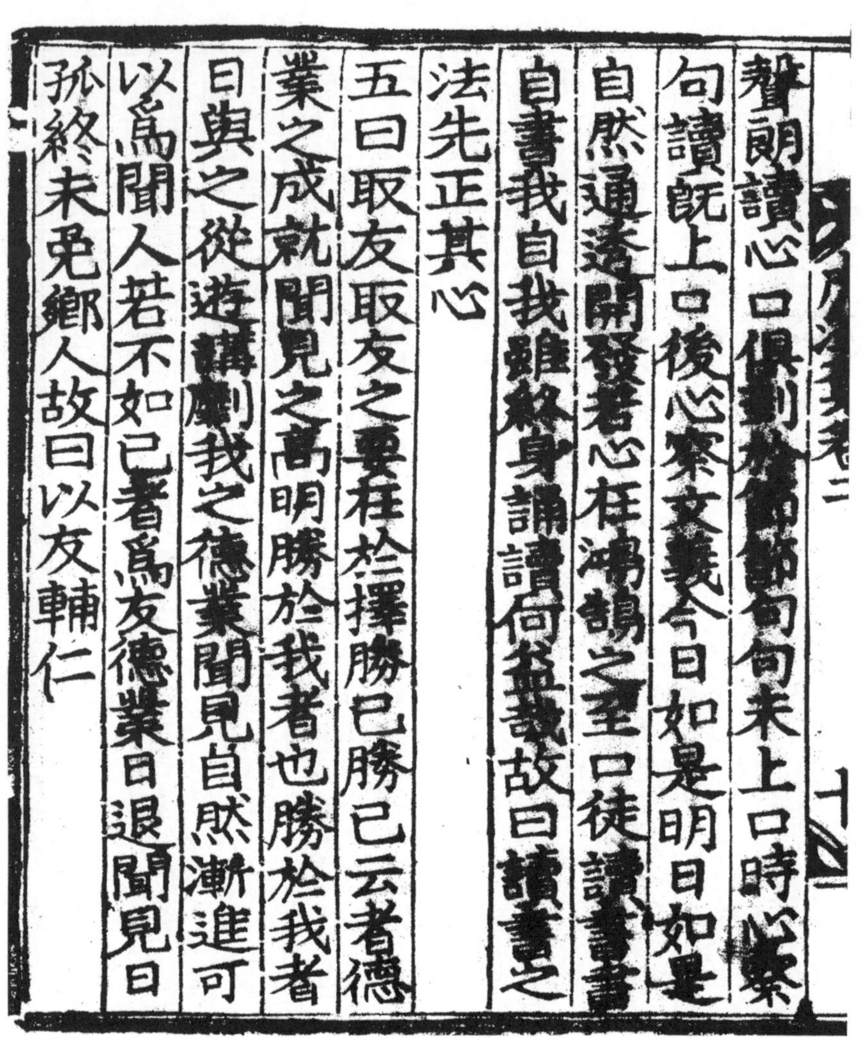

聲朗讀心口俱到句未上口時心緣
句讀既上口後心察文義今日如是明日如是
自然通透開發若心在鴻鵠之至口徒讀書
自書我自我雖終身誦讀何益哉故曰讀書之
法先正其心
五曰取友取友之要在於擇勝己勝己云者德
業之成就聞見之高明勝於我者也勝於我者
日與之從遊講劇我之德業聞見自然漸進可
以為聞人若不如己者為友德業日退聞見日
孤終未免鄉人故曰以友輔仁

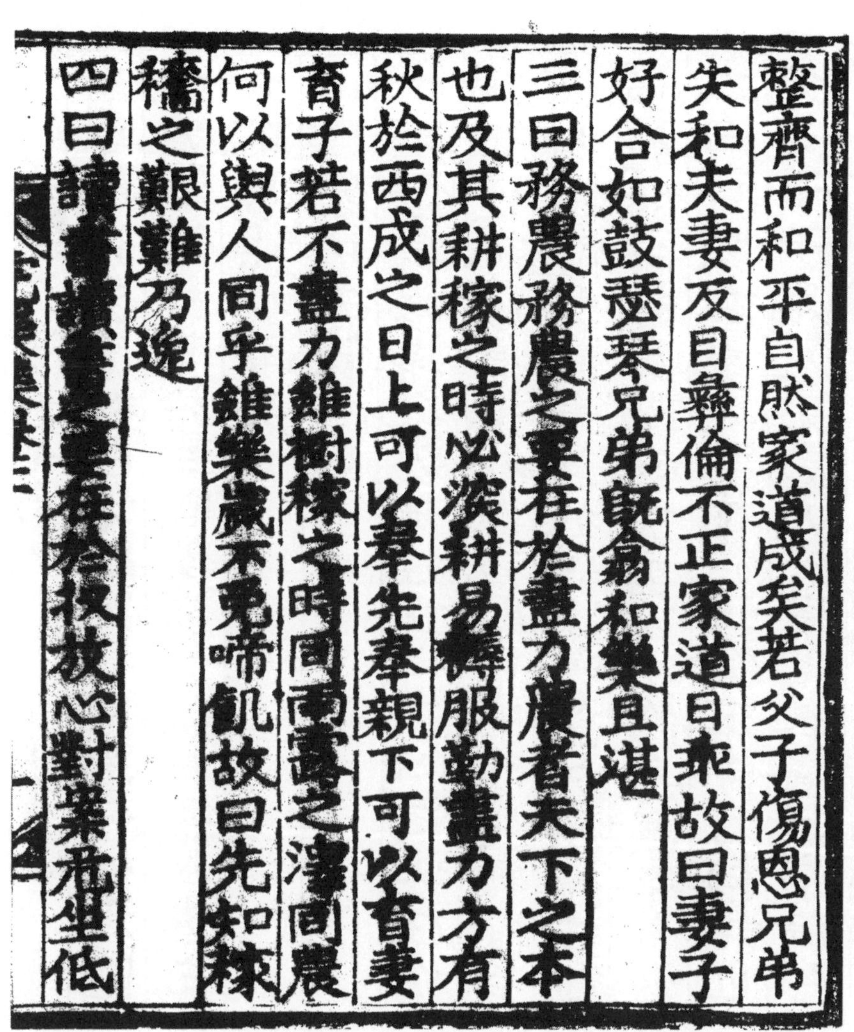

整齊而和平自然家道成矣若父子傷恩兄弟
失和夫妻反目彝倫不正家道日乖故曰妻子
好合如鼓瑟琴兄弟既翕和樂且湛
三曰務農務農之要在於盡力隴畝者天下之本
也及其耕稼之時必濬耕易耨服勤盡力方有
秋於西成之日上可以奉先奉親下可以育妻
育子若不盡力雖樹稼之時同兩露之滋間農
何以與人同乎雖樂歲不免啼飢故曰先知稼
穡之艱難乃逸
四曰讀書讀書童蒙在於投放心對案毋坐低

者之所譏笑然初學之士或有取焉仔佃看圖
就看本傳文其於尋問架察等級入德入道之
方不爲無少助矣

家戒五條

一曰修身修身之要在於立心立心之要在於
誠敬以誠敬管攝視聽言動四者須史無間自
然身修體常舒泰若放肆流蕩誘於視聽言動
駸駸然至於身陷故一是皆以修身爲本
二曰齊家齊家之要在於正倫正倫者何謂也
父父子子兄兄弟弟夫夫婦婦各盡其道倫序

右庸學兩圖竊爲學者領會之易而畫示也蓋
庸學之書規模不同大學綱目相維經傳明整
猶可得以尋求中庸說下學處少說上達處多
尤難看得自世敎衰徒尚章句不察蘊奧安得
爲將來印證乎今此兩圖固非如愚者所可畫
然悶夫從我者不知讀書之法曠瞳看過含糊
說得故遂拈出二書本文與章句及小註緊要
句眼目字間附先儒要語逐章畫圖而本文大
書章句及小註細書從便圖成先逐看右旁次
順看左旁則知其立例之本意而固知其具眼

85

於天於地於人所屬之類各有大小方圓輕重
清濁而大也圓也輕也清也為陽小也方也重
也濁也為陰有一定而不易之陰陽有隨時而
變易之陰陽故雖鬼神不能逃於陰陽之中千
千萬萬至大至細之物一不外乎陰陽陰陽無
遺乎一物自有天地有人物之後二氣循環不
窮動靜無端升而降降而升屈而伸伸而屈通
而變變而通消而長長而消與天地人物終始
者歟

庸學圖後識

剛而用柔陰體柔而用剛故陽氣溫和而聚發生
陰氣嚴凝而閉藏以言乎對待則二氣也以言
乎流行則一氣也其氣散往天地人天之四德
元亨利貞而元亨陽也利貞陰也地之四方東
西南北而東南陽也西北陰也人之四端仁義
禮智而仁禮陽也義智陰也又天之日月星辰
寒暑晝夜歲月日時地之飛潛動植洪纖高下
青黃白黑人之氣血臟腑毛髮筋骨動靜語默
各有分屬陰陽陽之中又有陰陽陰之中又有
陰陽凡物莫不有前後左右上下頭尾故也又

不歸有狀上下極字爲一極无非无太不太可
以爲萬化之根本吾道之本體雖然微周子孰
能剖發幽秘使天下萬世知天地萬物之大全
哉

陰陽說

至矣陰陽之道陰陽者本乎理而爲氣竅合而
生五行則五行又分屬陰陽者也陰陽纔合而
生五行之序則水火木金土而水木陽也火金
陰也以五行自相生之序則木火土金水而木
火陽也金水陰也蓋陽有太少陰有太少陽體

始虛盈闔衰盛顯微往來屈伸之理而消之
中有長之理長之中有消之理虛之中有盈之
理盈之中有虛之理闔闢也衰盛也顯微也往
來也屈伸也無不皆然也大抵天地間萬物萬
事元初豈能以素有而有歟以素無而有者也
是故无中具所以然之故與所當然之則者強
名之曰理其理之至中至正至精至純至神至
妙者又強名之曰極而若只云无極則恐淪於
空寂又只云太極則恐若有形狀故并稱无極
太極置而字於中間然後无極不為空寂太極

立乎天地萬物之前其妙用漸次爲天地萬物
之後无極太極行乎天地萬物之中循環不窮
沕合無間推之於前而不見其始引之於後而
不見其終前乎萬古後乎萬世無一處欠缺故
仰觀則日月星辰之晦朔運行春夏秋冬之流
行代序莫非此理也俯察則山陵江海之大小
流峙飛走艸木之巨細動植亦無非此理也在
人則君臣父子兄弟夫婦語默動靜應事接物
無一非此理也是以屬天屬地屬人之類一無
外太極而自成一物者也凡物莫不有消長終

80

中分別者也故孔子只言仁而義禮智皆在其
中程子曰偏言則一事專言則包四者以此推
之可知四者偏專體用之妙矣

無極而太極說

无極而太極這而字卽卽字之意則无極卽太
極之謂也只是一箇真實之理也夫太極二字
孔子始拈出以明天地萬物之樞紐根源而或
似有形狀看故周子以无極二字加於其上中
間義而字發明無狀中有理者也其理無聲無
臭不見不聞固難摸捉又難形容然无極太極

仁心之德愛之理義心之制事之宜禮天理之
節文人事之儀則至於智則未有明釋故胡雲峯
竊取朱子之意以補之曰智心之神明所以妙
衆理而宰萬物者也沈番易云智者涵天理動
靜之機具人事是非之鑑究羣賢之說則渾淪
一性之中四者粲然各有面貌不同之脉絡人
性之仁義禮智在四德爲元亨利貞在四時爲
春夏秋冬在四行爲水火金木在四方爲東西
南北在四臟爲肝心肺腎在二氣則仁禮爲陽
之始終義智爲陰之始終然仁義禮智本一理

仁義禮智說

人於天地之間得仁義禮智之性極本窮源則
太極之動靜而為陰陽陰陽之變合而為五行
太極以二氣五行化生萬物萬物之中惟人得
其秀而最靈人之所以最靈者天與人受之際
得其仁義禮智之性故耳孟子曰惻隱之心仁
之端也善惡之心義之端也辭讓之心禮之端
也是非之心智之端也朱子曰仁是箇溫和慈
愛底道理義是箇斷制裁割底道理禮是箇恭
敬撙節底道理智是箇分別是非底道理又曰

性運用商量要喜那人要怒那人是意裏向
那昕喜昕怒之人是志以愚看兩說則心性情
志意之先後雖若錯置察其文勢而究其旨義
則可辨其五者之脉絡矣今此五者喻人行路
則路是性人是心欲動足行路是情動足臨路
是志臨路而商量其今日行幾里是意喻水盛
器則水是性器是心水之瀉出者是情瀉出而
注地者是志注地而流或東或西者是意如此
看則五者之脉絡界分可別而知先後之次序
矣

間發處志如伐意如侵體認此數說則凡人之
心直向做去底是志謀度往來底是意學者於
志意之界分從此可下矣

心性情志意辨

心性情志意五者具於人身相須爲體用不能
明辨五者之脉絡界分難知其先後之次序朱
子曰性者即天理萬物禀而受之無一理之不
具心者一身之主宰意者心之所發情者心之
所動志者心之所之北溪陳氏曰在內主宰者
是心或喜或怒是情裏面有箇物動出來底是

未嘗相離而燦然不相紊亂情先意後相爲心

性之用明白無疑哉

志意辨

志意二者俱是心之所動而其輕重先後先儒

論下旣明且切陳氏曰運用商量要喜那人要

怒那人是意心向那所喜所怒之人是志橫渠

曰志公而意私志剛而意柔志陽而意陰朱子

曰志是心之所之一直去底意又是志之經營

往來底是那志底脚凡營爲謀度往來皆意也

又曰志是公然主張要做事底意是私智潛行

情與意何以分別情意之界分非混淪又非隔
截者也朱子曰情發出恁地意是主張要恁地
如愛那物是情昕以去愛那物是意情如舟車
意如人去使那舟車一般又曰情會做底意是
百般計較做底意因有是情而後用北溪陳氏
曰情者性之動意者心之發情是就心裏面自
然發動改頭換面出來底意是心上發起一念
要思量運用要恁地底又曰情是就全體上論
意是就一念處論合此數說而觀之情意二者

欲之分喜怒哀樂之發仁義禮智之端耳目口
鼻之欲皆由心而出故堯傳舜曰允執厥中孔
子曰操則存舍則亡孟子曰求放心程子曰操
之有要胡文定曰能常操而有朱子曰必察乎
此千古聖賢之論心皆如此則後學之欲其盡
心者豈可以心無形影模捉肆忽於須㬰之頃
哉心之爲物只是一身之主而所主在我自家
主張著便在不主張著便走所以自家常管攝
此心然後乃得心主於身以性爲體以情爲用
無間於動靜而無不在焉

隨其所值而所稟不齊然大本則一故人能盡
倍其切惡可為善昏可為明柔可為剛矣二之
則不是正謂此耳

心說

心者合性與知覺有心之名合理氣具寂感熏
動靜該體用主於一身妙衆理而應萬事者也
然無形影無方所將如何指定說得夫心活物
也寂然不動之時斂在方寸之間湛虛平正如
明鏡止水及其感而遂通或走作於軀殼之外
飛揚馳騁如悍馬飜車酬酢應變之際天理人

71

性未有善惡胡氏言性無善惡此則含糊不明
張子曰形而後有氣質之性善反之則天地之
性存焉程子曰論性不論氣不備論氣不論性
不明二賢論性明白易曉後之學者却以本然
氣質復作兩等性看是豈知性者乎夫先儒以
水喻性者多矣水之為物源於石間者清激於
泥土者濁源其初水豈有此清彼濁而然也今
以水觀性則可知矣人性有善有惡有明有皆
有剛有柔蓋人之生也天雖均賦是理其禀受
之際時有綜差不齊清濁粹駁偏正通塞之氣

雜著

性說

性者人心所具之天理其性有本然氣質然本
然之性墮在氣質之中本然之性仁義禮智是
也氣質之性隨氣質而有異者是也是以
聖賢之論性有專指本然者有兼言氣質者孔
子曰性相近兼言氣質者也孟子曰性本善專
指本然者也其後荀子言性惡楊子言性善惡
混韓子言性有三品是只說得氣一邊藕氏言

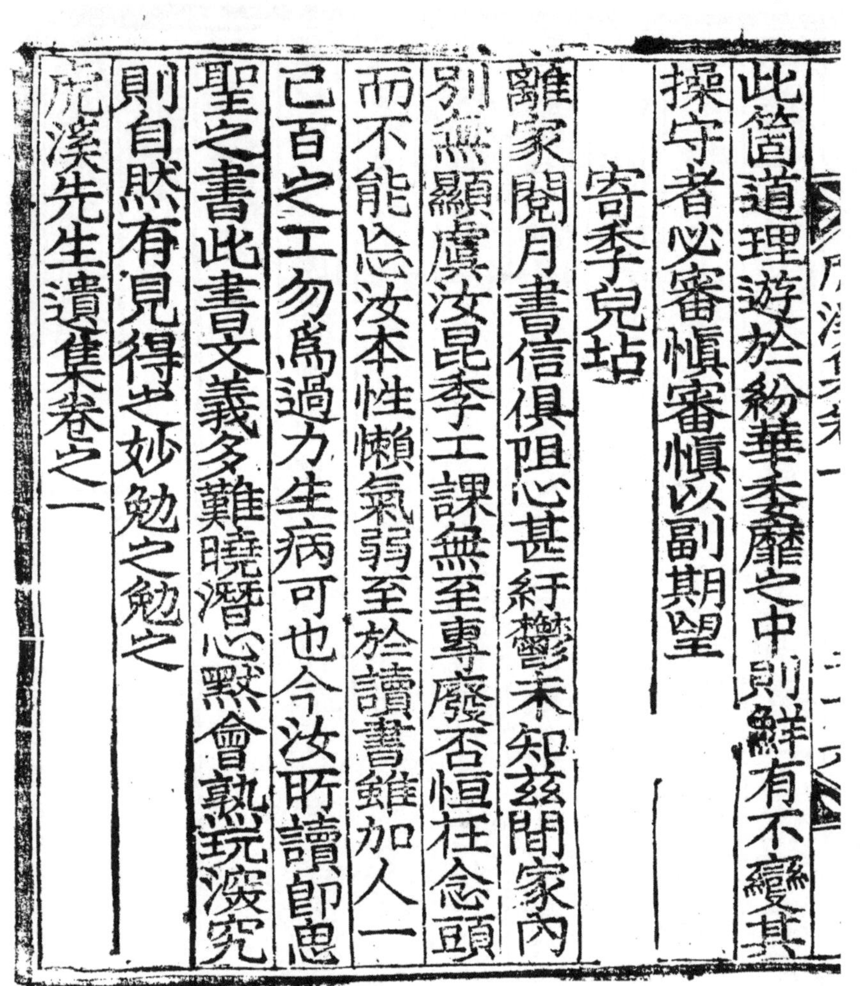

此箇道理遊於紛華柔靡之中則鮮有不變其
操守者必審愼審愼以副其望

寄李克岵

離家閱月書信俱阻心甚紆鬱未知玆聞家內
別無顯虞汝昆季工課無至專廢否恒往念頭
而不能忘汝本性懶氣弱至於讀書雖加人一
己百之工勿爲過力生病可也今汝所讀卽思
聖之書此書文義多難曉潛心默會熟玩浚究
則自然有見得之妙勉之勉之

虎溪先生遺集卷之一

寄叔兒埰

汝離家已經數月一心戀戀欲念不得輙時
途中無撓抵泮冷燈旅味果無太辛苦而泮中
僉益各皆平穩否馳念不已鄉家尚依前樣無
大段愁惱勿慮可也夫建學養士其規已古而
士以是養才國由此得人挽近齋居者不遵前
轍羣居終日言不及義者多汝須鑑戒十分勉
勵正衣冠對几案需容端坐日讀四書間以玩
繹乎洛閩諸書及退陶讀集無違　聖朝養士
之本意無負領士務實之古範汝平日非不知

母子及兄弟與諸家尚無他攅於板蕩之時也
一心苦戀烏可頃刻少弛耶乃父以老廢之物
値此報 國之日既為軍長則矢死西赴之外
無他別樣道理而中道聞西報一種妄議起於
廟堂此將奈何非海倒湫領之勢必不得挽回
國論扶植綱常坐丁不辰者是其甚耶且諸道
勤 王兵雖退去吾當進前為計而從古用兵
之要莫先於糧餉若前無可仰之積後無繼續
之運事不能濟汝當日督募糧所使無乏絕之
患須望

損講規解弛吾鄉晚生知前日先父老爲來裔
樹立之澤者幾希此豈非今日吾輩之責耶適
道謝世久矣當舍口結舌絶無干涉於分外事
但愚衷惓惓不能自已於獎進誘掖之方故敢
召精魄仰淵於僉君子齊會之　師望勿以人廢
言愛立講規先行相揖禮次講以一理書無負高
日設齋之本意幸甚幸甚

　　寄伯兒墣

領軍登道遽經旬餘家鄉聲息近阻數日雖太
平時猶難念却究國家安危之自手惟望汝之

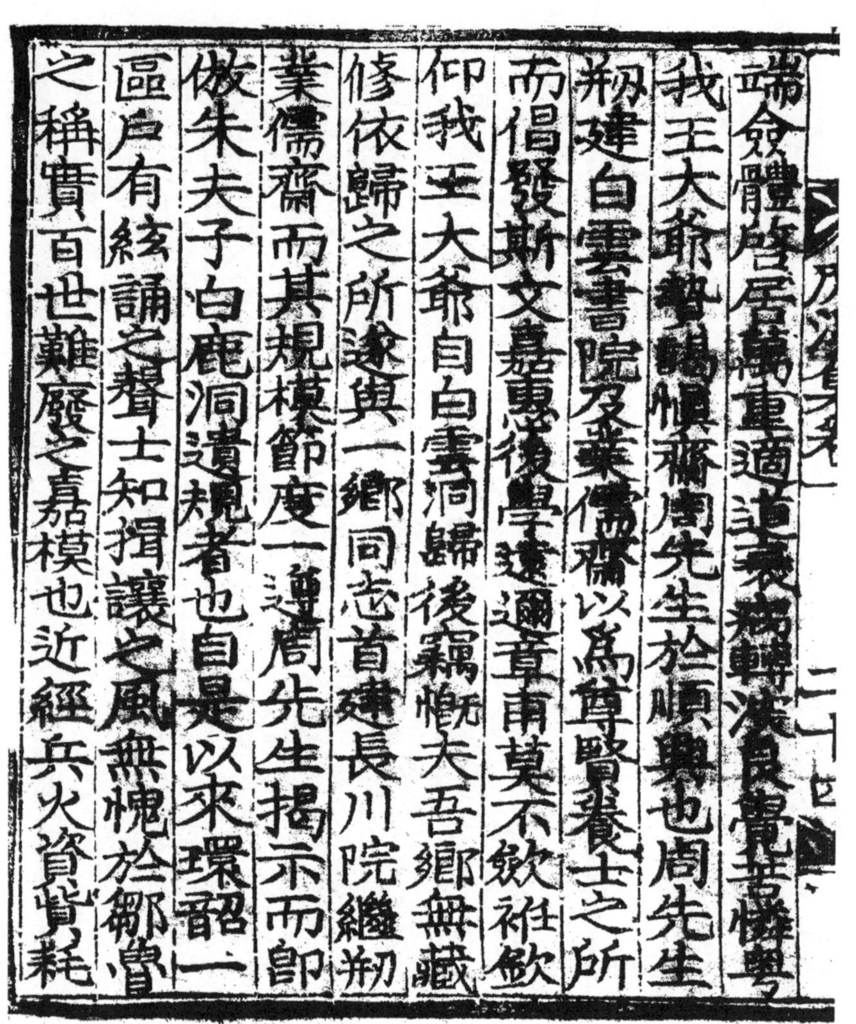

端斂體庭居萬重適道衰轉決民薨苦懍與
我王大爺勢喝順兼周先生於順興也周先生
翔建白雲書院及葉儒藏以為尊賢養士之所
而倡發斯文嘉惠後學遠邇尊南莫不歆祖歆
仰我王大爺自白雲洞歸後竊慨夫吾鄉無藏
修依歸之所途與一鄉同志首建長川院繼翔
業儒齋而其規模節度一遵周先生揭示而即
倣朱夫子白鹿洞遺規者也自是以來環韶一
區戶有絃誦之聲士知揖讓之風無愧於鄒魯曾
之稱實百世難廢之嘉模也近經兵火資賢耗

64

與金而栗致寬

秋序垂盡謹問啓處如何室邇人遐瞻想益切
適道衰病轉甚精神氣力如日下山欲一徃叙
懷無計振作以至今日此間之情況何知之昨
見舍弟書自朝廷凡於列邑被災處有大處分
甘同舍米還已議減定云涸轍殘民似有少甦
之望淡幸浚幸各庫老病會高無期浩歎奈何
與業儒齋會中
君雖同井萬緣杜門舞世不以時動脚於山外
故奉晤無階自貽伊阻之歎老益演切卽日憂

數條看得本文絲章句改註腳粗識其歸趣照
傷無強輔不得講明辨質自有信不及處故別
錄仰潤倘得不鄙而裁正也耶

與金君愼守詗

洛城解携竟失聯繾逸今悵望謹問撼頌餘起
居何如適道長途艱關僅僅還樓而寂寞窮廬
誰與論懷此時恩兄更加一倍兄之垂翅令人
慨咄天將使之益光大其工而有待於他日耶
如適道悠悠況沉沆虚送居諸南來不久夏圖西
笑人苦不自知矣適因孝伯之行聊付數字

體自强無損實賣祝之萬萬適道一自南歸置

一小屋於薇山淩谷因其地名吾亭亦足以終

吾生然尚有耳而聞西北之音則令人忿肚自

激恨不與當日誓心共誓之人同日而死如横

島之樹爾竊想尊執事有倍於是矣惟祝道體

加護萬重

與柳修巖 衫

每擬合席穩討不能脫然做得此箇好事執伏

窮閻只切西望太息而已看玩之工作輒無常

如是而烏敢望少變其愚陋之質耶近於大學

61

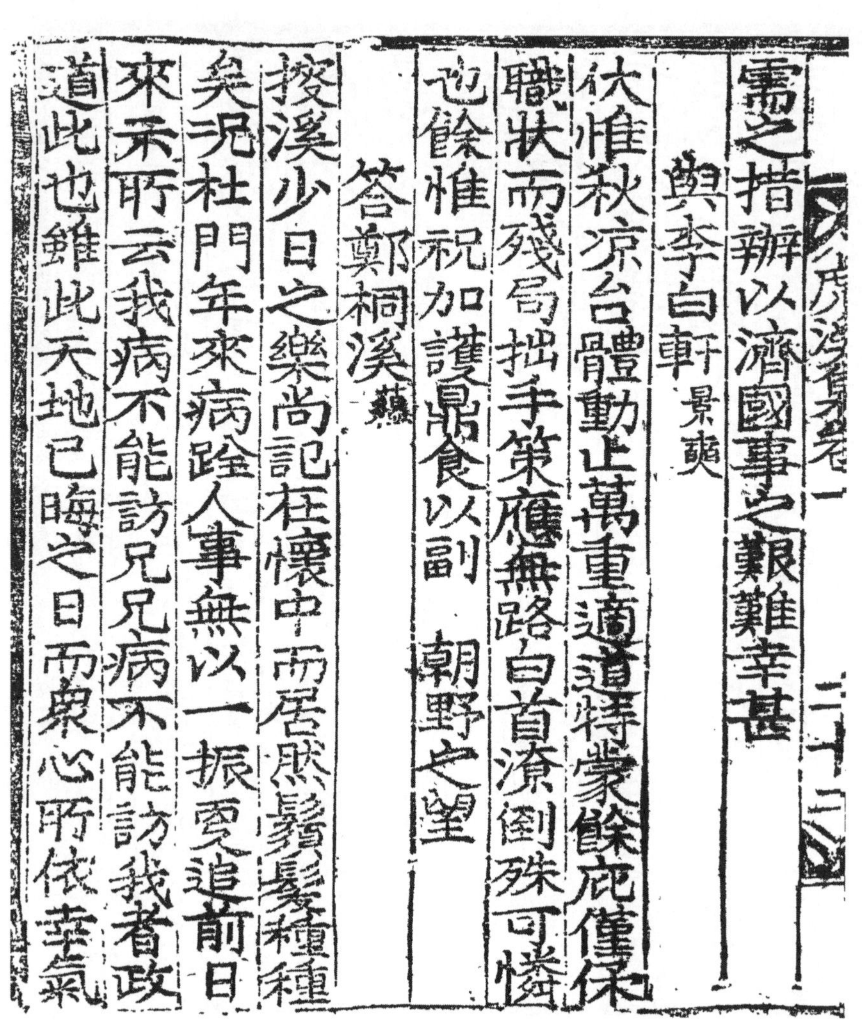

靈之措辦以濟國事之艱難幸甚

與李白軒　景顔

伏惟秋凉台體動止萬重適道特蒙餘庇僅保
職狀而殘局拙手策應無路白首潦倒殊可憐
也餘惟祝加護鼎食以副　朝野之望

答鄭桐溪　蘊

撥溪少日之樂尚記在懷中而居然鬚髮種種
矣況杜門年來病跧人事無以一振夏追前日
來示所云我病不能訪兄兄病不能訪我者政
道此也雖此天地已晦之日而象心所依莘氣

云乎乃裹餱糧于橐于囊爰方啓行若糧無繼
運士有飢邑則雖亙亥之名將事皆不濟此非可
懼者乎且本陣所屬邑則官穀與境內饒戶盡
爲管軍之需非但保募糧尤難此將奈
何賦勢之熾張遷久又不可逐料則若無預備
而徑自發程此何異於敺兵而與賦方令入令飢
管餉所絕不勒推以出義傾困之意曉諭境內
升斗聚合雖不優備然　君父危急方往朝暮
故兵不可遷滯以數日後發程爲計惟願執事
兒在其位則渙息廣淪使本陣所經邑得賴軍

59

與李蓑石垓

治此國家罔措之日吾輩俱在報國之地則尤
不勝從近百暗之懷聞　朝廷以執事任全道
之管餉環顧嶠南紓謀長策無復如執事者斯
切爲國獻頌千萬意外兩號召使以適道秀數
邑軍長之任自顧愚憚於平日師友之間有何
見長及此安危之日委此過分之責也預切不
勝之歎耳向讀管餉關文司想承命苦心爲國
盡誠之萬一自古軍政之所忌者糧餉也詩不

取東者以東爲陽生之方而文明之必自東始
耶穎聞其說以破人言之惑也適之先祖按廉
公卽麗代名臣也隱居不仕靡徵不起忠孝兩
全有光百世貴邑誌首載人物篇矣今景賢祠
餟享之論發自尊座而一鄉人士皆悅而從之
儘公議之不泯也事若就緒卜日克舉則如適
之在裔孫之列者當竭蹶而駿奔矣墓所在円
密地界而墓儀未具方謀豎碣文字之責當歸
於執事況在外裔之地耶茲令仲弟造門奉請
伏望備述一篇以爲百世信筆如何惟祝爲時

以適道視何等人也非但全眛籌略忠不足以
殉國勇不足以禦敵信不足以服衆威不足以
警虜懍忠憤肝激義不敢辭方欲措置區劃而
募軍亦難糧餉極艱國家雖有朝暮之急勢不
可遽期發程益覺不勝任之歎　朝家緩急刻
邑動靜自今陸續行關使之知悉伏望

　與鄭愚伏

崇賢之廟配必以東爲先者其義何據太學之
儀東是中朝古制耶抑我東之講定耶公私祀
儀皆以西爲上鄉飲鄉射亦以西爲尊而此獨

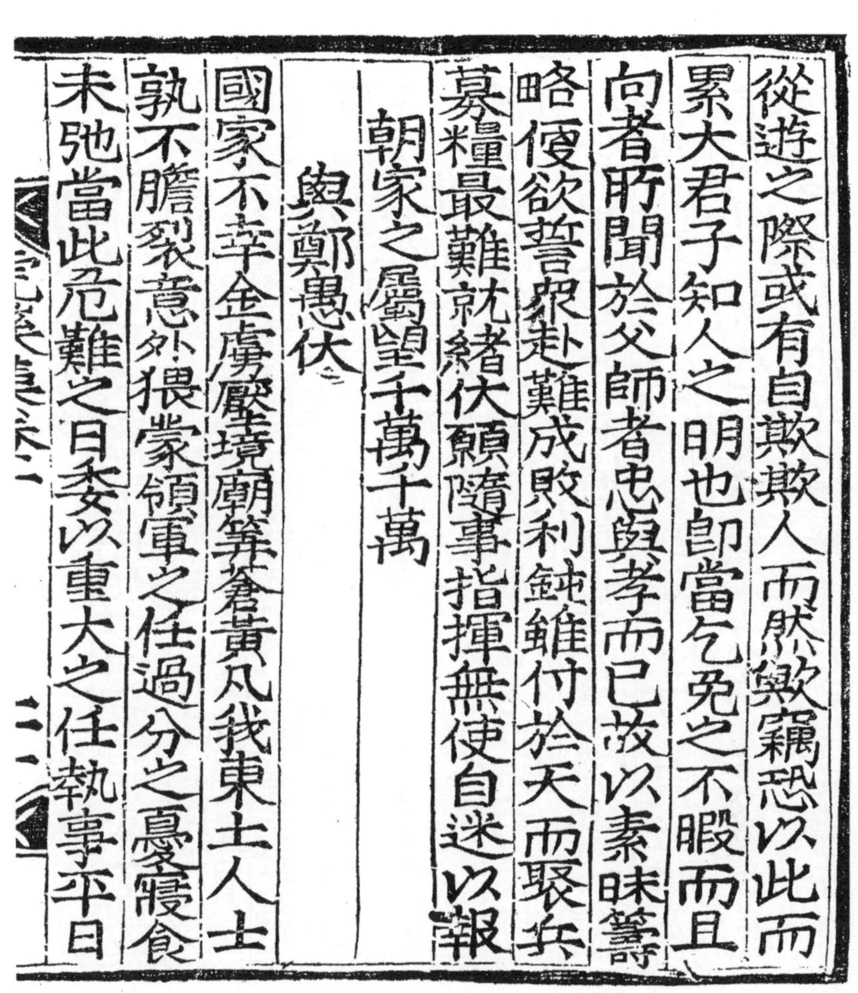

從遊之際或有自欺欺人而然然竊恐以此而

累夫君子知人之明也即當乞免之不暇而且

向者肵聞於父師者忠與孝而已玆以素昧籌

略倖欲誓眾赴難成敗利鈍錐付於天而聚兵

募糧最難就緒伏願隨事指揮無使自迷以報

朝家之屬望千萬十萬

與鄭愚伏

國家不幸金虜壓境朝筭蒼黃凡我東土人士

孰不膽裂意外猥蒙領軍之任過分之憂寢食

未弛當此危難之日委以重大之任執事平日

55

切浩歎若此不已竊恐爲門下之累罪悚九曷

極幸蒙不鄙憐其顏學之誠而終始垂賜則大

君子誨人之道豈不盛哉晚方擬晉癸未前

夏乞爲道保重

上旅軒先生

國家事尚忍言哉夷狄之禍何代無之而未有

如今日之猖獗近聞執事受任全道之責私竊

以爲國其得人將掃除凶醜俾守　宗社如逼

道者庶復爲太平人矣意外以適道誤薦本邑

義將之名自念無似猥蒙不勝之任平日師友

國風宵之願而年來剝於憂慮失於誦慢得得罪
於門下者深且重矣伏望以不輕絕人之義時
賜鐫誨得以補前日之過千萬所拱而俟也餘
惟祝爲道加護

上旅軒張先生

向者晉拜實出慕德之忱而適因禂撓未得陳
疑難聽叩牖而歸私恨仰久而梁篤伏惟即
日春和道體增重適道杜門奉親之暇粗有用
力者而頹惰之習依舊繼續靜一之時常少而
昏惑紛擾之時居多終不得駐腳於實地上每

亭當矣衛道之地無一人敏事而彈誠良極悼
歡近與二三士友有所慊嘰者存故敢此仰陳
惟祝爲道保重
上寒岡先生
一違門屛歲忽改矣尋常慕德之忱安敢不惸
寐於泗水春風伏不審邇玆春元道體一衛萬
福向來五先生禮說無非折衷之訓尙得恁開
隨錄輯成一統則豈徒爲禮家之備實其文之
惠也適道疎慵踪跡獲側於門墻每欲脫意塵
臼專心向裏無或少須史離曠於函丈之席是

賜而常患見之未的體之未切上以負教誨之
至下以失朋儕之期回顧平生徒切愧懼而已
朱子書節要乃退陶先生一生用工之地而編
帙精簡節次分明學者之工實有易於大全之
浩穰此不可無別為一部以傳於後世也蓋陶
山平日只為自家用工之便而有是十冊之抄
選然當時謄刊之論已出於門下其後序文之
又發於巾衍當日先生之旷以止之者亦至訓
也况紫陽之百世以竢退陶而後得正者乃是
斯文之大關則前日武屹講定之論盧得十分

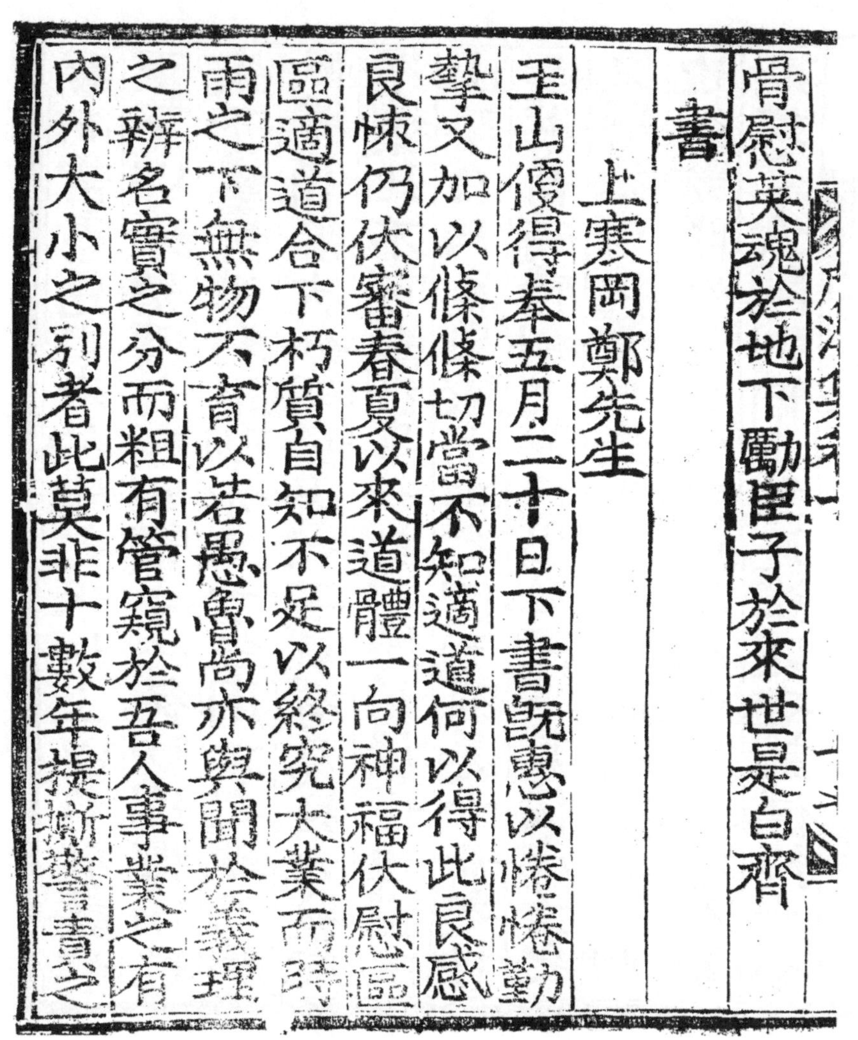

骨慰英魂於地下勵臣子於來世是白

書

上寒岡鄭先生

壬山偃得奉五月二十日下書旣惠以悋悋勤
摯又加以條條切當不知適道何以得此良感
良悚仍伏審春夏以來道體一向神福伏慰區
區適道合下朽質自知不足以終究大業而時
雨之下無物不育以若愚魯尚亦與聞於義理
之辨名實之分而粗有管窺於吾人事業之有
內外大小之引者此莫非十數年提撕警責之

50

其烈烈之氣凛凛之像不死於雙嶺之間忠之
貞爲松柏節之堅爲巖石使世之爲人臣而過
其下者皆欲臨亂無苟免之心非斯人歟臣向
日圍城陳疏之後卽欲　啓達伏念　殿下不
其燕安必有表忠酬烈之日故退跂　恩論之
將下矣伏惟　殿下褒忠酬烈俱及存沒烈彼
金燁之孤忠懿節臣逯寢不啓于　殿下窮按
廣採之下恐金燁之忠魂毅魄泯沒無傳爲乎
秋志士之盰齎恨故臣敢陳金燁三昆季之顛
末稟　啓是白乎旀伏乞　仁天大霈均及白

痛哭歸鄉每語到國事未勝憤惋及夫丙子再
肆之日臣欲伸前憤糾合徒衆則金燁亦頗共
赴故臣薦差官軍都總金燁與弟煜燦拜護行
陣至雙嶺胡兵驟至砲聲雷起射矢雨下金燁
與二弟冒刃爭死斬胡數十級仍奪胡騎乘勝
衝突馬忽躍入胡陣金燁度其勢窮謂二弟曰
吾等一生但知有國而不知有家徒知有　君
而不知有身此正其時俱罵賊不屈為賊所害
偉乎烈哉金燁之毅魄填壑而莫牧荒山之狐
貍葬焉忠魂飄散而無慰古未之鳥鵲甲焉然

亟罷和議以扶綱紀焉臣惶恐惶恐

三烈士　金燁　金煜　金燦　褒烈上書

為國效命臣子之大節也褒忠贈秩朝家之盛典也夫世當板蕩則為人臣而義取熊掌命輕鴻毛扶綱常於一時樹風聲於萬世者何代無之窃天地亘萬古未聞一家有三人焉臣縣人金燁業武登第金振古之長子也金燁與其弟煜燦俱登武科謂二弟曰吾等厚蒙國恩何以仰盡微忠往往丁卯之亂臣倡率義旅金燁三昆季從麾下至嶺底聞國家業已講和

無愧於春秋而有辭於萬世矣前鑑不遠枉於
壬辰當時之狃狖萬僧今日八路糜爛至於糜
有子遺于斯時也君臣上下有死之心無生之
氣天心悔禍醜類卉跡式至于今伸大義於宇
宙震雄聲於蠻夷者良以此也即今金虜之勢
譬諸昔日強弱不同我國　君臣上下即前君
臣上下之令胄後裔以前日君臣上下之心為
心效死不貳何患其異類之犯境也何患不掃
除潢醜廓清青邱以光　先大王之耿光大烈
也伏願　殿下赦臣湯鑊之罪察臣忠悃之陳

46

之諭先自平日重信之口誤　君德於危陷而
自以爲得宽取議笑於後世而莫知其爲耻鳴
乎如是而保　宗社則祖宗之靈豈肯曰安乎
如是而保生靈則臣子之情豈肯曰樂乎鳴乎
是可恐也孰不可恐也臣竊以謂今日和議度
爲後日之禍本彼犬羊無禮之習貪暴不厭之
性反覆無常殘忍益甚則其爲此議者果能爲
　宗社而得其便安乎爲　國家而啓其太平
乎如臣愚慮孺素之長策徒循古轍顧不足感動
天意挽回世級而但恐百世之下春秋復作

忠大義而達我　主上殿下以文武全德忠孝
至行上以承　祖宗付畀之意下以服臣民依
仰之心庶幾乎安危一致夷險無二奈之何邦
國不幸天神莫佑被海外殊種天西異類必若
韋毫之物汚我禮義之邦寡衆莫敵而廟算矣
措宮殿孤托而君臣相咨尚惟我　殿下一
心終始炳如日月屢朔艱苦不改金石寧其乘
一将而踞北溟不欲爲犬戎之玷辱者蓋以天
下之大義不可以不扶萬古之綱常不可以不
振而乃者一種妄議起於廟堂所謂爲國講和

40

歲沉淪病可憐白首相從今已矣山陽夜笛月
空懸

軺從弟汝遠志道

孝友家聲繼溫良眾所推早年期紫鳳晚歲夢
黃虯命矣身多病嗟哉藥夫醫白頭今日痛□

復見仁資

疏

請罷和議疏丁卯

臣聞君臣大倫天地之常經萬古之不易我國
之於 皇朝已有 祖宗朝二百年服事之勤

39

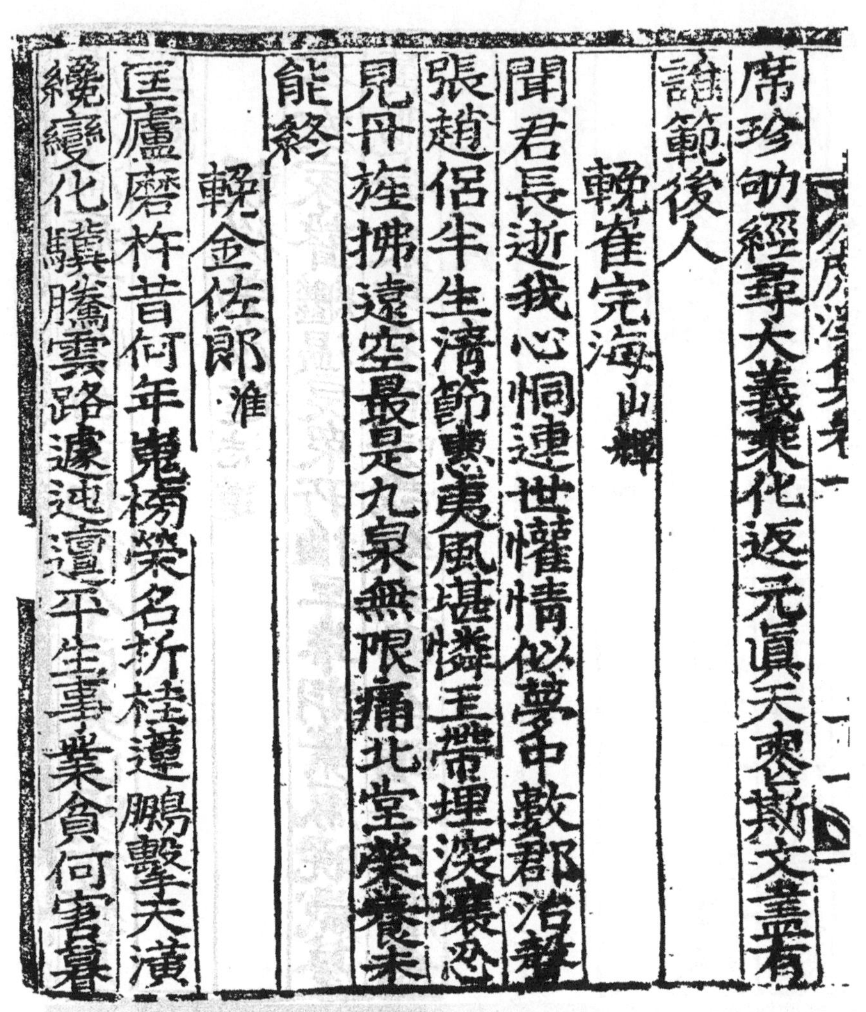

席珍叻經尋大義乘化返元眞矢棗斯文晝看

謚範後人

輓崔完海山輝

聞君長逝我心恫連世懷情似夢中數郡治荐

張趙侶半生濟節惠夷風堪憐玉帶埋淡壞忍

見丹旌拂遠空最是九泉無限痛北堂榮養柰

能終

輓金佐郎　准

匡廬磨杵昔何年鬼榜榮名折桂蓮鵬擊天濱

繞孿化驥騰雲路遽迎遷平生事業貪何害暮

恒家廓雲自無心任去留每夜澄光明月暎滿

山開影翠嵐浮溪堂淨盡無塵累也識人間別

一區

西厓先生輓

河南夫子痛大廈棟樑摧邦失蓍龜策崎嶇領

袖材鬼勲風雨際吾道日星廻天下俱無福伯

淳不獨哀

寒岡先生輓

運值文明會眞儒間世出嫡傳陶老心悟解晦

庵帙邦國賴昇平衿紳咸就質三穎山武屹虛

33

龍屈曲羽儀潔白鶴差池炎到淸陰陰厚庇風
嘘雅韻韻逾奇人物同然看茂盛孫枝世世預
先知

次權子正守經　自樂堂韻

自樂堂臨澗水中蕭然頹臥一慁翁神遊物外
忘機鷺念絕塵間逸興鳴醉後題詩挨造化闊
來揮筆起晴虹從知此地爲眞趣出塵羨吾君有

古風

又次子正天雲臺韻

臺榭經營閱幾秋登臨悅若上丹邱夫非有戀

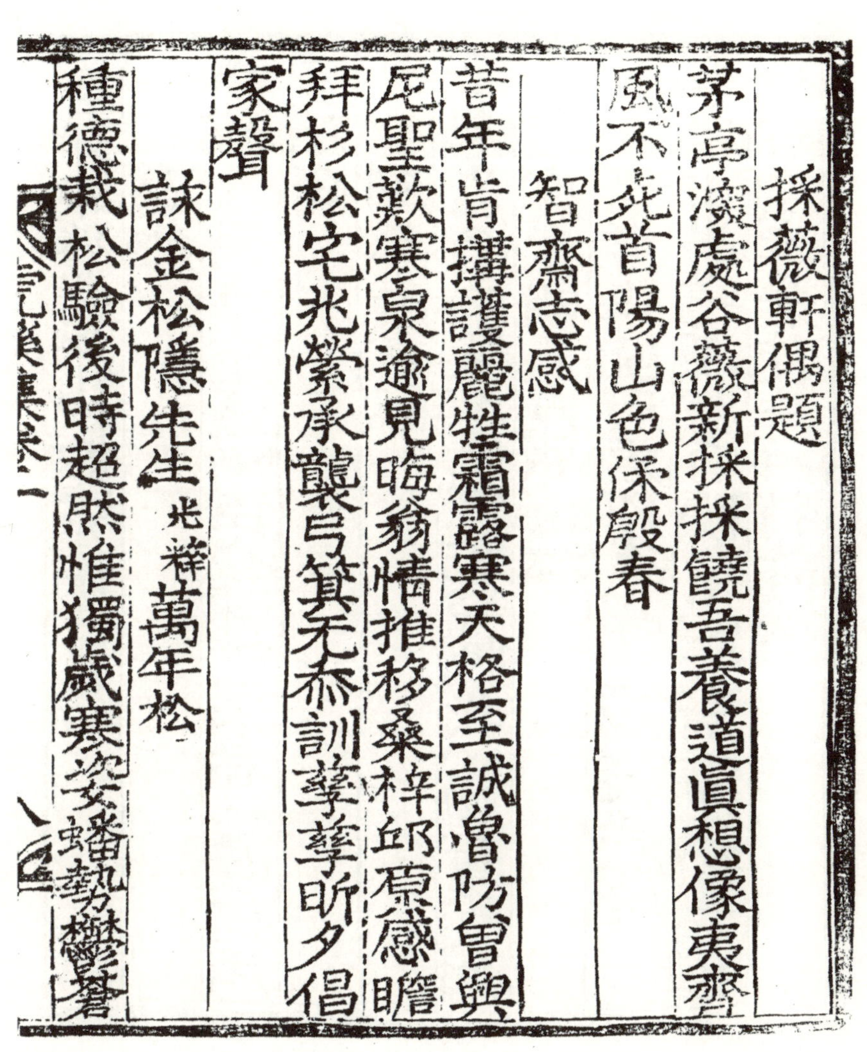

採薇軒偶題

茅亭濱處谷薇新
採採饒吾養道眞
想像夷齊風不死
首陽山色保殷春

智齋志感

昔年肯攜護麗牲
霜露寒天格至誠
曾防曾與尼聖歎
寒泉逾見晦翁情
推移桑梓邱原感
瞻拜杉松宅兆縈
承襲弓箕无忝訓
孳孳昕夕倡家聲

詠金松隱先生 兆幷 萬年松

種德栽松驗後時
超然惟獨歲寒次

恩難報隱豹鄉山恉素憮

還鄉

誤被
天恩重還慚臣分疎故園春已晚何用

憂蹢躇

到三灘有感

聖恩虛負海量淺陋仰乾坤愧我心望聖裏家鄉

嘉遯處皇明日月照園林

王考悔堂府君以孝學旌贈逡感吟

孝源由出道源淺有隕　恩波河海淺聖門隉

獨曾閔孝若使生羋特許淺

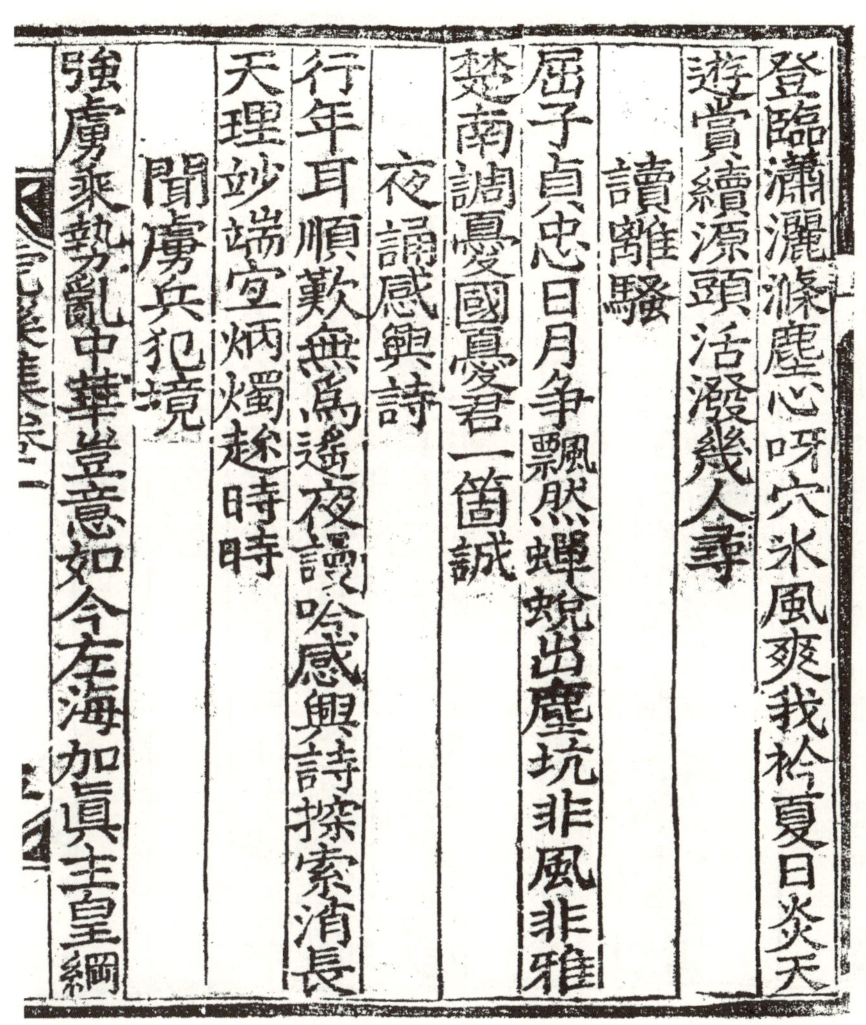

登臨瀟灑滌塵心　呀穴氷風爽我衿　夏日炎天

遊賞續源頭活潑幾人尋

讀離騷

屈子貞忠日月爭　飄然蟬蛻出塵坑　非風非雅

楚南謫憂國憂君一箇誠

夜誦感興詩

行年耳順歎無爲　遙夜諷吟感興詩　探索消長

天理妙端空炳燭趙時時

聞虜兵犯境

強虜乘勢亂中華　豈意如今左海加眞主皇綱

相規意無負師門教誨諄

讀晦齋先生集有感

紫陽單說紫溪承正學吾東復目昇十疏條中

忠讜贅八規修上道猷凝精深已透眞源得抄

悟惟從太極徵盥讀遺文私堂淑樞衣不及感

懷增

謁陶山院仍講先生集

海涵千古聖賢規歷溯淵源渟瀦之顧余生晚

陶鎔後恨未當年化雨滋

詠洗心亭

天新九闕何於弦歎息腸内裂天厩有肥馬瘑

潾潞衛骨我欲奏萬言跼踏畏唐突

武屹月夜偶吟

未成吾止壁鳥山立雪函簁戒十寒遙憶聖門

顔氏子仰鑽瞻忽發潑歎

拜旅軒先生于巖齋因講繫辭有感

易理元來見得艱王山夫子啓玄關後知不合

求高遠只在吾人日用間

贈別李石潭 潤雨

回憶追從四十春早年交道莫年新解攜今日

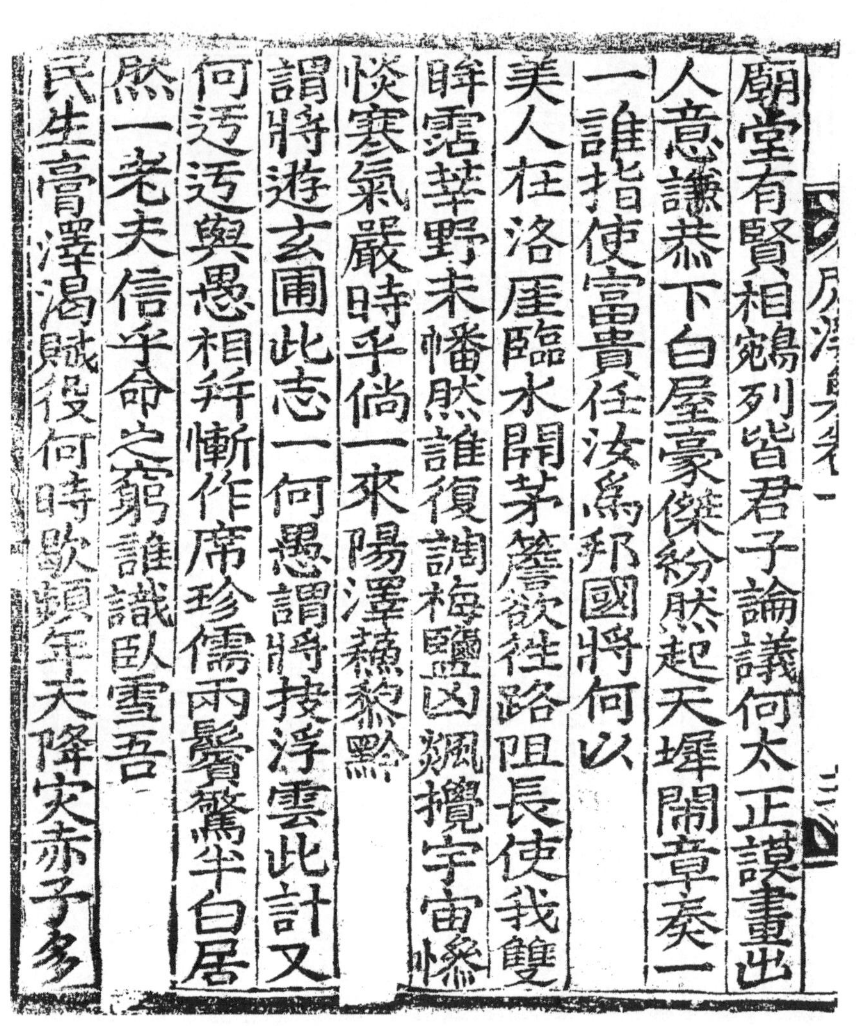

廟堂有賢相宛列皆君子論議何太正謨畫出
人意謙恭下白屋豪傑紛然起天埠開章奏一
一誰指使富貴任汝爲邦國將何以
美人在洛崖臨水開茅簷欲往路阻長使我雙
眸露葦野未幡然誰復詢梅鹽凶飆攬宇宙燦
悷寒氣嚴時乎倘一來陽澤藹黎黔
謂將遊玄圃此志一何愚謂將按浮雲此計又
何迂迂與愚相幷慚作席珍儒兩鬢驚半白居
然一老夫信乎命之窮誰識臥雪吾
民生膏澤渴賦役何時歇頻年夭降灾赤子多

馮笑賈太傅明時獨流涕鄉隣有鬭者智者户

可閉君子憂終身身外邪可計丈夫平生志本

不在王桂只祝聖人壽一萬八千歲

太平聖天子一怒懷拓遠中權著誰子汝心余

可忖得人有如此豈真憂凶奴反哀哀楊老爺一

云終不返緬憶周御史却恨生也晚

桓桓金將軍手中持金戈喑啞朔風起千里飛

胡沙皇天不助順不死有如河噫彼刺口輩貴

人何太奇吾東倘微爾其奈綱常何

韶州東畔屋初成澹泊衿裾住一生種菊移梅
眞活計樵山漁水好經營看期風月閒來趣無
限詩書老去情獻微忱終不倦屢虞未世祝
昇下

晋甫（悅道）弟與金孝徵（應祖）自葛山來到
吟成一絕語極悲愴遂和淚以次

寅頑惟我弟兄身艸土餘生痛轉新白首鴒原
相別恨不堪雙淚滿衣巾

亨甫（達道）晋甫二弟以歲晚何以黔吾突
分韵詠懷詞致不凡爛然可觀余獨不可

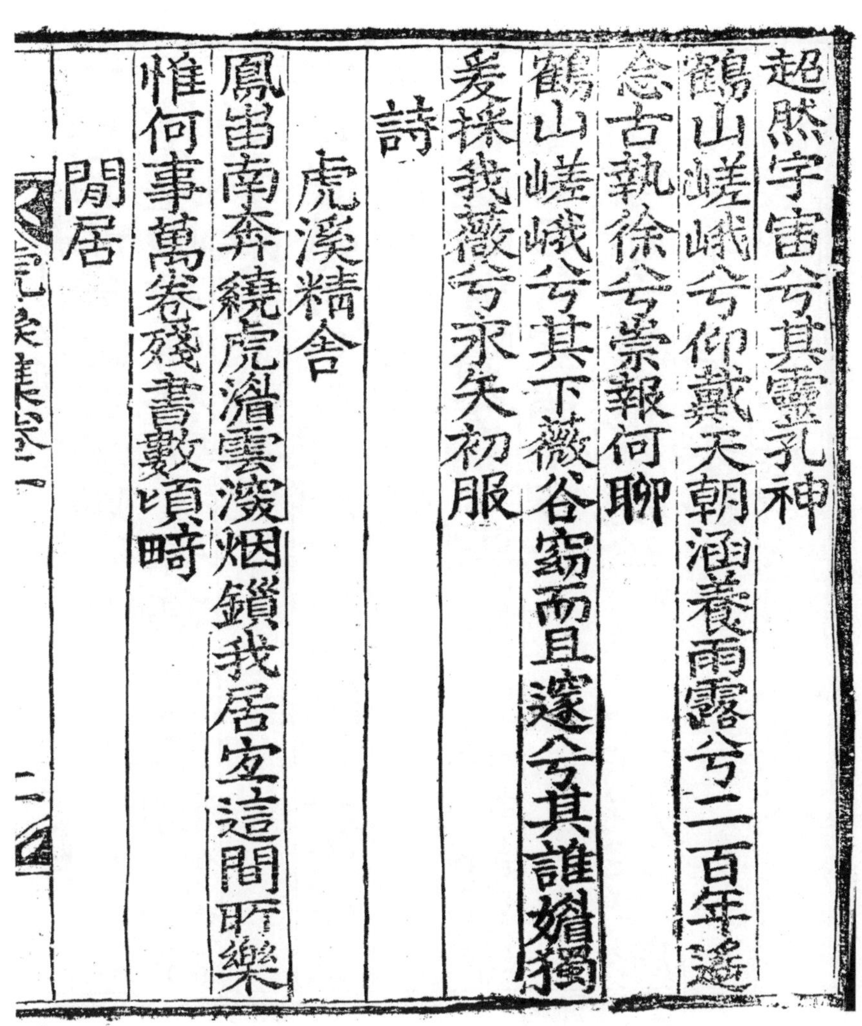

超然宇宙兮其靈孔神
鶴山嵯峨兮仰戴天朝涵養雨露兮二百年遂
念古執徐兮崇報何聊
鶴山嵯峨兮其下薇谷窈而且邃兮其誰媚獨
爰採我薇兮永矢初服

詩

虎溪精舍

鳳留南奔繞虎溪雲潑烟鎖我居安這間所樂
惟何事萬卷殘書數頃畸

閒居

19

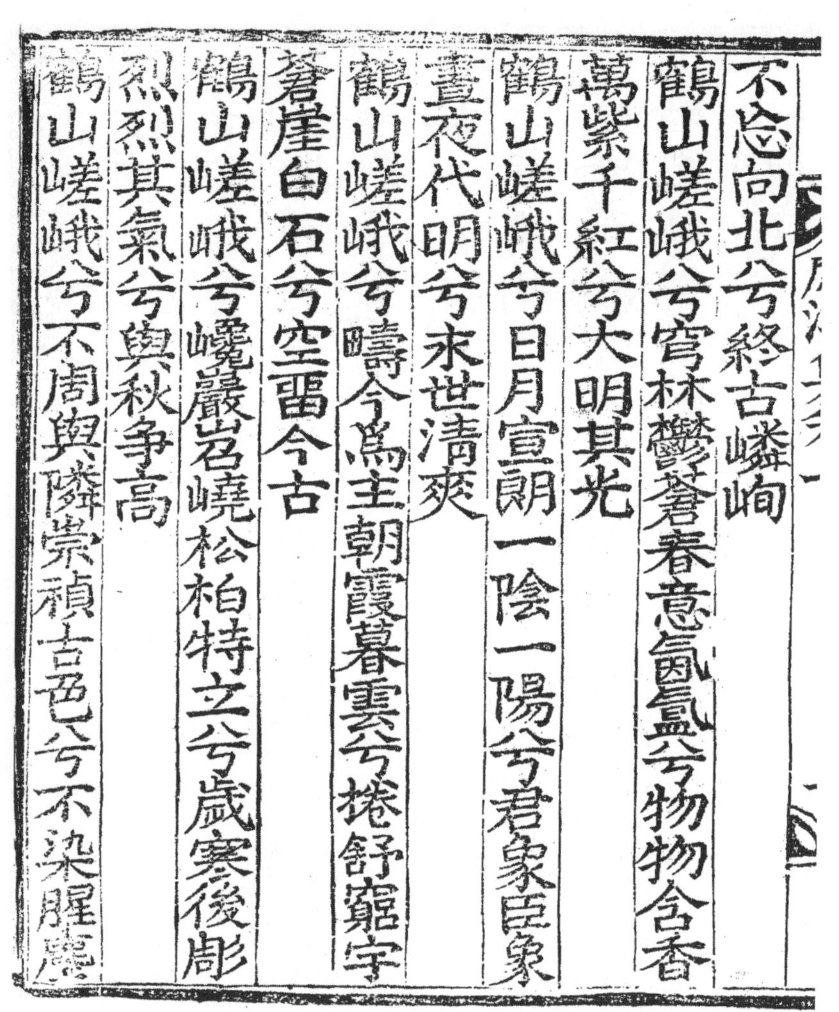

18

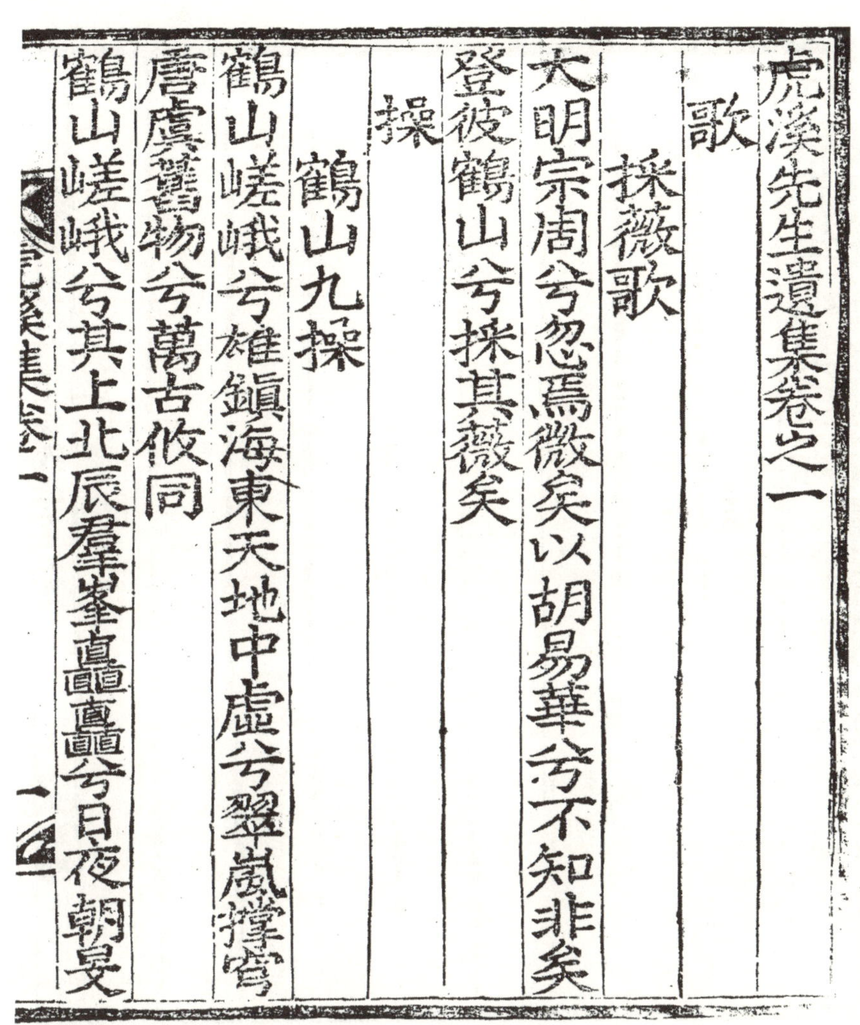

虎溪先生遺集卷之一

歌

採薇歌

大明宗周兮忽焉微矣以胡易華兮不知非矣

登彼鶴山兮採其薇矣

操

鶴山九操

鶴山嵯峨兮雄鎮海東天地中虛兮翠嵐撐穹

唐虞韶物兮萬古攸同

鶴山嵯峨兮其上北辰羣峯矗矗兮日夜朝旻

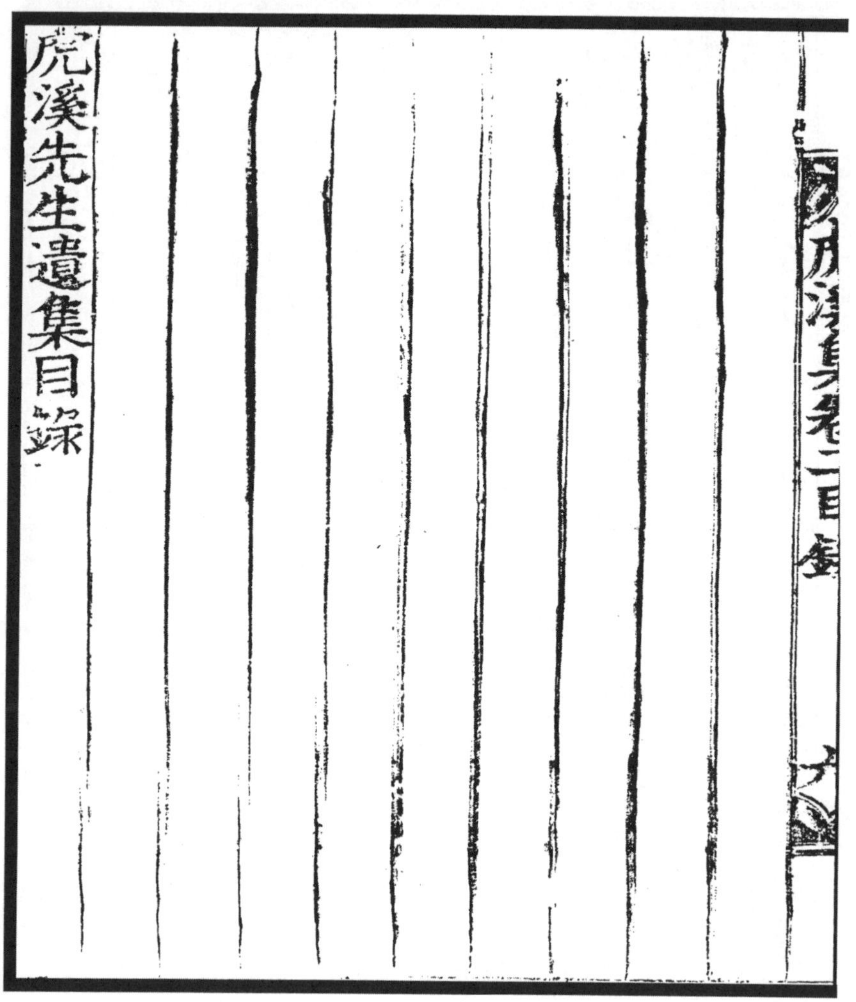

16

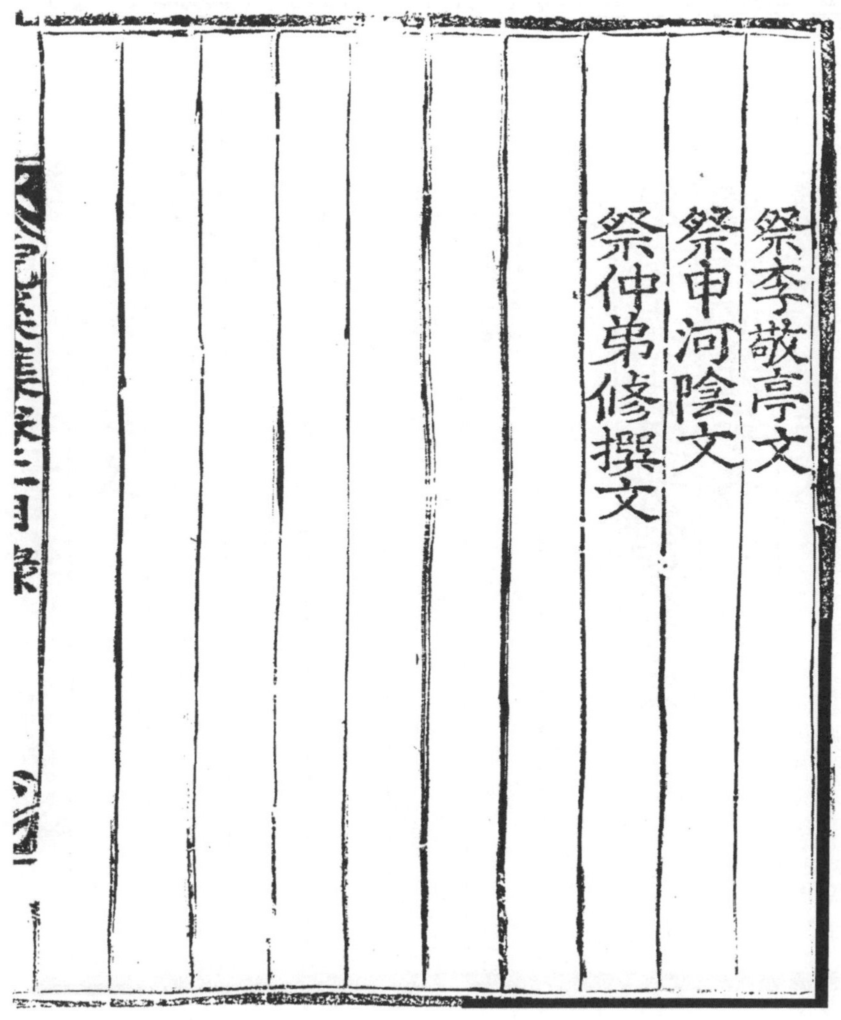

15

虎溪先生遺集卷二目錄

二○

虎溪集卷之一目錄

輓訒齋崔公晛

輓梧峯宗丈之悼

輓李敬亭民宬二首

輓申河陰檷

輓李紫巖民寅

輓權湖陽益昌

輓崔完海山輝

輓金佐郎墦

輓從弟汝遠志逑

疏

到吟成一絕語極悲愴遂和淚以次

亨甫達道晉甫二弟以歲晚何以黔吾

突分韻詠懷詞致不凡爛然可觀余

獨不可無一語遂構拙以示　己未

武屹月夜偶吟

拜旅軒先生于巖齋因講繫辭有感

贈別李石潭　潤雨

讀晦齋先生集有感

謁陶山院仍講先生集

詠洗心亭

讀離騷

夜誦感興詩

聞虜兵犯境

丙子十二月賊陷江都嬪宮淑儀元孫
二大君駙馬公主并八逼逐顛越或
被搶掠投江云不勝悲憤
上出都城向南漢併日糒飯屢夜不寢
羣僚近侍或至凍餒云及此時臣子
分義固勒兵投亂脫危殉節故遂斜
旅輪糧直赴　行在